T. Jefferson Parker arbeitete als Journalist für verschiedene Zeitungen, bevor er sich der Schriftstellerei zuwandte. Sein erster Roman »Laguna Heat« landete 1985 auf Anhieb auf der Bestsellerliste. Drei Jahre später folgte »Little Saigon«.

T. Jefferson Parker lebt mit seiner Frau in Südkalifornien und arbeitet an seinem vierten Roman.

Von T. Jefferson Parker ist außerdem erschienen:

Todesrosen (Band 60034)

Dieses Buch wurde auf chlor- und säurefreiem Papier gedruckt.

Deutsche Erstausgabe September 1995

Titel der Originalausgabe »Summer of Fear«

Originalverlag St. Martin's Press, New York
Umschlaggestaltung: Manfred Waller
Umschlagfoto: Mall, Stuttgart
Satz: Ventura Publisher im Verlag
Druck und Bindung: Elsnerdruck, Berlin
Printed in Germany
ISBN 3-426-67045-3

2 4 5 3 1

T. Jefferson Parker

SOMMER DER ANGST

Thriller

Aus dem Amerikanischen
von Thomas A. Merk

Knaur®

Für Cat

KAPITEL 1

In schlimmen Nächten bläst hier im Canyon der Wind so stark, daß ich manchmal das Gefühl habe, er könne jeden Augenblick unser Haus zum Einsturz bringen.

Das Ding steht hoch oben am steilen Osthang des Laguna Canyons auf hohen Stelzen, die von der Straße aus betrachtet wie die zerbrechlichen Beine eines Moskitos aussehen und keinesfalls massiv genug, um ein ganzes Haus zu tragen. Ein starker Wind kann hier, zwischen den eng beieinanderstehenden Canyonwänden, hundertmal pro Minute seine Richtung ändern. Weil ihm der Platz fehlt, sich auszutoben, wird der Sturm von den Berghängen zurückgeworfen und rauscht mit lautem, frustriertem Heulen von der anderen Seite um unser Haus, das unter seinen verrückten Kapriolen zu schwanken beginnt. Die Fensterscheiben erzittern, und die Balken ächzen laut. Manchmal, wenn die Elemente besonders schlimm wüten, erwarte ich, daß die Hand des Herrn mich fort von dieser Erde nimmt und hinein in die düster gähnende Unendlichkeit stößt.

Ab und zu setze ich mich in diesen Sturmnächten hinaus auf die Terrasse, spüre das starke Schwanken meiner Behausung und starre hinunter auf die in tiefer Dunkelheit liegenden Sandsteinfelsen zehn Meter unter mir. Seltsam, denke ich dann, wie rasch in der Natur Ordnung ins Chaos umschlagen kann. Für gewöhnlich halten wir die Natur für bewundernswert geordnet und glauben, daß nur die wenig segensreichen Eingriffe des Menschen ihr harmonisches Gleichgewicht durcheinanderbringen. Aber das stimmt nicht immer. Wenn ich so in einer dunklen, windigen Nacht auf meiner Terrasse sitze – je windiger, desto

besser –, wird mir bewußt, daß die Natur weder sauber geordnet noch makellos perfekt ist. Manchmal ist sie nicht viel anders als die Welt, die wir Menschen uns geschaffen haben, nämlich blutgierig und grausam. Die Leute wollen immer »zurück zur Natur«, ohne sich bewußt zu sein, daß die Natur sich manchmal mit brutaler, alles vernichtender Gewalt am Menschen rächt. Was für eine befreiende, alles hinwegfegende Kraft sie dabei entfesseln kann, wird einem erst in einer dunklen Nacht so richtig bewußt, in der der Wind durch den Canyon peitscht.
Nächsten Monat gehen meine Frau und ich nach Mexiko. Mir bleiben noch dreißig Tage, um dieses Buch zu schreiben, unsere Sachen zu packen und zum Flughafen zu fahren.
Mein Name ist Russ Monroe, und ich schreibe Kriminalromane. Früher war ich Polizist, bis ich vor zehn Jahren den Dienst quittierte, um zu schreiben. Zuerst waren es Zeitungsartikel, später dann ganze Bücher. Bereits das erste davon – *Die Reise flußaufwärts: Geschichte eines Serienmörders* – hatte einen nicht unbeträchtlichen Erfolg. Es bekam recht gute Kritiken und erreichte sogar eine zweite Auflage. Das kann man von meinen beiden letzten Büchern leider nicht sagen. Vermutlich haben Sie von ihnen noch nie etwas gehört – ich selbst finde sie gelegentlich auf Ramschtischen oder beim Bücherbazar irgendeines Wohltätigkeitsvereins, häufig noch mit dem Namen des ursprünglichen Käufers auf der ersten Seite. Eigentlich sollte ich mich nicht über so etwas aufregen, aber ich tue es trotzdem, was sicherlich einer meiner größten Fehler ist. Zeitungsartikel schreibe ich übrigens nach wie vor. Anders käme ich finanziell nicht über die Runden.
Dieses Buch hier ist die Geschichte eines Sommers der Angst. *Der Sommer der Angst.* Der Titel war meine Idee. Nicht besonders phantasievoll, möglicherweise, aber muß denn ein Titel immer phantasievoll sein?
Ein paar Dinge sollten Sie über mich wissen. Einerseits, weil es

wichtige Hintergrundinformationen sind, andererseits deshalb, weil ich zum ersten – und, wie ich hoffe, auch zum letzten – Mal, seit ich Kriminalschriftsteller bin, in einer meiner eigenen Geschichten eine Hauptrolle spiele. So etwas ist eine schreckliche Belastung für einen Autor. Aber es ist nichts im Vergleich zu der Belastung, unter der wir in diesem Sommer alle gelitten haben, ich und die gut zweieinhalb Millionen weiterer Einwohner von Orange County. An keinem von uns ist dieser Sommer spurlos vorübergegangen.

Ich bin vierzig Jahre alt, ziemlich groß und dunkelhaarig. Meine Familie lebt in diesem County seit 1952, als es hier noch mehr Orangenhaine als Neubausiedlungen gab und das Leben noch viel angenehmer war als heute. Mein Urgroßvater heiratete während des großen Goldrauschs oben am Yukon ein Mädchen aus einem Tanzpalast und hatte mit ihr einen Sohn, der später Sprengstoffexperte wurde. Er erfand einen Zündmechanismus für Dynamit, der heute noch in Gebrauch ist und für den er sogar ein Patent bekam. In seiner Freizeit schrieb mein Großvater Science-fiction-Geschichten. Ich weiß das, weil ich sie eines Tages in seinem Nachlaß fand. Die Geschichten waren allesamt ziemlich grausam und waren wohl eher als eine Art Therapie für die ganz persönlichen Ängste meines Großvaters gedacht als zur Unterhaltung anderer oder gar für eine Veröffentlichung in irgendeinem Verlag. Einen ihrer Titel borgte ich mir für mein zweites Buch aus. Es hieß *Im Zeichen des Skorpions* und wäre – zumindest nach Meinung der Kritiker – in der großen, alten Werkzeugkiste, in der mein Großvater seine Manuskripte aufbewahrte, besser aufgehoben gewesen als auf dem Buchmarkt. Mein Vater war Ranchverwalter für die SunBlesst Company und hatte deren Zitrusplantagen hier im Orange County unter sich. Nach und nach zog sich SunBlesst aber immer mehr aus der Landwirtschaft zurück und verpachtete ihr Land an Spekulan-

ten, die dort neue Wohnsiedlungen aus dem Boden stampften. Später dann, etwa ab den sechziger Jahren, begann die Firma, ihre Zitrushaine ganz offen an den Meistbietenden zu verkaufen. Das allmähliche Verschwinden seines kleinen Königreichs machte aus meinem Vater einen bitteren Mann. Früher, daran erinnere ich mich noch gut, ritt er nach Dienstschluß täglich noch einmal seine Haine ab. Er war ein großer, drahtiger Mann, der im Sattel eine gute, fast schon militärisch wirkende Figur abgab. Stolz, wie er war, wehrte er sich mit Händen und Füßen dagegen, daß er innerlich ebenso schrumpfte wie die immer kleiner werdenden Zitrusplantagen unter seiner Obhut.
Aber natürlich konnte er nichts dagegen tun, und so wurde er von Jahr zu Jahr verbitterter und immer mehr in sich gekehrt. Vor fünf Jahren ging er schließlich in Pension und zog in einen abgelegenen Trabuco-Canyon, der seinen Namen von den primitiven Feuerwaffen hat, die die Spanier im achtzehnten Jahrhundert hierhergebracht hatten. Noch heute lebt mein Vater dort in seiner kleinen Hütte im Schatten verwunschener, uralter Eichen.
Von meiner Mutter habe ich eine gewisse Selbstversunkenheit und eine nicht allzutief unter meiner normalerweise ruhigen und ausgeglichenen Oberfläche schlummernde Liebe zum Chaos geerbt, ebenso wie ein gesundes Mißtrauen gegenüber jeglicher Form von Autorität, das mir seinerzeit meinen Beruf als Polizist nicht gerade erleichtert hat. Mutter war ein Einzelkind und hatte in ihrer Jugend auf der Farm ihrer Eltern viele Stunden allein mit ihrer kleinen Ziege Archie verbracht und sich dabei die phantasievollsten Geschichten ausgedacht. Sie lebte so sehr in ihrer eigenen Welt, daß sie die meisten Dinge des realen Lebens als eine unerbetene Einmischung ansah. Als meine Mutter siebzehn war und gerade eben als eine der jüngsten Absolventinnen ihren High-School-Abschluß gemacht hatte, tippte sie eines Tages mit ge-

schlossenen Augen auf eine Karte der Vereinigten Staaten. In Denver, wohin ihr Finger gezeigt hatte, nahm sie sich ein Zimmer im Verein Christlicher Junger Frauen und suchte sich eine Stelle als Sekretärin. Ab und zu bekam sie auch einen Job als Mannequin für das Kaufhaus Daniels & Fisher. Eines Tages sah mein Vater im Vorbeigehen, wie sie gerade im Schaufenster Kleider vorführte, und verliebte sich Hals über Kopf in sie. Keine zwei Monate später waren die beiden verheiratet und zogen nach Kalifornien, wo mein Vater gerade seinen neuen Job antrat. Ein Jahr später setzten sie Russell Paul Monroe in diese Welt.

Auch Mutter lebte in einem abgelegenen Canyon, der dem meines Vaters nicht unähnlich war, bis sie vor drei Jahren starb, und zwar auf den Tag genau ein Jahr nach der Scheidung von meinem Vater. Sie war erst fünfundfünfzig Jahre alt. Ich fand es sehr bezeichnend für meine Eltern, daß sie nach ihrer Scheidung beide aus dem Gebäude der SunBlesst-Ranch, in dem ich meine Jugend verbracht hatte, auszogen und sich ihre jeweiligen Canyons suchten, wo sie dann, nur ein paar Meilen Luftlinie voneinander entfernt, für sich allein dahinlebten. Sie behaupteten damals beide unabhängig voneinander, daß sie getrennt viel glücklicher wären als jemals zu Zeiten ihrer Ehe. Mir persönlich kam es allerdings eher so vor, als wollten sie nur nicht zugeben, wie einsam sie in Wirklichkeit waren. Aber vielleicht war das ja auch bloß die Wunschvorstellung eines Sohnes, der es einfach nicht glauben kann, daß seine Eltern sich nicht mehr lieben.

Mutter starb im Schlaf, vermutlich an einer krankhaften Erweiterung einer Arterie. Ich habe damals – hauptsächlich auf Drängen meines Vaters hin – auf eine Autopsie verzichtet. Der Gedanke daran, daß irgendwelche Ärzte den Kopf dieser außergewöhnlichen Frau aufsägten und darin nach irgendeinem Blutpfropfen suchten, war uns beiden gleichermaßen ein Greuel.

Außerdem hatte Mutter schon seit vielen Jahren an zu hohem Blutdruck gelitten.

Jetzt ist es Winter, aber nichts ist mehr so wie zuvor – weder hier in unserem Haus noch zwei Meilen weiter südlich in der Stadt Laguna Beach, wo sich so viel von dem Grauen zugetragen hat, noch irgendwo anders in diesem County, das Disneyland beherbergt und dessen Flughafen sich mit dem Namen des Westernhelden John Wayne schmückt. Hier, wo sich ein blühendes Waffengeschäft hinter dem klingenden Namen Raumfahrtindustrie versteckt und die Grundstückspreise zu den höchsten in den gesamten Vereinigten Staaten gehören, hat der Sommer der Angst uns alle verändert.

Er hat uns gezeigt, daß es, tief verborgen in unserem Inneren, bei uns allen etwas gibt, das uns möglicherweise zu grauenvollen, schrecklichen Taten treibt.

Das Nachtauge – ich war es übrigens, der die Öffentlichkeit mit seinem Namen vertraut machte – war nicht der erste Massenmörder in der Geschichte des Orange County. Aber bisher haben wir diese Leute immer wie Raubtiere angesehen, die anderen Menschen brutal und gnadenlos nachstellten. Sie haben traurige Berühmtheit erlangt, diese Monstren, die ihre Opfer nachts in ihren Schlafzimmern erwürgen, sie in dunklen Seitenstraßen abstechen oder ihnen aus nächster Nähe eine Kugel in den Leib jagen. Ein jeder hier hat die Geschichte von den ahnungslosen Trampern gelesen, die vertrauensselig einen Schluck aus einer mit K.o.-Tropfen präparierten Bierflasche nahmen und im daraus resultierenden Zustand der Bewußtlosigkeit bestialisch ermordet wurden. Dann gab es noch die von dem Pentagramm, das toten Pennern in die Handfläche geritzt wurde, oder von den gräßlich zugerichteten Überresten getöteter Soldaten, die man in Plastiktüten neben dem Highway und in den Wäldern an der Grenze des County gefunden hatte – ein paar davon übrigens ganz in der Nähe des Canyons, in dem jetzt mein Vater lebt.

Auch Sie haben sicherlich von diesen Mördern gehört – vom Highwaywürger (zehn Opfer), vom Nachtgespenst (vierzehn Opfer) oder von Randy Kraft (siebzehn Opfer). Die drei sollen übrigens im Hochsicherheitstrakt des Zuchthauses von Vacaville zusammen eine Bridge-Runde gegründet haben, zumindest habe ich das erst kürzlich ausgerechnet im *Vanity Fair* gelesen. (Angeblich gewinnt Kraft die meisten Spiele, und der Highwaywürger, den er behandelt wie ein kleines Kind, soll ihm tierisch auf die Nerven gehen. Das Nachtgespenst wiederum wird in dem Artikel als ein schlechter Verlierer beschrieben, dessen Schwäche es sein soll, daß er zu unbedacht ausspielt. Dennoch bewundert Kraft an ihm angeblich seine aggressive Spielweise.)

Diese drei Männer haben wir als Außenseiter betrachtet. Selbst Kraft, ein wohlerzogener, freundlicher Computerprogrammierer, der hier im County aufgewachsen ist, kam uns ziemlich fremd vor. Kein Wunder, denn schließlich waren alle seine Opfer junge Männer, die er vor ihrem Tod ausnahmslos entweder zum Geschlechtsverkehr verführt oder vergewaltigt hatte. Als Homosexueller gehörte Kraft in eine seltsame, geheimnisvolle Welt, zu der sich wohl nur die allerwenigsten der Normalbürger des County zugehörig gefühlt hätten. Nach dem Motto: Gott sei Dank bin ich nicht schwul, also habe ich von diesem Serienmörder auch nichts zu befürchten. Bei den paar Gesprächen, die ich mit Kraft während seines Prozesses führen durfte, hatten mich jedesmal aufs neue seine Intelligenz, seine Bescheidenheit und seine Offenheit verblüfft. Vielleicht sollte ich noch erwähnen, daß man bei seiner Festnahme auf dem Vordersitz von Krafts Wagen einen toten Gefreiten der Marines und eine Liste mit Namen und Beschreibungen der Männer gefunden hat, die er mit Drogen betäubt, vergewaltigt, in Stücke gehackt und dann an verschiedenen Orten fortgeworfen hatte. Viele Einträge auf der Liste bezogen sich auf Männer, die von der Polizei als vermißt geführt wurden. Trotz all dieser schauerlichen Details schaffte Kraft es nie, bei den Menschen des County im Unterbewußtsein soviel Schrecken zu verbreiten wie das Nachtauge in diesem Sommer der Angst.

Das Nachtauge war einer von uns. Wir haben es geboren und aufgezogen. Zum Schluß, glaube ich, dachten die Leute sogar, daß das Nachtauge so wie wir war und daß wir, wenn auch natürlich in weitaus geringerem Umfang, so waren wie das Nachtauge.

Jetzt ist es Winter, und das County fängt langsam an, diesen Alptraum zu vergessen.

Eines allerdings ist mir in diesem Sommer klargeworden. Etwas, das ich nie vergessen werde: Die Kenntnis der Wahrheit hat nicht immer etwas Befreiendes an sich.

KAPITEL 2

Warum ich Amber Mae Wilson in der Nacht von Samstag, dem dritten Juli, anrief, weiß ich selber nicht mehr genau. Sicher, ich war einmal ihr Liebhaber gewesen, aber das war nun schon über zwanzig Jahre her. Es stimmt auch, daß ich die ganzen zwanzig Jahre über – mal mehr, mal weniger – hin und wieder an sie gedacht habe, aber die letzten fünf dieser Jahre war ich glücklich und ohne eine Spur des Bedauerns mit meiner Frau verheiratet.

Vielleicht lag es an dem Traum, den ich in der Nacht zuvor gehabt hatte, in dem die vier Jahre alte Amber Mae Wilson splitterfasernackt bei mir auf der Veranda gestanden war und gesagt hatte: »Ich heiße Amber Mae. Ich bin drei Jahre alt und wohne in dem weißen Haus da drüben. Schenkst du mir einen Keks?«

Das war eine wahre Geschichte, jedenfalls hat Amber das damals, als wir zusammen waren, immer wieder behauptet. Ich glaube es sogar, denn in dem Vorfall zeigen sich gleich mehrere von Ambers grundlegenden Charaktereigenschaften: Ihr Mut, ihre Unschuld, ihre Bereitschaft, etwas zu ändern und ihre Nacktheit. Andererseits wurde mir in den beiden kurzen Jahren unserer Liebesbeziehung aber auch klar, daß Amber ständig irgendwelche Geschichten über sich erfand. Sie schuf sich damit – das ist mir erst in diesem Sommer richtig klargeworden – eine Amber Mae Wilson, mit der sie selbst besser auskam als mit der realen. Sie sah die Wahrheit niemals als etwas Statisches oder Absolutes, nie als etwas Unumkehrbares oder Bindendes an. Die Wahrheit war für Amber Mae wie ein

Kleidungsstück, das sie wechseln konnte, wann immer es ihr gelegen kam.
Als ich Amber in jener schwülen, feuchtheißen Julinacht von einer Bar aus anrief, war nur ihr Anrufbeantworter dran. Es war zwanzig Minuten nach Mitternacht, und ich bildete mir ein, eine Aufgabe zu haben.
Und so fuhr ich zu ihrem Haus im Süden der Stadt und starrte aus meinem Wagen auf Ambers Garten mit seinen von Strahlern beleuchteten Palmen und seinem schmiedeeisernen Tor. Hinter den Gitterstäben konnte ich sehen, wie aus dem Maul eines springenden Marmordelphins ein dünner Wasserstrahl in einen Brunnen plätscherte. Dahinter brütete, hoch über dem Pazifischen Ozean, Ambers großes Haus in der Dunkelheit. Zwei Komma acht Millionen Dollar hatte sie, wenn man den Zeitungsartikeln glauben konnte, für diesen Schuppen und die eineinhalb Hektar Grund hinblättern müssen. Dafür standen hier, in dieser exklusiven Gegend in den Küstenbergen, die Häuser gut hundert Meter auseinander.
Es war schon das dritte Mal innerhalb einer Woche, daß ich spät nachts hierherkam.
Seit fünf Jahren wohnte Amber nun schon in diesem Haus, und das dürfte für sie eine Art persönlichen Rekord darstellen. In dieser Zeit hat sie dreimal den Garten umgemodelt. Zuerst sah es hier so aus, als habe irgendein reicher Spinner sich Cape Cod nachgebaut – überall waren Wege aus Terrakottaplatten, kupferne Wetterhähne und hölzerne Blumenkübel. Als nächstes kam eine Wüstenlandschaft mit jeder Menge Kakteen und Wegen aus verwittertem Granit, und jetzt zeigte der Garten ein kalifornisch-mediterranes Gesicht. Ich wußte das alles nur deshalb, weil ich bei meiner Arbeit viel im County herumkomme. Da kann man bestimmte Dinge einfach nicht übersehen.
Wie schon gesagt, die Nacht war schrecklich heiß. Ich kurbelte sämtliche Fenster herunter, lehnte den Kopf an die Nackenstüt-

ze und dachte an meine Frau Isabella, die jetzt zu Hause war und schlief. Isabella, die Frau meines Lebens, die mich gelehrt hat, was wahre Liebe ist, lag jetzt in ihrem Bett und hatte, trotz der Hitze, eine Wollmütze auf, um ihren Kopf warm zu halten. Neben dem Bett standen ihr Rollstuhl und ihr Gehstock. Die weißen Papierbecher mit den Medikamenten für die Nacht befanden sich griffbereit auf einem niedrigen Regal, so daß Isabella, die von der letzten Dosis noch ganz schläfrig und benommen war, nicht lange suchen mußte, wenn es an der Zeit war, die nächsten Pillen zu schlucken.

Isabella war achtundzwanzig Jahre alt und litt in dieser Nacht des dritten Juli, in der ich schon zum dritten Mal in einer Woche vor Amber Mae Wilsons Haus im Wagen saß und mich fragte, ob ich wohl den Mut aufbringen würde, zum Tor zu gehen und zu klingeln, nun schon seit etwas mehr als eineinhalb Jahren an einem bösartigen Gehirntumor.

Vermutlich meinen Sie jetzt, daß dieser Russell Monroe Ihnen ein paar Erklärungen schuldig ist.

Sie können sich gar nicht vorstellen, wie viele.

In jener feuchten, heißen Nacht des dritten Juli aber war ich nicht gewillt, irgend jemandem irgend etwas zu erklären, am allerwenigsten mir selbst. Ich weigerte mich ganz einfach, denn Erklärungen wären mir bei dem, was ich vorhatte, nur lästig gewesen. Schließlich war ich gerade dabei – so hoffte ich zumindest – ein geheimes Doppelleben zu beginnen.

Ich öffnete das Handschuhfach, holte meinen silbernen Flachmann mit der Gravur: »In ewiger Liebe, Isabella« heraus und nahm noch einen Schluck Whisky. *Isabella.* Ich legte den Flachmann zurück, zündete mir eine Zigarette an und lehnte mich in meinem Sitz zurück. Während ich wieder hinüber zu Ambers Garten blickte, versuchte ich, alle unangenehmen Gedanken aus meinem Kopf zu verbannen und statt dessen in Erinnerungen an Amber und eine Zeit zu schwelgen, in der wir noch jung

gewesen waren und geglaubt hatten, die ganze Welt würde uns offenstehen. Gibt es nicht für jeden von uns ein paar Jahre so um die Mitte Zwanzig herum, die einem dann in der Erinnerung wie die glücklichsten des ganzen Lebens vorkommen?
Während ich so vor mich hinsinnierte, sah ich, wie Ambers Haustür sich öffnete und schloß und jemand sich quer durch den Garten auf das schmiedeeiserne Tor zu bewegte.
Es war ein Mann, der das Tor, bevor er es hinter sich ins Schloß fallen ließ, sorgfältig mit einem Taschentuch abwischte. Dann hakte er die Daumen in die vorderen Taschen seiner Jeans und ging eiligen Schrittes fort. Das Taschentuch hatte er in der rechten Faust zusammengeballt. Er überquerte die Straße, stieg in einen am gegenüberliegenden Gehsteig geparkten schwarzen Firebird jüngeren Baujahres und fuhr fort.
Der Mann sah mich nicht, aber ich sah ihn. Und ich kannte ihn gut.
Sein Name war Martin Parish. Captain Martin Parish, der Chef der Mordkommission beim Sheriff von Orange County. Früher einmal war er zunächst ein Bekannter von mir gewesen, dann wurde er mein Freund, und daran hat sich seit zwanzig Jahren nichts geändert.
Marty Parish war ein großer Mann mit gütigen blauen Augen und einer brennenden Leidenschaft für die Vogeljagd.
Marty Parish und ich haben miteinander im Winter 1974 die Abschlußprüfung an der Sheriffsakademie gemacht.
Marty Parish war es, der mir bei unserer Einstandsfeier beim Sheriff Amber Mae Wilson vorgestellt hat.
Marty Parish war der einzige von ihren Männern, den Amber je geheiratet hat. Diese Ehe lag jetzt fünfzehn Jahre zurück und hatte nur ein Jahr gedauert. Und jetzt hatte Marty eben mitten in der Nacht Ambers Haus verlassen und seine Fingerabdrücke vom Griff des Gartentors gewischt.
Ich sah zu, wie die Rücklichter des Firebird in der Dunkelheit

verschwanden, und fragte mich, ob Martin Parish wohl auf dieselben Gedanken gekommen war wie ich. Ich hatte ihn eigentlich immer für willensstärker gehalten als das. Auf einmal überkam mich eine Woge der Scham. Aber vor wem schämte ich mich? Vor Martin? Oder vor mir selbst?
Vom Autotelefon aus rief ich noch einmal Amber an, aber es war wieder bloß der Anrufbeantworter dran. Was für eine einladende, verschwörerisch klingende Stimme Amber auf dem Band doch hatte.
Ich nahm noch einen Schluck aus meinem Flachmann und legte ihn wieder ins Handschuhfach, bevor ich die Fenster hochkurbelte und ausstieg.
Tu das nicht, sagte eine leise Stimme tief in mir, *es gibt keinen Grund dafür, auch wenn du eine Million Entschuldigungen dafür zu haben meinst* – aber ich war schon fast an Ambers Gartentor angelangt. Es war nicht abgesperrt. Das Haus war dunkel, nur aus einem Fenster, das möglicherweise zur Küche gehörte, drang ein ganz schwacher Lichtschein. Ich klopfte, klingelte und klopfte noch einmal. Die Tür war verschlossen. Auf einem Gartenweg aus runden Betonplatten gelangte ich um das Haus herum in den hinteren Teil des Gartens. Im bläulichen Licht des Halbmonds konnte ich den sanft hügeligen Rasen und den kleinen Orangenhain am Ende des Gartens erkennen. Vom Rand eines abgedeckten Whirlpools aus Beton stieg feiner Wasserdampf auf.
Die gläserne Schiebetür ins Haus stand weit offen, ebenso wie die Fliegengittertür davor. Offen! Das Herz sackte mir in die Hose, aber ich bemühte mich, an nichts zu denken. Fängt so ein geheimes Doppelleben an? Die Vorhänge waren aufgezogen, vermutlich, um die Nachtluft ins Haus zu lassen. Klimaanlagen hatten Amber schon immer Kopfschmerzen verursacht. War Marty auf diesem Weg ins Haus gekommen? Als ich mir das Fliegengitter näher besah, entdeckte ich einen etwa zwanzig

Zentimeter langen, vertikalen Schlitz etwas links und knapp oberhalb des von innen zu öffnenden Schlosses. So einen Schlitz hätte man problemlos mit einem Tafelmesser machen können. In meinem Inneren begannen sich auf einmal Dämonen zu regen; ich konnte direkt spüren, wie sie durch meine Arterien wirbelten und sich um meine Wirbelsäule wanden. Sie fühlten sich an wie Monstren aus den Tiefen des Meeres, in die nie ein Lichtstrahl hinabfällt – mit Zähnen scharf wie Rasiermesser, plumpen Köpfen und farbloser Haut. Ich spürte, wie mir das Blut in den Schläfen hämmerte.

Was ich als nächstes tat, war total konträr zu dem, was ich als Polizist gelernt hatte, was mir mein Instinkt als Schriftsteller sagte und was die Logik der Situation geradezu gebot. Es war sogar gegen die Emotionen, die jetzt in mir hochstiegen. Aber irgendwie drehte ich durch und geriet in Panik. Meine Angst brauchte einfach ein Ventil. Aber vielleicht war es ja auch aus Sorge um Amber Mae Wilsons Wohlergehen – das jedenfalls rede ich mir jetzt manchmal ein.

Ich stürmte ins Haus, tastete nach einem Lichtschalter und rief ihren Namen.

»Amber.«

»Amber.«

Amber!

Nichts. Ich rannte durch sämtliche Zimmer im Erdgeschoß – sie waren alle leer. Überall schaltete ich wahllos Lichter an. Als ich die Treppe hinaufhastete, kam ich ins Stolpern und schlug mit dem Schienbein schmerzhaft an eine Treppenstufe. Oben angekommen, war ich völlig außer Atem. In dem trügerischen Licht gab es Winkel und Nester voller Dunkelheit, in denen sich weiß Gott was verbergen konnte. Überall in diesen Schatten kam es mir so vor, als bewege sich etwas. In einem Zimmer, das offensichtlich Ambers Arbeitszimmer war, rannte ich gegen einen niedrigen Schrank. Ein Stapel Zeitschriften fiel zu Boden, die

Lampe daneben fiel um, und die Birne zersprang mit einem leisen Knall.

Amber!

Schließlich rannte ich auf eine halb offene Tür am Ende eines langen Ganges zu. Die Gemälde an den Wänden sausten an mir vorbei, und die Decke kam mir auf einmal erdrückend niedrig vor. Mein Herz hämmerte jetzt so wild, daß es kaum mehr Pausen zwischen den einzelnen Schlägen gab. Dann war ich an der Tür und stürzte in den Raum. Der Lichtschalter befand sich genau dort, wo ich vermutet hatte, und plötzlich war das Zimmer hell erleuchtet. Alles hätte ich hier erwartet, nur nicht das, was ich sah.

Zuerst dachte ich, es wäre Blut. Dann korrgierte ich mich: Es war rote Sprühdosenfarbe. Die größten Buchstaben befanden sich auf den Spiegeltüren des begehbaren Kleiderschranks:

SO JAH SEH

Dann, auf der gegenüberliegenden Wand über dem Kopfteil des Bettes:

WACHT AUF ODER STERBT IN UNWISENHEIT

Und auf der Wand mir gegenüber:

DAS NACHTAUGE IST WIEDER DA

Dazwischen war überall das Peace-Zeichen gesprüht, dieses häßliche Henkelkreuz aus den sechziger Jahren, das mich immer an einen Krähenfuß oder an ein modifiziertes Kruzifix erinnert. In stark verzogenen, krude hingesprühten Kreisen zog es sich über alle Wände des Zimmers. Und dann dieses SO JAH SEH. Ich brauchte eine Weile, bis ich kapierte, was es bedeutete. Es war die lautmalerische Umsetzung eines bekannten Rastafari-Spruchs. *So Jah says.* So spricht Jah. Und Jah heißt bei den Rastas Gott. SO SPRICHT GOTT.

Amber lag mit grotesk abgespreizten Armen und Beinen neben dem Bett auf dem Fußboden. Sie trug einen Morgenmantel aus blauer Seide. Ihr volles braunes Haar war auf den Teppich hingebreitet, und dazwischen konnte ich weiße und rosa Fetzen sehen, die einmal Ambers Hirn und Schädeldecke gewesen sein mußten. Noch schlimmer war ihr Gesicht, Ambers schönes, altersloses und verführerisches Gesicht – es hing nur noch mit einem Fetzen Haut am Schädel und war zur Seite geklappt, als habe es sich selbständig gemacht und betrachte die in einer großen Blutlache schwimmenden, braunen Haare.
In meinen ganzen zehn Jahren als Polizist habe ich nie …
In den zehn Jahren als Kriminalschriftsteller habe ich nie …
Nie. Nicht ein einziges Mal habe ich etwas gesehen, das dem hier auch nur nahegekommen wäre.
Ich erinnere mich noch, wie ich dastand und mit zitternden Hüften mein Gewicht auf die Fersen verlagerte. Ich blickte hinauf zur Decke und wartete darauf, daß sich meinem Mund ein Schrei entwand, aber er blieb mir vor lauter Grauen in der Kehle stecken. Dieser erstickte Schrei kam tief aus meinem Inneren, direkt aus meinen Zehen und drängte mit Gewalt nach oben. Ein fürchterlicher Schmerz stieg mir vom Magen die Speiseröhre empor, meine Augen begannen zu tränen und die Peace-Zeichen an den Wänden schienen auf einmal in wildem Reigen um mich herumzutanzen.
Ich beugte mich hinab zu Ambers weggeklapptem Gesicht und blickte in ihre matten grauen Augen. Sie waren abwesend und leblos wie altes, stumpf gewordenes Glas.
Niemals, in all den vielen Jahren …
Aus dem roten Schleier heraus, der mich umgab – alles was ich sah, war auf einmal in Rot getaucht, hatte rote Umrisse, leuchtete rot – legte ich einen Finger auf meine Lippen und streckte ihn nach denen von Amber aus. Die Entfernung von meinem Mund zu dem ihren kam mir fast unendlich vor. Wie weit

entfernt Amber auf einmal zu sein schien. Als ich meinen Finger schließlich doch auf ihre kalten grauen Lippen legte, zitterte er wie Espenlaub.
Ich stand auf, ging ins Badezimmer und holte mir eine Handvoll Toilettenpapier. Als ich zurückkam, sah ich mich etwas gründlicher in dem Zimmer um. Auf dem Fußboden neben der Tür entdeckte ich zwei offenstehende, gepackte Koffer. Wohin hatte Amber gewollt? Ich zwang mich dazu, sie noch einmal anzusehen. Dann kniete ich mich neben sie und wischte nach kurzem Zögern mit dem Toilettenpapier ihre Lippen ab. Dasselbe tat ich mit dem Lichtschalter, wobei ich gleichzeitig das Licht ausknipste. Nacheinander wischte ich auch alle anderen Schalter ab – sogar die, von denen ich mir ganz sicher war, daß ich sie nicht berührt hatte. Schließlich nahm ich mir den Haken der Fliegengittertür und den Türknopf der Eingangstür vor, bis ich ein paar Sekunden später in meiner rötlich gefärbten Trance den Messinggriff des Gartentors blankrieb, den Martin Parish nicht lange vor mir ebenfalls abgewischt hatte.
Es kam mir so vor, als wäre der Weg zu meinem Wagen über zehntausend Meilen lang.

Ich fuhr zur Main Beach und watete dort durchs knietiefe Wasser. Ich vergrub meine Hände im nassen Sand und spritzte mir das salzige Meerwasser ins Gesicht. Lange Zeit stand ich so da und steckte immer wieder meine Arme in den leicht schmirgelnden, tropfnassen Schlick. Was sollte ich tun? Ich könnte natürlich die Polizei anrufen und ihr einen anonymen Tip geben. Ich könnte ihnen auch meinen Namen nennen und sagen, daß Martin Parish seine Exfrau umgebracht hatte. Oder ich konnte mich totstellen, abwarten und darauf bauen, daß die Polizei ihre Arbeit tat. Aber eines würde ich garantiert nicht tun – und wenn die Sache noch so sehr nach Mord roch –, ich würde niemals zugeben, daß ich jemals bei (geschweige denn in!) Amber Mae

Wilsons Haus gewesen war. Das war ich Isabella schuldig, sagte ich mir. Das war ich uns beiden schuldig.

Und dann kam mir noch ein Gedanke. Und obwohl der mir als das so ziemlich Düsterste vorkam, was mein Kopf je produziert hatte, muß ich zugeben, daß er mir einen kleinen Schauer der Erregung den Rücken hinunter und in das Chaos meines Herzens jagte. Als ich so dastand und meine Hände immer wieder im scheuernden Sand des Pazifik vergrub, wurde mir auf einmal bewußt, daß mir eben möglicherweise die größte Geschichte meines Lebens über den Weg gelaufen war. Phantastisches Material, das nur mir allein gehörte. *Mach was draus*, sagte ich mir. Denn das hier war mehr als ein geheimes Doppelleben, mehr als eine Zerstreuung. Hier hatte ich einen Vorfall an der Hand – und was für einen *Vorfall*! –, der, wenn ich nur das richtige daraus machte, meiner Karriere sehr viel mehr nützen konnte als ein Dutzend zweitklassiger Kriminalromane. *Ich kannte diese Leute. Und ich war am Schauplatz des Verbrechens gewesen.* Als ich auf einmal meinem eigenen Ehrgeiz mit all seiner mir bisher verborgen gebliebenen Gier direkt in die Augen sah, wurde mir fast ein wenig schlecht. Dennoch wollte in mir, während sich die Kühle des Ozeans langsam in meinen Armen und Beinen bemerkbar machte, kein so richtiges Gefühl der Scham aufkommen. Was war so ein Gefühl denn auch schon im Vergleich zu dem schrecklichen Anblick von Ambers Gesicht, der mir noch immer tief in meinem Inneren die Seele aufwühlte?

Schließlich ging ich im Licht des Halbmonds quer über den Strand zurück zu meinem Wagen. Pärchen schlenderten Arm in Arm umher und küßten sich auf der Strandpromenade. Ein Hund trabte an mir vorbei.

SO JAH SEH

So spricht Gott.

Auf einmal verspürte ich das übermächtige Verlangen, zu Hause zu sein, im Bett neben Isabella. Diese Sehnsucht überkam mich mit solcher Heftigkeit, als wäre in mir auf einmal ein Damm gebrochen. Bitte, Gott, bring mich zurück. Ich fuhr, so schnell ich nur konnte, hinaus in den Canyon und die schmale, kurvige Straße hinauf, die vor unserem Haus auf seinen wackeligen Stelzen endet.

In der Küche untersuchte ich meine Knie auf Blutflecken. Obwohl ich keine fand, sprühte ich meine Hose zur Sicherheit mit Fleckloser ein. Oben zog ich dann alle meine Sachen aus und warf sie in den Wäschekorb.

Dann duschte ich eine kleine Ewigkeit lang – zuerst heiß und schließlich kalt.

Als ich neben Isabella ins Bett glitt, stöhnte sie leise und legte ihren Arm über meine Brust. Ihr Gesicht war ganz nahe an dem meinen, so daß ich ihren verschlafenen Atem riechen konnte.

»Dein Herz klopft ja ganz stark«, flüsterte sie.

»Ja, wegen dir.«

Sie machte »hmm«, und ich wußte, was das bedeutete: ein kleines, zärtliches Lächeln huschte jetzt über ihr Gesicht, während sie bereits wieder in den Schlaf zurücksank, aus dem sie eben für ein paar Sekunden aufgewacht war.

»Es ist spät, R-R-Russ.«

»Ich habe nur noch ein paar Bierchen getrunken.«

»Hmm ...«

»Ich liebe dich, Isabella.«

»Ich dich auch.«

»Ich liebe dich wirklich, von ganzem Herzen.«

»Hmm. Du bist mein großer, starker Held.«

Mein Herz klopfte immer stärker. Ich erinnere mich noch, daß es lauter und immer lauter wurde, bis es mir wie das Geräusch von schweren Tritten vorkam, das mich hinübergeleitete in die Stille wirrer Träume.

KAPITEL 3

Den nächsten Vormittag verbrachte ich auf der Polizeistation von Laguna Beach und wartete auf den Anruf. Obwohl Ambers Haus sich außerhalb der Stadtgrenze befand, war die Polizei von Laguna für Notrufe und Einbruchsmeldungen aus dieser Gegend zuständig. Um meine Anwesenheit in der Station zu rechtfertigen, schmierte ich dem Polizeichef Honig ums Maul, indem ich ihm Tips für ein Buch gab, das er schreiben wollte. Mitten in der Unterhaltung mußte ich aufs Klo und mich übergeben. Noch nie zuvor in meinem ganzen bisherigen Leben hatte ich vor lauter Ekel kotzen müssen.

Mein Bedürfnis, über das zu sprechen, was ich gesehen hatte – also quasi ein Geständnis abzulegen –, war so stark, daß es mir wie ein Schmerz vorkam, der in meiner Brust ein paar Zentimeter rechts vom Herzen saß. Auf einmal konnte ich verstehen, wie sich ein Täter bei einem Verhör fühlen muß. Und wie ich das verstehen konnte. Da sprach ich im Brustton der Überzeugung mit den Detectives über irgendein belangloses Thema – ich glaube, es war die andauernde Dürre in ganz Kalifornien –, und dabei wurde mir innerlich so schlecht, bis ich schließlich noch einmal auf die Toilette ging und mich übergeben mußte. Danach sprach ich noch mit einem Drogenfahnder, mit dem Wachhabenden, dem Mann in der Notrufzentrale und ein paar Politessen. Bei allen hatte ich das Gefühl, daß sie mich mißtrauisch beäugten.

Der Anruf wollte einfach nicht kommen. Kein Mord wurde aus der Ridgecrest Road, Hausnummer 1316, gemeldet. Es war ein ruhiger Vormittag, dafür, daß es der vierte Juli, der Nationalfei-

ertag, war. Vermutlich wartete ich vergeblich, dachte ich. Es konnten Tage vergehen, bis endlich jemand Ambers Leiche fand.
Außerdem war die Polizeistation von Laguna ohnehin nicht der richtige Platz für mich. Ich wollte viel lieber Marty Parish direkt in die Augen sehen, wenn er von der Sache erfuhr. Gegen Mittag konnte ich mich schließlich nicht mehr zurückhalten und fuhr zum Verwaltungsgebäude des County in Santa Ana, in dem auch der Sheriff mit seinen Leuten untergebracht ist.
Als ich in Martys Büro trat, saß er am Schreibtisch und schnitt sich die Fingernägel. Ich hatte mich also nicht getäuscht, er war auch am vierten Juli hier. Marty arbeitete immer an Feiertagen, denn da bekam er mit Zuschlägen fast doppelt soviel bezahlt wie üblich und außerdem einen zusätzlichen freien Tag, den er dann im Herbst, wenn die Jagdsaison eröffnet war, gut gebrauchen konnte.
Ich stellte meine Aktentasche vor ihm auf den Schreibtisch und nahm drei Schachteln mit nagelneuen Schrotpatronen heraus. »Die habe ich mir aus Versehen gekauft«, sagte ich und mußte dabei nicht einmal lügen. »Sind leider ein zu großes Kaliber für meine Flinte. Aber du kannst sie doch sicher für deine Browning gebrauchen. Ich schenke sie dir.«
Marty nickte und legte die Nagelschere weg. Dann stand er auf und gab mir die Hand. Seine blauen Augen waren leicht blutunterlaufen. Das linke Augenlid hing ein wenig weiter herab als das rechte, was seinem Gesicht einen Ausdruck leicht verschlafener Berechnung verlieh. Seine Haut war braun und wettergegerbt wie immer. Er war zweiundvierzig Jahre alt, sah aber aus wie Anfang Fünfzig.
Marty war der geborene Jäger. Er hatte hervorragende Augen, ein gutes Gehör und einen kräftigen, muskulösen Körper, den er erstaunlich schnell und wendig bewegen konnte. Er war ein ausgezeichneter Schütze, dem das exakte Berech-

nen von Entfernung und Geschoßbahn im Blut zu liegen schien. Vor Jahren, als wir noch zusammen auf die Jagd gingen, haben wir uns eines Tages jeweils gegenseitig eine Kühltruhe geschenkt und dann jedes Jahr einen Preis dafür ausgesetzt, welche von den beiden am Ende der Jagdsaison mit den meisten Vögeln gefüllt war. (Der Preis ging immer an Marty.) Parishs dicke Hände erinnerten mich mit ihren plumpen Fingern immer an einen Zimmermann, aber ich habe nie herausgefunden, ob er wirklich mit Hammer und Säge umgehen kann.
Die Tränensäcke unter Martys blutunterlaufenen blauen Augen waren dunkel und dick. Er mußte sich beim Rasieren geschnitten haben, denn aus einem kleinen, horizontalen Strich oberhalb seines Adamsapfels war etwas Blut auf den Kragen seines offenen Hemdes getropft. Sogar hier, im vollklimatisierten Gebäude der Countyverwaltung, war etwas von der Hitze des vierten Juli zu spüren.
»Wie geht es Isabella?«
»Gut. Sie ist stark.«
»Sie ist eine unglaubliche Frau. Eigentlich viel zu schade für dich.«
»Das sagt mir jeder.«
»Die Chemotherapie müßte doch schön langsam mal vorbei sein, oder?«
»Noch ein Zyklus, dann sehen wir weiter.«
»Ich bewundere dich, Russell. Du hast das alles wirklich gut durchgestanden.«
»Mir blieb gar keine andere Wahl.«
»Manche Burschen würden einfach aufgeben und sich aus dem Staub machen.«
»Ich nicht.«
Marty war immer schon zurückhaltend gewesen, und als Amber ihn vor vielen Jahren verlassen hatte, war er noch ruhiger

geworden. Nur wenn er betrunken war oder sich extrem aufregte, konnte er ziemlich laut und überschwenglich werden. Ansonsten kam er den meisten Leuten – mich eingeschlossen – fast ein wenig langweilig vor. Aber auch wenn Marty Parish nicht ganz so schnell von Begriff war wie andere, brauchte man ihm nie etwas zweimal sagen. Manchmal kam es mir sogar so vor, als zeuge Martys brütendes, breitgesichtiges Schweigen von einem tieferen Verständnis der Welt. Martin Parish, davon war ich hundertprozentig überzeugt, war ein zutiefst moralischer Mann.

Nach der Scheidung von Amber heiratete er eine sehr hübsche Frau namens JoAnn, und diese Ehe hielt nun schon seit fast vierzehn Jahren. Sie hatten zwei Töchter, und Marty liebte seine Familie sehr. Vermutlich kam das daher, daß er in bezug auf eheliche Untreue keinen Spaß verstand. Martin Parish war ein Familienmensch, aber er trank zuviel.

Jetzt deutete er auf einen Stuhl, und ich setzte mich. »Na, was gibt's sonst noch so?«

Ich hielt mich zurück, obwohl meine Neugier fast übermächtig war. »Es geht um die Ellisons«, sagte ich. Es war wirklich seltsam und schrecklich zugleich, das gesehen zu haben, was ich gesehen hatte – und Marty, das wußte ich, hatte ja genau das gleiche gesehen –, und nicht ein einziges Wort darüber zu verlieren.

»Schlimme Sache«, sagte er.

»Haltet ihr das wirklich für einen Raubmord?«

»Es war einer. Zumindest war es am Anfang so geplant gewesen.«

»Wenn du meinst.«

»Nix ›wenn du meinst‹, Monroe. Ein Raubmord bleibt nun mal ein Raubmord, ganz gleich, was am Ende dabei herauskommt. Willst du mal die Tatortfotos sehen?«

»Ich dachte schon, du würdest mich niemals fragen.«

Er warf mir einen braunen Briefumschlag in den Schoß. Ich öffnete ihn.
Mr. und Mrs. Ellison – Cedrick und Shareen – waren sogar noch im Tod vereint. Shareen lag etwa in der Mitte ihres Schlafzimmers auf dem Holzboden. Eine ihrer Wangen war fest auf die Dielen gepreßt, und ihr Ehemann lag über ihr. Sie waren beide nackt. Irgend jemand hatte mit ihren Schädeln und Gesichtern dasselbe angestellt wie mit dem von Amber Mae Wilson. Ich spürte, wie mir der kalte Schweiß aufs Gesicht trat und die Ader an meiner Schläfe wieder zu klopfen begann.
Tatortfotos sind oft schlimmer als der Tatort selbst. Das liegt vielleicht an dem kleinen Maßstab, der das Grauen einerseits auf engstem Raum konzentriert und andererseits entpersonalisiert. Und dann hat man auch noch ständig das Gefühl, daß man ohne wirklichen Grund eine fürchterliche, traurige Intimsphäre verletzt. So seltsam es auch klingen mag, an einem wirklichen Tatort hat man – als Polizist zumindest – wenigstens das erleichternde Gefühl, daß man dort ist, um zu helfen. Bei diesen speziellen Bildern kam zu dem Grauen noch hinzu, daß man nicht richtig erkennen konnte, was nun Blut war und was nicht, denn die Ellisons waren beide schwarz, und ihre Hautfarbe hob sich nicht so gut von der des Blutes ab wie die von Weißen oder Asiaten. Ihre jungen, schlanken Körper waren so verdreht, daß sie auf eine gräßliche Weise sogar anmutig aussahen.
»Was meinst du? Ein Täter oder zwei?« fragte ich Marty.
»Zwei. Einer hätte ganz schön zu tun gehabt, den beiden fast gleichzeitig die Schädel einzuschlagen.«
»Gibt's schon irgendwelche Beweise … dafür, daß es ein Täter war und nicht zwei, meine ich.«
Marty sah mich finster an und nahm seine Nagelschere wieder zur Hand. Wir näherten uns jetzt einem seiner wunden Punkte, das wußten wir beide genau. Als ich meinen Job beim Sheriff aufgab, um reich und berühmt zu werden (ha, ha!), dachten

Polizisten wie Marty, daß sie mir jetzt aus Prinzip keine Informationen mehr geben dürften. Es war immer dasselbe Spiel: Wenn sie einen Verdacht hatten, von dem sie nicht wollten, daß er in der Zeitung stand (schließlich arbeitete ich nebenbei für das *Orange County Journal*), versuchten sie, mich in eine andere Richtung zu lenken. Wenn ich etwas mit neunzigprozentiger Sicherheit wußte, dementierten sie es. Und wenn ich an der richtigen Sache dran war, versuchten sie, mich auf einen Holzweg zu schicken. Ein nettes Spiel.

Aber der Punkt, auf den wir beide jetzt wieder einmal in vollem Bewußtsein zusteuerten, war kein Teil dieses Spiels. Er war so ernst wie nur gerade irgendwas.

»Natürlich haben wir Beweise. Wir hocken nicht hier herum und saugen uns irgendwas aus den Fingern, verdammt noch mal!«

»Wenn es ein Raubmord war, was haben die Täter dann mitgenommen?«

»Das darf ich dir nicht sagen.«

»Wirklich nicht?«

»Wirklich nicht.«

»Und was ist mit den beiden Fernandez?«

»Was soll mit denen sein?«

»Kann ich mir von denen mal die Tatortfotos ansehen?«

Marty wußte genau, daß mir der stellvertretende Gerichtsmediziner die Fotos zeigen würde, wenn er es nicht tat.

Wir warfen uns gegenseitig die Umschläge mit den Fotos zu. Dann besah ich mir die Tatortfotos von Sid und Teresa Fernandez, beide sechsundzwanzig Jahre alt, denen man in ihrer Wohnung im Schlaf die Schädel eingeschlagen hatte. Das Bett war dabei kaum zerwühlt worden. Sid lag noch unter seiner Decke zusammengerollt wie ein Arbeiter nach einem langen, anstrengenden Tag in der Fabrik.

Fernandez war Autolackierer. Sein Schädel klaffte weit auf, und das meiste von dem, was vorher drin gewesen war, lag jetzt

neben seinem Gesicht auf dem Kopfkissen. Teresa lag von Sid weggedreht neben ihm. Ihr Gesicht hing ebenso wie ihr rechter Arm über den Rand der Matratze, und der Inhalt ihres eingeschlagenen Schädels hatte sich auf dem Boden vor dem Bett verteilt. Es sah so aus, als wären in ihren Köpfen Dämonen herangewachsen, die dann von innen die Hirnschale gesprengt hatten und nach draußen gesprungen waren. Ich mußte unwillkürlich an Isabella denken und fragte mich, wie groß ihr Tumor jetzt wohl sein mochte. Vor dreizehn Monaten war er noch so groß wie ein Golfball gewesen. War das, was den Fernandez und den Ellisons passiert war, nicht doch ein viel besserer Weg zu sterben? Unerwartet und plötzlich, anstatt langsam, Zelle für Zelle, dahinzusiechen? Schon wieder brach mir der kalte Schweiß aus, und obwohl ich heute früh noch einmal geduscht hatte, stank ich wie ein Mann, der zuviel wußte.
»Und das war natürlich ein Einzeltäter«, sagte ich. »Das könnt ihr bestimmt beweisen.«
»Wir sichern lediglich die Spuren. Die Schlüsse daraus muß der Bezirksstaatsanwalt ziehen.«
»Du weichst mir aus.«
»Worauf willst du denn hinaus?«
»Auf einen Serientäter.«
»Zwei Morde machen noch keinen Serientäter. Du hoffst doch bloß auf Stoff für ein neues Buch, gib's zu.«
»Betrachte die Sache doch mal so, Marty. Vier Menschen wird innerhalb eines Monats hier im County der Schädel eingeschlagen. Und zwar immer um Mitternacht herum. Beide Male kommt der Täter durch eine Schiebetür, die wegen der Hitze offensteht. Du sagst, bei den Ellisons sei es ein Raubmord gewesen, aber bisher ist nicht bekannt, was gestohlen wurde. Ich habe letzte Woche mit ein paar Leuten von der Spurensicherung gesprochen. Die haben in der Nachttischschublade eine vierzig Zentimeter lange Perlenkette gefunden.«

»Diesen Burschen sollte mal jemand ihre Plappermäuler stopfen.«

»Damit du mir dann weismachen kannst, daß es sich um einen Raubmord handelt? Mr. und Mrs. Fernandez wurden auf dieselbe Art umgebracht, aber bei denen sagst du nicht, daß es ein Raubmord war. Sieh dir den Ellison-Mord doch mal genauer an. Könnte es nicht so gewesen sein, daß der Mörder wie bei den Fernandez ins Schlafzimmer kam und erst ihm eins über den Schädel gab, um ihn auszuschalten. Dann aber wachte die Frau doch schneller auf, als er dachte, und rannte davon. Als sie schon fast ums Bett herum war, erwischte sie der Mörder schließlich doch und schlug auf sie ein. Inzwischen aber rappelte sich Mr. Ellison wieder auf und griff ihn von hinten an. Aber Ellison war nackt und noch ganz benommen vom ersten Schlag, und außerdem hatte er keine Waffe. Und so streckte ihn der Mörder direkt neben seiner Frau nieder.«

Auf einmal glaubte ich, direkt vor mir, auf dem Fußboden von Martys Büro Ambers Leiche liegen zu sehen. Sie schien mir so nahe, daß ich meinte, ihre Lippen noch einmal berühren zu können. Die Vorstellung schnürte mir die Kehle so stark zu, daß ich mich räuspern mußte, um sie wieder freizubekommen.

Marty schien es auch nicht viel besserzugehen als mir. Seine Augen hatten jenen matten Schimmer, der von zu wenig Schlaf herrührt. Und er starrte auf dieselbe Stelle am Boden wie ich auch. Ganz am Rande meines Bewußtseins, wo sich Angst und logisches Denken vermischen, spielte ich einen Augenblick lang mit dem Gedanken, daß Martin Albert Parish nicht nur Amber, sondern aus die Ellisons und Mr. und Mrs. Fernandez getötet haben könnte. Es war ein häßliches Konstrukt, eine von jenen Kopfgeburten, die das Herz, wenn sie langsam nach unten sinken, wie wild schlagen lassen. So, wie es auch schlägt, wenn man eine fürchterliche Wahrheit erfährt. *Vom Polizisten zum Killer* – der neue Tatsachenroman von Russell Monroe.

Gott im Himmel.
»Hast du vor, im *Journal* über diese Morde zu schreiben?«
»Bis jetzt noch nicht.«
»Vermutlich können die sich dich gar nicht mehr leisten.«
»Möglicherweise hast du ja recht, und diese Morde haben wirklich nichts miteinander zu tun.«
»Was willst du dann von mir?«
»Zeig mir die Beweise, die du hast.«
»Das kann ich nicht.«
»Wieso nicht? Weil du in Wirklichkeit gar keine hast?«
»Oh, wir haben welche, darüber brauchst du dir keine Sorgen machen. Und wenn wir die beiden Mordfälle miteinander in Verbindung bringen können, dann werden wir das auch tun, verlaß dich drauf. Wenn das der Fall ist, dann wirst du es schon noch früh genug erfahren, zusammen mit allen anderen Menschen hier im County. Aber ich schreie doch nicht Feuer, solange ich nicht weiß, ob es überhaupt brennt, verstehst du das, Monroe? Wir haben es hier mit zwei verschiedenen Geschichten zu tun. Es gibt nun einmal eine Menge Spuren, die darauf hinweisen, daß wir es bei den Ellisons mit zwei, möglicherweise sogar drei Tätern zu tun haben und bei den Fernandez' nur mit einem. Die Untersuchungen dauern noch an. Wir haben der Presse alles gesagt, was wir konnten. Es bringt überhaupt nichts, wenn wir die Leute unnötig in Panik versetzen.«
»Aber es bringt noch viel weniger, sie bei dieser Hitze mit offenen Fenstern schlafen zu lassen, solange auch nur eine entfernte Möglichkeit besteht, daß da draußen vielleicht doch ein Serientäter sein Unwesen treibt.«
Marty Parishs wettergebräuntes Gesicht nahm eine kränkliche, graurosa Farbe an. Er blickte wieder auf die Stelle auf dem Boden, wo mir vorhin die tote Amber erschienen war. Langsam nahm er seine kleine Nagelschere in die Hand und fuhrwerkte damit an seinem linken Daumen herum.

»Mist«, sagte er und nahm den Daumen in den Mund. Offensichtlich hatte er sich geschnitten. »Danke für die Patronen, Russ. Vielleicht können wir ja mal wieder zusammen auf die Wachteljagd gehen. Im Oktober habe ich ein paar Tage frei.« Damit wollte Marty mich wohl verabschieden, aber ich bewegte mich nicht. »Okay«, sagte ich. »Behalte deine Untersuchungsergebnisse für dich und vielen Dank für die kleine Peep-Show. Aber jetzt sei ehrlich zu mir: Glaubst du das, was du mir eben erzählt hast, tatsächlich, oder plapperst du nur die offiziellen Verlautbarungen des Herrn Sheriff nach?«

»Du kannst mich mal, Russ. Wenn du wirklich wissen willst, was hier beim Sheriff vor sich geht, hättest du nicht den Dienst quittieren dürfen.«

»Und was hast du bei den Morden für ein Gefühl?«

»In welcher Zeitung werde ich das morgen lesen können?«

»In keiner. Ich habe dich noch nie hingehängt, ebensowenig wie irgendeinen von deinen Leuten.«

»Erik Wald hast du hingehängt.«

»Der gehört nicht offiziell zum Sheriff.«

»Genausowenig wie du. Aber schön, ich will dir eines sagen, obwohl der Sheriff eigentlich über die Ellison- und Fernandez-Morde eine strikte Nachrichtensperre verhängt hat: Die Beweislage ist bei beiden Fällen vollkommen unterschiedlich – das ist die Wahrheit. Wir haben es hier mit zwei verschiedenen Verbrechen und mit mindestens zwei verschiedenen Tätern zu tun und *nicht* mit ein und demselben. Aber ich will dir auch ganz ehrlich sagen, daß an keinem der beiden Tatorte etwas geklaut wurde.«

Mir kam langsam die Idee, daß Marty ein komisches Spiel mit mir trieb und mich nur deshalb mit falschen Informationen fütterte, um mich auf eine falsche Fährte zu locken oder zumindest aus seinem Büro hinauszuexpedieren. Es kam mir auf einmal merkwürdig vor, daß unter den Tatortbildern, die er mir vorhin so großzügig gezeigt hatte, keine einzige Weitwinkelaufnahme gewesen war. Weder Gesamtaufnahmen der Zimmer noch Fotos von den Wänden. Alles, was ich zu sehen bekommen hatte, waren Nahaufnahmen der Leichen gewesen. Aus welchem Grund?

»Sonst hast du keine Informationen über den Täter, Marty?«

»*Die* Täter, Russ.«

»Na schön, meinetwegen. Dann über die Täter.«

»Ich habe dir alles gesagt, was ich weiß.«

»Und wenn wieder so ein Mord passiert, wie kannst du dir dann noch ins Gesicht sehen?«

»Das war's, Russ. Und wenn ich auch nur eine einzige Zeile über diese Sache lese, dann warst du das letzte Mal hier bei mir. Ist das klar?«

»Mach dir keine Sorgen.«

Ich stand auf. Marty untersuchte den Schnitt an seinem Daumen.

»Hast du eigentlich Amber in letzter Zeit mal wieder gesehen?« fragte ich.

Parish schüttelte den Kopf und vermied es, mich anzusehen. Das Telefon klingelte. Bevor Marty abhob, wischte er sich mit dem Hemdsärmel den Schweiß von der Stirn.

Ich blieb noch einen Augenblick stehen, um mitzubekommen, von wem der Anruf war. Vielleicht war ja mittlerweile Ambers Leiche entdeckt worden.

»Hallo, Liebling«, sagte Marty.

KAPITEL 4

Vom Autotelefon aus rief ich meine Redakteurin beim *Journal* an. Man sagt Autotelefonen ja immer nach, daß sie für Leute seien, die sich für wichtiger nehmen, als sie wirklich sind, aber außerdem sind sie geradezu ideal für Leute, die nicht dabei gesehen werden wollen, wenn sie gewisse Anrufe machen. So Anrufe wie den um null Uhr zweiundvierzig gestern nacht bei Amber und wie diesen hier.

Meine Redakteurin heißt Carla Dance und ist eine kleine, etwas dickliche Frau. Außerdem ist sie hochintelligent und bewahrt auch bei den chaotischsten Geschichten immer einen klaren Kopf. Immer, wenn ich in den vergangenen zehn Jahren knapp bei Kasse war, hatte Carla mir einen Auftrag zugeschanzt. Carlas Vater hat Krebs, und wenn Carla nicht gerade in der Redaktion ist, pflegt sie ihn. Als vor neunzehn Monaten der Tumor bei Isabella diagnostiziert wurde, ging ich mit Carla ein paar Nachmittage hintereinander in eine Bar in der Nähe der Redaktion, wo ich ihr mein Herz ausschüttete. Die vernünftige Art, mit der Carla an die Dinge heranging, war mir eine große Hilfe. Carla wußte damals schon, was ich mittlerweile auch erfahren habe: Wenn jemand, den man sehr liebt, an schlimmem Krebs leidet, überschreitet man als Angehöriger jeden Tag tausendmal im Zickzack die dünne Linie, die Hoffnung und Verzweiflung voneinander trennt. Und dieses Hin und Her kann einen richtig wahnsinnig machen. Es dauerte nicht lange, bis mir klarwurde, was für eine in sich geschlossene Gesellschaft wir darstellten. Wir – das sind diejenigen, die sich ständig um eine geliebte Person sorgen, die an Krebs erkrankt ist. Nach außen strahlen wir ungetrübten Optimismus aus, aber wenn wir unter uns sind, können wir voreinander zugeben, daß der von uns geliebte Mensch vielleicht nicht mehr annähernd so lange unter uns weilen wird, wie wir es gerne hätten. Hier, in dieser Gemeinschaft von hilflosen Helfern, brauchen wir uns deswegen nicht schwach und verzweifelt fühlen. Was uns verbindet, ist eine Art Schützengrabenmentalität und die Fähigkeit, einander jenen Trost zu spenden, den ich vor vielen Jahren einmal im Gebet gefunden habe.

»Möglicherweise habe ich eine tolle Geschichte für dich«, sagte ich zu Carla.

»Wenn sie nicht zu grausig ist, könnte ich sie mit in die Sonntagsbeilage nehmen, da bekommst du das meiste Geld.«

»Grausig ist die Geschichte schon. Und brutal. Sehr brutal sogar.«

»Richtig schlimm?«

»Ja.«

»Geht es um die Ellisons?«

Ich vergaß zu erwähnen, daß Carla außerdem einen sechsten Sinn für Nachrichten hat.

»Richtig.«

»Und was möchtest du schreiben?«

»Daß der Mörder wieder zuschlagen wird.«

»Wir müssen da sehr vorsichtig sein, Russ. Mit so einer Geschichte könnten wir leicht gewissen Minderheiten auf die Zehen treten.«

»Aber wenn du sie dir entgehen läßt, dann tritt dir dein Chefredakteur auf die Zehen.«

»Eins zu null für dich. Du kannst die Story schreiben.«

»Aber vorher müßtest du mir noch einmal Platz für einen Artikel über Dina geben. Er kann ruhig etwas weiter hinten im Blatt stehen.«

»Wieso denn schon wieder was über Dina?«

»Weil sie nächste Woche damit richtig loslegen wollen.«
Dina war der Spitzname für den Apparat zur DNS-Analyse, den das gerichtsmedizinische Institut des County im letzten Jahr angeschafft hatte. Obwohl er achthunderttausend Dollar gekostet hatte, war mit seiner Hilfe bisher nicht ein einziger Täter überführt worden. Noch schlimmer als das war der Umstand, daß es bei den Strafverteidigern des County langsam in Mode kam, den »genetischen Fingerabdruck« als eine viel zu komplizierte und unausgereifte Prozedur zu brandmarken, für die es noch keine verbindlichen Standards gab. Zwei Urteile aus Orange County, die in den vergangenen sechs Monaten von höheren kalifornischen Gerichtshöfen aufgehoben worden waren, und ein Freispruch, den die Geschworenen aufgrund der von der Verteidigung vorgebrachten Zweifel gefällt hatten, hatten die Methode des genetischen Fingerabdrucks darüber hinaus ins Gerede gebracht. Dabei hätte Dina die Verbrechensbekämpfung im County revolutionieren sollen, aber ihre Vorschußlorbeeren waren verwelkt, noch bevor die Maschine auch nur ein einziges Mal ihre wahren Qualitäten hatte unter Beweis stellen können. Niemand im gerichtsmedizinischen Institut, beim Sheriff oder beim Bezirksstaatsanwalt hatte es bisher geschafft, die immer heftiger geäußerte Kritik an Dina zum Schweigen zu bringen.
Nächste Woche sollte Dina nun zum ersten Mal mit Erfolg vor Gericht zum Einsatz kommen, und zwar im Vergewaltigungsfall Ballard. Am Schluß dieses Prozesses würde nicht nur ein Urteil über den Angeklagten gefällt werden, sondern auch eines über Dina. Ein Dina-freundlicher Artikel von Russell Monroe im *Journal* konnte da vielleicht ein bißchen Stimmung für die Maschine machen. Für mich war dieser Artikel ein Pfund, mit dem ich wuchern konnte.
»Kann denn der Sheriff die Morde an den Ellisons mit denen an dem ersten Paar in Verbindung bringen?« fragte Carla. »Erst

heute haben wir einen Artikel gebracht, in dem stand, daß er es nicht könne.«
»Können würde er schon, aber er will nicht.«
»Ach so ist das. Na schön, wenn dein Dina-Artikel dafür sorgt, daß wir es als erste Zeitung erfahren, wenn der Sheriff es sich anders überlegt, dann kannst du ihn von mir aus schreiben.«
»Danke.«
Carla sagte noch, ich solle auf mich aufpassen, und legte auf. Ich wußte, daß sie sich nicht nach Isabella erkundigen würde, und zwar aus demselben Grund, warum ich mich nicht nach ihrem Vater erkundigte: Das Thema Krebs war viel zu ernst, um darüber noch rasch am Ende eines geschäftlichen Anrufes zu reden, selbst wenn es sich bei diesem Anruf um etwas so Ernstes wie Mord gedreht hatte. Darüber sprachen wir bei anderen Gelegenheiten.
Als nächstes rief ich Marty Parishs Chef, Sheriff Dan Winters, an und schlug ihm einen Handel vor: Ich würde dafür sorgen, daß ein positiver Artikel über Dina erschien, wenn er mir dafür versprach, mich als ersten zu informieren, falls es beim … (*fast* hätte ich »Nachtauge-Fall« gesagt) … Mordfall Ellison etwas Neues gäbe.
Winters tat so, als wäre ich ein aufdringlicher Idiot, aber damit hatte ich ebenso gerechnet wie damit, daß er mein Angebot in Bausch und Bogen ablehnte. Ich hatte ihm ja auch nur einen Floh ins Ohr setzen wollen, nur das war der Zweck meines Anrufes gewesen. Außerdem erinnerte ich Winters dezent daran, daß ich mit meiner bescheidenen Berühmtheit (und meinen noch bescheideneren finanziellen Mitteln) vor zwei Jahren seine Wiederwahl zum Sheriff unterstützt hatte. Mittlerweile hatte sich die Presse ganz schön auf Dan eingeschossen: Die Gefängnisse waren überfüllt und die Verbrechensrate stieg, während die Mittel für die Ordnungshüter immer spärlicher flossen. Zu allem Überfluß liefen auch noch etliche Verfahren gegen seine

Beamten wegen Übergriffen im Amt. Da mußte mein Angebot, endlich einmal etwas Positives über ihn zu schreiben, dem Politiker Dan Winters doch geradezu verlockend erscheinen, zumal es ihn ja auch nicht allzuviel kostete. Kein Wunder, daß er mir am Ende unseres Gesprächs versprach, daß er sich die Sache durch den Kopf gehen lassen werde.
Nachdem ich aufgelegt hatte, schaltete ich mein Gerät zum Abhören des Polizeifunks ein und wartete darauf, daß endlich die Leiche in Ambers Haus gemeldet würde. Ich habe mehrere dieser Geräte; zu Hause bei mir steht in jedem Zimmer eines. Diesen zweifelhaften Luxus leistete ich mir von dem Geld, das ich für die Filmrechte von *Die Reise flußaufwärts* bekommen hatte. In meiner Anfangszeit als Journalist ließ ich die Dinger buchstäblich die ganze Zeit über eingeschaltet, sogar wenn ich schlief. Isabella machte kurz nach unserer Hochzeit Schluß mit diesem Unfug. Weil ich viel lieber Isabellas sanft rauchiger Stimme zuhörte als irgendwelchen Beamten in der Notrufzentrale, die laufend irgendwelche codierten Anweisungen für Streifenwagen herunterbeteten, fiel es mir nicht schwer, diese Angewohnheit aufzugeben.
Es war jetzt schon halb sechs, und noch immer war die Nummer einhundertsiebenundachtzig, die im Behördencode das Auffinden einer Leiche bedeutete, nicht durchgegeben worden. Langsam wurde mir die Sache unheimlich.
In meiner Not rief ich Ambers Agent in Los Angeles an und gab mich bei ihm als Erik Wald aus. Auch Erik Wald war ein früherer »Freund« von Amber. Ich selbst hatte ihn mit ihr bekannt gemacht, so wie Marty mich ihr vorgestellt hatte. Das war jetzt fünf Jahre her, und damals war die Sache mit mir und Amber bereits auseinandergegangen gewesen. Ab und zu nahm sie mich noch zu irgendwelchen gesellschaftlichen Ereignissen mit, aber das war schon alles. Ich begleitete sie, weil ich so naiv war und glaubte, mir damit gewisse Möglichkeiten offenzuhal-

ten. Bei einer dieser Gelegenheiten lief uns Erik Wald über den Weg. Ich machte die beiden miteinander bekannt, und kurze Zeit später waren Amber und Erik unzertrennlich. Eine Zeitlang war ich eifersüchtig, aber die Affäre war nur von kurzer Dauer, und außerdem verliebte ich mir kurz darauf Hals über Kopf in Isabella Sandoval. Ab und zu las ich etwas von Erik und Amber in der Klatschspalte der *Los Angeles Times*, und wenn ich Erik bei beruflichen oder gesellschaftlichen Anlässen traf, erzählte er mir, daß Amber sich mittlerweile finanziell von ihm beraten ließ und ihn damit genauso an sich band wie mich, der ich mich jahrelang nicht von ihrer erotischen Anziehungskraft hatte befreien können. Irgendwie kam es mir so vor, als habe Wald von uns beiden das weitaus bessere Los gezogen.

Ich habe Erik Wald eigentlich noch nie besonders gemocht, auch wenn ich damit bestimmt zu einer ziemlich kleinen Minderheit gehörte. Wie die meisten Menschen, die auf irgendeine Weise im Licht der Öffentlichkeit stehen, hat Erik sich eine glatte, sympathische Oberfläche zugelegt, hinter der er sich vor den Gefahren verstecken konnte, die auf dem Weg nach oben auf ihn lauerten. In Eriks speziellem Fall waren diese Gefahren weniger kritische Presseberichte oder politische Intrigen als vielmehr die Tücken einer glänzenden akademischen Karriere. Erik hatte an der Universität seit nunmehr zwölf Jahren den Lehrstuhl für Kriminologie inne. Seine Habilitationsschrift mit dem Titel »Das Trachten nach dem Bösen: Die Identifizierung von Gewalttätern anhand psychischer Übertragungsmechanismen« hatte einiges Aufsehen erregt, nachdem die in ihr beschriebenen Methoden den Ausschlag zur Verhaftung eines notorischen Vergewaltigers gegeben hatten, der binnen eines halben Jahres im nördlichen Teil des County acht Frauen überfallen hatte. Eine der Kernaussagen von Walds Arbeit war die, daß gewisse paranoide Persönlichkeiten unter Größenwahn leiden, was an sich eine seit langem bekannte Tatsache ist.

Walds These war nun die, daß diese verkannten »Genies« sich häufig mit voller Absicht so verhielten, wie man es als »wertvolles« Mitglied der Gesellschaft nicht tat. Mit diesen Szenarien, so folgerte Wald, schufen sie sich eigenhändig das »Böse«, von dem sie sich dann entrüstet distanzieren und sich so ihrer eigenen moralischen Überlegenheit brüsten konnten.
Im Fall der Vergewaltigungen ergab sich nach Anwendung von Walds Thesen als Täter ein durchaus gebildeter Vertreter der Mittelklasse mit untadeligem Ruf (möglicherweise ein regelmäßiger Kirchgänger), der im Leben eigentlich eine höhere Position hatte erreichen wollen, als er es geschafft hatte. Als Gründe für dieses Versagen kam laut Wald eine entscheidende Charakterschwäche ebenso in Frage wie irgendeine Unregelmäßigkeit im Aussehen des Täters. Bei allen acht Opfern hatte es sich ausnahmslos um ältere Frauen gehandelt, einige von ihnen waren sogar kränklich und altersschwach gewesen. Während Stadtpolizei und Sheriff mit vereinten Kräften die üblichen Verdächtigen zusammenfingen und verhörten, ging Wald mit seinen Überlegungen zu einem ehrgeizigen schwarzen Lieutenant in Diensten des Sheriffs. Dieser Mann – sein Name war übrigens Daniel Winters – fand heraus, daß mindestens zwei der Opfer von einem Essen-auf-Rädern-Service der nahe gelegenen Kirchengemeinde beliefert worden waren. Eine Überprüfung der Ausfahrer führte zu keinem Erfolg, aber Wald drängte Winters, sich noch weiter in der Kirchengemeinde umzusehen, und schließlich fand der Lieutenant einen Koch, der das Essen für den Auslieferungsservice herstellte und recht gut auf die von Wald erstellte Täterbeschreibung paßte. Er war vierunddreißig Jahre alt, Junggeselle und hatte auf einer katholischen (!) Universität einen Abschluß in Jura gemacht. Nachdem er dreimal vergeblich versucht hatte, die Zulassung zum Rechtsanwalt zu bekommen, hatte er sich anscheinend nur noch der freiwilligen kirchlichen Sozialarbeit und kleineren, rechtspflegerischen

Tätigkeiten gewidmet. Er wohnte bei seiner Großmutter, die, wie sich herausstellte, mit dreien der Vergewaltigungsopfer befreundet war.
Winters zog das Netz um Cary Clough (so hieß der Verdächtige) immer enger zusammen und opferte nach Dienstschluß sogar seine Freizeit, um ihn zu beschatten. Eines Tages dann fuhr Clough in aller Herrgottsfrühe in eine stille Vorortstraße und blieb dort bis Tagesanbruch in seinem vor einem Haus geparkten Wagen sitzen, bis er schließlich wieder nach Hause fuhr. Noch am Nachmittag desselben Tages fand Winters heraus, daß in dem Haus, vor dem Clough geparkt hatte, eine alleinstehende, zweiundachtzig Jahre alte Dame namens Madeline Stewart wohnte, die sich erst seit kurzem das Essen auf Rädern bringen ließ. Als sich Clough in den frühen Morgenstunden des folgenden Tages dem Haus näherte, zögerte Winters, der die ganze Nacht über in einem Kombi mit zivilen Nummernschildern auf der anderen Seite der Straße gewartet hatte, nicht lange und nahm ihn fest. Den Grund dazu lieferte ihm die Tatsache, daß Clough sich verdächtig verhalten und außerdem eine rote Skimütze und ein paar Latexhandschuhe bei sich hatte. Die Fasern aus der Skimütze, das fand das kriminaltechnische Labor ziemlich rasch heraus, waren identisch mit ähnlichen Fasern, die man bei vier der Vergewaltigungsopfer gefunden hatte. Doch damit nicht genug: Cloughs Zahnbild paßte haargenau auf die Bißmarken, die der Täter bei seinem dritten Opfer auf einem hölzernen Zierapfel hinterlassen hatte, in den er nach der Vergewaltigung fälschlicherweise hineingebissen hatte, weil er ihn für eine echte Frucht hielt!
Diese Geschichte vom Kriminalwissenschaftler, der einem verklemmten Kirchendiener das Handwerk legt, war natürlich das gefundene Fressen für die Presse. Das Fernsehen räumte ihr sogar einen Platz in der bekannten, im ganzen Land ausgestrahlten Nachrichtensendung *Sixty Minutes* ein. Damit war Wald auf

einen Schlag ins Rampenlicht der Öffentlichkeit gerückt. Binnen eines Jahres bekam er seinen Lehrstuhl an der Universität, und Dan Winters wurde zum jüngsten Captain in der Geschichte des County befördert. Außerdem war er der erste Schwarze auf diesem Posten. Cary Clough wurde wegen achtfacher Vergewaltigung zu hundertfünfzig Jahren Zuchthaus verurteilt.
Noch viel interessanter war die Tatsache, daß Wald bald darauf zum Leiter des Freiwilligen Hilfskorps des Sheriffs gemacht wurde. Mit dieser Position waren zwar weder ein Gehalt noch der Rang eines Hilfssheriffs verbunden, dafür bekam Wald aber ein Büro auf demselben Stockwerk wie der Shooting-Star Dan Winters. Mit vereinten Kräften gingen die beiden Männer sofort daran, das bislang eher harmlose Hilfskorps zu einer echten Hilfe für die berufsmäßigen Hilfssheriffs umzumodeln. Kein Wunder, daß diese Idee in der Öffentlichkeit großen Beifall fand, schließlich versprach sie »mehr Sicherheit fürs selbe Geld«. Das alles warf damals ein gutes Licht auf Jordan Clemens, einen knallharten Politiker, dessen Amtsjahre als gewählter Sheriff auch einmal ihrem Ende zugehen würden.
Ich war damals noch ein kleiner Untersuchungsbeamter in Diensten des Sheriffs und bekam all diese Vorgänge nur aus einer gewissen Entfernung mit. Ich fühlte mich nicht sonderlich wohl, denn ich konnte es kaum erwarten, endlich meinen Job an den Nagel zu hängen und mit dem Schreiben anzufangen. Außerdem machte mir die Trennung von Amber Mae Wilson noch immer mächtig zu schaffen. Eines Tages lernte ich Wald kennen, als er gegen Ende der Dienststunden in Dan Winters Büro hereingeschneit kam, und fand ihn, obwohl ich mich dagegen wehrte, beeindruckend und sympathisch zugleich.
Schon seine äußere Erscheinung war einnehmend; er war einer von jenen großen und schlanken Männern, die die Gabe haben, sich besonders lässig zu bewegen. Er war gutaussehend und

wußte das auch, spielte es aber auf eine selbstsichere Art und Weise herunter, mit der er im Fernsehen unglaublich gut ankam. Sein offenes Gesicht hatte einen jungenhaften Charme, und die kleinen Falten an seinen Mundwinkeln zeigten deutlich, daß er oft und gerne lächelte. Irgendwie schaffte er es, daß seine dichten, blondgelockten Haare gleichzeitig lang und gepflegt aussahen – ein perfekter Kompromiß zwischen akademischer Exzentrizität und jenem Konservativismus, der im Büro des Sheriffs gefragt ist. Man munkelte, daß er in einer besonders schwierigen chinesisch-philippinischen Kampfsportart Träger des Schwarzen Gürtels war und alte Waffen sammelte. Das beeindruckendste an Wald war aber sein unbekümmerter und scharfer Verstand, mit dem er die meisten Menschen – mich eingeschlossen – rasch aus dem Gleichgewicht bringen konnte. Wald schaffte es, in einem einzigen Satz gleichzeitig einschmeichelnd charmant und zutiefst verletzend zu klingen. Und noch eine Eigenschaft fiel mir bereits an ihm in diesen frühen Jahren ganz besonders auf: Seine Bereitschaft, sich anderen anzuvertrauen und damit zu erreichen, daß diese sich wiederum ihm anvertrauten. Ich habe noch nie einen Menschen getroffen, der auf Anhieb vertrauenswürdiger gewirkt hätte als er. Genau aus diesem Grund beschloß ich schon damals, ihm nicht zu vertrauen. Als mich dann eines Tages Amber Mae nach diesem »gutaussehenden Verbrecherjäger« fragte, war ich zwar nicht sonderlich überrascht, aber dennoch ein wenig verärgert. Zu dieser Zeit war ich es noch nicht gewöhnt gewesen, daß sie mich für ihre Zwecke ausnützte.

Meine geringe Meinung von Erik Wald rührte hauptsächlich daher, daß er dreimal durch die Aufnahmeprüfung an der Sheriffsakademie gerasselt war. Diese Nachricht hatte natürlich überall in Behördenkreisen die Runde gemacht und sogar in den ersten Presseartikeln über Walds unkonventionelle Hilfe bei der Identifikation von Cary Clough noch Erwähnung gefunden.

Wald litt an einem Mitralklappenfehler am Herzen, der auf eine Virusinfektion in seiner Kindheit zurückging. Irgendwie freute es mich insgeheim, daß der smarte Wald die körperlichen Voraussetzungen für den Polizeidienst nicht erfüllte. Übrigens sah man ihm das äußerlich nicht im geringsten an, denn Erik war ein Meister der Kompensation. Am meisten verübelte ich ihm aber damals den Umstand, daß er beim Sheriff eine so gute Stellung hatte, obwohl er nicht einmal ein reguläres Mitglied der Truppe war. Er schien eine Art Diplomatenstatus zu besitzen und konnte deshalb Dinge tun, die uns Hilfssheriffs nicht erlaubt waren. Außerdem – das gebe ich offen zu – erfüllten mich die gedankliche Klarheit und die sprachliche Brillanz seiner Habilitationsschrift mit einer Art wütendem Neid. Manchmal sagte ich mir in meinem Groll, daß Wald sich nur deshalb so gut in den Charakter von Cary Clough hineinversetzen habe können, weil er selbst dreimal hintereinander eine wichtige Prüfung vergeigt hatte.

Vier Jahre nach Cloughs Verhaftung, als ich an der *Reise flußaufwärts* arbeitete, ermöglichte mir Wald erstaunliche Einblicke ins Innenleben des Killers, von dem das Buch handelte. Später sollte sich herausstellen, daß er Art Crump hieß, einundvierzig Jahre alt und von Beruf Metzger war, aber als ich mit Erik sprach, war die Polizei noch nicht einmal so weit, daß sie einen Verdächtigen für die Serienmorde hatte. Als Crump dann schließlich dingfest gemacht wurde, stellte sich heraus, daß eine Menge von Eriks »Einblicken« irreführend, nutzlos und ziemlich weit hergeholt gewesen waren. Trotzdem schrieb ich in meinem Buch darüber, was Erik natürlich gar nicht recht war. Crump und ich mußten herzlich darüber lachen, als ich ihn im Zuchthaus von Vacaville interviewte.

Was Amber an Erik Wald so faszinierte, war mir klar: Sie hatte sich schon immer zu Männern hingezogen gefühlt, die großen Schaden anrichten konnten. Und seit meinem ersten Gespräch mit Wald war mir vollkommen klar, daß man sich vor seinem Zorn, wenn er erst einmal ungezügelt losgelassen wurde, besser in acht nehmen sollte.

Jetzt rief ich Ambers Agenten an, gab mich als Erik Wald aus und fragte, ob Amber heute einen Fototermin habe.

Der Agent kicherte in einem Ton, wie ihn nur vielbeschäftigte Leute draufhaben, die sich dem Rest der Welt unglaublich überlegen fühlen.

»Einen Augenblick, bitte«, gluckste er.

Die nächste Stimme, die ich am Telefon hörte, hätte ich am allerwenigsten erwartet.

»*Ich* bin Erik Wald. Und wer, zum Teufel, sind Sie?«

Ich sagte ihm meinen Namen. Auch Erik lachte jetzt in seinem tiefen, angenehmen Bariton. Ich ließ ihn noch ein wenig lachen und konnte hören, wie Reuben Saltz, Ambers Agent, im Hintergrund mit einstimmte. Als die Fröhlichkeit schließlich abgeklungen war, fragte ich Erik, ob Amber heute einen Fototermin habe.

»Warum?«

»Es geht um Grace.«

Ich bin ein guter Lügner. Grace war Ambers Tochter.

»Warum sprichst du denn nicht direkt mit Grace? Sie ist doch schon erwachsen.«

»Das weiß ich, Erik. Aber ich erwische sie nirgends. Ich habe gehofft, daß Amber mir vielleicht –«

»Auch Amber erwischt man anscheinend momentan nur schwer. Sie hätte heute nämlich einen Termin für eine Shampoo-Werbung gehabt, ist aber nicht im Studio erschienen. Niemand weiß, wo sie steckt. Und dabei kosten die Aufnahmen fünf Riesen pro Stunde. Unser Freund Reuben hier ist nur noch ein Häuflein Elend. Kein Wunder, wo ihm doch so viel Geld durch die Lappen geht.«

Ich versuchte, so beiläufig wie möglich zu klingen. »Habt ihr es

bei ihr zu Hause schon einmal probiert? Vielleicht ist sie ja krank.«
»Reuben ruft stündlich bei ihr an, und das wirst du ja wohl auch getan haben, wenn du wirklich mit ihr sprechen willst. Aber Reuben hat noch mehr getan. Er ist vor einer halben Stunde hinüber zu Amber gefahren. Ihr Haus ist leer.«
Die Dämonen in meinem Blut begannen sich wieder zu rühren.
»Vielleicht liegt sie ja im Bett und schläft.«
»Das Haus war *leer*, habe ich mich denn nicht deutlich ausgedrückt, Russ? Reuben hat als Ambers besorgter Mentor einen Schlüssel.«
Es war einer von jenen Augenblicken, in denen einem das Herz auf einmal um ein Vielfaches schwerer zu werden scheint, und ich hatte das Gefühl, als sei es irgendwohin unter den Sicherheitsgurt gerutscht. Ich drehte die Klimaanlage auf höchste Stufe und richtete den Strom der Luftdüse direkt auf meine Stirn. Was war passiert? War Reuben vielleicht nicht nach oben gegangen?
»Na ja«, sagte ich schließlich und versuchte, so ruhig wie möglich zu atmen, »du weißt ja selbst, wie Amber ist.«
»Das wissen wir alle nur zu gut«, sagte Wald. »Wenn ich sie vor dir finde, dann sage ich ihr, daß du ein dringendes Verlangen nach ihr verspürt hast. Ha, ha!«
»Ha, ha! Genau das gleiche werde ich auch tun.«
Ich bemühte mich, zufrieden zu klingen und wechselte das Thema. »Was hältst du denn von diesen Morden an den Ellisons und diesem mexikanischen Paar?«
»Momentan glaube ich das, was die Polizei sagt. Hast du schon mit Marty gesprochen?«
»Na klar.«
»Das habe ich auch, und zwar letzte Woche, aber er wollte irgendwie nicht offen mit mir reden. Böse Geschichte, diese Morde. Die Leute wurden mit einem stumpfen Gegenstand

erschlagen, das deutet auf einen Täter hin, der schnell wütend wird, sich viel traut und sich nicht sonderlich pflegt. Solche Typen tragen oft Bärte und sehen sich gerne als Naturburschen. Ihr größtes Problem ist, was sie nach den Morden mit dem stumpfen Gegenstand tun sollen – sollen sie ihn behalten oder lieber verschwinden lassen? Weißt du, was mir an diesen Morden interessant vorkommt, Russ? Daß es der Täter bisher ausschließlich auf Minderheiten abgesehen hat. Das deutet meiner Meinung darauf hin, daß er sich möglicherweise in irgendwelchen rassistischen, erzkonservativen, vielleicht sogar neofaschistischen Kreisen bewegt. Wer weiß, er könnte gut und gerne ein Mitglied der John Birch Society hier in Orange County sein. Ich kann dir nur raten: Bleib am Ball, Russ – vielleicht kommt der Stoff für ein neues Buch dabei heraus. Ach, da fällt mir ein, ich habe gestern *Im Zeichen des Skorpions* bei Crown gesehen. Für einen Dollar achtundneunzig. Und zwar die Hardcover-Ausgabe.«

Das Zweidollarregal bei *Crown* ist ein widerlicher Ramschhaufen, aber was konnte ich schon dagegen tun? Ein Buch ist nun mal ein Buch, und in jedem steckt eine Menge Arbeit drin. Niemand kann im voraus sagen, wie gut es sich verkaufen wird.

»So schlecht ist das Buch nun auch wieder nicht. Vielleicht habe ich bloß ein wenig am Publikum vorbeigeschrieben. Ich bin eben ein Risiko eingegangen.«

»Das hat General Custer auch gesagt, bevor er von den Indianern niedergemetzelt wurde. Nun, jedenfalls habe ich mir gleich sechs Exemplare davon gekauft. Bei dem Preis! Kann man immer mal verschenken.«

»Danke, Erik. Fühlst du dich eigentlich immer noch wohl in deiner Rolle als Amber Maes persönlicher Finanzberater?«

»Ja. Diese Beratungen mit Mr. Saltz über Ambers zahlreiche pekuniäre Abenteuer sind für mich immer so was wie Erholung.

Aber du weißt ja, sie vertraut mir keine großen Geschäfte an, nur das *Kleinvieh,* wie sie sich ausdrückt.«

Das konnte ich verstehen. Schließlich kannte ich Ambers Geiz und ihr übervorsichtiges Gehabe in finanziellen Dingen schon seit unserer Anfangszeit, aber damals hatte Amber noch ganz wenig Geld und damit allen Grund zu diesem Verhalten gehabt. Ich kann mich noch gut an eine bittere Bemerkung erinnern, die Marty Parish vor ein paar Jahren gemacht hat, nachdem Amber ihn bei ihrer Scheidung mit mageren fünfundsiebzigtausend Dollar abgespeist hatte. Ihre Brieftasche sei noch verschlossener als ihr Herz, hatte Marty gesagt, dem es damals finanziell ziemlich schlecht gegangen war. War es am Ende möglich, daß er nach so vielen Jahren wegen dieser Geschichte noch immer einen Groll gegen Amber hegte? Witzigerweise hatte mir Amber ein paar Jahre zuvor genau dieselbe Summe – fünfundsiebzigtausend Dollar – angeboten, damit ich sie nicht auf Unterhalt verklagte, was ich aufgrund unseres langjährigen Zusammenlebens vielleicht hätte tun können. Ich hatte gar nicht die Absicht gehabt, sie zu verklagen, und sagte ihr, sie könne ihr Geld behalten, was wiederum zu bitteren Auseinandersetzungen führte, die nicht ohne eine gewisse Komik waren.

Was hätte ich jetzt, etwas mehr als zwanzig Jahre später, nicht alles dafür gegeben, wenn ich fünfundsiebzigtausend Dollar auf der Bank gehabt hätte.

»Ich mache das Ganze nur, weil ich ihr Parfüm auf ihren Schecks riechen kann«, sagte Erik, »und ich würde mich vermutlich an ihnen vergreifen, wenn Amber sie nicht immer sofort einreichen würde. Sie gibt das Geld manchmal schneller aus, als es hereinkommt. Erstaunlich, daß eine so schöne Frau so dumm sein kann. Apropos Schönheit, wie geht es Izzy?«

»Isabella geht es gut.«

»Macht denn eure Krankenkasse bei der teuren Behandlung noch mit?«

»Ja.«
»Wenn ich etwas für dich tun kann, dann laß es mich wissen. Wir Ausgestoßenen müssen zusammenhalten.«
»Lang lebe die internationale Solidarität der Ausgestoßenen.«
»Paß auf dich auf, Russell, und versuche vor allen Dingen nie wieder, dich für mich auszugeben. Du bist nicht annähernd so intelligent, gutaussehend und gefährlich wie ich.«
»Aber ich kann mindestens so nervötend sein wie du.«
»Mag sein. Aber bei mir wirkt es besser, und weißt du auch, warum? Weil es bei mir von Herzen kommt.«
»Ach ja? Ich wußte gar nicht, daß du ein solches Organ überhaupt besitzt.«

KAPITEL 5

Am Abend, als ich das Abendessen für Isabella kochte, war ich bekümmert und verzweifelt. Unsere Abendessen waren immer ein umfangreiches Unterfangen, denn Isabella war früher einmal eine phantastische Köchin gewesen und ißt gerne gut. Seit die Steroide, die sie nehmen muß, damit die Geschwulst in ihrem Kopf zurückgeht, ihren Appetit noch zusätzlich verstärkt haben, koche ich, so gut ich kann, fast täglich nach ihren Anweisungen das Abendessen, während untertags eine Zugehfrau Isabella das Frühstück und das Mittagessen macht. Das Abendessen gehört Isabella und mir ganz allein.

Normalerweise sitzt Isabella in ihrem Rollstuhl in der Küche und sagt mir, was ich tun soll. Nach ihrem langen Nachmittagsschlaf, der manchmal gleich nach dem Mittagessen beginnt, ist sie gut ausgeruht und sieht mir zu, wie ich in der Küche herumfuhrwerke und versuche, alles richtig zu machen. Schließlich öffne ich noch eine Flasche Wein, dann setzen wir uns an den Tisch, essen und unterhalten uns.

Manchmal ist es dann fast wie früher, bevor sie ihren ersten schweren Anfall hatte, aufgrund dessen dann ein inoperabler Gehirntumor diagnostiziert wurde. Die einzige Möglichkeit, die Geschwulst zu behandeln, war eine sich noch im Experimentalstadium befindende Therapie, bei der kleine Stücke strahlenden Materials in den Tumor implantiert wurden. Eine der Nebenwirkungen davon war allerdings, daß Isabella kaum noch gehen oder längere Zeit stehen kann. Nein, eigentlich war es bei diesen Essen überhaupt nicht wie früher. Heute kann Isabella keine Bilder mehr sehen, die sie so zeigen, wie sie früher einmal war,

denn die lächelnde, schwarzhaarige Frau, die auf diesen Fotos abgebildet ist, kommt ihr jetzt wie ein längst vergangener Segen vor, den ihr ein grausames Schicksal wieder weggenommen hat. Isabella war nie eitel gewesen – jedenfalls nicht mehr als wir es alle sind –, dennoch kann sie es jetzt nicht mehr ertragen, ihr altes, starkes, lebensfrohes Selbst anzusehen. Sie war eine große Frau und hatte früher einmal wohlproportionierte fünfundsechzig Kilo gewogen. Jetzt brachte sie fast hundert Kilo auf die Waage, ihr rabenschwarzes, schulterlanges Haar (Isabella hat mexikanisches Blut in den Adern; ihr Mädchenname ist Sandoval) war ihr von der Chemotherapie vollkommen ausgefallen, und ihre Beine sind ganz dünn geworden, weil sie sie schon so lange nicht mehr gebrauchen konnte.
Es ist traurig, daß Isabella – eine Frau, die früher beim Wasserskifahren mit siebzig Kilometern in der Stunde hinter einem Boot herraste – sich jetzt nur noch mit viel Mühe aus ihrem Rollstuhl erheben und an ihrem Stock langsam durchs Zimmer schlurfen kann. Die Treppe hinauf zu unserem Schlafzimmer wäre ein unüberwindliches Hindernis für sie, wenn wir nicht einen Aufzug hätten einbauen lassen, auf dem sie mit ihrem Rollstuhl schräg nach oben gezogen wird. Als Isabella ihn zum ersten Mal benützte, hatte sie sich ein Paar Engelsflügel und einen Heiligenschein angezogen, die sie noch ein paar Monate zuvor auf einem unbeschwerten Kostümfest getragen hatte. In ihrem Schoß lag eine Spielzeugharfe aus Plastik. Oben hatte sie noch gelächelt, aber als sie unten ankam, heulte sie Rotz und Wasser. Als ich so dastand und zusah, wie sie langsam auf mich zu kam, verspürte ich auf einmal neben einer überwältigenden Liebe zu dieser Frau eine ohnmächtige Wut auf das, was ihr zugestoßen war.
Seit ihrer Erkrankung schwankt Isabellas Stimmung, ebenso wie die meine, zwischen einem fast schon übersinnlichen Humor und tiefer, bitterer Verzweiflung.

Eine Sache allerdings hat Isabellas Krankheit nicht beeinflußt, und das ist ihr Klavierspiel, dessen angenehme Töne unser Haus nach ihrem Nachmittagsschlaf erfüllen. Sie spielt Bach und Mozart ebenso wie Melodien aus den dreißiger Jahren und Stücke von Jerry Lee und Elton John. Am häufigsten aber spielt sie ihre eigenen Kompositionen, die im Laufe des vergangenen Jahres direkt schmerzhaft sehnsüchtige Züge angenommen haben. Wenn ihre Klänge am späten Nachmittag durch unser auf Stelzen stehendes Heim hallen, kommt es mir manchmal so vor, als wäre es Isabella selbst, die da durch die Luft geistert und sich in jedem Winkel des Hauses niederzulassen scheint. Die Musik ist ihr Atem, ihr Herz, ihr Leben. Seit längerer Zeit gibt sie keine Klavierstunden mehr – einerseits ist das Herumfahren viel zu beschwerlich für sie, andrerseits will sie nicht, daß ihre Schüler sie dick und ohne Haare sehen. Jetzt ist die Musik für Isabella kein Beruf mehr, aber immerhin eines der beiden Dinge, die sie davor bewahren, den Verstand zu verlieren. Das andere – das wurde mir erst in diesem Sommer so richtig klar – bin ich.

An diesem Abend hatte sich Isabella ein unmögliches Rezept ausgesucht – es war Lammbraten mit Chutneysoße, der mir einfach nicht gelingen wollte. Außer, daß ich das Fleisch viel zu lange im Ofen gelassen hatte, war das Gemüse verkocht und der Reis zu hart. Ich saß am Tisch, und jedesmal, wenn ich in mein Weinglas blickte, meinte ich, darin die roten Blutlachen auf Ambers Teppichboden zu sehen. Rasch hatte ich die Flasche ausgetrunken. Wir saßen nebeneinander draußen auf der Plattform und blickten den Canyon entlang nach Süden, in Richtung Meer. Tagsüber verbrachte Isabella viele Stunden hier und starrte die sonnenverbrannten Hügel an.

»Du trinkst ziemlich viel in letzter Zeit«, sagte sie.

»Na ja, schließlich vertrage ich einiges.«

»Paß trotzdem auf, Russ«, sagte sie. »Jetzt trinkst du praktisch jeden Abend. Und zwar ordentlich.«
»Ich weiß.«
»Das m-m-m-macht mir Sorgen.«
Es stimmt, ich trank damals wirklich furchtbar viel. Aber was sollte ich machen? Ich lebte in zwei vollkommen unterschiedlichen Welten – einer normalen und einer anderen, zu der mir nur der Alkohol Zugang verschaffte. Die zweite Welt mochte ich lieber als die erste. In ihr gab es keine Gegenwart, nur Vergangenheit und Zukunft, und das Handeln war wichtiger als das Nachdenken. In dieser Welt, in der es keinen Krebs gab, schienen ungeahnte Möglichkeiten auf mich zu warten. Wenn ich in der vergangenen Nacht nicht betrunken gewesen wäre, hätte ich Amber niemals angerufen. Und ich wäre auch nicht zu ihrem Haus gefahren. Wenn ich nüchtern war, bestand die Welt für mich nur aus Verpflichtungen und Nützlichkeitserwägungen. Ich fühlte mich bewegungsunfähig wie ein in den Boden gerammter Pflock. In meiner Doppelwelt aus Gestern und Morgen hingegen, zu der mir der Alkohol Einlaß verschaffte, konnte ich ungehemmt beschleunigen und mich schnell und ohne nachzudenken bewegen. Ich brauchte diese Bewegung. Ich brauchte sie so nötig wie die Luft zum Atmen.
Also machte ich die zweite Flasche auf. Die Sonne war zwar schon untergegangen, aber über den Bergen lag noch immer ein Schimmer von zartem Orange.
Es dauerte nicht lang, da landete ein Geier auf dem Strommast direkt neben dem Haus und sah herab zu uns. Ich haßte diesen großen, plumpen Vogel, den Izzy und ich den »Schwarzen Tod« nannten. Isabella hat vielen Dingen und Lebewesen in unseren Bergen ihre eigenen Namen gegeben. Als ich mit der leeren Weinflasche nach dem Vieh warf, flog es beleidigt davon. Die Flasche verschwand in den Beifußbüschen, die so ziemlich das einzige Gewächs sind, das an den ausgetrockneten Hängen

unseres Canyons gedeiht. Bei all den Neubauprojekten im Süden und Westen von Laguna Beach war es kein Wunder, daß die von dort vertriebenen Tiere sich schön langsam alle bei uns ansiedelten. Daß es hier jetzt jede Menge Rehe und Kojoten gab, hatten die Rosenbüsche in den Vorgärten und die herumstreunenden Katzen bereits zu spüren bekommen. Jeden Tag schwirren eine Unmenge Geier und Falken durch die Luft, und erst vor kurzem habe ich zum ersten Mal in meinem Leben eine echte Wildkatze gesehen. Im vergangenen Sommer tötete ich direkt vor unserem Haus zwei gut einen Meter fünfzig lange Klapperschlangen. Eine dritte, die zwei Köpfe hatte, habe ich dem Zoo in Los Angeles geschenkt. Im Frühling ging eine ältere Frau aus unserer Straße an einem Nachmittag mit ihrem Zwergpudel spazieren, als ein Geier (vielleicht sogar der Schwarze Tod höchstpersönlich) wie ein Sturzkampfflugzeug auf den Gehsteig herabstieß und das winzige Hündchen mit sich fortriß. Weil ein Geier aber nach Ansicht der Ornithologen ein reiner Aasfresser ist, wurde dieser Angriff von der Presse einem Habicht zugeschrieben. Aber das stimmt nicht, denn ich kenne die alte Frau – ihr Name ist Astrid Kilfoy – ziemlich gut. Sie wohnt lange genug hier im Canyon, um einen Geier von einem Habicht unterscheiden zu können. Wenn man die Natur auf zu engem Raum zusammenpreßt, bringt sie abartige Lebensformen hervor wie schreckliche Metastasen. Ähnlich dem Tumor in Isabellas Kopf oder dem Nachtauge.

Ich erzählte Isabella, was ich den Tag über alles gemacht hatte – daß ich bei der Polizei und beim Sheriff herumgelungert sei, um Ideen für mein neues Buch zu bekommen. *Fast* hätte ich ihr von Amber erzählt, aber eben nur *fast*.

»Hast du denn schon ein T-t-thema?«

»Nein. Ich glaube, ich werde diesmal einfach etwas erfinden.«

»Das kannst du bestimmt gut.«

»Einerseits finde ich den Gedanken verführerisch, andererseits bereitet er mir aber auch Kopfzerbrechen. Bisher hatte ich immer eine konkrete Geschichte, an die ich mich halten konnte. Ich bin es nicht gewohnt, mir einfach etwas aus den Fingern zu saugen.«

Isabella dachte eine Weile nach. »Aber so kannst du der Geschichte wenigstens ein besseres Ende geben. Der Held kriegt am Ende sein Mädchen, und die Guten können die Bösen erschießen. Und du müßtest nicht diese schrecklichen Männer im Ge-ge-gefängnis besuchen.«

Es war Zeit für Isabellas Nachtisch, den ich in der Küche herrichtete und ihr hinausbrachte. Wenn Isabella nicht im Haus ist, trägt sie Baseballmützen, um ihren kahlen Kopf zu verbergen. Ich persönlich mag ihren Kopf, wie er ist – so glatt, demütig und ehrlich –, aber ich muß zugeben, daß er mir mit Isabellas dichtem schwarzem Haar noch viel besser gefiel. Als ich jetzt von hinten mit den Tellern in der Hand auf sie zutrat, blieb ich einen Augenblick stehen und überlegte mir zum millionsten Mal, wie sehr sich unser Leben verändert hatte. So, wie sie unter ihrer schief aufgesetzten Mütze auf die Berge im Westen blickte, sah Isabella aus wie in kleiner Mann, ein Baseballfan vielleicht. Ich sah ihre Wange im Profil und die Gabel, die sie bewegungslos mitten in der Luft hielt. Mein Gott, wie ich sie liebe, dachte ich. Bitte, lieber Gott, hilf mir, daß ich sie noch mehr liebe. Tu endlich etwas Gutes für sie, oder ich schneide dir mit einer Kettensäge das Herz heraus und verfüttere es an den Schwarzen Tod. *So Jah seh!*

Ich stellte Isabellas Nachspeise auf den Tisch, setzte mich wieder und nahm einen Schluck Wein. »Irgendwie macht mir die Sache etwas angst«, sagte ich. Der Alkohol begann, mir die Zunge zu lösen. »Es ist schrecklich schwer, sich eine Geschichte auszudenken. Was soll man denn auch erfinden, in dieser Welt, die vollkommen aus den Fugen geraten ist. Wo irgendwelche

Wahnsinnigen wahllos andere Menschen abschlachten und jemand wie du Krebs bekommt.«

»Die Natur ist nun mal grausam«, sagte Isabella. »Ich habe schon vor einem Jahr damit aufgehört, nach dem Warum zu fragen. Aber wenn du eine Geschichte erfindest, kannst du das ja alles ändern. Laß doch einfach den Mörder einen Gehirntumor bekommen und mach die Frau des Helden schön und schlank, mit langen schwarzen Haaren. Sie könnte ihm helfen, ein Verbrechen aufzuklären und für ihn kochen, und abends würde sie ihn dann ins Bett ziehen und mit ihm schlafen. Eine Frau in einer erfundenen Geschichte müßte kein zwei Zentner schwerer Walfisch sein.«

»Du bist kein Wal –«

»Aber ich sehe aus wie einer. Wenn ich in den Spiegel schaue, kann ich gar nicht glauben, daß ich das bin.«

»Wenn sie die Steroide absetzen, wirst du ganz schnell wieder rank und schlank. Das alles ist doch nicht deine Schuld.«

»Kein Wunder, daß du so viel trinkst. Ich würde das auch, wenn ich jeden Tag so was wie mich anschauen müßte.«

Und da saß Isabella nun in ihrem Rollstuhl, eine einstmals schöne Frau, die der Krebs und die Medikamente zu einem Wrack gemacht hatten, und weinte, daß ihr die Tränen über die Wangen und das Kinn liefen. Der Neurologe hatte uns davor gewarnt, daß es zu medikamentös bedingten Stimmungsschwankungen kommen könne. Aber es war noch viel mehr ins Schwanken geraten.

Ich kniete mich neben Isabella und legte meinen Kopf in ihren Schoß. Unten am Strand begann das Feuerwerk zum vierten Juli. Die Leuchtraketen stiegen in den Nachthimmel und entfalteten sich dort wie bunte Blumen, und die Böller krachten. Immer wenn eine Rakete rot explodierte, mußte ich an Ambers zerschmetterten Schädel denken.

Wie unterschiedlich Amber und Isabella doch waren! Ebenso

unterschiedlich wie das, was ich an den beiden Frauen geliebt hatte und immer noch liebte. An Amber hatten mich ihre geheimnisvolle Art und ihre seltsame Substanzlosigkeit fasziniert. Amber war ganz allein auf dieser Welt, so gut wie nie hatte sie von ihrer Familie gesprochen, und in all den Jahren, die wir miteinander verbracht hatten, hatte ich weder ihre Eltern noch ihre Schwester kennengelernt, die, laut Amber, irgendwo in Florida wohnten. Nur einmal hatte sie mir mit der für sie so typischen Arroganz erzählt, daß diese Schwester – Alice hieß sie, glaube ich – die einzige Frau auf der ganzen Welt sei, die es in puncto Schönheit mit ihr aufnehmen könne. Nach irgendeinem fürchterlichen Streit hatten die beiden Schwestern sich einander entfremdet – um was es dabei genau gegangen war, behielt Amber immer für sich. Sie rief nie jemanden von ihrer Familie an, schrieb auch keine Briefe und sagte nicht ein einziges Mal, daß sie an irgendwelchen Feiertagen gerne zu Hause gewesen wäre. Ambers wirklicher Familiennamen war Fultz, aber kaum war sie volljährig geworden, hatte sie ihn in Wilson geändert. Ich hatte sie immer unter meine Fittiche nehmen und ihr das Gefühl geben wollen, daß sie zu mir gehörte. Und dabei hatte ich geglaubt, daß ich es schaffen würde, die riesige Leere, die Amber Mae umgab, mit irgend etwas anzufüllen. Erst sehr viel später war mir klar geworden, daß sie sie gar nicht angefüllt haben wollte.

Jahre später, als ich Isabellas Familie kennenlernte, wurde mir der Unterschied zwischen den beiden Frauen zum ersten Mal richtig klar. Isabella verband mit Joe und Corinne, ihren Eltern, ein starkes Gefühl der Zusammengehörigkeit. Die Bande zwischen den dreien waren so fest, daß es kaum Grenzen zwischen ihnen zu geben schien.

Amber hingegen hatte keinen Rückhalt in ihrer Familie, sie war allein und schwer faßbar und schien sich ständig zu häuten. Isabella sprach offen und ehrlich über ihre Familie und war auf eine ganz unspektakuläre Weise zufrieden mit ihren Eltern und sich selbst. Nachdem ich mich in Isabella verliebt hatte, ließ ich mich dankbar mit ins Netz dieser Verbindungen einweben und fragte mich manchmal, was mir bloß an Ambers Einsamkeit und Geheimnistuerei so gut gefallen hatte.

Während ich jetzt draußen auf der Plattform saß und meinen Kopf noch immer in Isabellas Schoß liegen hatte, war ich auf einmal fürchterlich stolz auf sie und gratulierte mir zu dem weisen Entschluß, sie zu meiner Frau zu machen.

»Wenn du nachts so lange in der Stadt bist, hältst du dann Ausschau nach anderen M-mädchen?«

»Nein. Meistens denke über dich nach.«

»Warum mußt du denn dazu fortgehen?«

»Ich muß es einfach. Ich kann nicht anders.«

»Weißt du, daß mir das mehr weh tut als alles andere? Daß du jetzt ab und zu fort von mir mußt. Erinnerst du dich noch daran, wie es war, als wir die ganze Zeit zusammen waren?«

»Es wird wieder so sein. Du wirst schon sehen.«

»Aber jetzt mußt du fort von mir, und ich kann das sogar verstehen. Ich weiß, wie schlimm es für dich ist, daß du mich am Morgen anziehen mußt, wenn du eigentlich viel lieber an deinen Büchern schreiben würdest. Und dann mußt du alle Einkäufe und Erledigungen machen und mir auch noch ständig hinterherräumen. Und jeden Abend ko-kochst du und spülst ab. Du siehst deine Freunde kaum mehr, weil ich nicht will, daß sie hierherkommen und sehen, was für ein fettes Schwein deine Frau geworden ist. Und ich weiß, daß du Kinder haben wolltest, Russ – und ich wollte sie noch viel mehr als du. Und ich weiß jetzt, daß du, wenn du in die Zukunft blickst, nur noch Angst davor hast, daß es mir noch v-viel schlechter gehen wird. Manchmal kann ich deinen Gesichtsausdruck einfach nicht mehr ertragen. Er ist so voller Bedauern und Haß.«

Ich trank noch einen Schluck. »Aber ich hasse nicht dich, Iz,

sondern deine Krankheit. Und ich bedaure es nicht, daß ich mit dir lebe, sondern lediglich, daß wir jetzt nicht mehr die Sachen machen können, die wir uns vorgestellt haben.«
»Ich wünschte, ich könnte das ändern. Ich habe so sehr darum gekämpft, daß es mir bessergeht. Weißt du –«
»Ich weiß. Du tust alles, was du nur kannst, Schatz.«
Jetzt konnte sie kaum mehr sprechen. Eine ganze Weile strich sie mir übers Haar. Die Feuerwerksraketen zerplatzten zu farbigen Bällen, die wie verglühende Kometen auf die Berge herabfielen. Dann jagten neue nach oben und zogen ihre feinen Rauchspuren durch die Dunkelheit. Irgendwo in den Bergen jaulten ein paar Kojoten; ihr Geheul wurde von den Wänden des Canyons gespenstisch zurückgeworfen. Ich sah hinüber zur Canyonfrau – so nannte Isabella ihre liebste Gebirgsformation, die man nur nachts sehen konnte, wenn die Silhouetten von zwei hintereinanderliegenden Bergen miteinander verschmolzen und die Umrisse einer schwangeren Frau annahmen, die vor dem dunkelblauen Nachthimmel auf dem Rücken lag. Die schroffen Sandsteinfelsen wurden zu ihren Haaren, ein Eichenwäldchen zum Busen, und da, wo ihre Vagina sein mußte, schimmerten warm und ein wenig matt die Lichter der Stadt. Bei Tageslicht war die Canyonfrau verschwunden, und niemand außer Isabella und mir kannte ihren Namen. Isabella hatte sogar für das schrille Gestöhn, das in manchen Nächten aus den Tiefen des Canyons drang und das wohl der Wind in irgendwelchen Felsspalten erzeugte (oder war es doch der Schrei irgendeines seltsamen Tieres, das es hierher verschlagen hatte?), einen Namen. Sie nannte es den »Mann in der Nacht«.
»Die Canyonfrau sieht gut aus heute nacht«, sagte ich. Isabella hörte auf zu schluchzen und atmete so tief ein, daß ich spüren konnte, wie ihre Brust bebte, als sie die Luft wieder entweichen ließ. »Sie sieht sich wohl auch das Feuerwerk an«, sagte sie.
Es ist schwer zu beschreiben, was ich in diesem Augenblick

empfand, als ich neben Isabellas Rollstuhl kniete. Haben Sie jemals die Hilflosigkeit erlebt, die einen befällt, wenn ein geliebter Mensch neben einem so schrecklich leiden muß? Haben Sie jemals Gott für das verflucht, was er getan hat? Haben Sie jemals in ihrem Herzen soviel Liebe und zugleich soviel Haß verspürt, daß sich die beiden Gefühle miteinander vermischten und Sie nicht mehr sagen konnten, welches das eine war und welches das andere?

Nun, lassen Sie mich Ihnen das eine sagen: Gleichgültig, wie tief meine Verzweiflung war, ich wußte, daß sie nichts war im Vergleich mit Isabellas Verzweiflung, und ich wußte, daß ich ihr auf dem schmalen Grat, auf dem sie zu wandeln gezwungen war, nur ein Stück weit würde folgen können. Isabella war diejenige, der Schlimmes widerfuhr. Isabella mußte diesen Alptraum durchmachen. Und sie war ganz allein dabei – gleichgültig, was ich fühlte oder sagte. Sie wußte es.

»Okay, mein kleiner Anfall ist vorbei«, sagte sie schließlich. »Was gibt es denn zum Na-na-nachtisch?«

Es war gegen neun Uhr, als ich mit dem Abwasch fertig war und Isabella ausgezogen und zu Bett gebracht hatte. Mittlerweile hatte ich auch die zweite Flasche Wein fast geleert. Mein Herz schlug jetzt schneller, und ich spürte, wie sich mein Inneres wieder in Bewegung setzte. Ich hatte das Gefühl, als ob mir ein starker Wind mitten ins Gesicht wehte und Gegenstände an mir vorbeiblies. Auf einmal war ich ein entfesselter Geist, der mit dem Wind den Laguna Canyon hinuntersauste. Ich war ein Ding ohne jedes Gewissen. Ich war frei.

Ich gab Isabella ihren Gutenachtkuß.

»Bleib nicht zu lange weg«, sagte sie. »Und flirte mit keiner vollbusigen Blondine herum.«

»Nein, ich werde ein guter Junge sein.«

KAPITEL 6

Ich fuhr nach South Laguna und parkte den Wagen etwa hundert Meter vor Ambers leerem Haus. Wie am Tag zuvor schimmerte tief in seinem Inneren ein schwacher Lichtschein. Reuben Saltz war bestimmt nicht in Ambers Schlafzimmer gewesen. Warum auch? Er hatte sich in die Diele gestellt und nach ihr gerufen, und als er keine Antwort bekommen hatte, war er vielleicht noch die Treppe zur Hälfte hinaufgestiegen und dann wieder umgekehrt. In einem fremden Haus herumzuschnüffeln ist eben nicht jedermanns Sache.

Ich nahm einen Schluck aus meinem Flachmann. *In ewiger Liebe. Isabella.* Eine Stimme in meinem Inneren sagte mir, ich solle von hier verschwinden, mich nicht in Gefahr bringen und nach Hause zu der Frau zu fahren, die mich so sehr liebte. Aber es war eine leise Stimme, die im Alkohol rasch unterging. Ja, ich wollte Isabellas Liebe, aber nicht nur sie. Jetzt wollte ich die andere Welt, die Welt voller Geschwindigkeit, die Welt ohne Geschichte und Gewissen. Ich nahm meine Handschuhe aus dem Kofferraum und zog sie an.

Dann ging ich den Gehsteig hinunter, durchs Gartentor und den gepflasterten Weg entlang, der um das Haus herumführte. Der Mond schien genauso wie in der Nacht zuvor, vielleicht eine winzige Spur heller.

Die Glastür war geschlossen, ebenso die Fliegengittertür, aber beide waren nicht abgesperrt. Das war von außen auch gar nicht möglich. Wer auch immer seit gestern nacht hier gewesen war, wollte offensichtlich nicht dabei gesehen werden, wie er aus der Vordertür kam. War es Reuben gewesen?

Ohne Probleme öffnete ich die beiden Türen und trat ins Haus. Ich ging zur Treppe und stieg hinauf in den ersten Stock, wobei ich auf dem Treppenabsatz kurz stehenblieb und auf die stummen Botschaften horchte, die mir das Haus möglicherweise übermitteln wollte. Eine innere Stimme drängte mich abermals zum Verlassen des Hauses, aber ich brachte sie zum Schweigen, indem ich direkt zur Tür von Ambers Schlafzimmer ging. Wieder pochte die Ader an meiner Schläfe. Dann öffnete ich die Tür und knipste das Licht an.

Das Bett war gemacht.

Die Wände und der Spiegel waren sauber.

Wo ich gestern nacht Amber liegen gesehen hatte, lag jetzt ein neuer Teppich.

Amber war verschwunden.

Ein teuflisches Gefühl stieg in mir auf und schoß mir ins Blut. Ich hatte den Eindruck, als würde ich in Sekundenschnelle verwelken, als würden meine Zellen versuchen, durch panisches Zusammenschrumpfen sich vor etwas zu schützen. Ein starker Geruch stieg in meine Nase, und ich brauchte einen Augenblick, bis ich erkannt hatte, was es für einer war. Es roch nach frischer Farbe.

Ich kniete mich neben den neuen Teppich und hob ihn an. Darunter, auf dem Teppichboden, entdeckte ich einen nur ganz schwach sichtbaren Fleck. So schwach, daß er, als ich aufstand und ihn aus einem anderen Winkel betrachtete, praktisch verschwunden war. War er am Ende doch bloß ein Schatten? Ich legte den Teppich wieder darüber – so, wie er vorher gelegen hatte.

Jetzt erst merkte ich, daß ich keuchte. Ich ging ins Bad, schaltete das Licht ein und blickte im Spiegel auf mein schwitzendes, gelbliches Gesicht. Die Augen darin schienen einem Fremden zu gehören, den ich nicht kannte und den ich nicht kennenlernen wollte.

In diesem Moment hörte ich, wie hinter mir die Tür ins Schloß fiel, und ich spürte, wie jemand mir eine harte, kühle Revolvermündung an den Hinterkopf drückte.
»Das Spiel ist aus, Bürschchen! Dreh dich um, aber ganz langsam!«
Ich kannte die Stimme. Meine Stirn fühlte sich an, als könne sie jeden Augenblick zerplatzen. Ich drehte mich ganz langsam um und hob die Hände. »Hallo, Marty«, sagte ich.
»*Monroe.*«
Das Gesicht von Martin Parish sah noch schlimmer aus als meines. Sein Atem roch nach Gin. Er war lediglich mit einer Unterhose bekleidet.
»Hübsches Outfit hast du da an«, sagte ich.
»Ich verhafte dich wegen – äh …«
»Weswegen, Marty? Und tu doch bitte die Pistole weg.«
»Wegen Einbruchs und …«
Ich hob die Hand, schob den Lauf des Revolvers zur Seite und ging an Marty Parish vorbei zurück ins Schlafzimmer. Als ich mich umdrehte, sah ich, wie Marty mit vornübergesunkenen Schultern vor dem Spiegel stand und die Hände an den Seiten seines Körpers herabbaumeln ließ. Sein Gesicht sah in höchstem Maße verwirrt aus.
»Laß den Quatsch«, sagte ich. »Von wegen Einbruch. Wenn du mich schon verhaften willst, dann tu es wenigstens wegen des Mordes an Amber. Aber dann müßtest du aber auch erklären, was du heute nacht hier zu suchen hattest – und gestern nacht ebenfalls. Ich habe dich nämlich gesehen, Marty.«
Parish drehte sich um und sah mich an. Er sah aus wie ein Mann, dessen Blick nicht weiter reicht als ein paar Zentimeter. »Es ist nicht so, wie du denkst, Russ. Du kapierst nicht, was du hier siehst.«
Ich mußte grinsen. »Was, zum Teufel, *sehe* ich denn, Marty?«

»Ich war es nicht. Ich schwöre bei Gott dem Allmächtigen, daß ich es nicht war.«
»Wer war es dann?«
»Ich schwöre dir, daß ich das nicht weiß.« Er hob seine Waffe – eine Vierundvierziger-Magnum mit kurzem Lauf, eine blödsinnig schwere Waffe, wie ich immer fand – und besah sich ihre Mündung. *Er will sich umbringen*, schoß es mir durch den Kopf. Aber dann ließ er den Arm wieder sinken. Es gibt kaum einen beunruhigenderen Anblick als einen Betrunkenen in Unterhosen mit einer Waffe in der Hand.
»Wo sind deine Kleider, Marty?«
»Unter dem Bett.«
»Unter dem Bett?«
»Ja, ich ...«
In der kurzen Stille, die seinem abgebrochenen Satz folgte, prasselten so viele verschiedene bizarre Überlegungen auf mich ein, daß ich ihnen kaum mehr folgen konnte. »Zieh dich an, und dann hauen wir ab von hier. Ich glaube, wir müssen dringend miteinander reden.«
Während Marty sich anzog, besah ich mir die Dusche und die Wanne: In den vergangenen paar Stunden konnte sie niemand benutzt haben, außer er hatte alles wieder trockengewischt. Ambers pfirsichfarbene Handtücher waren alle trocken. Ebenso das Waschbecken und dessen Stöpsel. Ich ging zurück ins Schlafzimmer und zog ein paar Fäden aus den Fransen des neuen Teppichs, die ich zwischen zwei Geldscheine in meine Brieftasche legte. Dann besah ich mir die Wände, wo die frische Farbe die Buchstaben von letzter Nacht überdeckte. Ambers Koffer standen noch immer da. Ich durchsuchte sie, entdeckte aber nur gewöhnliche Reiseutensilien. Wohin hatte Amber wohl gewollt? Marty, der sich das Hemd in den Hosenbund stopfte, sah mir dabei zu. Von Neugier getrieben, kniete ich mich nieder und schaute unters Bett. Das einzige, was ich dort sah, war ein

kleiner, flacher Gegenstand, der nur ein paar Zentimeter von mir entfernt auf dem Boden lag. Ich nahm ihn vorsichtig an einer Ecke und trug ihn ins Bad. Es war, was ich vermutet hatte: drei aneinanderhängende Plastikstreifen, wie man sie zum Verschließen von Müllbeuteln verwendet. Ich steckte sie ebenfalls in meine Brieftasche. Dann tastete ich mit den Händen den Teppich an der Stelle ab, an der Amber gelegen hatte, und fand so in der dicken Berberwolle etwas, was ich mit den Augen nie entdeckt hätte. Es war eine winzige Schraube von der Art, wie sie Juweliere oder Uhrmacher verwenden. Ich holte sie mit den Fingernägeln heraus und betrachtete den kleinen, kupferfarben glänzenden Gegenstand. Dann schraubte ich meinen Kugelschreiber auf, in dem ich immer eine Reihe von ähnlichen Schrauben mit mir herumtrage, seit mir einmal ein Bügel von meiner Sonnenbrille abgefallen ist, und tat die Schraube hinein.

In meinem Wagen fuhren wir aus den Hügeln hinunter zu einer Bar am Strand. Sie befand sich direkt am Wasser, und man konnte über dem dunklen Horizont und der Brandung den klaren, sternenübersäten Himmel sehen. Der Schaum der sich brechenden Wellen schimmerte in schwachem, fluoreszierendem Violett.

Obwohl ich ziemlich viel Wein getrunken hatte, war ich sofort stocknüchtern geworden, als ich meinen Wagen vor Ambers Haus abgestellt hatte. Aber Martin hatte wirklich *gesoffen*, und weil er offensichtlich auch jetzt nicht damit aufhören wollte, bestellte er sich einen doppelten Brandy. Ich ließ mir Kaffee bringen.

»Du zuerst«, sagte ich. »Warum warst du gestern nacht in Ambers Haus?«

Marty trank den Brandyschwenker mit einem Schluck zur Hälfte leer. »Ich habe nie wirklich aufgehört, an sie zu denken«, gestand er. »Irgendwie bin ich wohl noch nicht richtig über sie hinweg.« Er sah mich an und hob wieder sein Glas. Marty hatte ein Heftpflaster am Daumen. Auch der kleine vertikale Schnitt vom Rasieren war immer noch am oberen Ende seines Adamsapfels zu sehen. »Also rief ich sie an, aber es war immer nur der Anrufbeantworter dran. Dann fuhr ich einfach hinaus zu ihrem Haus. Mit mir und JoAnn steht es momentan nicht zum besten. Klar, ich habe sie einmal geliebt, aber jetzt bin ich mir nicht mehr so sicher. Ich habe es satt, mich mit ihr ständig über unsere Beziehung auseinanderzusetzen.«

Es war gut, daß Marty betrunken war, dachte ich, das löste ihm die Zunge. »Das mit dir und Amber ist jetzt fünfzehn Jahre her«, sagte ich.

»Ja. Und das mit dir und ihr zwanzig Jahre. Ich habe dich damals gehaßt, Monroe, das gebe ich unumwunden zu.«

»Ich weiß. Aber sie hat dich geheiratet, nicht mich.«

»Ja, aber unsere Ehe hielt nur ein Jahr lang. Dann hat sie mich verlassen.«

»Typisch Amber.«

Marty trank den Rest von seinem Brandy und winkte der Kellnerin, damit sie ihm noch einen brachte. Erst als sie den Schwenker vor ihn auf den Tisch gestellt hatte, fuhr er fort: »Ich fuhr also gestern nacht zu ihrem Haus und blieb ein paar Meter davon enfernt im Auto sitzen. Direkt vor dem Haus stand ein anderer Wagen. Ein rotes Porsche Cabrio.«

»Hast du dir die Nummer aufgeschrieben.«

»Das brauchte ich nicht, denn ich kannte den Wagen. Es war der von Grace.«

Grace, dachte ich. Die schöne, unkontrollierbare, bockige Grace – ganz die Tochter ihrer Mutter, von ihrer perfekten, leicht olivenfarbenen Haut bis zu ihrem unsteten Geist.

»Sie kam so gegen halb zwölf aus dem Haus, stieg in ihren Wagen und fuhr fort.«

»Mein Gott, Marty – dann muß sie ja dasselbe gesehen haben wie wir.«
Marty nahm einen weiteren Schluck und fischte sich eine Zigarette aus seinem etwas verknautschten Päckchen. »Das muß sie wohl. Auf mich machte sie den Eindruck, als habe sie es ziemlich eilig. Als sie durch das Tor kam, warf sie den Kopf in den Nacken – so, wie sie es immer tut –, und ging direkt zu ihrem Wagen. Sie blieb einen Moment stehen und suchte nach ihren Schlüsseln, und da habe ich sie ganz genau gesehen. Ich kann nicht glauben, daß Grace ihre Mutter umgebracht hat, aber sie war in ihrem Haus. Und sie hat den Mord nicht bei der Polizei gemeldet.«
»Das hast du auch nicht, obwohl du ebenfalls dort warst.«
»Genau wie du. Vielleicht solltest *du* mir zuerst einmal erklären, warum du nicht zur Polizei gegangen bist.«
Ich erklärte es ihm. Meine Geschichte ähnelte so sehr der seinen, daß es fast so aussah, als wolle ich mich über ihn lustig machen. Während ich sie Marty erzählte, kam mir die ganze Sache mit Amber und meinem erhofften Doppelleben furchtbar sentimental und pubertär vor. Außerdem fühlte ich mich Isabella gegenüber wie ein Verräter und schämte mich auf einmal ganz fürchterlich, weil ich der Versuchung meiner eigenen Hirngespinste nachgegeben hatte. Einen Augenblick lang betrachtete ich Marty Parish und mich aus dem Blickwinkel einer dritten Person und sah zwei frühere Liebhaber einer schönen Frau, die beide nach wie vor die schwache Hoffnung hegten, das alte Feuer noch einmal entzünden zu können, und sich in süßem Schmerz daran erinnerten, wie Amber Mae ihnen das Herz gebrochen hatte. Es war widerlich. In diesem Augenblick haßte ich mich dafür.
»Vielleicht hat Amber Mae nur deshalb etwas mit uns angefangen, weil sie schon damals ahnte, wie sehr wir sie vermissen würden«, sagte Marty.

»Vielleicht war sie aber auch bloß eine selbstsüchtige Nutte, von der wir besser die Finger gelassen hätten.«

Marty nickte besoffen. »Merkwürdig, daß du das ausgerechnet jetzt sagst, wo Amber tot ist.«

»Was, zum Teufel, geht hier vor, Marty? Irgend jemand hat ihre Leiche weggebracht.«

»Und den Teppich gereinigt und einen Läufer gebracht.«

»Er hat sogar die Wände frisch gestrichen.«

»Den Spiegel saubergemacht.«

»Die Schiebetür und die Fliegengittertür geschlossen.«

»Und Amber verschwinden lassen.«

Vermutlich in Müllsäcken, dachte ich. »Und er hat das Bett gemacht.«

»Mein Gott, Russ – und sie hatte bereits die Koffer gepackt! Was soll ich jetzt bloß tun? Ich möchte meine Ehe retten. Ich möchte meinen Job behalten. Kannst du verstehen, in was für einer Zwickmühle ich bin? Da finde ich die Leiche meiner Exfrau und kann niemandem ein Wort davon sagen, weil sonst die Kacke am Dampfen wäre. Ich will wegen Amber Mae nicht alles verlieren, wofür ich so hart gearbeitet habe. Sie hat mir schon einmal alles weggenommen. Ich habe meine Schulden bei ihr längst abgetragen. Himmel, ich brauche was zu trinken.«

»Ich könnte jetzt auch was vertragen.«

Marty bestellte noch mal zwei Doppelte. Ich kenne nur einen Mann, der so viel trinken kann wie Marty Parish und dabei noch einen halbwegs klaren Kopf behält. Auf einer Party hat Marty einmal gewettet, daß er, ohne danach kotzen zu müssen, eine ganze Flasche Black Label auf einen Sitz trinken und danach noch hundert Liegestütze machen könne. Marty schaffte es tatsächlich, aber die Wette hatte er trotzdem verloren, denn ich trank gleich darauf ebenfalls eine Flasche und machte einhundertfünfzig Liegestütze. Und als ich schließlich sogar noch allein nach Hause ging, war Marty längst in den Armen des Mädchens eingeschlafen, das er zu der Party mitgebracht hatte. Dieses Mädchen war natürlich Amber Mae Wilson, und wir alle waren damals noch jung und dumm gewesen.

Dumm waren wir wohl immer noch, lediglich ein paar Jahre älter waren wir geworden. »Marty, kannst du mir erklären, warum du vorhin im Haus so ... äh ... so leicht bekleidet warst?«

Marty trank von seinem Brandy. »Ich konnte es einfach nicht glauben, was ich letzte Nacht gesehen habe. Also stieg ich noch einmal in Ambers Haus ein und legte mich in ihr Bett ... aber kaum war ich drin, da hörte ich auch schon, wie jemand die Treppe heraufkam.«

»Wieso, um alles in der Welt, hast du dich denn *in Ambers Bett* gelegt?«

»Weil ich mir dort vorstellen konnte, daß Amber noch am Leben wäre.«

»Meinst du das ernst?«

»Ja.«

»Du bist krank, Marty, weißt du das?«

»Ist mir klar.«

»Komm, laß uns ein paar Schritte gehen.«

Nachdem ich bezahlt hatte, gingen wir den Strand entlang nach Süden, in Richtung auf die Felsenklippen. Als wir in eine kleine Bucht kamen, die vom Rest des Strandes aus nicht einzusehen war, drehte ich mich urplötzlich zu Marty um und rammte ihm, so fest ich nur konnte, meinen Ellenbogen ein paar Zentimeter unterhalb des Brustbeins in den Bauch. Marty klappte zusammen, und als sein Kopf nach unten sank, schlug ich ihm mit dem Knie gegen die Stirn. Dann packte ich ihn an den Haaren, zerrte ihn ans Wasser und warf ihn hinein. Ich kniete mich auf seinen Rücken, packte ihn mit der Hand bei den Haaren. Dann drückte ich sein Gesicht in den salzigen Ozean. Ich wartete eine Weile, bis ich Martys Kopf an den Haaren wieder hochriß. Marty schnappte japsend nach Luft. »Jetzt sag mir endlich die Wahrheit, Marty. Hast du Amber umgebracht?«

»Nein ...«

»Nun komm schon, mir kannst du es doch sagen. Ich bin schließlich dein Freund.«

»Nein ...«

Also drückte ich sein Gesicht wieder unter Wasser. Er wehrte sich nicht einmal dagegen, sondern stieß nur blubbernde Luftblasen aus. Ich zog ihn wieder hoch, und während er gierig die Luft in seine Lungen sog, fragte ich ihn noch einmal, ob er Amber getötet habe.

»Nein ...«

Dann mußte er eben noch mal ins Wasser, diesmal für eine längere Zeit. Eine große Welle kam herein und spülte uns ein paar Zentimeter den Strand hinauf. Ich riß Martys Kopf wieder nach oben. »Was hast du dann gestern nacht in ihrem Haus zu suchen gehabt, *verdammt noch mal*? Und sag mir jetzt bloß nicht wieder, daß du solche Sehnsucht nach Amber gehabt hast.«

»Ich mußte sie sehen ... ich schwöre es ...«

Ich verlagerte mein Gewicht noch mehr auf seinen Rücken. »Und wieso bist du dann heute nacht zurückgekommen? Wozu, Marty? *Wozu*?«

»Ich konnte mir nicht erklären, warum ... warum niemand angerufen hatte ... und vielleicht ...«

»Vielleicht *was*, Marty?«

»Vielleicht hatte ich mir das, was ich glaubte, gesehen zu haben, ja auch nur eingebildet. Heute morgen konnte ich mich kaum mehr an etwas erinnern. Möglicherweise, so hoffte ich, hatte ich ja einen Filmriß gehabt und mir die ganze Sache in meinem Suff zusammengeträumt.«

»Also hast du dich nackt ausgezogen und bist in Ambers Bett gekrabbelt.«

Jetzt fing Martin Parish an zu stöhnen, aber dieses Stöhnen

rührte weniger von einem körperlichen Schmerz her als von einer schrecklichen Seelenqual. »Ich wollte ... ich wollte nur fünf Minuten lang spüren, wie es sich anfühlt. Ich habe sie geliebt. Ich weiß nicht, aber es hat immer ... geholfen. Wie soll ich das nur sagen ... schau, Russ ... *es war nicht das erste Mal.*«

»Daß du in ihr Bett gekrochen bist?«

»Aber nur, wenn sie nicht da war.«

»Großer Gott.«

Eine noch größere Welle schäumte an den kleinen Strand und spülte mich von Martys Rücken herunter. Ich stand auf, brachte mich ins Gleichgewicht und zog Marty an seinem Gürtel hoch. Schwankend verließen wir die Bucht, stapften ein paar Schritte den Strand hinauf und ließen uns hustend und schwer atmend in den Sand sinken. Ich kniete mich vor Marty hin und riß ihn an seinem Hemdkragen hoch, so daß er mir direkt ins Gesicht sehen mußte.

»Jetzt sind es schon fünf Morde, Marty. Sag mir nur eines: Hat der Kerl bei den Ellisons und den Fernandez' ebenfalls die Wände verschmiert?«

Martin schüttelte lediglich den Kopf. Er war betrunken genug, um zuzugeben, daß er nackt ins Bett einer ermordeten Frau gestiegen war, deren Leiche auf mysteriöse Weise verschwunden war. Aber er war offensichtlich noch nicht so besoffen, daß er seine Vorschriften vergaß und der Presse erzählte, was der Mörder an zwei – möglicherweise drei – Tatorten für kryptische Botschaften hinterlassen hatte. Martys Berufsehre ging doch tiefer, als ich geglaubt hatte.

»Vielleicht ist Amber auch bloß aufgestanden und weggegangen«, sagte er schluchzend. Im Mondlicht sah sein Gesicht wie das eines vollkommen verheulten Kindes aus. »Vielleicht war das Ganze nichts weiter als der perfekte Job eines Maskenbildners. Sie kennt ja diese Hollywood-Typen. Vielleicht war alles nur ein Trick.«

Ich schüttelte ihn fest. »Sie ist tot, Marty. Aber niemand weiß das, außer dir, mir und Grace – und natürlich dem Kerl, der Amber den Schädel eingeschlagen hat. Und wenn nicht irgendwo Ambers Leiche auftaucht, wird auch niemand sonst etwas von dem Mord erfahren.«

Jetzt nickte Marty pflichtbewußt. Ich ließ ihn los. Er zog seine Knie und Arme hoch, legte seinen Kopf darauf und wippte eine Weile traurig hin und her. Er sah zum Erbarmen aus.

»Wir müssen mit Grace sprechen«, sagte er schließlich. »Das ist jetzt das Wichtigste.«

Da hast du verdammt recht, dachte ich. »Ich werde sie finden.«

»Das solltest du wirklich, Russ.«

»Keine Sorge, ich mach' es ja.«

»Schließlich ist sie deine Tochter.«

»Stimmt, das ist sie.«

KAPITEL 7

Als ich nach Hause kam, stand ein roter Porsche in meiner Auffahrt, und Grace lehnte mit dem Rücken daran. In mir ging eine Art leiser Alarm los. Ich hatte – bis auf ein paar Anrufe von ihr – nun seit über einem Jahr nichts mehr von meiner Tochter gehört. Trotz der schwülen Wärme trug Grace einen Parka mit Pelzkragen. Sie hatte ihre Schultern vornübergebeugt, den Kopf tief in den Pelz gezogen und die Hände in die Taschen gesteckt. Von Anfang an hatte Amber Grace ganz allein für sich beansprucht und von mir ferngehalten. Genaugenommen hatte das bereits vor Graces Geburt angefangen: Erst als sie im sechsten Monat schwanger war, erzählte sie mir davon. Als ich Grace das erste Mal zu Gesicht bekam, war sie schon zwei Wochen alt, und bis zum nächsten Mal sollten volle zwei Jahre vergehen. Amber hatte das Baby mit nach Paris, Rom, New York, Rio, London, St. Barts, Kitts und Thomas genommen, wo immer sie einen Job als Model bekommen hatte. Grace war bereits vier, als sie zum ersten Mal mit mir sprach. Sie sagte, während sie mir artig die Wange für einen Kuß hinhielt: »Wie schön, dich zu sehen, Russell.« Als ich mich daraufhin herabbeugte, um das kleine Gesicht zu küssen, das dem meinen so ähnelte, war das einer der seltsamsten Augenblicke in meinem ganzen Leben. Grace drehte sich dabei ein wenig weg und blickte mit ihren braunen Augen unter den langen Wimpern ebenso beherrscht wie gelangweilt hinauf in den Himmel. Damals kam es mir so vor, als wäre eben ein Teil meines Herzens gestorben. Auch später nannte Grace mich immer nur Russell, nie Vater oder Dad oder Paps oder so was.

Am Abend desselben Tages – als Grace vier war, meine ich – machten Amber und ich einen Spaziergang in den Hügeln hinter Laguna und hatten dabei die schlimmste Auseinandersetzung unseres Lebens. Weil wir beide unsere Standpunkte mit verbissener Leidenschaft vertraten, schaukelte sich der Streit immer schlimmer hoch. Ich warf Amber vor, sie habe mir meine Tochter gestohlen, und verlangte, daß ich sie von nun an wenigstens ab und zu sehen dürfe. Damals, im Alter von sechsundzwanzig Jahren, war ich noch viel zu naiv, um zu erkennen, in welchem Ausmaß mir Amber Grace bereits entfremdet hatte. Amber entgegnete mir giftig, daß ich auf Grace nicht mehr Anspruch habe als eine Blume auf eine Biene, schließlich hätte ich zu ihrer Erzeugung ja nur meinen Samen beigesteuert. Das waren tatsächlich ihre Worte: »Du hast ja nur den Samen zu ihr beigesteuert.« Unsere Auseinandersetzung eskalierte in dieser Nacht derart, daß wir aufeinander losgingen und uns blutige Wunden zufügten. Es war Amber, die damit anfing, das möchte ich ausdrücklich betonen. Ich sehe sie noch heute vor mir, wie sie im eisig-hellen Licht des Vollmondes einen Felsbrocken aufhebt und damit auf mich einschlägt.
Das Ergebnis dieses Streites war, daß ich fünf Jahre lang weder Amber noch Grace zu Gesicht bekam.
»Grace«, sagte ich jetzt, als ich aus meinem Wagen stieg.
»Russell«, antwortete sie und kam mit klappernden Stöckelschuhen auf mich zu. Sie hielt mir ihre Wange hin, genauso, wie sie es vor vierzehn Jahren zum ersten Mal gemacht hatte. Ihre Haut fühlte sich kühl an und verströmte einen stark parfümierten, intensiv weiblichen Geruch. Grace war eine große Frau – über eins fünfundsiebzig – und hatte einen athletischen Körper und ein schönes Gesicht. Von ihrer Mutter hatte sie das dunkle, sanft gelockte Haar geerbt.
»Tut mir leid, daß ich so unangemeldet hier erscheine. Du siehst mich ja an, als wäre ich ein Geist.«

»Ist alles in Ordnung mit dir?«
»Natürlich nicht, Russ, sonst käme ich ja nicht mitten in der Nacht zu dir.«
»Komm rein.«
»Vielen Dank.«
Ich ließ Grace unten in meinem Arbeitszimmer warten und ging hinauf, um nach Isabella zu sehen. Sie schlief tief und fest. Einen Augenblick lang blieb ich vor ihrem Bett stehen und betrachtete ihr in die Kissen gesunkenes Gesicht. Neben dem Bett konnte ich den gebogenen Griff ihres Stocks sehen, und ich fragte mich zum millionsten Male, warum der Herrgott sie bloß so schnöde verlassen hatte. Isabella würde es bestimmt nicht gefallen, wenn Grace am nächsten Morgen noch hier war, denn sie glaubte, daß Amber und ihre Tochter einen sehr schlechten Einfluß auf mich ausübten, und wenn ich eine von beiden erwähnte, war sie selbst nach fünf Jahren Ehe noch merklich irritiert. Also sprach ich so gut wie nie von ihnen.
Als ich zurück ins Arbeitszimmer kam, besah sich Grace gerade mein Bücherregal. In dem klaren, indirekten Licht konnte ich sehen, daß sie blaß und ein wenig feucht im Gesicht war. Ganz kleine Schweißperlen standen ihr auf den Schläfen und über der Oberlippe.
»Du mußt dir hier einmal eine Bar einbauen«, sagte sie.
»Was willst du trinken?«
»Einen trockenen Wermut on the Rocks, falls du so was hast.«
Ich machte im Wohnzimmer zwei Drinks und brachte sie ins Arbeitszimmer. Grace hatte noch immer ihren Parka an, aber wenigstens hatte sie mittlerweile den Reißverschluß geöffnet. Als sie quer durch das Zimmer auf mich zukam, betrachtete ich sie genau und wunderte mich erneut, wieviel von mir ich in ihr entdecken konnte. Grace war eine schöne junge Frau – achtzehn Jahre alt, stark und selbstsicher. Ihr Gesicht hatte sie hauptsächlich von Amber geerbt; meine Seite hatte dazu nur

einen Hauch Monroescher Breite beigesteuert. Sie hatte Ambers hübsches Kinn, ihren vollen und entspannten Mund und ihre schmale, gerade Nase. Anderes an ihr stammte aber von mir: die dichten, nicht besonders ausdrucksvollen Augenbrauen, die harmlosen, braunen Augen, die manchmal so entwaffnend hilflos blicken konnten. Und diesen Gesichtszügen verdankte es Grace, daß ihr Ambers charakteristischstes Merkmal fehlte, jener leichte Ausdruck von Verschlagenheit, der wohl hauptsächlich dafür verantwortlich war, daß Ambers Gesicht im Lauf der Jahre so viele Titelseiten und Fernsehschirme geziert hatte. Aus seinen Zügen konnte man praktisch alles herauslesen, ob Lust oder Unschuld, ob Verrat oder Herzeleid. Und damit ließen sich wunderbar Shampoos, Lippenstifte oder Büstenhalter verkaufen. Besonders, wenn zu all diesen »Emotionen« jene verschwörerisch wirkende Verschlagenheit kam, die im Betrachter von Ambers Gesicht den Eindruck erweckte, daß es nur zwei Menschen auf dieser Welt gab: Amber und denjenigen, den sie gerade ansah. Es kam einem fast so vor, als würde sie mit ihrem Blick einen privaten und ganz exklusiven Vertrag mit einem persönlich schließen. Grace, so schön sie auch war, vermittelte diesen Eindruck nicht. Auch Amber selbst konnte das nun nicht mehr. Während ich jetzt unsere Tochter ansah, kam mir auf einmal wieder das Bild von Ambers schrecklich zugerichtetem Gesicht ins Gedächtnis.

»Was ist passiert?« fragte ich.

»Zwei Männer haben mich verfolgt, Russell. Einer ist dick, mit großen Ohren, und der andere ist schlank und hat kurzgeschnittene Haare. Ich habe sie vor meiner Wohnung, bei der Arbeit und in einem roten Pick-up-Truck gesehen, mit dem sie mir hinterhergefahren sind. Sie sind einfach überall.«

»Und was wollen sie von dir?«

»Wie, um alles in der Welt, soll ich das denn wissen?«

»Hast du die Polizei verständigt?«
»Nein. Ich bin lieber zu dir gekommen. Hier kann ich wenigstens mal eine Nacht ruhig schlafen.«
»Seit wann verfolgen die Männer dich denn?«
»Das kann ich dir nicht genau sagen. Vor ein paar Tagen sind sie mir zum ersten Mal aufgefallen.«
»Haben sie sich dir jemals genähert?«
Grace sah mich mit einem seltsam erstaunten Ausdruck an, als habe sie eben in meinem Gesicht etwas entdeckt, was sie noch nie zuvor bemerkt hatte.
»Nein. Ich habe die letzten zwei Tage bei einem Freund verbracht, aber ich glaube nicht, daß er in der Lage ist, mich zu ... beschützen.«
»Wer ist dieser Freund?«
»Sein Name ist Brent.«
»Hat dieser Brent auch einen Familiennamen?«
»Sides. Er arbeitet als Barkeeper, aber er möchte Drehbücher schreiben.«
»In welcher Bar?«
»Im *Sorrento's.* Das ist oben in den Orange Hills.«
Grace trank aus und stellte das Glas auf einen Beistelltisch. Dann setzte sie sich auf die Couch und senkte den Kopf, so daß ihre langen, dunklen Locken ihr Gesicht verbargen. »Brent fährt total auf mich ab. Aber er ist noch ein richtiger Junge, Russell. Ständig bombardiert er mich mit Geschenken.«
Als sie wieder zu mir aufsah, waren ihre Augen ein wenig feucht.
»Ich habe gehört, daß du gestern nacht bei Amber warst«, sagte ich. »Ich dachte, ihr würdet momentan nicht miteinander reden.«
Grace blinzelte und runzelte die Stirn, wobei sie mich ein weiteres Mal stark an mich selbst erinnerte. Während ihr Blick auf meinem Gesicht ruhte, hatte ich das merkwürdige Gefühl, daß meine eigenen Augen mich nachdenklich ansahen. Schließlich

schüttelte Grace den Kopf und sagte: »Nein, ich habe Mom gestern nacht nicht gesehen.«

»Aber Marty Parish hat mir gesagt, daß er dich um halb zwölf aus ihrem Haus kommen sah.«

»Das ist unmöglich.«

»Er war sich ganz sicher. Gestern nacht. Dein Porsche stand vor dem Haus.«

»Ich weiß nicht, was ich dir noch sagen soll, Russ, aber glaub mir, ich war nicht dort. Martin trinkt zu viel, als daß er sich in irgendeiner Sache ganz sicher sein kann, meinst du nicht auch? Das letzte Mal, als ich ihn sah, lag er im Vollrausch auf Moms Sofa. Aber das ist lange her. Gestern nacht war ich bei Brent.«

Sie betrachtete mich wieder. Ihr Gesicht sah dabei offen und ehrlich aus, ohne die Verschlagenheit ihrer Mutter – zumindest kam mir das so vor. Ich sah Verwirrung und Neugier in diesem Gesicht und eine Andeutung von etwas, das ich nur als freudige Erwartung beschreiben kann. »Was ist los, Russ? Triffst du dich etwa wieder mit Mutter?«

»Nein. Aber ich habe heute mit Marty gesprochen, und da sagte er mir, daß er dich gestern nacht aus Ambers Haus hat kommen sehen.«

»Dann trifft sich also Marty wieder mit ihr.«

Ich nickte.

»Ich habe noch nie kapiert, wie sie es schafft, euch Männer in kleine kriecherische Wichte zu verwandeln.«

»Frag mal Brent Sides, was du aus ihm machst.«

Grace sah mich ruhig aus ihren braunen Augen an. »Das war niemals meine Absicht.«

»Amber würde jetzt sagen, daß es auch nie die ihre war.«

»Mir kommt das in etwa so vor, als würde man sich nach Kopfschmerzen sehnen. Ist es denn wirklich ein so tolles Gefühl?«

»Nur, solange man jung ist.«

»So wie ich.«
»So wie du. Das ist nun mal der Lauf der Welt. *So Jah seh.*«
Grace sah wieder hoch zu mir und stand auf. Wenn meine letzten Worte sie überrascht hatten, dann wußte sie es sehr gut zu verbergen. Sie sah einen Augenblick aus dem Fenster, bevor sie ihre dunklen Haare zurückwarf. »Wer weiß. Eine Frage, Russ. Könnte ich vielleicht heute nacht hier schlafen? Ich habe es satt, dauernd verfolgt und beobachtet zu werden, und außerdem bin ich erschöpft. Ich weiß, daß Isabella nicht gerade verrückt nach mir ist, aber ich verschwinde morgen in aller Früh.«
»Klar kannst du hierbleiben. Das Gästebett ist frisch bezogen.«
»Nicht nötig. Ich schlafe hier auf der Couch.«
»Wie du willst, Grace.«
Sie hob ihr Glas. »Hast du Lust auf einen Schlummertrunk mit mir, Russ? Ich könnte jetzt etwas Stärkeres als Wermut vertragen.«
Ich machte uns zwei doppelte Whisky und brachte sie zu Grace. Dann saßen wir in gebührendem Abstand nebeneinander auf der Couch. Ich erzählte Grace von Isabella und meiner Schreiberei, und sie erzählte mir von ihrer Arbeit. Die Unterhaltung war seltsam förmlich und zurückhaltend, wie die zweier alter Freunde, die sich nichts mehr zu sagen haben und nur noch aus Erinnerung an alte Zeiten miteinander verkehren. Irgendwie gelang es mir, meine Gefühle zu unterdrücken, die zärtlichen und beschützerischen Gefühle, die ein Vater für seine Tochter empfindet. Ich konnte direkt spüren, wie sie in mir anschwollen, wie sie an einer unsichtbaren Barriere zum Stillstand kamen und schließlich verebbten. Das war nichts Neues – es gab einfach keinen Platz für diese Gefühle und niemanden, dem ich sie geben konnte. Da saß meine Tochter nun einen halben Meter von mir entfernt auf der Couch und erzählte mir von ihrem Job als Kleiderverkäuferin, und alles, was ich tun konnte, war, neben ihr zu sitzen und zuzuhören. Wie sehr hatte mir Amber doch

damit weh getan, indem sie Grace zu ihrem persönlichen Besitz gemacht hatte. Sie hatte mir damit nicht nur die Möglichkeit genommen, meiner Tochter meine Liebe zu geben, sondern Grace und mir das eine gestohlen, was einem niemand wieder zurückgeben kann: Zeit.

Ich legte meine Hand auf die ihre und sah sie an. Grace brach ihre Erzählung mitten im Satz ab, blickte mir kurz in die Augen und starrte abermals hinunter auf den Boden. Wieder fielen ihr dabei die Haare vors Gesicht. »Es tut mir leid, Russ«, murmelte sie. »Ich hätte in ein Hotel gehen sollen.«

»Ich bin froh, daß du zu mir gekommen bist.«

Eine Weile saßen wir Hand in Hand da und ließen die Berührung zu. Aber Graces Muskeln entspannten sich nicht, und es kam mir so vor, als müsse sie sich zwingen, ihre Hand in der meinen zu lassen.

»Eines ist komisch, Russ«, sagte sie. »Ich habe mein ganzes bisheriges Leben mit Mom verbracht und dabei viel *Spaß* gehabt, wie sie es immer ausdrückt. Ich habe auf allen Kontinenten und in zehn verschiedenen Staaten gelebt und drei Fremdsprachen gelernt – und trotzdem bin ich nicht glücklich. Irgend etwas fehlt, und das tut mir manchmal weh wie der Phantomschmerz eines amputierten Glieds. Manchmal habe ich das Gefühl, als würde ein Teil von mir – ein sehr großer Teil – noch darauf warten, daß er geboren wird.«

Ich drückte ihr sanft die Hand und lächelte gleichzeitig über ihre Selbsterkenntnis und Unerfahrenheit, über die Mischung aus Verwirrung und Klarheit in ihrer achtzehnjährigen Seele. »Das wird sich niemals ändern, Grace«, sagte ich. »Es gibt im Leben immer wieder Momente, in denen man erkennen muß, daß man nicht derjenige ist, der man geglaubt hat zu sein.«

»Wie tröstlich, Russ.«

Plötzlich stand sie auf. Es tat mir direkt weh, wie abrupt dabei ihre Hand aus der meinen glitt. »Ich sollte jetzt wirklich gehen.«

»Nein, tu das nicht.«
Sie trat ans Fenster und blickte hinaus auf die Laguna Canyon Road. »Ich hasse Mutter immer noch.«
Ich ließ diese Worte eine Weile im Raum stehen, bevor ich mit sanfter Stimme sagte: »Du siehst sie zum ersten Mal, wie sie wirklich ist.«
»Nein. Ich hasse sie wirklich.«
In diesem Moment wußte ich, daß Grace noch immer glaubte, daß ihre Mutter am Leben war. Sie sagte nicht »ich habe sie gehaßt«, sondern »ich *hasse* sie«. Marty Parish hatte gelogen – Grace war gestern nacht nicht in Ambers Haus gewesen. Ich spürte, wie sich die kleinen Härchen an meinem Unterarm aufstellten.
Was hast du bloß getan, Marty?
»Möchtest du mit mir darüber reden?« fragte ich Grace.
»Nein. Das sind Dinge, über die ich mich nicht auslassen möchte. Ich kann es nicht klarer sagen, als ich es eben gesagt habe.« Sie drehte sich um zu mir. »Gute Nacht, Russ. Mann, bin ich müde.«
Ich umarmte sie. Sie ließ es stocksteif über sich ergehen. »Im Schrank ist eine Decke«, sagte ich.

Ich lag eine Weile neben Isabella und drückte sie fest an mich, während ich über ihrer Schulter an den Leuchtziffern des Weckers sah, wie die Minuten vergingen.
Um drei Uhr vierzig stand ich schließlich auf und ging mit einer Taschenlampe nach unten. Nachdem ich mich vergewissert hatte, daß im Arbeitszimmer kein Licht mehr brannte, stahl ich mich leise aus dem Haus in die trockene Stille des Canyons, wo mich der Duft von wildem Salbei umfing. Tief unter mir schlängelte sich die leere, dunkle Straße aus meinem Gesichtskreis. Alles war so friedlich.
Ich stieg in Graces Auto und knipste die Innenbeleuchtung an.

Im Handschuhfach lagen ein paar CDs, ein kleines Meßgerät für den Reifendruck und die üblichen Fahrzeug- und Versicherungspapiere. Außerdem fand ich eine Brieftasche mit sechshundertachtzig Dollar in bar und einem Packen Kreditkartenquittungen, die meisten davon aus dem *Sorrento's* in den Orange Hills, wo der Drehbuchautor, Barkeeper und verliebte Dummkopf Brent Sides arbeitete. Der Dreierpack Kondome, der neben der Brieftasche lag, war vermutlich für intime Stunden mit ebendiesem Mr. Sides gedacht. Der Gedanke, daß seine achtzehnjährige Tochter mit einem Mann Geschlechtsverkehr hat, reißt wohl keinen Vater zu Begeisterungsstürmen hin.
Ich zog die Verriegelung des Kofferraums auf, nahm meine Taschenlampe und stieg aus. Auch im Kofferraum war nichts Ungewöhnliches: Wagenheber und Reserverad, zwei Öldosen, ein Gummiwischer für die Windschutzscheibe und eine kleine Tasche mit Bordwerkzeug. Außerdem lagen eine Flasche mit Glasreiniger, Polierwachs, Pannenspray und ein paar Schwämme und Tücher herum.
Und dann war da noch eine Schachtel mit mehreren Einhundert-Liter-Müllsäcken.
Ich richtete den Strahl der Taschenlampe darauf. EXTRA STARKE QUALITÄT. Ich griff in den Kofferraum, holte die Schachtel heraus und suchte nach einem Preisschild, aus dem ich hätte erkennen können, wo sie gekauft worden war. Ich fand lediglich einen Strichcode, sonst nichts. Dann fischte ich die kleinen Plastikstreifen zum Verschließen der Säcke heraus und verglich sie mit denen in meiner Brieftasche.
Die Streifen aus Graces Wagen waren dieselben, wie ich sie unter Ambers Bett gefunden hatte.
Und was war mit den Müllsäcken?
Als ich kurz nach vier wieder ins Bett ging, lag ich noch lange wach und fragte mich, ob Grace wohl gelogen hatte – und wenn ja, warum? War sie möglicherweise zu einem Mord fähig? Das

konnte ich einfach nicht glauben. Irgendwann gegen fünf sank ich dann in einen unruhigen Schlaf, aus dem ich nach nicht einmal einer Stunde mit einem unbestimmten Gefühl der Panik wieder erwachte.

Ich ging nach unten und sah, daß Grace fort war. Möglicherweise hatte sie ihren Wagen die ersten paar hundert Meter im Leerlauf den Berg hinunter laufen lassen, damit das Geräusch des Motors uns nicht aus dem Schlaf riß.

In meinem Arbeitszimmer fand ich einen Zettel von ihr:

Vielen Dank, Russ – ich konnte einfach nicht schlafen. Hast Du irgendwas Aufregendes in meinem Auto gefunden? Ich bin in die Stadt gefahren, um ein paar Sachen zu besorgen. Komme zurück.

Grace

KAPITEL 8

Am Morgen um acht Uhr zehn rief mich Sheriff Daniel Winters an und sagte mir, daß er von mir einen großen, überzeugend und gut geschriebenen Artikel über Dina erwarte, der am Dienstag in der Zeitung stehen müsse. Als ich seine Stimme hörte, sah ich direkt die tiefen, resignierten Falten auf seiner schwarzen Stirn vor mir. Dan Winters war ein Sheriff, der genau wußte, daß man ab und zu ein wenig krumme Wege gehen mußte, wenn man den Laden am Laufen halten wollte.

Also tat ich, was alle Schriftsteller tun, wenn man ihnen unmögliche Vorgaben macht – ich sagte zu allem, was er von mir verlangte, ja und amen.

Nach kurzem Zögern gab Winters mir eine Adresse in den Orange Hills und legte auf. Es war klar, daß er meinen Köder geschluckt hatte.

Die Adresse stellte sich als ein phantastisches Haus aus Holz und Glas heraus, das am Ende einer langen Privatstraße in einem kleinen Kiefernwäldchen lag. In der Auffahrt parkten zwei Streifenwagen, mehrere Polizeifahrzeuge in Zivil und der Kleinbus der Spurensicherung. Die Luft hier draußen roch angenehm würzig und erinnerte mich an Urlaub in den Bergen. Es war schon heiß, und in meinem Magen verspürte ich ein nervöses Rumoren.

Marty Parish ließ mich durch die Hintertür ins Haus und führte mich an zwei mißtrauisch dreinblickenden, uniformierten Polizisten einen langen Gang entlang. Durch ein Wohnzimmer, das mir fast so groß vorkam wie mein gesamtes Haus, gelangten wir

in einen weiteren Gang, der wohl zu den Schlafzimmern führen mußte.
Einmal drehte Marty sich beim Gehen zu mir um, sagte aber nichts.
Ich spürte, daß er sich seit letzter Nacht verändert hatte, und diese Veränderung mußte tiefere Ursachen haben als die, daß er gestern sturzbetrunken gewesen war. Auf seiner Stirn hatte er dort, wo ich ihm mein Knie hingeschlagen hatte, einen dunklen Fleck, und aus seinem finsteren, verbitterten Blick schloß ich, daß er ganz offensichtlich einen tiefempfundenen Groll gegen mich hegte. »Tut mir leid wegen gestern nacht«, sagte ich.
»Du wirst schon noch dafür büßen«, entgegnete er kalt. Es klang so, als habe er etwas über mich herausgefunden, das mich und die Vorfälle der letzten Tage in einem gänzlich anderen Licht erscheinen ließ.
»Wie du willst. Ich bin bereit«, sagte ich.
»Da wäre ich mir an deiner Stelle nicht so sicher.«
»Was ist hier in diesem Haus geschehen? Ist es schlimm?«
»Schlimmer als alles, was ich bisher gesehen habe. Zwei Kinder.«
»Dann ist Winters jetzt also doch bereit, an die Öffentlichkeit zu gehen.«
»Er hätte das gleich nach dem Mord an den Ellisons tun sollen. Was hast du ihm dafür versprochen, daß er dich dabeisein läßt? Noch einen Artikel über Dina?«
»Du hast's erfaßt.«
»Ich habe noch was anderes erfaßt, Monroe«, sagte Marty und durchbohrte mich mit Blicken. »Und zwar, daß etwas zwischen uns beiden oberfaul ist.«
Er blieb an dem ersten Zimmer auf der linken Seite des Ganges stehen. Ich blickte durch die offene Tür an ihm vorbei und sah dunkelrote Blutspritzer an einer blauen Wand.

»Dann sieh dir mal die Wynn-Zwillinge an«, sagte Martin und trat zur Seite.
Ich ging ins Zimmer, das auf den ersten Blick aussah, als habe hier eine kaputte Maschine in einer Fabrikhalle ein paar Arbeiter zerfetzt. In der Luft lag der ekelhafte Geruch von Eingeweiden, die schon eine Weile dem Sauerstoff ausgesetzt waren. Die Wände machten den Eindruck, als habe man sie mit Farbbeuteln voller Blut beworfen – von dicken, schwärzlich glänzenden Flecken liefen rote Rinnsale hinab auf den blauen Teppich. An einer von ihnen waren Buchstaben, die aussahen, als habe sie jemand mit einem breiten, in Blut getauchten Pinsel hingeschmiert. Es war aber kein Pinsel, sondern der eingeschlagene Kopf eines kleinen, vielleicht zweijährigen Jungen gewesen, den der Mörder als Schreibwerkzeug mißbraucht hatte. Die Leiche des Jungen lag wie eine weggeworfene Puppe vor der Wand, auf der mit ungelenken Buchstaben die folgenden Worte standen:

DAS NACHTAUGE MACHT HEUCHELER PLATT
SO JAH SEH

Ich atmete tief durch und ging in die Hocke. Auf dem Boden lag ein zertretenes Mobile aus Pappendeckel. Es bestand aus kleinen Militärflugzeugen – eine P-51, eine F-111, ein AWACS-Jet – und hatte vielleicht einmal über einem Kinderbett gehangen. Ich holte noch einmal Atem und schaute auf die andere Seite des Zimmers, wo das Bettchen in einem kleinen Erker stand, von dem aus eine Tür hinaus in den Garten führte. An der Decke war ein Haken, an dem einmal ein Farn in einer Blumenampel aus Makramee gehangen war. Der Farn lag auf dem Teppich, und an dem Haken baumelte an seinen zusammengebundenen Füßen ein zweiter Junge. Mit seinen nach unten hängenden Ärmchen sah er aus wie ein kleiner Kunstspringer, der gerade in ein Becken springt. Kaum merklich drehte er sich an dem Haken hin und her.

Ich sah wieder auf die Flugzeuge aus Pappendeckel und bat die beiden Jungen stumm um Entschuldigung dafür, daß ich nicht rechtzeitig gekommen war, um ihnen beizustehen.
Martin war hinter mich getreten. »Justin und Jacob hießen die beiden«, sagte er. »Wir wissen noch nicht genau, wer von ihnen Justin und wer Jacob ist.«
Ich schnappte abermals nach Luft. Meine Beine kribbelten, und mein Puls ging schnell, war aber ganz schwach. Ich spürte, wie Martys Hand mich am Arm packte und hochriß.
»Es gibt noch mehr zu sehen«, sagte er.
In dem fleischigen Schlachthofgestank, der überall war und mich fast erstickte, setzte ich wie im Traum einen Fuß vor den anderen und folgte Marty aus dem Zimmer.
Draußen im Gang lehnten wir uns mit dem Rücken an die Wand und rauchten erst einmal eine Zigarette. Die Decke kam mir furchtbar niedrig vor. Trotz der eingelassenen Halogenlampen war es irgendwie dunkel. Ein uniformierter Polizist schlich vorbei, sah uns nicht an und bekreuzigte sich, bevor er das Zimmer mit den beiden toten Jungen betrat.
»Da machst du genug Geld, um dieser Arbeit den Rücken zu kehren und dann kommst du freiwillig hierher und siehst dir dieses Gemetzel hier an. Zahlt dir die Zeitung denn wirklich so viel dafür?«
»Geh doch zum Teufel, Martin.«
»Ich wünschte, ich könnte es.«
»So ein ... *Mist.*«
»Das kannst du laut sagen. Papa und Mama liegen im Elternschlafzimmer. Und dann gibt es noch eine Tochter, aber die war wohl nicht da, als es passierte. Ihr Bett ist sauber gemacht, und sie ist nirgendwo zu finden.«
Als ich das Schlafzimmer betrat, war mein erster Eindruck, daß irgendein wildes Tier hier seine Beute zerfetzt und gefressen habe. Nein, gefressen war falsch. Die Menschen waren einfach

zerfetzt und das Zimmer so durcheinandergebracht worden, als habe jemand nach etwas Kleinem, aber Wichtigem gesucht. Der Geruch nach Fleisch, Blut und Eingeweiden war hier am stärksten. Die beiden Leichen – sie waren beide eher klein und hatten etwas dunklere Hautfarbe – waren aufgerissen und leergeräumt worden wie Schubladen, deren Inhalt jetzt überall verstreut auf dem Fußboden, dem Bett und den Möbeln herumlag. Teile von Eingeweiden klebten an den Wänden und am Fernsehschirm oder hingen an den Blättern des Deckenventilators und den Lamellen der Jalousie. Sogar in den oberen Wedeln einer am Fenster stehenden Palme hing ein blutiger Fetzen, daneben klebte einer an der Fensterscheibe, der in der goldenen, sommerlichen Morgensonne rasch von feuchtem Rot zu dunklem Braun trocknete. Der ausgeweidete Leichnam von Mr. Wynn lag mit ausgestreckten Armen auf dem Bett. Mrs. Wynn hing in der Dusche, wo der Mörder sie mit ihren langen Haaren am Brausekopf festgebunden hatte. Ein Teil ihrer Innereien hatte den Abfluß verstopft, und in der Duschwanne stand ein kleiner See aus Blut.
Zwei Leute von der Spurensicherung hantierten mit einer Videokamera und Plastikbeuteln herum. Ich ging wieder hinaus zu Martin, der immer noch an der Wand im Gang lehnte.
Kurz darauf hörte ich gedämpfte Geräusche aus dem Wohnzimmer, und Sheriff Daniel Winters kam, gefolgt von seinem Troß, raschen, entschlossenen Schrittes heraus auf den Gang. Winters ist ein großer, dünner Mann, der auf gepflegte Kleidung großen Wert legt. Sein Haar ist an den Schläfen schon leicht ergraut, und seine schwarzen Augen hinter den Gläsern seiner dünnen Goldrandbrille blicken wachsam und kritisch in die Welt. Manchmal läßt er die Schultern ein wenig hängen, bis er sich zusammenreißt und den Rücken durchdrückt, nur um ein paar Minuten später das Spiel wieder von neuem zu beginnen.

Gemeinsam mit Dan kamen drei Männer aus dem Wohnzimmer. Zwei von ihnen kannte ich, sie arbeiteten für den Bezirksstaatsanwalt, den dritten, einen uniformierten Polizisten, hatte ich nie zuvor gesehen. Außerdem war noch eine hübsche, rothaarige Frau namens Karen Schultz dabei, die für Pressearbeit des Sheriffs verantwortlich war. Winters nickte mir im Vorbeigehen zu, dann nahm er Martin, ohne ein Wort zu sagen, am Arm und führte ihn ins Elternschlafzimmer. Die beiden Staatsanwälte und der uniformierte Hilfssheriff folgten ihnen. Ich hörte, wie Winters erst erschrockene, dann wütend und ungläubig klingende Flüche ausstieß.

Karen Schultz sah mich aus ihren stets wachsamen grünen Augen an. »Das können wir unmöglich alles an die Öffentlichkeit gelangen lassen, Russell.«

»Sagen Sie mir, was ich weglassen soll.«

»Dazu muß ich Ihren Artikel lesen, bevor er in Druck geht.«

»Sie können ihn gerne lesen, aber ändern werde ich dann nichts mehr daran. Wenn Sie mir sagen, was nicht veröffentlicht werden soll, werde ich auch nichts darüber schreiben.«

»Wir werden wohl zugeben, daß der Fall möglicherweise doch im Zusammenhang mit den Ellison- und Fernandez-Morden steht.«

»Deshalb bin ich ja hier.«

»Aber nichts Konkretes, bevor der Gerichtsmediziner und die Spurensicherung nicht sämtliche Laborbefunde haben. Sie können schreiben, daß es zwischen den Fällen *möglicherweise* eine Verbindung gibt und daß wir uns bemühen, sie zu beweisen. Es wäre uns lieb, wenn Sie den Ausdruck *Serienmörder* nicht benützen würden.«

»*Wiederholungstäter* klingt in diesem Zusammenhang ein bißchen läppisch, finden Sie nicht?«

Karen seufzte, warf einen Blick auf die Tür zum Elternschlafzimmer und sah mich wieder an. Sie hatte glattes, glänzendes Haar, blasse Haut und Sommersprossen auf der Nase. Ich hatte sie noch nie lächeln sehen.

»Na schön, dann verwenden Sie halt das Wort, aber wenn die Morde dann doch nichts miteinander zu tun haben, sind Sie der Dumme.«

»Um wieviel Uhr ist die Pressekonferenz?«

»Um vier Uhr morgen nachmittag. Damit sind Sie Ihren Kollegen um eineinhalb Tage voraus. Dafür erwarten wir aber, daß der Dina-Artikel wirklich positiv ausfällt.«

»Das wird er. Vielen Dank.«

Sie blickte abermals zur Schlafzimmertür. »Mein Gott, wie ich solche Sachen hasse.«

»Tut mir leid«, sagte ich. Das war alles, was mir als Antwort darauf einfiel.

Ich hing noch eine Weile im Haus herum und befragte ein paar Polizisten. Ab und zu verdrückte ich mich in die Waschküche, die eine Tür hinaus ins Freie hatte, um etwas frische Luft zu schnappen, eine Zigarette zu rauchen und einen Schluck aus meinem Flachmann zu nehmen.

Mr. Tran Wynn war einundvierzig Jahre alt und von Beruf Arzt gewesen. Seine Frau Maia war sechsunddreißig und hatte bei einer Luft-und-Raumfahrt-Firma in der Nähe gearbeitet.

Jacob und Justin – die Zwillinge – waren zwei Jahre alt.

Die Tochter – ihr Name war Kim – war Gott sei Dank nicht im Haus. Aber wo war sie? Ich sah in ihr Zimmer. Das Bett war gemacht, und als die Polizei kam, war die Zimmertür offengestanden, während die Türen zu den Schlafzimmern der Zwillinge und der Eltern geschlossen gewesen waren. Karen Schultz bestand darauf, daß das Haus noch einmal gründlich nach Kim durchsucht wurde, aber sie war nirgends zu finden. Dann befahl Winters, daß bei allen Nachbarn in der Umgebung nach dem Mädchen gefragt werde, nachdem Martin und die beiden Staatsanwälte ihm versichert hatten, daß der Mörder das Mädchen bestimmt nicht lebend mit sich genommen hatte, weil das absolut nicht ins Täterbild paßte. Schließlich überlegte man, ob man Bluthunde anfordern und mit denen nach Kim suchen sollte.

»Bevor wir das Mädchen nicht gefunden haben, darf Ihr Artikel nicht in Druck gehen«, sagte Karen. Ihr Gesicht war jetzt so bleich, daß ihre Sommersprossen richtig dunkel wirkten.

Sie wollte nicht, daß Kim in der Abendausgabe des *Journal* vom Tod ihrer gesamten Familie lesen mußte. Ich wollte das auch nicht.

»Keine Sorge«, sagte ich. »Die Wynns waren Vietnamesen, nicht wahr?«

Karen nickte. »Der Familienname ist eine anglizierte Form von Nguyen, was in etwa so ähnlich ausgesprochen wird. Aber sehen Sie sich mal die Namen der Kinder an. Jacob, Justin und Kim. Ich würde sagen, daß Tran und Maia alles taten, um als gute Amerikaner zu gelten.«

»Im Krieg mußten viele Katholiken aus Nordvietnam fliehen«, sagte ich.

»Ich schätze, die Wynns wären besser dortgeblieben. Wenigstens hätten sie dann ein Grab in heimatlicher Erde bekommen.«

Eine halbe Stunde später holte Marty mich aus der Waschküche ins Wohnzimmer. Ich hatte bereits zehn Seiten in meinem Notizbuch vollgeschrieben. »Das wird dir gefallen«, sagte er. Winters, die beiden Staatsanwälte, zwei Männer von der Spurensicherung und Karen standen in einem Halbkreis vor der teuren Stereoanlage der Wynns. Einer der Spurensicherer drückte auf einen Knopf, und aus den Lautsprechern war das Rauschen eines leeren Tonbandes zu hören. Das ging etwa zehn Sekunden lang so weiter, und ich erkannte, daß es sich nicht nur um Bandrauschen handelte, sondern auch das Geräusch von auf

dem Strand auslaufenden Meereswellen oder von fahrenden Autos oder von beidem.
Dann war eine Stimme zu hören, die eines Mannes – langsam, überlegt, fast angenehm. Die Worte wurden sorgfältig ausgesprochen, mit langen Pausen dazwischen, als sollte einem Schüler Gelegenheit gegeben werden, sie zu wiederholen:

Bring ... Sing ... Ring ... Ding ...
Klingeling ... Jah

Dann kam wieder das Geräusch von Wellen, und im Hintergrund waren leise entfernte Stimmen zu hören. Jemand atmete vernehmlich ein, dann war es wieder still bis auf das meerartig klingende Rauschen. Nach einer Weile ließ sich die Stimme von vorhin wieder vernehmen, aber nun klang sie undeutlich und entstellt, als wäre der Mann im Drogenrausch oder kurz vor dem Einschlafen:

»Tööötet Milch ... grü-grühner Träufel auf Meinücken. Zwi-zwi- zwinkt miiiich ... Safft ... krakkkt ... Wurmmmkind ...«

Dann waren die Lautsprecher der Wynns auf einmal still.
Wir hörten uns das Band ein zweites und danach noch ein drittes Mal an.
»Was ist grüner Träufel?« fragte Peter Haight von der Staatsanwaltschaft.
»Grüner Träufel auf meinem Rücken«, sagte Winters. »Keine Ahnung, was das sein soll.«
»Grüner *Teufel* auf meinem Rücken«, sagte Marty. »Zwingt mich.«
»Tötet mich«, sagte ich.
Parish starrte mich böse an.

»Das habe ich auch gehört«, sagte Karen.
Eine bedrückende Stille senkte sich auf uns hernieder. Winters sah in die Runde und betrachtete nachdenklich ein jedes unserer Gesichter. Wir schüttelten reihum den Kopf. Karen wollte das Band noch einmal hören, und wir lauschten der Stimme ein viertes Mal.
Auf einmal kam mir eine Erkenntnis, die wie eine eiskalte Welle über mir zusammenschlug.
Irgend etwas war oberfaul hier.
Das war doch kaum zu glauben.
Das, was wir eben zu hören bekommen hatten, war erstaunlich genug gewesen; noch viel erstaunlicher aber war die Tatsache, daß die Polizei das Band so schnell gefunden hatte. Immerhin gab es hier zwei Zimmer voller Blut und Eingeweide, möglicherweise gab es Fingerabdrücke oder Fußspuren, von Haaren und Stoffasern einmal ganz zu schweigen – *und dann hatten die Burschen von der Spurensicherung nichts Wichtigeres zu tun, als zu hören, was für ein Tonband in der gottverdammten Stereoanlage steckte.* Winters mußte mein verblüfftes, fragendes Gesicht bemerkt haben, denn er bat die Leute von der Staatsanwaltschaft und der Spurensicherung, uns einen Augenblick allein zu lassen.
Da fiel es mir wie Schuppen von den Augen. Natürlich! Daß ich nicht früher drauf gekommen war.
»Kein Wort über das Tonband«, sagte Winters.
»Und auch nichts über die Schmierereien an den Wänden«, sagte Karen Schultz.
»Sie haben genau dasselbe auch schon in den Häusern von Ellison und Fernandez gefunden, stimmt's?« fragte ich. »Wieso haben Sie das nur so lange zurückgehalten?«
»Wenn Sie diese Frage im *Journal* stellen«, sagte Karen ungerührt, »dann dürfen Sie in diesem County nicht einmal mehr einem Verkehrspolizisten über die Schulter schauen.«

»*Warum*?«

Winters sah mir in die Augen. »Wir haben leider die falsche Entscheidung getroffen. Es war ein Fehler. Wir haben gehofft, wir würden den Burschen erwischen, bevor er wieder zuschlägt. So einfach ist das, Russell. Schreiben Sie Ihre Geschichte, aber machen Sie uns nicht zur Schnecke. Helfen Sie uns lieber. Und vergessen Sie nicht, daß bluttriefende Schlagzeilen noch keinem Menschen das Leben gerettet haben. Jedenfalls meiner Meinung nach nicht.«

In der Stille, die folgte, starrte Parish mich böse an. Karen Schultz blickte zu Boden, und Winters seufzte und blickte ins Leere. Ich war noch zu verblüfft, um nachdenken zu können. Das einzige, woran ich jetzt denken konnte, war mein Artikel.

»Lassen Sie mich die anderen Bänder hören«, sagte ich. »Und zeigen Sie mir die Fotos von den Zimmerwänden.«

»Unmöglich«, sagte Karen. »Das geht nicht.«

»Gut«, sagte Winters. »Okay.«

»Monroe ist ein *Reporter,* Sir«, gab Karen zu bedenken.

»Deshalb würde er uns auch sein Gewissen für eine gute Story verkaufen«, sagte Winters, der ein wahrer Meister in der Kunst der Besänftigung war. »Stimmt doch, Russ, oder?«

Kein Reporter auf der ganzen Welt hätte diese Frage anders als mit Ja beantwortet. Was hätte ich sonst auch tun sollen? Sicher, ich konnte den Handel ausschlagen und den Sheriff in meinem Artikel zur Schnecke machen – aber bloß dieses eine Mal. Die Ausgabe der Zeitung, in der ich mir für immer jeden Zugang zu Sheriff und Staatsanwaltschaft verbaut hätte, wäre zwei Tage später im Müll gelegen und würde von irgendwelchen Pennern angepinkelt, während ich im Regen stünde. Außerdem war der Schaden, den Winters mit seinem Schweigen angerichtet hatte, ohnehin nicht wiedergutzumachen. Seit meiner Zeit in seinen Diensten hatte Winters sich ziemlich verändert. Jetzt kam er mir wie ein gehetzter Politiker vor, der nicht bis über die nächsten

Wahlen hinausdenken konnte und sich so sehr nach allen Seiten hin absicherte, daß er darüber seine eigentliche Arbeit vernachlässigte. Und so hatte er einen schrecklichen Fehler gemacht, einen Fehler, der ihm vor fünf Jahren nicht unterlaufen wäre. Und er wußte, daß er ihn vertuschen konnte. Karen und ich würden das schon für ihn besorgen.
»Ich leihe es Ihnen für ein paar Tage«, sagte ich.
»Und ich besorge Ihnen dafür einen Platz in der ersten Reihe, wenn dieses Schwein in die Gaskammer geschickt wird«, sagte Winters. »Bis dahin sind Sie uns was schuldig.«
Er drehte sich um und ging.

Ich stand wieder in der Waschküche, lehnte mich an die Waschmaschine und betrachtete durch die offene Tür den Eukalyptusbaum im Garten.
Da hörte ich, wie etwas ganz in meiner Nähe leise atmete.
Ich bewegte mich nicht und horchte auf das Geräusch. Obwohl mein erster Gedanke der war, daß hinter dem Wäschekorb vielleicht ein Hund oder eine Katze schlief, machten mir diese Atemzüge angst. Sie kamen von unten, und zwar in meiner unmittelbaren Nähe.
Nachdem das Geräusch eine kurze Weile aufgehört hatte, kam es wieder.
Ganz langsam griff ich nach der Klappe des Wäschetrockners und zog sie auf. Bitte, lieber Gott, laß es nicht ... dachte ich. Als das Licht in der großen Trommel anging, blickte ich in zwei verängstigte Augen. Ich kniete mich nieder und hielt meine Hände mit den Handflächen nach oben vor mich hin.
»Es ist alles vorbei«, sagte ich. »Ich tue dir nichts. Du kannst jetzt herauskommen, Kim.«
Das Mädchen kletterte aus dem Trockner und sank mir in die Arme. Sie mußte wohl so um die vier, fünf Jahre alt sein und begann auf einmal hemmungslos zu schluchzen. Als ich sie

hinaus in die Sonne trug, preßte sie mir ihr kleines, feuchtes Gesicht fest an den Hals. »Mama hat geschrien, und dann hörte ich einen fürchterlichen Schlag. Und dann schrie Mama noch einmal ganz laut, und dann war sie auf einmal still.«
»Hast du ihn gesehen, Kim?«
Ich spürte ihr Nicken an meinem Hals.
»Er war groß und haarig und hatte einen roten Knüppel in der Hand.«
»War es vielleicht ein Baseballschläger?«
»Ja. Der Mann kam aus Mamas und Papas Schlafzimmer. Ich will zu Mama und Papa.«
Ich wiegte sie, klopfte ihr sanft auf den Rücken und ließ die Sonne auf ihre Haare scheinen. Sie waren von ihrem eigenen Erbrochenen völlig verklebt. Was für eine Angst das arme Mädchen gehabt haben mußte! »Hast du sein Gesicht gesehen?«
»Er war ein haariger Riese und hatte einen grünen Mantel an. Ich will jetzt zu Mama und Papa.«
Ich ging mit ihr ins Haus, den Gang entlang und ins Wohnzimmer, wo Martin und Karen immer noch vor der Stereoanlage standen.
»O Gott!« sagte Karen und kam mit energischen Schritten auf uns zu. Auf halber Strecke fing sie zu laufen an. Sie nahm mir Kim von der Schulter und trug sie zur Haustür.
Martin und ich blieben allein zurück. Sein stechender, entschlossener Blick beunruhigte mich.
»War in Ambers Stereoanlage auch so ein Tonband?« fragte ich.
Er nickte, und sein Gesichtsausdruck war auf einmal weniger streng.
»Hast du es dir angehört?«
»Einmal. Es war dieselbe Stimme. Dasselbe gelallte Zeug wie auf diesem hier.«
»Waren auch Wellen oder Autos im Hintergrund?«
»Nein, Musik. Reggaemusik und viele Stimmen. Klang wie in

einer Bar. Er hat das Band sogar zurückgespult. Es fiel mir auf, weil ich es seltsam fand, daß die Anlage noch eingeschaltet war.«

»Hat das Nachtauge auch Amber auf dem Gewissen, Marty?«

»Zumindest will jemand, daß wir das annehmen.«

»Aber das Nachtauge schafft seine Opfer nicht in Müllsäcken aus dem Haus.«

»Und es macht auch keine Betten und wäscht Flecken aus Teppichböden heraus, soviel ich weiß.«

»Dann sag mir, was das zu bedeuten hat, Himmel noch mal!«

Das Lächeln, mit dem Marty mich daraufhin bedachte, war wirklich bizarr. »So kompliziert ist das doch gar nicht, Russ.«

Ich sagte nichts zu dieser Bemerkung, weil ich sie anfänglich nicht verstand. Ich hatte mich bisher noch nicht aus Marty Parishs Blickwinkel betrachtet. Jetzt begann es mir langsam zu dämmern, und auf einmal verspürte ich so etwas wie Angst.

»Wo ist es denn jetzt, das Tonband aus Ambers Stereoanlage?«

»In der zweiten Nacht, als ich *dich* in ihrem Schlafzimmer fand, war es verschwunden. Ebenso wie ihre Leiche.«

Auf einmal wurde mir alles ganz unvermittelt klar, und ich hatte das Gefühl, als habe mir eben jemand einen Magenschwinger verpaßt. Marty glaubte, daß ich Amber umgebracht hatte. Ich sah es ihm an den Augen an, daß er unerschütterlich davon überzeugt war.

»Grace hat mir gesagt, daß sie in der Mordnacht nicht im Haus war«, sagte ich.

»Dann bin ich wohl ein Lügner.«

»Und vielleicht auch ein Mörder, Marty?«

Marty lächelte tatsächlich, als er sagte: »Na schön, Monroe, ich gestehe. Ich habe sie alle auf dem Gewissen. Ich kann einfach nicht aufhören, es ist zu schön. Und jetzt entschuldige mich bitte, damit ich nach Beweisen suchen kann, die mich endlich hinter Gitter bringen.«

KAPITEL 9

Als ich zurück nach Hause kam, saßen Grace und Isabella auf der Veranda – Izzy in ihrem Rollstuhl und Grace auf den Stufen. Es tat mir gut, daß die beiden ganz offensichtlich gut miteinander auskamen. Einen kurzen Augenblick lang verschwanden die gräßlichen Bilder aus dem Haus der Wynns aus meinem Gedächtnis, weil alles, was wirklich wichtig auf der Welt war, hier auf meiner Veranda saß. Wir waren fast eine richtige Familie.

Als ich Izzy umarmte, bemerkte ich, daß sie sich in Schale geworfen hatte – sie trug ein buntbedrucktes T-Shirt mit dazugehörigem Hut und Ohrringen, tolle Surferhosen mit einem lebhaften Muster in Rot, Schwarz und Orange und ihre üblichen Tennisschuhe mit den Glitzerschuhbändern. Sie hatte sich frisch geschminkt und roch wunderbar nach Parfüm.

Grace gestattete mir sogar, daß ich sie ebenfalls umarmte.

»Du siehst wunderschön aus«, sagte ich zu Isabella.

»G-G-Grace hat mir geholfen, mich herzurichten. Sie hat einen besseren Geschmack als d-d-du.«

»Und vermutlich auch mehr Geduld«, sagte ich.

»Isabella hat wirklich tolle Klamotten«, sagte Grace.

In ihrem Blick lag so etwas wie Stolz. Ich wußte zwar nicht, wie sie in so kurzer Zeit einen Weg zu Isabellas Herz gefunden hatte, aber ich hatte das Gefühl, als hätten die beiden miteinander eine Art Waffenstillstand geschlossen, um in aller Seelenruhe über so wichtige Themen wie Aussehen und Mode plaudern zu können.

Isabella sah mich mit ihren großen, dunklen Augen an. »Ich möchte nicht z-z-zu spät kommen.«
»Wir werden pünktlich sein, das verspreche ich dir«, sagte ich. »In einer Stunde, wenn ich meinen Artikel geschrieben habe, fahren wir los. Meinst du, ihr könnt solange miteinander auskommen?«
»Natürlich können wir das nicht«, sagte Grace.
Isabella lächelte und nickte.
Eine Stunde später fuhr ich Isabella nach Irvine zu ihrem zweiten Positronenemissionstomogramm im medizinischen Zentrum der *University of California*. Die Ärzte wollten feststellen, ob der Tumor wieder größer geworden war – eine Möglichkeit, vor der wir beide panische Angst hatten. Nur das Computertomogramm konnte darüber Aufschluß geben, ebenso wie über die Richtung, in der sich der Tumor möglicherweise ausbreitete. Bevor wir losgefahren waren, hatte ich je eine Kopie von meinem Artikel an Carla Dance beim *Journal* und an Karen Schultz gefaxt. Dabei verwendete ich den Namen, den sich der Mörder selbst gegeben hatte: Das Nachtauge. Jetzt, auf der Fahrt zum Krankenhaus, kam es mir so vor, als würde überall in diesem County der Tod lauern. Er war so gewöhnlich wie die Luft, die wir atmeten.
Immer, wenn wir von unserem trockenen, braunen Canyon in die smogverpestete Luft des Industriegeländes rund um das Krankenhaus fuhren, fühlte ich mich wie in einer Mischung aus dem Todesmarsch durch die Insel Bataan und einer Szene aus *Alice im Wunderland*. So surreal kamen mir diese düsteren Fahrten manchmal vor, daß ich sogar ab und zu die leise Hoffnung hegte, daß wir im nächsten Augenblick aus einem schrecklichen Alptraum aufwachen und eines von vielen glücklichen Paaren sein würden, die zu einer Routineuntersuchung beim Gynäkologen fuhren. Zwei Monate bevor der Krebs bei Isabella diagnostiziert worden war, hatten wir das tatsächlich getan,

nachdem der Schwangerschaftstest aus der Apotheke positiv ausgefallen war. Im Krankenhaus hatten sie bei einer Ultraschalluntersuchung keinen Herzschlag des Babys feststellen können, und einen Tag später hatte Isabella eine Fehlgeburt gehabt, die zweite innerhalb von sechs Monaten. Acht Wochen darauf wurde der Tumor entdeckt, und wir verstanden, warum ihr Körper sich so hartnäckig geweigert hatte, neues Leben auf die Welt zu bringen. Schließlich hatte er im verborgenen längst um sein eigenes Überleben gekämpft.

Isabella saß neben mir und starrte hinter ihrer Sonnenbrille gedankenverloren aus dem Wagenfenster. Der spitze Turm des Angel-Stadions stach östlich von uns aus dem Dunst, und unter uns lag, wie eine ständige Mahnung an die nun schon fünf Jahre anhaltende Dürre, mit der Gott dieses Land gestraft hat, das breite, vollkommen ausgetrocknete Bett des Santa-Ana-Flusses. Auf der Interstate Fünf war der übliche Unfall, so daß wir auf die mittlere Spur umgeleitet wurden. Kurz darauf standen wir im Stau und sahen, wie weit vor uns die Rot- und Blaulichter zucken.

»Was ist, wenn der Tumor wieder gewachsen ist?«

»Das ist er nicht.«

»Das ist er wirklich nicht, oder?«

»Kann er ja gar nicht. Das Implantat tötet alle Krebszellen ab.«

»Und die Hälfte von mir dazu.«

»Das stimmt.«

»Ich habe zur Verwechslung – zur Verwechslung – zur *Abwechslung* mal eine gute Nachricht verdient, findest du nicht auch?«

»Du verdienst die allerbeste Nachricht, die es gibt.«

In Schrittgeschwindigkeit fuhren wir am Unfallort vorbei. Drei Autos standen draußen auf dem Pannenstreifen, und eine Frau saß auf dem Asphalt, mit dem Rücken an die Leitplanke gelehnt, und hatte ihr Gesicht in den Händen vergraben.

»Warum fa-fah-fahren die Leute bloß immer so langsam und glotzen sich so was an?«

»Vielleicht macht es sie dankbar, daß es nicht sie erwischt hat.«
»Meinst du, daß meine Freunde mich aus demselben Grund anrufen?«
»Das ist nicht fair, Izzy. Deine Freunde rufen dich an, weil sie dich lieben. Sie wissen nicht, wie sie dir sonst helfen sollen.«
»Meine Spreche – meine *Sprache* wird immer schlechter, nicht wahr?«
»Ich kann dich sehr gut verstehen.«
»Auf jeden Fall ist sie schlechter als letzte Woche. Aber vie-vielleicht kommt das auch von den Me-me-medikamenten.«
»Möglicherweise.«
Isabella starrte aus dem Fenster auf die Autowracks, während ich an der Unfallstelle vorbei auf die jetzt wieder freie Überholspur fuhr und beschleunigte.
Nachdem sie eine Weile geschwiegen hatte, sagte Isabella: »Ich habe gestern nacht im Haus die Stimme einer Frau gehört. Habe ich geträumt?«
Ich sagte ihr, daß Grace dagewesen war.
»Warum ist sie denn nicht zu ihrer Mu-mu-Mutter gegangen?«
»Die ist verreist, schätze ich mal«, antwortete ich.
»Wolltest du, daß sie bei uns übernachtet?«
Ich erzählte ihr, welche Probleme Grace hatte.
Isabella dachte einen Augenblick nach. »Es hätte was aus ihr werden können, wenn sie seine – *eine* andere Mutter gehätt habte. Ich meine gehabt hätte.«
Ich äußerte mich nicht dazu. Isabella hatte Amber schon immer gerne schlecht gemacht, und warum sollte ich ihr diese Freude ausgerechnet jetzt vermiesen? Ich dachte mir nur, wie grundlegend verschieden diese beiden Frauen doch waren.
»Hast du sie in le-le-letzter Zeit einmal gesehen?«
»Nein.«
»Und was war am vierten Juli? Da hattest du draußen auf der Te-te-terrasse so einen Amber-artigen Blick in den Augen.«

»Das kann nicht sein, Is. Ich habe sie schon seit Monaten nicht mehr gesehen.«
»Will Grace jetzt bei uns leben?«
»Nein, sie ist bloß –«
»Ich will diese Frau nicht in meinem Haus haben«, sagte Isabella und atmete dabei so tief aus, daß ihr Kinn ins Zittern geriet. Ich konnte sehen, wie ihr unter ihrer Sonnenbrille eine Träne über die Wange lief. »Tut mir leid«, sagte sie.
»Es ist schon okay.«
»Ich habe wi-wi-wirklich Angst, daß der Tumor gewachsen ist.«
»Nein. Er ist nicht gewachsen, Is. Du wirst sehen.«

»Der Tumor ist ein klein wenig gewachsen«, sagte Paul Nesson und deutete auf den dunklen Fleck auf dem Positronenemissionstomogramm. »Aber nicht besonders viel. In etwa so, wie wir es erwartet hatten. Ein Teil davon läßt sich möglicherweise auf eine aufnahmetechnische Ungenauigkeit zurückführen.«
Dr. Paul Nesson war Isabellas Neurochirurg, ein freundlicher junger Mann, der es schaffte, ernst, humorlos und zugewandt zugleich zu sein. Von allen Ärzten, die wir konsultiert hatten, war Nesson der einzige gewesen, der Isabella nicht als hoffnungslosen Fall angesehen hatte. Aber er hatte auch gesagt, daß es keine wirkliche Heilung gab. Und er war der einzige gewesen, der sich gegen eine Operation ausgesprochen hatte. Statt dessen hatte er an einem Montag zehn radioaktive Körnchen in den Tumor eingepflanzt, und bereits am Freitag hatten Isabellas Beine sechzig Prozent ihre Funktionstüchtigkeit eingebüßt gehabt. Während sich Isabella immer weniger hatte bewegen können – es fing bei den Zehen an und breitete sich langsam nach oben aus –, war Nesson oft mit uns auf dem Gang der neurologischen Station gesessen und hatte uns gesagt, daß dieser Funktionsverlust »möglicherweise nicht irreversibel« sei. Jetzt, ein Jahr später, mußten wir erkennen, daß er nicht

recht gehabt hatte. Ich werde nie den Anblick der siebenundzwanzigjährigen Isabella Monroe vergessen, wie sie damals in ihrem freudlosen, kahlen Krankenzimmer lag. Sie trug eine Bleikappe auf dem Kopf, damit die Strahlen niemandem außer ihr Schaden zufügen konnten, und versuchte, zuerst ihre Zehen, dann die Füße und die Knie zu bewegen. »Na schön«, sagte sie, »Rollstühle mit Motor fand ich ja immer schon todschick. Könnten Sie mir vielleicht einen in Pink besorgen, Dr. Nesson?«

»In jeder Farbe, die Sie haben wollen«, sagte Nesson ruhig.

Wir entschieden uns dann doch für einen schwarzen ohne Motor, denn als es wirklich an der Zeit war, einen Rollstuhl auszusuchen, erschien uns die Farbe Pink nicht mehr passend zu sein.

Isabella blickte auf die farbigen Computerbilder ihres Schädels. Der Tumor war ein rot und gelb umrahmter, schwarzer Fleck. Jetzt war er nicht mehr so rund wie auf den ersten Aufnahmen; die radioaktiven Implantate hatten ihn in eine zerfranste, unsymmetrische Masse verwandelt.

»Und wie geht es jetzt weiter?« fragte Isabella.

»Wie geht es Ihren Beinen?«

»Ziemlich schlecht.«

»Sind sie schwächer geworden?«

»Ja.«

»Und wie ist es mit dem Sprechen?«

»Es w-w-wird immer schlechter. Soll ich Ihnen jetzt meine T-t-tricks vormachen?«

Nesson machte seine üblichen neurologischen Untersuchungen: Reflexe in den Beinen (fast keine), Augenzittern (stark), Gesichtssymmetrie (gut). Dann wollte er sehen, wie Isabella gehen konnte. Sie hievte sich aus ihrem Rollstuhl, nahm einen Stock in jede Hand und schleppte sich quälend langsam mit unglaublicher Geduld und Konzentration quer durchs Zimmer. Nesson und ich gingen zu beiden Seiten neben ihr her und waren bereit, sie aufzufangen oder zu stützen, falls es nötig würde. Als sie an der Wand anlangte, drehte sie um, quälte sich zurück zu ihrem Rollstuhl und ließ sich hineinfallen.

»Warum fühle ich mich bloß nicht besser, Doktor?« fragte sie.

Nesson sagte nichts, sondern betrachtete sich noch einmal die Positronenemissionstomogramme. Dabei steckte er die Hände tief in die Taschen seines weißen Kittels und legte den Kopf ein wenig schief. Eine ganze Weile blieb er so bewegungslos vor den Bildern stehen.

»Ich schätze, es ist an der Zeit, hineinzusehen, den Tumor auseinanderzunehmen und das kranke Gewebe zu entfernen«, sagte er.

»Wollen Sie mir den Kopf aufmachen?«

»Das läßt sich dabei leider nicht umgehen.«

»Vo-vor einem Jahr wollten Sie doch auch nicht operieren. Wa-wa-warum jetzt?«

»Jetzt haben wir eine ganz andere Situation, Isabella. Ich glaube, jetzt können wir mit einer Operation mehr gewinnen.«

»Sie mei-mei-meinen wohl, wir haben weniger zu verlieren.«

Nesson erklärte ihr, was er vorhatte, und erläuterte ihr die damit verbundenen Risiken ebenso wie das, was er sich davon versprach.

»Und wie stehen meine Chancen, daß ich aufwecke – *aufwache* und völlig blö-blö-blöde bin?«

Nesson sagte, daß solche Operationen zu neunzig Prozent keine bleibenden Schäden hinterließen.

»Nun, meine Chancen, überhaupt einen Gehirntumor zu bekommen, standen bei eins zu zweihunderttausend. Und jetzt bieten Sie mir eins zu zehn an. Ist ni-ni-nicht besonders gut für jemanden, der solches Pech hat wie ich.«

»Ich möchte, daß Sie darüber nachdenken. Jede Operation hat ihre Risiken. Es ist nicht besonders eilig. Noch nicht.«

Schweigend rollte ich Isabella zurück zu unserem Wagen. Als

wir drinnen saßen, wandte sie sich an mich. »Zahlt das denn unsere Versicherung?«
»Natürlich.«
»Aber ich *will* nicht, daß sie in meinem Kopf herumfuhrwerken.«
»Das kann ich gut verstehen.«
»Ich habe davor mehr Angst als vor irgend etwas anderem, Russ. Ich glaube nicht, daß ich nach der Operation wieder aufwachen werde.«
»Dann lasse ich nicht zu, daß sie dich operieren.«
Wir fuhren aus dem dunklen Parkhaus in die blendend helle Julisonne.
»Willst du mir einen Gefallen tun, Ru-ru-russ? Fährst du mit mir in unseren Orangenhain? Wir könnten uns ja irgendwo unterwegs ein paar Sandwiches kaufen.«
»Aber gerne«, sagte ich. Obwohl ich dabei lächelte, war mir so schwer ums Herz, daß ich mich mit beiden Händen am Lenkrad festkrallen mußte. Am liebsten hätte ich etwas kaputtgemacht und laut schreiend unseren Schöpfer verflucht, aber es war jetzt nicht die richtige Zeit dafür. Es war nie die richtige Zeit dafür.

Der Hain lag in einer der letzten Orangenplantagen, die noch der SunBlesst Company gehörten. Früher einmal hatte auch er dem strengen Auge meines Vaters, Theodore Francis Monroe, unterstanden.
Seine spezielle Bedeutung für Isabella und mich erhielt dieser Hain an einem Septembersonntag vor sechs Jahren, an dem ich zusammen mit meinem Vater über die Ranch geritten war. Wir hatten wie üblich das Bewässerungssystem kontrolliert und die Orangen auf Fruchtzucker und etwaige Schädlinge untersucht. Auch sonst war es für meinen Vater und mich ein Sonntag wie so viele andere auch gewesen: Wir hatten uns wieder einmal über die beruflichen Probleme meines Vaters unterhalten, die

hauptsächlich darin bestanden, daß das Land der SunBlesst-Ranch von Jahr zu Jahr kleiner wurde. Irgendwie konnte ich an diesem Sonntag auf meinen Vater nicht so eingehen, wie ich es normalerweise tat. Obwohl ich ihn liebte, ging mir sein Zynismus, den er mindestens ebenso liebevoll kultivierte wie seine Zitrusfrüchte, manchmal ebenso auf die Nerven wie seine nach außen zur Schau getragene Härte, die ihn unsympathisch und unansprechbar zugleich erscheinen ließ. Er hatte versucht, mir diese Härte weiterzugeben, als wäre sie ein wertvolles Geschenk. Manchmal, wenn ich mit ihm zusammen war, tat ich so, als würde ich sie annehmen. Das führte dazu, daß ich mich immer dann, wenn ich wieder von ihm wegging, zwar ein wenig stärker, aber auch im selben Maße kleiner fühlte. Wie die meisten Männer, die sich durch übermäßige Härte zu schützen versuchen, war mein Vater in seinem tiefsten Inneren ein sanfter und liebenswerter Mensch, und manchmal zeigte er das auch, ohne es selber zu merken. Es gab drei Dinge, die er stets mit Ehrfurcht und Sorgfalt behandelte: Meine Mutter Suzanne, die Orangen an seinen Bäumen und die Männer – meistens Mexikaner –, die für ihn arbeiteten. Wenn ich jetzt so an ihn zurückdenke, kann ich sagen, daß er der fürsorglichste Mann war – und immer noch ist –, den ich je kennengelernt habe. Ich meine hier eine Fürsorge im althergebrachten Sinn, die daraus besteht, seine Gefährtin zu beschützen, die Höhle zu verteidigen, das Rudel von Gefolgsleuten zu kommandieren und Außenstehenden gegenüber ein extremes Mißtrauen an den Tag zu legen – besonders, wenn es sich dabei um Männer handelte, die ihm ähnlich waren.

Ich muß zugeben, daß trotz meines Bemühens, nicht so zu werden wie er (das tun wohl alle Söhne mehr oder weniger), mein Vater mir seinen Stempel aufgedrückt hat – im Guten wie im Schlechten. Ich bin nun mal der Sohn meines Vaters, daran kann ich nichts ändern. Deshalb war ich wohl so sehr verletzt, als Amber Mae Wilson mich, kaum daß sie mich zum Zeugen ihres Kindes mißbraucht hatte, so schnöde verlassen hatte. Die Ähnlichkeit mit meinem Vater war vermutlich auch der Grund für die blinde, ohnmächtige Wut darauf, daß Amber mir Grace weggenommen hatte, bevor sie überhaupt ein Teil meines Lebens hätte werden können. Mein Vater, das brauche ich wohl nicht extra zu erwähnen, fand so ziemlich alles an Amber Mae fürchterlich, mit Ausnahme ihrer umwerfenden Schönheit, versteht sich. Die beiden haben sich damals richtiggehend gehaßt. An besagtem Sonntag im September gab ich meinem Vater am frühen Abend die Hand und verabschiedete mich von ihm und meiner Mutter, die mir noch einen Karton mit Essen mitgab. Ich war damals schließlich ein Junggeselle, um den sich Mama auch im Alter von dreiunddreißig Jahren noch Sorgen machte. Anstatt heimzufahren, nahm ich eine der Sandstraßen, die am Rand eines smaragdgrünen Orangenhains auf einem Hügelkamm entlangführte. Sie endete an einem Fleckchen Erde, das immer schon mein liebster Platz auf der ganzen SunBlesst-Ranch gewesen war. Hier, wo sich die Arbeiter im Freien zum Mittagessen trafen, war ursprünglich nur ein einfacher Tisch gestanden, den sich die Arbeiter aus umgedrehten Kabelspulen selbst gebaut hatten. Als Stühle fungierten alte Orangenkisten aus dem Versand. Aber im Lauf der Zeit und – wie ich später herausfand – mit tatkräftiger Hilfe meines Vaters wurden ein paar Bäume umgepflanzt, um Platz für eine große, offene *Palapa* zu machen, ein Sonnendach, unter dem auf festgestampfter Erde acht lange Picknicktische Platz fanden. An der Straße, direkt neben dem Eingang zu dieser »Cantina«, wurde ein Brunnen mit einer hübschen Keramikfigur errichtet, die den Heiligen Franz von Assisi darstellte, auf dessen ausgestreckten Armen jede Menge Vögel hockten. Aus einem Rohr des Bewässerungssystems, das mein Vater extra zu diesem Zweck umleiten hatte lassen, sprudelte immer kühles Wasser in den Brunnen.

Als kleiner Junge verbrachte ich viele Stunden hier. Mal aß ich zusammen mit den Arbeitern, mal saß ich am Wochenende allein im Schatten und hörte dem Plätschern des Wassers zu, das die in Sandalen steckenden Füße des Heiligen Franziskus umspülte. Stundenlang blickte ich dann über das schier unendliche, grüne Meer aus Zitrusbäumen nach Süden oder hinüber zu den trockenen, kargen Bergen im Westen. Am Freitag abend trafen sich in der *Palapa* die Arbeiter zu Musik und Tanz, und bei einer solchen Gelegenheit vor mehr als dreißig Jahren tanzte ich auf der harten Erde zwischen den Tischen zum ersten Mal in meinem Leben mit einem Mädchen. Soweit ich mich erinnern kann, trank ich mir am selben Abend auch meinen ersten Rausch an, und als mir in der vierten Klasse ein Mädchen namens Cathy das Herz brach, verbrachte ich zwei volle Monate lang jedes Wochenende im Schatten des Sonnendachs, schrieb ihr Briefe, die ich nie abschickte, und bemitleidete mich selbst zutiefst. Auch wenn du mich verlassen hast, dachte ich damals, so habe ich doch immer noch dieses Fleckchen Erde hier. *Schluchz.*

Natürlich hatte sich auch diese Ecke der Plantage verändert, als ich am Abend jenes Septembersonntags, den ich mit meinem Vater verbracht hatte, dort ankam. Weil die SunBlesst-Ranch immer kleiner geworden war, gab es jetzt auch weniger Arbeiter auf ihr, und deshalb war hier auch nicht mehr so viel los wie früher. Am Sonntag arbeitete schon gleich gar niemand mehr.

Ich stellte den Wagen ab, ging hinüber zu dem mittlerweile schiefstehenden und vor lauter Algen grünen Brunnen und warf einen Blick auf die alte *Palapa*.

Zu meiner Verwunderung saß ein Mädchen im Schatten an einem der Tische und sah mich an.

Was mir zuerst auffiel, war ihre Bluse, die sich leuchtend weiß vom Hintergrund der dunkelgrünen Bäume abhob. Der Rest von ihr schien mit den Blättern zu verschmelzen, als wäre sie ein Teil der Orangenbäume, die es ihr auf Widerruf gestattet hatten, sich an diesen Tisch zu setzen. Je näher ich auf die junge Frau zutrat, desto besser konnte ich sie sehen: Sie hatte sich ihre Haare zu einem lässigen Knoten aufgesteckt und blickte mich über ein vor ihr auf dem Tisch liegendes Buch mit ruhigen, dunkelbraunen Augen an.

»Tut mir leid, wenn ich Sie gestört habe«, sagte ich.

»Sie stören mich nicht«, sagte sie, »solange Sie nichts Böses im Schilde führen.«

»Ich möchte bloß einem meiner Lieblingsorte wieder mal einen Besuch abstatten.«

»Das hier ist auch einer *meiner* Lieblingsorte. Und sonntags ist es hier am schönsten.«

Ich wandte meinen Blick von ihr, ließ ihn kurz durch die Cantina streifen und sah dann das Mädchen wieder an. Sie trug einfache, silberne Ohrringe, die vor ihrem schwarzen Haar und ihrer karamelfarbenen Haut sehr gut zur Geltung kamen.

»Was lesen Sie denn da?« fragte ich, aber es war nur ein Vorwand, um sie weiterhin ansehen zu können.

»Wallace Stevens«, sagte sie. Sie nahm ihr Buch zur Hand, blickte mich an und hinunter auf die Seite. Dabei bemerkte ich, daß sie keinen Ehering trug, was mich seltsamerweise mit einer völlig unpassend erscheinenden Genugtuung erfüllte. Mit warmer Stimme las sie vor:

»UND SO WIRD EFEU AUF DEM STEIN
ZUM STEIN. UND FRAUEN WERDEN
ZU STÄDTEN. DIE KINDER ZU FELDERN
UND DIE MÄNNER IN WELLEN WERDEN ZUM MEER«

»›Der Mann mit der blauen Gitarre‹«, sagte ich. Noch nie in meinem Leben war ich so dankbar dafür gewesen, daß ich ein Gedicht auswendig gelernt hatte, und werde es wohl auch nie wieder sein.

Jetzt lächelte sie mich zum ersten Mal an, es war ein kleines Lächeln, in dem eine leise Befriedigung mitschwang. »Ich mache gerade an der Uni den Literaturkurs bei John Rowe.«

»Ich habe das Gedicht im Kurs von Bob Peters gelesen, ebenfalls hier an der Uni. Aber das ist schon lange her.«

Sie legte das Buch wieder auf den Tisch. »Arbeiten Sie hier?«

»Mein Vater ist der Verwalter dieser Ranch.«

»Und meiner einer der Vorarbeiter. Sein Name ist Joe Sandoval.«

»Ich kenne ihn. Ich bin Russell Monroe.«

»Isabella Sandoval.«

Es folgte eine lange Stille, in der ich nicht wußte, was ich sagen sollte. Isabella lächelte mich erneut an, griff unter den Tisch und holte aus einer großen Einkaufstasche zwei Flaschen Bier hervor.

»Ich würde Ihnen ja gerne was zu essen anbieten«, sagte sie, »aber alles, was ich habe, ist das hier.«

»Und ich würde Ihnen gerne was zu trinken anbieten, aber ich habe wiederum bloß gute zehn Kilo Essen im Auto. Ich hole mal rasch was davon, okay? Das Zeug ist von meiner Mutter, und normalerweise schmeckt es sehr gut.«

Isabella setzte ein ernstes Gesicht auf und nickte. Aber als ich mit Mutters Karton zurückkam, lachte sie mich offen und freundlich an.

In diesem Augenblick sah ich mich mit ihren Augen: Ein großer, dreiunddreißigjähriger Trottel, der das von seiner lieben Mutti gepackte Freßpaket anschleppt und es einem hübschen Mädchen anbietet, das er vor zwei Minuten kennengelernt hat. Das war so komisch, daß wir beide laut loslachten und so lange nicht aufhörten, bis ich ganz rot im Gesicht war, wie Isabella mir später erzählte. Dieses Lachen kam aus einer geheimen Tiefe, die ich bisher immer vor dem Zynismus meines Vaters und vor

meinen eigenen nebulösen Vorstellungen von Männlichkeit verborgen hatte.
In diesem Augenblick verliebte ich mich in Isabellas Lachen, und ein paar Stunden später verliebte ich mich auch in den Rest von ihr. Ich konnte buchstäblich nicht mehr die Blicke von ihr wenden. Es war die reinste, größte und zugleich einfachste Empfindung, die ich je verspürt habe, und seither ist ihr auch kein Gefühl auch nur annähernd gleichgekommen. Damals glaubte ich, daß dieses Glück für ein ganzes Leben reichen würde. Aber jetzt, als wir sechs Jahre später vom Krankenhaus zur Plantage fuhren – schien mir das alles weit zurückzuliegen, und zwar noch viel weiter als ein einzelnes, kurzes Menschenleben.

Ich fuhr den Wagen so nah an die *Palapa* heran, daß Isabella so wenig wie möglich laufen mußte. Die Spitzen ihrer Stöcke hinterließen beiderseits von ihr kleine, runde Löcher im Erdboden. Es kam mir so vor, als würde sie Stunden für die paar wenigen Meter brauchen. Einmal fiel sie fast hin, aber ich fing sie auf.
Als wir endlich im Schatten an einem der Tische saßen, nahm Isabella ihre Baseballmütze ab, und ich packte die Sandwiches aus. Als ich meinen Flachmann aus dem Auto holte und ihn vor mich auf den alten Holztisch stellte, warf sie mir einen kritischen Blick zu.
»Du hast das Bier vergessen«, sagte ich und lächelte sie dabei an.
Isabella lächelte zurück. Ich nahm einen Schluck.
Während wir aßen, wanderte die Sonne über die Hügel im Westen und begann mit ihrem langsamen, sommerlichen Untergang. Der Whisky lief mir die Kehle hinab in den Magen und vermittelte mir das warme Gefühl von Geschwindigkeit. Keiner von uns sagte ein Wort. Es gibt nur wenige Dinge im Leben, die

einem mehr weh tun als ein magischer Ort, der seine Magie verloren hat. Die Bäume und Berge um uns herum schienen im Licht des Abends eine eigentümliche Isoliertheit anzunehmen; es kam mir so vor, als wäre jeder Klumpen Erde, jedes einzelne Sandkorn in verzweifelter Einsamkeit vollkommen allein. Was ist denn los, Whisky, dachte ich, wann vernebelst du mir endlich das Gehirn?

»Bist du in Ordnung?« fragte Isabella.

»Ja, ich bin okay.«

»Ich muß mich nicht operieren lassen, oder?«

»Nein.« Ich nahm einen Schluck. Hoch über uns glitten zwei Tauben über den Himmel, ihre Schreie erinnerten mich an das Quietschen von trocken laufenden Rädern. Schmale Flügel, kleiner werdende Silhouetten. Verschwunden. Was für eine Geschwindigkeit, was für eine Bewegung.

»Ich würde es dir nicht übelnehmen, wenn du eine Weile wegsehen – *weggehen* würdest«, sagte Isabella.

»Aber ich will nicht weggehen.«

»Ich an deiner Stelle würde es wollen.«

»Aber was hätte ich davon? Auch wenn ich woanders wäre, müßte ich ständig an dich denken.«

»Du bist an mich genesselt. *Gefesselt.*«

»Nein«, sagte ich ruhig, während in meinem Inneren eine Stimme schrie: Ja! Ja! Es stimmt! Gefesselt! Begraben! Angebunden! *Ich muß was trinken!*

»Weißt du noch, was du das letzte Mal gesagt hast, als wir uns über meinen ... über meine Krankheit unterhielten?«

Ich wußte es nicht.

»Du hast gesagt, daß es anfänglich – anstänglich – *anständig* wäre, wenn du bei mir bleibst.«

»Ich meinte das nicht böse.«

»Und ich will nicht, daß du nur aus Anstand bei mir bleibst. Ich wo-wo-wollte mich um dich kümmern, weil du ein so harter

Mann bist und weil ich weiß, daß du jemanden brauchst. Und ich wollte dieser Jemand sein.«
»Du bist es, Isabella – du und nur du.« Lügner! Betrüger! Idiot!
Nimm einen Schluck!
»Ich wünschte, wir könnten wieder miteinander schlafen.«
»Es ist meine Schuld.«
»Du könntest dabei die Augen schließen.«
»Ich weiß.«
»Ich will nicht, daß du dafür zu einer anderen gehst.«
»Niemals. Ich will dich.« Ich nahm einen tiefen Schluck. Die Sonne sank ganz langsam weiter nach unten. Ich warf einen kurzen Blick auf meine Hände. Wie trocken und hart sie doch waren, und wie scharf die Venen sich auf ihnen abzeichneten.
»Weißt du, was das all-all-allerschlimmste ist?«
Ich schüttelte den Kopf. Die Auswahl war einfach zu groß.
»Daß ich dich verlieren muß.«
Ich stand auf, nahm meinen Flachmann und ging zum Rand der kleinen Lichtung im Orangenhain.
»Das werde ich nicht zulassen«, sagte ich mit dem Rücken zu Isabella. »Das wird nie geschehen. Es ist das einzige, was man dir nicht nehmen kann.«
Auf einmal brannten mir die Augen, und obwohl ich sie schloß, quollen heiße Tränen daraus hervor. Ich hob den Flachmann an den Mund und trank ihn aus. Ich konnte gar nicht genug bekommen.
»Oh«, hörte ich Isabella hinter mir sagen. »O Russ … *Mist, verdammter.*«
Ich drehte mich um und sah, daß ihr Kopf stark nach rechts geneigt und ihre Schulter wie in einem schlimmen Krampf hochgezogen war. Ihr Gesicht zuckte unkontrolliert, und ihre Augen waren weit aufgerissen. Ich konnte sehen, wie ihr Arm zappelte, als habe man eine Hochspannung an ihm angelegt.
Es war der schlimmste Anfall, den sie bisher gehabt hatte –

schlimmer sogar als der allererste vor einem Jahr. Ich rannte zu ihr, stellte mich hinter sie und nahm ihren bebenden Körper in meine Arme. Dann preßte ich mein Gesicht an ihre immer stärker zuckende Wange. Isabella fühlte sich an, als wäre sie von einer fremden Macht besessen. Ganz langsam kamen verzerrte, fast unverständliche Worte aus ihrem Mund. »Tuuut mmmmmiiir solleid ... wi-will diiir daaas nikkt aaantuuu ...«
Ich sah auf meine Uhr, wie bei jedem Anfall. Eine Minute und fünfundvierzig Sekunden. Man glaubt es kaum, wie lange eine Minute und fünfundvierzig Sekunden sein können.
Dann sank Isabella in ihrem Rollstuhl in sich zusammen, und die Dämonen entließen sie aus ihren Krallen. Ihr Herz schlug wie wild.
»Lasses ma-ma-maaacheeen.«
»Was willst du machen lassen, Is?«
»O-Operatioon. Ich la-la-laß sie machen.«
Auf dem Weg nach Hause wurde sie zunehmend klarer im Kopf. Sie fragte mich, ob ich verstanden hätte, was sie während des Anfalls gesagt habe. Ich antwortete ihr, daß ich es nicht verstanden hätte.
»Mir ka-ka-kam es völlig klar vor. Ich sagte, daß es mir leid täte und daß ich dir so was nicht antun wolle.«
Ich legte den Arm um sie und zog sie näher an mich.
»Ich weiß, Baby«, sagte ich. »Ich weiß.«

KAPITEL 10

In der Nacht, nachdem Isabella eingeschlafen war, ging ich hinunter in mein Arbeitszimmer und holte den Stapel mit den unbezahlten Arztrechnungen aus der Schublade. Er war mehrere Zentimeter dick, und auf vielen von ihnen stand in großen Buchstaben ACHTUNG: ZWEITE MAHNUNG. Unsere Versicherung hatte die Bestrahlung mit den Implantaten nicht bezahlt, weil es sich dabei um eine bis dato noch nicht anerkannte Behandlungsmethode handelte. Ich hatte etwa zehn Riesen dafür ausgegeben, und jetzt war ich praktisch pleite. Ich versuchte, die Schulden zu ignorieren, die sich bald auf etwa achtzigtausend Dollar belaufen mußten, aber meine Versuche, die Krankenversicherung hinzuhalten, wurden immer wieder von einer besonders hartnäckigen Verwaltungsangestellten namens Tina Sharp durchkreuzt, die mir fast täglich auf den Anrufbeantworter sprach. Ich rief sie nie zurück. Als ich jetzt die Rechnungen und Mahnungen so in der Hand hielt, packte mich auf einmal ein wilder Zorn. Ich holte mein Feuerzeug aus der Hosentasche, zündete eine Ecke des Stapels an und sah zu, wie das Feuer sich langsam nach oben fraß. Aber was bringt mir das? dachte ich schließlich. Selbst wenn ich sie verbrenne, sind die Schulden noch lange nicht weg, und alles, was ich davon habe, ist ein vollgeräuchertes Zimmer. Und *das* konnte ich Izzy noch viel weniger erklären als den Schlamassel mit der Versicherung. Ich warf das brennende Papier auf den Boden, trat das Feuer mit dem Schuh aus und warf die Reste in den Papierkorb.

Dann schaltete ich den Fernseher ein und sah mir die Nachrichten an. Auf zwei der großen Networks und drei Lokalsendern

brachten sie etwas vom Nachtauge. Bestürzte Nachbarn der Wynns wurden interviewt, die Kameras zeigten dabei ihre verängstigten Gesichter in Großaufnahmen. Karen Schultz, die erstaunlich gefaßt und frisch aussah, sagte einem Reporter von Kanal sieben, daß der Sheriff gegenwärtig untersuche, »ob die Wynn-, Ellison- und Fernandezmorde möglicherweise etwas miteinander zu tun haben«. Der Reporter ignorierte Karens Zurückhaltung bewußt und erwähnte von Richard Ramirez (dem »Nachtgespenst«) bis Hannibal Lecter alle grausigen Killer, die Rang und Namen hatten, um diesen neuen Fällen mehr Gewicht zu verleihen. Er war fest davon überzeugt, daß sie die Taten eines Serienmörders waren und fragte Karen, wann man ihn endlich dingfest machen wolle.
»Wir werten gerade die Ergebnisse der Spurensicherung aus«, gab Karen zurück. »Die Untersuchungen machen sehr gute Fortschritte, mehr kann ich im Augenblick dazu nicht sagen.«
Nach diesem Bericht kam ein kurzes Feature über einen Schießstand in Huntington Beach, der einen plötzlichen Ansturm von Neukunden – hauptsächlich Frauen – verzeichnete, die sich hier im Gebrauch von großkalibrigen Handfeuerwaffen üben wollten. Ein Schießlehrer, der eine verchromte Pistole in seiner dicken Pranke hielt, erklärte, daß man mit dieser Waffe jeden Eindringling »ausschalten« könne, vorausgesetzt, sie werde »fachmännisch gehandhabt«. Seine Klientele war von einem Tag auf den anderen um fünfundsechzig Prozent gestiegen.
Ich ging hinaus auf unsere Plattform und trank in der dunklen Hitze der Nacht einen Schluck. Ich versuchte zu beten, aber ohne mein Zutun verwandelte sich mein Gebet in eine Schimpftirade gegen Gott. Ich konnte spüren, wie die Welt der Bewegung und Geschwindigkeit mich wieder rief, und ging zum Holzstoß, nahm die Axt und spaltete so lange Scheite, bis mir die Hände bluteten. An einem Fenster des Hauses konnte ich die Silhouette von Grace erkennen, die mich bei meiner nächt-

lichen Arbeit beobachtete. Ja, dachte ich, dein Vater hat die Saat des Wahnsinns in sich. Ich haute die Axt in den Hackstock und stapfte den Weg entlang, der hinter dem Haus hinauf zum Rand des Canyons führt. Meine Flasche nahm ich natürlich mit. Auf halben Weg blieb ich stehen und verfluchte noch einmal Gott und die Welt. Fast wäre ich dabei umgefallen.
Von hier aus führte ein schmaler Pfad zu einer Reihe von verlassenen Indianerhöhlen, wo Isabella und ich früher oft gepicknickt und in heißen Sommernächten wie dieser auch geschlafen haben. Das Mondlicht beschien die Felswände aus Sandstein, und die Höhlenöffnungen waren gähnende, schwarze Löcher, die mir wie eine stumme Einladung vorkamen. Fast hätte ich sie angenommen. Ich warf meine Flasche in eine der Höhlen und stieg wieder hinauf zum Hauptweg. Als ich oben am Canyonrand war, fing ich an, durch den niedrigen, stark duftenden wilden Salbei zu laufen. Trockene Zweige schlugen mir gegen die Beine, bis ich die breite Feuerwehrstraße erreicht hatte. Dort lief ich schneller, in Richtung Stadt. Hier, hoch über den Häusern und Straßen, hörte ich nichts als das bleierne Stampfen meiner Füße auf der Sandstraße und den raschen Rhythmus meines Atems. Als meine Beine begannen, mir weh zu tun, strengte ich mich noch mehr an. Obwohl mir meine Lunge immer kleiner zu werden schien, lief ich schneller und schneller, bis die Salbei- und Manzanitabüsche hellrote Silhouetten bekamen – es war dasselbe gräßliche Rot, das ich vor zwei Tagen in Ambers Schlafzimmer gesehen hatte, ein vibrierendes, böse funkelndes Rot. Die ganze Landschaft schien aus diesem Rot zu bestehen. Als ich den höchsten Punkt der Straße erreicht hatte, glitzerte der Pazifik unter mir im Mondschein wie eine endlose Prärie aus Licht und Wasser. Ich blieb nicht stehen, sondern machte mich gleich auf den Weg nach unten, in Richtung Stadt. Ich rannte, rutschte aus, bremste, bis ich auf die ersten gepflasterten Straßen stieß und zwischen großen Wohn-

häusern und friedlich duftenden Eukalyptusbäumen die ruhigen Straßen entlangtrabte, die hinunter zum Coast Highway führten. Schließlich gelangte ich an den Highway, auf dem selbst zu dieser späten Stunde ein Auto nach dem anderen an mir vorbeizischte. Ich konnte meinen Herzschlag bis in die Fingerspitzen spüren. Als ich vom Highway wieder abbog, stolperte ich über einen Randstein und fiel hin, aber ich rappelte mich wieder auf und lief weiter.

Bei Ron's Bar, wo ich ein Bier trinken wollte, ließ man mich nicht hinein. Also lief ich weiter zu Adolfo's, wo ich rasch hintereinander zwei Gläser Bier hinunterstürzte. Das nächste trank ich in der Sports Tavern, ein weiteres im Saloon, und um ein Uhr nachts stand ich schwitzend, stinkend, erschöpft und betrunken mitten in der Stadt und hatte keine Ahnung, wie ich wieder zurück nach Hause in meinen Canyon kommen konnte. Als ich zu Hause anrief, war Grace am Telefon, der ich, vollkommen außer Atem, erzählte, wie sehr ich Izzy liebte und daß alles noch gut werden würde. »Sag ihr das«, verlangte ich von Grace. Sie fragte mich, wo ich war, und ich erklärte es ihr umständlich.

Dann stellte ich mich an die Kreuzung des Coast Highway mit der Forest Avenue und sah zu, wie hier, an der verkehrsreichsten Ecke unseres entzückenden kleinen Hafenstädtchens, ein endloser Strom an Autos an mir vorbeizog. In meinem Suff kam es mir so vor, als führen sie alle unglaublich langsam, und das Geräusch ihrer nicht einmal einen Meter neben mir vorbeirasenden Reifen hörte sich an, als rollten sie über klatschnassen Asphalt. Einen Augenblick lang fragte ich mich sogar, ob nicht vielleicht ein rascher Schauer heruntergeprasselt war, während ich in der Telefonzelle gestanden hatte.

Obwohl ich meinen Daumen ausstreckte, fuhren alle Autos an mir vorbei. Weil ich so nahe an der Fahrbahn stand, konnte ich im hellen Licht der Straßenlaternen die Gesichter der Fahrer hinter den Windschutzscheiben genau erkennen. In den meisten sah ich blasierte Ablehnung, aufkeimende Furcht und vor allem den Wunsch, ich möge doch einen Schritt zurücktreten. Aber das tat ich nicht. Ich behauptete meine Stellung, streckte meinen Daumen heraus und blickte frech in jedes Auto, das an mir vorüberfuhr.

Genauso stand ich da, als ein paar Minuten später ein grauer Chrysler K – diese Karosserieform ist so einfallslos, daß sie einem schon wieder auffällt – langsamer wurde und praktisch unter meinem ausgestreckten Arm auf die Forest Avenue abbiegen wollte. Aus dem Augenwinkel fiel mir auf, daß der Wagen rechts an der Stoßstange den gelben Aufkleber einer Mietwagenfirma hatte, aber es war das Gesicht der Fahrerin, das mich vollkommen in seinen Bann zog.

Ich erkannte es sofort, was nicht weiter schwierig war. Die Frau, die da hinter dem Lenkrad saß, war ganz eindeutig und ohne den geringsten Hauch eines Zweifels Amber Mae Wilson.

Ihr Gesicht sah verängstigt aus.

Unwillkürlich machte ich einen Schritt hinter dem sich entfernenden Auto her, verschätzte mich dabei aber in der Höhe des Bordsteins und verlor zum zweiten Mal in dieser Nacht das Gleichgewicht. Aber ich war schlau genug, es so aussehen zu lassen, als habe ich mich lediglich auf den Gehsteig setzen wollen. Passanten gingen kopfschüttelnd um mich herum, während ich beobachtete, wie Ambers Wagen an der dritten Kreuzung nach links abbog. Ich rieb mir die Augen und lauschte dem Geräusch der sich brechenden Wellen des nahen Ozeans, das hinter dem Surren der Autoreifen undeutlich zu hören war.

Einen Augenblick später hielt der rote Porsche von Grace vor mir, und ich spürte, wie die kräftigen Arme meiner Tochter mir von hinten unter die Schultern griffen und mich auf meine eigenen, nicht allzu sicheren Füße hoben.

»Steig ein, Russell.«

Ich spürte, wie unter mir die Kupplung griff, hörte das Röhren des Auspuffs und sah die hellerleuchteten Schaufenster der Forest Avenue an uns vorbeifliegen. Ich konnte hören, wie ich zu sprechen begann. Ich erzählte Grace alles, was in den Nächten des dritten und vierten Juli passiert war. Dabei kam es mir so vor, als wäre ich noch einmal in Ambers Schlafzimmer und würde jeden Augenblick dieser düsteren Nacht noch einmal durchleben. Ich gestand Grace, wie besessen ich von dem Gedanken gewesen war, noch einmal etwas mit Amber anzufangen, erzählte ihr von meinem Zusammentreffen mit Martin Parish und davon, daß die Leiche ihrer Mutter am nächsten Tag verschwunden gewesen war. Dann beteuerte ich mehrmals, daß ich Isabella sehr, sehr, sehr viel mehr liebte als jedes andere lebende Wesen auf dieser Welt und daß ich nichts weiter wollte als ein normales Leben mit ihr und vielleicht ein Kind …

»*Und ich schwöre dir, Grace, ich habe eben, vor nicht einmal fünf Minuten, Amber in einem Auto an mir vorbeifahren gesehen und…*«

Meine Tochter legte mir die Hand über den Mund.

»Sei still, Russell, jetzt machst du dich wirklich lächerlich.«

Ich hörte auf zu sprechen und spürte, wie Graces gewagte Kurventechnik, mit der sie die Abzweigung auf den Broadway nahm, mich in meinen Sitz drückte. Meine Tochter sah herüber zu mir.

»Jetzt hör mir mal zu«, sagte sie. »Amber ist am Leben, ganz gleich, was du in ihrem Haus gesehen haben willst. Das alles paßt doch haargenau zu ihr, und *du* müßtest das von allen Leuten doch wohl am besten wissen. Warst du damals in der Nacht vielleicht genauso betrunken wie heute? Woher willst du dann überhaupt wissen, was du in Wirklichkeit gesehen hast? Und zu deiner traurigen *Besessenheit* von Amber will ich dir bloß noch sagen, daß du dich damit in nichts von Millionen von Männern unterscheidest, die sie tagtäglich mit ihren Fotos und Werbespots für dumm verkauft. Der einzige, der noch dümmer ist als du, dürfte wohl dein Freund Marty sein. *Der* ist ja offensichtlich schon so hinüber, daß er glaubt, auch noch *mich* in dieser Nacht gesehen zu haben. Dabei war ich mit Brent Sides zu der Zeit in einem gottverdammten Kino.«

»Kannst du das beweisen?«

»Natürlich kann ich das«, fuhr sie mich an. »Ich will dir mal was sagen, Russell. Meine Mutter ist so hinterhältig und manipulativ, daß es mich nicht wundern würde, wenn sie euch allen einen großen Streich gespielt hätte. Ich kenne sie. Niemand auf der Welt hat unter ihrem Haß mehr zu leiden gehabt als ich.«

»Dafür möchte ich nicht die Hand ins Feuer legen.«

»Was weißt du denn schon? Während du beim Sheriff die Zeit totgeschlagen hast, sind Mutter und ich überall in der Welt herumgedüst und haben uns *amüsiert.*«

Grace bog wieder auf den Coast Highway ein und fuhr nach Norden. Sie schaltete in den zweiten Gang herunter und ließ einen Touristen, der gerade die Straße überquerte, um sein Leben rennen. Als wir Zentimeter von ihm entfernt vorbeirasten, streckte Grace dem verdutzt dreinblickenden Mann durchs offene Fenster auch noch den schlimmen Finger entgegen.

»Ich habe damals immer wieder versucht, dich zu finden«, sagte ich.

»Darum geht es jetzt doch gar nicht. Ob du es nun versucht hast oder nicht, du hättest mich sowieso nie gefunden. Erinnerst du dich an die Postkarten, die du von mir aus Rom bekommen hast? In Wirklichkeit schrieb ich sie in einem Internat, das nicht einmal zwanzig Meilen von deinem Haus entfernt war, schickte sie an Amber, und die hat sie dann in Italien eingeworfen. Als du die Karten bekamst, war sie übrigens längst in Paris. Diesen Trick haben wir öfter angewandt. Amber wollte nicht, daß du mich siehst, und dafür hat sie ja auch gesorgt. So ist sie eben. Aber irgendwie komisch ist es schon. Weißt du, du bist nämlich

der einzige Mann auf der Welt, von dem sie nicht will, daß ich mich mit ihm treffe.«
»Ich verstehe nicht ganz, was du damit meinst.«
»Wußtest du, daß ich erst zehn war, als sie mich zum ersten Mal anbot? Nicht als eine Hure, sondern als eine ... Frau. Sie ließ mich Nylonstrümpfe und hochhackige Schuhe anziehen und zerrte mich auf Partys herum wie eine Art Zirkuspony. Und als ich nicht das tat, was sie wollte – als ich mich so anzog, wie es junge Mädchen eben gerne tun und frech zu ihren großen, tollen Freunden war oder einfach aufstand und ging, wenn es mir paßte, begann sie mich zu verachten. Jedes kleine bißchen an persönlicher Freiheit, das ich mir erkämpfte, war in ihren Augen ein Verrat an ihr. Mutter wollte mich ersticken, und später kamen dann regelrechte Wahnvorstellungen dazu.«
»Welche denn?«
»Sie bildete sich ein, ich würde ihr die Männer ausspannen, zum Beispiel. Oder daß ich ihr Geld wegnähme. Seit fünf Jahren beschuldigt sie mich immer wieder, ich hätte ihr so eine dämliche japanische Netsuke-Figur geklaut, die sie von John und Joko geschenkt bekommen hat, als wir ein Jahr in New York waren. Dabei fand sie das häßliche Ding bloß deshalb so toll, weil *sie* es ihr gegeben haben. Weißt du, was sie behauptet? Ich hätte es ihr gestohlen, um ihr damit weh zu tun. Und jetzt nervt sie mich ständig und verlangt, ich solle es ihr endlich zurückgeben. Dabei interessiert dieser Kitsch mich überhaupt nicht, auch wenn er zwanzig Riesen wert ist. Aber Mutter ist davon überzeugt, daß ich ihn irgendwo in einem Schließfach deponiert habe. Sie hat mir sogar schon gedroht, mich wegen dieser Scheiße aus ihrem Testament zu streichen.«
»Und was hast du ihr darauf geantwortet?«
»Ich habe ihr gesagt, sie könne mich mal und sie solle ihre Kohle behalten und mich in Ruhe lassen. Ich kann arbeiten und mir mein Geld selber verdienen. Ich habe einen Job – oder, besser

gesagt, ich hatte einen, bis die Idioten, die Amber mir hinterhergeschickt hat, in dem Geschäft herumzuhängen begannen. Die haben mir *wirklich* Angst eingejagt.«

»Wieso glaubst du, daß Amber diese Männer geschickt hat?«

»Natürlich hat sie das. Sie macht das alles nur, damit ich Angst bekomme und reumütig an ihren Rockzipfel zurückkrieche. Dabei will sie mich gar nicht aus ihrem Testament streichen. Sie will, daß ich ihr die Stiefel lecke.« Grace riß das Steuer herum und bog in die Cliff Road ein. Während wir auf die Canyon Road zuschossen, sagte sie: »Paß auf, Russell. Ich habe meine Probleme, aber es sind nicht die deinen. Ich weiß es zu schätzen, daß ich ein paar Tage bei dir wohnen kann. Kümmere dich um Isabella – sie braucht dich jetzt mehr als ich. Und hör auf, über Mutter nachzudenken, das ist nur Zeitverschwendung, glaub mir.«

Als ich so über ihre Worte nachdachte, kamen sie mir ziemlich weise vor. Kindermund tut Wahrheit kund. »Fahr schneller«, sagte ich.

Mein Kopf wurde gegen die Kopfstütze gepreßt, als der Motor aufheulte. »Ich will zu Izzy. Ich will meine Frau lieben.«

»So ist's recht, Russell.«

Bevor ich mich neben Isabella ins Bett legte, war ich wenigstens noch so klar im Kopf, daß ich die halbverbrannten, unbezahlten Rechnungen aus dem Papierkorb in meinem Arbeitszimmer nahm und sie wieder zurück in die Schublade legte. Diese Tätigkeit kam mir wie ein Schritt in die richtige Richtung vor. Sie war positiv und praktisch und machte mir deshalb ein wenig Hoffnung.

KAPITEL 11

Das Telefon klingelte, als Grace gerade Isabella ihr Frühstück brachte und ich eben meine zweite Aspirin in sechs Stunden genommen hatte. Es war sieben Uhr früh, und trotz der Tatsache, daß es schon über fünfundzwanzig Grad warm war, war das eigentlich keine Zeit für einen normalen Anruf. Ich dachte schon, daß vielleicht Amber am Apparat sein könnte. Während der Nacht hatte ich mir bestimmt tausendmal vorgestellt, wie ich sie im Auto an mir hatte vorbeifahren gesehen – sogar im Traum hatten mich diese Bilder nicht in Ruhe gelassen. Je öfter man sich etwas vorstellt, desto eher kommt es einem wie irgendein unerklärlicher Trick des Gedächtnisses vor. Hatte ich sie nun gesehen oder nicht? Aber wie denn? Es war unmöglich, und doch war es wahr. Ich war empört. Und gleichzeitig war ich durcheinander.

Ich hatte meinen Artikel über das Nachtauge nun schon zweimal durchgelesen – er stand in der Morgenausgabe des *Journal* über dem Bruch auf Seite eins – und er war gut. Die anderen Gerichts- und Polizeireporter knirschten jetzt bestimmt mit den Zähnen und machten Karen Schultz die Hölle heiß. Und bestimmt kauften sich noch mehr Leser im Lauf des Tages Waffen.

Ich schaffte es zum Telefon und meldete mich. Ich hatte schreckliche Kopfschmerzen.

Die Person am anderen Ende der Leitung sagte nichts, aber ich konnte ihren Atem hören. »Nun reden Sie schon«, sagte ich ungeduldig. »Das Leben ist kurz.«

»Da könntest du recht haben, Russell.«

»Wer sind Sie?«

»Ich bin das Nachtauge.«
Einen kurzen Augenblick lang dachte ich, es handele sich um einen geschmacklosen Scherz. Martin Parish oder Erik Wald, ja sogar Art Crump hatten solch einen abgeschmackten Sinn für Humor, und ich traute es ihnen jederzeit zu, daß sie mich in aller Herrgottsfrüh anriefen, um mir einen Schrecken einzujagen. Aber etwas in der Pause, die folgte, etwas im festen Klang der Stimme, etwas, an das ich mich noch von dem Tonband in der Stereoanlage der Wynns erinnerte und nicht zuletzt etwas tief in meiner eigenen Seele sagten mir, daß ich mit dem echten Mörder sprach.
»Leck mich am Arsch, du Schwein«, sagte ich und legte auf.
Er rief mich sofort wieder an. Die Stimme klang gleichmäßig und ruhig, vielleicht ein ganz klein wenig tiefer als der Durchschnitt. Soweit ich es beurteilen konnte, hatte sie einen kalifornischen Akzent, was soviel bedeutete, daß sie gar keinen Akzent hatte.
»Die Wynn war noch am Leben, als ich sie an den Brausekopf hängte. Das würde ich mit jemandem, der schwerer ist als fünfzig Kilo, nicht probieren. Oberhalb des Äquators läuft das Blut im Uhrzeigersinn in den Abfluß, außer man ändert die Fließrichtung, was ich aber nicht getan habe. War eh gleich verstopft. Cedrick Ellison hatte einen ziemlich weit herunterbaumelnden linken Hoden und einen viel kleineren Penis, als man es den Negern immer nachsagt. Das Bild von Jesus über dem Ehebett von Sid und Teresa ließ mir die Tränen in meine blauen Augen steigen. Aber vor Lachen. Siehst du, Russell, jetzt habe ich dir sogar einen kleinen Hinweis gegeben, obwohl du vorhin so ungezogen warst und aufgelegt hast. Bist du jetzt überzeugt, daß ich es wirklich bin?«
Nun war ich an der Reihe, schweigend ins Telefon zu atmen. Niemand, außer den Leuten des Sheriffs oder des Gerichtsmediziners, hätte das wissen können, was mir der Anrufer eben

mitgeteilt hatte – mit Ausnahme des Mörders natürlich. Unmöglich konnte er sich diese Informationen aus meinem heute morgen erschienenen Artikel zusammengereimt haben, auch dann nicht, wenn er über eine stark intuitive Phantasie verfügte.

»Nein«, sagte ich.

»Wie hoch ist dein Intelligenzquotient?«

»Höher als der deine.«

»Meiner ist hundertsechsunddreißig, jedenfalls nach diesem Stanford-Binet-Test, den sie mit uns an der High-School gemacht haben. In der vorletzten Klasse. Ich schätze, ich hätte besser abschneiden können, aber an diesem Tag ging mir ständig etwas im Kopf herum, was ich mit der Katze der Nachbarn anstellen könnte. Ich war a-a-abgelenkt. Bist du wirklich nicht überzeugt?«

»Nein, das bin ich nicht.«

Am anderen Ende der Leitung war es eine Weile still. Sein Stottern erinnerte mich an das rätselhafte, in manchen Teilen kaum verständliche Tonband, das er in der Stereoanlage der Wynns zurückgelassen hatte. Aber sonst hatte die Stimme am Telefon nichts von der schleppenden, undeutlichen Sprechweise auf dem Tonband.

»Dann frag mich was.«

»Was hast du auf dem Rücken?«

»Einen grünen Teufel.«

»Und was macht das Nachtauge?«

»Es macht Heuchler platt.«

»Buchstabier doch mal das Wort *Unwissenheit*.«

»Weißt du, Russell, ich glaube, das ist vermutlich das erste und letzte Mal, daß wir uns so lange unterhalten können. Ich weiß genau, daß du dem Sheriff von meinem Anruf berichten wirst, und dann wird Winters eine nette kleine Fangschaltung an deinem Telefon installieren lassen, so daß du und ich uns in

Zukunft kurz fassen müssen. Jetzt können wir reden, so lange wir wollen. Es kommt mir direkt wie ein Luxus vor. Laß ihn uns nicht dadurch vergeuden, daß du mir hier Rechtschreibunterricht erteilst.«

Im Hintergrund der Leitung war absolut nichts zu hören. Sie war vollkommen klar, ohne das leiseste Brummen oder Rauschen. Er hätte mich gut und gerne aus der stillen Tiefe einer Gruft anrufen können.

»Was willst du von mir?«

»Ich wollte mich nur für den schönen Artikel bedanken. Und dafür, daß du meinen Namen erwähnt hast. Das hat mir sehr gefallen.«

»Wie heißt du denn in Wirklichkeit?«

An dieser Stelle lachte er zum ersten Mal. Es war ein seltsam gedämpftes He-he-he mit ekelhaft zischenden Übertönen, das irgendwie feucht klang, als würde es zwischen Zähnen oder Lippen hervorgestoßen. Ich mußte an ein gefährliches Reptil denken, kurz bevor es zum Angriff übergeht.

»Wie geht es Isabella?«

Wieder war es an mir zu schweigen. Und zwar vor Wut und aus einem Beschützerinstinkt heraus, dem ich keine Worte geben konnte.

»Was willst du?« fragte ich schließlich noch einmal.

»Die Leute hier im County sollen wissen, daß ich eine wichtige Aufgabe erfülle.«

»Und die wäre?«

»Es zu säubern.«

»Von anderen Rassen als der weißen?«

»Genau. Ich kann mich noch daran erinnern, wie sich früher die Orangenplantagen meilenweit dahinzogen und jedes Gesicht im County weiß, gesund und ehrlich war.«

»Na und?« fragte ich. »Die Welt verändert sich nun mal.«

»Das stimmt. Und dazu, daß sie sich wieder zum Guten verändert, möchte ich meinen Teil beitragen, Russell. Deshalb kündige ich dir hiermit diese Veränderung an. Sag mir, was für ein Täterprofil hat dir Erik Wald von mir gegeben?«

»Bisher noch keines.«

»Nun komm schon. Bestimmt hat er dir den üblichen Schädelzertrümmerer-Quatsch erzählt, so was wie Bartträger, großer Typ, Neonazi mit Hang zum Überlebenstraining, stimmt's?«

»Das ist nicht von Wald. So was ist allgemein bekannt.«

»He, he, he. Ich werde diesem Wald und seinesgleichen eine Lektion erteilen, das kannst du mir glauben. Wie kann man nur so dermaßen arrogant sein?«

»Wo bist du?«

»Also Russell, jetzt mach dich doch bitte nicht lächerlich.«

»Ich meine, ob du im County wohnst oder außerhalb. In Kalifornien? Oder noch weiter weg?«

»Ich lebe da, wo ich hingehöre. Ich wurde hier geboren. Schau, da hast du auch schon Hinweis Nummer zwei.«

»Bedeutet das ›hier‹ hier im County?«

»Ja, Russell, hier im County. Du denkst immer noch wie der Bulle, der du mal warst. Muß ganz schön schwer sein, diese Bücher zu schreiben, wenn dein Gehirn so … unbeholfen ist. Aber *Die Reise flußaufwärts* fand ich ganz gut, das muß ich fairerweise sagen. Ich finde, Crump nimmt sich furchtbar wichtig und ist doch bloß ein Clown. Also, mich an deiner Stelle hätte es ja unglaublich gereizt, all sein albernes Gehabe so richtig bloßzustellen. Was hatte Art Crump denn für ein Motiv? Doch nichts als einen sexuellen Drang. Deshalb hat er auch so schlampig gearbeitet. Es ist sehr schwer, seine Triebe auszuleben und gleichzeitig einen klaren Kopf zu behalten, besonders dann, wenn man Menschen umbringt.«

»Aber du hast diese Probleme nicht, oder?«

»Wo kämen wir denn da hin? Keines meiner Opfer wurde sexuell in irgendeiner Form mißbraucht, und Samenspuren wurden auch bei keinem gefunden. Frag ruhig den Gerichtsmediziner, der wird dir das bestätigen.«

Er hatte recht. Obwohl mir eine Idee kam, sagte ich nichts.

»Hier geht es nicht um das Ausleben irgendwelcher niederen Triebe«, sagte das Nachtauge. »Hier geht es darum, die verlorene Würde eines Ortes und eines Zeitalters wiederherzustellen. Schließlich können wir doch nicht alles vor die Hunde gehen lassen, oder? Weißt du, Russell, ich bin wirklich froh, daß du dem County meine Geschichte erzählst. Und es wird die größte Geschichte werden, die du in deinem Leben je erzählen wirst. Du brauchst mich dazu.«

»Ich weiß noch immer nicht, was du willst«, sagte ich.

»Erstens: Laß Winters keine Fangschaltung an dein Telefon legen. Nimm die Anrufe von mir aus auf, wenn du willst – als Reporter muß man ja schließlich genau zitieren können, nicht wahr? Das erlaubt mir, mit dir in Kontakt zu treten, ohne daß ich mir große Sorgen machen muß, und du bekommst bei einem entspannten Gespräch auch viel mehr aus mir heraus als bei einem gehetzten. Zweitens: Ich möchte, daß du Erik Wald über alles informierst, was wir hier reden. Ich interessiere mich für seinen ... Verstand. Drittens: Ich werde sehr bald ein neues Exempel statuieren. Wenn ich du wäre, würde ich die Öffentlichkeit darüber informieren – aber das ist nicht wirklich deine Aufgabe, oder?«

»Nein. Was wird das für ein Exempel sein?«

»Na, Russell, das werde ich dir doch jetzt nicht auf die Nase binden. Aber wenn ich es statuierte, möchte ich, daß du es gebührend würdigst.«

Ich dachte eine Weile nach. »Du mußt mir eine Auskunft geben«, sagte ich schließlich.

»Und welche, bitte schön?«

»Irgend jemand hat am dritten Juli eine Frau namens Amber Mae Wilson umgebracht. Die Wände waren verschmiert, und in der Stereoanlage steckte eine Kassette mit einer Botschaft. Und danach versuchte jemand, alle Spuren zu beseitigen. Hast du Amber Mae Wilson getötet?«

Ich hörte, wie er rasch einatmete. »N-n-nein.«

»Doch.«

»Was war mit ihrem K-k-kopf?«

»Eingeschlagen, wie bei den anderen.«

»M-meine Stimme? M-meine Schrift?«

»Genauso wie an allen anderen Tatorten.«

Er seufzte. Es war ein langgezogenes, tiefes Geräusch, von dem einem schlecht werden konnte. »Und dann ... sagst du ... ist die Leiche ... verschwunden?«

»Wo hast du sie hingebracht?«

»War sie weiß?«

»Wo hast du sie hingebracht?«

Seine Stimme wurde auf einmal so schnell, daß seine Worte wie ein einziger, langer Fluß aus gestotterten Silben klangen: »Ich h-h-habe sie nicht u-u-umgebracht ich habe k-k- keine Ahnung wer das war – ich t-t-töte keine weißen F-f- frauen, da hat m-m-mich einer n-nachgemacht und v-v-verarscht und ich v-verbiete d-d-dir, darüber zu schreiben – ich *töte keine Weißen*!«

Ich hörte, wie er hastig schnaufte.

»Ich glaube dir«, sagte ich.

»Ohh.« Aus seinem Stöhnen konnte ich heraushören, wie erleichtert er war.

»Ich gebe dir jetzt die Nummer von meinem Autotelefon.«

»Die habe ich schon«, sagte er fast demütig.

»Wo wirst du dein ›Exempel‹ statuieren?«

Es folgte eine lange Pause, in der sich sein Atmen langsam normalisierte.

»Du brauchst mich«, flüsterte er und legte auf.

KAPITEL 12

Nie zuvor hatte ich im Büro des Sheriffs so viel hektisches Durcheinander gesehen wie eine Stunde später, als man mich gegen neun endlich zu Dan Winters persönlich vorließ. Neben dem Sheriff warteten dort schwitzend und merklich nervös Martin Parish und Erik Wald auf mich.

Bei der Hitzewelle war es kein Wunder, daß es der Klimaanlage zuviel geworden und sie schließlich zusammengebrochen war. Dumm war nur, daß sich in dem Neubau kaum ein Fenster öffnen ließ. Draußen lag der Smog wie Rauch in der Luft, aber drinnen war die Luft mindestens ebenso stickig und heiß.

Während ich gewartet hatte, hatte ich ständig die Telefone klingeln hören und hatte Hilfssheriffs mit ernsten Gesichtern an mir vorbei in Winters' Büro hasten gesehen. Auch der Bürgermeister der Stadt Orange und ein hoher Beamter des County hatten dem Sheriff unangemeldete und vermutlich ziemlich überflüssige Besuche abgestattet und waren danach schnurstracks ins Pressezimmer gegangen. Ich war ihnen gefolgt und hatte dort eine von Journalisten umlagerte Karen Schultz vorgefunden. Ein paar meiner Kollegen hatten mir ziemlich böse Blicke zugeworfen, vermutlich weil sie heute morgen in der Zeitung meinen Artikel gelesen hatten. Ein Fernsehteam von Kanal fünf hatte mich interviewen wollen, aber ich hatte mich aus dem Staub gemacht, als die Reporterin sich auf der Damentoilette ihr Make-up aufgefrischt hatte. Karen hatte mir im Weggehen noch einen eisigen Blick zugeworfen.

Bei den drei Männer in Winters' Büro war ich schon eher willkommen. Ich konnte direkt die Energie spüren, die sich in diesem heißen Raum versammelt hatte. Hier wurde organisiert und durchgeführt, hier waren Ordnung, Methode und zielgerichtetes Handeln zu Hause. Unter alledem aber lag noch etwas anderes: die Energie des Chaos und des Mordens, die diese Männer hier zusammengebracht hatte. Es war die stumme und durchdringende Energie des Nachtauges.

Winters legte das Telefon auf und sah mich an. »Lassen Sie uns gleich zur Sache kommen, wir haben nicht viel Zeit. Erstens: Vergessen Sie den Artikel über Dina! Viel wichtiger ist es jetzt, alle Menschen hier im County dazu aufzurufen, auf ihre Nachbarn aufzupassen und uns alles zu berichten, was sie sehen, hören, riechen oder träumen, solange es uns nur dabei hilft, diesen Mistkerl dingfest zu machen. Wir nennen diese Aktion ›Bürgerwache‹, und Erik Wald wird sie als persönlicher Adjutant des Sheriffs leiten. Wir richten einen eigenen Telefondienst ein, lassen T-Shirts und Baseballmützen bedrukken und versuchen, so viele Leute wie nur irgend möglich dafür zu gewinnen. Machen Sie ein Interview mit Wald über diese Sache, und wenn Sie das nicht so hinkriegen, daß es interessant zu lesen ist, dann suchen wir uns jemand anderen dafür. Zweitens: Karen wird Ihnen die Berichte des Gerichtsmediziners besorgen, aber sie wird sie vorher durchsehen und das herausnehmen, was nicht an die Öffentlichkeit gelangen soll. Drittens: Es hat sich ein gottverdammtes Wunder ereignet – die Nachbarin der Wynns hat am Tag vor dem Mord im Garten einen Videofilm von ihrer Familie gedreht, und es kann sein, daß auf dem Band der Mörder mit drauf ist. Kimmy Wynn hat ihn so gut identifiziert, wie es einem Kind, das immer noch unter Schockeinfluß steht, nur eben möglich ist. Unsere Dokumentationsabteilung läßt gerade ein Phantombild herstellen, das wir in einer Stunde an alle Zeitungen und Fernsehsender rausschicken werden. Ihre Aufgabe ist es, diese Bürgerwache zu propagieren. Und ich möchte, daß wir dabei gut aussehen. Wir brauchen Ihre Hilfe, Russ. Wir bitten Sie darum.«

Wald stand am Fenster und sah mich an.

»Meinst du, du kriegst das hin?« fragte Parish.

»Sie haben Punkt Nummer vier vergessen«, sagte ich zu Winters, wobei ich Martys Frage ignorierte.

»Nummer vier? Was, zum Teufel, soll denn das sein?«

»Das Nachtauge hat sich bei mir gemeldet. Ich habe vor einer Stunde mit ihm telefoniert.«

Ein paar Sekunden lang herrschte bedrückende Stille im Raum, als habe gerade eben jemand den Hahn eines Revolvers gespannt.

»So was gefällt mir«, sagte Wald schließlich ungerührt.

Parish sah mich mit seinem leicht triefäugigen Blick an.

»Ja!« rief Winters und hob die Faust. »Und was hat der Scheißkerl gesagt? Sind Sie sicher, daß er es auch wirklich war? Haben Sie eine Ahnung, von wo aus er angerufen haben könnte?«

Ich erzählte ihnen das ganze Gespräch, mit Ausnahme des Teils, der Amber betraf.

»Ein Exempel will er statuieren«, murmelte Winters. »Diese Bestie! Erik, Sie sind der Psychobursche unter uns – was sagen Sie dazu?«

Wald ging quer durchs Zimmer und baute sich direkt vor Winters auf. »Gegenfrage: Was würden Sie machen, wenn Sie mir zwanzig Mäuse abnehmen wollten?«

»Na, ich würde einfach sagen: ›Her mit dem Zwanziger!‹« gab Winters zurück.

»Und ich würde sagen: ›Na klar doch‹«, sagte Wald und zog seine Brieftasche heraus und hielt sie Winters aufgeklappt unter die Nase, so daß dieser die Marke des Freiwilligen Hilfskorps sah. »Sie sind verhaftet, Dan. Und genau dasselbe machen wir mit dem Nachtauge. Wir geben ihm, was es will. Spielen wir sein Spielchen mit, bis er sich in seinen eigenen Schlingen fängt.«

»Quatsch«, sagte Parish, dessen Gesicht rot angelaufen war. »Wir können mit dem Kerl herumtändeln, wie wir wollen, aber wir kommen ihm deshalb auch nicht einen Zentimeter näher. Ich bin dafür, daß wir eine Fangschaltung an Russells Telefon legen und ein Sondereinsatzkommando in Alarmbereitschaft halten. Und dann hoffen wir, daß wir den Burschen erwischen. Wenn sein Bild erst mal in allen Zeitungen ist, kann er sich doch nirgendwo im County mehr zeigen. Ich würde mit diesem Drecksack keine Verhandlungen führen und ihm auch kein Fitzelchen Publicity verschaffen. Die Leute werden uns ja für Idioten halten.«
Winters nickte lächelnd, dann wandte er sich an mich. »Monroe, was sagen Sie als sein Telefonpartner dazu?«
»Ich denke dasselbe wie Wald«, sagte ich. »Spielen wir mit. Eine Fangschaltung halte ich für keine so gute Idee, denn er rechnet bestimmt damit, daß wir das tun. Warum sollten wir eigentlich nicht versuchen, ein wenig sein Vertrauen zu gewinnen und ihn zum Reden zu bringen? Wenn er unbedingt Eriks Täterprofil erfahren will, dann können wir ihm doch ein passendes zusammenbasteln. Und wenn er mich schon als Sprachrohr haben will, warum sollte ich ihn dann nicht am Telefon hinhalten, ausfragen, vielleicht sogar dazu bringen, daß er sich uns verrät?«
»Ja, richtig«, sagte Parish.
»Monroe hat recht«, sagte Wald. »Solange das Nachtauge etwas von ihm will, sollten wir das Gespräch mit ihm suchen.«
»Was ist denn das schon wieder für ein theoretischer Schwachsinn, Erik?« fragte Martin.
Wald lächelte. »Ich kann mich nicht erinnern, daß wir mit *deinen* Methoden Cary Clough auf die Spur gekommen wären. Soviel ich weiß, hast du gerade die Spuren untersucht, die die Putzfrau an einem der Tatorte hinterlassen hat, als Clough mit einer Maske, Latexhandschuhen und einem Riesenständer in der Hose vor Madeline Stewarts Haus im Auto saß. Nimm doch

endlich mal zur Kenntnis, daß wir uns im zwanzigsten Jahrhundert befinden, Marty.«
Das Telefon klingelte. Winters ging ran und sagte »Ja«, »Nein« und »Dann bewegen Sie gefälligst ihren fetten Arsch hierher«. Dann legte er auf und sagte seiner Sekretärin über die Gegensprechanlage, daß sie ihm die nächsten zehn Minuten keine Anrufe mehr ins Büro durchstellen solle. »Okay, wir machen es folgendermaßen«, erklärte er schließlich. »Wir legen die Fangschaltung, aber so, daß er es nicht merkt. Carfax ist ein echter Meister in solchen Dingen, er kann jedes Telefon so anzapfen, daß niemand auch nur das geringste hört. Und dann bearbeiten wir den Mistkerl so, wie Wald es für richtig hält. Sie müssen Russell sagen, wie er sich zu verhalten hat, Erik – schließlich wollen wir das Nachtauge bei Laune halten. Wir müssen ihm Appetit auf das machen, was wir ihm geben können, dürfen ihm aber nie zuviel geben. *Farbige auslöschen* will dieses Arschloch! Und ich bin nach Orange County gekommen, weil ich von dieser Art Scheiße die Schnauze voll hatte. Martin, ich weiß genau, daß für Sie ein guter Fingerabdruck mehr zählt als tausend Worte. Chet Singer arbeitet wie ein Wilder an der Auswertung der Spuren. Am Nachmittag ist das Bild dieses Irren in allen Zeitungen. Und wir bleiben alle am Ball.«
Winters sah zur Tür, an der es eben geklopft hatte. »Herein!«
Eine ziemlich aufgelöste Karen Schultz platzte herein mit einem großen Umschlag in der Hand, aus der sie einen Stapel Hochglanzfotos im Format achtzehn mal vierundzwanzig zog. »Lopez von der Dokumentationsabteilung sagt, das sei das Beste, was er herausholen hat können.«
Die grobkörnigen, aus dem Amateurvideo der Nachbarin herauskopierten Fotos zeigten einen bärtigen, weißen Mann, der hinter dem Steuer eines Ford Taunus saß. Auf dreien der Bilder hatte er das Gesicht der Straße zugewandt und war im Profil zu sehen. Die Farben waren schlecht, aber der Wagen war eindeu-

tig weiß, und das Hemd des Mannes mit den aufgekrempelten Ärmeln war höchstwahrscheinlich aus rotem Flanell. Die Haare und der Bart des Mannes, von denen im schattigen Inneren des Wagens nicht viel mehr zu sehen war als eine undeutliche, zusammenhängende Masse, waren möglicherweise rötlichbraun. Eine Sonnenbrille verbarg die Augen des Mörders, und sein linker Arm, der aus dem offenen Fenster hing, war ziemlich kräftig. Die kurzen, feisten Finger lagen gespreizt auf dem Blech der Tür.

»Genauso hat Kimmy Wynn ihn beschrieben«, sagte Wald. »Und außerdem paßt er perfekt ins allgemeine Täterprofil.«

Ich sah mir die Bilder genauer an. Der darauf abgebildete Mann kam mir vor wie ein Dämon, der aus den dunklen Tiefen eines Bildes von Caravaggio auftaucht. War es seine bärtige Bulligkeit, die ihn mir so unheimlich erscheinen ließ, oder eher das, was wir aufgrund seiner Taten in ihn hineinprojizierten? Egal, was es war, beim Anblick dieser unscharfen Abbildungen seines Gesichts stellten sich mir die Härchen auf meinen Handrücken auf, und ein eiskalter Schauder lief mir den Rücken hinunter. Waren die Fotos so gut, daß jemand ihn darauf erkennen konnte? Das war das einzige, was jetzt wirklich zählte.

»Wann sind die restlichen Abzüge fertig?«

»In einer Stunde«, sagte Karen.

»Bleiben Sie dran, Karen. Suchen Sie sich das beste davon aus und sehen Sie zu, daß es auch das letzte Provinzblatt bekommt. Und lassen Sie eine Extra-Telefonnummer einrichten, bei der jeder anrufen kann, der etwas zu dem Foto zu sagen hat. Ist da draußen alles in Ordnung?«

»Machen Sie Witze? Die Telefonleitungen sind überlastet, weil der Telefondienst für die Bürgerwache noch nicht steht, die Klimaanlage ist kaputt und alle haben eine Mordswut auf mich, weil Russell sich hier seine Informationen direkt an der Quelle abholen kann.«

»Dafür ist er uns was schuldig«, sagte Winters und sah mich mit seinen dunklen Augen eindringlich an. »Karen, gehen Sie rüber in den Kerker und warten Sie dort auf Russell. Sie wissen ja, was Sie ihm zeigen dürfen und was nicht. Und Sie, Marty, fahren jetzt für ihn das Video noch einmal ab.«

Parish schlurfte zu einem von drei Fernsehschirmen, die rechts von Winters' großem Schreibtisch standen, steckte eine Kassette in den dazugehörigen Videorecorder und drückte auf den Startknopf.

»Was Sie jetzt gleich sehen werden, ist das erste Beweisstück, das uns unser Bürgerwache-Projekt eingebracht hat«, sagte Winters. »Es ist nicht mit Gold aufzuwiegen. Die Nachbarin – eine Frau namens Lisa Nolan – hat es Wald gebracht.«

Auf dem Bildschirm war ein sonniger Vordergarten zu sehen. In der rechten oberen Ecke war die Zeit eingeblendet: Dritter Juli, sechzehn Uhr sechsundzwanzig. Drei Kinder – zwei blonde Mädchen und ein dicklicher, rothaariger Junge – rannten hintereinander her über einen gepflegten Vorortrasen zu einem neu aussehenden, roten Jeep mit Allradantrieb. Die Kinder krabbelten in den Wagen, und ein hechelnder Golden Retriever sprang hinterdrein. Die Kamera bewegte sich jetzt zum Kühler des Jeeps, glitt über die chromglänzende Stoßstange und die Seilwinde und verweilte einen Augenblick auf dem Händlernamen unter dem Nummernschild. Dann schwenkte sie wieder nach oben auf eine lächelnde Frau Ende Dreißig, die auf dem Beifahrersitz saß. Während sie in die Kamera winkte, fuhr ein ähnlicher Geländewagen (der aber weiß lackiert war) langsam auf der Straße heran, blieb stehen, und der Fahrer – ein freundlich aussehender Asiate Anfang Vierzig – beugte sich aus dem Fenster und sagte: »*Na, Rick, wollen wir tauschen?*«

»*Ich würde ja schon, aber Lisa würde mich umbringen, Tran!*« rief der Mann hinter der Kamera und lachte, so daß das Bild ein

wenig wackelte. Lisa nickte und schwenkte einen warnenden Finger in Richtung Kamera. Der Fahrer des weißen Jeep warf einen bewundernden Blick auf den roten. Die Frau neben ihm beugte sich nach vorn, um einen besseren Blick auf das andere Auto zu haben, und hinten preßten drei Kinder ihre Gesichter an die Scheibe des Rückfensters – zwei kleine Buben und ein Mädchen.
»Erkennst du das Mädchen in dem weißen Jeep, Monroe?« fragte Parish.
»Kimmy Wynn«, sagte ich.
»Genau«, sagte Wald. »Und jetzt sehen Sie mal, wer die Wynns verfolgt hat.«
Dann schob sich hinter dem weißen Jeep ein weißer Ford Taunus ins Bild, der links an den beiden Geländewagen vorbeifuhr. Der Mann am Lenkrad des Wagens sah kurz in die Kamera, bevor er rasch woanders hinblickte. Dann war er noch einen Augenblick im Profil zu sehen, bis sein Fahrzeug aus dem Blickfeld der Kamera verschwand.
Parish trat an den Videorecorder und spulte das Band für einen weiteren Durchlauf zurück. Beim zweiten Mal sah ich den Mann schon besser: seinen massigen Körper, der hinter dem Lenkrad wie eingeklemmt wirkte, sein rotkariertes Hemd, seinen dichten, rötlich-braunen Bart und das ungekämmte Haar in derselben Farbe. Die Sonnenbrille in seinem offensichtlich sonnengebräunten Gesicht, seinen Arm und seine Hand, die, beide dick und stark wie die eines Bauern in einem Gemälde von Rivera, aus dem Wagenfenster hingen, und die gespreizten Finger auf dem weißen Lack der Wagentür. Marty spielte das Band noch einmal zurück. Das Bild war scharf, der Taunus fuhr in weniger als zehn Metern Entfernung an Rick, dem Kameramann, vorbei, und fast eine Sekunde lang war dieser unbekannte Mann – der höchstwahrscheinlich das Nachtauge war – der Star des Films. Als der Durchlauf zu Ende war, schüttelte Winters den Kopf.

»Russell, Sie sollten in ihrem Artikel über die Bürgerwache unbedingt erwähnen, daß Lisa Nolan – den Namen können Sie ruhig nennen – so gescheit war, dieses Band dem mit der Bürgerwache beauftragten Adjutanten des Sheriffs zu übergeben. Wir können gar nicht genug herausstreichen, wie wichtig die Mitarbeit der Bevölkerung in diesem Fall ist. Ich bete zu Gott, daß irgend jemand aufgrund dieser Bilder den Mistkerl erkennt. Chet hat auch schon ein paar Spuren, die vielleicht hilfreich sein könnten. Gehen Sie jetzt hinunter in den Autopsieraum, wo Karen schon auf Sie wartet. Dort sollten Sie mit Chet reden. Wenn Sie dort fertig sind, machen Sie sich an die Arbeit und schreiben Sie ihren Artikel so, daß sich nicht auch noch der letzte Vollidiot in diesem County eine Schußwaffe kauft.«

»Er ist groß, kräftig gebaut und stark«, sagte Karen, holte tief Luft und führte mich in den Autopsieraum, der hier nur der »Kerker« genannt wurde.

Es roch wie immer süßlich nach Formaldehyd, Blut und rohem Fleisch. Das Deckenlicht war hell, aber alles andere als warm, und am Boden lag eine Schicht eisiger Luft, deren Kälte einem direkt in die Gelenke zu kriechen schien. Ich haßte diesen Ort; nicht wegen der Dinge, die ich hier unten zu sehen bekam, sondern deshalb, weil alles so unwirklich war. Hier im Kerker hatte ich immer das Gefühl, als müsse ich mir alles, was ich wissen wollte, mit Gewalt aus dem stummen, dichten Nebel herausholen, der die Toten umgab. Sobald ich dort hineinging, schien die Decke auf mich herabzusinken, das Licht schwächer zu werden und die Wände von beiden Seiten auf mich zuzurücken. Je länger man hier unten ist, desto schlimmer wird dieses Gefühl.

»Er dürfte gut einen Meter fünfundachtzig oder sogar größer sein«, fuhr Karen fort, als wir im Leichenschauraum waren.

»Rechtshänder, vermuten wir, aber sicher wissen wir es noch nicht. Yee hat mir erzählt, daß er auf Mr. Wynn so oft eingeschlagen hat, daß man die einzelnen Schläge gar nicht mehr zählen kann. Teile von seinem Gaumen und sogar ein Backenzahn klebten an der Zimmerdecke.«

Ich fragte Karen, wie die Leute von der Spurensicherung das Gewicht und die Größe des Mörders errechnet hätten.

»Aus den Blutspuren am Boden geht hervor, daß er Schuhgröße sechsundvierzig haben muß, außerdem ist der Abdruck ungewöhnlich breit. Und aus den Sprühereien an den Wänden geht hervor, daß der, der sie gemacht hat, mindestens einen Meter fünfundachtzig groß gewesen sein muß. Plus minus irgendwas, Sie kennen das ja, Russell.«

»Was für eine Blutgruppe?«

»Die wissen wir noch nicht, aber wir haben doch ein Haar von ihm.«

»Fingerabdrücke?«

»Schön wär's. Wir haben Stücke von schwarzem Acryl gefunden, auf denen Abdrücke hätten sein müssen.«

»Also hat er Handschuhe getragen?«

»Richtig.«

»Samen?«

»Den hat er bisher bei sich behalten. Oder er ist ihn dort losgeworden, wo wir ihn nicht gefunden haben.«

Wir traten an einen Tisch aus rostfreiem Edelstahl, wo Glen Yee, der Gerichtsmediziner, gerade die Autopsie von Mrs. Wynn vornahm. Es kam mir so vor, als würde das Licht noch dunkler, und die von einem widerlichen, chemischen Fleischgestank gesättigte Luft stach mir in den Lungen. Der Geruch hier unten ist so intensiv, daß er einem ein seifiges Gefühl in der Kehle verursacht. Man meint, daß man ihn nie wieder aus der Nase bekommen kann.

Yee, der bis über beide Ellenbogen voller Blut war, blickte auf

und lächelte mich tatsächlich an. »Alles T-S-G- Verletzungen«, sagte er. »Außer bei Mr. Wynn.«
Ich nickte. T-S-G bedeutetet Trauma durch stumpfen Gegenstand. Um das herauszufinden, mußte man keinen Doktortitel haben, dachte ich. Aber ich hatte mich schon gefragt, wie es dem Nachtauge gelungen war, zwei Erwachsenen und zwei Kindern so kurz hintereinander die Schädel einzuschlagen, ohne daß jemand darauf aufmerksam wurde.
Ich blickte hinüber zu Karen, aber die starrte mit verschränkten Armen hinunter auf ihre Füße, während sich ihre Hände rhythmisch zu Fäusten ballten.
Yee griff in eine Plastikschüssel, die am Kopfende des Tisches stand, und hielt einen kleinen Gegenstand hoch. Es war unverkennbar eine Gewehrkugel, die in der Mitte etwas zusammengestaucht war.
»Die hat Mr. Wynn in den Kopf bekommen«, sagte Karen, ohne aufzusehen.
»Dabei war von seinem Kopf doch nicht mehr allzuviel übrig«, sagte ich. Es sollte eigentlich gar nicht zynisch klingen, eher wie eine einfache Feststellung.
»O doch«, sagte Karen. »Es war bloß über das ganze Zimmer verteilt. Die Leute von der Spurensicherung haben die Teile zusammengesammelt, und Dr. Yee hat sein ganzes Können aufgewendet, um sie wieder zusammenzufügen. *Mist.*«
Karen, die auf einmal kreidebleich geworden war, hastete quer durch den Autopsieraum zu einem großen Edelstahlbecken und kotzte hinein. Yee sah hinüber zu mir, zuckte die Schultern und lächelte mich verlegen an. Dann legte er die Kugel vorsichtig zurück in die Schale. Die Klimaanlage, die hier unten für den Fall eines Stromausfalls über einen eigenen Generator verfügt, blies mir einen nach Tod und Formaldehyd riechenden Luftstrom ins Gesicht. Die Decke sank noch einmal gut dreißig Zentimeter tiefer herab.

Yee seufzte. »Solche brutalen Verletzungen habe ich in meinen ganzen siebzehn Jahren hier noch nicht gesehen, außer natürlich bei sehr schlimmen Verkehrsunfällen.«
Karen, die uns immer noch den Rücken zudrehte, hustete und spuckte erneut.
»Wurde denn eine Patronenhülse gefunden, die zu dieser Kugel paßt?«
»Die Spurensicherung hat nichts Derartiges entdeckt. Die Kugel könnte aus einem Revolver oder aus einem Gewehr stammen. Die Bäuche jedenfalls hat er mit einem Messer aufgeschlitzt.«
Ich nickte und starrte dümmlich auf die geöffnete Leiche von Maia Wynn. »Ich für meinen Teil habe hier unten genug gesehen, Karen.«
»Lassen Sie sich nur Zeit. Eine so gute Gelegenheit kriegen Sie so schnell nicht wieder.«
»Ich habe genug, vielen Dank.«
Als wir durch die Schiebetüren und den Gang entlang gingen, wurde der süßliche Geruch des Formaldehyds langsam schwächer. Die Absätze von Karens Schuhen klapperten auf dem Linoleumboden.
»Das mit der Kugel sollte nicht an die Öffentlichkeit gelangen«, sagte sie. »Wir wollen nicht, daß er die Waffe verschwinden läßt. Und auch das Messer bleibt unter uns – und zwar aus demselben Grund. Und schreiben Sie nach wie vor nichts über die Schmierereien an den Wänden und die Tonbänder, damit nicht irgendwelche anderen Irren auf dumme Ideen kommen. Wir versuchen, aus Kim eine bessere Beschreibung des Täters herauszubekommen, aber sie sagt nichts mehr. Nachdem sie mir dasselbe erzählt hat wie Ihnen, ist sie stumm wie ein Fisch. Mir hat bisher noch nie ein Mensch so leid getan wie sie. Das arme Mädchen starrt nur noch ausdruckslos vor sich hin.«
»Wo ist sie jetzt?«

»Das geht Sie überhaupt nichts an.«
»Ich werde ohne Ihre Erlaubnis kein Wort mit ihr reden.«
»Das hoffe ich. Kim wird unter dem, was letzte Nacht passiert ist, ihr Leben lang zu leiden haben, auch ohne daß sie irgendwelche quälenden Interviews gibt. Erwähnen Sie sie nicht mal im *Journal* – das ist das mindeste, was Sie für sie tun können.«
»Vielleicht könnte ich –«
Karen blieb stehen, deutete mit dem Finger auf mich und sah mich aus ihren müden, grünen Augen böse an. »Nein. Nein. *Nein.* Sie reden nicht mit Kim, verstanden? Ende der Diskussion. Außerdem habe ich noch ein paar Informationen für Sie in der Abteilung für Haare und Fasern.«
Ich hob die Hände und gab mich geschlagen. »Okay. Das alles tut mir furchtbar leid.«
»Dadurch werden die Wynns auch nicht wieder lebendig.«
»Sie sind nicht die einzige, der das an die Nieren geht.«
»Hören Sie auf, Russ. Ich weiß. Ich *weiß*. Aber hören Sie jetzt bitte auf.«
In Karens Augen sah ich weder Zorn noch Trauer, nur eine unverkennbar heftige Angst. »Wir hätten die ersten zwei Morde schneller miteinander in Verbindung bringen sollen. Vielleicht wäre dann dies alles nicht passiert.«

Die Abteilung für Haare und Fasern des County-eigenen Labors für forensische Untersuchungen unterstand einem alternden, dicklichen Mann namens Chester Fairfax Singer, der am Kragen seines weißen Hemdes immer eine Fliege trug. Chet, wie er von allen genannt wurde, war ein bedächtiger, ruhiger Mann, der eine professionelle Besonnenheit ausstrahlte, die einem auf den ersten Blick arrogant oder träge vorkommen konnte.
Wie ich im Lauf der Jahre feststellen konnte, beruhte Chets Benehmen aber weder auf Arroganz noch auf überzogen akademischem Gehabe und schon gar nicht auf Dummheit, sondern

es rührte von einer tiefen und echten Freundlichkeit her. Chet war ein Junggeselle, der offensichtlich seine gesamte Freizeit allein verbrachte. Obwohl er meines Wissens niemals eine Andeutung in dieser Richtung gemacht hatte, hielten ihn viele Leute für homosexuell. Dennoch wurde Chet seltsamerweise nie zum Objekt jener faulen Witze, die homosexuelle Männer gerade in der militant heterosexuellen Welt der Strafverfolgungsbehörden über sich ergehen lassen müssen. Ich glaube, daß das weniger mit Chets makellosem Ruf zu tun hatte als mit der Aura der Verletzbarkeit, die ihn umgab. Chet hatte bei der Challenger-Katastrophe in aller Öffentlichkeit geweint, und er hatte die Geburtstage sämtlicher im Labor arbeitenden Frauen im Kopf und schenkte jeder von ihnen zu diesem Anlaß eine selbstgezogene weiße Rose in einer schlichten, weißen Vase. Chet scheute sich auch nicht, sich jeden Abend zu seinem Wagen begleiten zu lassen, anstatt allein über den dunklen Parkplatz für die Angestellten des County zu gehen. Seltsamerweise genoß er trotz all dieser eigenartigen Angewohnheiten überall großen Respekt. Ich persönlich hielt ihn immer für einen Mann, der ein geheimes Doppelleben führt, aber ich lernte ihn nie gut genug kennen, um zu wissen, ob ich mit dieser Annahme recht hatte.

Als Karen und ich Chets Labor betraten, saß er auf einem Hocker an seinem Leuchttisch und betrachtete durch eine schwenkbare Lupe einen kleinen Gegenstand, der sich in einem Beutel aus durchsichtigem Plastik befand. Als er uns sah, legte er die Tüte auf den Tisch, drehte seinen schweren Körper auf dem Stuhl und gab mir seine Hand. Chet sah bleich und kraftlos aus wie immer, und ich wußte von meiner Zeit beim Sheriff, daß Zwölfstundentage bei ihm keine Seltenheit waren.

»Ah, da kommt ja einer meiner Lieblingsschüler«, sagte er lächelnd. Mit dieser Bezeichnung hatte er mich vor Jahren bedacht, als wir zusammen an einem rätselhaften Vergewaltigungsfall gearbeitet hatten, und ich erinnerte ihn manchmal daran, was er damals außerdem gesagt hatte: »Wir können gar nicht genug lernen.« Einen weiteren Ausspruch von Chet Singer, den er nach dem Genuß von etwas zu viel Punsch 1982 bei der Weihnachtsfeier von sich gegeben hat, werde ich nie in meinem Leben vergessen: »Gewalt ist die geheime Sprache unserer Rasse, und wir von der Polizei sind die Dolmetscher dafür.«

Chester und Karen warfen sich vielsagende Blicke zu, dann nickte Karen und sagte: »Winters hat nichts dagegen, wenn Sie Russell in alles einweihen. Ich sage ihm dann schon, was er nicht schreiben darf.«

»In Ordnung. Nun … wo soll ich anfangen?«

Chet faltete die Hände über seinem Kugelbauch und betrachtete mich durch die dicken Gläser seiner Brille. »Am besten, ich beschreibe Ihnen den Täter, so wie ich ihn sehe, und Sie sagen mir dann, was Sie daraus machen.«

Chester sah das Nachtauge als einen großen, weißen Rechtshänder, zwischen fünfunddreißig und vierzig Jahre alt, mit langem, glattem rötlich-braunem Haar und einem Vollbart von etwas dunklerer Farbe. Aufgrund der im Gemüsegarten der Ellisons gefundenen Fußspuren mußte er Schuhe der Größe sechsundvierzig tragen.

»Nach der Beschreibung, die die kleine Kim Ihnen gegeben hat, können wir davon ausgehen, daß sein Haar ungekämmt und verstrubbelt ist«, sagte Chet. »Drei der fünf Haare, die wir gefunden haben, sind fast zwanzig Zentimeter lang. Sie enthalten gewisse Polymere, von denen ich annehme, daß sie eine Art Fixativ darstellen. An manchen Stellen kleben sie richtig dick an den Haaren.«

»Haarspray?« fragte ich.

»Vermutlich.«

»Ein echtes Herzchen«, sagte Karen, die immer noch ungewohnt blaß war. Die Sommersprossen auf ihrer Nase hoben sich wie ein Relief von ihrer weißen Haut ab.

Chet nickte. »Dina kann ein Haar nur dann mit der Blutprobe eines etwaigen Verdächtigen vergleichen, wenn daran noch ein Stück von einer Wurzel hängt. Bis jetzt habe ich noch nichts in dieser Hinsicht gefunden. Ein genetischer Fingerabdruck ist daher bislang noch nicht möglich.«

»Außerdem gibt es ja auch noch keinen Verdächtigen, mit dessen Daten Sie etwaige Ergebnisse vergleichen könnten«, sagte ich.

»Ich bin nun mal ein Optimist«, sagte Chester, »obwohl ich mich manchmal frage, warum.«

An allen drei Tatorten, fuhr Chet fort, hatten die Spurensicherer winzige Partikel von verwittertem Granit und Meersand gefunden. In den Blutspuren im Haus der Wynns hatten sich neben den Sandkörnchen auch noch Acrylfasern befunden, die höchstwahrscheinlich von den Handschuhen stammten, die das Nachtauge bei seiner Tat getragen hatte. Ein kleines Häufchen des Granit-Sand-Gemischs war auf dem Boden neben Shareen Ellisons Bett gefunden worden. Das Wort *Häufchen* sagte mir, wie es dorthin gelangt war.

»Warum ein Häufchen?« fragte mich Chet.

»Er kniete sich nieder, um die schlafende Mrs. Ellison zu betrachten, bevor er sie umbrachte – ein Knie oben, eines unten. Der Sand rieselte aus dem Hosenaufschlag.«

»Und wie gelangte der Sand in diesen Aufschlag?«

»Der stammt vom Strand – es handelt sich doch um Meersand, oder?«

»Richtig.«

Das nächste, was Chester herausgefunden hatte, widersprach dem, was Kim mir beschrieben hatte, aber ihr Fehler war verständlich. Die Mordwaffe war doch kein Baseballschläger, sondern ein längeres Rohr aus einer relativ weichen Stahllegierung,

wie sie normalerweise bei Entwässerungsrohren verwendet wird.
Yee hatte mikroskopisch kleine Metallstückchen in den Schädeln von Mr. Allison, der beiden erwachsenen Wynns und dem von Sid Fernandez entdeckt. Spuren von Holz oder Aluminium, die auf einen Sportschläger hätten schließen lassen, waren hingegen bei keinem der Opfer gefunden worden. Weil der Täter bei seinen ersten drei Morden noch nicht wie ein Irrer wieder und wieder zugeschlagen hatte, hatte Yee an den Leichen des Ehepaars Fernandez und an der von Cedrick Ellison noch Wunden entdecken können, aus denen sich auf die Form der Tatwaffe schließen ließ. So wußten wir, daß ein Ende des Rohres vermutlich mit einem handelsüblichen Abschlußstück versehen war, so daß es eher abgerundet als scharfkantig war.
»Ich vermute, daß sich auch am anderen Ende des Rohres so eine Kappe befindet«, sagte Chet, »oder zumindest ein Gewinde, um eine aufzuschrauben.«
Ich wartete ebenso wie Karen darauf, daß er fortfuhr. Chet hatte jenen pfiffigen, fast kokett wirkenden Ausdruck im Gesicht, den er immer aufsetzte, wenn es ihm wieder einmal gelungen war, aufgrund seiner Indizien eine spektakuläre Schlußfolgerung zu ziehen.
»Sie müssen sich vor Augen halten«, erklärte er, »daß der Täter ja irgendwie, ohne großes Aufsehen zu erregen, in die Wohnungen seiner Opfer gelangen muß. Beim Appartement der Fernandez' hatte er Glück – da stand die Tür offen. Bei den Ellisons stieg er durchs Fenster ein, und bei den Wynns schnitt er einen ein Meter fünfzig langen Schlitz in das Fliegengitter und schlüpfte durch. Wir müssen annehmen, daß er entweder mit einem Auto oder einem Motorrad an alle drei Tatorte fuhr, denn zu Fuß hätte er so weite Strecken wohl kaum zurücklegen können, ohne daß ihn jemand bemerkt hätte. Allerdings mußte er in allen drei

Fällen sein Fahrzeug verlassen und zum Haus seiner Opfer gehen.«

Chet schwieg wieder, und ich wartete darauf, daß er fortfuhr.

»Wo versteckt er dabei ein Stück Rohr, von dem ich mal annehme, daß es mindestens sechzig bis neunzig Zentimeter lang und drei Zentimeter dick ist? Hält er es vielleicht offen in der Hand und geht das Risiko ein, daß es jemandem auffällt, während er zu Fuß zum Tatort geht? Nein, das tut er nicht, und außerdem ist es für ihn besser, wenn er beim Einsteigen beide Hände frei hat. Ich vermute, daß er sich an ein Ende des Rohrs eine Schlaufe aus Leder, dicker Schnur oder Stoff gemacht hat. Er braucht sie ja nur an eines der aufgeschraubten Endstücke zu knoten oder ein Loch durch das Rohr zu bohren. Die Legierung ist sehr weich, das kommt übrigens daher, daß diese Rohre, die man ja hauptsächlich unterirdisch verlegt, möglichst rostbeständig sein sollen. Die Schlaufe schlingt er sich dann über die linke Schulter, und so kann er das Rohr an der Seite seines Körpers tragen. Dort fällt es kaum auf, ist aber schnell zur Hand, wenn er es braucht.«

»So hat es auch Raskolnikoff gemacht«, sagte ich.

Karen runzelte die Stirn.

»Stimmt«, antwortete Chet. »Aber ich glaube nicht, daß unser Mörder Dostojewskis *Schuld und Sühne* gelesen hat.«

»Woher wollen Sie denn wissen, was er liest?« fragte Karen.

»Jemand, der ein Wort wie *Unwissenheit* falsch schreibt, kann die alten Meister nicht gelesen haben«, sagte ich, vielleicht ein wenig zu überheblich. Wenn ich gehofft hatte, Karen mit meiner Bildung zu imponieren, dann war das gründlich in die Hose gegangen. Sie wurde rot und sah zur Seite.

Chet warf mir einen merkwürdigen Blick zu, nickte erst Karen, dann mir zu und studierte noch einmal mein Gesicht. »Sie haben recht, Russell«, sagte er schließlich.

»So weit, so gut, Chet«, sagte Karen, »aber auch ein fast einen

Meter langes Rohr, das einem Mann an der Schulter baumelt, kann man nicht gerade als unauffällig bezeichnen.«

»Das ist richtig. Genau deshalb trägt das Nachtauge ja auch den grünen Mantel, von dem Kim Russell erzählt hat.«

Der grüne Mantel war, den Fasern nach zu schließen, die Chester an allen drei Tatorten gefunden hatte, in Wirklichkeit eine billige Decke aus grünem Acryl. Vermutlich war sie alt und sehr schmutzig, denn an den Fasern, die man davon vor und hinter der Tür zum Elternschlafzimmer der Wynns gefunden hatte, hatten Körnchen von verwittertem Granit und Meersand geklebt.

»Aber wenn man sich eine Decke um den Körper schlingt, braucht man auch eine freie Hand«, sagte ich. »Zumindest, wenn man nicht will, daß sie einem von den Schultern rutscht.«

»Sobald er drinnen ist, nimmt er sie ab – die Spurensicherung hat die Fasern an allen drei Tatorten immer nahe der Schlafzimmertüren gefunden. Das deutet darauf hin, daß er die Decke abgeworfen hat, kaum daß er im Zimmer war, und zwar immer auf die linke Seite. Vermutlich hat er sie mit der rechten Hand auf der Schulter festgehalten und einfach losgelassen.«

»Das ist ja fast, als ob sich ein Sportler vor dem Spiel die Aufwärmjacke auszieht«, sagte Karen. »Würde mich nicht wundern, wenn er auch noch Magnesia verwenden würde, um sein Rohr besser greifen zu können.«

»Davon haben wir nichts gefunden, Karen. Aber ich habe mir von der Spurensicherung heute nachmittag die Fliegengittertür der Wynns bringen lassen und sie genauer untersucht. An den Schnittkanten waren viele von den grünen Acrylfasern, und zwar oben, wo er mit den Schultern durchgeschlüpft ist, ebenso wie unten, wo er die Decke nachgeschleift hat.«

Karen sah mich ein wenig müde an. »Die Decke lassen wir auch raus, Russ. Sonst läßt er sie verschwinden und besorgt sich eine andere. Sie können eine Beschreibung des Täters und der

Methode geben, die er zum Einsteigen benützt, aber sonst nichts, sagt Winters.«

Chester hüstelte leise. »Ich würde Russell auch nichts über den Bart des Täters schreiben lassen, und zwar aus demselben Grund, Karen. Ein Mann mit Vollbart ist viel einfacher zu finden als jemand, der glattrasiert ist.«

»Zu spät, Chet. Wir geben gerade sein Bild an alle Zeitungen raus.«

Chester zuckte die Schultern.

Karen zögerte einen Moment und zwinkerte ein wenig verstört mit den Augen. Plötzlich wurde mir klar, daß sie trotz aller Gängelei von Winters ganz allein für das verantwortlich war, was ich in meinen Artikeln schrieb. Alles, was dadurch schieflief, würde ausschließlich ihr angekreidet werden.

Chet hüstelte wieder, diesmal hinter vorgehaltener Hand. Er kam mir ein wenig nervös vor, und ich hatte den Eindruck, als würde Karens Pein in bezug auf mich auch auf ihn abfärben.

»Wir wissen, daß er ein Messer dabei hat«, fuhr Chet mit der Täterbeschreibung fort, »und zwar eines mit einer kurzen Klinge, das er hauptsächlich – wie soll ich das ausdrücken – als Hebel verwendet. Es ist höchstwahrscheinlich eine Art Jagdmesser, wie man es zum Aufbrechen und Häuten von geschossenem Wild verwendet. So. Das ist das Bild, das ich für Sie gezeichnet habe. Was sehen Sie?«

Ich dachte eine ganze Weile über Chesters Beschreibungen und Informationen nach, rechnete das, was ich wußte, hoch und versuchte, daraus ein zusammenhängendes Ganzes zu formen. »Ein Penner vom Strand. Ein Obdachloser aus einer Stadt am Meer. Er hat lange Haare und einen Bart, weil er sich keinen Friseur leisten kann. Die Decke braucht er, um sich warmzuhalten und um seine Mordwaffe zu verbergen. Er lebt am Strand, weil es dort nichts kostet. Dort kann er auch Leute

anschnorren, auf die öffentlichen Toiletten gehen, in den Abfalleimern nach etwas Eßbarem suchen und ab und zu einen Touristen beklauen.
Auf einem seiner Tonbänder habe ich Meeresrauschen und Stimmen im Hintergrund gehört. Vermutlich treibt er sich an einem Ort herum, wo es auch andere Obdachlose gibt, die die Polizei dort wenigstens halbwegs duldet. Warum sollte er sich mehr als unbedingt nötig exponieren? Wenn er wirklich einsfünfundachtzig groß ist, ist er ohnehin nicht gerade unauffällig. Venice Beach käme als ein solcher Strand in Frage, aber er liegt zu weit im Norden. In Huntington oder Newport läßt die Polizei am Strand keine Penner zu, bleibt also nur noch Laguna. Dort würde ich ihn suchen. Zur Fortbewegung stiehlt er sich Autos, ein eigenes kann er sich nicht leisten. Er klaut sie in Laguna und läßt sie stehen, wenn er sie nicht mehr braucht. In diesen Wagen müßte man Sand im Fußraum, Fasern der Decke an den Rückenlehnen und mit ein bißchen Glück auch etwas von Chets mysteriösem Polymer an den Kopfstützen finden.
Aus diesem ›So Jah seh‹-Mist, den er an die Wände schmiert, schließe ich, daß er ein Rastafari ist – oder sich zumindest für einen hält. Und Rastas kiffen ziemlich viel – das gehört zu ihrer Religion –, also nehme ich mal an, daß unser Täter das auch tut. Weil er nicht genügend Geld hat, um sich Shit zu kaufen, hängt er wahrscheinlich bei Leuten herum, die ihm was abgeben. Den tragbaren Kassettenrecorder, mit dem er seine Aufnahmen macht, hat er vermutlich einem Touristen am Strand geklaut, als dieser gerade im Wasser war. Der Mörder tut sich mit dem Sprechen schwer, oder aber er ist total zugekifft, wenn er die Bänder bespricht – vielleicht trifft sogar beides zu. Möglicherweise ist er Epileptiker. Wir haben nur etwa die Hälfte von dem verstanden, was er gesagt hat, und auch das hat kaum einen Sinn ergeben.

Schließlich würde ich noch sagen, daß er ziemlich intelligent sein dürfte. Er trägt Handschuhe und versteckt die Mordwaffe unter einer Decke. Und er traut sich in zunehmendem Maße immer mehr. Zuerst waren es zwei Leute in einer nicht abgesperrten Wohnung, dann ein Paar in einem verschlossenen Haus, und jetzt eine vierköpfige Familie. Er wird nicht aufhören damit, denn mit jedem neuen Mord bekommt er Appetit auf mehr. Sexuell turnt es ihn offensichtlich nicht an; er macht es, weil er glaubt, daß er es machen mußt. Vielleicht meint er, daß Gott – Jah – ihm sagt, er solle diese ganze Scheiße machen. Vielleicht ist es das, was auf den Tonbändern aus ihm spricht. So sehe ich die Sache.«

Chet sagte einen Moment lang nichts und sah hinüber zu Karen. Sie hatte uns den Rücken zugedreht und schaute aus dem schmalen Fenster, das zwölf Stunden am Tag Chet Singers einzigen Ausblick auf die Welt darstellte.

»Gut«, sagte Chet. »Ich habe gehört, daß Sie mit dem Mörder telefoniert haben.«

»Gute Neuigkeiten verbreiten sich hier ja wie ein Lauffeuer«, bemerkte ich trocken.

»Sind Sie *fertig*?« fragte Karen.

»Ja, ich habe alles«, sagte ich. »Danke für die Informationen, Chet. Ich werde sorgfältig mit ihnen umgehen.«

»War schön, daß Sie vorbeigeschaut haben«, verabschiedete sich Chet. »Schade, daß Sie nicht mehr hier arbeiten.«

Als Karen bereits vor mir durch die Tür gegangen war, winkte Chet mich zurück und betrachtete mich abermals mit seinem seltsamen Blick, als sei ich eine Probe unter seinem Mikroskop. »Ziemlich clever von Ihnen, diesen Widerspruch zwischen den Parallelen zu Dostojewski und den Rechtschreibschwierigkeiten festzustellen«, bemerkte er.

Ich wartete, während es in meinem Kopf arbeitete. Hatte ich etwas Falsches gesagt? »Danke.«

»Aber an keinem der drei Tatorte hat er das Wort *Unwissenheit* hingeschmiert – weder richtig noch falsch geschrieben.«

Ich sah das Wort UNWISENHEIT genau vor mir, wie es an der Wand von Ambers Schlafzimmer stand, und strengte mein Hirn an, um eine plausible Erklärung für meinen Lapsus zu finden. Und wie ich so dastand, vermutlich sogar mit offenem Mund, fiel mir ein, daß ich meine Verwirrung eigentlich ganz gut für eine Entschuldigung gebrauchen konnte. Es war eine hervorragende Lüge, die ich ebenso selbstsicher wie demütig hervorbrachte. »Ich schreibe und korrigiere den ganzen Tag«, sagte ich mit einem angedeuteten Lächeln. »Da muß ich meine eigene Unwissenheit mit der seinen verwechselt haben.«

Chester sah mich immer noch prüfend an, dann lächelte auch er. »Na ja«, sagte er, »damit haben wir wohl alle bisweilen zu kämpfen.«

In der folgenden Stunde interviewte ich Erik Wald und Dan Winters in Sachen Bürgerwache. Von der Einrichtung dieser Institution versprach sich Winters wohl hauptsächlich eine bessere Publicity – hier sollten also nicht nur wachsame Bürger, sondern auch Stimmen für die nächste Sheriffwahl gewonnen werden, auch wenn diese erst in zwei Jahren stattfand.

Ich versuchte, meinen Zynismus im Zaum zu halten. Die Einrichtung der Bürgerwache war vielleicht auch ein Anzeichen für ein schlechtes Gewissen von seiten des Sheriffs, weil er die Morde an den Fernandez' und den Ellisons erst so spät miteinander in Verbindung gebracht hatte. Dennoch war die Bürgerwache theoretisch eine gute Idee – falls sie Ergebnisse zeigte. Ich persönlich hielt ja die T-Shirts und die Mützen für ein bißchen übertrieben, aber Wald war Feuer und Flamme dafür. Er schien bei diesem Gespräch direkt aufzublühen und war schlagfertig, ernst und arrogant zugleich. Ich erinnerte mich an die Zeit, als Erik hier noch ein Außenseiter war und er sich auf den Kopf hätte stellen können und dennoch nicht als ein vollwertiger Officer angesehen worden wäre. Die Sache mit der Bürgerwache würde ihm jetzt gute Publicity verschaffen; schließlich war es ja eine aufmerksame Bürgerin gewesen, die das bisher wichtigste Beweisstück in diesem Fall beigebracht hatte – das Video, aus dem dann das Foto des Täters herauskopiert worden war. Carla Dance schickte mir einen Fotografen, der während der letzten paar Minuten unserer Unterhaltung ein paar Bilder von Wald schoß. Bevor der Fotograf loslegte, fuhr sich Erik mit der Hand durch seine lockigen Haare und lockerte seine Krawatte ein wenig.

»Machen Sie schnell«, sagte er zu dem Fotografen. »Ich habe eine Menge zu tun.«

Bevor ich nach Hause fuhr, um den Artikel zu schreiben, schaute ich noch rasch bei *Sorrento's* in den Orange Hills vorbei. Der Barkeeper dort hieß tatsächlich Brent Sides. Er war groß und braungebrannt und hatte einen dichten, blonden Haarschopf. Seine von der Sonne fast weiß gebleichten Augenbrauen schwebten über seinen blauen Augen wie Kometen mit einem Schweif aus Eis. Als ich mich ihm als der Vater von Grace Wilson vorstellte, lief er trotz seiner Sonnenbräune knallrot an.

»Ich mag Ihre Bücher«, brachte er schließlich hervor. »Und den Artikel über diese Morde, der heute im *Journal* stand, fand ich auch sehr gut. Die Kellnerinnen haben eine panische Angst vor dem Kerl.«

Bevor ich weiterredete, sah ich Sides eine Weile zu, wie er mit einem weißen Geschirrtuch seine Gläser polierte. Dann erzählte ich ihm von den Problemen, die Grace mit ein paar ihr nicht gerade freundlich gesinnten Männern hatte. Er schien nicht überrascht.

Ich fragte Sides, wo er in der Nacht des dritten Juli gewesen sei, und er antwortete, daß er mit Grace beim Essen und im Kino gewesen sei und danach noch etwas mit ihr getrunken habe. Dann habe er sie zu ihrer Wohnung gefahren.

»Wie alt sind Sie, Brent?«

»Dreiundzwanzig.«

Er wurde wieder rot und schaute an mir vorbei.

»Lieben Sie Grace?«

Er nickte. »Wir waren zwar noch nicht im Bett miteinander, falls Sie das wissen wollen, aber ich liebe sie.«

Eine Kellnerin kam und bestellte ein paar Drinks bei Sides, der sichtlich froh war, sich damit eine Weile meinen durchdringenden Blicken entziehen zu können. Er mixte die Drinks, stellte sie auf die Bar und tippte etwas in eine Registrierkasse ein. Als die Kellnerin mit vollem Tablett die Bar verließ, kam Sides wieder herüber zu mir.

»Haben Sie die Männer gesehen, die hinter Grace her sind?« fragte er mich.

»Nein. Sie etwa?«

»Ja. Sie sehen ziemlich bullig aus. Aber wenn sie Grace nicht in Ruhe lassen, werde ich ihnen mit ein paar Freunden von mir mal einen ordentlichen Denkzettel verpassen.«

»Darum geht es nicht, Brent. Beschreiben Sie mir die Männer.«

Er tat es, und seine Schilderung ähnelte im wesentlichen der, die mir Grace auch schon gegeben hatte. Ein dicker Mann mit großen Ohren und ein schlanker, junger mit kurzen Haaren und einer Sonnenbrille.

Ich sah schweigend zu, wie Sides die Theke blankrieb und offensichtlich über etwas nachdachte.

»Ich habe Grace nie weh getan«, sagte er schließlich.

»Und Sie würden bestimmt eine Menge für sie tun.«

Er nickte.

»Würden Sie auch lügen?«

»Möglicherweise. Wenn sie das von mir verlangen würde ...«

Irgendwie war dieser Brent Sides mir wegen seiner Treuherzigkeit, seiner Schüchternheit meiner Tochter gegenüber und der offensichtlichen Zuneigung, die er für sie hegte, direkt sympathisch.

»Bitte, sagen Sie Grace, sie soll mich anrufen«, bat er mich.

»Das werde ich tun.«

Ich zahlte, schüttelte Sides seine kühle, feuchte Barkeeperhand und trat wieder hinaus in die Hitze des Nachmittags.

KAPITEL 13

Als ich nach Hause kam, waren weder Isabella noch Grace da. Statt dessen fand ich auf meinem Kopfkissen einen Zettel:

Lieber Russ,
es tut mir leid, aber ich kann nicht allein hier bleiben. Als die Zugehfrau weg war, bin ich im Bad ausgerutscht und hingefallen. Ich habe mir nicht weh getan, aber ein Schreck war es doch. Grace war nicht da. Mom und Dad sind vorbeigekommen, und ich bin mit ihnen nach Hause gefahren. Ich will Dir nicht ständig so eine Last sein. Ich vermisse Dich jetzt schon.

In Liebe, Deine Isabella

Ich blieb eine Weile oben in unserem Schlafzimmer stehen, wo mir die durch Isabellas Abwesenheit entstandene Stille wie ein Brüllen vorkam. Die Sonne sank langsam auf die Berge hinunter, und durch das große Fenster fiel ein starkes, klares Licht auf den Teppich, die gegenüberliegende Wand und eine Ecke unseres Bettes. Es fehlte so viel: Isabellas Rollstuhl – ein Vehikel, das ich zuerst gehaßt und dann, als es immer mehr zu einem Teil von ihr geworden war, auf eine merkwürdige Art zu lieben gelernt hatte; die Tablettengläschen, von denen immer einige auf ihrem Nachttisch standen; der Stock, der auf seinem vierteiligen Fuß immer aufrecht stand und in Isabellas Nähe ständig auf sie wartete; die Zeitschriften, Kataloge, Kochbücher, Romane und Reiseführer, die sie immer übers ganze Bett verstreute;

ihre Lieblingsdecke. All das war jetzt nicht mehr da, und das Schlafzimmer – unser Schlafzimmer – sah so ordentlich und leer aus wie ein Hotelzimmer.

Unvermittelt überfiel mich eine schreckliche Einsamkeit, und ich hatte eine Vision – beileibe nicht die erste – davon, wie dieses Haus und mein Leben ohne Isabella aussehen würden. Eine Stimme in meinem Inneren erinnerte mich daran, daß sich eine Treppe weiter unten unsere Hausbar mit jeder Menge Whisky befand, aber ich bewegte mich nicht. Ich blieb im unbarmherzig hellen Sonnenlicht stehen und verlor mich in einer Welt, in der es meine Frau nicht mehr gab.

Dann sah ich mich in Isabellas Zimmer um und fragte mich, ob sich eine Person nicht am ehrlichsten in dem widerspiegelt, was sie liebt, und ob ein Leben im Grunde genommen nichts weiter als eine Zeitspanne ist, in der man sich mit diesen geliebten Menschen und Dingen umgibt. Hier, in diesem Zimmer, war so vieles, was Isabella liebte: der kristallene Kolibri, der an einem Faden vor dem Fenster hing, die billige Glasfigur eines Aztekenkriegers, die wir gemeinsam in Mexiko gekauft hatten und die jetzt auf dem Fernseher Wache stand; Isabellas Piano, das schön poliert und gepflegt an einer Wand stand; ihre Bücher von Neruda, Stevens und Moore und ihre unzähligen Musikkassetten – querbeet von Händel bis zum Soundtrack von »Twin Peaks«.

Das alles leuchtete jetzt in der Abendsonne, aber seinen wirklichen Wert erhielt es für mich nur dadurch, daß Isabella es liebte.

Und während ich so vor ihrem Piano stand – dessen Stummheit ich kaum ertragen konnte – und die Bilder betrachtete, die sie in kleinen Rahmen auf seine glänzende Oberfläche gestellt hatte, wurde mir zum ersten Mal wirklich klar, daß Isabella von allem, was sie in diesem Leben hatte, mich am allermeisten liebte. Die meisten Bilder, die dort standen, waren von unserer

Hochzeit: Wie wir uns das Jawort gaben, wie wir in die weiße Limousine stiegen, wie wir zusammen den Kuchen anschnitten und den Brautwalzer tanzten. Ich hatte alle diese Bilder schon tausendmal im Vorübergehen gesehen – jeden Tag, vermutlich –, und sie waren mir immer als ganz nett, aber stinknormal vorgekommen. Hatte denn nicht jedes verheiratete Paar solche Bilder? Aber jetzt, als ich so allein in Isabellas Zimmer stand, erkannte ich in eiskalter Klarheit den wahren Grund dafür, daß sie diese Bilder hier aufgestellt hatte. Ich, Russell Monroe, war der Mann ihres Lebens.
Ich, Russell, der sie vor fünf Millionen Jahren zufällig in einem Orangenhain beim Lesen von Gedichten überrascht hatte.
Ich, der ich geschworen hatte, sie zu lieben und zu ehren, bis daß der Tod uns scheidet.
Ich, der nicht nur einmal, sondern ganze viermal vor Amber Mae Wilsons Haus im Wagen gesessen war, mich gefragt hatte, ob ich hineingehen sollte, und genau *gewußt* hatte, daß ich es eines Tages tun würde.
Ich, der ich immer meinen Flachmann dabeihatte, damit ich nur ja nicht von meinem geliebten Whisky getrennt wurde.
Ich, der sie allein gelassen hatte, so daß sie in ihrem eigenen Badezimmer hingefallen war; ich, der ich nun nicht einmal mehr der erste war, den sie anrief, damit er ihren schmerzenden, kranken Körper vom Boden aufhob.
Ausgerechnet ich war das wichtigste in ihrem Leben.
Die Sonne, die noch immer ins Zimmer schien, stand jetzt so tief, daß sie mir direkt in die Augen leuchtete. Ich fühlte mich von ihr verfolgt, ins Rampenlicht und zur Schau gestellt. Als ich mein Spiegelbild in den Türen des Kleiderschranks betrachtete, sah ich dort keinen Russell Monroe, sondern die lichtumflutete Silhouette einer männlichen und innen hohlen Gestalt – nicht viel mehr als einen blendenden Lichtreflex. Ich fragte mich, ob es nicht genau das war, was Isabella sah, wenn sie mich betrach-

tete: Nur die hohle Hülle eines Mannes, der schon längst keine Substanz mehr hatte.
Ich ging die Treppe hinunter und horchte dabei auf das Geräusch meiner Schritte auf den Stufen unseres leeren Hauses.

Als ich eine halbe Stunde später meinen Wagen vor seinem Haus parkte, schraubte Joe Sandoval, ein breitgesichtiger Mann mit einem mächtigen Brustkasten, gerade an der Eingangstür seines Hauses herum. Er und Corrine wohnten in San Juan Capistrano, einer ruhigen, im Landesinneren gelegenen Stadt südlich von Laguna, die hauptsächlich für ihre Missionsstation bekannt ist, bei der jedes Jahr im März unzählige Schwalben auf ihrem Flug nach Norden Rast machen. Die Vögel sind mittlerweile zu einer regelrechten Touristenattraktion geworden, und in der Kirche der Missionsstation haben Isabella und ich uns an einem glühend heißen Samstag im September das Jawort gegeben. Ich las noch einmal die Inschrift auf meinem silbernen Flachmann – »In ewiger Liebe, Isabella« –, bevor ich daraus einen tiefen Schluck Whisky nahm.
Joe hörte mit seiner Arbeit auf und beobachtete mich, wie ich durch den Garten auf sein Haus zukam. Die jahrelange Arbeit für die SunBlesst-Ranch hatten sein Gesicht sonnenverbrannt und faltig gemacht, und trotz des mißtrauischen Blickes seiner ständig zusammengekniffenen Augen hatte er im Grunde genommen ein freundliches Gemüt. Sein dichtes grauschwarzes Haar trug er wie immer streng nach hinten gekämmt, wo er es zu einem kleinen Pferdeschwanz zusammengebunden hatte. Er legte den Schraubenzieher weg und gab mir seine schwere, aber sanfte Hand. »Es geht ihr gut«, sagte er.
»Ist sie schlimm gefallen?«
»Nur eine leichte Prellung, aber sie ist furchtbar erschrocken. Komm doch rein.«
Während er mir mit einer Hand die Tür aufmachte, legte er die

andere auf meine Schulter. Im Hineingehen sah ich, daß er gerade ein zweites Sicherheitsschloß montierte, was zweifelsohne auf das Nachtauge zurückzuführen war. »Corrine macht sich Sorgen«, sagte er leise beim Hineingehen. »Na ja, du kennst sie ja.«

Das Wohnzimmer war klein, aber gemütlich und mit erschwinglichen Stilmöbeln aus dem Versandhauskatalog möbliert. Auf dem Holzboden lag ein ovaler Teppich, an den Wänden hingen Familienbilder, und in der Ecke neben dem Fernseher stand ein einfacher Marienschrein. Auf Sofa und Sesseln lagen Corrines selbstgestrickte Wolldecken und auf dem Couchtisch eine Bibel. Eine Klimaanlage am Fenster summte vernehmlich vor sich hin. Daneben lehnte ein doppelläufiges Jagdgewehr an der Wand.

Als ich das Zimmer betrat, stand Corrine aus ihrem Schaukelstuhl auf. Ich umarmte sie mit der seltsamen Mischung aus echter Zuneigung und Ehrfurcht, die viele Männer für ihre Schwiegermütter empfinden. Corrine hatte mich immer vorbehaltlos als den Mann ihrer Tochter akzeptiert, aber seit etwa einem Jahr hatte ich das Gefühl, als würde sie langsam ihren Respekt für mich verlieren – was höchstwahrscheinlich an der Pflege lag, die ich Isabella angedeihen – oder eher nicht angedeihen – ließ. Obwohl Corrine mich noch nie direkt darauf angesprochen hatte, hatte ich den Eindruck, daß ich mich in ihren Augen nicht genügend um ihre Tochter kümmerte. Das ging mir langsam auf die Nerven, obwohl ich mir manchmal natürlich auch selbst Vorwürfe wegen derselben Sache machte. Wer weiß, womöglich nervte mich ja gar nicht Corrine, sondern mein eigenes schlechtes Gewissen.

Corrine war eine große Frau, besonders für eine Mexikanerin. Sie war genauso alt wie Joe und mit ihren fünfzig Jahren nur zehn Jahre älter als ich. Trotz ihrer Größe war Corrine eine elegante Frau, die immer sehr gepflegt und besonders dann, wenn sie lächelte, auffallend schön aussah. Ihr Lächeln war so umwerfend, daß man alles dafür tun würde. Joe wäre deshalb schon fast einmal gestorben, als ihm bei einem der zahlreichen Messerkämpfe, die er auf den staubigen Straßen von Los Mochis zu bestehen hatte, um Corrines Gunst zu erringen und ihre Ehre zu verteidigen, einmal jemand fast den ganzen Bauch aufschlitzte. Eine lange weiße Narbe zeugte heute noch davon. Kurz nach ihrer Hochzeit waren die beiden dann in die Vereinigten Staaten gezogen. Das war im Sommer des Jahres 1964, ein Jahr bevor Isabella – die ihr einziges Kind bleiben sollte – geboren wurde. Corrine umarmte mich herzlich und setzte sich wieder. »Isabella schläft gerade. Bitte, nimm doch Platz.«

Ich blieb lieber stehen und schaute hinaus in den Gang. Joe ließ sich auf dem Sofa nieder und sah erst zu seiner Frau und dann zu mir. Ich ging an den beiden vorbei hinaus auf den Gang und öffnete die Tür zu Isabellas Zimmer. Sie lag auf dem Rücken und schlief tief und fest, während ein an der Decke hängender Ventilator ihr frische Luft zufächelte. Das Zimmer war kühl, da ein großer Pfefferbaum draußen im Garten seinen Schatten direkt auf das Fenster warf. Von der Wand über Isabellas Kopf starrte ein gekreuzigter Jesus aus Plastik herab auf sie. Was muß diese billige Figur so unbeteiligt herunterglotzen, dachte ich ärgerlich, während in Isabellas schönem Körper sich unkontrolliert die Tumorzellen vermehrten. Und das vermutlich auch noch mit Billigung des Herrn. Ihn auch noch um Hilfe anzuflehen kam mir in diesem Augenblick geradezu kriecherisch vor – und das war der schlimmste Unglaube, den es gab. Ich schloß leise die Tür und ging zurück ins Wohnzimmer, wo ich mich neben Joe auf die Couch setzte und durch das Fenster hinaus auf die Straße schaute.

»Möchtest du, daß Isabella eine Weile bei uns bleibt?« fragte Corrine.

»Nein.«

»Warum denn nicht, Russell?«
»Erstens ist sie meine Frau, und zweitens ist es meine Aufgabe, mich um sie zu kümmern.«
Corrines anklagendes Schweigen vermischte sich mit dem Surren der Klimaanlage. Joe stand auf, ging in die Küche und holte einen Krug mit eiskaltem Kaffee und drei Gläser. Normalerweise hatte er mir zur Begrüßung immer einen Whisky on the rocks serviert. Aha, dachte ich, Isabella hat ihnen anscheinend von meiner Trinkerei erzählt. Ob mein Atem wohl nach Bier und Whisky roch?
»Wenn es ein Job ist, dann sieh es doch als eine Art Urlaub an, wenn Isabella eine Weile bei uns bleibt – als Urlaub für dich.«
»Ich will keinen Urlaub. Ich vermisse sie schon jetzt.«
»Manchmal tut es einem ganz gut, wenn man jemanden vermißt«, sagte Corrine.
»Aber das ist jetzt nicht der richtige Zeitpunkt dafür.«
Joe goß uns Kaffee ein und reichte mir mein Glas. Als er Corrine das ihre gab, ignorierte sie seinen fragenden Blick. Ich sah, wie er zwischen seiner Überzeugung, daß eine Frau zu ihrem Mann gehört, und den Forderungen von Corrines starkem Mutterinstinkt hin und her gerissen war. An diesem Zwiespalt würde Joe wohl noch eine Weile zu knabbern haben.
»Dann hättest du auch mehr Zeit für deine Arbeit«, sagte Corrine, »und für die Dinge, die du sonst noch tun mußt.«
»Ich kann meine Arbeit erledigen, während die Zugehfrau sich um Isabella kümmert.«
Corrines wissendes Nicken sagte mir, daß Isabella ihr noch viel mehr erzählt hatte. »Ich weiß, daß das Ganze momentan alles andere als leicht für dich ist.«
Offensichtlich nahm sie an, daß ich schon längere Zeit nichts mehr geschrieben hatte. Ein Jahr, zwei Monate und elf Tage, wenn du's genau wissen willst, dachte ich. Isabella hatte es ihr bestimmt nicht erzählt, denn sie hatte Respekt vor der fast

schon heiligen, manchmal vielleicht auch unangebrachten Ehrfurcht, mit der viele Schriftsteller ihrer Arbeit begegnen. Ich war auch einer von ihnen, und Isabella würde niemandem, nicht einmal ihrer eigenen Mutter erzählen, daß meine Arbeit momentan brachlag und daß ich nichts mehr zu Papier brachte. Über so etwas zu reden, würde die – vielleicht auch unangebrachte – Heiligkeit der Sache unwiederbringbar zerstören.

»Isabella hat mir erzählt, daß du seit über einem Jahr nichts mehr geschrieben hast«, sagte Corrine ungerührt. »Sie hat das getan, weil sie hofft, daß wir – also sie, Joe und ich – dir vielleicht irgendwie helfen können. Sie leidet so sehr darunter, daß sie dich am Schreiben hindert – vielleicht mehr als an allem anderen.«

Verdammte Scheiße, dachte ich. Würde mein Problem demnächst vielleicht auch noch im Fernsehen diskutiert werden? Charles Jaco berichtet live für CNN aus Russell Monroes Arbeitszimmer im Stelzenhaus! Dann meldete sich aus einem anderen Teil meines Gehirns eine Stimme, die sagte, daß wir bald kein Geld mehr haben würden und daß es höchste Zeit wäre, mal wieder etwas anderes als Zeitungsartikel zu schreiben. In diesem Moment schwor ich mir, daß ich alle Kontoauszüge öffnen und nachsehen würde, wie weit wir schon im Minus waren. Sechs Monate lang hatte ich sie jetzt schon ungeöffnet weggesteckt, getreu dem Motto, daß etwas, das man nicht sieht, einem auch nichts anhaben kann. In letzter Zeit war mir allerdings aufgefallen, daß die Post von der Bank nicht mehr in den üblichen braunen, sondern neuerdings in weißen Umschlägen steckte. Ich sehnte mich nach einem Schluck aus meinem Flachmann.

»So ein Unsinn, natürlich arbeite ich«, sagte ich und fühlte, wie meine Wut sich in Scham verwandelte und mein Gesicht ganz rot wurde. Ich konnte die beleidigte Gereiztheit in meiner Stimme kaum ertragen.

»Ich habe dir doch gesagt, daß er an etwas schreibt«, sagte Joe erleichtert, aber Corrine ging nicht darauf ein. »Und die Versicherung bezahlt Izzys Operation, nicht wahr?«

»*Ja* .«

Corrine atmete tief durch und sah mir mit ihren wunderschönen, dunklen Augen direkt ins Gesicht. »Russ, ich mache mir weniger Sorgen um deine Arbeit als um meine Tochter.«

Joe starrte hinunter auf sein Glas, aber Corrines Augen ließen die meinen nicht los.

»Das im Badezimmer heute hätte nicht passieren dürfen«, sagte ich. »Aber ich kann nun mal keine vierundzwanzig Stunden am Tag auf sie aufpassen.«

»Aber wir können das, Russ. Joe und ich. Laß sie bei uns bleiben. Du könntest ja ebenfalls hier wohnen. Du bist genauso unser Sohn, wie Isabella unsere Tochter ist.«

Sie sah jetzt Joe an, der, obwohl er immer noch auf sein Glas starrte, ihren Blick bemerkt haben mußte.

Er nickte und sagte: »Es ist besser für uns alle, Russ. Du hast dich jetzt über ein Jahr lang ganz allein um Izzy gekümmert. Du brauchst eine Pause, dann kannst du auch wieder Geld verdienen. Und wer weiß, was nach der Operation sein wird?«

Die Klimaanlage summte. Obwohl ich das Gefühl hatte, daß die beiden mich gerade ausraubten und dabei ihre Freundlichkeit als Waffe gegen mich benutzten, wußte ich tief in meinem Herzen, daß sie recht hatten.

Warum fiel es mir dann so schwer, ihnen zuzustimmen? Es dauerte eine ganze Weile, bis mir klarwurde, was es war, und dann konnte ich nur noch aus dem Fenster blicken, um den flehenden Blicken dieser herzensguten, einfachen Leute zu entgehen. Ich wollte Isabella nicht bei ihnen lassen, damit sie nicht mitbekamen, wie verlockend diese Idee für mich in Wirklichkeit war. Ich konnte es ja kaum mir selbst eingestehen.

Einander widerstrebende Gefühle stiegen in mir auf, prallten zusammen, zerrten aneinander und lieferten sich einen erbitterten Kampf um die Herrschaft über mein Herz. Noch nie zuvor hatte ich mich so zerrissen, so in Gegnerschaft zu meinen eigenen Bedürfnissen gefühlt. Es war, als habe man mich in Stücke geschnitten und sie dann falschherum wieder zusammengesetzt. Ich spürte, wie mir das sooft ersehnte, schnelle Leben in der Freiheit zurief, ich solle die Gelegenheit beim Schopf packen. Die Freiheit, einmal nicht für alles verantwortlich zu sein, war zum Greifen nahe. Es war nicht einfach, ständig mit wenigstens einem Ohr darauf hören zu müssen, ob Isabella mich für die Verrichtung irgendeiner simplen Tätigkeit – Schuhe anziehen, aus der Dusche steigen, die Schubladen des Nachtkästchens ausleeren, den Rollstuhl über eine Unebenheit im Boden schieben – brauchte. Der Mensch erledigt jeden Tag unzählige kleine Dinge, ohne auch nur einen Gedanken darauf zu verschwenden, wie *einfach* es ist, sich seine Zehennägel zu schneiden, wenn man keine gelähmten Beine hat, wie *einfach* es ist, auf die Toilette zu gehen, wenn man *gehen* kann, wie *einfach* es ist, vor dem Schrank zu stehen und sich etwas zum Anziehen herauszunehmen, ohne sich vorher überlegen zu müssen, ob es auch groß genug ist, um über die Beinschienen zu passen, die man tragen muß, um überhaupt aufrecht stehen zu können.

Was für eine Freiheit, auf all das eine Zeitlang mal keine Rücksicht mehr nehmen müssen! Aber gleichzeitig tat sich in mir eine gähnende Leere auf, wie ich sie bereits vor einer Stunde in unserem sonnendurchfluteten Schlafzimmer verspürt hatte. Ich wußte nur zu gut, was für eine dumpfe Sehnsucht nach Isabella mich sofort überfiel, wenn sie einmal auch nur für ein paar Minuten nicht bei mir war. Ich stellte mir vor, wie leer mir unser großes Bett vorkommen würde, wenn sie nicht darin lag. Ich dachte an die Stille, die in unserem Haus herrschen würde, wenn sie nicht mehr da war. Und ich empfand schon jetzt die unend-

liche, ausweglose Traurigkeit einer Welt, in der es keine Isabella mehr gab.
Mein Magen hatte sich schmerzhaft zusammengekrampft, und ich hatte Mühe, meinen eigenen Herzschlag zu spüren.
Eine Weile ließ ich mich noch von diesen beiden gegenläufigen Strömen meiner Gefühle hin und her werfen und hielt dabei nach etwas Ausschau, woran ich mich festhalten konnte, ohne es gleich hinterfragen zu müssen. Als ich es schließlich fand, ergriff ich es begierig und ließ es nicht mehr los. Was ich wirklich wollte – und zwar tief in meinem Inneren und über jeden Zweifel erhaben –, war das Beste für Isabella. Nicht für mich. Nicht für Corrine und Joe. Für Isabella.
»Sie hat sich das Knie ziemlich schlimm verstaucht«, sagte Joe.
»Bitte, hör auf«, sagte ich, schloß die Augen und lehnte meinen Kopf an die Rückenlehne des Sofas. Der feuchtkalte Luftzug der Klimaanlage blies mir jetzt direkt an die eine Seite meines Gesichts. Ich hörte, wie Corrine aufstand, und einen Augenblick später spürte ich ihre Hand auf meiner Wange. Sie streichelte mich, als wolle sie mir dafür danken, daß ich kapituliert hatte.
»Vielleicht solltest du eine Weile hinein zu Isabella gehen«, sagte sie. »Ich richte inzwischen das Essen her.«

In ihrem kleinen Zimmer legte ich mich neben Isabella aufs Bett. Als sie mich spürte, bewegte sie sich, und als ich ihre Hand ergriff, huschte ein Lächeln über ihr Gesicht.
»Du bist also weggelaufen«, sagte ich.
»Ich würde nie von dir weglaufen, Russ. Aber so ist es b- b-besser für eine Zeitlang.«
»Ich weiß. Das war nur wieder einer von meinen schlechten Witzen.«
»Aber es ist alles in Or-or-ordnung, oder?«
»Ja.«
Ich küßte sie, und sie fuhr mir mit der Hand in die Haare und

zog mich näher an sich heran. Unser Kuß dauerte ziemlich lange. Als ich mein Gesicht hinunter zu ihren Brüsten bewegte, griff sie mir mit der Hand zwischen die Beine und drückte mich sanft. Ich schob eine Hand unter die Bettdecke und suchte mit den Fingern ihre warme, trockene Scheide. So blieben wir eine ganze Weile liegen und suchten sehr langsam nach dem, was wir früher so mühelos gefunden hatten. Dann bewegte sie ihre Hand wieder nach oben zu meinem Gesicht. Ich nahm sie in die meine.

»Vielleicht geht nach der Op-op-operation alles wieder viel leichter«, sagte sie.

»Sicher«, antwortete ich.

»Ich liebe dich, Russ.«

Fast eine Stunde lag ich neben ihr und streichelte ihren glatten, runden Kopf, während sie, das Gesicht gegen meine Brust gepreßt, wieder eingeschlafen war. Ich blickte hinaus auf den Pfefferbaum und sah zu, wie eine Spottdrossel von Ast zu Ast hüpfte. Ich stellte mir vor, dieser Vogel zu sein, und nach einiger Zeit war ich es auch. Ich war klein, leicht und flink, ich hatte ein Gefieder und die Fähigkeit zu fliegen. Also hob ich von dem Baum ab und flatterte hinauf in den heißen, blauen Himmel, den Sternen der kommenden Nacht entgegen. Ich wurde immer schneller, flog an der Sonne vorbei ans Ende unserer Galaxis und mitten hinein in den gähnend sich öffnenden, endlosen Weltraum. Die rasende Geschwindigkeit ließ mir die Augen tränen, mein Schnabel begann Funken zu schlagen, meine Federn fingen Feuer und ich begann zu schmelzen. Als ausgebranntes Skelett taumelte ich weiter, ein Häufchen wirbelnder Asche, bestehend aus ein paar zitternden Kalziumatomen. Bewegung. Beschleunigung. Geschwindigkeit. Freiheit.

Als Corrine uns zum Abendessen rief, half ich Izzy beim Anziehen und in ihren Rollstuhl.

Dann verließ ich das Haus.
Daheim goß ich mir einen nicht allzu großen Whisky ein und hörte, nachdem ich eine Weile draußen auf der Plattform herumgetigert war, den Anrufbeantworter ab, auf dem ein ziemlich barscher Anruf von Tina Sharp von der Equitable-Versicherung wartete. Ich rief sie nicht zurück, sondern setzte mich in Isabellas Gartenstuhl und blickte nach Südwesten, in Richtung Stadt. Die Canyonfrau lag da wie immer, die Lichter von Laguna krochen ihr zwischen den Beinen hinauf, und ihr schwanger aussehender Bauch hob sich kugelrund vom Nachthimmel ab.
Dann klingelte das Telefon, aber kaum hatte ich abgehoben und mich gemeldet, hatte der Anrufer auch schon wieder aufgelegt.
So was mag ich.
Ich ging ins Arbeitszimmer, setzte mich an den Computer und arbeitete an der Geschichte über die Bürgerwache.
Zuerst schrieb ich einen groben Abriß davon und überlegte mir dabei, wie ich die Bürger wohl dazu bringen konnte, nicht nur den Artikel zu lesen, sondern auch wirklich bei der Bürgerwache mitzumachen. Eigentlich war es ein Scheißjob, den ich mir da hatte aufbürden lassen.
Außerdem konnte ich mich nicht richtig auf diese Arbeit konzentrieren, denn ich mußte immer an Isabella denken, wie sie in ihrem schmalen Bett im Haus ihrer Eltern lag. Also trank ich noch ein paar Gläser Whisky. Die Struktur eines Zeitungsartikels ist ja Gott sei Dank so einfach, daß man auch besoffen daran nicht allzuviel verkehrt machen kann. Vermutlich ist das auch der Grund dafür, daß so viele Journalisten Alkoholiker sind. Ich mußte nur aufpassen, daß ich die Geschichte nicht allzu positiv im Sinne des Sheriffs schrieb, denn dann riskierte ich, daß Carla Dance sie nicht ins Blatt nahm. Schließlich war es ja auch nicht das *Journal*, sondern eine verängstigte Öffentlichkeit, die mit ihrer Teilnahme über das Wohl und Wehe der Bürgerwache entschied.

Das Telefon klingelte wieder, und abermals hängte der Anrufer auf, sobald ich mich gemeldet hatte.
Fast wie damals vor zwanzig Jahren, dachte ich, als Amber mit mir eine Art Telefoncode vereinbart hatte, wenn sie sich heimlich von Marty wegschleichen und mit mir treffen wollte. Damals hatte sie mich allerdings dreimal angerufen und sofort wieder aufgelegt. Das hatte dann bedeutet, daß sie zwar momentan noch bei Marty war, mich aber später am Abend noch gern gesehen hätte.
Marty gegenüber hatte sie dann immer behauptet, eine Freundin anrufen zu wollen, bei der aber dauernd belegt sei. Wir hatten alles bis ins kleinste ausgeklügelt. Wenn Amber mir den Telefoncode an Tagen mit einem geradem Datum übermittelte, ging ich in die Bar im Towers Hotel in Laguna und wartete dort auf sie, an ungeraden Tagen trafen wir uns im Hinterzimmer des Chinarestaurants Mandarin. Das galt allerdings nur, wenn sie dreimal anrief und wieder auflegte. Tat sie das nur zweimal, kam sie später noch bei mir vorbei. Ich war damals geradezu süchtig nach den Abenden, an denen Amber zweimal auflegte! Ich hatte zwar regelmäßig ein schlechtes Gewissen wegen meines Freundes Marty, aber in jenen Tagen, als wir alle noch jung waren, war eine Nacht mit Amber jeden Preis wert. Hundertprozentig.
Das Telefon klingelte wieder, und zu meinem Erstaunen wurde wieder aufgelegt. Drei Anrufe. Aus purer Neugier sah ich nach, was für einen Tag wir hatten. Es war der sechste, ein gerades Datum also. Das wäre damals die Towers Bar gewesen.
Ich starrte auf den Bildschirm meines Computers und versuchte, den Faden meiner Geschichte wieder aufzunehmen. Der erste Satz ist bei so was immer die halbe Miete. Wenn der erst einmal auf dem Schirm steht, ergibt sich alles andere wie von selbst. Ich dachte eine Weile nach, bis ich schließlich schrieb:

Was, wenn sie wirklich in der Towers Bar ist?

Nein. Ich löschte den Satz wieder und dachte an Ambers eingeschlagenen Kopf, an das Blut, die verklebten dunklen Haare, an ihre toten grauen Augen. Und dann sah ich sie auf einmal wieder in dem Leihwagen, durch dessen Windschutzscheibe sie mich im Licht der Straßenlaterne verängstigt anblickte. Sie mußte wohl aus ihrem Grab gestiegen sein, wo immer das auch sein mochte, um mich als Geist zu verfolgen. Ich zwang mich, an Isabella zu denken. Ich liebte sie so sehr.

Dann schrieb ich wieder etwas in den Computer:

Ein, zwei Drinks an der Towers Bar wären jetzt nicht schlecht. Du hast sie dir redlich verdient.

Nein. Ich löschte auch diesen Satz. Dann blieb ich eine Weile vor dem Bildschirm sitzen, bevor ich die ersten drei Seiten des Artikels schrieb.

Ich legte eine Pause ein, ging in die Küche und starrte, obwohl ich nicht hungrig war, ein paar Minuten lang in den Kühlschrank. Dann setzte ich mich wieder hinaus auf die Plattform und war verrückterweise irgendwie dankbar dafür, daß ich Isabella so sehr vermißte.

Schließlich ging ich zurück ins Arbeitszimmer, schrieb den Artikel zu Ende und faxte ihn in die Redaktion.

Dann ging ich nach unten, stieg ins Auto und fuhr in die Stadt.

Die Bar des Towers-Hotels liegt im elften Stock und bietet durch ihre riesigen, getönten Glasscheiben einen umwerfenden Ausblick über den Pazifischen Ozean, der sich von hier aus bis in die Unendlichkeit zu erstrecken scheint. Überall in dem nur schwach beleuchteten Raum sind große Spiegel, sogar an der Decke, wo der Anblick des kopfstehenden, im Mondlicht glit-

zernden Meeres einen fast schwindlig macht. Darunter stehen rechteckige Tische, in deren Glasplatten sich wiederum die Decke spiegelt. Nie kann man genau sagen, was hier Reflexion und was Wirklichkeit ist. Ansonsten will die Bar nachgemachtes Jugendstil-Ambiente vermitteln: Die Tischlampen werden von grazilen Frauenfiguren gehalten, Wandleuchten verbergen sich hinter verspiegelten Muscheln, und die großen Aschenbecher aus Messing sind reich verziert. In der Mitte des Raumes gibt es einen großen, schwarzglänzenden Flügel, an dem an diesem Abend ein nett aussehender junger Mann saß, der zu den Songs großer Interpreten gekonnt die Stimme des jeweiligen Stars nachmachte. Sein Klavierspiel war allerdings bei weitem nicht so gut wie das von Isabella. Die Bar war ziemlich voll, aber in einer der hinteren Ecken entdeckte ich noch einen freien Stuhl, auf den ich zielstrebig zusteuerte und mich setzte.
Links von mir lag elf Stockwerke unter mir der dunkle Ozean, rechts von mir war die Bar, und direkt vor mir saß ein Pärchen, das so freundlich gewesen war, mich mit an seinem Tisch sitzen zu lassen. Das Publikum war in etwa das gleiche wie in allen Bars von etwas teureren Hotels: amerikanische Touristen in mittleren Jahren, verblüffte Ausländer, ein paar Dandys aus der Stadt und nicht mehr ganz junge Frauen auf der Suche nach den üblichen Abenteuern. In einer Ecke küßte sich ein Pärchen ziemlich leidenschaftlich, in einer anderen, mir schräg gegenüber, saß eine einsame Frau, die graziös eine gut dreißig Zentimeter lange Zigarettenspitze in der Hand hielt. Die Frau trug auf ihrem glatten blonden Haar einen lächerlichen runden Hut, der mich an die Zeit um die Jahrhundertwende erinnerte und irgendwie zu der nachgemachen Einrichtung der Bar paßte.
Die beiden Leute an meinem Tisch sahen aus, als kämen sie aus dem Mittelwesten, als wären sie beide in mittleren Jahren und als wäre der Mann im mittleren Management tätig. Als wir bald

darauf miteinander ins Gespräch kamen, stellte sich heraus, daß ich mich nicht getäuscht hatte. Die beiden waren schon ein wenig angetrunken und plapperten fröhlich drauflos. Hinter den Fenstern neben ihnen glitzerte der weite, schwarze Ozean.

Als der Mann und ich zur selben Zeit nach unseren Drinks griffen, lächelte er mir zu und fragte mich, ob ich denn hier in Laguna wohnen würde.

»Ja«, antwortete ich.

»Ist eine nette Stadt.«

»Danke. Es lebt sich ganz angenehm hier.«

»Was machen Sie denn so?«

»Ich schreibe. Und Sie?«

»Ich bin Bautechniker, zu Hause in Des Moines. Wir haben uns Disneyland angeschaut und wollten eigentlich noch eine Walsafari machen.«

Für die Wale war er sechs Monate zu spät dran, aber das sagte ich ihm nicht. Seine Frau lächelte mich an und nahm nun auch ihren Drink vom Tisch. Sie war schlank, hatte sandfarbenes Haar und sah, wenn sie lächelte, richtig hübsch aus. Als nach einer Weile die Unterhaltung schon am Einschlafen war, blickten die beiden mich auf einmal ziemlich durchdringend an. »Na los, jetzt *sag's* ihm schon, Mike«, flüsterte die Frau und gab ihrem Mann einen Stoß mit dem Ellenbogen.

»Nein. Sag du es ihm, Janice«, sagte er freundlich, aber bestimmt. »Sag *du* es ihm.«

»Okay, dann sag ich's ihm.« Sie beugte sich ein wenig näher an mich heran. »Das hier ist der schlimmste Urlaub, den wir je hatten. Mit dem vorzeitigen Rückflug, den wir extra buchen mußten und der einen Woche Hotel, die wir noch zahlen müssen, obwohl wir das Zimmer ja gar nicht mehr benützen, hat uns der Spaß über zweitausend Dollar gekostet. Ganz schön teuer für das, was man hier geboten bekommt. Und dann muß man auch noch Angst haben, daß dieser Bursche einem im Schlaf den Schädel einschlägt. So was ist nicht gut für einen Touristenort, das wollte ich Ihnen bloß mal gesagt haben, wo Sie doch hier das Leben und alles so toll finden.«

Ich war heute abend nun wirklich nicht in der Stimmung, mir irgendein Gejammer über verpatzte Ferien anzuhören. »Pech gehabt«, sagte ich lakonisch. »Ab und zu muß wohl jeder mal eine Enttäuschung erleben.«

Mike stieß ein gequältes Lachen hervor. »Sie könnten ruhig ein bißchen höflicher sein, mein Lieber.«

»Und Sie könnten gleich durch dieses Fenster da fliegen«, sagte ich. »Also lassen Sie mich in Ruhe, okay?«

»So eine Unverschämtheit!« rief Janice, knallte ihr Glas auf den Tisch und stand auf. »Los, Mike, laß uns schleunigst von hier verschwinden. Gibt es denn hier nur Mörder und solche widerlichen Besoffenen wie diesen Kerl da? Wissen Sie, was? Sie können Ihr Drecksloch hier für sich allein haben. Nicht für viel Geld komme ich jemals wieder hierher!«

»Da bin ich ja beruhigt«, sagte ich.

»Ich hoffe nur, daß er Sie als nächsten erwischt!«

»Wer denn?«

»Dieses *Nachtauge.*«

Als Mike und Janice gegangen waren, sah ich mich in der Bar um und beobachtete einen bärtigen Mann in einem gutsitzenden italienischen Jackett und einer teuren, runden Brille. Er war so groß wie das Nachtauge, und Bart und Haare waren in etwa gleich lang. Aber er kam mir eher wie ein Universitätsprofessor oder ein Psychiater vor und nicht wie ein Serienmörder. Seine Begleiterin, eine hübsche Rothaarige, sah schon längere Zeit schmollend aus dem Fenster.

Ich bedachte den Mann mit einem flüchtigen Lächeln, dann drehte ich mich weg und blickte hinaus auf den schwarzen Ozean. Das Nachtauge entwickelte sich offensichtlich zum Touristenschreck, der Disneyland und den Walsafaris empfindliche

Umsatzeinbußen zufügen konnte. Was wäre wohl erst los, wenn er heute nacht erneut zuschlagen würde?
Langsam wurde es spät, und die Bar begann sich zu leeren. Amber war natürlich nicht gekommen. Ich war erleichtert und erschöpft zugleich und außerdem tieftraurig, wenn ich an Isabella dachte, was alle paar Sekunden der Fall war. Hoffentlich würde ihre Operation gutgehen, immerhin standen die Chancen für einen schlechten Ausgang eins zu neun ...
Der Klavierspieler griff wieder in die Tasten und spielte *The Way It Is.* Der Mann mit dem Pferdeschwanz redete jetzt beschwörend auf die noch immer schmollende Rothaarige ein.
Nachdem ich meinen Drink bezahlt hatte, ging ich aufs Klo und spritzte mir Wasser ins Gesicht. Als ich mich mit einem Papierhandtuch abtrocknete, betrachtete ich im Spiegel mein Gesicht und sah mit ziemlicher Beunruhigung, daß ich an Wangen und Kinn in letzter Zeit ganz schön zugenommen hatte. Auch meine Nase sah dicker – und vielleicht auch schon ein wenig rötlicher – aus als sonst, und meine Augen waren kleiner. Ich sehe aus wie eine Dampfnudel, dachte ich. Das kommt vom Saufen, und damit muß jetzt Schluß sein. Ich richtete mich auf, drückte die Brust heraus, hob den Kopf und entspannte die Schultern. So war's schon besser.
Als ich aus der Toilette kam, winkte mich die Blonde mit dem runden Hut an ihren Tisch. Sie hatte die alberne Zigarettenspitze auf den Tisch gelegt und hielt mir mit den Lippen eine Zigarette hin, damit ich ihr Feuer gab. Warum nicht? dachte ich und beugte mich mit dem Feuerzeug in der Hand zu ihr hinunter.
Als mein Daumen das kleine Rädchen drehte und die Flamme emporzüngelte, blickte ich in die Augen der Frau und bemerkte mit einem Schlag, daß ich sie nur allzugut kannte.
Mein Herz blieb einen Augenblick lang stehen, während ich unverwandt in diese unverwechselbaren grauen Augen starrte.

Als ich den Daumen von der Taste des Feuerzeugs nahm und Ambers Gesicht wieder ins Halbdunkel der Bar zurücksank, hatte ich innerlich bereits damit begonnen, mir – wenn auch noch sehr zögerlich – das zusammenzureimen, was geschehen sein mußte.

KAPITEL 14

Durch die heiße, dunkle Nacht fuhr ich nach Süden. Amber saß neben mir auf dem Beifahrersitz, und über die Gläser ihrer Sonnenbrille huschten die Lichter der Stadt wie Regentropfen über eine Fensterscheibe. Während sie aus dem offenen Fenster blickte, wirbelte ihr der Fahrtwind die Haare ihrer blonden Perücke durcheinander. Ambers Gesicht war blaß, und auf ihren Wangen glänzten feuchte Tränen. Die Luft roch nach Meer, Auspuffgasen und dem betörenden Duft der Tollkirsche – die nur eine der vielen giftigen Schönheiten ist, die an unserer Küste blühen.

Bis wir den Dana Point erreichten, sprach keiner von uns ein Wort. Ich krallte abwechselnd meine Finger ums Lenkrad und ließ wieder locker, was ein Zeichen von widerstrebenden Gefühlen der Angst und Hoffnung war, die ich kaum auseinanderhalten, geschweige denn unter Kontrolle bringen konnte. Ich hatte das Gefühl, als würde ich in freiem Fall auf einen Aufprall zurasen, der mir zwar Klarheit, aber auch den sicheren Tod bringen würde. Immer wieder sah ich hinüber zu Amber.

Sie weinte lautlos vor sich hin, ein Talent, das mich an ihr immer schon verblüfft hatte. Kein Schluchzen, kein Heulen, einzig an ihren Tränen und dem leicht schniefenden Geräusch ihres Atems konnte man erkennen, was mit ihr los war.

Als sie schließlich zu reden begann, klang ihre Stimme angestrengt und dünn, und manche Worte mußte sie richtiggehend hervorpressen.

»Ich ... *mein Gott.*« Sie holte eine Zigarette aus ihrer Handtasche und zündete sie sich an. Hinter der blonden Halbkugel ihres

Kopfes sah ich ein orangefarbenes Glühen, gefolgt von einer kleinen Rauchwolke. Amber richtete sich auf, und zum ersten Mal, seit sie in meinen Wagen gestiegen war, blickte sie mir direkt ins Gesicht.

»Eigentlich hatte ich am vierten Juli vor, nachmittags gegen zwei oder drei Uhr nach Hause zu kommen. Reuben hatte für mich einen Vormittagstermin in Malibu ausgehandelt, irgendeine Anzeige für Sonnencreme. Der Fotograf wollte im Hintergrund jede Menge badende Menschen haben, weswegen der Feiertag ideal für die Aufnahmen war. Zuerst fand ich das völlig in Ordnung, schließlich bekam ich wegen des Feiertags doppelte Gage und hätte somit an diesem Vormittag locker achtzigtausend Dollar verdient. Ich fuhr also am Tag nach Beverly Hills und übernachtete dort in einem Hotel. Aber auf dem Weg nach Malibu am nächsten Morgen überlegte ich es mir anders. Es war zu schön und zu heiß, um zu arbeiten, also rief ich Reuben an, stritt ein bißchen mit ihm herum und fuhr dann die Küste hinauf nach Santa Barbara. Reuben war der Meinung, daß ich den Termin doch noch wahrnehmen würde, aber er glaubt immer das, was er glauben will, ganz gleich, was man ihm sagt. In Santa Barbara nahm ich mir ein Zimmer am Strand und blieb fast den ganzen vierten Juli dort. Es war auch ein Mann dabei – ein neuer Freund von mir, den ich noch nicht lange kenne. Frag mich nicht nach seinem Namen, weil ich dir den eh nicht sagen werde.«

»Dieses Zimmer am Strand war in seinem Haus, nicht wahr?« fragte ich. »In Santa Barbara hättest du sonst am vierten Juli kein Zimmer mehr bekommen.«

»Stimmt. Um elf Uhr nachts fuhr ich von dort aus los und war um zwei Uhr früh daheim. Als ich in mein Haus kam, war Alice nicht da. O Gott, Russell – *Alice.* O Gott.« Jetzt brach Amber völlig zusammen und vergrub ihr Gesicht in den Händen, während ihr die Tränen durch die Finger liefen. Der Rauch ihrer

Zigarette flatterte ungeraucht nach oben und wurde vom Luftstrom aus dem Fenster gesogen.
»Amber«, fragte ich, »wovon, zum Teufel, redest du überhaupt?«
»Du erinnerst dich doch an Alice, oder etwa nicht?«
»Wie sollte ich mich an Alice erinnern? Ich habe sie ja noch nie in meinem Leben *gesehen.* In den zwei Jahren, in denen wir zusammengelebt haben, hast du sie vielleicht zweimal erwähnt, wenn's hochkommt. Du hast mal gesagt, sie sei die einzige Frau auf der Welt, die noch schöner ist als du.«
Jetzt sah Amber mich wieder an – ihr Gesicht war blaß, und die Lichter glitten ihr immer noch über die dunklen Gläser ihrer Sonnenbrille. »Das habe ich gesagt?«
»Ja, das hast du gesagt.«
»Mein Gott, was für ein schrecklicher Mensch ich doch damals war. *Sie war meine große Schwester, Russ. Die einzige große Schwester, die ich je hatte.*«
Ich wartete und sagte nichts, während Amber wieder aus dem offenen Fenster starrte. Sie nahm ihre Sonnenbrille ab, fuhr sich mit dem Handballen über die Augen, schluckte ein Schluchzen hinunter und atmete lange und flatternd aus.
»Ich weiß, daß du in meinem Haus warst, Russ. Martin hat es mir erzählt. Und jetzt bist du wütend auf mich. Warum? Ist es deshalb, weil du um mich getrauert hast?«
Schon damals, in unserer zwei Jahre dauernden Beziehung, hatte es noch nie etwas genützt, wenn Amber mich auf eine in mir schwelende Wut aufmerksam gemacht hatte. Ich war dadurch nur noch wütender geworden. Aber das hatte Amber angezogen wie ein Blitzableiter den Blitz. Ich hatte bald herausgefunden, daß es ihr Spaß machte, wenn ich wütend war. Schließlich hatte sie auf solche Gelegenheiten geradezu gelauert. Amber hatte meine Wut immer als sichtbaren Beweis ihrer Macht über mich angesehen. Erst viel später – bei Isabella – begriff ich, daß meine Wut nichts anderes gewesen war als der

Aufschrei einer sich nach Zuneigung sehnenden Seele. Isabella ging mit diesem Sprengstoff so vorsichtig um wie die Bombenexperten der Polizei mit dem Sprengsatz eines Amateurs. Sie brachte mich dazu, daß ich meine Wut innerhalb der Grenzen, die sie mir setzte, kontrolliert explodieren ließ. Wut, die auf Verständnis trifft, verwandelt sich schnell in ein kaum stillbares Verlangen nach der Person, die dieses Kunststück zustande bringt. Und Isabella schaffte es, mit ihrer Herzenswärme meine unkontrollierte Wut nicht nur aufzufangen, sondern darüber hinaus zu einem Großteil in einen Grundstoff für unsere Liebe zu verwandeln. Nun war es schon lange her, daß ich meine Wut in der Gegenwart eines anderen Menschen als Isabella herausgelassen hatte.

Aber jetzt war es wieder soweit, und meine Wut drängte mit Macht nach draußen, wollte unkontrolliert und zähnefletschend durchs Innere meines Wagens toben. Ich hätte mein Fenster heruntergekurbelt, um sie herauszulassen, aber es war bereits offen. Also drehte ich das Gebläse auf volle Stufe. Diesmal sollte Amber mich nicht dazu bringen, daß ich explodierte.

»Es ist deshalb, weil du mich fälschlicherweise um dich hast trauern lassen«, sagte ich.

»Soll das heißen, daß du dich von mir betrogen fühlst? Das kann ich zwar verstehen, aber es bedeutet auch, daß es dir besserginge, wenn ich wirklich tot wäre. Das kannst du ruhig zugeben, Russ. Mein Gott, was bist du nur für ein bösartiger, oberflächlicher Mann geworden.«

Ich ignorierte ihre Provokationen und blieb bei den Tatsachen. »Wann hast du Alice denn erwartet?«

»Und wie geduldig du auf einmal bist. Davon hätten wir damals, als wir noch zusammen waren, auch was brauchen können, findest du nicht?«

»Wann hast du Alice erwartet?»

»Ursprünglich wollte sie am fünften kommen, aber dann hinterließ sie mir am dritten eine Botschaft auf dem Anrufbeantworter, daß sie doch schon zwei Tage früher in Laguna sein werde. Wie du ja weißt, war ich da bereits in Beverly Hills, also rief ich sie in ihrem Hotel an und sagte ihr, sie solle doch zu mir ins Haus fahren und es sich dort gemütlich machen, während sie auf mich wartete. Mein Dienstmädchen war für die Woche um den Feiertag herum zu ihrer Familie nach San Diego gefahren und konnte deshalb nicht das Gästezimmer herrichten. Also sagte ich Alice, sie solle doch in meinem Schlafzimmer übernachten. Ich wollte ihr das Gefühl geben, willkommen zu sein. Wir hatten eben erst begonnen ... wir versuchten ... nun, *ich* versuchte, wieder ein besseres Verhältnis mit ihr zu entwickeln. Das gehörte zu meinem neuen ... *Ich*. Mein Gott, wie banal und abgedroschen das alles klingt.«

Amber schniefte und wischte sich mit den Fingern nacheinander über beide Augen.

Ambers neues *Ich*, dachte ich. Meine Wut glitt aus dem Wagen und wurde vom Fahrtwind fortgetragen. Ich fuhr auf die lange Straße, die in einem großen Bogen um den Jachthafen von Dana Point herumführte. Aus dem Hafen ragten Tausende von Segelbootmasten, und auf den dunklen Wellen glitzerten dünne Lichtstrahlen.

»Aber es ging mir wirklich gut bei meinem Freund in Santa Barbara«, fuhr Amber fort, »und ehe ich mich versah, war es sehr spät geworden. Um elf Uhr brach ich dann schließlich auf, aber als ich nach Hause kam, war Alice nicht da. Ihre Koffer standen in meinem Schlafzimmer, und neben meinem Bett lag ein neuer Läufer. Darunter war ein Fleck. Die Wände waren frisch gestrichen. In meinem Arbeitszimmer hatte jemand eine Lampe um- und ein paar Zeitschriften auf den Boden geworfen. Mein Herz schlug rasend schnell. Das einzige, was mir einfiel, war, jemanden anzurufen, dem ich vertraute, jemanden, der sich mit solchen ... solchen Sachen auskannte.«

»Marty«, sagte ich. Das erklärte, warum er im Haus der Wynns auf einmal so anders zu mir gewesen war.

»Ja.«

»Und es dauerte eine ganze Weile, bis Marty dir am Telefon glaubte, daß du es wirklich warst. Er bestand darauf, dich sofort zu sehen, auch wenn es mittlerweile früher Morgen und er ziemlich betrunken war.«

Amber zog zögernd an ihrer Zigarette und machte dabei ein so angeekeltes Gesicht, daß ich mich fragte – wie ich mich früher schon unzählige Male gefragt hatte –, warum sie überhaupt rauchte. Es war typisch Amber, mit einer so starken Abhängigkeit zu flirten, ohne ihr jemals ganz nachzugeben. Früher, als ich sie noch besser kannte, hatte sie oft tagelang keine einzige Zigarette geraucht.

»Ich habe Marty noch nie so durcheinander gesehen«, sagte sie. »Niemals. Und dabei war der arme Kerl ein ganzes Jahr lang mit *mir* verheiratet. Er erzählte mir, daß Alice ermordet worden war und daß später offenbar jemand den Tatort ... mein Schlafzimmer gesäubert hat.«

Amber zog wieder an der Zigarette und starrte aus dem Fenster hinaus auf den Hafen. Der Wind blies durch die Haare ihrer platinblonden Perücke, und das harte, violette Licht der Hafenbeleuchtung verlieh ihrem Gesicht eine leichenhafte Blässe. Einen Augenblick lang dachte ich an all die Menschen, die in den vergangenen Wochen hatten sterben müssen: Das Ehepaar Fernandez; die Ellisons; die Eltern Wynn mit ihren Kindern Jacob und Justin und Ambers Schwester Alice Fultz. Und dann sah ich auf einmal die Tumorzellen vor mir, die unkontrolliert im Gehirn meiner geliebten Isabella wüteten – kleine, schwarze, sich sternförmig ausbreitende Monstren, die darauf programmiert waren, sich so lange wie wild zu vermehren, bis sie ihren Wirtsorganismus und damit auch sich selbst getötet hatten. Vor meinem geistigen Auge sah ich, wie um unser Haus die Geier

kreisten und sich der Schwarze Tod, der widerlichste dieser Vögel, auf unseren Strommast setzte, um dort selbstsicher, geduldig und nach Aas stinkend auf das Unausweichliche zu warten.
Fast wäre der Wagen von der schmalen Straße abgekommen.
Ich zündete mir eine Zigarette an und nahm einen Schluck aus meinem Flachmann, mit dem ich meine düsteren Visionen mit derselben Vehemenz zurück in mein Unterbewußtsein stieß, mit der ein Soldat in früherer Zeit die Kugel in den Lauf seines Vorderladers gerammt hat.
»Du riechst ein bißchen komisch«, sagte Amber nicht unfreundlich.
»Aber ich fühle mich nicht allzu komisch. Hat dir Marty erzählt, was er in deinem Haus gesehen hat?«
»Ich weiß nicht mehr genau, was es war, denn die ganze Zeit über ging mir nur ein einziger Gedanke im Kopf herum, den Marty mir ganz am Anfang unseres Gesprächs in den Kopf gesetzt hatte und ständig wiederholte: *Wer auch immer Alice getötet hat, er wollte eigentlich dich töten.* Ich hatte furchtbare Angst, Russ. Du kennst mich gut genug, um zu wissen, daß ich auf so eine ... Sache nicht reagieren konnte. Also tat ich das, wozu Martin mir riet.«
»Und bist von der Bildfläche verschwunden.«
»Genau. Und zwar so lange, bis er den Mörder meiner Schwester zur Strecke gebracht hatte.«
»Und dieser Mörder war ich.«
»Du und Grace.«
»Glaubt Martin das immer noch?«
Amber sah mich eine ganze Weile nachdenklich an, dann wandte sie ihr Gesicht wieder dem Fenster zu. »Ja.«
»Wie ähnlich hat Alice dir gesehen?«
»Sehr ähnlich. Besonders für jemanden, der sie in einem dunk-

len Schlafzimmer sah und annahm, daß ich diejenige sei, die im Bett lag und schlief.«

Ich dachte angestrengt nach, während wir langsam noch einmal um den Jachthafen herumfuhren. »Warum, zum Teufel«, fragte ich, »hast du dich dann jetzt mir mir getroffen?«

Sie beobachtete mich wieder. Schon früher war mir an Amber aufgefallen, daß sie sich mitten in einem Gespräch verabschieden konnte und ihrem Gesprächsparter nur noch ihren Körper zurückließ. Damals hatte sie das oft getan, wenn ich sie unter Druck gesetzt hatte, und manchmal sogar, wenn ich mit ihr schlief – das war dann als eine Bestrafung für mich gedacht und Ambers Art gewesen, sich in eine Art Martyrium hineinzudenken, das sie aber ebensowenig ernst nahm wie das Rauchen. Jetzt allerdings kehrte sie so langsam, daß ich fast dabei zusehen konnte, wieder in sich selbst zurück.

»Wegen Martin. Ich habe über ihn nachgedacht. Er erzählte mir, daß er in der Mordnacht nur deshalb in der Nähe meines Hauses war, weil er in der Nähe einem Hilferuf nachgegangen war. Zuerst glaubte ich ihm, weil er ständig von ›uns‹ redete und damit den Eindruck erweckte, als wäre er mit einem Kollegen zusammen in offizieller Mission unterwegs gewesen. Und als er mir schließlich erzählte, was er in meinem Haus vorgefunden hatte, war ich viel zu erschrocken, um zu merken, wie hahnebüchen seine Geschichte in Wirklichkeit war. Kannst du dich noch daran erinnern, wann Martin zum letzten Mal zusammen mit einem Kollegen Streife gefahren ist? Das muß doch eine Ewigkeit her sein. Als ich ihm das vorhielt, brach er zusammen – dieser eisenharte, hundert Kilo schwere Brocken – und ... *gestand* mir, daß er ganz allein in mein Schlafzimmer geschlichen sei. Das habe er schon öfter gemacht, wenn er genau wußte, daß ich nicht daheim war. Dann, sagte er, habe er sich in mein Bett gelegt und an *uns* gedacht. Ich kann dir sagen, Russ, das erschreckte mich fast ebensosehr wie das, was er in meinem

Schlafzimmer gefunden hat – oder behauptet, gefunden zu haben. Und deshalb habe ich mich jetzt an dich gewandt.«
»Aber du wußtest doch, daß auch ich in deinem Haus war.«
Sie sah mich durch ihre Sonnenbrille an. »Ich persönlich finde das, was du Martin gesagt hast, ziemlich plausibel. Du hast gesehen, wie er aus meinem Haus kam, und bist, weil die Schiebetür offenstand, hineingegangen. Ich kann mir gut vorstellen, warum du die ganze Nacht im Auto vor meinem Haus gesessen bist, Russ. Auch ich denke manchmal an dich und träume von dir, und ich weiß, daß du dasselbe tust. Das hat etwas damit zu tun, daß wir uns damals so nahe waren und daß es mit keinem anderen Menschen jemals wieder so sein kann. Aber du bist nicht zu echter Besessenheit fähig, Russ – ebensowenig wie ich. Du bist harmlos. Ich sage das nur, um dir zu zeigen, daß ich dir vertraue. Und ich glaube, daß du momentan einer der ganz wenigen Männer auf der Welt bist, denen ich wirklich vertrauen kann.«
»Und was ist mit Erik?«
»Erik ist immer noch sauer, weil ich mich von ihm getrennt habe. Ich glaube nicht, daß es gut wäre, mich jetzt mit ihm zu treffen.«
»Zehn Jahre ist er dir hinterhergehechelt, und dann durfte der arme Erik sich gerade mal lausige zwölf Monate deiner Gunst erfreuen.«
Ich konnte nicht anders, ich mußte die Gelegenheit wahrnehmen, um Amber weh zu tun, und sei es bloß deshalb, weil meine Waffen sonst immer viel zu stumpf gewesen waren, um ihrer perfekten, glatten Oberfläche auch nur einen winzigen Kratzer beizubringen.
»Russell?« fragte sie. »Wieso kannst du eigentlich nicht endlich erwachsen werden, verdammt noch mal?«
Nicht erwachsen, harmlos und zu wahrer Besessenheit nicht fähig, steuerte ich den Wagen zurück zum Coast Highway und

nach Norden in Richtung Laguna. Die Wut, in die mich Ambers Worte eigentlich hätten versetzen müssen, blieb aus. Lange konnte ich an nichts anderes denken als an Izzy, die jetzt in ihrem schmalen Bett im Haus ihres Vaters lag und tief und fest schlief. Ich wünschte ihr friedliche und hoffnungsfrohe Träume. Auch Amber kam mir irgendwie wie eine Figur aus einem Traum vor – sie war zwar in meiner Nähe, aber unberührbar. Anwesend, aber nicht verfügbar.

Ganz langsam stieg in mir ein neues Gefühl auf, das ich zunächst nicht identifizieren konnte. Aber je mehr es den Schock und die Verwirrung ersetzte, in die mich dieses unerwartete Wiedersehen mit Amber gestürzt hatte, desto klarer wurde mir, was es war: Ich war froh, daß diese Frau noch am Leben war. Ehrlich gesagt, ich war mehr als froh; ich war glücklich und dankbar. Und noch tiefer in mir, unter all diesen vollkommen verständlichen und akzeptablen Wahrheiten, grinste eine ganz simple, aber verbotene Gewißheit, die ich einfach nicht beiseite schieben konnte: Ambers Nähe erregte mich auf eine heimliche und zugleich wilde und verrückte Art und Weise.

»Kann ich dir vertrauen?« fragte sie.

»Ja.«

»Dann sag mir, was ich jetzt tun soll?«

»Hat Marty deine Schwester umgebracht?«

»Nur er kann es getan haben. Deshalb bin ich auch nicht zur Polizei gegangen, sondern zu dir, Russ. Er hat sie getötet, weil er hereinkam und glaubte, das Haus sei leer. Alice sah ihn und geriet in Panik. Und dann drehte er durch. Er versuchte, den Mord so aussehen zu lassen, als habe das Nachtauge ihn verübt, aber später bekam er kalte Füße und beschloß, lieber alles verschwinden zu lassen – inklusive Alices Leiche. Als du in der Nacht darauf zum zweiten Mal in mein Haus kamst, war er gerade mit dem Aufräumen und Saubermachen fertig. Und dann erfand er die Geschichte, daß er Grace in der Mordnacht aus dem Haus habe kommen gesehen. Vermutlich wird er, wenn ihn jemand in die Enge treibt und er wieder sein bißchen Verstand verliert, den Mord dir und Grace anhängen wollen. So muß es gewesen sein. Oder weißt du eine andere plausible Erklärung?«

»Ich denke gerade darüber nach.«

»Glaubst du etwa nicht, daß er es war?»

Ich fuhr auf den Parkplatz des Towers-Hotels, wimmelte den herbeigeeilten Portier ab und stellte mein Auto direkt neben Ambers grauen Leihwagen. »Wo bist du hingefahren, als ich dich gestern nacht auf dem Coast Highway sah?«

»Ich war auf dem Weg zurück ins Las Brisas Hotel, wo ich mir auf Martins Anraten ein Zimmer genommen habe. Er hat mir verboten, dieses Zimmer zu verlassen, aber mir ist einfach die Decke auf den Kopf gefallen. Als du mich sahst, kam ich gerade aus dem *White House*. Ich hatte dort einen Tisch ganz vorn, direkt bei der Band.«

Während ich mir ihre Erklärungen anhörte, starrte ich durch die Windschutzscheibe nach vorne. Über der Stadt lag jetzt ein fahler Nebel, den morgen früh die ersten Strahlen der Sonne wieder vertreiben würden. Die von der Hitze des Tages noch warmen Autos und Straßen dampften vor sich hin, als schwitzten sie.

»Wann hast du unsere Tochter zum letzten Mal gesehen?«

»Vor zwei Monaten. Nein, drei. Ich habe ihr geschrieben, kannst du dir das vorstellen, Russ? Ich und Briefe schreiben? Ich habe sie angerufen. Aber Grace ignoriert mich.«

Amber verstummte und seufzte leise vor sich hin – wie seltsam es doch war, von ihr auch nur die Andeutung einer eingestandenen Niederlage zu vernehmen –, dann blickte sie hinunter auf ihre in ihrem Schoß gefalteten Hände. »Ich weiß, daß ich Fehler gemacht habe, Russ. Ich versuche ... ich *habe* versucht, mit den Menschen wieder Verbindung aufzunehmen. Mit meiner Familie. Meinen alten Freunden. Meiner Tochter. Aber ich habe so

viele Brücken hinter mir abgebrochen, daß es schwer ist, einen Weg zurück zu finden. Und jetzt ... das mit Alice. Das arme, arme, schöne Mädchen.«
Jetzt also war es soweit. Zum ersten Mal in all den zwanzig Jahren, die ich sie nun schon kannte, zeigte Amber Mae so etwas wie Zweifel, Fehlbarkeit, ja sogar Reue – und meinte es auch so. Daran, wie perfekt sie mir ebendiese Gefühle schon unzählige Male vorgespielt hatte, wollte ich in diesem Augenblick nicht denken. Ich war wie vor den Kopf gestoßen.
»Was soll ich deiner Meinung nach tun?« fragte sie.
»Hast du mit deinem Agenten gesprochen?«
»Reuben ist mein *Manager.* Ja. Er weiß, daß es mir gutgeht, aber daß ich nicht arbeiten will und für niemanden erreichbar bin. Er mußte mir schwören, daß er alles für sich behalten wird, und Reuben ist ein Mann, der zu seinem Wort steht. Er ist der einzige, mit dem ich gesprochen habe. Außer Marty, natürlich.«
Amber durchlief ein kalter Schauder, obwohl es eine warme, feuchtschwüle Nacht war. Der Geruch, der von ihr ausging, erinnerte mich daran, wie Grace gestern nacht in meinem Haus gerochen hatte: nach Frau, Parfüm und Angst. Hauptsächlich nach Angst. »Wo soll ich nur hingehen?«
»Hast du bei deinem Hotel schon ausgecheckt?«
»Nein. Ich wollte niemandem zeigen, daß ich fortgehen wollte. Vielleicht ruft ja Martin alle fünf Minuten dort an. Möglicherweise wartet er sogar in meinem Zimmer auf mich. Er hat darauf bestanden, daß ich ihm einen Schlüssel besorgte. Alles, was ich zum Leben brauche, ist in diesem Wagen da drüben. Kannst du dir das vorstellen? Da besitze ich nicht einmal zwei Meilen von hier entfernt ein achthundert Quadratmeter großes Haus und muß aus einem verdammten Chrysler leben. Furchtbar, findest du nicht?«
»War das Martys Idee?«
Amber nickte und sah mich wieder an. »Wie geht es Isabella?«

»Phantastisch.«
»Das alles tut mir sehr leid, Russ. Wenn es in meiner Macht stünde, irgend etwas zu verändern, dann würde ich es tun.«
Ich sagte eine ganze Weile nichts, dann bemerkte ich wie nebenbei: »Sie ist eine starke Frau.«
»Eine unglaublich starke Frau. Aber vermutlich würde sie mich nicht ein paar Tage bei euch wohnen lassen, stimmt's? Ich könnte ja kochen und putzen und ...«
»Nein.«
Erst jetzt, bei dieser unglaublichen Bitte, begriff ich, wieviel Angst Amber wirklich haben mußte.
»Nein«, sagte nun auch sie. »Das wäre wirklich nicht in Ordnung. Es tut mir leid. Das war anmaßend von mir.«
Ich dachte nach. Marty Parish – oder irgend jemand sonst, der Amber finden wollte – würde natürlich zuerst alle Hotels in der Stadt abklappern und dann seine Suche weiter aufs Land ausdehnen. Wenn Amber in Hotels immer bar bezahlte und sich unter einem falschen Namen eintrug, konnte sie sich womöglich eine Weile vor ihm verstecken, aber für immer ging das nicht. Nicht mit einem Leihwagen, und nicht als Amber Mae Wilson. Und wer würde sie in meiner Welt suchen? Möglicherweise Marty. Aber ich kannte jemanden, der mit Martin Parish fertig wurde. Das Dumme daran war nur, daß dieser Jemand Amber nicht mochte und daß dieses Gefühl auf Gegenseitigkeit beruhte. Ich ging noch ein Dutzend andere Möglichkeiten durch, kam aber immer wieder auf Theodore Francis Monroe und sein versteckt gelegenes, kleines Haus unter den Eichen des Trabuco Canyon zurück.
»Eines sage ich dir, Russell. So einfach lasse ich Marty nicht davonkommen. Er wird mir für den Tod von Alice büßen. Ich weiß zwar noch nicht, wie und wann, aber er wird es tun, das schwöre ich dir.«
»Fahr hinter mir her«, erwiderte ich.

Noch bevor ich den Motor meines Wagens abgestellt hatte, kam mein Vater aus seiner Hütte. Nur mit einer Jeans bekleidet stand er, sein altes Remington 870-Gewehr in Händen, auf der Veranda und wurde vom Licht der Glühbirne über der Tür mit einem gelblichen Heiligenschein versehen. Im Rückspiegel beobachtete ich, wie auch der Chrysler hinter mir zum Stehen kam. Ich bedeutete Amber, im Wagen sitzen zu bleiben, und ging auf einem knirschenden Kiesweg hinüber zu meinem Vater. Tausend irgendwo in der Gegend versteckte Grillen machten ein lautes, zirpendes Geräusch, das von überall und nirgendwo herzukommen schien. In der dunklen Koppel neben dem Haus scharrten die Pferde mit ihren Hufen. Die Stufen hinauf zur Veranda waren weich und etwas feucht vom Nebel.

Während ich auf ihn zuging, sah ich meinen Vater genau an; seinen großen, harten Körper, sein schwarzes, noch kaum ergrautes Haar, seine Augen, die jahrelange Arbeit auf der Ranch geschult und geschärft hatten, und den nach unten gezogenen, unversöhnlichen Mund, der von den vielen Enttäuschungen kündete, die mein Vater in seinem Leben hatte hinnehmen müssen. Im gelben Licht der Anti-Mücken-Lampe kam er mir vor wie ein fremdes Wesen von einem anderen Stern.

»Dad.«

»Russ.«

»Ich hab' da ein Problem.«

»Das sehe ich.«

Mein Vater lehnte die Flinte an die Hauswand, schüttelte mir die Hand und umarmte mich. In einem Fenster seines Hauses spiegelten sich die Scheinwerfer von Ambers Leihwagen.

»Was willst du denn mit der Flinte, Dad?«

»Dieses Nachtauge macht mich ein wenig nervös, aber vielleicht werde ich auch bloß alt. Und was führt *dich* so spät noch her? Es ist doch nichts mit Izzy, oder?«

»Nein. Sie ist bei Corrine und Joe. Es geht ihr gut.«

»Sehe ich recht? Ist das Amber, die da in dem Auto sitzt?«
»Jemand wollte sie umbringen und hat statt dessen ihre Schwester erwischt. Jetzt hat sie panische Angst und muß irgendwo Unterschlupf finden.«
Mein Vater warf einen Blick auf Ambers Wagen, bevor er wieder mich ansah. »Weil man es noch einmal versuchen könnte, oder?«
»Möglicherweise.«
»Nun, dann fahr diesen verdammten Chrysler in den Schuppen und bring sie rein.«
»Danke, Dad.«
»Ich habe ja keine andere Wahl.«
Er sah mich stumm und sehr kritisch an.
»Es ist nicht so, wie du möglicherweise denkst, Dad«, sagte ich.

In seinem fichtenholzgetäfelten Wohnzimmer erzählte ich meinem Vater die ganze Geschichte, wobei ich gewisse Dinge wegließ wie zum Beispiel die Tatsache, daß ich in der Nacht zum dritten Juli selbst vor Ambers Haus im Wagen gesessen war. Das konnte ich ihm einfach nicht sagen. Er hörte mir schweigend zu und spürte vermutlich genau, daß ich ihm da eine leicht bereinigte Fassung auftischte. Amber saß mit züchtig übereinandergeschlagenen Beinen am äußersten Rand der Couch und sagte nur wenig. Ihre platinblonde Perücke kam mir im rustikalen Inneren dieser Hütte auf einmal höchst lächerlich vor.
Gegen ein Uhr, in der stillsten Stunde der Nacht, braute sich mein Vater eine große Kanne Kaffee, mit deren Hilfe er bis zum Tagesanbruch wach bleiben wollte. Wir waren übereingekommen, daß einer von uns ständig Wache halten sollte. Nachdem Dad Amber das Gästezimmer gezeigt hatte, ging ich mit ihr noch einmal zu ihrem Wagen, um daraus ein paar Sachen für sie zu holen.

Im Schuppen roch es nach fauligem Holz, Schimmel und Motoröl. Wie alles, was meinem Vater gehörte, war er tadellos aufgeräumt.

Amber öffnete den Kofferraum ihres Wagens und sah mich an. »Ich habe alles an mich genommen, was Marty bei ... Alice gesammelt hat. Die kleinen Plastiktüten und Fingerabdrücke und Fotos – und außerdem alle seine Notizen. Von ein paar Sachen weiß ich nicht einmal, *was* sie sind. Ich dachte, es würde dich vielleicht interessieren.«

»Mein Gott, Amber.«

»Habe ich was falsch gemacht?«

Ich sah rasch den Pappkarton durch, in dem sich eine imposante Sammlung an möglichen Beweismitteln befand: Fingerabdruckkarten, ein gutes Dutzend Plastiktüten mit Haaren und Fasern, Lacksplittern und Bodenproben, ein Kassettenrecorder, auf dem Marty möglicherweise seine Beobachtungen am Tatort gesprochen hatte, eine einzelne Kassette, ein paar Polaroids und ein Umschlag mit Vergrößerungen von einem Kleinbildfilm. Sogar ein Notizbuch war dabei, dessen Einträge sich auf die einzelnen »Beweisstücke« bezogen. Obenauf lagen ein paar Aktendeckel, wie sie die Countyverwaltung für Kriminalfälle verwendet. Als ich einen davon aufschlug, erkannte ich meine eigene Personalakte, die 1976 bis 1983, während meiner Dienstzeit beim Sheriff, dort über mich geführt worden war.

»Das war gute Arbeit, Amber.«

»Er hat das alles in seinem Wagen spazierengefahren«, sagte sie. »Bitte, nimm es an dich. Die Kassette, sagt er, hat er in meiner Stereoanlage gefunden, und zwar in der Nacht, in der Alice ... starb.«

Ich steckte die Kassette in meine Jackettasche. Auf dem Weg zurück zum Haus stellte ich den Karton in den Kofferraum meines Wagens. Mein Vater saß am Küchentisch. Er hatte sich inzwischen vollständig angezogen und schlürfte seinen Kaffee.

Ich brachte Amber in ihr Zimmer, wo eine Nachttischlampe ihr warmes Licht auf die astigen Holzbretter der Wand warf.
»Darf ich dich etwas fragen, Russ?«
»Na klar.«
»Wäre es dir lieber, wenn ich wirklich tot wäre?«
Ich schwieg, halb aus Überraschung über die Frage und halb deswegen, weil ich mir nicht sicher war, was ich Amber für eine Antwort geben sollte. Die tiefe Stille der Nacht schien von draußen in das kleine Zimmer einzudringen und hüllte uns beide für eine ganze Weile ein.
»Nein«, sagte ich schließlich.
Amber sah mich eine Weile nachdenklich an, dann nahm sie ihre Perücke ab und schüttelte ihr braunes, lockiges Haar aus, bis es ihr üppig über die Schultern fiel. In diesem Augenblick wurde mir wieder einmal bewußt, wie sehr Amber doch Isabella ähnelte. Ich hatte das schon zuvor ein paarmal bemerkt, aber niemals, *niemals* in einem solchen Ausmaß. Als ihr Haar zur Ruhe kam, schien Amber von innen heraus zu leuchten.
»Danke«, sagte sie und schenkte mir ein Lächeln, mit dem sie bereits Hunderte von Produkten in Millionen von Haushalten verkauft hatte. Es war halb jungfräulich und halb sinnlich und lud einen ein – nein, es flehte einen geradezu an –, das, was sich einem hier so verführerisch darbot, doch zu nehmen und, trotz aller Öffentlichkeit des Angebots, auf diese Weise zum Mitwisser eines Geheimnisses zu werden, das Amber offensichtlich mit einem ganz allein teilen wollte.
Was Amber ihrerseits in meinem Gesicht sah, weiß ich nicht.
»Bitte. Gern geschehen«, sagte ich. »Gute Nacht.«
»Gute Nacht, Russell.«

KAPITEL 15

Jetzt, wo ich Amber bei meinem Vater in Sicherheit wußte, fuhr ich noch in den Marine Room, wo ich mir zwei Whisky und zwei Bier genehmigte und von einem Barhocker am Fenster aus den Leuten zusah, die draußen auf der Straße vorbeigingen. Ich beobachtete, wie der Morgennebel, der aus dem Wasser aufstieg, sich langsam Meer, Strand und Plankenweg einverleibte, um die Grundmauern der Häuser und weiter oben über den Coast Highway zog. Kurze Zeit später erreichte er auch die Ocean Avenue und schluckte Straßenlaternen, Pärchen und Penner ebenso wie Hunde, Tauben, Möwen und Katzen im Schatten der Bougainvilleen. Der Nebel kroch an Eukalyptusbäumen und Parkuhren empor, hüllte Hennesey's Tavern ebenso ein wie den Sonnenbrillenladen, die Kunstgalerie und einen Streifenwagen, der eben vom Highway rechts abbog und langsam näherkam. Der Gehsteig war samt den Sprüngen in seinen Betonplatten und dem Unkraut, das in diesen Sprüngen wuchs, auf einmal verschwunden, und eine seltsame Ruhe, die nicht nur ich so empfand, schien sich über die ganze Stadt zu senken. Es schien einen Augenblick lang so, als würde alles gleichzeitig innehalten, als habe sich in den Gehirnen aller Menschen in dieser Stadt mit einem Schlag dieselbe Kluft aufgetan. Wie der Nebel die Stadt, so hüllte auf einmal eine bleierne Stille die Menschen draußen auf der Straße ein. Ebenso wie die Autos, die draußen auf dem Highway wegen des dichten Nebels nur Schrittgeschwindigkeit fahren konnten, schienen auch unsere Gedanken für ein paar Sekunden im Zeitlupentempo abzulaufen. Und auf allen Gesichtern konnte ich dieselbe bange Frage ablesen. Männer blickten ihre Frauen an, die Liebespaare schmiegten sich enger aneinander, und diejenigen, die allein waren, drehten sich um und blickten über die Schulter zurück. Und alle schienen sie sich zu fragen: Was war das? War das ich? Oder jemand anderes? Wer? Ich?

Die Band im Hinterzimmer hatte zu spielen aufgehört, und mit einem Schlag war auch die Unterhaltung in der Bar vollständig zum Erliegen gekommen. Es war einer jener äußerst seltenen Augenblicke, in denen in einem Raum voller Menschen eine fast totale, beklemmende Stille herrscht, die uns auf unheimliche Weise daran erinnert, daß am Anfang alles Stille gewesen war und daß auch am Ende wieder alles Stille sein wird. Die Stille zieht sich durch unser ganzes Leben wie ein Geheimnis, das niemand erfahren will. Auf allen Gesichtern in der Bar spiegelte sich eine unerklärliche Angst vor dem Unbekannten. Wer, so schienen diese Gesichter zu sagen, garantiert uns denn, daß das Leben nach dem nächsten Herzschlag so locker und fröhlich weitergehen wird wie eben noch? Tief in dieser angsterfüllten Stille, die insgesamt nicht länger als eine Sekunde gedauert haben dürfte, hörte ich plötzlich eine ächzende Stimme, die mir einen leisen, unverständlichen Befehl zuraunte. Während ich mich noch fragte, ob jemand außer mir diese Stimme ebenfalls gehört hatte, erhob sich wie auf Kommando ein aufgesetzt, bemüht und verzweifelt klingendes Gelächter, das die Stille vertrieb und die Wahrheit, in die sie uns einen kurzen Einblick zu nehmen gestattet hatte, wieder dick mit Geräuschen zukleisterte. Die Band stimmte ein neues Lied an, und ich verließ schleunigst die Bar.

Draußen blieb ich, ohne den Motor zu starten, ein paar Minuten lang im Wagen sitzen und hörte mir die Kassette an, die Amber Martin Parish gestohlen hatte. Es war die Stimme des Nachtauges. Vor lauter Stottern und Murmeln war sie ebenso schwer zu verstehen wie auf dem Band aus der Stereoanlage der Wynns:

Seeeedi rau mi Liiidermöde isso schöööön ... so schöö-
ön ...

Es ergab nicht den geringsten Sinn. Aber wenn Amber recht hatte und Martin mir wirklich den Mord an Alice anhängen wollte, dann hätte er dieses Band bestimmt längst vernichtet. Nachdem ich es mir noch zweimal angehört hatte, steckte ich es an eine Stelle, auf die ich normalerweise nicht trat, vorsichtig unter die Bodenmatte vor dem Fahrersitz.

Auf halbem Weg den Canyon hinauf staute sich auf einmal der Verkehr, was zu dieser Stunde ziemlich ungewöhnlich war. Erst nach zwanzig Minuten, in denen es nur im Schrittempo vorangegangen war, sah ich hinter einer Kurve die Blau- und Rotlichter und wußte, was die Ursache für die Behinderung war. Die Highway-Patrol machte wieder einmal eine Alkoholkontrolle. Hundert Meter vor den Streifenwagen wurden die beiden Fahrspuren mittels orangefarbener Plastikhütchen auf eine verengt, und Polizisten leuchteten mit Taschenlampen in die Gesichter von Fahrern, die ein paar Wagenlängen vor mir in ihren Fahrzeugen saßen. Die *Amerikanische Bürgerrechtsvereinigung* hatte solche Kontrollen zwar schon mehrmals als nicht verfassungskonform bezeichnet und ihre Legalität in Frage gestellt, aber bisher hatten die Gerichte immer zugunsten der Verkehrspolizei entschieden. Das hatte mein angeborenes Mißtrauen allen Autoritäten gegenüber natürlich noch verstärkt und mir das Gefühl gegeben, schon fast in einem Polizeistaat zu leben. Manchmal kam mir der Gedanke, daß ich mit einer solchen Einstellung eher Bankräuber als Polizist hätte werden sollen, aber wenn ich ehrlich war, so kam mir eigentlich keines der beiden Extreme mehr besonders verlockend vor. Der Beruf des Kriminalschriftstellers lag da irgendwie schön in der Mitte und war deshalb genau das richtige für mich.

Ich kurbelte das Fenster herunter, zündete mir eine Zigarette an und wartete.
Vor mir beugten sich die Polizisten zu den Autofenstern herunter und ließen sich von den Fahrern ihre Papiere geben. Bereits kontrollierte Fahrzeuge fuhren betont langsam weiter. Im Rückspiegel konnte ich sehen, wie der Nebel immer höher den Berg heraufstieg. Ein paar Minuten später war schließlich ich an der Reihe. Ich lenkte den Wagen zwischen zwei Reihen von orangefarbenen Hüten und nickte dem Polizisten zu. Hinter ihm sah ich im Scheinwerferlicht des Streifenwagens eine Gestalt, die mir bekannt vorkam, aber als ich gerade nachdenken wollte, wer es war, leuchtete der Polizist mit seiner Taschenlampe mir direkt in die Augen.
»Schönen guten Abend, Sir. Wie geht es Ihnen?«
»Gut.«
»Haben Sie etwas getrunken?«
»Nur ein Paar Bierchen.«
»Nicht mehr?«
»Nein, nicht mehr.«
»Und wie viele waren es genau, Sir?«
»Ein Paar sind immer noch zwei, meinen Sie nicht?«
Der Polizist ließ den Strahl seiner Taschenlampe über die Rückbank und den Beifahrersitz gleiten, bevor er ihn wieder auf mein Gesicht richtete. Hinter ihm hörte ich eine Stimme, aber ich konnte nichts sehen, weil mir das Licht direkt in die Augen stach. Einen Augenblick lang verhandelte der Polizist mit dem unsichtbaren Dritten, dann trat er einen Schritt zurück, so daß Martin Parish sich zu mir hereinbeugen konnte. Seine Augen waren blutunterlaufen, und sein breites, moralische Überlegenheit ausdrückendes Kinn war unrasiert. Martys Strickkrawatte hing nach vorne zum Fenster herein. Jetzt, wo mir das Licht nicht mehr in die Augen schien, konnte ich sehen, daß weiter vorne gleich drei Streifenwagen des Sheriffs standen.

»Dachte ich's mir doch, daß wir dich hier rausfischen würden, Monroe«, sagte Marty.
»Ist ja wohl nicht allzu schwer, schließlich ist das die einzige Straße, die zu meinem Haus führt.«
»Na, was hältst du davon, wenn wir dich mal ins Röhrchen blasen lassen? Dieser clevere Highwaybulle hier ist sich ziemlich sicher, daß du mehr als zwei Bierchen gezwitschert hast.«
»Tu, was du nicht lassen kannst, Marty, aber ich hatte wirklich nicht mehr als zwei.«
»Das wäre dann aber das allererste Mal.«
Als Marty vorne um meinen Wagen herumging, warf er im Licht der Scheinwerfer lange Schatten auf den Asphalt. Er stieg durch die Beifahrertür ein und setzte sich neben mich.
»Ist wohl besser, ich bringe dich jetzt heim, Russell, sonst nehmen dich die Jungs von der Highway-Patrol am Ende doch noch auseinander.«
»Gehe ich recht in der Annahme, daß du das nicht aus reiner Nächstenliebe tust?«
»Was du immer vermutest, Russ. Jetzt fahr los!«
»Aber es ist ein weiter Fußmarsch bis hierher zurück.«
»Das laß mal ruhig meine Sorge sein.«
Der Polizist winkte uns weiter, und ich fuhr durch eine lange Reihe von Plastikhütchen wieder auf die offene Straße hinaus. Nach gut einer Meile erreichten wir die Abzweigung zu meinem Haus, wo ich kurz stehenblieb und die Post aus meinem Briefkasten nahm. Dann fuhren wir die steile, kurvige Straße hinauf zum Stelzenhaus. Als wir dort ankamen, stand davor bereits ein Streifenwagen des Sheriffs, und ich hatte ein unbestimmtes Gefühl, daß er nicht bloß deshalb da war, um Marty wieder zurück zum Kontrollpunkt zu bringen. Ich fuhr daran vorbei und sah, daß ein uniformierter Hilfssheriff an dem Streifenwagen lehnte. Ich fragte mich, ob Marty mir jetzt die Tracht Prügel

heimzahlen wollte, die ich ihm neulich verpaßt hatte. Möglicherweise doppelt und dreifach, dachte ich, während ich den Wagen in die Garage fuhr.

Wir stiegen aus und gingen zurück zu dem Polizeifahrzeug. Der Hilfssheriff war ein großer, vierschrötiger Mann mit kurzen schwarzen Haaren, einer markanten Nase und hohen Wangenknochen. Er sah aus wie ein Indianer, und auf seinem Namensschild stand Keyes. Marty stellte uns einander vor, aber Keyes gab mir weder die Hand, noch sagte er auch nur ein einziges Wort zu mir. Seine kleinen, schwarzen Augen hatten einen ausgesprochen fiesen Ausdruck.

»Was ist denn los?« fragte ich.

»Das wirst du gleich sehen.«

»Sieht aus, als hättest du mich kalt erwischt.«

»Da gibt es Leute, denen ist heute nacht noch viel kälter als dir, Russ. Wenn wir jetzt gleich zusammen etwas ziemlich Unkonventionelles machen, mußt du dir immer vor Augen halten, daß ich dich auch mit in die Stadt nehmen und dich wegen Mordes an Alice Fultz einlochen kann.«

»Wer, zum Teufel, ist Alice Fultz?«

»Okay, Keyes«, sagte Marty zu dem Hilfssheriff, »du kannst jetzt anfangen.«

Keyes nahm eine Videokamera vom Vordersitz seines Wagens und schaltete den darauf befestigten kleinen Scheinwerfer an. Marty trat einen Schritt zurück, und Keyes richtete das Objektiv direkt auf mein Gesicht.

»Was soll der Scheiß, Marty?« sagte ich. »Komm sofort wieder her zu mir.«

»Wenn du etwas sagst, das uns nicht paßt, dann können wir das jederzeit rausschneiden.«

»Na, macht's Spaß, Keyes, mitten in der Nacht andere Leute abzufilmen? Ist doch ein toller Job für einen Hilfssheriff von Orange County.«

Keyes gab keine Antwort, aber kurz darauf wandte er den Kopf ab, und der Kamerascheinwerfer ging aus.
Während ich noch geblendet in die Dunkelheit starrte, schlug Marty mir mit der Faust gegen das Brustbein. Ich hörte, wie mein Atem hinaus in die klare Luft des Canyons zischte, und spürte, wie mir eine Druckwelle in den Kopf schoß, während in meinen Ohren ein Geräusch immer lauter wurde, das mich an mehrere gleichzeitig losheulende Polizeisirenen erinnerte.
Ich klappte nach vorn zusammen, versuchte, das Gleichgewicht zu halten, und wartete immer noch darauf, daß meine Lungen sich wieder mit Luft füllten. Marty packte mich am Gürtel und bei den Haaren und schleuderte mich zu Boden. Mit dem Gesicht schlug ich auf dem warmen Asphalt auf, wo sich mir kleine Kieselsteine in Wange und Ellenbogen bohrten. Wenigstens konnte ich jetzt wieder atmen, und so blieb ich liegen und schnappte nach Luft.
»Hör gut zu, Russ, denn jetzt sage ich dir, was du tun mußt. Du stehst auf, gehst zu deiner Garage, machst das Tor auf und schaltest das Licht an. Dann stellst du dich vor deine Tiefkühltruhe und öffnest sie. Da machen wir einen Schnitt, und dann sage ich dir, was du in der nächsten Szene zu tun hast. Ich bin der Regisseur, und du bist mein Star. Verstanden?«
»Ja«, sagte ich. Meine Stimme klang schwach und unnatürlich hoch.
»Dann wiederhole meine Anweisungen.«
Das tat ich.
Daraufhin zog Marty mich an den Haaren hoch, und als ich wieder auf meinen Füßen stand, schubste er mich in Richtung Garage.
»Action«, sagte er.
Im hellen Licht der Videokamera schleppte ich mich auf widerstrebenden Beinen die steile Auffahrt entlang. Ich blickte einen Augenblick hinunter zur Stadt, von wo der Nebel wie eine weiße

Decke langsam näher kam. Kurz vor der Garage geriet ich ins Stolpern und wäre fast hingefallen. In meinen Ohren kreischten noch immer imaginäre Sirenen.
Ich schob das Garagentor hoch und ging hinein. Der Scheinwerfer der Kamera folgte mir, aber ich knipste trotzdem wie befohlen das Licht an. Dann drehte ich mich vom Wagen weg nach rechts, wo die Gefriertruhe stand. Ich blieb davor stehen, sah einmal kurz zu Marty und hob dann den schweren Deckel an. Die Dichtung schmatzte, und mir schlug eine kleine Wolke frostkalter Luft entgegen. Als ich mich hinunterbeugte, sah ich das, was ich vermutet hatte, seit Marty mich mit den ersten Szenen seines kleinen Drehbuchs vertraut gemacht hatte.
Aus meiner Tiefkühltruhe starrte mich das blauschwarze, blutverschmierte und von brutalen Schlägen fast bis zur Unkenntlichkeit entstellte Gesicht von Alice Fultz an. Die verkrümmte Leiche trug noch immer den Bademantel aus blauem Satin, und in ihren steifgefrorenen Haaren klebten wie in der Mordnacht die weißen Splitter ihres zertrümmerten Schädels und die rosa Fetzen ihres Gehirns. Ihre Beine waren mit Gewalt in die Gefriertruhe gedrückt worden und sahen unnatürlich zusammengefaltet aus, während die Arme noch genauso seitlich abgespreizt waren wie zwei Nächte zuvor auf dem Boden von Ambers Schlafzimmer. Fast kamen sie mir so vor, als wären sie erwartungsvoll ausgebreitet und wollen mir sagen: Komm doch, komm herein zu mir, mein Liebling. Nimm mich, umarme mich, liebe mich. *Ich gehöre nur dir.*

KAPITEL 16

Keyes trat von links hinten neben mich und filmte den Inhalt der Gefriertruhe. Ich wandte mich nach rechts und starrte Marty wütend und angeekelt an. Kurzzeitig schoß es mir durch den Kopf, daß dieser Ausdruck in meinem Gesicht meine Unschuld wohl besser bewies als tausend Worte, aber als ich mich wieder zu Keyes umwandte, hatte er die Kamera vom Gesicht genommen und musterte mich mit seinen schwarzen, gnadenlosen Augen.

»Mittlerweile wissen wir ja wohl beide, daß du die falsche Frau umgebracht hast«, sagte Parish.

»Ich habe sie nicht umgebracht.«

»Stimmt. *Grace* hat die falsche Frau umgebracht. Dieser Fehler konnte selbst einer Tochter unterlaufen – das Zimmer war dunkel, und Alice lag in dem Bett, in dem normalerweise Amber schlief. Außerdem war Grace in einem Zustand höchster Erregung. Als euch die Verwechslung am nächsten Tag bewußt wurde, habt ihr alle Spuren beseitigt, so wie es euer Notfallplan vorsah. Zuerst wolltest du die Leiche wahrscheinlich in *meine* Gefriertruhe stecken, aber das wäre ja nur gegangen, wenn es sich wirklich um Amber gehandelt hätte, bei der eine offensichtliche Verbindung zu mir bestand. Also hast du Graces Fehler erst mal bei dir auf Eis gelegt und dir überlegt, wie du die Leiche für immer verschwinden lassen kannst. Und deshalb mußt du auch schon längst wissen, daß diese Tote da vor dir einmal Ambers Schwester Alice war.«

Ich suchte in Martys Gesicht nach einem Aufflackern des Wahnsinns, von dem ich wußte, daß er in ihm steckte, aber ich fand nichts weiter als die düstere, schwerfällige Überzeugung, daß er eine schreckliche Wahrheit wußte. Das beunruhigte mich fast ebensosehr wie die Leiche in meiner Tiefkühltruhe.

»Alles, was du jetzt denkst, ist falsch«, sagte ich.

»Na, dann klär mich doch mal auf, Monroe.«

»Das kann ich nicht. Aber eines weiß ich ganz sicher, daß ich diese Frau da nicht getötet habe, und Grace hat es auch nicht getan. Ansonsten weiß ich nicht, was hier für ein faules Spiel gespielt wird.«

Marty nickte herablassend. »Sehr überzeugend, deine Empörung, aber vor Gericht kommst du damit nicht durch, mein Freund. Nicht mit dieser Leiche da in deiner Gefriertruhe. Und bei mir zieht das sowieso nicht.«

»Dieses Risiko gehe ich ein«, sagte ich und streckte Marty meine Hände hin, damit er mir Handschellen anlegen konnte.

»Nein.«

»Nein? Du als Chef der Mordkommission hast eben eine Leiche in meiner Garage entdeckt, und da willst du mich nicht festnehmen? Was ist dein Problem, Martin?«

»Das Problem ist, daß ich im Gegensatz zu dir zwei Dinge liebe: Meine Frau und meinen Job. Wenn ich dich jetzt einloche, wäre das für beide nicht gut. Ich möchte auf keinen Fall, daß JoAnn aus deiner Aussage vor Gericht erfährt, daß ich öfter nachts in Ambers Haus war. Und Winters werde ich deshalb gleich dreimal nicht Rede und Antwort stehen. Der läßt mich fallen wie eine heiße Kartoffel, um seine eigene Haut zu retten. Nein, das bist du mir nicht wert, und Alice Fultz – Gott sei ihrer armen Seele gnädig – ist es auch nicht. Und weißt du was, Monroe, irgendwie erstaunst du mich wirklich. Ich hätte nie geglaubt, daß du Isabella all das antun würdest. Schließlich ist das letzte, was sie jetzt gebrauchen kann, daß du wegen Mordes eingesperrt wirst. Vermutlich liefert ein Kerl, der so abgebrüht ist, um eine Frau allein wegen ihres Geldes umzubringen, auch ohne mit der

Wimper zu zucken seine eigene Ehefrau ans Messer. Oder hattest du geplant, Isabella im Rollstuhl in den Zeugenstand rufen zu lassen und damit Mitleid bei den Geschworenen zu erwecken?«

Ich starrte in Martys breites, selbstgefälliges Gesicht und kochte innerlich vor Wut. Konnte ich mich denn gar nicht gegen ihn wehren?

»Na, soll ich dir jetzt immer noch Handschellen anlegen, Russ?«

Martin Parish kannte mich gut genug, um zu wissen, was ich jetzt gleich tun würde, und er war darauf vorbereitet. Als ich auf ihn losstürzte, rammte er mir zuerst sein Knie in die Eier und dann, als ich schmerzgekrümmt vornübersackte, schlug er mir auch noch mit der Faust in den Nacken. Ich ging zu Boden. Die Ölflecken auf dem Garagenboden tanzten wie wild vor meinen Augen herum, und Keyes preßte mir die kalte Mündung seines Revolvers direkt hinter mein Ohr. Der Schmerz in meinen Hoden war so schlimm, daß ich am liebsten gleichzeitig geschissen, gepißt, gekotzt und geweint hätte. Aus irgendeinem unerfindlichen Grund konzentrierte ich mich auf die Schnürsenkel von Martys abgetretenen braunen Schuhen.

Schließlich zerrte mich Martin an meinem Hemdkragen hoch. Die Hand mit dem Revolver glitt mit nach oben und bohrte mir die Mündung der Waffe weiterhin hartnäckig in den Hinterkopf.

»Himmel noch mal, Russell, ich gebe dir doch bloß eine Chance, kapierst du das denn nicht?« fragte Martin.

Ich stand da und spürte, wie der Schmerz in mir sich langzog. Meine Ohren klingelten, und das Genick tat mir weh.

»Nimm sie heraus und trag sie den Berg hinauf«, sagte Martin. »Und wenn ich einen Stein werfe, dann drehst du dich um.«

»Warum soll ich das tun?«

»Frag nicht, sondern *tu* es, Monroe. Wenn nicht, dann buchte ich dich ein und lasse dich in einer Zelle versauern. Da hast du dann genügend Zeit, um dir deine Verteidigung auszutüfteln und zu überlegen, wie du den Anwalt und die Hypotheken bezahlen kannst. Du hast die Wahl. Ich an deiner Stelle würde jetzt Alice aus der Truhe nehmen und sie den Berg hinauftragen.«

Der Revolver löste sich von meinem Hinterkopf. Marty deutete auf die Tiefkühltruhe. Wie durch einen Schleier sah ich Alice vor mir liegen.

Wenn man unter Einsicht so etwas wie Erleuchtung und Klarheit versteht, dann war das, was mich dazu brachte, Martins Befehlen zu folgen, keine Einsicht. Die Entscheidung fällte nicht mein Kopf, sondern irgend etwas Dumpfes, Blindes in mir, das tief in meinem Instinkt verborgen lag.

Man mußte nicht einmal unserem Strafvollzug mißtrauen, um vor dem, was Martin mir da eben ausgemalt hatte, zurückzuschrecken. Es hätte schon eines fast übermenschlichen Glaubens an die Gerechtigkeit bedurft, mich in die Hände der Justiz zu begeben und darauf zu vertrauen, daß ich meine Unschuld würde beweisen können. Außerdem waren mir solche Überlegungen jetzt viel zu kompliziert, und alles, was ich wollte, war, meinen eigenen, verwirrten Kopf aus der Schlinge zu ziehen.

Judas konnte sich bei seinem Verrat an Jesus auch nicht viel schlechter gefühlt haben als ich bei dem, was jetzt geschah, was ich als nächstes *tat*!

Als ich Alice Fultz aus der Truhe nahm, brach ein Teil ihrer an der Wand festgefrorenen Haare mit einem hörbaren Knacken vom Kopf ab. Ich schulterte die eiskalte Leiche wie ein Paar Skier und fing an, mechanisch einen Fuß vor den anderen zu setzen. Alice war nicht leicht zu tragen; ihre Hüfte befand sich auf meiner linken Schulter, und ich mußte meine Arme ziemlich weit vorstrecken, um ihren steifgefrorenen Körper vorne an den Fußknöcheln packen zu können. Ihre noch immer ausgebreiteten Arme staken rechts und links von meinem Kopf in die Luft und wurden vom Rhythmus meiner Schritte in eine unheimliche

Bewegung versetzt. Dabei kam mir bisweilen die linke Hand mit ihren blassen, krallenartig abgespreizten Fingern von hinten ins Gesichtsfeld, während die rechte mir manchmal schmerzhaft gegen den Hinterkopf schlug, als wolle sie mich auf eine schreckliche Weise daran erinnern, was ich hier eigentlich tat. Während ich mich so den Berg hinaufmühte, wurde mir mit jedem Schritt zunehmend klar, daß diese Nacht mein gesamtes Leben verändern würde. Nichts würde mehr wie früher sein, wenn dieser grauenhafte Trauermarsch erst einmal vorbei war. Von nun an würden Vergangenheit und Zukunft in mir in einem klarem Widerspruch zueinander stehen, der nach neuen Regeln und Lebensstrategien verlangte. Alles mußte nun anders werden, weil meine Seele mir von nun an niemals mehr allein, sondern auch dieser toten Frau, den beiden Männern und dieser schrecklichen Nacht gehören würde. Nie hatte ich gedacht, daß ich sie für so wenig würde hergeben müssen.
Bei meinem beschwerlichen Aufstieg betete ich die ganze Zeit darum (falls man mein verzweifeltes Grunzen ein Gebet nennen konnte), daß dieses neue Leben nicht allein von Grauen, Angst und Schuldgefühlen bestimmt werden, sondern auch noch etwas von meinem alten Selbst beinhalten würde. Von meiner Körperwärme taute Alices Hüfte auf meiner Schulter ein wenig auf und durchtränkte mein Hemd mit einer ekelhaften Flüssigkeit, die das eisigste war, was ich in meinem ganzen Leben bisher gespürt habe.
Vom Süden wallte jetzt der Nebel heran und hüllte uns und den dunklen Canyon ein. Während ich durch dichtes Gestrüpp immer höher stieg, konnte ich die beiden Männer neben mir nicht mehr sehen, hörte aber ihre Schritte. Bald tat mir der Rücken weh, und ich zitterte, weil mir jetzt das eisige Tauwasser aus der Leiche unter dem Hemd den Rücken hinunterlief. Aus dem Nebel tauchte das Licht der Videokamera auf, und als mich ein Stein in den Rücken traf, blieb ich stehen. Undeutlich konnte ich

links von mir eine tiefe Schlucht erkennen, deren Hänge dicht mit Eichen, Holunder, Salbei und Feigenkakteen bestanden waren. Als ich mich umdrehte, kam ich ins Stolpern. Alice glitt mir von der Schulter und fiel in einen großen Kaktus, wo sie halb aufgerichtet liegenblieb. Das Licht der Videokamera verlosch, und Martin rief mir von hinten zu. »Laß sie hier, Monroe. Jetzt gehen wir erst mal wieder runter zu deiner Garage. Schließlich kannst du die Tote ja schlecht ohne eine Schaufel begraben.«

Nachdem ich zwei ganze Stunden wie ein Wilder geschaufelt hatte, war das Grab noch immer nicht tief genug. Gott sei Dank hatte Marty mir geraten, Handschuhe anzuziehen, sonst hätte ich mir schlimme Blasen an den Händen geholt. Weil der felsige Untergrund für eine Schaufel allein zu hart war, mußte ich noch einmal hinunter zur Garage und eine Spitzhacke holen. Der Nebel war mittlerweile so dicht geworden, daß wir den Mond über uns nicht mehr sehen konnten. Langsam häufte sich neben der Leiche ein ziemlich großer Berg Erde auf. Während dieser Plackerei, die Keyes fast vollständig auf Video aufnahm, hatte ich ständig das Gefühl, direkt in die Hölle verbannt worden zu sein. Ich stand in dem hüfttiefen Loch, schlug mit der Spitzhacke auf den Fels ein und fragte mich, wann genau ich gestorben war und warum ich meinen eigenen Tod nicht mitbekommen hatte. Manchmal glaubte ich fast, daß dies alles nur ein schrecklicher Alptraum war, aus dem ich bestimmt bald aufwachen würde. Wahrscheinlich habe ich Fieber, dachte ich, das sind nichts weiter als Fieberphantasien.
Seltsamerweise fühlte ich mich wieder besser, als das Loch eine gewisse Tiefe angenommen hatte. Irgendwie hatte ich den Eindruck, wieder mehr Mensch zu sein, und ich fragte mich, während mir der Schweiß in die Handschuhe lief, ob nicht vielleicht – nur *vielleicht* – der ganze Spuk ein Ende haben würde, wenn

ich die letzte Schaufel Canyonerde aufs Grab der armen Alice warf. Wer weiß, vielleicht würde ich dann auch irgendwann Martin und Keyes und diese höllische Nacht vergessen. Je mehr dieser unangebrachte Optimismus in mir aufkeimte, desto besser konnte ich darüber nachdenken, was hier eigentlich vor sich ging. Welcher Wahnsinn mochte Martin Parish getrieben haben, mir die Leiche von Alice Fultz in die Gefriertruhe zu legen? Was für eine mörderische Leidenschaft verband ihn mit Amber Mae, und wie konnte ich den Schaden, den mir diese Nacht zufügen würde, auf ein Minimum begrenzen? Ich schwor mir, daß Isabella niemals auch nur andeutungsweise von dem erfahren durfte, was hier vorgefallen war, auch wenn ich dazu mein Leben – ebenso wie das einer Reihe von anderen Leuten – aufs Spiel setzen mußte. Egal, was es kostete, das Böse dieser Nacht würde ich nie an sie heranlassen. Auf einmal war mir so klar wie nie zuvor, daß Isabella für mich das einzig Gute auf dieser Welt war, in der eine krankhafte, an Wahnsinn grenzende Leidenschaft seit nunmehr über zwei Jahrzehnten Amber, Martin, Grace und ganz offenbar auch mich selbst in ihren Klauen hielt. Ich sah hinunter auf meine schmutzigen Schuhe, und es hätte mich nicht gewundert, statt ihrer ein Paar Bocksfüße zu erblicken. Niemals, schwor ich hoch und heilig, lasse ich es zu, daß du, Izzy, mit diesem ganzen Dreck besudelt wirst. Wenn mir das gelingt, dann sterbe ich mit einem Lächeln auf den Lippen. Das verspreche ich dir hiermit bei allem, was mir heilig ist.

Nach diesem stillen Gelübde sah ich klar und deutlich die Fragen vor mir, die Martin mir beantworten mußte. Ich richtete mich also in dem Grab, das nun schon über einen Meter tief war, auf und wischte mir mit dem Ärmel meines stinkenden Hemdes den Schweiß aus dem Gesicht. Dann blickte ich hinauf zu Martin, der neben Keyes und seiner Videokamera auf einem Felsen saß.

»Sag mir doch bitte mal«, wandte ich mich an ihn, »für wieviel Geld ich eigentlich die falsche Frau umgebracht haben soll.«
Martys sah mich durch den Nebel von oben herab an. »Nun, wie du ja sicher weißt, verfügt Amber über ein Vermögen von etwa sechs Millionen Dollar. Als ich dachte, sie sei tot, habe ich mich ein wenig über ihre finanziellen Verhältnisse kundig gemacht.«
»Sieh mal einer an. Das ist ja hochinteressant.«
»*Du* hattest das natürlich nicht nötig, denn du wußtest das ja alles schon seit langem. Ihr habt ja nur deshalb so lange gewartet, weil Grace erst mit achtzehn Jahren über ihr Erbe frei verfügen konnte.«
»Wieviel hätte Grace denn bekommen?«
»Fünf Millionen«, sagte Marty. »Nun komm schon, das weißt du doch alles längst. Ich hätte eine halbe Million bekommen, ebenso wie Ambers Exlover, Freund und Anbeter Russell Monroe. Für den Fall, daß einer von uns vor Amber sterben oder beispielsweise im Gefängnis landen würde, hätte der andere die ganze Million bekommen. Und falls Grace vor Amber ins Gras beißt, gehen die fünf Mios an verschiedene Wohlfahrtsorganisationen. Ich habe mich ein bißchen umgehört und herausgefunden, daß du deiner Krankenversicherung ein erkleckliches Sümmchen schuldest. Tina Sharp ist nämlich ziemlich hilfsbereit, wenn sie glaubt, daß sie mit einem Verwaltungsbeamten spricht. Motive über Motive, um Amber umzubringen, findest du nicht auch, Russell?«
Ich konnte es kaum glauben, daß Amber mich in ihrem Testament bedacht hatte. Aber was ich glaubte, war jetzt nicht wichtig.
»Und dann gibt es da noch eine Lebensversicherung, die sie vor zehn Jahren zugunsten von Grace abgeschlossen hat. Im Fall von Ambers Tod wären das noch einmal zwei Millionen gewesen – die über einen Zeitraum von zehn Jahren zur Auszahlung gekommen wären. Hattet ihr vor, euch die zu teilen, Grace und du?«

»Ich weiß nicht, wovon du sprichst«, murmelte ich.
»Wann ist dir klargeworden, daß du die falsche Schönheit abgeschlachtet hast?«
Ich konnte diese Frage nicht ehrlich beantworten, ohne zuzugeben, daß Amber von Martin zu mir übergelaufen war. Die Tatsache, daß ich wußte, wo sie sich aufhielt, und daß ich eine Schachtel mit den Beweismitteln besaß, die Martin Parish gesammelt hatte – um sich selbst vor der Gaskammer zu retten, wie ich jetzt getrost annehmen durfte –, waren meine beiden einzigen Trumpfkarten, die ich in diesem Spiel noch hatte. Warum hatte Martin die Möglichkeit außer acht gelassen, daß Amber sich vielleicht an mich wenden könnte?
Ich dachte lange und angestrengt darüber nach, wie ich diese Trümpfe am besten ausspielen könnte. Keine der Möglichkeiten, die mir spontan einfielen, schien gut genug zu sein, um wirklich darauf zu setzen. Das beste war es wohl, weiter Alices Grab auszuheben und währenddessen Marty dazu zu bringen, sich mit seinen Äußerungen sein eigenes zu schaufeln.
»Als ich sie sah«, antwortete ich. »Die Leiche, meine ich.«
»Eines muß ich wissen, Russ: Wolltest du Amber in *meine* Gefriertruhe stecken und mir den Mord anhängen, oder hattest du etwas anderes vor?«
Ich grinste ihn an. Meine eigene Unverfrorenheit – oder war es bloß die pure Verzweiflung? – machte mir selber angst, aber nicht deshalb, weil sie so gefährlich war, sondern weil sie mir so gut tat. »*Natürlich* hätte ich sie in deine Gefriertruhe gesteckt, Marty, ist doch klar.«
Martin klatschte in die Hände, warf den Kopf in den Nacken und heulte wie ein Kojote vor lauter Freude hinaus in die Dunkelheit. »Ich wußte es! Weißt du, wo ich zuerst hineingeschaut habe, als ich vorgestern nacht zu deinem Haus kam? In die Gefriertruhe! Die Gefriertruhe, die ich dir geschenkt habe. Mein Gott, was bin ich bloß für ein gescheites Kerlchen!«

Er heulte und jauchzte abermals, und ich überlegte mir insgeheim, ob ich diesem wahnsinnig gewordenen Bullen nicht eins mit der Schaufel überbraten und ihn gleich mit in das Grab werfen sollte. Das Problem dabei war natürlich Keyes, den Marty genau aus diesem Grund mitgenommen hatte. Ich fragte mich, ob ich Keyes vielleicht mit der Spitzhacke außer Gefecht setzen könnte, aber diese Idee erschien mir nicht allzu erfolgversprechend. Keyes Augen glitzerten aus der Dunkelheit zu mir herab.
»Warum sagst du denn nicht auch mal was, du Pißkopf?« fragte ich ihn. Er richtete seinen Zeigefinger wie einen Revolver auf mich und drückte den Daumen als imaginären Abzugshahn nach unten.
»Da hast du dir ja eine echte Intelligenzbestie mitgenommen«, wandte ich mich an Marty. »Wo kriegt ihr bloß immer solche Burschen her?«
»Wald schickt uns seine besten Leute.«
Keyes nahm den Blick nicht von mir.
»Und jetzt grab weiter«, sagte Martin. »Bald hast du es geschafft.«
Nebelfetzen zogen um seine Füße. Ich wandte mich wieder meinem Loch zu und grub weiter.
»Weißt du was, Russell, die Idee, den Mord dem Nachtauge in die Schuhe zu schieben, war nicht schlecht. Aber warum hast du dir denn die ganze Mühe gemacht, wenn du die Leiche ohnehin verschwinden lassen wolltest?«
»Du bist der Kriminalbeamte«, entgegnete ich. »Tu mal was für unsere Steuergelder.«
»Das habe ich längst. Und ich bin zu dem Schluß gekommen, daß du – nein, nicht du, *Grace* – zunächst genau nach Plan das Schlafzimmer so hergerichtet hat, als habe das Nachtauge dort gewütet. Kurz darauf bin ich in das Haus eingestiegen und sah sofort, daß Alice noch nicht lange tot war. Als ich das Haus

wieder verließ, kamst du, um zu überprüfen, ob alles gut über die Bühne gegangen war, und sahst mich aus dem Haus gehen. Und dann hast du gemerkt, daß es gar nicht Amber war, die deine Tochter da umgebracht hatte – war ja auch nicht schwer, du brauchtest ja nur den Anrufbeantworter abhören. Also hast du dich gefragt, warum du die falsche Leiche herumliegen lassen und den Mord dem Nachtauge in die Schuhe schieben solltest? Schließlich hättest du dann denselben Trick nicht noch mal mit der richtigen Frau abziehen können. Also bist du am Nachmittag des vierten Juli noch einmal in Ambers Haus eingestiegen und hast das ganze Chaos beseitigt. Wenn es keine Leiche mehr gab, dachtest du, würde ich die Sache nicht weiterverfolgen. In ein paar Tagen hättest du dann Alice irgendwo hier im Canyon begraben, so wie du es jetzt auch tust, oder sie in einen Müllcontainer oder von einem Pier aus ins Meer geworfen.«

»Und was war in der Nacht, in der ich dich nur mit einer Unterhose bekleidet in Ambers Schlafzimmer fand?«

»Da hast du alles noch mal überprüfen wollen, bevor Amber nach Hause kam. Vielleicht wolltest du schauen, ob du noch einen Anstrich machen mußtest, damit deine Wandmalereien auch wirklich nicht mehr zu sehen waren.«

»Nicht schlecht, Martin.«

»Nicht schlecht? Ich bin verdammt gut, sag's doch, wie es ist. Und jetzt, mein Freund, ist dieses Grab hier tief genug. Du tauschst jetzt Platz mit Alice und schaufelst alles wieder zu. Und zwar schnell, verstanden?«

Bevor ich aus dem Loch kletterte, blieb ich erst einmal eine Weile schwer atmend stehen. Als ich dann oben ankam, waren die beiden Männer aufgestanden und warteten bereits auf mich. Kurzzeitig dachte ich daran, daß Keyes mich jetzt einfach abknallen und zu Alice ins Grab legen konnte, aber ich verwarf diesen Gedanken ebenso rasch wieder, wie er gekommen war

– schließlich filmt niemand ein Grab, in das er dann sein eigenes Opfer werfen will, oder?
Martin lächelte mich an und befahl mir, ihm die Hände mit den Handinnenflächen nach oben hinzustrecken. Ich tat es, wobei ich immer noch die Handschuhe anhatte. Keyes trat an mich heran und preßte mir abermals die Mündung seines Revolvers ins Genick.
»Das tut jetzt ein kleines bißchen weh, Monroe, würde der Onkel Doktor sagen. Hier –«
Mit diesen Worten fuhr er mir mit seiner Faust, in der er ein kleines Taschenmesser hielt, quer über die rechte Handfläche. Das Messer zerschnitt das Leder des Handschuhs und meine Haut. Sofort quoll Blut aus dem Riß.
Während ich meine schmerzende Hand hielt, packte Keyes mich am Hemd und warf mich zu Boden. Er beugte sich von hinten über mich, riß mir brutal ein Büschel Haare aus und warf es zu der Leiche in die Grube. Jetzt verstand ich, was sie vorhatten.
»Das ist für Dina«, sagte ich.
»Stimmt, für Dina«, bestätigte Marty und klappte sein Taschenmesser zusammen. »Damit sie dich auch wiedererkennen kann.«
Ich zog den rechten Handschuh aus – der Schnitt in meiner Hand war lang, aber nicht tief – und warf ihn ins Grab. Damit hatte Dina auch noch eine Menge Blut von mir – falls sie jemals in diesem Fall zum Einsatz kommen sollte.
»Okay, Monroe«, sagte Marty. »Jetzt leg sie hinein und schaufel alles wieder zu. Hopp, hopp. Die Nacht ist kurz.«
Keyes schaltete die Kamera wieder ein, und ich warf Schaufel um Schaufel voll sandiger Canyonerde auf Alice Fultz. Die Wunde an meiner Hand blutete und brannte. Meine Hoden schmerzten, und mein Magen fühlte sich an, als wäre er dabei, sich selbst zu verdauen. Meine Beine waren schwach, und als

der Mittelfinger von Alices ausgestreckter rechter Hand endlich unter dem Sand verschwand, taten mir die Hände so weh, daß ich fast nicht mehr weiterschaufeln konnte. In einer weiteren halben Stunde war ich mit allem fertig, hatte die übriggebliebene Erde verteilt, das Grab geglättet und drei Fuchsien- und Stachelbeerbüsche, die ich auf Martys Geheiß vorhin mitsamt ihren Wurzelballen hatte ausbuddeln müssen, wieder eingesetzt. Ich achtete darauf, daß ich Felsen und Steine wieder mit der feuchten Seite nach unten hinlegte, und Marty kontrollierte mit der Taschenlampe, daß ich auch ja mit der Schaufel alle unsere Fußspuren glättete. Höchstens ein Kojote oder möglicherweise auch ein Reh hätten jetzt noch das Grab gefunden, sicherlich auch der Schwarze Tod und seine Kumpels, aber darum ging es uns nicht. Wir wollten ja nur, daß einem Mensch, der zufällig hier vorbeikam, an dieser Stelle nichts besonders auffiel.

Beim Abstieg zum Haus ging ich als erster den Berg hinunter. Von hinten sah ich noch eine Weile das Licht der Videokamera, dann ging es aus, und um uns herum waren nur noch Dunkelheit und Nebel. Jetzt trug ich die Spitzhacke und Schaufel über der Schulter, auf der ich die Leiche von Alice Fultz den Berg hinaufgeschleppt hatte. Mein Adrenalin war verbraucht, und tiefe Erschöpfung machte sich in mir breit. »Eine Frage noch, Marty«, sagte ich, während wir auf mein Haus zutrotteten, »wer soll denn deiner Meinung nach das Video aufgenommen haben, sollte es jemals jemand zu Gesicht bekommen?«

»Grace.«

»Wieso?«

»Vielleicht weil ihr beide krank im Kopf seid? Woher soll ich das denn wissen? Die Leute filmen schließlich auch kleine Mädchen, denen jemand beim Orgasmus die Kehle durchschneidet. Und jetzt zur Garage, Monroe.«

Nachdem ich die Werkzeuge in eine Ecke gestellt hatte, winkte

Parish mich herüber zu meinem Wagen und deutete auf den Kofferraum. »Aufmachen«, sagte er.
»Wieso denn das?«
»Ich war heute abend eine Stunde lang in deinem Haus und habe nach etwas gesucht, das mir gehört. Ich könnte mir vorstellen, daß es hier in diesem Kofferraum ist. Mach ihn auf, oder ich sprenge den Deckel mit Gewalt.«
Mit meiner schmerzenden Hand fummelte ich die Autoschlüssel aus meiner Hosentasche und sperrte das Kofferraumschloß auf. Marty grinste zufrieden und kramte in der Schachtel mit Beweismitteln, bevor er sie herausnahm und auf den Boden stellte.
»Amber ist eine Idiotin«, sagte er, und sein Gesicht hatte wieder den für ihn so typischen zufriedenen, breiten Ausdruck. »Eine schöne, verrückte Idiotin. Und sie stand schon immer auf Männer, die sie wie ein Stück Scheiße behandelten. Ich habe das auch probiert, aber offensichtlich war ich darin nicht gut genug. Nach dir hingegen muß sie ja geradezu verrückt sein. Wer hätte das gedacht? Aber du bist auch ein Idiot, Monroe. Du und Amber, ihr paßt hervorragend zusammen. Ihr solltet den Rest eurer Tage miteinander verbringen und euch gegenseitig fertigmachen, ihr habt einander redlich verdient. Ich persönlich setze da auf Amber – sie ist zäh und hinterhältig. Und was hast du dagegen aufzubieten? Höchstens mal ab und zu einen kurzen Augenblick der Inspiration.«
»Woher die plötzliche Verwandlung, Martin? Vor ein paar Nächten hast du dir noch in Ambers Schlafzimmer die Seele aus dem Leib gehechelt und würdest es am liebsten mit deiner Erinnerung an sie treiben.«
Marty lehnte sich an meinen Wagen und ließ seine blauen, blutunterlaufenen Augen von meinem Gesicht auf die Schachtel mit den Beweismitteln und wieder hinauf zum Garagenfenster wandern, an dem in hellgrauen Fetzen der Nebel vorbeizog. »Als

Amber sah, wie schlampig du die Spuren verwischt hast – der neue Läufer, der nicht ganz rausgewaschene Blutfleck, die stümperhaft gestrichenen Wände –, da kam sie zu mir. Sie brauchte mich, und ich war bereit, mich rückhaltlos für sie einzusetzen. Ich öffnete ihr mein Herz, wie das nun mal meine Art ist. Ich wünschte, ich hätte gelernt, ein wenig zurückhaltender zu sein, aber das ist eine andere Geschichte. Ich erklärte ihr, daß du zusammen mit Grace versucht hast, sie umzubringen. Ich bot ihr sogar an, JoAnn zu verlassen und es noch einmal mit ihr zu probieren. Sie hörte mir zu, und sie willigte in alles ein, was ich von ihr verlangte. Aber du kennst ja Amber, sie verspricht dir das Blaue vom Himmel herunter, wenn's sein muß. Aber das, was sie jetzt getan hat, ist echt unglaublich: Sie rennt mir bei Nacht und Nebel davon und dann auch noch ausgerechnet zu *dir*. Zu dem Hundesohn, der sie umbringen wollte.«
Martins Gesichtszüge zeugten einen Augenblick lang von ungläubiger Verwirrung. Aber dann gewann irgendeine innere Stärke – die Kraft des Wahnsinns, vermutete ich – wieder die Kontrolle über das Durcheinander in ihm und verwandelte es in etwas, das man zur Not als Vernunft bezeichnen konnte.
»Und als mir klar wurde, daß sie schon *wieder* zu dir gegangen war, hatte ich auf einmal das Gefühl, als würde ich alles von außen betrachten. Ich sah mich in meiner Unterhose in Ambers Schlafzimmer stehen, genau so, wie du mich damals in der Nacht gesehen hast, und ich schämte mich. Mehr noch: Ich kam mir plötzlich wie ein Nichts vor. Aber als Nichts kann man über allem schweben, und irgendwie fühlt man sich frei. Und dann ging mir ein Licht auf.«
Ein Licht ging ihm auf. Wie oft hatte Art Crump mir gegenüber diesen Ausdruck benützt. Ich hatte auf einmal das schlimme Gefühl, daß Martin Amber bereits in der Hütte meines Vaters aufgespürt und ihr das angetan hatte, womit er in der Nacht des dritten Juli gescheitert war.

»Eines wurde mir nämlich klar, Russ. Wenn es nichts mehr gibt, womit man seinen Becher füllen kann, dann sollte man den verdammten Becher wegwerfen. Ich bin frei, verstehst du? Und ich will auch frei bleiben.«

Fühlte er sich deshalb frei, weil er Amber nun doch getötet hatte? »Was willst du von mir, Martin?«

Marty lächelte. Es war ein gemeines, bitteres Lächeln. »Sollte Amber jemals so enden wie Alice, dann werde ich dafür sorgen, daß der Sheriff eine Kopie von diesem Videoband bekommt. Auch wenn ich jetzt frei von ihr bin, so will ich doch nicht, daß du ihr den Schädel einschlägst. Mir ist eine lebende Amber lieber als ihr Geld – das brauche ich nicht. Und wenn ich auch nur ein Wort von dir zu Thema Marty Parish und Amber Mae Wilson höre, dann liefere ich das Video ebenfalls ab. Außerdem werde ich eine Kopie davon zusammen mit einer schriftlichen Erklärung in einem Schließfach deponieren und meinem Anwalt sagen, was er zu tun hat, falls mir etwas … äh … zustoßen sollte. Wenn du mir lästig wirst, Monroe, oder wenn ich auch nur davon träumen sollte, daß du mir zu nahe kommst, macht sich dieses Video auf den Weg. Du existierst für mich bloß noch als ein Mensch, der wohlmeinende Artikel über Dan und mich schreibt, ansonsten bist du für mich gestorben. Laß einen Furz im selben Raum mit mir, Monroe, und Winters hat das Video auf dem Tisch. Du gehörst jetzt mir, genauso wie deine Tochter auch. Und über eines solltest du dir im klaren sein: Wenn ich das Band weitergebe, dann wird dir kein Mensch glauben, daß ich in Ambers Haus gewesen sei und dich zusammen mit einem schweigsamen Hilfssheriff zu diesem preiswerten kleinen Begräbnis eben gezwungen habe. Einem Mann, der eine Leiche in der Gefriertruhe hat, glaubt man eben nicht mehr allzuviel. Und dann kommt bei dir auch noch einiges andere hinzu.«

»Was denn, zum Beispiel?«

Marty trat auf mich zu und tippte mir mit dem Finger auf die Brust. »Weil du ein irrsinniger, verzweifelter Bastard bist, Monroe, das sieht man dir schon am Gesicht an. Und ich habe es auf *Video.*«

Ich dachte einen Augenblick nach, aber Parishs wahnsinnige Logik schien, was ihre praktische Anwendung anbelangte, gar nicht so verrückt. Auch wenn er sich damit in gewisser Weise selber schaden würde, konnte er das, was er mir gesagt hatte, durchaus in die Tat umsetzen. Schließlich stand der Sheriff hinter ihm, der seinen guten Ruf zu verlieren hatte. Und dann war es ein Kinderspiel, mir Motive für den Mord an Amber zu unterstellen: Von der Aussicht auf die verlockende Erbschaft von einer halben Million Dollar über einen jahrelang in mir schwelenden Groll bis hin zu der Bereitschaft, einer rachsüchtigen, vernachlässigten Tochter beim Mord an ihrer Mutter zu helfen. Parish hingegen hatte sich doppelt abgesichert. Er hatte nicht nur dafür gesorgt, daß man in Alices Grab Blutspuren und Haare von mir finden würde, sondern auch dafür, daß Keyes, der auch kein Interesse daran haben konnte, mit in die Sache hineingezogen zu werden, ihm ein Alibi für die Zeit geben würde, die auf dem Videoband festgehalten war. Ja, Marty hatte gute Arbeit geleistet.

»Wo ist Amber?« fragte er.

»Ich weiß nicht. Sie hat mir ihre Geschichte erzählt und die Schachtel dagelassen, dann ist sie wieder abgehauen.«

»Und hat dir nicht gesagt, wohin?«

»So ist sie nun mal, Marty, das dürftest du selber doch am besten wissen.«

»Da könntest du recht haben.«

»Mehr kriegst du nicht von ihr«, sagte ich.

»Aber du kriegst jetzt was von mir, Monroe. Und zwar *das.*«

Er verpaßte mir mit seiner Faust einen Tiefschlag, der kurz oberhalb meiner Eier landete. Ich versuchte zwar, mich wegzudrehen, aber meine Reflexe waren langsam geworden, und so bekam ich den Schlag doch mit solcher Wucht ab, daß ich zu Boden fiel und halb unter meinen Wagen rollte. Direkt über meinem Kopf sah ich den verrosteten Auspufftopf.

»Das war für neulich nacht am Strand«, sagte Martin.

Als ich meinen Kopf hob und unter dem Wagen hervorschaute, sah ich zwei Paar Beine, die aus der Garage hinüber zu dem Streifenwagen gingen.

Ich rollte mich zur Seite und zog die Knie an. Mein Magen tat fürchterlich weh, und ich schloß die Augen. Lange lag ich so auf dem kühlen Garagenboden und dachte nach. Schmerzen können manchmal das Denkvermögen erstaunlich beflügeln, und so wurde mir eine Reihe von Dingen klar. Erstens: Marty hatte Alice in jener Nacht getötet, weil er sie für Amber hielt. Zweitens: Er richtete den Tatort so her, daß das Verbrechen die Handschrift des Nachtauges trug, eines Serienmörders, von dessen Existenz nur er, Winters, Schultz und möglicherweise noch Chet Singer wußten. Drittens: Er änderte diesen Plan, als sich ihm die günstige Gelegenheit bot, mich – da ich durch mein Eindringen in Ambers Haus seine Pläne durchkreuzt hatte – mittels Alices Leiche, die bis heute nacht vermutlich in *seiner* Gefriertruhe gelegen hatte, zum Schweigen zu bringen. Viertens: Er verwischte, so gut er konnte, in Ambers Haus alle Spuren seiner Tat. Fünftens: Nachdem er das Beweismaterial, das ihn möglicherweise belastet hätte, wieder in der Hand hatte, konnte er ihm nach Herzenslust gefälschte Beweise hinzufügen, die in eine ganz andere Richtung wiesen. Sechstens: Ich hatte nun eine Leiche in der Nähe meines Hauses vergraben, deren Existenz ich so, wie die Dinge lagen, nur sehr schwer irgend jemandem erklären konnte.

Schließlich krabbelte ich unter dem Wagen hervor und ging im Haus ans Telefon. Mein Vater hob nach dem vierten Klingeln ab. Es ging ihm gut und Amber ebenfalls – trotzdem bat ich ihn,

nach oben zu gehen und nachzusehen, ob sie in ihrem Zimmer war.
»Bist *du* denn in Ordnung?« fragte er, nachdem er das getan und mich beruhigt hatte.
»Man hat mich ganz schön durch die Mangel gedreht, Dad.«
»In einer halben Stunde könnte ich bei dir sein.«
»Danke, nicht nötig. Du könntest hier ohnehin nichts mehr für mich tun.«
»Und Izzy?«
»Izzy noch viel weniger. Sie kann schon kaum mehr zusammenhängend sprechen, es tat weh, das mit ansehen zu müssen.«
Der Gedanke an Isabella ließ mich in ein schwarzes Loch fallen, in dem sich die Angst um sie mit der Erinnerung an das Grauen vermischte, zu dem Parish mich in den vergangenen Stunden gezwungen hatte. Es war dieselbe, Bauchschmerzen verursachende Panik wie damals, im Alter von zehn Jahren, als ich mich bei einem Campingurlaub mit Mutter und Vater hoffnungslos verlaufen hatte, nur daß die Angst, die ich jetzt verspürte, noch hundertmal schlimmer war. Am liebsten hätte ich geweint, aber ich verkniff es mir. Nicht deshalb, weil ich Tränen für unmännlich hielt, sondern weil ich nicht wollte, daß sie meine Wut und andere starke Emotionen aus mir herausspülten, die ich in den nächsten Tagen vielleicht noch dringend brauchen würde.
»Ich halte das mit der Operation für keine allzu gute Idee«, sagte mein Vater.
»Ich auch nicht, Dad, aber es gibt keine andere Möglichkeit.«
Wir schwiegen eine Weile, bis mein Vater wieder das Wort ergriff. »Heute nacht habe ich wieder mal Besuch von deiner Mutter gehabt, wie immer, wenn einer von uns in Schwierigkeiten steckt. Sie hat mir viele weise Dinge gesagt, und es geht ihr gut. Wenn du eine Weile wirklich still bist und in dich gehst, dann kommt sie auch zu dir.«

»Jetzt hör aber auf, Dad. Ich weiß ja, daß du sie vermißt, aber momentan habe ich keinen Nerv für so was.«
In der längeren Stille, die nun folgte, bedauerte ich meine barschen Worte. Schließlich sagte mein Vater: »Laß dich vom Sturm nicht wegblasen, mein Sohn. Irgendwie mußt du das alles durchstehen. Ich weiß ja, daß ich wie ein Irrer oder so ein *New-Age-*Spinner klinge, aber ich kann deine Mutter manchmal richtig *spüren.* »
»Wie geht es mit Amber?«
»Sie ist sehr höflich. Zum Teil sogar richtiggehend freundlich. Die meiste Zeit hat sie allein im Gästezimmer verbracht und hat von dort aus auch ein paar Telefonate geführt. Ich glaube, sie hat Angst.«
»Es ist wichtig, daß du auf sie aufpaßt.«
»Die Remington steht bereit, aber es wäre mir lieb, wenn ich mich ein bißchen darauf einstellen könnte, was möglicherweise auf uns zukommt. Wer will ihr denn ans Leder?«
»Ein Captain vom Sheriffbüro, der eine gemeine Ader hat. Vielleicht bringt er auch ein paar Leute mit.«
»Da bin ich ja klar in der Minderzahl.«
»Wenn du im Haus bleibst, bist du im Fall eines Angriffs im Vorteil. Und ruf ruhig die Polizei – ich meine die Stadtpolizei, nicht die Leute vom Sheriff. Eines kann sich der Typ nicht leisten, und das ist, Aufsehen zu erregen.«
»Bei mir hier draußen gibt es keine Stadtpolizei. Meine Hütte liegt auf County-Gebiet, und dafür ist allein der Sheriff zuständig.«
»Mist, das stimmt.« Ich spürte, wie sich mir abermals schmerzhaft der Magen zusammenkrampfte.
»Sag mir wenigstens seinen Namen, Russ.«
»Martin Parish.«
»Marty?«
»Genau der. Er ist vollkommen übergeschnappt. Wenn Amber

stirbt, erbt er eine Menge Geld, aber ich bin mir nicht sicher, ob er bloß hinter ihrem Geld her ist. Aber eines ist sicher: Er schäumt vor Wut.«

»Hat er Ambers Schwester getötet und geglaubt, es wäre sie?«

»Richtig.«

»Hast du schon mit Winters gesprochen?«

»Ich habe keine Beweise gegen ihn. Zumindest bis jetzt noch nicht.«

»Junge, Junge.«

Wieder war mein Vater eine Weile still. »Ich mag es, daß Amber hier ist.«

»Sobald dir irgend etwas merkwürdig vorkommt, ruf mich sofort an.«

»Ich liebe dich, mein Sohn. Bete zu deiner Mutter. Sie wird dir helfen.«

Ich legte auf. Gewehre und Gespenster, dachte ich – was brauchte mein alter Vater mehr?

Ich legte mich eine Weile auf das Sofa in meinem Arbeitszimmer und starrte hinaus in den Nebel, der noch immer in dichten Schwaden ums Haus zog wie die Schrecken der vergangenen Nacht durch mein Gehirn. Von allem war die eiskalte Berührung von Alices totem Körper das schlimmste gewesen. Dann sah ich auf einmal wieder das Nachtauge vor mir, wie es mit einem Blick voll schweigender Überlegenheit durch die Windschutzscheibe seines gestohlenen Ford Taunus glotzte und das Lenkrad in einer seiner massigen, kräftigen Pranken hielt. Ich begann, am ganzen Körper zu zittern, und die Stellen, wo Marty mich geschlagen hatte, taten mir immer noch gemein weh. Parishs kojotenhaftes Geheul oben in dem Canyon, dem Isabella den Namen »Dunkler Mann« gegeben hatte, lag mir noch immer in den Ohren. Isabella! Wie weit entfernt von mir schienen ihre Arme, ihre Stimme und die trostspendende Nähe ihres schlagenden Herzens zu sein. O Frau, verlaß mich nicht. Jetzt weinte ich doch. Nach einer Weile stand ich auf, schloß alle Fenster und Türen und sperrte beide Schlösser an der Eingangstür sorgfältig zu. Ich ließ alle Lichter brennen und vergewisserte mich, daß meine Dreifünfundsiebziger geladen war. Dann legte ich sie neben mir auf das Kopfkissen, das die letzten fünf Jahre der schöne, träumende Kopf meiner Frau geziert hatte.

KAPITEL 17

Wenn die Furcht vor Gott der Ursprung allen Wissens ist, was ist dann der Ursprung der Furcht? Für mich persönlich zumindest habe ich eine Antwort dafür gefunden. Furcht und Angst entstehen immer aus einem Gefühl der Machtlosigkeit. Ich brauchte mein halbes Leben – vierzig lange Jahre –, bis mir das klargeworden war. Oh, ich kann hier direkt die lauten Proteste derjenigen hören, die »die Verantwortung für ihr eigenes Leben haben« oder »ihr eigener Gott sind«, aber ich rede hier nicht von so einfachen Dingen wie Glück, Erfolg, Abnehmen, einem Leben ohne Alkohol oder darüber, wer was richtig macht und wer nicht. Ich spreche von der Machtlosigkeit im Angesicht des Todes, im Angesicht des Lebens, im Angesicht von Verrücktheit, Liebe, Krankheit, Sehnsucht, im Angesicht all der schönen und schrecklichen Dinge, die uns jeden Augenblick unseres Lebens wissentlich oder unwissentlich beherrschen. Und ich spreche von der Angst davor, erkennen zu müssen, daß dein Bestes nicht nur nicht gut genug, sondern praktisch überhaupt nichts wert ist. Wer das verstehen will, muß mit dem Grauen ebenso vertraut sein wie mit dem Gedanken an den Tod. Er muß die Weisheit eines Mannes haben, der vor einem Erschießungskommando steht. Angst – und ich meine hier richtige Angst – war noch nie ein stichhaltiger Grund dafür, sich zu ergeben. Im Gegenteil. Die Taten der Machtlosen gehören zu den wirklich großen Taten der Menschheit. Weiterzumachen, obwohl sich einem vor Schrecken der Magen zusammenkrampft, ist mehr als Mut – es verwandelt die Angst in etwas Ergreifendes.

Mit alledem möchte ich eigentlich nichts weiter sagen, als daß ich, als ich am Morgen des siebten Juli – einem Mittwoch – mit zerschundenem Körper und immer noch erschöpft von den Ereignissen der vergangenen Nacht im Bett lag, versuchte, meine Welt in zwei Kategorien einzuteilen: In Dinge, denen gegenüber ich machtlos war, und Dinge, die ich verändern konnte. Auch wenn es Marty Parishs düsterer Logik nicht entsprach, wußte ich im Augenblick nicht, was ich tun sollte. Solange Martin das Video hatte, war es sinnlos, Alices Leiche wieder auszugraben und woanders verschwinden zu lassen. Schließlich würde ein leeres Grab eher wie ein Schuldeingeständnis meinerseits aussehen. Parish hatte genau das erreicht, was er wollte: Er hatte mich auf eine brutale, aber sehr effektive Weise kaltgestellt.

Über die Krebszellen in Izzys Gehirn hatte ich keine Macht, ebensowenig wie über das, was das Nachtauge als nächstes unternehmen würde. Und das machte mir angst. Aber ich wußte auch, daß es immer noch Dinge gab, die ich tun konnte. Zum Beispiel konnte ich Izzy, wenn es schon nicht in meiner Macht stand, sie zu retten, meine ganze Liebe geben. Ich konnte meiner Tochter aus ihren Schwierigkeiten heraushelfen, und ich konnte mein Buch über das Nachtauge konzipieren. Ich konnte mich duschen, rasieren und etwas essen.

»Möchtest du vielleicht einen Schluck Kaffee, Russell?«

Grace stand auf einmal mit einer dampfenden Tasse in der Hand in der Tür. Ich hatte ihr Auto gar nicht kommen hören, aber das wunderte mich nicht. Mein kurzer Schlaf war so tief wie der eines Toten gewesen.

»Wo ist denn Isabella?« wollte Grace wissen.

Ich erklärte ihr, wo Izzy war.

Grace stellte die Tasse auf meinen Nachttisch und sah mich aus ihren braunen Monroe-Augen prüfend an. »Tut mir leid, daß ich weg war«, sagte sie. »Ich hätte ihr helfen können.«

»Wo warst du?«
»Ist das denn jetzt so wichtig, Russ?«
»Ja, es ist wichtig.«
»Nun mach dich doch nicht lächerlich. Du siehst übrigens ganz schön mitgenommen aus. Vor einer Stunde hat ein Mann von der Telefongesellschaft etwas draußen am Telefonmast installiert. Du hast so fest geschlafen, daß ich dich nicht wecken wollte.«
Ich stöhnte, setzte mich auf und nahm die Kaffeetasse.
»Sag mir, wenn ich irgendwas für dich tun kann«, sagte meine Tochter.
»Danke.«
»Isabella ist doch nicht wegen mir zu ihren Eltern gezogen, oder?«
»Nein. Sie mag dich. Ich glaube eher, daß ich der Grund dafür war.«
»Mach dich doch nicht immer schlechter, als du bist«, erwiderte Grace, drehte sich um und ging wieder nach unten.
Ich rief bei Corrine an. Izzy hatte eine unruhige Nacht hinter sich, in der sie wegen der Hitze und schlimmer Träume häufig zu ihren Medikamenten hatte greifen müssen. Jetzt aber schlief sie tief und fest.
»Ich wollte mich noch einmal für das bedanken, was du gestern abend gesagt hast«, sagte Corrine. »Es ist wirklich wichtig, daß wir uns selbst nicht ständig für alles verantwortlich machen, was Isabella zugestoßen ist. Ich fange langsam an zu begreifen, was du im vergangenen Jahr hast durchmachen müssen. Sie … wir alle stehen dafür tief in deiner Schuld.«
»Danke, Corrine.«
»Ich hoffe, du kannst die Zeit für deine Arbeit nützen und dich ein wenig amüsieren. Hast du denn gestern noch etwas verschnaufen können?«
Ich dachte daran, wie in der vergangenen Nacht Amber uner-

wartet wieder aufgetaucht war, an Martins offenkundigen Wahnsinn und an die Leiche, die ich nicht einmal hundert Meter von meinem Haus entfernt eingebuddelt hatte. »Doch, es war ein sehr erholsamer Tag«, sagte ich zu Corrine.

»Das freut mich. Izzy dürfte in etwa einer Stunde wach sein.«

»Ich komme nachher rüber.«

»Gott beschütze dich, Russell Monroe.«

»Hoffentlich.«

Mein Artikel über die Bürgerwache stand im *Journal* auf der ersten Seite, zusammen mit einem Farbfoto von Dan Winters und Eric Wald. Die Hauptschlagzeile war dem Nachtauge gewidmet, die zusammen mit dem Bild, das die Leute von der Dokumentationsabteilung aus dem Videofilm herausvergrößert hatten, die ganzen vier Spalten über dem Bruch einnahm. Auf der Vergrößerung kam das bärtige Gesicht im Inneren des gestohlenen Wagens recht gut heraus, ebenso wie der massige Arm, der aus dem Fenster baumelte und auf einen überdurchschnittlich wuchtigen Körper schließen ließ. Sogar durch das grobe Zeitungsraster war etwas von der raubtierhaften Brutalität dieses Mannes zu spüren.

Carla Dance hatte kein einziges Wort an meinem Artikel verändert, allerdings hatte sie einen Kasten über Russell Monroe eingefügt, der als Freiwilliger der Bürgerwache eine exklusive Serie für das *Journal* schrieb. Diese kleine Verdrehung der Wahrheit schien mir auf das Konto von Dan Winters zu gehen, ich jedenfalls war der Bürgerwache bisher noch nicht beigetreten. Außerdem vermittelte mir das Wort *Serie* eine ziemlich gute Ahnung davon, wieviel Arbeit für das *Journal* demnächst auf mich zukommen würde. Eriks Gesichtsausdruck auf dem Farbfoto entlockte mir ein Lächeln – so wild entschlossen, so aufmerksam, so ... *unentbehrlich*. Gott allein wußte, wie viele Telefone jetzt gerade auf seinem Schreibtisch läuten mochten. Mit dieser Bürgerwache hatten wir einen echten Hit gelandet, das spürte ich genau.

Ich legte die Zeitung weg und rief John Carfax, den Überwachungsspezialisten des Sheriffs, an. Er bestätigte mir, daß er das Kästchen an meinem Telefonmast angebracht hatte. Es enthielt ein elektronisches Gerät, mit dessen Hilfe die Nummer eines Anrufers identifiziert werden konnte. Er brauche dreißig Sekunden dafür, sagte John, so lange würde ich das Nachtauge hinhalten müssen, sollte es mich wieder anrufen.

Als nächstes wählte ich die Nummer von Nel, die schon seit Jahren als meine Agentin tätig war. Ich sagte ihr, daß ich einen direkten Insiderdraht zum grausigsten und gefürchtetsten Serienmörder hätte, der derzeit in Kalifornien sein Unwesen trieb, und daß ich einen Vorschuß auf ein Buch über ihn haben wolle.

»Viel werden wir nicht kriegen«, sagte Nel. »Seit der *Reise* ist dein Name auf keiner Bestsellerliste mehr aufgetaucht.«

»Ich erwarte ja auch nicht gleich eine Million Dollar«, sagte ich. »Nur soviel, wie du herausschlagen kannst. Ich brauche das Geld dringend.«

»Ich werde sehen, was sich machen läßt.«

»Neben diesem Buch werden *Hals über Kopf* und *Im Visier des Grauens* wie Kinderbücher aussehen.«

Nel macht eine kurze Pause, bevor sie seufzte und sagte: »Wie kommt es bloß, daß jedermann hier in Kalifornien entweder Krimis schreibt oder wehrlose Leute abschlachtet?«

»Vielleicht daher, daß hier jeder seiner ganz speziellen Begabung nachgeht?«

»Ich werde mein Bestes tun, Russ. Mehr kann ich dir leider nicht versprechen.«

Nach dieser Ermutigung faßte ich mir ein Herz und rief die Bank an, um mir die Daten unserer drei Konten durchgeben zu lassen – etwas, wozu ich fast sechs Monate lang nicht den Mut aufgebracht hatte. Alle zusammen waren sie mit achttausend Dollar im Minus, was etwa zwei Monaten Arbeit entsprach. Im Unterbewußtsein hatte ich mich schon darauf vorbereitet, Izzys Wagen und meinen Truck (mit dem ich ohnehin nur selten fuhr) zu verkaufen und unser fürs Alter angespartes Geld flüssig zu machen, um – nach Abzug der Steuern und Gebühren – ein weiteres Jahr davon leben zu können. Als letztes konnte ich schließlich noch versuchen, unser Haus auf einem momentan stagnierenden Immobilienmarkt an den Mann zu bringen, was auch keine allzu verlockende Aussicht war. An die achtzig Riesen, die ich dem Krankenhaus schuldete, wollte ich gar nicht denken.

Dann überlegte ich mir, was ich in dem Buch überhaupt schreiben konnte. Sollte ich etwa auch Martins Videoband erwähnen und den Umstand, daß ich Alice Fultz nur einen Steinwurf von meinem Arbeitszimmer entfernt verbuddelt hatte? Sollte ich auf mein eigenes, fast krankhaftes Verlangen nach Amber zu sprechen kommen, das für diese Geschichte von so zentraler Wichtigkeit war? Nein, sagte ich mir. Du wirst nichts von alledem schreiben, sondern einzig und allein die Geschichte des Nachtauges. Den Rest kannst du im Geheimarchiv deines Lebens ablegen. Vielleicht kannst du es ja eines Tages zu einem Roman verarbeiten.

Ich fragte Grace, ob sie mit mir hinüber zu Izzy fahren wolle, aber sie lehnte ab.

»Ich habe keine Angst davor, allein hier oben zu bleiben«, sagte sie. »Ich glaube nicht, daß diese Männer wissen, wo ich stecke. Ehrlich gesagt, hier ist der *einzige* Ort, an dem ich mich allein sicher fühle.«

»Ich verstehe«, sagte ich. Außerdem hatte ich in meinem Auto etwas vor, das nicht unbedingt für die Ohren meiner Tochter bestimmt war.

Auf der Fahrt zu Joe und Corrine hörte ich mir noch einmal das Band an, das ich aus Martys »Beweismittelkarton« hatte. Die monotone Stimme des Nachtauges kam aus dem Lautsprecher, und ich konnte schon wieder kaum etwas von dem verstehen, was er sagte. Ich überlegte mir, wie dieses Band wohl entstanden sein und den Weg in Ambers Stereoanlage gefunden haben könnte. War es eine Fälschung? War es aus anderen Bändern des Nachtauges zusammengemischt worden? Oder war es ein Original, das Parish bei einem der anderen Verbrechen unterschlagen hatte? Bald hatte ich den schleppend heruntergeleierten Unsinn satt. Ich nahm die Kassette heraus und steckte sie ein. Es gibt bestimmt einen sichereren Aufbewahrungsort dafür als meinen Wagen, dachte ich.

Als ich in ihr Zimmer kam, saß Isabella aufrecht im Bett und hatte ihren Walkman und eine Tüte mit Kassetten vor sich auf dem Schoß liegen. Unter ihrer Baseballmütze lugten die kleinen, schwarzen Muscheln des Kopfhörers hervor. Sie hörte mich hereinkommen, öffnete die Augen und lächelte so warm und glücklich, daß ich nichts weiter wollte, als mich neben sie zu legen, sie in meine Arme zu nehmen und ihr zu sagen, wie sehr ich sie liebte. Das tat ich dann auch. Sie erwiderte meine Umarmung, so gut sie konnte – von der Hüfte aufwärts –, zog den Kopfhörer vom Kopf und setzte sich ihre Mütze wieder auf.

»Es ist so schlimm, dich zu sehen«, sagte sie, ohne zu stottern.

Ich mußte sie erstaunt angesehen haben, denn sie fuhr fort: »Ich meine, es ist so ... *gut* ..., dich zu sehen. Im Moment be-be-bekomme ich alles nur ver-verdreht heraus. Schlimm, dich zu sehen, Russell. Du ha-ha-hast ja meine Lieblingsjacke an.«

Sie fuhr über meine rote Windjacke und lächelte wieder. »Hattest du wenigstens einen schönen Tag ohne mich?«

»Na ja«, sagte ich und wußte nicht, wie ich fortfahren sollte. Ich konnte spüren, wie sich in mir ein Abgrund öffnete, eine tiefe, schwarze Schlucht, und zwei kleine Puppen, die aussahen wie Isabella und Russell Monroe, fielen mit weitausgestreckten Armen und Beinen in diesen gähnenden Schlund.

»O Baby, schauh m-m-mich nicht so an«, sagte Isabella. »Ich w-w-weiß, daß ich Unsinn rede.«
»Nein, das tust du nicht«, sagte ich. »Und ich freue mich, daß dir meine Jacke gefällt.«
Isabella lächelte wieder. Isabellas Lächeln ist das Schönste, was es auf der ganzen Welt gibt. »Du … m-m- machst Witze.«
»Ich weiß.«
»Ei-ei-eines Tages h-heime ich dir das zahl.«
»Das schaffst du nie.«
»J-j-jetzt vielleicht nicht. Aber nach der O-O-Operation. Dann mache ich das mit links.«
»Also muß ich mich nach deiner Operation wohl vor dir in acht nehmen?«
»Dann werde ich's dir heimzahlen.«
»Das ist typisch für euch heißblütige lateinamerikanische Mädchen«, sagte ich. »Ihr seid furchtbar rachsüchtig.«
»Ich ha-ha-habe mich schon gerächt, als ich dich heiligte.«
»Du hast mich nicht geheiligt, du hast mich geheiratet.«
»G-g-genau.«
Ich hielt sie eine Weile im Arm, bis sie sich losmachte und mich wieder anlächelte. Es war dasselbe schüchterne, fast schuldbewußte Lächeln, das sie immer aufsetzte, wenn sie eine ganz spezielle Frage stellte.
»Weißt du was?«
»Du hast Hunger.«
»W-w-würdest du bitte nachsehen, wen es zum Frühstück gibt?«
Ich stieg aus dem Bett und ging in die Küche. Joe saß vor einem Ventilator am Tisch und trank Eistee. Corrine stand am Herd. Ich hatte das Gefühl, daß die beiden sich schon eine ganze Weile angeschwiegen hatten. Ich konnte die Stille zwischen ihnen fast mit Händen greifen. Dann ging ich wieder zu Isabella und sagte ihr, daß die heutige Spezialität *huevos rancheros* sei. Sie lächelte und nickte.

Als ich wieder in der Küche war, begriff ich, warum die beiden schwiegen. Nicht nur Isabellas Sprache, auch ihre Gemütsverfassung war offensichtlich aus dem Gleichgewicht geraten. Corrine starrte aus dem Fenster, wo hoch oben am tiefblauen Himmel ein Flugzeug einen langen weißen Kondensstreifen zog. Die weiße Linie hinter dem winzigen, glänzenden Silberkeil kam mir wie ein Symbol dafür vor, wie hoch und gefährlich man im Leben steigen kann, auch wenn es bloß eine stinknormale Linienmaschine war, die nach Osten flog. Aus der gegenüberliegenden Himmelsrichtung kam eine dunkle Wolkendecke auf uns zu, die sich wie ein Leichentuch über den Morgenhimmel zog.

»Dr. Nesson sagt, daß er sie schon morgen operieren will«, sagte Corrine und drehte sich zu mir um. »Um sechs Uhr früh wollen sie anfangen, und das Ganze wird etwas sechs Stunden dauern. Er will nicht, daß wir warten. Er macht sich Sorgen, und die mache ich mir auch.«

Ich fand es merkwürdig, daß Izzy mir nichts davon erzählt hatte, und Corrine schien meine Gedanken zu lesen.

»Sie kann überhaupt nicht mehr klar denken«, sagte sie. »Heute früh hat sie sogar ihren eigenen Namen nicht mehr gewußt.«

Ich stimmte in das Schweigen der beiden mit ein. In meinem Gehirn vermischten sich Gedanken an die vergangene Nacht, in der Alice mir ihre gefrorenen Arme um den Hals geschlungen hatte, mit denen an meine Frau, die nur ein paar Meter von mir entfernt in ihrem Bett saß. Was hätte ich jetzt für eine Bloody Mary gegeben.

»Russell«, sagte Joe. »Als Izzy noch ganz klein war, ist sie Corrine einmal aus dem Arm gerutscht und ziemlich fest auf den Kopf gefallen. Die Ärzte sagten damals zwar, es sei ihr nichts passiert, aber meinst du, daß das vielleicht nicht doch –«

»Nein«, schnitt ich ihm das Wort ab. »Das ist lächerlich.«

Ich versuchte, Joe und Corrine zu sagen, daß sie nicht schuld

an der Entstehung von Isabellas Tumor waren, aber ich konnte direkt sehen, wie meine Worte an ihnen abperlten. Sie luden sich alle Schuld am Unglück ihrer Tochter auf, auch wenn sie noch so weit hergeholt schien. Auch ich habe das getan – und zwar monatelang –, nachdem der Tumor bei Isabella diagnostiziert worden war. Weil wir so hilflos sind, nehmen wir soviel Schuld wie nur irgend möglich auf uns und glauben, einem geliebten Menschen sein schweres Los dadurch erleichtern zu können. Und ist diese Schuld, so schwer man auch an ihr tragen mag, nicht immer noch geradezu lächerlich im Vergleich zu dem, was die Kranke selbst zu erdulden hat?
Mit am schlimmsten beim Krebs ist der Umstand, daß man den Menschen, die daran leiden, auch noch von vielen Seiten her erklärt, daß sie selbst die Schuld an ihrer Erkrankung haben. Ganze Legionen von Ärzten und Psychologen (von denen relativ wenige selbst an Krebs leiden, wie ich hinzufügen möchte), stehen auf dem Standpunkt, daß die Psyche der Kranken den Krebs »hervorgebracht« hat, weil etwas in ihr nicht in Ordnung ist. Als Isabella – wie Tausende von anderen auch – ihren Kampf ums Überleben aufnahm, las sie eine Unmenge schlauer Bücher, hörte sich Vorträge an und kaufte sich Videos (alles sündteuer und mit einem Katalog für weitere Veröffentlichungen derselben Art in der Packung), die ihr nur das eine versprachen: Daß sie die Krankheit, die sie aus eigener Kraft hervorgebracht hatte, auch aus eigener Kraft besiegen konnte. Sie begann zu meditieren. Sie aß makrobiotisch. Sie stellte sich kleine Zellen vor, die ihren Tumor auffraßen. Sie machte Gymnastik. Sie ließ sich akupunktieren, akupressieren, bioenergetisch behandeln.

Sie ließ sich die Blockaden in ihren Meridianen lösen, ließ sich mit Klistieren den Darm spülen und füllte sich den Magen mit Chlorella, Ginseng, Miso, Gelee Royal, Astragalus, Echinacea, Aminosäuren, Zwei-Phasen-Enzympräparaten, interaktiven

Nahrungssupplementen, hochdosierten Vitaminen und tonnenweise Mineralien – kurz gesagt, sie setzte sich so vielen alternativen Heilmethoden und Quacksalbereien aus, daß sie zeitweise nichts weiter war als ein fiebergeschütteltes, von Durchfällen gequältes Bündel, das nicht einmal mehr die Ausdünstungen des eigenen Körpers riechen konnte. Und als das alles nichts half, fing sie noch einmal von vorne an. Aber der Tumor wurde trotzdem immer größer. Und Isabella wußte mittlerweile genau, wessen Schuld *das* war: Ihre, natürlich, ihre ganz allein; der Tumor war nichts anderes als ein Produkt ihres unzulänglichen Geistes. Sie hatte ihn hervorgebracht. Sie hatte ihn weiterwachsen lassen. Sie verdiente diesen Tumor. Sie *wollte* ihn.
Aber dann begann sich langsam etwas an ihrer Haltung ihrer Krankheit gegenüber zu verändern.
Nachdem sie das x-te Mittelchen erfolglos ausprobiert hatte, wurde sogar Isabella – die sich, wie so viele von uns, nur zu gerne die Schuld für alles und jedes gab – stinksauer. Zuerst sprach sie tagelang kein einziges Wort, dann setzte sie von einem Tag auf den anderen all die Tinkturen und Pillen ab und aß wieder etwas anderes als Tofu und falschen Käse aus Sojabohnen. Sie sah sich keine Videos mehr an, auf denen irgendwelche Ärzte sie ermunterten, sich ihren Tumor wegzudenken, ihren unzulänglichen Charakter zu ändern und endlich die Verantwortung für die Krankheit zu übernehmen, die sie allein hervorgebracht hatte. Fast eine Woche lang brütete sie vor sich hin, weinte ab und zu oder bekam unvermittelt einen Schreikrampf.
Eines Abends sagte sie dann zu mir: »Weißt du was, Russ? Das alles ist nichts weiter als die reine Arroganz.«
»Was ist die reine Arroganz?«
»Die Idee, daß ich für diesen Tumor selbst verantwortlich bin. Ich wollte ihn nicht, verdammt noch mal. Ich war glücklich. Meine Mutter hat mich geliebt. Weder mein Vater noch sonst-

wer hat mich als Kind mißbraucht. Ich hatte eine schöne Jugend, und ich habe nie über die Stränge geschlagen. Die einzige Zigarette meines Lebens habe ich mit vierzehn geraucht. Ich habe nie viel getrunken, und nur mit sechzehn habe ich mal ein paar Joints geraucht, aber dann habe ich eine Tonbandaufnahme gehört, auf der ich stoned Klavier spielte, und danach habe ich nie wieder einen angerührt. Mit dreiundzwanzig habe ich den Mann geheiratet, den ich liebe. Und eines Morgens stand ich auf, hatte einen Anfall und fand heraus, daß ich einen Tumor in meinem Kopf habe. Krebs. Eines will ich dir sagen – ich hasse das Ding. Ich hasse sogar das Wort *Krebs*, es hat so einen zischenden Klang und sagt sich so leicht. Ich habe diesen Scheiß-Tumor nicht hervorgebracht, ganz gleich, was diese ... diese ... diese *Psychoapostel* mir einreden wollen. Sie sind Quacksalber in New-Age-Verpackung, sonst nichts, und der Krebs kurbelt ihr Geschäft mit falschen Hoffnungen an. Und ich bin das geeignete Opfer für sie, weil ich so gut wie alles glaube – schließlich bin ich ja auch eine Katholikin mexikanischer Herkunft.
Aber jetzt weigere ich mich, die Schuld für den Krebs weiterhin bei mir zu suchen. Und ich werde dieses Ding besiegen. Diese Leute, diese ... Parasiten können mich mal kreuzweise, Russ. Was ist bloß aus diesem Land geworden? Wir glauben, wir haben die ganze Welt unter Kontrolle, alles, was auf ihr kreucht und fleucht – und sogar den Mond, und wer weiß, vielleicht morgen auch den Mars oder gleich das ganze Sonnensystem. Vom Himmel bis hinunter zu den Krebszellen in unseren eigenen Körpern. Was bilden wir uns eigentlich ein? Hat uns unsere Überheblichkeit denn irgend etwas gebracht? Nein, natürlich nicht. Wir haben die Menschen und die Tiere umgebracht und vertrieben, die ursprünglich einmal hier gelebt haben, wir haben jede Menge Satelliten und Weltraumschrott in den Himmel geschossen, und jetzt nehmen wir sogar an, wir könnten den

Krebs dadurch behandeln, daß wir irgendwelches makrobiotisches Zeug in uns hineinstopfen. Wie können wir bloß so arrogant sein und glauben, daß wir auch noch für den Krebs im eigenen Körper verantwortlich sind? Ich *will* leben, Russ, und deshalb werde ich dieses Ding in meinem Kopf besiegen. Aber ich werde nicht die *Verantwortung* dafür übernehmen, daß es existiert. Ich fühle mich unter Druck gesetzt. Und ich fühle mich betrogen. Ich liebe dich, und ich liebe das Leben, aber ich *hasse* das, was mir zugestoßen ist. Ich werde dagegen mit den Mitteln kämpfen, die mir zur Verfügung stehen – mit Liebe und Haß. Das sind meine Waffen. Weißt du, was der Krebs wirklich ist? Krebs ist nichts weiter als kleine Zellen, die dort wachsen, wo sie nicht wachsen sollen. Niemand weiß, warum sie damit anfangen und wie man sie stoppt, aber schließlich kann bis heute auch niemand einen simplen Schnupfen kurieren. Krebs ist kein Symptom, und Krebs ist keine Metapher. Er ist kein Thema für gescheites Daherreden. Wenn Norman Mailer sagt, daß der Krebs das unterdrückte Wachstum des Wahnsinns ist, dann hat Mailer nur Scheiße im Hirn. Das einzige, was Krebs wirklich ist, ist Pech. Er ist ein hinterhältiger Bastard, den ich so schnell wie möglich aus meinem Körper wieder hinauswerfen möchte. Ich will keine Reise in mein Inneres unternehmen, auf der ich schließlich meinen geheimen Todeswunsch erkennen muß, verdammt noch mal.«

Als Isabella mir das sagte, spürte ich, wie mir auf einmal die Last meiner eigenen Schuldgefühle von den Schultern genommen wurde. Möglicherweise war es ja gar nicht Isabella selbst, die den Krebs in sich hervorgebracht hatte, sondern *ich*. Wenn ein Mensch das bei sich selber konnte, warum dann nicht auch ein anderer? War Izzys Tumor am Ende *meine* Schuld? Ich kenne einen Mann – er ist heute sechzig Jahre alt –, dem drei Frauen hintereinander an Krebs gestorben sind. Der Mann hält sich für krebserregend, was man nach seinen persönlichen Erfahrun-

gen sogar verstehen kann. Weil er der festen Überzeugung ist, daß seine Liebe nur zum Tod der geliebten Frau führen kann, lebt er seit zehn Jahren allein, spielt Golf, trinkt eine Menge und hat acht Hunde.
Jetzt, als ich sah, mit welch schuldbewußter Miene Corrine das Frühstück zubereitete, fielen mir Isabellas Worte von damals wieder ein. Ich küßte sie auf den Kopf und sagte: »Es ist ganz normales Pech, sonst nichts. Sie hat den Krebs bekommen, so daß du, Joe oder ich ihn nicht bekommen müssen.«
Das Telefon klingelte. Corrine sah mich an und nickte langsam. Joe erhob sich vom Tisch und ging an den Apparat. Ich schaute durch das Fenster hinaus in den warmen Sommermorgen und fragte mich, wie das alles wohl enden würde.
»Das ist für dich«, sagte Joe und reichte mir das schnurlose Telefon. »Erik Wald.«
»Na, Erik, wie kommst du mit deinem neuen Ruhm zurecht?«
»Aber nicht doch, Russ. Ich bin's, he, he, he. Das mit Wald war eine kleine Notlüge.«
Ich sagte nichts, ging hinaus auf die Veranda und schloß die Tür hinter mir. Das helle Sonnenlicht machte mich einen Augenblick sprachlos, aber noch viel sprachloser machte mich die Tatsache, daß das Nachtauge wußte, wo ich mich aufhielt.
»Was willst du?«
»Ich wollte dir bloß sagen, wie gut mir deine Artikel gefallen. Diese Geschichte über die Bürgerwache hat mir richtiggehend angst gemacht. Jetzt bin ich so eingeschüchtert, daß ich mich nicht mehr auf die Straße hinaustraue. Dieses Bild auf der ersten Seite war ja echt der Hammer. Es war wohl ein ziemlich blöder Zufall, daß ich ausgerechnet zu diesem Zeitpunkt an den Leuten vorbeigefahren bin, nicht wahr? Seit ich die Kamera sah, habe ich mich gefragt, ob ich wohl auf dem Video drauf bin oder nicht.«
Im Hinterkopf hatte ich das Gefühl, daß mir gleich eine Erkennt-

nis kommen würde, aber ich konnte momentan nicht darauf eingehen, aber ich war viel zu beschäftigt damit, mir jedes Wort des Nachtauges einzuprägen.
»Alle Leute im County wissen jetzt, wie du aussiehst.«
»He, he, he. Ich habe dir ja gesagt, daß ich echt Angst habe. Hat Wald sein Täterprofil schon fertiggestellt?«
»Nein.«
»Wahrscheinlich ist er viel zu sehr damit beschäftigt, berühmt zu werden.«
»Du mußt da ganz still sein. Es ist schon erstaunlich, was Drecksäcke wie du alles tun, um in die Zeitung zu kommen.«
»Warum hast du denn in deinem Artikel nichts von unserer Unterhaltung neulich erwähnt? Außerdem hast du mit keinem Wort geschrieben, daß ich dieses County von minderwertigen Rassen säubern will.«
»Alles zu seiner Zeit.«
»Du machst einen Fehler, wenn du glaubst, daß du genügend Zeit hast. Vielleicht statuiere ich mein Exempel ja schon ein bißchen früher. Und dann gibt es natürlich immer noch die andere Möglichkeit ...«
»Welche denn?«
»He, he, he, das wüßtest du wohl gerne. Ich sage dir nur soviel, daß ich es schon gemacht habe.«
Ich blickte auf meine Uhr. Es war neun Uhr sechsunddreißig.
»Läßt Winters das Telefon bei dir zu Hause überwachen?«
»Nein. Wir haben uns dagegen entschieden. Wir würden lieber mit dir im Gespräch bleiben.«
»Oh, was für eine überzeugende, einleuchtende, einfach ... *glaubwürdige* Lüge. Ich bewundere dich wirklich, Russell.«
»Glaub, was du willst, aber meine Leitung ist sauber.«
»Also die, über die wir gerade sprechen, ist es auf alle Fälle.«
»Was willst du?«
»*Ich will, daß das County von meiner Mission erfährt. Ich will es*

von minderwertigen Rassen säubern, du Pißkopf, das habe ich dir doch schon oft genug gesagt. Bist du denn noch blöder, als ich geglaubt habe? Oder meinst du vielleicht, ich rufe dich nur so zum Spaß an? Verkauf mich bloß nicht für dumm, Monroe.«

»Niemand will dich für dumm verkaufen. Im Gegenteil. Wir interessieren uns sehr für das, was du zu sagen hast.«

»Da h-h-höre ich doch Erik Walds akademische Gedanken heraus. Hat er dir irgendwelche Anweisungen gegeben? Habe ich es wirklich mit dir und Wald zu tun?«

»Ja.«

»Gut. Das habe ich auch angenommen. Ihr wollt mich wohl dazu bringen, daß ich mich in meinen eigenen Schlingen fange. Ich bin mir sicher, daß der Nigger Winters das wortwörtlich so gesagt hat. Aber jetzt hör mir mal gut zu, Russell. Ich wünsche, in deinem nächsten Artikel folgendes Zitat von mir zu lesen. Bist du b-b-bereit? ›Das Nachtauge möchte allen minderwertigen Rassen im County sagen, daß sie hier nicht erwünscht sind.‹ Soll ich das noch mal wiederholen?«

»Nein, ich habe es mir aufgeschrieben.«

»Dann lies es mir noch einmal vor.«

Ich wiederholte seinen Satz aus dem Gedächtnis.

»He, he, he. Jetzt fühle ich mich besser. Richtiggehend erleichtert. Im großen und ganzen fühle ich mich heute sehr wohl. Ich habe sogar ein wenig über den Tod dieses Models nachgedacht – Amber Mae hieß sie, stimmt's? Es sieht ganz so aus, als habe jemand aus den Reihen des Sheriffs einen pennälerhaften Versuch gemacht, mir den Mord in die Schuhe zu schieben. Richtig?«

»Ich glaube, ja.«

»Weißt du, wer?«

»Nein«, log ich. Die Idee, mich mit Hilfe des Nachtauges aus den Klauen von Martin Parish zu befreien, kam mir einerseits vollkommen absurd vor, andererseits aber hatte ich nicht allzu viele Verbündete. Konnte das Nachtauge vielleicht zu einer Erkenntnis kommen, zu der ich nicht fähig war?

»Weißt du, welche Leute von meinen beiden ersten Säuberungen wußten – von dem Niggerpaar und die beiden Latinos?«

»Ich glaube schon.«

»Nun, dann laß mal hören, Russell.«

»Der Sheriff und seine vier Topleute – Parish, Singer, Yee und Karen Schultz. Vielleicht haben auch ein paar Leute von der Spurensicherung die beiden Morde miteinander in Verbindung gebracht – dann käme noch ein halbes Dutzend Leute dazu. Auch Wald hat früh Verdacht geschöpft, wurde aber erst später offiziell unterrichtet – das hat er mir persönlich gesagt.«

»Aha.«

Ich horchte auf ein Hintergrundgeräusch am anderen Ende der Leitung, hörte aber keines. Dann drehte ich mich um und blickte durch das Wohnzimmerfenster auf Joe und Corrine, die mich mit neugierigen Mienen anstarrten.

»Und du, Russell? Bist du jemand, den man offiziell unterrichtet oder eher nicht?«

»Eher nicht.«

»Sie haben sehr lange gebraucht, bis sie zugegeben haben, was wirklich los war, nicht wahr?«

»Ja.«

»Das ist auch einer der Gründe dafür, warum ich mich entschlossen habe, nur mit dir zu reden. Die Bullen sind so ... bürokratisch, so ... träge. Sag mal, hatte jemand von den Leuten, die du eben erwähnt hast, privat etwas mit dieser Amber zu tun?«

»Parish und Wald.«

»Und du natürlich.«

»Ja.«

»Und jetzt sag mir, ob es irgendwelche finanziellen Motive gab, sie zu töten. Wer hätte sie denn zum Beispiel beerbt?«

Ich klärte das Nachtauge in groben Zügen über Amber Maes Testament auf. Er hörte mir zu, ohne mich zu unterbrechen.
»Winters, Singer und Schultz kannst du getrost vergessen«, sagte er schließlich. »Und Wald wohl auch. Er ist ein Akademiker, ein Dilettant, ein Feigling. Der Captain des Sheriffs, dieser Martin Parish, kommt da schon viel eher in Frage. Für mich ist er ein ziemlich heißer Kandidat, he, he, he. Es macht ja soviel *Spaß,* ein Bulle zu sein!«
»Vielleicht solltest du dann Mitglied bei der Bürgerwache werden.«
»Ich bin schon ganz wild auf die Mütze und das T-Shirt! Eine peinlichere Selbstbeweihräucherung ist diesem Winters wohl nicht eingefallen! Aber etwas anderes hätte ich von diesem Niggerjungen auch gar nicht erwartet. Denen gelten doch solche Äußerlichkeiten immer schon mehr als alles andere.«
Ich sagte nichts.
»Sag mal, Russell, gibt es vielleicht – ich sage bewußt vielleicht – irgend jemanden, der dich dieses Mordes verdächtigt?«
»Ja.«
»Ach, du meine Güte, das wird ja immer *besser.* Dann paß mal gut auf, denn das könnte dir durchaus ein paar schlaflose Nächte bereiten. Dieser Parish könnte mit Leichtigkeit gegen dich einen überzeugenden Mordfall zusammenschustern und die Geschichte bis vor Gericht durchziehen – und zwar aus der hohlen Hand heraus.«
Die Worte des Nachtauges erinnerten mich auf unheimliche Weise an das, was Parish vor noch nicht einmal vierundzwanzig Stunden bei dem von ihm inszenierten Begräbnis von Alice Fultz von sich gegeben hatte.
»Das habe ich auch schon in Erwägung gezogen.«
»Wie geht es Isabella?«
»Das geht dich nichts an.«
»Sie hat mexikanisches Blut in den Adern, nicht wahr?«

»Wenn du sie anfaßt, dann bringe ich dich um. Das schwöre ich dir.«
»Du meine Güte, wie empfindlich du doch bist. He, he, he. Na schön, Russell, sieh zu, daß mein Statement morgen in der Zeitung steht, sonst mache ich dir das Leben so zur Hölle, daß du es nicht mehr ertragen kannst. Ich möchte, daß du mich *wörtlich* zitierst. Und laß ruhig noch mal mein Bild abdrucken, wenn du meinst, daß euch das was bringt. Heute um zwölf Uhr mittags wird Winters einen Anruf von mir bekommen. Das ist in zwei Stunden. Ich sage dir das, weil du vielleicht dabeisein möchtest.«
Das Nachtauge legte auf, und ich hörte nur noch das geladene Schweigen einer toten Leitung.
Daß das Nachtauge mich hier angerufen hatte, machte mir große Sorgen. War es nur ein Zufall gewesen, oder hatte er Mittel und Wege, meinen jeweiligen Aufenthaltsort herauszufinden? Es schien fast so, als habe er mich aus der Luft beobachtet. Der Schweiß brach mir aus allen Poren, und ich ging wieder hinein ins kühle Haus.

Ein paar Minuten später half ich Isabella in ihren Rollstuhl.
»D-d-du bist so still«, sagte sie.
»Ich denke nach.«
»Das ist eine schreckliche St-St-Stimme.«
»Was für eine Stimme, Izzy?«
»Auf der Ka-Ka-Kassette, die deiner aus Jackentasche fiel.«
Ich verfluchte meine Nachlässigkeit. Das letzte, was Isabella in ihrem schlimmen Zustand jetzt brauchen konnte, waren die wirren Worte des Nachtauges.
»Es tut mir leid, Izzy. Ich wollte nicht, daß du –«
»Ich glaube, er war im Ca-Ca-Canyon. Er h-h-hat die Ca-Ca-Canyonfrau gesehen.«
Ich ließ sie vorsichtig in den Rollstuhl sinken.

»Wie bitte?«
»Er hat sie gesehen, Russ.«
»Woher weißt du das? Verstehst du etwa, was er gesagt hat?«
Isabella grinste mich ein wenig spitzbübisch und verschlagen an. »Vi-vi-vielleicht sollten wir damit bis na- nach dem Essen warten.«
Mein Kopf wurde auf einmal ganz leicht, und mein Herz schlug schneller. »Nein, Mädchen. Bitte, sag es mir ... ich muß das unbedingt jetzt gleich wissen.«
»Kay-O! Er sagt auf dem Ba-Band, daß er die Frau mit der Lichtermöse gesehen hat.«
Ich erinnerte mich an die unsinnigen Worte, die ich im Auto gehört hatte. »Seeeedi rau mi Liiidermöde...«
»Ich seh die Frau mit Lichtermöse? Ist es das, was er gesagt hat?«
»Ganz genau, R-R-Russell. Nur jemand so Ver-ver-verwirrtes wie ich kann jemand vergehen, der so verwirrt ist wie e-e- er. Ver*stehen*, meine ich.«
»Er war im Canyon«, sagte ich.
»D-d-du hast das Band schon gehört. Es ist das Nachtauge, stimmt's?«
Ich konnte es immer noch kaum begreifen, daß Isabella das Gebrabbel des Nachtauges so mühelos verstehen konnte.
»Ja, Liebling, es ist das Nachtauge. Und er hat die Canyonfrau gesehen.«
»Du solltest mich an dem Fa-Fall mitarbeiten lassen.«
»Sie sind engagiert, Lieutenant.«
»*Captain*, bitte.«
»Okay, Captain.«
Ich rollte Isabella in die Küche zum Frühstück mit ihren Eltern. Ich glaube nicht, daß ich die Anwesenheit von Joe und Corrine jemals so geschätzt hatte wie jetzt. Ich konnte kaum die Gabel an den Mund führen, so sehr zitterten meine Hände.

»Ko-ko-kommst du heute abend?«
»Natürlich, Liebling.«
»G-g-gut. Ich möchte dich nämlich um einen Gefallenen bitten.«
Wir alle betrachteten Isabella mit freundlich fragenden Mienen. Sie blickte uns der Reihe nach an, bevor sie ihren Blick wieder senkte. Eine Träne rollte ihr über die Wange, und ihre Schultern bebten.
»Du weißt schon, was ich m-m-*meine*!«
»Natürlich weiß ich das, Liebling«, sagte ich. »Du wolltest mich um einen *Gefallen* bitten.«
Ein paar Minuten später bat ich Joe, mich hinaus zu meinem Wagen zu begleiten. Draußen erklärte ich ihm so ruhig wie möglich, daß das Nachtauge mich eben in seinem Haus angerufen hatte. Joe nickte gefaßt; er war ein Mann, auf den man sich hundertprozentig verlassen konnte.
»Ich bin derjenige, mit dem er sprechen will«, sagte ich, »also glaube ich nicht, daß er noch einmal hier anrufen wird. Ich will dir nur sagen, daß du sehr, sehr vorsichtig sein mußt.«
»Ich habe zwei Schrotflinten und zwei Pistolen.«
»Dann sieh zu, daß du sie ... griffbereit hast. Kann Corrine auch damit umgehen?«
»Mit den Pistolen allemal.«
»Einer von euch muß immer wach bleiben, ihr dürft nie beide zur gleichen Zeit schlafen.«
»Das konnten wir in letzter Zeit sowieso nicht. Wegen Izzy.«
»Du bist ein guter Mann, Joe.«
»Sie ist mein einziges Kind.«

KAPITEL 18

Beim Sheriff herrschte noch größeres Durcheinander als das letzte Mal. Überall wimmelte es von Handwerkern in orangefarbenen Overalls, die nach der Ursache für den Ausfall der Klimaanlage suchten. In den Gängen hatten sie bereits eine ganze Reihe von Rigipsplatten von den Wänden gerissen, um so an eventuell verstopfte Lüftungsrohre zu gelangen, und jetzt standen sie vor diesen Löchern und schüttelten ratlos die Köpfe. Im Büro der Mordkommission saßen vier freiwillige Helfer von der Bürgerwache und nahmen Anrufe aus der Bevölkerung entgegen. Sie trugen blaue T-Shirts, auf denen ein Foto von Kimmy Wynn prangte, und Martys Detectives machten einen weiten Bogen um sie, als wären die Leute von einer ansteckenden Krankheit befallen. Auch ein paar Reporter drückten sich herum, die es im Presseraum offensichtlich nicht mehr ausgehalten hatten. Die Detectives ignorierten sie, und Karen Schultz, die eine dicke Akte unter dem Arm trug, versuchte, sie wieder nach unten zu schicken.

Ich ging schnurstracks ins kriminaltechnische Labor und legte Chet Singer, der gerade am Elektronenmikroskop eine Faser aus dem Fernandez-Haus untersuchte, die Kassette auf den Tisch, deren Inhalt Isabella vorhin so schön entschlüsselt hatte.

»Können Sie mir vielleicht sagen, was an dem Ding hier faul ist?«

Chet sah mich ziemlich genervt an und nahm die Kassette in seine breite Hand. »Wieder was vom Nachtauge?«

»Möglicherweise«, sagte ich. »Ich glaube, Sie sollten sich das mal anhören. Aber *nur* Sie.«

»Das werde ich tun. Wenn ich zu einem Ergebnis gekommen bin, lasse ich Sie von Karen holen. Sie sehen heute ganz schön mitgenommen aus, Russell.«

»Ich hatte eine lange Nacht.«

»Das sieht man Ihnen auch an.«

Als ich Dans Büro betrat, saßen Winters, Parish und Wald um den Schreibtisch herum. Winters genau gegenüber, saß zwischen Wald und Parish eine Frau, die ich noch nie zuvor gesehen hatte. Sie sah aus wie Anfang Sechzig, hatte starr frisierte, rötlich-blond gefärbte Haare, verheult wirkende blaue Augen und ein ausdruckloses Gesicht, das man beim besten Willen nicht attraktiv nennen konnte. Nachdem sie mir einen Blick zugeworfen hatte, tupfte sie sich die Augen mit einem Papiertaschentuch ab.

»Darf ich vorstellen? Russell Monroe – Mary Ing. Sie hat den Mann auf dem Foto in der Zeitung erkannt. Er ist ihr Sohn.«

Wald grinste mich an und nickte, und Parish warf mir einen ausgesprochen feindseligen Blick zu. Dans Stimme klang ruhig und ungerührt, aber in seinen Augen blitzte eine gewisse Befriedigung.

Ich schüttelte die Hand, die Mary Ing mir hinstreckte. »Ich bin mir noch immer nicht ganz sicher«, sagte sie und schluchzte in ihr Taschentuch.

»Das verstehen wir ja«, sagte Winters. »Das würde jedem so gehen, der seinen Sohn seit acht Jahren nicht gesehen hat.«

Erik beugte sich über den Schreibtisch und reichte mir drei Fotografien. Sie zeigten alle denselben Mann. Auf einem Foto war er ein düster dreinblickender kleiner Junge, auf den beiden anderen ein junger Erwachsener mit rötlichbraunen Haaren und einem Vollbart. Auf diesen Fotos war hinten je ein Datum aufgedruckt: 24.12.82 und 25.12.80. Es war der Mann aus dem Video.

»Das ist mein Billy«, sagte Mary leise. »William Frederick Ing.«

»Der Junge hat eine Akte bei uns«, verkündete Parish. »Ich habe

sie mir vorhin kurz angeschaut. Nicht uninteressant. Schultz kopiert sie gerade für uns.«
In diesem Moment kam Karen mit ihrer dicken Akte zur Tür herein. »Schultz ist eben damit fertig geworden«, sagte sie mit einem bösen Seitenblick auf Marty, während sie den Packen Papier vor Winters auf den Schreibtisch fallen ließ. »Mein Gott, diese Journalisten können einem manchmal wirklich auf die Nerven gehen.«
Wald stellte Karen Schultz und Mary Ing einander vor. Einen Augenblick lang war es still im Büro, bis schließlich Winters wieder das Wort ergriff. »Mrs. Ing, wenn Sie jetzt nach Hause gehen wollen, hätte ich nichts dagegen. Vermutlich kennen Sie das, was in Billys Akte steht, schon längst. Aber wenn Sie bleiben wollen, wäre mir das recht. Alles, was Sie uns zusätzlich sagen könnten, wäre uns eine große Hilfe. Vielleicht hilft es uns sogar, Menschenleben zu retten.«
Mary Ing strich die Falten im Schoß ihres gemusterten Baumwollkleids glatt. »Natürlich bleibe ich da.« Sie warf mir einen raschen Blick zu, bevor sie ihre blauen Augen wieder niederschlug. »Ich werde Ihnen helfen, wo ich nur kann.«
Karen gab jedem von uns eine Kopie der Akte.
Dann nickte Winters hinüber zu Parish. »Martin, bitte erklären Sie uns, was wir hier vor uns haben – Sie haben sich ja bereits damit befaßt. Und Sie, Karen, halten bitte Russell hier an der kurzen Leine.«
Ich nahm mein kleines Diktiergerät aus der Tasche, spulte das Band zurück und schaltete es auf Aufnahme. Dann griff ich zu Notizblock und Stift, während Mary Ing mich mit einer Mischung aus Trauer und Neugier betrachtete.
»William Frederick Ing«, sagte Parish. »Männlich. Weißer. Neununddreißig Jahre alt, einsfünfundachtzig groß, sechsundneunzig Kilo schwer. Letzte bekannte Adresse war Dana Point, aber das ist vier Jahre her. Ich habe sofort einen Streifenwagen

hingeschickt, aber dort kennt ihn niemand mehr. Von Kindheit an Epileptiker, als Erwachsener alkoholabhängig, außerdem hatte er gewisse ... äh... familiäre Probleme. Das alles für sich genommen klingt relativ belanglos, bis man es vor dem Hintergrund der jüngsten Ereignisse sieht. Angesichts der Tatsache, daß der Mann in den vergangenen vierzehn Tagen acht Menschen umgebracht hat, liest sich diese Akte wie eine Anleitung dazu, jemanden zum Mörder zu machen.«

»*Das* bitte nicht zitieren«, sagte Karen zu mir.

Während Parish weiter vorlas, blätterte ich meine Kopie der Akte durch. Sein Debüt als jugendlicher Straftäter hatte Ing am 14. Juli 1966 gegeben, als er mit einem Kleinkalibergewehr auf dem Gelände der Junior High-School »Jagd« auf zwei Mädchen gemacht hatte. Damals war er zwölf.

Aus irgendwelchen unerfindlichen Gründen hatten die beiden Mädchen Zuflucht in einer gläsernen Telefonzelle gesucht, wo Ing sie so lange beschoß, bis zwei ältere Schüler ihn überwältigten, ihm das Gewehr abnahmen und bei einem anschließenden Handgemenge das Nasenbein brachen. Die Reparatur der durchlöcherten Telefonzelle kostete Ings Mutter neunundachtzig Dollar. Keines der Mädchen war getroffen oder anderweitig verletzt worden, und die Familien der beiden verzichteten auf eine Anzeige. So wurde Billy lediglich zu sechs Tagen Jugendstrafe verdonnert und der Fall zu den Akten gelegt.

Ein Jahr später hatte Billy erneut mit den Behörden zu tun, nachdem in Santa Ana immer wieder Haustiere verschwunden waren und besorgte Nachbarn den »verrückten Billy« bei der Polizei angezeigt hatten. Einen Monat später grub man in einem nahegelegenen Orangenhain die enthaupteten Kadaver von drei Hunden und sechs Katzen aus, die dort nur oberflächlich verscharrt worden waren. Die Köpfe fand die Polizei wenig später – »mit Zeitungspapier ausgestopft und auf primitive Weise mittels Benzin konserviert« – in einem improvisierten Verschlag unter einer Brücke über dem Hochwasserauffangkanal. Ebenfalls in dem Verschlag fanden sich eine aus Draht und Sperrholzbrettchen zusammengebastelte Schlinge, eine blutverklebte Laubsäge, je eine Packung Hunde- und Katzenfutter und ein blutbefleckter Baseballschläger Modell Nelson Foxx Louisville Slugger. Obwohl der Hochwasserauffangkanal nur wenige hundert Meter hinter dem Haus von Billys Eltern vorbeiführte und in seinem weiteren Verlauf auch den Orangenhain berührte, in dem man die Tierkadaver entdeckt hatte, konnte die Polizei von Santa Ana keine direkten Beweise dafür finden, daß die Sachen in dem Unterstand wirklich Billy gehörten. Nachdem Billy am 6. Juli von der Polizei vernommen und der Unterstand abgerissen worden war, verschwanden in dieser Gegend keine weiteren Tiere mehr.

»Im Sommer ist er anscheinend immer besonders aktiv«, sagte ich. »Sehen Sie sich doch nur mal die Daten an.«

»Wie eine Klapperschlange«, bemerkte Parish, der es vermied, dabei in Mary Ings schmerzverzerrtes Gesicht zu sehen.

Auf einmal kam mir eine Idee.

»Bring«, sagte ich. »Sing, Ring, Ding ... Klingeling ... alle diese Worte enden auf *ing*. Er hat uns auf dem Tonband in der Stereoanlage der Wynns seinen Namen hinterlassen!«

»Richtig, Russell«, sagte Erik. »Gut mitgedacht. Mrs. Ing, hatte Billy denn Spaß an Tricks und Spielchen?«

Mary sah Erik mit ihren rotgeweinten, blauen Augen an. »Ich weiß nicht, ob er Spaß daran hatte, Mr. Wald. Aber er ... nun ... er war das, was ich einen geborenen Lügner nennen würde. Er log praktisch ununterbrochen, das war völlig normal für ihn. Ob ihm das Lügen gefallen hat? Das weiß ich nicht. Billys Gefühle waren nie richtig ... erkennbar.«

Ich betrachtete einen Augenblick eine der Hochglanzvergrößerungen des Fotos aus dem Video. Ings bärtiges Gesicht mit den wilden Haaren sah nicht zuletzt deshalb so furchterregend aus, weil es nicht das geringste Anzeichen von Furcht verriet. Die Augen unter der vorspringenden Stirn blickten entschlossen, mutig und intelligent aus dem Gesicht eines Mannes, der stolz darauf ist, daß er Schrecken und Panik unter den Menschen verbreitet. Er sah so aus, als habe er sein ganzes Leben lang darauf hingearbeitet.

»Bis er achtzehn Jahre alt war, hatte er jeden Sommer Probleme mit der Polizei oder dem Jugendamt«, sagte Parish. »Mittlerweile hatte er die Schule abgebrochen und sich einen Job gesucht und zwar – jetzt haltet euch fest – als Pfleger in einer Tierklinik. Mit dem Job bekam er in der Klinik auch ein Zimmer gestellt.«

»Paßt perfekt«, sagte Wald. »Er suchte nach Integration.«

»Wie meinst du das?« fragte Parish.

»Er suchte nach Integration für seinen Haß, der sich gegen hilflose Tiere richtete. Er versuchte, einen Weg zu finden, wie er damit leben und ihn unter Kontrolle bekommen konnte. Wenn er Tiere in sein Leben integrieren konnte, gelang ihm das vielleicht wenigstens ansatzweise auch mit seinem Haß. Mit dieser Stelle hat Billy vermutlich versucht, ein neues Leben anzufangen.«

»Entweder das, oder er sah sich dort bloß nach Tieren um, die er abmurksen konnte«, sagte Parish unbeeindruckt.

»Nein«, mischte sich Mary Ing ein. »Er nahm den Job, um seine Angst vor Hunden loszuwerden. Mr. Wald hat recht – Billy hat versucht, mit seiner Angst fertig zu werden.«

»Natürlich hat er das«, sagte Erik. »Ich wette, daß er am Anfang sogar ziemlichen Bammel vor der Arbeit hatte.«

»Er bekam ziemlich rasch eine Grippe und mußte sich ins Bett legen«, ergänzte Mary.

»Dem ist wohl nichts mehr hinzuzufügen«, sagte Wald und lächelte Parish an. »Lies doch bitte weiter, Captain.«

Ing hielt es vier Jahre in dem Job aus, dann wurde er gefeuert,

nachdem ein Arzt ihn im Sommer – natürlich im Sommer – 1976 bei der Polizei wegen Medikamentendiebstahls aus der Klinikapotheke angezeigt hatte. Außerdem hatte der Arzt behauptet, Ing habe Tierkadaver aus der krankenhauseigenen Gefriertruhe »entfernt«. Die Polizei vernahm Billy, der alle Vorwürfe kategorisch abstritt. Klage gegen ihn wurde nicht erhoben.
Als Parish das Wort »Gefriertruhe« in den Mund nahm, blickte ich ihn scharf an, aber er glotzte nur dröge zurück. Es war mir klar, was Martin in Ambers Schlafzimmer hatte vortäuschen wollen: die Art des Mordes, die blutbespritzten Wände und die Kassette, die er in der Stereoanlage zurückgelassen hatte, waren allesamt dazu geeignet gewesen, die Aufmerksamkeit der untersuchenden Beamten sofort auf das Nachtauge zu lenken. Schließlich hatte Parish am Tatort quasi dessen Visitenkarte hinterlassen. Weiterhin vollkommen unverständlich war mir aber, warum er seinen ursprünglichen Plan geändert hatte und nun versuchte, das Verbrechen statt dem Nachtauge *mir* und Grace in die Schuhe zu schieben. Nur zu diesem Zweck hatte er die Leiche in meine Garage gebracht und mich bei ihrem Begräbnis gefilmt. Warum dieser plötzliche Sinneswandel? Was hatte Martin zwischen dem Mord an Alice am dritten Juli und seiner verzweifelten Aufräumaktion am vierten Juli erfahren? Und warum wollte er unbedingt mich mit dem Verbrechen in Verbindung bringen? Ich erinnerte mich an etwas, das mir Chet Singer einmal erzählt hatte: Um kaltblütig einen Mord zu planen, braucht man eine gehörige Portion Unverfrorenheit. Deshalb bekamen die Worte, die Parish jetzt sagte, eine ganz spezielle Bedeutung für mich. Er sagte, der Arzt habe sich nicht »vorstellen« können, was Ing mit den toten Tieren aus der Tiefkühltruhe habe anstellen wollen. Es war nur die beschränkte Vorstellungsgabe des Arztes gewesen, die ihn damals die Wahrheit nicht hatte sehen lassen. Es war genau dieses Unvorstellbare, das dem Konzept eines jeden Serienmörders zugrunde lag.

Wer hätte sich schon vorstellen können, daß Randy Krafft sein letztes Opfer auf dem Beifahrersitz seines Wagens spazierenfahren würde, daß Art Crumpp dem Werkzeugverleih eine mit Blut und Haaren verklebte Kettensäge zurückgeben würde, daß Richard Ramirez einfach mitten in der Nacht in friedlich schlummernde Vorstadthäuser spazieren würde? Oder wer hätte sich, als unter der Tür von Jeffrey Dahmers kleiner Wohnung der süßliche Geruch von vermoderndem Fleisch herausdrang, schon vorgestellt, daß Dahmers da drinnen seine Opfer mit einer elektrischen Säge in kleine Stücke zerteilt hatte? Was für eine Unverfrorenheit vonnöten war, um all das zu tun! Sicherlich weitaus mehr, als sich auch ein phantasiebegabter Mensch vorstellen konnte. Als ich jetzt Martin Parish in die Augen sah, verstand ich sein Geheimnis: Hinter seiner ruhigen Fassade und seinem Sheriffstern war er ein Mann, der die Unverfrorenheit besaß, auch das Unvorstellbare zu tun.
Jetzt grinste er mir ins Gesicht und fragte: »Was meinst denn *du*, was Ing mit den toten Tieren aus der Gefriertruhe gemacht hat, Russ? Ihr Schriftsteller seid doch so phantasiebegabt.«
In diesem Augenblick wurde mir bewußt, daß ich Martin Parish nur dann für sein Verbrechen vor Gericht bringen konnte, wenn ich noch mehr kriminelle Phantasie entwickelte als er und ihn mit seinen eigenen, gefährlichen Waffen schlug. Aber wie sollte ich das bloß bewerkstelligen?
»Vielleicht hat er die Kadaver von einem Freund verscharren lassen und das Ganze auf Video aufgenommen«, sagte ich schließlich.
Martin zog sich hinter sein unverbindliches Lächeln zurück, während Wald, Winters, Schultz und Mary Ing erst mir und dann sich gegenseitig verständnislose Blicke zuwarfen.
»Billy hatte keine Freunde«, sagte Mary Ing in einem sehr ernsthaften Ton. Sie war mit dem Unvorstellbaren offenbar nicht allzu vertraut.

»Und außerdem gab es 1976 noch keine Videokameras für den Hausgebrauch«, sagte Wald, der wiederum ganz offensichtlich keine Ahnung von Unverfrorenheit hatte.
»Verdammt noch mal, wen interessiert es schon, was Ing mit irgendwelchen toten Hunden gemacht hat, Marty?« fragte Winters und sah auf die Uhr. »Machen Sie gefälligst weiter, sonst bekommt Russell seinen Artikel dieses Jahr nicht mehr in die Zeitung.«
Obwohl Martin ein wenig grau im Gesicht geworden war, bedachte er mich mit einem gequälten Grinsen.
Als Erwachsener wurde Ing dreimal verhaftet und bei drei weiteren Gelegenheiten von der Polizei vernommen. Außerdem hatte er insgesamt einhundertdreiundzwanzig Tage im Gefängnis abgesessen. Mit zweiundzwanzig war er mit Peyote in den Taschen in eine Razzia der Drogenfahndung geraten und konnte nur deshalb nicht wegen Drogenbesitzes angeklagt werden, weil es für eine Durchsuchung keinen plausiblen Grund gegeben hatte. Zwei Jahre später arbeitete er als eine Art Hausmeister an einer Schule und wurde von der Polizei verhört, die der Direktor wegen des merkwürdigen Verschwindens von Tieren aus dem »Zoo« der Schule eingeschaltet hatte. Auch in diesem Fall kam es nicht bis zur Anklage. Zwei Jahre später erstattete ein Hausbesitzer, bei dem Billy wohnte, Anzeige gegen ihn, weil er angeblich in mehrere Wohnungen eingebrochen war und dort Damenunterwäsche – sonst nichts – hatte mitgehen lassen. Keine Anklage. Erst 1984 – Billy Ing war mittlerweile dreißig Jahre alt – wurde er zum ersten Mal rechtskräftig verurteilt, und zwar weil er sich am Strand von Laguna unsittlich entblößt hatte. Die neunzig Tage Haft, zu denen er verurteilt wurde, wurden auf Bewährung ausgesetzt, weil sich Billy freiwillig einer sieben Sitzungen dauernden psychiatrischen Behandlung unterzog. Ein Jahr später wurde er wirklich vier Monate wegen eines Autodiebstahls

eingebuchtet. Den Wagen hatte er in einer Nebenstraße von Laguna Beach gestohlen und zwei Tage später in einem vornehmen Wohnviertel der Stadt wieder abgestellt. 1987 wurde Ing wegen einer versuchten Vergewaltigung an Lagunas Thousand-Steps-Strand verhört, und wieder zwei Jahre später wegen einer größeren Anzahl von toten Katzen und Hunden, die mit eingeschlagenen Schädeln in der Nähe von Aliso Pier südlich von Laguna an Land gespült worden waren. Anklage wurde nicht erhoben.

»Russell«, sagte Karen, »auch wenn diese persönlichen Details für Ihre Leser noch so interessant sind, Sie dürfen sie nicht verwenden. Das meiste davon stammt aus psychologischen Beurteilungen über Billy Ing, der Rest aus Telefongesprächen mit seinem Bewährungshelfer. Aus den Beurteilungen dürfen Sie nichts zitieren – die müssen vertraulich behandelt werden, ebenso wie Ings Aussagen bei den diversen Verhören. Aber Sie können Martin, Sheriff Winters, Wald oder mich zitieren und, wenn Sie es Ihnen gestattet, auch Mrs. Ing. Haben wir uns in dieser Hinsicht verstanden?«

»Aber ja.«

Ing wurde 1954 in Anaheim in Orange County geboren. Sein Vater Howard war technischer Zeichner bei der Firma Rockwell, und Mutter Mary arbeitete in der Küche des Krankenhauses, in dem Billy auf die Welt kam. Er war ein Einzelkind.

»Ein ganz ›normales‹ Elternhaus«, sagte Wald und blickte von seinen Kopien auf. »Aber während Mr. und Mrs. Ing in der Arbeit waren, blieb der kleine Billy in der Obhut eines Babysitters und war damit, so vermute ich zumindest, sehr unglücklich. Stimmt das, Mary?«

»Er war kein glückliches Kind«, antwortete Mrs. Ing und schaute auf die Blätter vor ihr. »Ich kann es kaum glauben, wieviel über ihn in dieser Akte steht. Und über … uns.«

»Mrs. Ing«, sagte Erik mit sehr ernstem Gesicht, »Sie müssen

sich für überhaupt nichts schämen. Sie sind zu uns gekommen, um Leben zu retten. Sie sind eine gute Frau.«
Karen rutschte, ebenso wie Martin Parish, nervös auf ihrem Stuhl herum. Wenn es Winters aufgefallen war, wie herablassend Wald sich eben aufgeführt hatte, dann ließ er es sich nicht anmerken. Mary Ing tat das ebenfalls nicht. Sie errötete tief, sah erneut hinunter auf ihre Fotokopien und tupfte sich mit dem zerknäulten blauen Taschentuch die Augen trocken.
Parish begann wieder zu lesen.
Ing war ein großes, plumpes und unsportliches Kind. Er war schüchtern und hatte keine Freunde. Aggressivere Buben als er schlugen ihn, Mädchen machten sich über ihn lustig oder ignorierten ihn, und die Lehrer mochten ihn nicht, weil er ein langsamer und ziemlich sturer Schüler war. Durch seine Epilepsie war er das Gespött der ganzen Schule, obwohl er beim Stanford-Binet-Intelligenztest einen IQ von einhundertsechsunddreißig schaffte. Er schwänzte des öfteren den Unterricht und bezog dafür häufig Prügel von seinem Vater. Howard war, laut Billys Aussagen, »ständig betrunken« und mißhandelte nicht nur ihn, sondern auch seine Mutter, auf die er manchmal sogar mit den Fäusten einschlug. Howard sagte Billy oft, daß er und Mary »wie Bleikugeln« an ihm hingen, und wenn er nicht so viele Überstunden hätte machen müssen, um sie beide durchzufüttern, dann hätte er sich in seiner Freizeit – ohne die ständige Belastung durch die beiden – in einem Fernstudium zum Rechtsanwalt ausbilden können.
Ich sah hinüber zu Mary, die immer noch auf die Akte auf ihrem Schoß starrte. Sie stöhnte kaum hörbar vor sich hin, und als sie spürte, daß ich sie ansah, blickte sie mich rasch mit ihren hoffnungslosen blauen Augen an, bevor sie sich wieder den Papieren über ihren Sohn zuwandte. Die Hand mit dem Taschentuch hatte sie zur Faust geballt.
Parish blätterte um und fuhr fort.

Laut Billy war Howard so »dumm und fett«, daß er mit Tieren besser auskam als mit Menschen.
»Das habe ich erwartet«, sagte Wald. »Es paßt genau.«
»Dann solltest du mich vielleicht weiterlesen lassen«, sagte Parish.
»Tut mir leid, Captain«, erwiderte Wald.
Parish murmelte etwas und fuhr fort. Nach Billys Aussage hatten die Ings immer drei Staffordshire-Bullterrier und drei Katzen. Eine von Billys Aufgaben war es, die Tiere zu füttern und deren Dreck zu beseitigen, bevor sein Vater von der Arbeit kam. Billy haßte die »Viecher, die immer sabberten und überall hinschissen«, auch deshalb, weil sie aus Gründen, die er nicht verstehen konnte, mehr Liebe und Zuwendung von seinem Vater bekamen als er selbst. Als er acht war, fielen die drei Hunde eines Abends über ihn her, und Billy mußte im Krankenhaus mit einhundertfünfunddreißig Stichen genäht werden. Als Erwachsener ließ er sich einen Bart stehen, um die Narben zu verbergen.
»Was meinen Sie zu den Narben, Sheriff«, unterbrach Karen. »Sollen wir das an die Presse weitergeben oder nicht?«
»Wieso sollten wir das veröffentlichen?« fragte Wald. »Er trägt doch ohnehin einen Bart.«
»Schaden kann es nicht«, meinte Parish. »Schließlich kann er sich den Bart ja auch abnehmen. Nachdem sein Bild in allen Zeitungen war, ist das sogar ziemlich wahrscheinlich.«
Winters dachte nach. »Lassen Sie das mit den Narben, Russ. Hoffen wir, daß er den Bart dranläßt. Haben Sie vielleicht irgendwelche Bilder, Mrs. Ing, auf denen Billys Narben zu sehen sind?«
Sie schüttelte den Kopf. »Seit Anfang Zwanzig trägt er diesen Vollbart. Er schämt sich furchtbar wegen seiner Narben, deshalb glaube ich auch nicht, daß er jetzt den Bart abnehmen wird.«

Winters nickte. »Also vergessen wir die Narben, Russ. Sie werden bei all den Informationen ohnehin Platzprobleme kriegen.«
Parish schüttelte seinen großen Kopf, als habe er es hier mit lauter kleinen Kindern zu tun, und fuhr fort.
Laut Billys eigener Aussage war der schreckliche Hundeangriff, der ihn sehr wütend gemacht hatte, bei weitem nicht so schlimm gewesen wie das Ereignis, das ihm unmittelbar vorausgegangen war.
An dieser Stelle sah Parish hinüber zu Mary Ing und fragte sie mit überraschend sanfter Stimme: »Darf ich das vorlesen, Mrs. Ing?«
Sie nickte, blickte aber nicht auf.
Es hatte damit angefangen, daß Billy durch die geschlossene Tür des Elternschlafzimmers gehört hatte, wie sein Vater offensichtlich wieder einmal gegenüber seiner Mutter tätlich geworden war. Sein Vater habe »gegrunzt«, sagte er aus, dann sei etwas – oder jemand – gegen eine Wand geprallt, und seine Mutter habe zu weinen angefangen. Da riß Billy die Tür zum Schlafzimmer auf und sah in der Mitte des Raumes seinen Vater, der ihm den Rücken zudrehte. Er trug ein Jackett, aber seine Hosen waren heruntergelassen. Alles, was Billy von seiner Mutter – die sich hinter seinem Vater befand – sehen konnte, waren ihre beiden Hände, mit denen sie sich an der Wand abstützte und ihr Gesicht im Profil, das – laut Billy – »komisch verdreht« und an die Wand gepreßt war. Billy dachte, sein Vater habe seiner Mutter weh getan und ging von hinten auf ihn los. Howard schüttelt ihn mit Leichtigkeit ab, und als Billy sich daraufhin um seine Mutter kümmern wollte, gab sie ihm eine so schallende Ohrfeige, daß er wie vom Donner gerührt stehenblieb. Später bezeichnete Billy diesen Schlag als den schlimmsten Schmerz, den er in seinem ganzen Leben empfunden habe. Er drehte sich um und rannte aus dem Haus in den dunklen Garten, verfolgt von Howards Bullterriern, die mitbekommen

hatten, wie er ihren Herrn angegriffen hatte. Zweimal versuchte Billy vergeblich, den Zaun zu überklettern, hinter dem sich der Hochwasserauffangkanal befand, dann rissen ihn die Hunde zu Boden.

»Achten Sie auf das Datum«, sagte Wald. »Vierter Juli 1962. Der County-Psychiater merkt hier an, daß die Hunde möglicherweise das Geknalle des Feiertagsfeuerwerks – 1962 war so was noch erlaubt – durcheinandergebracht hatte, und in Billys eigener Aussage steht sogar, daß er glaubt, einen Kanonenschlag gehört zu haben, bevor er über den Zaun zu klettern versuchte. Das ist also die Erklärung dafür, weshalb er den Job in der Tierklinik angenommen hat. Er wollte mit seiner panischen Angst vor Hunden zurechtkommen. Und dazu hatte er zwei Möglichkeiten. Er konnte sie integrieren oder isolieren.«

»Na und, wen interessiert das schon?« fragte Martin.

»Wenn wir ihn besser verstehen, können wir ihm vielleicht helfen«, antwortete Wald.

»Ich dachte eigentlich, wir wollten ihn unschädlich machen«, sagte Parish.

Wald, der ganz offenbar um Marys Gefühle besorgt war – oder vielleicht auch nur ihr Vertrauen erringen wollte, falls man ihre Hilfe in diesem Fall noch einmal benötigen würde –, lächelte Parish nachsichtig an und schüttelte den Kopf. »Nein, wir helfen Billy, so, wie wir allen psychisch Kranken in diesem County helfen, Martin. *Dafür* werden wir schließlich bezahlt.«

Karen sah mich an. »Ich gehe davon aus, daß Sie solche Hintergrundinformationen aus Ihrem Artikel herauslassen, Russ.«

Je mehr ich über ihn wußte, desto mehr tat mir der junge Billy Ing unwillkürlich leid. Und ich fragte mich, wie irgend jemand – vor allem ein beim County angestellter Psychologe – jemals den wirklichen Grund dafür herausfinden kann, warum ein Mensch zum Mörder und zum lebenden Alptraum für seine Mitmenschen wird. Sicher, Ings Geschichte war schlimm genug

– er stammte aus einer gewalttätigen Familie, er hatte schlechte Erfahrungen auf der Schule gemacht und war sogar von den eigenen Hunden angefallen worden. Dennoch gab es Tausende mit ähnlichen – wenn nicht schlimmeren – Lebensgeschichten, die trotzdem nicht die letzte Grenze überschritten hatten, die uns normale Menschen von dem stumpfen, selbstmitleidigen und gnadenlosen Haß trennt, der allen soziopathischen Mördern zu eigen ist. Warum wurde ausgerechnet Ing zum Nachtauge – falls er überhaupt das Nachtauge war- und nicht jemand, der noch viel Schlimmeres als er zu erdulden hatte?
Ich habe da so eine Theorie, die allerdings sehr persönlich ist und keinen Anspruch auf Allgemeingültigkeit erhebt. Obwohl ich kein gläubiger Mensch bin, hat der Glaube etwas mit meiner Theorie zu tun, ebenso wie die eiskalte Logik mathematischer Wahrscheinlichkeitsrechnung. (Gott und Mathematik sind in meinen Augen einander sehr ähnlich.) Ich habe eigentlich immer geglaubt, daß es irgendwo einen Gott gibt und daß manche Menschen ihm näher als andere und einer »Aufgabe« verpflichtet sind, die ihnen von »oben« mitgeteilt wird.
In diese Kategorie fallen für mich Menschen wie Salomo, Buddha, Gerard Manley Hopkins, Mohammed, Blake und sicherlich auch Jesus Christus. Deshalb befindet sich, statistisch gesehen, unter soundso vielen x-millionen Menschen immer ein »Auserwählter«, der Gott einfach nähersteht als der Rest von uns. Solche Menschen kann man sich in etwa wie Journalisten vorstellen, die uns mit Nachrichten aus einer anderen Welt versorgen und uns über die göttlichen Wünsche und Vorstellungen informieren. Ihre Aufgabe ist das Nachrichtengeschäft auf höchster Ebene, das stinknormale Schreiberlinge wie ich nur verbocken würden – durch falsches Zitieren, das Nichteinhalten von Terminen und dadurch, daß wir nur selten das Wesentliche erkennen und manchmal sogar unsere Aufzeichnungen verlieren oder aus Versehen unsere Tonbänder löschen. Und dann

gibt es auch Leute, die auf eine ganz andere Art »Auserwählte« sind. Sie fungieren für den Rest der Menschheit als der Zorn Gottes oder – um es für diejenigen, die sich mit der Existenz Gottes nicht anfreunden können, etwas anders auszudrücken – als die brutalen Raubtiere unter uns, die es nach mathematischer Wahrscheinlichkeit unter soundso vielen x-millionen Menschen nun einmal geben muß. Salomo wurde wegen seiner dichterischen, das Nachtauge wegen seiner zerstörerischen Begabung auserwählt. Der eine war ein einzigartiger Segen, der andere ist ein einzigartiger Fluch für die Menschheit. Aber beide tun das Ihre, damit *wir es nicht tun müssen.* Vielleicht war das Nachtauge nur deshalb ein Serienmörder, damit ich ein Schriftsteller sein konnte. In gewissem Sinne schuldete ich ihm dafür etwas. Und ich möchte diese Art von Dankbarkeit auch auf alle Menschen ausdehnen, die an einer schlimmen Krankheit leiden. Besonders auf Isabella, die – davon bin ich felsenfest überzeugt – ihre Krankheit nur deshalb bekam, damit ich gesund bleiben konnte. Damit will ich natürlich nicht sagen, daß das Nachtauge für seine Taten nicht die Guillotine oder ihr modernes Äquivalent verdient hätte – das hatte es zweifelsohne. Und wenn ich derjenige sein müßte, der das Fallbeil betätigte, dann würde ich es vermutlich auch tun, allerdings eher aus Pflichtbewußtsein als aus einem Gefühl der Rachsucht heraus. Ich würde es tun, damit Sie es nicht betätigen müssen. Krebs ist ein Serienmörder, und ein Serienmörder ist wie ein Krebsgeschwür. Niemand gibt sich ihm freiwillig hin.

Während Parish kurz die Geschichte von Ings Epilepsie darstellte, fragte ich mich, ob das Gestammel auf seinen Tonbändern von einem Anfall oder der Verwirrung verursacht wurde, die auf einen solchen Anfall folgte. Oder hatte er die Kassetten unter dem Einfluß jener »Aura« aufgenommen, die manche Epileptiker kurz vor einem Anfall verspüren und die sie als sekundenlang anhaltende, visionäre Ekstase beschreiben?

Ings eigenen Aussagen zufolge hat er seit dem Erreichen des achtzehnten Lebensjahres, als er das Haus seiner Eltern verließ und den Job im Tierkrankenhaus annahm, ziemlich stark dem Alkohol zugesprochen. Nachdem er aus dem Krankenhaus geflogen war, hatte er mehr oder weniger das Leben eines Penners geführt, und damit war er vollends der Kontrolle seiner Eltern entglitten und paradoxerweise auch in zunehmendem Maße weniger straffällig geworden.
Eine andere Information über Ing fand ich ebenso erbärmlich wie faszinierend. Seit seiner Kindheit hatte er beständig nach religiösen Wahrheiten gesucht und im Lauf der Zeit so ziemlich alles in dieser Richtung ausprobiert: Als Junge hatte er im Schlepptau seiner Mutter die lutherische ebenso wie die Methodisten- und Baptistenkirche kennengelernt, und als junger Mann hatte er sich auf eigene Faust mit Katholizismus, Protestantismus, Judentum, Buddhismus, Islam, Konfuzianismus, Rosenkreuzertum und Scientology befaßt. Seinen eigenen Worten zufolge hatte Ing »einfache Antworten auf komplizierte Fragen« gesucht. Aber alle Religionen, das habe er schließlich herausgefunden, »basieren auf der irrigen Annahme, daß es irgendwo einen gütigen Gottvater gibt, dem unser Schicksal am Herzen liegt. Es gibt keine schlimmere Lüge als diese.«
Nachdem Martin diese Worte vorgelesen hatte, senkte sich betretene Stille über Winters' Büro, die nur von den etwas entfernten Geräuschen der Handwerker unterbrochen wurde, die draußen im Gang noch immer die Platten von den Wänden rissen. Winters lehnte sich in seinem Stuhl zurück, verschränkte die Arme und blickte sinnierend hinunter auf seinen Schreibtisch. »Mrs. Ing«, sagte er schließlich, »haben Sie dem vielleicht noch irgend etwas hinzuzufügen?«
Mary Ing atmete tief ein und richtete sich in ihrem Stuhl auf. »Nun ... ich denke, daß das meiste, was wir hier gehört haben, so ziemlich die Wahrheit sein dürfte. Als Howard vor zehn

Jahren starb, schien Billy auf einmal so etwas wie ... Mut zu schöpfen. Ich kann nur sagen, daß ich, solange ich Billy kenne, immer den Eindruck hatte, daß zwei Personen in ihm wohnen – eine, die anwesend war, wenn man mit ihm sprach, und eine andere, die immer ganz woanders war. Im Innersten seiner Seele ist er ein guter Junge. Ich weiß, das klingt jetzt, als wäre ich irgendwie blind, aber wirklich, er war niemals, ich meine, er war immer ... ich meine, ich weiß nicht, was ich wirklich meine.«

»Sie meinen, daß er Ihr Junge ist und daß Sie ihn lieben«, sagte ich.

»Vielen Dank. Ja, das stimmt.«

»Hatte er irgendwelche speziellen Interessen, Hobbys oder so was?« wollte Parish wissen.

»Er war immer ganz wild auf alles Elektrische oder Elektronische. Schon als er noch ein kleiner Junge war, hat er unser Telefon zerlegt und versucht, es wieder zusammenzusetzen.«

»Und? Ist es ihm gelungen?« frage Wald.

»Ja. Aber er brauchte ziemlich lange dafür, und Harold war schrecklich wütend auf ihn. Billy war irgendwie ... talentiert. Er bastelte sich seine eigenen Radios und Walkie-talkies zusammen. Er hörte so gerne Radio.«

»Hat er sich jemals als Junge Ihre Kleidung oder die von Howard angezogen? Liebte er es, sich zu verkleiden?« fragte Erik.

»O ja, und wie. Halloween war ihm der liebste Tag im ganzen Jahr.«

»Mein Gott, das ist er für viele Kinder. Wen interessiert das schon?« fragte Parish.

»Mich«, sagte ich. »Wald will da auf etwas hinaus.«

»Und auf was, bitte?«

Ich dachte daran, daß die Spurensicherung an den Tatorten überdurchschnittlich viele Haare gefunden hatte. Und dann begann ich mich auf einmal an das zu erinnern, was mir bei meinem Telefonat mit dem Nachtauge in Joe und Corrines Haus andeutungsweise durch den Kopf gegangen war. Plötzlich sah ich ganz genau, was mir im Unterbewußtsein zu schaffen gemacht hatte: Warum hatte die Tatsache, daß sein Bild in allen Zeitungen abgebildet war, das Nachtauge nicht im geringsten beunruhigt?

»Zum Beispiel darauf, daß der Bart und die langen Haare vielleicht eine Verkleidung sein könnten«, sagte ich und blickte hinüber zu Erik. »Deshalb hat Chet auch an den Haaren soviel Haarspray gefunden. Wenn das Nachtauge wirklich eine Perükke trägt, dann sprüht es sie vermutlich wie ein Wilder ein, damit sie wenigstens einigermaßen nach was aussieht.«

Wald lächelte. »Du nimmst mir die Worte aus dem Mund, Russ. Schließlich ergibt das alles auch auf der psychologischen Ebene einen Sinn. Die Morde sind für das Nachtauge zum Teil auch eine Art Ritual. Mary, hatte Howard –«

»Ja!« rief Mrs. Ing. »Er hatte lange Haare – eine Zeitlang zumindest –, und er trug immer einen Bart.«

Wald warf Parish einen triumphierenden Blick zu. »Hinzu kommt noch, daß die Maskerade für Billy noch einen anderen, weitaus praktischeren Zweck erfüllt. Sie hilft ihm, ein *normales* Leben führen. Bestimmt lebt er irgendwo unter falschem Namen, und tagsüber, wenn er nicht das Nachtauge ist, trägt er keinen Bart und läuft höchstwahrscheinlich auch mit kurzgeschnittenen Haaren herum.«

»Wollen Sie damit etwa sagen, daß wir das ganze County nach dem falschen Gesicht Ausschau halten lassen?« fragte Winters.

»Das ist durchaus möglich«, antwortete Wald, »vielleicht suchen alle Leute nach dem genauen Gegenteil des Nachtauges. Wenn Sie sein wirkliches Gesicht haben wollen, dann lassen Sie Ihre Leute am Graphikcomputer den Bart und die Haare wegmachen.«

Wieder einmal beeindruckten mich Walds Einsichten, was aber

vielleicht auch nur daher rührte, daß sie sich in weiten Teilen mit meinen eigenen deckten. »Erik hat recht«, sagte ich. »Am Telefon kam mir das Nachtauge durchaus klar und verständig vor. Er könnte jederzeit einem durchschnittlichen Job nachgehen und sich als ein vollkommen normaler Mensch präsentierten. Wahrscheinlich hinterläßt er diese wirren Tonbänder nur deshalb am Tatort, damit wir glauben, es mit einem Schwachsinnigen zu tun zu haben, der gerade einen Anfall hat. Das kommt mir vor, als würde jemand absichtlich mit der linken Hand unterschreiben.«
Wieder machte sich ein längeres Schweigen zwischen uns breit, bis Winters sich schließlich erhob und Mrs. Ing seine Hand hinstreckte. »Haben Sie vielen Dank für Ihre Geduld.«
Mrs. Ing stand auf und gab Winters ebenfalls die Hand. »Ich wünschte, ich könnte Ihnen definitiv sagen, wer das auf Ihrem Bild ist«, sagte sie. »Ich glaube zwar, daß es Billy ist, aber ganz sicher bin ich mir nach wie vor noch nicht. Ich brauche wohl nicht extra zu sagen, daß ich eigentlich hoffe, daß ... er ... es nicht ist.«
»Wir werden Sie auf dem laufenden halten«, versprach Winters.
Nun stand auch ich auf und schaute auf meine Uhr. »Ich glaube, es wäre besser, wenn Mrs. Ing noch etwas hierbliebe, Dan.«
»Wozu?«
»Ich habe vor etwa einer Stunde ein zweites Mal mit dem Nachtauge gesprochen. Und er sagte, er wolle um Punkt zwölf hier anrufen.«
Ein gequältes Lächeln glitt über Winters Gesicht. »Hier bei mir?«
»Es geht um das Exempel, das er statuieren will«, sagte ich.
»O Gott«, seufzte Mary Ing.
»Mrs. Ing, könnten Sie vielleicht noch eine Dreiviertelstunde hierbleiben und sich seine Stimme anhören?« fragte Dan.
»Natürlich.«

Dann wandte Winters sich an Parish: »Holen Sie sofort Carfax her, er muß mir eine Fangschaltung legen. In vierzig Minuten muß er damit fertig sein.«
Parish blickte erst mich, dann Wald böse an.
»*Nun machen Sie schon!*«
»Russ«, sagte Karen und ging mit mir zur Tür, »Chet hätte Sie gerne im Labor gesprochen.«

Chet saß auf seinem Hocker vor dem Labortisch und sah so verknittert aus wie immer. Seine herabhängenden Mundwinkel machten den Eindruck, als zöge nicht die Schwerkraft, sondern die jahrelange Bekanntschaft mit der dunklen Seite des Lebens sein breites Gesicht nach unten. Chets Augen hinter den dicken Brillengläsern waren so wach und lebendig wie immer. Er sah Karen so durchdringend an, daß sie kehrtmachte und ging.
»Nehmen Sie doch Platz«, sagte er.
Auf dem Tisch vor Chet waren ein Kassettenrecorder und ein Stapel Kassetten. Die Kassette, die ich ihm gegeben hatte, lag daneben. Ich setzte mich, und Chet blickte an mir vorbei ins Leere. »Das, was ich herausgefunden habe, macht mich nicht gerade glücklich«, sagte er. »Es ergibt keinen Sinn und paßt auch irgendwie nicht ins Gesamtbild dieses Falls.« Er wandte sich mir zu und starrte mich über den Rand seiner Brille an.
»Wir können gar nicht genug lernen, nicht wahr?« fragte ich.
Er sah mich wieder mit seinen traurigen, durchdringenden Augen an. »Wir haben es hier mit etwas sehr Ernstem zu tun, Russell«, sagte er. »Ich fürchte, daß wir hier direkt ins Herz von etwas sehr Bösem blicken. Und dieses Böse ist uns ausgesprochen nahe.«
»Haben Sie die Kassette angehört, die ich Ihnen gegeben habe?«
»Ja, und ich möchte wissen, woher Sie sie haben und warum sie nicht als Beweismittel registriert wurde.«

»Ich habe sie aus dem Kofferraum von Martin Parishs Wagen.«
Singer sah mich lange an. Ich konnte mir vorstellen, wie jetzt hinter seiner Stirn die Gedanken rasten, und ich spürte direkt, mit welcher Bedächtigkeit und Sorgfalt Chester Fairfax Singer die ihm gegebenen Informationen verarbeitete.
Schließlich nickte er. »Lassen Sie uns noch einmal rekapitulieren. Ich bin, wie Sie ja wissen, der Chef der Haar- und Faserabteilung des kriminaltechnischen Labors, aber ich kenne mich auch in den anderen Abteilungen gut aus. Und weil ich schon so lange hier bin und vielleicht auch deshalb, weil ich über eine gewisse Erfahrung verfüge, ist mir sozusagen die Leitung über diese Abteilung hier zugefallen. Deshalb bekomme ich auch fast jedes einzelne Beweisstück zu sehen, das hier hereinkommt, von Fingerabdrücken über Samenproben bis zu Bodenproben und leeren Patronenhülsen. Und deshalb, Russell, ist mir auch aufgefallen, daß in meinem Labor derzeit Untersuchungen zu einem Verbrechen durchgeführt werden, für das es weder eine Akte noch eine Fallnummer, noch irgendwelche sonstigen Informationen gibt. Ein gewisser … ranghoher Beamter in dieser Behörde hat diese Nachforschungen auf eigene Faust angestellt. Obwohl er kein Experte in diesen Dingen ist, hat er durch geduldiges Experimentieren doch ziemlich brauchbare Ergebnisse erzielt. Ich habe ihn schon mehrmals vor und nach den regulären Dienststunden hier arbeiten sehen. Unter den Beweismitteln befinden sich Haare und andere Spuren von Verdächtigen, aber ich habe keine Ahnung, mit welchem Verbrechen sie in Verbindung stehen. Außerdem gibt es Lackpartikel und Fasern aus dem Bodenteppich eines Autos – ich vermute, daß es einem *Verdächtigen* gehört –, die mit ähnlichen Funden am Tatort des ominösen ›Verbrechens‹ verglichen wurden. Ich habe den Namen dieses *Verdächtigen* herausgefunden, wenn das überhaupt die richtige Bezeichnung für diese Person ist. Ich habe von der ganzen Angelegenheit bisher noch niemandem

außer Ihnen erzählt, Russell. Wissen Sie, wer in diesem Fall verdächtigt wird?«

»Wenn ich mich nicht irre, dürfte es sich hier um zwei Verdächtige handeln.«

Chet zog eine Augenbraue hoch und lächelte mich an.

»Grace Wilson und Russell Monroe«, sagte ich.

»Grace Wilson ist Ihre Tochter, nicht wahr?«

»Richtig. Haben Sie das Band, das ich Ihnen gegeben habe, entschlüsseln können?«

Chet nickte feierlich und sah auf die Kassette. »Es ist keine Originalaufnahme des Nachtauges. Es ist zwar seine Stimme, es sind seine Worte, aber das Band, das Sie mir gegeben haben, ist aus Teilen der Bänder zusammengeschnitten, die wir in den Häusern von Fernandez und Ellison gefunden haben. Aber das wußten Sie schon, nehme ich mal an.«

»Ich habe es vermutet. Irgendwie kam mir manches bekannt vor.«

»Und Martin Parish hatte dieses Band in seinem Besitz?«

»Ja.«

»Und jetzt, Russell, seien Sie bitte so offen zu mir, wie ich es eben zu Ihnen war. Sagen Sie mir in Gottes Namen, was hier eigentlich gespielt wird.«

»Das ist ganz einfach. Martin Parish hat in der Nacht des dritten Juli eine Frau getötet und versucht, diesen Mord dem Nachtauge anzuhängen. Aber dann hat er es sich anders überlegt – ich weiß noch nicht genau, weshalb –, und jetzt versucht er, mit Hilfe Ihres Labors, den Mord mir und Grace in die Schuhe zu schieben.«

Chester hörte mir gespannt, manchmal sogar entsetzt zu, als ich ihm die traurigen Ereignisse der Nächte des dritten und vierten Juli schilderte. Ich erzählte ihm von meinem Verlangen, Amber Mae wiederzusehen, und von ihrem eingeschlagenen Schädel; ich erzählte ihm von dem gereinigten und frischgestrichenen

Tatort mit dem neuen Läufer und der verschwundenen Leiche ebenso wie von Martins fast nacktem Auftauchen in Ambers Schlafzimmer und seiner Behauptung, er habe Grace am dritten Juli aus dem Mordhaus kommen sehen.

Chester machte beim Zuhören ein Gesicht wie jemand, der zum ersten Mal den unaussprechlichen Namen Jehovas vernimmt. Als ich mit meiner Erzählung zu Ende war, stöhnte er leise auf.

»Was hat Parish wirklich gegen mich in der Hand?« fragte ich.

Singers Augen nahmen einen Ausdruck konzentrierter Wildheit an, den ich bisher noch nie an ihm bemerkt hatte. »Nein, Russell. Das werden Sie von mir nicht erfahren. Sie nehmen jetzt Ihr Tonband und verlassen auf der Stelle mein Labor. Ich lasse diese Abteilung hier weder von Martin Parish noch von Ihnen, noch von irgend jemandem sonst für irgendwelche privaten Zwecke mißbrauchen. Sie und Captain Parish haben mir das Gefühl gegeben, etwas Schmutziges zu tun, Russell. Und ich sage Ihnen hiermit in aller Offenheit, daß ich bis zum letzten Atemzug dafür kämpfen werde, daß der hohe moralische Standard, der dieses Labor bisher ausgezeichnet hat, auch in Zukunft erhalten bleiben wird. Wir lassen uns nicht von Leuten verschleißen, die irgendwelchen fixen Ideen nachlaufen. *Wir lassen uns nicht mißbrauchen.*«

Sein Kinn bebte, als er das sagte.

Ich konnte Chester weder seine Wut noch seine Verwirrung verübeln. Und ich bewunderte seine Ehrlichkeit.

»Russell«, sagte er, »seien Sie sehr, sehr vorsichtig. Diese Sache könnte böse ausgehen für Sie. Und ich möchte Sie bitten, daß Sie das, was ich Ihnen eben anvertraut habe, für sich behalten. Wenn man mich in die Enge treibt, werde ich meine Person und die Integrität dieser Abteilung mit allen Mitteln verteidigen.«

»Ich verstehe.«

»Gut für Sie, ich verstehe nämlich überhaupt nichts mehr.«

Punkt zwölf Uhr mittags rief das Nachtauge bei Sheriff Winters an. Winters, Parish, Wald, Karen, Mary Ing und ich hörten ihn über das lautgestellte Telefon, neben dem John Carfax an seiner Fangschaltung herummaß.

»Hallo, Leute«, begann das Nachtauge, »hallo, Dan, du dreckiger kleiner Nigger. Hier spricht euer Nachtauge. In einer Stadt, die ihre Perversen so verhätschelt wie diese, würde ich euch raten, einmal ein Auge auf die lieben, verhätschelten Haustiere zu werfen. Ich habe nämlich eine kleine Überraschung für euch. Genießt sie in all ihrer Schönheit und denkt daran, daß ich erst dann aufhören werde, wenn jeder Nigger, Latino, Japs, Kanake, Judenbengel und Schwanzlutscher seine Siebensachen gepackt und meine Heimat verlassen hat. Wenn ihr mal zur Abwechslung was Gutes tun wollt, dann veröffentlicht das. Dann macht's mal gut. Bis bald, ihr Trantüten.«

Mit diesen Worten legte das Nachtauge auf.

»Was meint er bloß damit?« fragte Parish.

Den Canyon, dachte ich.

Carfax schüttelte ungläubig den Kopf. »Der Kerl hat meine Fangschaltungen ausgetrickst. Und zwar alle. Keine Ahnung, wie er das geschafft hat.«

Winters starrte auf den stummen Lautsprecher, dann sah er hinüber zu Carfax und schließlich zu Mary Ing.

»Nun, was meinen Sie, Mrs. Ing?« fragte Wald.

»Es ist Billy«, antwortete sie.

»Er meint die ›Hund und Katz‹-Tierpension oben im Canyon«, sagte ich.

KAPITEL 19

Von der Laguna Canyon Road gehen nur sieben kleine Querstraßen ab, von denen die meisten sich in schmale, kurvige Feldwege verästeln, die dann irgendwo in den Bergen einfach aufhören. Die Leute, die hier leben, sind zugegebenermaßen ein wenig seltsam – ich darf das sagen, denn schließlich bin ich ja selbst einer der Canyonbewohner. Gesetzlosigkeit hat hier eine lange Tradition, seit berittene Banditen Reisenden auf der schmalen, staubigen Bergstraße auflauerten, die damals die einzige Möglichkeit war, Laguna auf dem Landweg zu erreichen. Viel später, in den sechziger Jahren unseres Jahrhunderts, hatte Timothy Learys *Brotherhood* ihr Hauptquartier in Woodland und belieferte von hier aus ganz Amerika mit Tausenden von LSD-Tabletten. (Dieser rege Versandhandel führte dazu, daß Leary von einem Streifenpolizisten in Laguna Beach festgenommen wurde und für eine Weile ins Gefängnis mußte. Der Streifenpolizist ist heute Polizeichef, und Leary, wie jeder weiß, gilt heute als eine der Galionsfiguren der Gegenkultur.)

In jüngerer Zeit verwandelte sich die Gesetzlosigkeit der Canyonbewohner immer mehr in ein stummes Mißtrauen gegenüber den Behörden. Darüber hinaus waren wir hier im Canyon stolz auf unsere Unabhängigkeit und darauf, daß wir nicht in der Stadt leben, bis man uns vor vier Jahren doch eingemeindet hat. Diesem Vorgang waren endlose Verhandlungen um die damit verbundenen »Vergünstigungen« vorausgegangen, die die Stadt uns für unsere Zustimmung zur Eingliederung in ihr Gemeinwesen bieten hatte müssen. Noch sind die Immobi-

lienpreise und Mieten hier im Canyon so erträglich, daß sogar Künstler sie sich leisten können, was man von den anderen Teilen von Laguna beileibe nicht mehr behaupten kann – eigentlich ein Armutszeugnis für eine Stadt, die sich überall damit brüstet, früher mal eine Künstlerkolonie gewesen zu sein. So kommt es, daß der Canyon, gemessen am Standard von Orange County, geradezu ein Refugium für seltsame Gebäude und Menschen ist: Da steht ein Tempel der Zeugen Jehovas neben einem Höhlenhaus; da verstecken sich Wohnwagensiedlungen schamhaft hinter Eukalyptushainen und größeren Häusern; da leben Künstler neben Steuerberatern, junge Familien neben Schwulenpärchen, Pferdebesitzer und Vogelliebhaber neben Bonsaizüchtern und Schlangenliebhabern. Und dann gibt es an den kleineren Bergstraßen auch noch jene ziemlich ramponierten Hütten, die meistens nur einen einzigen Raum haben und deren einziger Vorteil es ist, daß jeder, der seine Ruhe haben will, sie für billiges Geld mieten kann.
Ich erzähle das alles nur, um zu erklären, daß ich die Bewohner der steilen und kurvigen Red Tail Lane, die wir jetzt in rascher Fahrt hinauffuhren, als meine Nachbarn ansah. Auch ich gehörte zu dieser recht gut funktionierenden Gemeinschaft der Canyonbewohner und fühlte mich ihnen auf eine ganz besondere Art und Weise verbunden. Schon die ganze Fahrt über fragte ich mich, ob das Nachtauge sich den Canyon genau deshalb ausgesucht hatte. Vielleicht wollte er mir zeigen, daß er jederzeit auch hier, buchstäblich in meinem Hinterhof, zuschlagen konnte. Hinter jedem Mord steht eine tragische Geschichte, und kein Opfer ist gesichtslos, aber die Menschen hier im Canyon waren so etwas wie ein Teil von mir, für den ich mich auf besondere Weise verantwortlich fühlte. Je mehr ich an Elsie und Leonard Stein, die Besitzer der Tierpension, dachte, desto breiter machte sich in meiner Magengrube ein eiskaltes Angstgefühl. Die beiden waren freundliche,

sanfte Menschen, und als wir vor ein paar Jahren im Sommer nach Mexiko gefahren waren, hatten wir Isabellas geliebten Hund für ein paar Wochen bei ihnen in Pflege gegeben. Ich erinnerte mich noch gut daran, daß Mrs. Stein einen kleinen, goldenen Davidstern an einer Kette um ihren Hals getragen hatte.

Es ist ein Segen, wenn man schlimme Dinge vergessen kann, aber leider trifft das für das meiste nicht zu, was ich an jenem Mittwoch, den siebten Juli, um vierzehn Uhr fünfunddreißig in der Tierpension an der Red Tail Lane Nummer eintausendachthunderteinundsiebzig in Laguna Beach gesehen habe. Aber auch wenn ich nichts vergessen habe, so habe ich die Eindrücke doch zumindest ... zensiert. Organisiert. Arrangiert.

Was nützt es mir auch, daß ich sämtliche Details des Tatorts minutiös in meinem Gedächtnis gespeichert habe? Im Gegenteil, noch heute drängt sich mir zu vollkommen unpassenden Gelegenheiten manchmal eine dieser grausigen Einzelheiten so plastisch vor Augen, daß ich unwillkürlich nach Luft schnappen muß. Der Wandkalender in der Diele, zum Beispiel, der den Hund des Monats Juli (einen Chow-Chow) zeigt und auf dem ein Stück menschlichen Gewebes über dem Siebzehnten, Achtzehnten, Vierundzwanzigsten und Fünfundzwanzigsten klebt. Manchmal – Gott sei Dank ziemlich selten – überfallen mich urplötzlich sämtliche Erinnerungen an diesen schrecklichen Nachmittag auf einmal, und dann gerate ich in einen Zustand, den ich nur als äußerst kritisch beschreiben kann.

Wenn Sie also wollen, dann werde ich Ihnen nun ein paar von den Details schildern, die ich – gut weggepackt, aber nichtsdestotrotz im Unterbewußtsein unablässig aktiv – wohl bis an mein Lebensende mit mir herumtragen werde. Da ist zum Beispiel die Leiche der Frau (Elsie Stein, einundfünfzig), die wie ein Haufen Lumpen ohne Gesicht mit offener, leerer Schädeldecke hinter der Empfangstheke in der Diele lag. Der Davidstern, der ihr noch immer an der dünnen Goldkette um den Hals hing, war halb in einer schwärzlich-roten Pfütze versunken, auf deren Oberfläche der von einem Deckenventilator erzeugte Luftzug kleine, gekräuselte Wellen zeichnete. Eine noch immer brennende Schreibtischlampe tauchte das Ganze in ein gelblich-künstliches Licht. Über der toten Mrs. Stein hing der bereits erwähnte Wandkalender, an dem noch Fetzen ihres Gehirns klebten, das wie ein Kometenschauer an die Wand hinter der Empfangstheke gespritzt war. In dem ersten Zimmer links von der Diele, auf dessen Tür NUR FÜR SCHOSSHUNDE stand, lagen auf dem Boden wie Holzscheite aufeinandergestapelt die Leichen mehrerer kleiner Hunde. Die oberste Lage bildeten ein Pudel, ein Zwergdackel und ein Spitz, und der intensiv-süßliche Geruch nach Urin und Blut raubte einem fast den Atem. Genauso schlimm sah es in dem KATZENVILLA genannten Raum daneben aus, in dem zwei getigerte, zwei gefleckte, eine schwarze und eine Siamkatze ihre jeweils sieben Leben in derselben Ecke ausgehaucht hatten. Sie lagen so graziös nebeneinander auf dem Fußboden, daß man hätte meinen können, sie seien bloß eingeschlafen – wenn da nicht ihre eingeschlagenen Schädel gewesen wären.

Draußen in den Zwingern, von denen sich je sechs zu beiden Seiten eines kurzen Betonwegs aneinanderreihten, hingen die größeren Hunde wie nasse Handtücher über den halbhohen Gittertüren, so daß das Blut aus ihren zerschmetterten Köpfen deutlich hörbar in die schmalen Betonrinnen vor den Zwingern tropfte. Die beiden runden Gullys, zu denen diese Rinnen führten, waren mit Gewebsfetzen und Gehirnmasse verstopft, und das Blut staute sich vor ihnen zu zwei in der Sonne dunkelrot glänzenden Pfützen.

Auf den Eingangsstufen zu dem niedrigen, kleinen Gästehaus, das sich mit seinen gelbgestrichenen Wänden zwischen die Eukalyptusbäume hinter dem Zwingerauslauf duckte, standen Blumentöpfe mit Stiefmütterchen und Nelken. Gleich hinter der offenen Tür lag mit dem Gesicht zum Boden die nackte Leiche von Leonard Stein (sechsundfünfzig). Der großgewachsene und korpulente Mann mit den krummen Beinen hielt in einer Hand noch immer eine langläufige Schrotflinte. Aus seinem eingeschlagenen Schädel wuselte ein nicht abreißender, aber geordneter Strom von kleinen, schwarzen Ameisen, die irgendwelche winzigen Beutestücke zu einem breiten Riß in den Bodenbrettern schleppten. In der Küche, eingeklemmt zwischen Wand und Kühlschrank, heulte der einzige Überlebende des Massakers, ein Mischlingshund namens Dorsey, den erst der stoisch beherrschte Martin Parish mittels eines Besenstiels aus seinem selbstgewählten Gefängnis herausstochern konnte. Während dieser Aktion sagte Parish mit gepreßter, kaum hörbarer Stimme, daß das Geheul ihn gleich wahnsinnig machen werde. Wir anderen verstanden, was er meinte. Die Beschäftigung mit dieser in Not geratenen, gequälten Kreatur war für ihn die einzige Möglichkeit, dem Grauen, das hier von allen Seiten auf uns einstürmte, wenigstens für eine kurze Weile zu entgehen. Eine knappe Stunde später hatte sich dann eine hauptsächlich schweigende Menge vor dem Absperrband versammelt, das wir zwischen einem Berglorbeerbusch und einer Pappel quer über die Straße gespannt hatten. Auf den Gesichtern der Leute, die irgendwie von den schrecklichen Geschehnissen erfahren haben mußten, war nichts als die blanke Angst zu lesen. Ganz vorne standen ein mutlos und ernst dreinblickendes, altes Paar und ein vielleicht zehnjähriger Junge, der sich immer wieder schluchzend nach seinem »Tiger« erkundigte. Die Mutter des Jungen nahm die Tragödie, die hier passiert war, fast noch mehr mit als ihn. Während sie mit einer Hand von Zeit

zu Zeit das seidige, hellblonde Haar ihres Sohnes streichelte, preßte sie die andere in ungläubigem Schrecken vor den Mund.
Und dann wimmelte es auf einmal überall von jungen Frauen und älteren Männern, die alle T-Shirts mit einem Bild von Kimmy Wynn und dem Aufdruck BÜRGERWACHE trugen. Viele von ihnen hatten kleine, tragbare Funkgeräte bei sich, mit denen sie nichts anzufangen wußten. Nach kurzer Zeit schien den meisten von ihnen bewußt zu werden, wie absurd und überflüssig ihre Anwesenheit hier war. Verschämt und deprimiert versuchten sie, diese Geschichte möglichst würdevoll durchzustehen, auch wenn sie dabei hauptsächlich Zeugen ihres eigenen Unvermögens wurden. Bei ihrem heiligen und gerechten Kampf gegen das Böse in der Welt schien sich ihr Gott einmal mehr auf die Seite ihrer Gegner geschlagen zu haben, und die Enttäuschung darüber konnte man ihnen an den Gesichtern ablesen.
Andere Details, die ab und zu aus meiner Erinnerung auftauchen, sind die aschfahlen Gesichter von Winters und Wald und das einer vollkommen fertigen Karen Schultz, die am ganzen Körper zitternd auf den Stufen der hinteren Veranda hockt und den Kopf auf die über ihren Knien verschränkten Arme preßt. Und ich sehe den Polizeihubschrauber vor mir, dessen Rotorblätter mit lautem Knattern den Himmel durchschnitten. Die Geier, deren kreisende Schatten schon seit unserer Ankunft über Straße, Hauswand und die Kronen der Bäume gehuscht waren, ließen sich dadurch nicht vertreiben, sondern flogen lediglich ein wenig tiefer. Und dann sehe ich immer wieder den Neufundländer, über den ich ganz am entfernten Rand des Grundstückes, wo der kleine Garten der Steins in das übliche Canyongestrüpp überging, fast gestolpert wäre. Das übel zugerichtete Tier atmete rasch und abgehackt, und das Blut, das ihm zwischen seinen alten, braunen Zähnen aus dem Maul troff,

hatte die knorrigen Wurzeln einer alten Eiche mit einem glänzenden roten Film überzogen. Als ich das sah, wurden meine Knie auf einmal so weich, daß ich mich neben den halbtoten Hund in den Schatten der Eiche setzen mußte. Ich weiß noch, daß ich lange dort hocken blieb und ins Leere starrte. Ich hatte einfach keine Kraft mehr, aufzustehen.

KAPITEL 20

Als ich über eine Stunde später mit immer noch zittrigen Knien und gärendem Ekel im Herzen mein eigenes Haus betrat, begrüßte mich Grace, die über T-Shirt und Shorts Isabellas Küchenschürze trug.

»Mein Gott, Russell, du bist ja ganz grau im Gesicht«, sagte sie.

Ich gab ihr keine Antwort, sondern goß mir einen Whisky on the rocks ein und verzog mich damit ins Arbeitszimmer. Dort starrte ich minutenlang aus dem Fenster, bevor ich die Post überflog, die Grace mir auf den Schreibtisch gelegt hatte: es war die übliche Ansammlung von Rechnungen und Werbebriefen, zusammen mit einem ziemlich ernst aussehenden Brief von Tina Sharp, den ich ungeöffnet auf den Stapel nicht bezahlter Krankenhausrechnungen legte. Meine Seele fühlte sich an, als habe man sie durch eine Jauchegrube gezogen. Erst eine halbe Stunde später war ich so weit, daß ich wieder einen anderen Menschen sehen konnte, und ging aus dem Arbeitszimmer in die Küche.

So, wie Grace dastand, mit ihren nackten, unter der Schürze herausschauenden Beinen und den hölzernen Kochlöffel in der Hand, sah sie aus wie das Aufmacherfoto für einen Artikel »Sex in der Küche« in irgendeinem Männermagazin. Während ich meine Tochter betrachtete, flackerten in meinem Gehirn immer wieder Bilder von der toten Elsie Stein auf. Wie Postkarten, die mir jemand aus der Hölle schrieb.

»Was ist denn passiert?« fragte Grace

»Das Nachtauge hat hier im Canyon zwei Menschen und jede Menge Tiere abgeschlachtet.«

»Fliegt deshalb der Hubschrauber ständig da draußen rum?«
»Ja.«
»Das muß ja schrecklich gewesen sein.«
»Das war es wirklich, meine Kleine.«
Ich goß mir einen weiteren großen Whisky auf frische Eiswürfel und trottete wieder ins Arbeitszimmer.
Kaum war ich dort, rief mich mein Vater an, um mir zu erzählen, daß Amber entgegen seinem Anraten fortgefahren sei. Sie behauptete, sie habe eine dringende private Angelegenheit zu erledigen. Sie sei völlig ruhig gewesen und habe sich offenbar nicht davor gefürchtet, allein draußen herumzufahren.
»Es tut mir leid, Russ, aber ich war gerade auf dem Klo, als sie wegfuhr«, sagte mein Vater.
»Es ist schon gut. Du hättest sie ja sowieso nicht aufhalten können.«
»Du hast eine komische Stimme, Russell.«
»Das Nachtauge hat hier im Canyon zugeschlagen.«
»Bei Leuten, die du kanntest?«
»In gewisser Weise schon.«
»Brauchst du mich?«
»Später vielleicht, Dad. Jetzt ist es besser, wenn du wartest, bis Amber zurückkommt.«
Zuerst schrieb ich den Artikel über Mary Ing und darüber, wie sie ihren Sohn William Frederick an Aussehen und Stimme erkannt hatte.
Eine Stunde später war auch der Artikel über das neueste Massaker des Nachtauges fertig. Ich kotzte ihn förmlich heraus, und als ich ihn fertig hatte, verspürte ich in meinem Magen dieselbe eklige Leere, als hätte ich mich eben ausgiebigst übergeben. Nachdem ich die beiden Geschichten an Carla Dance und Karen Schultz gefaxt hatte, machte ich mir noch einen Drink und setzte mich hinaus auf die Plattform. Die zwei Hubschrauber des Sheriffs und ein weiterer, den er sich von der

Stadtpolizei von Newport Beach ausgeliehen hatte, flogen noch immer durch den Canyon, dessen Wände das Geknatter ihrer Rotoren gespenstisch hohl zurückwarfen. Zwischen den drei Polizeimaschinen schwebten zwei Helikopter von großen Fernsehstationen und machten Luftaufnahmen für die Sieben-Uhr-Nachrichten.

Ich sprach kurz mit Carla, die noch ein paar Fakten nachgereicht haben wollte – wie viele Hunde tatsächlich über den Zwingertüren gehangen waren, zum Beispiel, oder ob Ing 1972 oder 1973 seinen High-School-Abschluß gemacht hatte. War »Tiger« ein Hund oder eine Katze? Carla erzählte mir, daß mein Bericht vom Tatort das Beste war, was sie bisher in dieser Art gelesen habe, und daß es durchaus möglich sei, daß mir dieser Artikel einen Preis einbringen werde. Das Eis in meinem Whisky war geschmolzen, und mir war schlecht.

Später kam Grace zu mir heraus auf die schattige Plattform, wo es laut Thermometer immer noch neununddreißig Grad im Schatten hatte, und noch immer flogen die Hubschrauber über unseren Köpfen herum. Grace sah wunderschön und gefaßt aus, und ich spürte, daß sie meine düstere Stimmung aufhellen wollte. Als sie bemerkte, daß ich kein Eis mehr im Glas hatte, ging sie ins Haus, um mir frisches zu holen. Als ich ihr berichtete, was an der Red Tail Lane vorgefallen war, unterbrach sie mich nicht ein einziges Mal. Heute weiß ich nicht mehr, was ich ihr alles erzählt habe, aber mehrmals kam mir dabei die Galle hoch, und als ich fertig war, hatte ich einen trockenen Mund und ein eiskaltes Gesicht. Durch die offene Fliegengittertür konnte ich hören, wie drinnen im Fernsehen die Reporter von der neuesten Untat des Nachtauges in Laguna Beach berichteten.

Ich schloß die Augen, sah durch meine Lider hindurch die Sonne als orangebrennenden Punkt und konzentrierte mich auf das langsame, gleichmäßige Schlagen meines Herzens. »Grace, hast du dir eigentlich jemals gewünscht, daß dich irgendein großes Wesen, sagen wir einmal Gott, mit einer riesigen Zange beim Schlawittchen packt und in eine Flüssigkeit tunkt, aus der du dann frisch gereinigt wieder hervorkommst?«

»O ja. Ich stelle mir diese Flüssigkeit immer so ähnlich wie Quecksilber vor, und so weich, daß sie einem in den ganzen Körper dringt, durch die Poren wieder hinausläuft und dabei alles Häßliche mit hinausspült.«

»Ja, das wäre großartig.«

Während ich meine Augen immer noch geschlossen hielt und den Kopf an das rauhe Holz der Hauswand lehnte, spürte ich, wie Graces Hand die meine nahm und sanft drückte. Anders als am Morgen des fünften Juli, als ich ihre steife und widerstrebende Hand genommen hatte, war ihre Berührung jetzt zart, zugewandt und selbstbewußt. Graces Hand erschien mir das Wertvollste auf der ganzen Welt zu sein. Ich genoß es, sie auf der meinen zu spüren. Dann, auf einmal, spürte ich, wie sich ihre Muskeln anspannten.

»Nimm sie nicht weg«, bat ich.

Die Hand entspannte sich wieder ein wenig.

»Ich mag den Klang deiner Stimme, Grace. Erzähl mir eine schöne Geschichte, eine mit Wiesen und Seen und so was. Erzähl mir eine glückliche Begebenheit aus deinem Leben.«

»Ich würde dir ja gerne was aus meinem Leben erzählen, Russell, aber mit einer glücklichen Geschichte kann ich da leider nicht aufwarten.«

»Das gibt es doch nicht. Eine wirst du doch wenigstens kennen.«

»Nein, tue ich nicht.«

»Dann erfinde eine.«

»Das kann ich nicht.«

Die Sonne wärmte mir immer noch die Augenlider, und der Verkehr auf der Canyonstraße war kaum mehr zu hören, was ohne Zweifel auf die Straßensperren zurückzuführen war, die Winters in der schwachen Hoffnung errichten ließ, damit das

Nachtauge oder zumindest einen Zeugen der Morde einzufangen. Der Whisky schwirrte mir im Blut herum, ohne mich zu beruhigen oder zumindest besoffen zu machen. Ich dachte an Isabella, an ihre auf den kommenden Morgen angesetzte Operation und an ein Leben ohne sie. Es schien so, als gäbe es überhaupt nichts mehr auf der Welt, worauf ich mich freuen konnte.

»Dann erzähl mir was über dich und deine Mutter«, sagte ich zu Grace. »Es muß von mir aus auch nicht glücklich sein, solange es wahr ist.«

Grace seufzte, und ihre Hand spannte sich wieder an. Ich drückte sie fester.

»Was willst du wissen, Russ?«

»Ich verstehe nicht, weshalb du solche Angst vor ihr hast.«

»Es gibt vieles, was du nicht verstehst.«

»Dann erklär es mir. Erzähl mir *irgendwas*. Laß mich deine Stimme hören.«

»Na schön, Russell ... du mußt wissen, daß Amber eine durch und durch selbstsüchtige Frau ist. Außerdem plagen sie enorme Selbstzweifel und eine furchtbare Unsicherheit. Je älter und reifer ich wurde, desto mehr hat sie mich als ihre Konkurrentin angesehen. Stell dir vor, als ich dreizehn Jahre alt war, war sie das erste Mal eifersüchtig auf mich.«

Ihre Hand versteifte sich noch mehr, aber ich machte keine Anstalten, sie loszulassen.

»Eifersüchtig?« Mir gingen gerade wieder die grausigen Bilder aus der Tierpension durch den Kopf, und es kam mir so vor, als wäre Graces Stimme das einzig wirksame Gegenmittel dafür. »Wie hat sich das geäußert?«

»Es war in Paris. Wir aßen in einem von diesen feinen Restaurants und hatten einen ausgesprochen gutaussehenden jungen Kellner, auf den wir einen gewaltigen Eindruck machten. Wir merkten das daran, wie er uns bediente – der arme Junge war so durcheinander, daß er kaum den Korken aus der Flasche brachte. Seine Aufmerksamkeit, das war eigentlich klar, galt hauptsächlich mir. Aber Amber wollte das nicht wahrhaben und lud den Jungen – sein Name war Florent – in der falschen, affektierten Art, die sie für europäisch hält, für den Freitagabend zu einer Party in unsere Hotelsuite ein. Dort führte ich mit Florent auf dem Balkon ein langes und sehr angenehmes Gespräch. Er sagte mir, daß ich für ihn die schönste Frau auf der ganzen Welt sei, und ich verabredete mich für den nächsten Abend mit ihm. Aber ich hatte meine Rechnung ohne Amber gemacht. Dabei war alles so voraussehbar. Am nächsten Morgen drückte mir Amber ein Flugticket nach Kalifornien in die Hand, wo Martin mich in Los Angeles am Flughafen abholte. Ambers Worte kurz vor meinem Abflug sind mir bis heute im Gedächtnis geblieben: ›Versuche *niemals* wieder, dich zwischen mich und meine Männer zu drängen. Ich habe dich nicht großgezogen, damit du eine Nutte wirst.‹ Amber sagte mir das auf dem Rücksitz der Limousine, mit der sie mich zum Flughafen Charles De Gaulle brachte. Ich werde niemals vergessen, wie … aggressiv sie mich dabei angeblickt hat.«

Noch immer kreisten die Hubschrauber über uns.

»Aber könnte man nicht sagen, daß Amber vielleicht der Meinung war, es sei mit dreizehn Jahren noch ein bißchen früh für Männergeschichten?«

Graces Hand drückte die meine unerwartet fest.

»Wenn man andere Menschen wirklich verstehen will, Russ, muß man sich zunächst einmal darüber klarwerden, daß sie nicht so denken, wie man selbst es tut. Wenn dir meine Antwort nicht paßt, dann hättest du mich nicht fragen sollen.«

»Du hast recht. Bitte, erzähl weiter.«

»Sie hat mich damals richtiggehend abgeschoben, Russ. Ohne ein weiteres Wort der Erklärung bis auf das, was sie mir im Auto über ihre Männer sagte. Und das war nur eines von vielen

Beispielen, wenn auch ein ziemlich typisches. Amber hat mich eiskalt in ihrer Welt herumgezeigt, als wäre ich ein wertvolles Schmuckstück oder so was, aber wehe, wenn ich einmal einen eigenen Willen zeigte. Ich versuchte immer, sie zu verstehen, vergab ihr ihre Ausfälle und suchte verzweifelt nach plausiblen Erklärungen für ihr oft recht übles Benehmen. Amber, dachte ich immer, ist schließlich auch nur ein Mensch, der nicht aus seiner Haut herauskann. Ich kann viel verzeihen, Russ, aber nachdem der Dicke und sein Freund mit dem Stiftenkopf mich zu einer ... Wüstentour mitgenommen haben, ist es endgültig aus. Das hat mich fertiggemacht. Ich fühle mich von ihr ... gehaßt. Und ich habe Angst vor ihr.«

»Da komme ich nicht mehr mit. Wovon redest du überhaupt?«

Grace sah mich eine Weile schweigend an, das spürte ich daran, daß der Schatten ihres Kopfes meinem Gesicht die Sonne nahm. »Na ja, Russell, diese Wüstentour war alles andere als angenehm. Vor etwa acht Wochen war es, da warteten der Fette und der Stiftenkopf – selber nannten sich die beiden Sam und Gary – eines Abends, als ich gerade von der Arbeit nach Hause fahren wollte, vor meinem Auto auf mich. Gary hatte eine Pistole und zwang mich, mich zwischen sie auf die vordere Sitzbank eines roten Bronco zu setzen. Auf der Rückbank saß ein riesiger, sabbernder Bluthund. Sein Name war Tex. Komisch, nicht? Die Fahrt dauerte zwei Stunden, und die ganze Zeit über sprachen die beiden kein einziges Wort. Zuerst hatte ich geglaubt, sie wollten mich vergewaltigen, aber keiner versuchte zu fummeln oder redete anzügliches Zeug. Wir fuhren hinaus in den Joshua-Tree-Nationalpark und bogen dort auf einen Feldweg ab, der mitten hinein in die Wüste führte. Dort zerrten sie mich aus dem Wagen, schlugen mich nieder, und dann drückte Sam seine glühenden Zigaretten an meinen Fußsohlen aus. Gary erlaubte mir, dabei an seiner Stiefelspitze herumzukauen, damit ich die Schmerzen besser ertragen konnte. Auch hierbei sagten sie kein Wort bis auf einen einzigen Satz, der mir wohl den Sinn und Zweck dieser ganzen Prozedur verdeutlichen sollte: ›Wenn du nicht mehr Respekt zeigst, ist es mit dem Geld ein für allemal vorbei.‹ Amber hat mir schon wiederholt damit gedroht, mich aus ihrem Testament zu streichen. Eigentlich hätte ich mit einundzwanzig einen Teil ihres Vermögens bekommen sollen. Sie benützt das Geld wie eine Art Klebstoff, mit dem sie mich wieder an sich binden will, aber ehrlich gesagt: Ich will ihre verdammte Kohle nicht. Ich kann arbeiten, und außerdem habe ich ein paar Ersparnisse. Es ist dasselbe wie die Geschichte mit dieser idiotischen japanischen Figur, die ich ihr angeblich gestohlen haben soll. Das hat Amber sich auch bloß eingebildet. Kriminell wird es nur, wenn sie mir aus diesen Wahnvorstellungen heraus etwas antun läßt und mich dabei fast zu Tode erschreckt. Aber vielleicht ist es ja auch genau das, was sie damit bezwecken will.«

»Was, glaubst du, war der Sinn dieser ganzen Aktion?«

»Daß ich mich ihr unterwerfe, möglicherweise. Daß ich wieder mit ihr rede. Daß ich sie anflehe, mich wieder in ihr Herz zu schließen. Mein Gott, ich weiß es doch auch nicht, Russell. Frag sie doch selbst. Ich habe es längst aufgegeben.«

Ich öffnete die Augen und betrachtete Grace genau. Die Pupillen ihrer Augen waren klein, und ihr Gesicht hatte einen wütenden Ausdruck. Auf einmal entdeckte ich eine Tiefe in ihr, die mir bisher entgangen war: Angst und Mut, Wahrhaftigkeit und Verlogenheit, Jugend und Reife lagen in vielen Schichten übereinander. Ihre Wut auf Amber reichte bis zu jenem Zeitpunkt vor vielen Jahren zurück, an dem sie sich von ihrer Mutter zum ersten Mal verraten gefühlt hatte, und nun schien es für meine Grace keine Möglichkeit zu geben, unbeschadet aus dem ganzen Durcheinander herauszukommen. Sie kam mir vor wie eine Seiltänzerin, die über einem tiefen Abgrund auf nur einem Bein herumbalanciert und weder vor noch zurückkann. Es war nicht mehr die Frage *ob*, sondern nur noch *wann* sie müde werden und herunterfallen würde. Irgendwie hatte ich das Gefühl, daß ich die Wunde, die Amber ihr vor so vielen Jahren zugefügt hatte, wieder aufreißen würde, wenn ich sie jetzt dafür bedauerte.

Ich hatte das Gefühl, als würde sich in meinem Herzen ein tiefer Riß auftun. Ein Hubschrauber knatterte im Tiefflug über uns hinweg, so daß sämtliche Fensterscheiben im Haus zu klirren begannen.

»Zeig mir deine Fußsohlen«, sagte ich zu Grace.

»Es tut echt gut, zu sehen, wie sehr du mir vertraust, Russell. Du bist auch nicht besser als Amber.«

»Dann ziehe ich meine Bitte wieder zurück. Ich glaube und vertraue dir.«

»Gut. Das solltest du auch.«

Mit diesen Worten griff sie nach unten und öffnete die Schnürsenkel ihrer Tennisschuhe. Nachdem sie die Socken abgestreift hatte, zeigte sie mir erst ihren linken, dann den rechten Fuß. Die kleinen, rosafarbenen Kreise verheilter Brandwunden zeugten von den Schmerzen, die Grace hatte erleiden müssen. Auf jeder Fußsohle zählte ich sieben solcher verschrumpelter Narben.

»Vor Schmerz habe ich so sehr mit den Zähnen geknirscht, daß mir drei Backenzähne abgebrochen sind. Wenn du willst, kann ich dir auch die neuen Kronen zeigen.«

»Warum bist du denn nicht sofort zu mir gekommen?«

»Ich meinte, damit allein fertig werden zu müssen, Russell. Ich habe meine Erfahrungen damit, mich um meine eigenen Probleme zu kümmern. Zumindest habe ich es versucht. Und ich versuche es noch.«

»Darf ich dich in den Arm nehmen?«

»Ja.«

In meinen Armen begann sie auf einmal zu weinen, so daß ihre heißen Tränen meinen Hals hinabliefen. Sie weinte nicht lange und nicht übermäßig stark. Und sie sagte kein Wort. Nach ein paar Minuten, als ihr Atem wieder regelmäßiger geworden war, stand sie auf, ging ins Badezimmer und schneuzte sich. Dann kam sie wieder heraus auf die Plattform.

»Ich freue mich schon darauf, dir heute abend mit Isabella zu helfen«, sagte sie. »Das gibt mir endlich mal die Gelegenheit, ihr etwas Gutes zu tun.«

»Das ist schön«, erwiderte ich. »Isabella ist für mich die schönste Frau auf der ganzen Welt.«

»Schöner als Amber?«

»Amber kann ihr nicht das Wasser reichen, Kleine.«

»Ich helfe ihr so gerne.«

Grace blickte hinaus auf den Canyon und verfolgte mit ihren Blicken den Flug eines der Hubschrauber, der eine Schleife über die Bergwände zog.

»Ich habe dich nicht mit meinen Problemen belastet«, sagte sie, »weil du ohnehin schon soviel um die Ohren hast, Russell. Aber ich habe Angst vor Mutter und vor dem, was ihr möglicherweise als nächstes einfällt ... ihr und ihren Freunden. Es tut mir leid, wenn ich damit dein Leben noch weiter verkompliziert habe. Und ich wünschte, ich wäre dir eine bessere Tochter gewesen.«

Das Telefon klingelte. Grace war so nett, dranzugehen und mir den schnurlosen Apparat heraus auf die Plattform zu bringen.

»Dan Winters«, sagte sie.

Ich nahm das Telefon.

»Dan, was gibt's?«

»He, he, he, wieder drangekriegt! Wenn ich will, kann ich auch wie ein verdammter Niggerbulle klingen, Russell. Wie funktioniert eigentlich die Fangschaltung an deinem Telefon? Gut?«

»Ich habe dir doch schon mal gesagt, daß wir keine installiert haben.«

»Ich mache trotzdem schnell. Eigentlich wollte ich ja nur wissen, wie dir mein kleines Exempel gefallen hat.«

»Ich hoffe, daß du dafür an den Galgen kommst.«
»Hmm – eine Erektion und ein letzter Orgasmus – ist doch ein schöner Tod, findest du nicht? Auf jeden Fall besser als die Todesspritze.«
»Wenn du meinst, Billy.«
Nun folgte ziemlich langes Schweigen.
»W-w-wen meinst du damit?»
»William Frederick Ing. Den verrückten Billy.«
»Das mußt du mir erklären.«
»Da gibt es nicht viel zu erklären. Du bist erledigt, Billy. Wir haben dich auf dem Foto und an deiner Stimme erkannt. Und außerdem hast du bei den Wynns einen bildsauberen Fingerabdruck hinterlassen.«
Das mit dem Fingerabdruck war natürlich gelogen, aber er atmete hörbar ein.
»Wir haben nur zwei Tage gebraucht«, fuhr ich fort, »und schon wissen wir genau, wer du bist. Du bist nicht das Nachtauge, sondern nur ein dicker kleiner Junge, der sich viel zu wichtig nimmt und der um ein Haar von den eigenen Hunden totgebissen worden wäre. Und außerdem hast du eine gescheuert bekommen, weil du deine Eltern dabei überrascht hast, wie sie es miteinander trieben. Das hast du bis heute nicht verwinden können. Der große Vernichter minderwertiger Rassen ist nichts weiter als ein mieser kleiner Hosenscheißer. Morgen um diese Zeit weiß das ganze County, wer das Nachtauge wirklich ist.«
Am anderen Ende der Leitung konnte ich das flache Zischen seines Atems hören. »D-d-das darfst du nicht schreiben. Das ver-ver-verbiete ich dir.«
»Und was willst du tun, wenn ich es trotzdem mache? Wieder jemanden umbringen?«
»Ja! Ja! Ich werde etwas noch viel Schlimmeres tun, als du dir überhaupt vorstellen kannst. Und *du* bist dann dafür verantwortlich, Monroe. Wenn du d-d-das veröffentlichst, dann trägst du

ganz allein die Schuld für das, was ich als nächstes mache. Ich verbiete es dir. Sprich mit Winters. Sprich mit W-w-wald. Und mit Parish. Du mußt ihnen erzählen, daß sie diese Lüge nicht veröffentlichen dürfen. Ich bin das Nachtauge! Wenn du irgend etwas anderes schreibst, dann … dann werde ich etwas Fürchterliches tun.«

»Du machst mir ja ganz f-f-furchtbar Angst.«

»Denk dran, es geht auf dein Gewissen, wenn ich das Unaussprechliche tue. *Es l-l-liegt ganz in deiner Hand!*«

»Hey, beruhige dich, Mann. Vielleicht muß ich ja den Artikel auch nicht schreiben, wenn du mir ein bißchen hilfst. Vielleicht, habe ich gesagt.«

Billy machte wieder eine lange Pause, während der ich hören konnte, wie sich sein Atem langsam beruhigte.

»Du sprichst jetzt wieder von dieser Amber Mae.«

»Stimmt.«

»Parish hat sie u-u-umgebracht.«

»Das weiß ich selber. Zuerst wollte er es so aussehen lassen, als hättest du den Mord begangen. Jetzt versucht er, mir die Sache anzuhängen. Aber er kann mich nicht anschwärzen, ohne sich selbst zu schaden – seinem Ruf, seiner Ehe und so weiter. Warum geht er dieses Risiko ein?«

»Das tut er ja gar nicht.«

»Wieso nicht?«

»Er bastelt zwar Beweise gegen dich zusammen, aber er wird sie nicht verwenden, außer, wenn du ihn dazu zwingst.«

»Ein Bluff also?«

»Einesteils.«

»Und andernteils?«

»He, he, he. Na ja, es ist doch möglich, daß er dich bittet, etwas für ihn zu tun, Russ. Etwas, das er unbedingt erledigt haben muß.«

»Und was sollte das sein?«

»Nun, das liegt doch auf der Hand. Wenn du ein Schwein fangen willst, mußt du denken wie ein Schwein. Und wenn du diesen Artikel veröffentlichst, wirst du es bitter bereuen.«
Er knallte den Hörer auf die Gabel. Das Knacken hallte noch in meinen Ohren wider, als ich Carfax anrief.
»Ich habe schon wieder keine Nummer herausfinden können. Nur die Vorwahl, und das ist die von hier. Ich kann mir das nicht erklären.«
»Er verwendet wahrscheinlich eine Art Scrambler«, sagte ich.
»Wenn dem so wäre, dann könnten wir den Code knacken, wenn er lange genug spricht. Das war jetzt der Fall, aber wir haben immer noch keine Nummer.«
»Er kann doch nicht aus dem Nirgendwo anrufen, John.«
»Nein. Natürlich nicht. So ein Mist. Aber momentan bin ich mit meinem Latein am Ende.«
»Verbinden Sie mich doch bitte mit Dan.«
Als Winters am Apparat war, sagte er mir, daß Parish und Wald bei ihm im Büro seien und ebenfalls zuhörten.
»Ing sagt, daß er ein ganz besonders böser Junge sein will, wenn wir seine wahre Identität veröffentlichen.«
»Dann sollten wir das nicht tun«, erwiderte Wald. »Ihn zu reizen ist der falsche Weg, das Spiel zu spielen.«
»Seid ihr denn jetzt alle übergeschnappt?« fragte Parish.
Nach einer zehnminütigen, erregten Diskussion gelang es Wald und mir, uns gegen Parish durchzusetzen, und Winters beschloß schließlich, den Artikel über die wahre Identität des Nachtauges wieder zurückzuziehen. Damit hatten wir möglicherweise ein Faustpfand gegenüber dem Nachtauge in der Hand, wenn es mich das nächste Mal anrief.
»Wir müssen endlich damit aufhören, dieses Arschloch zu verhätscheln«, begehrte Martin noch einmal auf. »Wir wissen, wie er aussieht. Wir kennen seinen Namen. Gott im Himmel, Dan, worauf wollen wir denn noch warten?«

»Wir müssen dafür sorgen, daß er mit dem Morden aufhört, sonst nichts«, sagte Wald. »Und das erreichen wir nicht dadurch, daß wir ihn wütend machen. Zumindest momentan nicht. Vielleicht kommt eine Zeit, in der wir genau diese Karte ausspielen werden.«

»Ach ja? Und wie viele Leute werden bis dahin noch sterben müssen?«

KAPITEL 21

Als Grace und ich eine Stunde später aufbrachen, um Izzy bei ihren Eltern abzuholen, waren die Hubschrauber noch immer in der Luft, und an der Laguna Canyon Road war in nördlicher Richtung eine Straßensperre errichtet worden. Ich konnte sehen, wie die Polizisten in die Fenster der im Leerlauf vor sich hinrollenden Wagen spähten und Freiwillige in Bürgerwache-T-Shirts Flugblätter verteilten. Heute gab niemand mehr vor, eine Alkoholkontrolle zu machen, es war ganz eindeutig eine Ringfahndung, und zwar nach William Frederick Ing.

Am Straßenrand parkten die Kleinbusse der Fernsehgesellschaften, vor denen Reporter Canyonbewohner, Polizisten und sogar den Bürgermeister interviewten, der hinter einem der Streifenwagen mit einem schockierten und entrüsteten Gesichtsausdruck in die Scheinwerfer der Kamerateams blinzelte. Die Reihe reichte bis in die Stadt hinein. Wütende Autofahrer hupten, Kühler kochten und Klimaanlagen tröpfelten, während aus Stereoanlagen überlaute Musik erscholl und menschliche Arme und Beine aus offenen Fenstern baumelten. Auch jetzt, wo die Sonne im Westen in einem glasklaren, fast poliert aussehenden Himmel unterging, machte die Hitze noch keine Anstalten nachzulassen.

Grace sagte, daß Billy Ing ihr irgendwie leid täte, und ich sagte, sie solle sich ihre Sympathie für die Leute aufsparen, die sie wirklich verdient hätten. Das war alles, was wir auf der ganzen Strecke hinunter nach San Juan Capistrano redeten.

Eine halbe Stunde später führte Joe uns ins Wohnzimmer der Sandovals. Als er zur Seite trat, sah ich Isabella in ihrem Rollstuhl, die lächelnd zu mir aufblickte. Ihre Reisetasche stand, ebenso wie ihr Stock, fertig gepackt neben ihr. Izzy trug neue Sachen, darunter ein übergroßes, mit falschen Edelsteinen und Glitter verziertes T-Shirt. Ihre Perücke war frisch gebürstet und frisiert, und auf ihren Lippen glänzte ein kräftiger Lippenstift. Als sie mich sah, sagte sie errötend: »Hi, Baby.«

»*Du*«, sagte ich, kniete mich nieder und schlang meine Arme um sie.

»Heute abend komme ich nach Ha-ha-hause.«

Hinter mir konnte ich hören, wie sich Grace und Corrine miteinander bekannt machten. Es kam mir irgendwie seltsam vor, daß meine Schwiegereltern und meine Tochter sich bisher noch nie gesehen hatten.

»Ein hübsches T-Shirt hast du an«, sagte Grace zu Isabella.

Dann folgte eine betretene Stille, bis Joe in die Runde fragte: »Will jemand kalten Tee? Oder vielleicht ein Bier?«

»Nein«, sagte Isabella. »Danke. Ich glaube, wir ... wir ... sollten jetzt fahren.«

»Schon vor drei Stunden hat sie angefangen, sich fertig zu machen«, sagte Corrine. »Sie war so glücklich wie ein Kind, das zum ersten Mal nach Disneyland fahren darf.«

Izzy schüttelte den Kopf und rollte in Richtung Tür. »Noch glücklicher, Mom.«

»Sie hat noch eine kleine Überraschung für heute abend geplant«, sagte Joe und klang ein wenig besorgt, wie ich fand.

»O nein!« stöhnte ich. Das war ein Witz aus alten Tagen, als Izzy mich manchmal wie ein Wasserfall mit unzähligen Vorschlägen zur Verschönerung unseres Hauses überschüttete. Damals nannte sie das auch Überraschungen.

»O ja«, sagte Isabella. »Aber erst, wenn wir da-da-daheim sind.«

Sie verabschiedete sich mit langen, liebevollen Umarmungen von Joe und Corrine, als müsse sie ihnen für immer Lebewohl sagen. Und mit erschreckender Klarheit erkannte ich in ihrem Gesicht, daß sie es genau so meinte. Verlegen sah ich zur Seite.

Wir waren zu Hause. Izzy fuhr mit ihrem Rollstuhl im Erdgeschoß herum, berührte immer wieder Gegenstände, die ihr besonders am Herzen lagen, und stieß dabei kleine Schreie der Überraschung und der Befriedigung, des Fragens und Entzükkens aus, als würde sie gerade die Erschaffung der Welt miterleben. Dann öffnete sie den Kühlschrank und besah sich seinen Inhalt.
»Wer hat denn den Ei-ei-eintopf gekocht?«
»Ich«, antwortete Grace. »Soll ich dir einen Teller davon warmmachen?«
»Vielleicht sp-sp-später.«
Izzy fuhr mit dem Aufzug hinauf in unser Schlafzimmer. Das Ding quietschte und ächzte wie immer, und ich merkte auf einmal, wie sehr ich das Geräusch die letzten paar Tage über vermißt hatte. Oben setzte sie ihre Wiederentdeckungstour fort. Sie blickte lange auf unser Hochzeitsfoto, ließ ihre Finger über das polierte Holz ihres Pianos gleiten und gab dem Kristallkolibri einen Schubs, so daß er langsam an seiner Schnur hin und her schwang. Ich konnte hören, daß Grace unten mit leiser Stimme telefonierte.
»Es ist so h-h-heiß«, sagte Izzy.
»Achtunddreißig Grad, immer noch. Willkommen zu Hause, Liebling.«
»Ich liebe dieses Haus. Ich werde nie wieder von hier fortlaufen.«
Sie griff nach hinten in den Beutel, den sie immer zwischen den Handgriffen ihres Rollstuhls hängen hatte, zog ein kleines, schwarzglänzendes Bündel heraus und reichte es mir. Ich nahm es und ließ es sich entfalten. Es war ein Badeanzug.
»Das ist meine Ü-ü-überraschung. Ich möchte heute abend mit

dir zum Schwimmen gehen, bevor ich m-m-morgen unters Messer komme.«
In ihrem Gesicht lagen Hoffnung und Angst im Widerstreit, und beide Gefühle fanden ihr Pendant in meinem Herzen, das tief in meiner Brust immer rascher zu schlagen begann.
Isabella lächelte und sah mir in die Augen. »Ich glaube, daß alles g-g-gutgeht. A-a-aber Russ, möglicherweise wache ich auch a-a-als ein sabbernder Ko-ko-Kohlkopf auf. Selbst Doktor N-n-nesson hat das gesagt, wenn auch in anderen Orten ... *Worten*. Deshalb will ich noch mal sch-sch-*schwimmen* gehen.«
»Zum Schwimmen? Wohin denn?«
»Na, ans Meer, du Dummkopf, wohin denn sonst?«
»Aber Liebling – ist das nicht ein bißchen zu gefährlich?«
»I-ich habe das Surfertelefon angerufen. K-k-keine Brandung und dreiundzwanzig Grad Wassertemperatur. Also i-i-ich will zum Schwimmen.«
Sie sah mich wortlos an, aber ihr Gesicht verriet ihre Gefühle. Ich verstand, daß Izzy mehr Angst vor der Operation hatte, als sie sich anmerken ließ, und davor, daß sie morgen noch viel behinderter aufwachen würde als zuvor – oder auch überhaupt nicht mehr. Deshalb wollte sie noch einmal in ihrem geliebten Meer schwimmen.
»Kann Grace auch mitkommen?« fragte ich.
Sie lächelte. »Na klar doch.«
»Na, dann laß dir mal in den Badeanzug helfen.«
»Nein. Grace s-s-soll das machen.«
Grace stand bereits oben an der Treppe. »Laß dir *nie* von einem Mann beim Anziehen helfen, außer es geht wirklich nicht anders«, sagte sie. »Russell ist imstande und zieht dir den neuen Badeanzug verkehrtherum an.«
Wir lachten alle drei, denn genau das hatte ich tatsächlich schon einmal getan.

Der Ozean umspülte mit kleinen Wellen meine Beine, als ich Isabella an der Main Beach ins Wasser trug. Die Nacht war still und heiß, und als ich mich vorbeugte, um Izzy ins hüfthohe Wasser gleiten zu lassen, kam es mir warm und angenehm vor. Ihr wohliges Aufstöhnen erinnerte mich an manche schöne Momente, die wir im Bett miteinander gehabt hatten. Als Isabellas Kopf die Wasseroberfläche berührte, zuckte sie kurz zusammen und packte mich fest am Arm. Ihre fast vollständig gelähmten Beine trieben, nachdem sie ein Stück untergetaucht waren, wieder nach oben. Grace stützte Izzy von der anderen Seite, und einen Augenblick lang warteten wir alle drei darauf, was Izzys Körper jetzt wohl tun würde. Mit meiner linken Hand unter ihrem Kinn und meiner rechten Hand unter ihrem Po, ließ ich sie ganz langsam tiefer sinken. Ich spürte, wie sich ihr Griff um meinen Arm lockerte. Dann zog sie zuerst die eine, dann die andere Hand an ihrem Kopf vorbei nach vorn und machte ihren ersten Schwimmzug. Isabella ließ ein langgezogenes, sanftes »Ahhh« hören und glitt aus eigener Kraft durchs Wasser.

»*Ohhhh ja!* Das tut gut.«

Kleine, harmlose Wellen liefen mühelos unter uns durch, hoben uns kaum merklich in die Höhe und verendeten kraftlos gurgelnd am Strand. Zuerst hatte ich meine rechte Hand noch immer unter Isabellas Po, während ich mit der linken Schwimmbewegungen machte, die uns langsam, aber beständig vorwärtsbewegten. Grace schwamm auf der anderen Seite so nah an Isabellas Kopf, daß ihre langen, im Wasser ausgebreiteten schwarzen Haare beiden Frauen gemeinsam zu gehören schienen. Unter einem klaren Sternenhimmel schwammen wir langsam nach Westen. Dann glitt Grace zur Seite und verschwand erstaunlich elegant unter Wasser, wobei nicht erkennbar war, womit sie sich vorwärtsbewegte. Selbst ihre verbrannten Füße folgten ihrem Körper scheinbar ohne Bewegung ins Wasser, bis sie ganz verschwunden war. Ein paar Meter vor uns tauchte sie wieder auf, ihre Hände bewegten sich unmittelbar unterhalb der Wasseroberfläche, und ihr Haar glänzte im bleichen Licht des Mondes. Ich gab Isabella einen sanften Stoß und ließ sie los. Ich spürte, wie die Schwimmbewegungen ihrer Arme rascher und stärker wurden. Eine Weile schwamm ich neben ihr her und betrachtete ihr nach oben gerecktes Profil, ihr konzentriertes Gesicht, ihre weitgeöffneten, hinauf zu den Sternen gerichteten Augen. Sie atmete durch den halbgeöffneten Mund, und ihr weißer, glatter Kopf glitt durchs Wasser wie der eines Fabelwesens aus dem Meer. Ihre Armbewegungen zogen sie sicher und ohne Hast vorwärts, während sie ihre nutzlose untere Körperhälfte, die im dunklen Wasser des Ozeans kaum zu sehen war, wie ein von der Evolution überflüssig gemachtes Rudiment hinter sich herschleppte.

»So hätte ich es g-g-gern.«

»Was hättest du gern so?«

»Das Sterben.«

»Aber du wirst nicht sterben.«

»Doch, das muß ich. Das weißt du doch genau, Russ.«

»Sicher. Wir alle müssen das.«

»Aber ich werde vor dir sterben. Und ich w-w-will, daß es so ist wie jetzt. Kein E-e-ende, sondern eine Ver-ver- veränderung.«

»Und ein Anfang.«

»Ja. Und ich g-g-glaube, daß es am besten ist, wenn man dabei die A-a-augen schließt. D-dann könnte man sehen, wo man hingeht. G-g-genau wie jetzt.«

Sie schloß die Augen und schwamm weiter und öffnete und schloß die Arme. Einen kurzen Augenblick lang erschien Graces Kopf an der Wasseroberfläche, tauchte aber gleich wieder unter. Draußen, an Land konnte ich die Autos auf dem Coast Highway sehen, die langsam unter den Straßenlaternen entlangfuhren. Die von unten beleuchteten Palmen des Heisler Parks standen grün-schwarz vor einem Himmel voller strahlend heller Sterne.

»Russell, mach die Augen zu und komm mit mir.«

Ich schloß die Augen. Sofort kam mir die Welt sehr viel lauter vor. Das Wasser plätscherte mir nun mit einer neuen Intensität um die Ohren; die Autos in der Stadt surrten gedämpft durchdringlich, und Izzys Atem schien einen viel kräftigeren Rhythmus zu haben.

»L-l-laß sie geschlossen, genau wie ich. Probieren wir, wie weit wir kommen, kay-O?«

»Kay-O, Iz.«

Blind schwammen wir weiter. Ich legte mich auf den Rücken, so daß ich Isabella ab und an mit meinen Fingerspitzen spüren konnte. Ich hörte auf, mit den Füßen zu schwimmen und ließ meine Beine wie die von Isabella ins Wasser sinken. Dabei hörte ich auf ihren Atem.

Und dann tat ich auf einmal etwas, was ich früher mit Leidenschaft und nun schon eine ganze Weile nicht mehr getan hatte. Ich hatte diese Leidenschaft verloren, nachdem Izzy die Kontrolle über ihre Beine verloren hatte und ich in ihrem Krankenzimmer leise darum gefleht und gebettelt hatte, daß Isabellas Qualen aufhören möchten. Ohne Erfolg, denn der irreversible (er war irreversibel, obwohl die Ärzte dieses Wort nie in den Mund nahmen) Schaden, den Isabella erlitten hatte, wurde gnadenlos und unaufhaltsam immer schlimmer.

Seitdem hatte ich nicht mehr gebetet, jetzt aber tat ich es.

Lieber Gott im Himmel, ich bin klein, korrupt, voller Haß und viel zu feige, um wirklich schlimm zu sündigen. Ich bin ein Idiot. Aber höre trotzdem mein Gebet. Ich weiß, daß Du Demut zu schätzen weißt, und deshalb beichte ich Dir all dies, um Dir zu zeigen, daß ich meinen Platz in deiner Weltordnung durchaus kenne. Ich verdiene nichts, ich erwarte nichts von Dir, und ich bitte Dich um nichts. Aber weil Du nicht hier in dieser Welt bist, die Du uns übergeben hast, muß ich Dir einfach ein paar Dinge sagen. Wir leiden hier unten. Wir weinen. Wir mühen uns ab. Krankheiten befallen uns, und der Tod stellt uns arrogant und gnadenlos nach. Wir sterben angsterfüllt und zitternd und wissen nicht, wohin wir danach gehen. Dein Sohn ist einmal für unsere Sünden gestorben, und jetzt sterben wir ein zweites Mal dafür. Seine Qualen sind vorbei, aber unsere gehen weiter. Und es sind wirkliche Qualen. Weißt Du noch, wie sie sich anfühlen? Ich weiß, daß Du große Pläne mit uns hast, und ich schon lange nicht mehr. Die größeren Dinge legen wir gerne in Deine großen Hände. Aber mir geht es um das Leben, das Du uns geschenkt hast. Ich bin vielleicht zu dumm dazu, um glauben zu können, daß es nur das Vorspiel auf ein zukünftiges Leben im Jenseits sein soll. Ich bin zu schwach, um mich auf eine Belohnung zu freuen, die vielleicht am Ende auf uns wartet, und ich bin zu einfach gestrickt, um zu glauben, daß das wirkliche Leben erst nach dem Tod beginnt. Hier ist das wirkliche Leben. Bitte denke jetzt nicht schlecht von mir, bloß weil ich das Leben, das Du uns gegeben hast, so sehr schätze. Ich habe vorhin gelogen, als ich sagte, daß ich Dich um nichts bitten wolle. Eines will ich nämlich doch von Dir: Bitte, behandle Isabella mit Respekt. Und ich will, daß Du mich fähig zu der Liebe machst, die ich in den kommenden Tagen für Isabella so dringend brauchen werde. Gib sie mir, damit ich sie ihr geben kann. Laß mich Dein Abgesandter sein. Und entziehe uns nicht Deine Liebe. Darum bitte ich Dich inständig in dieser Stunde der Not. Amen.

Zwei Stunden später legte ich mich neben meiner Frau ins Bett. Wir flüsterten, küßten und umarmten uns, und dann schliefen wir miteinander. Was sie an Bewegung nicht zustande brachte, übernahm ich, und was immer an Gefühl sie nicht mehr hatte, versuchte ich für sie zu fühlen. Schließlich löste sich ein fast schmerzhafter Schrei aus meiner Kehle. Tränen brannten mir in den Augen, und nur am Rande bekam ich mit, daß meine

Tochter, die ich ganz vergessen hatte, von unten heraufkam und das Licht im Gang anknipste. Mein Körper bebte, und Isabella rief nach draußen:
»Es ist alles kay-o, Grace. Russ g-g-geht es … gut.«

Als wir Isabella am nächsten Tag kurz nach Sonnenaufgang ins Krankenhaus brachten, stand auf den Stufen vor dem Eingang mein Vater und wartete auf uns. Er begrüßte mich mit einem knappen Nicken, was in seiner minimalistischen Körpersprache bedeutete, daß alles in Ordnung war. Allerdings war Amber nicht bei ihm. Er lächelte, schlang seine braunen, wettergegerbten Arme um Isabella und preßte sie lange und zärtlich an sich. Es war bereits ziemlich warm, als ich Izzys Rollstuhl die Rampe zum Krankenhaus hinaufschob. Wir wurden schon erwartet, und alles lief ab wie geplant. Ein Medizinstudent aus China führte das Aufklärungsgespräch vor der Operation. Er erklärte uns, was für ein Eingriff vorgenommen werden würde – der Tumor würde mittels Resektion entfernt werden –, stellte uns den Anästhesisten vor und informierte uns, daß zu den möglichen Nebenwirkungen der Operation unter anderem der Tod gehörte. Eine Stunde, nachdem wir die Einwilligungsformulare unterschrieben hatten, kam Paul Nesson, der so ernst und freundlich war wie immer und mir vorkam wie ein Soldat, der sich auf eine große Schlacht vorbereitet. Er strahlte eine unterschwellige Zuversicht aus und rasierte Isabella den Kopf, obwohl nicht viele Haare darauf übrig waren. Als Nesson gegangen war, quetschten wir uns zu sechst – Grace, Joe, Corrine, Izzy, Dad und ich – in das kleine Zimmer, in dem Isabella für ihre Operation vorbereitet wurde. Sie bekam ein Beruhigungsmittel und mußte sich ein Operationshemd anziehen, das an ihrem Rücken zugebunden wurde und in dem es ihr in der kühlen Luft, die aus der Klimaanlage des Krankenhauses strömte, ein wenig zu kalt war. Ein paar Minuten später legte man sie in ein Bett, das wir dann durch eine doppelte Schwingtür in den OP schoben. Isabella hielt meine Hand ganz fest in der ihren. Ich gab ihr noch einen Kuß, dann kamen zwei Krankenpfleger und rollten ihr Bett hinein in eine kalte Welt aus Chrom, Kacheln, Schläuchen und Operationslaken. Kurz bevor die Türen zuklappten, sah ich noch, wie mehrere grüngekleidete Operationsschwestern auf meine Frau zutraten.

Die Minuten hätten Stunden und die Stunden Sekunden sein können. Ich trank Kaffee, kaufte mir sämtliche Morgenzeitungen und warf einen Blick auf meinen Artikel auf der ersten Seite, über den das *Journal* die eine jener schreiend großen Schlagzeilen gesetzt hatte, die sie nur bei wirklichen Sensationsgeschichten verwendet: »ZWEI MENSCHEN UND 27 TIERE IM CANYON BESTIALISCH ABGESCHLACHTET – ein Exklusivbericht von Russell Monroe.«

Mein Vater erzählte mir, daß Amber nicht zu seiner Hütte zurückgekommen sei. Ich hatte so etwas schon vermutet. Dafür aber hatte sie ihn gestern spät nachts noch angerufen und ihm gesagt, daß es ihr gutginge und er sich wegen ihr keine Sorgen zu machen brauche. Ich schüttelte den Kopf. Momentan war Amber meine geringste Sorge. Wenn sie nicht intelligent genug war, um bei Theodore zu bleiben, dann hatte sie sich die möglichen Konsequenzen selbst zuzuschreiben. Ich ging nach draußen, um eine Zigarette zu rauchen, und kam dabei am Empfang vorbei und hörte zufällig, wie eine kleine, etwas zerzaust wirkende Frau mit der diensthabenden Schwester sprach.

»Könnten Sie bitte einen Mr. Russell Monroe für mich ausrufen lassen? Es ist sehr wichtig.«

»Ihr Name?«

»Tina Sharp von der Equitable-Versicherung.«

Ohne auch nur einen Augenblick zu zögern, ging ich nach

draußen und sog den ersehnten Rauch tief in meine Lungen. Nach der ersten rauchte ich noch eine zweite Zigarette und ging eine halbe Stunde auf dem Gelände des Krankenhauses spazieren, bevor ich mich durch den Hintereingang in die Cafeteria schlich.

Nachdem ich gefrühstückt hatte, ging ich aufs Klo und mußte mich übergeben. Ich wusch mein Gesicht mit kaltem Wasser, suchte mir einen leeren Stuhl im Warteraum und lehnte den Kopf an die Wand. Ich fühlte mich, als habe man mir den lebenswichtigsten und wertvollsten Teil meines Körpers für immer entfernt. Wie hatten nur vierzig Jahre meines Lebens auf einmal zu einer Lehrstunde in Demut zusammenschnurren können? Ich schloß die Augen, sprach ein Gebet und wußte nicht mehr, woran ich eben gedacht hatte. Dann schlief ich ein. In dem kurzen, lebhaften Traum ging ich auf einen Tisch unter einer *Palapa* am Rand eines Orangenhains zu. An dem Tisch saß Isabella, die zu mir aufsah und die Lippen bewegte, dabei aber nicht das leiseste Geräusch hervorbrachte.

Sechs Stunden später kam Paul Nesson durch den Warteraum auf mich zu. Er sah ruhig und gefaßt aus und kam mir kleiner als üblich vor. Er trug noch immer den blaßgrünen Operationskittel, und seine Schuhe steckten in grünen Plastiküberziehern, die oben wie kleine Duschhauben zusammengerafft waren. Als er Corrine, Joe und Grace sah, lächelte er sie müde an.

»Es geht ihr gut. Alles ist sehr zufriedenstellend verlaufen.«

»Wieviel von dem Tumor haben Sie herausgeholt?«

»Alles, was ich kriegen konnte. Am Rand sind noch funktionierende Gehirnzellen, also habe ich nur den Kern herausgenommen, das abgestorbene Gewebe.«

»Wieviel von dem Tumor ist übriggeblieben?«

»Das ist schwer zu sagen. Diese Astrozytome wachsen sternförmig auseinander, wobei die einzelnen Strahlen so dünn wie die Wurzeln eines Unkrauts sind. In ein, zwei Tagen können wir über die weitere Behandlung sprechen.«

In der kurzen Pause, die folgte, konnte ich sehen, daß Nessons Augen vor Anstrengung ganz stumpf waren.

Corrine schneuzte sich in ein Papiertaschentuch, dann räusperte sie sich und fragte: »Wie lange geben Sie ihr noch?«

»Da könnte ich nur raten, und deshalb möchte ich mich dazu nicht äußern. Wir haben es mit einem unberechenbaren Tumor zu tun, der mal wächst und mal stagniert.«

»Haben Sie es schon mal erlebt, daß so ein Tumor wieder verschwunden ist?« fragte Joe.

»Nein. Hören Sie, Isabella bleibt jetzt noch eine Stunde zur Beobachtung hier bei uns, dann möchte ich sie über Nacht auf die Intensivstation legen. In ein paar Stunden können Sie sie ganz kurz sehen, und dann wäre es wohl das beste, wenn Sie alle sich auch etwas Ruhe gönnen würden.«

»Vielen Dank«, sagte ich.

»Gern geschehen«, antwortete Nesson, bevor er durch die Doppeltür davontrottete und verschwand.

Der weiße Verbandmull, mit dem Isabellas Kopf umwickelt war, sah aus wie ein weißer Turban. Ihre Augen waren geschwollen, um das linke hatte sich schon ein tiefblauer Fleck gebildet. Izzy atmete noch immer reinen Sauerstoff durch einen dünnen, an ihrer Nase befestigten Plastikschlauch.

Sie bemerkte mich erst, als ich direkt neben ihrem Bett stand. Auf einem etwas erhöht stehenden Monitor zeichneten sich die Funktionen ihrer Organe als grüne Kurven ab. Ich legte meine Wange an die ihre und lauschte ihrem Atem.

»Du wirst es vielleicht nicht glauben«, sagte sie. Ihre Stimme klang langsam und schien ganz weit entfernt. »Aber es ... wird mir bald bessergehen. Ich habe geträumt, als ich unter ... daß

sie die ganzen schlimmen ... Sachen ... rausgeholt haben. Ich bin bald wieder ... okay.«
Kein Stottern, keine Fehler.
»Ich liebe dich«, sagte ich.
»Ich bin so froh ... daß du da bist.«
»Bist du immer noch mein Baby?«
»Ich werde dein Baby ... sein ... so ... lange du willst.«
»Wie wäre es mit in alle Ewigkeit?«
»Ewigkeit ... klingt gut.«

Trotz meiner Erschöpfung staunte ich nicht schlecht, als Karen Schultz am späten Nachmittag durch die Empfangshalle des Krankenhauses auf mich zukam. Ihre Absätze klapperten geschäftig über den Kachelboden, und noch ehe ich richtig wußte, was los war, hatte sie mich auch schon in der schweigenden Menge der Wartenden entdeckt.
Sie lächelte die anderen kurz an und begrüßte sie, als ich sie mit ihnen bekannt machte, mit Handschlag. Dann sah sie mich mit ziemlich müden Augen an und fragte: »Kann ich mal kurz mit Ihnen reden, Russell?«
Ich folgte ihr nach draußen. Einer Leuchttafel am Einkaufszentrum gegenüber entnahm ich, daß es zweiunddreißig Grad warm war. Ich beobachtete, wie eine kleine Frau einen großen Mann in einem Rollstuhl die Rampe zum Krankenhauseingang hinaufschob.
»Wie geht es Ihrer Frau?«
»Gut. Sie haben ihr den Tumor zum größten Teil entfernt.«
»O Russell, ich bin ja so froh, das zu hören.« Karen wischte sich eine Träne von der Wange und starrte hinaus auf den Freeway. »Ich weiß nie, wie ich mich in ... Situationen wie dieser verhalten soll.«
»Schön, daß Sie gekommen sind. Aber Sie hätten auch ganz einfach ein paar Blumen schicken können, oder eine Karte.«

»Nein. Deshalb bin ich doch gar nicht hier.« Karen fing sich wieder und ging mit mir an den Rand des Krankenhausgeländes, wo ein kaputter Rollstuhllift vergeblich auf seine Reparatur wartete.
Ich wartete, daß sie etwas sagte, und zündete mir eine Zigarette an.
»Hören Sie«, sagte Karen und sah mir direkt in die Augen. In dem harten Licht der Nachmittagssonne sah sie viel älter aus, als sie war. »Ich wollte Ihnen eigentlich ... Hören Sie, Russ, im Leben muß man nun einmal Kompromisse machen. Ich bin eine alleinstehende Frau, und ich liebe meinen Job. Und wenn ich ab und zu Winters wegen irgendwelcher falscher Entscheidungen seinerseits Zunder gebe, dann gehört das eben auch dazu. Was ich damit sagen will, ist folgendes: Ich möchte niemandem in unserer Abteilung etwas reinwürgen, im Gegenteil, ich mag meine Kollegen und glaube, daß wir gute Arbeit leisten. Aber ...«
Karens Stimme wurde immer leiser, und sie starrte hinüber zu dem Einkaufszentrum über der Straße. »Hätte man eigentlich einen noch häßlicheren Platz für ein Krankenhaus finden können?« fragte sie.
»Wohl kaum.«
Karens unergründliche Augen wirkten unruhig.
»Russ, Sie haben doch mit Chet über diese ... Unregelmäßigkeiten gesprochen, nicht wahr?«
»Stimmt.«
»Ist Ihnen klar, was sie im Endeffekt bedeuten?«
»Sie bedeuten, daß Martin mir und meiner Tochter ein Verbrechen anhängen will, das wir nicht begangen haben.«
»Ja, aber denken Sie mal einen Schritt weiter. Wissen Sie, was das – ganz praktisch gesehen – bedeutet, Russ?«
Ich fragte mich insgeheim, ob Karen wohl das Video gesehen hatte. Aber was hätte Parish wohl davon gehabt, wenn er es ihr

gezeigt hätte? »Ich weiß nicht recht, wie ich mit Martin umgehen soll«, sagte ich.

»Dann lassen Sie mich Ihnen einen guten Rat geben, Russell. Kennen Sie einen guten Strafverteidiger?«

»Ja.«

»Dann gehen Sie zu ihm.«

Irgendwie hatte ich so etwas schon lange erwartet. »Glauben Sie denn, daß Parish mit seinen angeblichen Beweisen gegen mich zum Staatsanwalt gehen könnte?«

»Tut mir wirklich leid, Russell, aber das hat er bereits getan.«

KAPITEL 22

Am Abend saß ich drei Stunden lang an Isabellas Bett und betrachtete sie im Schlaf.

Ihr früher einmal so schönes Gesicht war jetzt geschwollen und mit Verbänden umwickelt, und man hatte ihr eine durchsichtige Sauerstoffmaske über Mund und Nase gebunden. Wie sehr hatte das Leben diese Frau betrogen, die körperliches Leid bis an die Grenzen ihrer Belastbarkeit hatte ertragen müssen.

Ich hörte, wie hinter meinem Rücken jemand leise ins Zimmer kam, und als ich mich umdrehte, stand anstatt einer Krankenschwester Tina Sharp von der Equitable-Versicherung vor mir, die mich mit traurigen, dunkelbraunen Augen ansah.

»Können wir miteinander sprechen?«

»Draußen«, sagte ich.

Wir standen im Gang, und ich roch Tina Sharps unangenehm süßliches Parfüm. Sie hatte eine Aktentasche in der Hand, und ihre wäßrigen Augen schienen ihr fast aus ihrem Kopf zu quellen.

»Es tut mir leid, daß ich Sie bis hierher verfolgen mußte«, sagte sie. »Aber Sie haben mich weder zurückgerufen noch einen meiner Briefe beantwortet.«

»Was hätte ich Ihnen schon sagen sollen?«

»Da haben Sie vermutlich recht. Ich bin gekommen, um Sie darauf hinzuweisen, daß die Operation, der sich Ihre Frau gerade unterzogen hat, von der Versicherung nicht gedeckt ist.«

»O doch, das *ist* sie.«

»Nein, ist sie nicht. Wie Sie wissen, Mr. Monroe, ist die Therapie mit Strahlenimplantaten, der sich Ihre Frau unterzogen hat, keine allgemein anerkannte Heilmethode. In Ihrer Versicherungspolice steht ausdrücklich, daß wir keine Operationen übernehmen, die *in Folge einer freiwilligen kosmetischen oder nicht anerkannten Behandlung nötig werden.* Die heutige Operation fällt leider genau unter diese Kategorie.«

»Mit anderen Worten, ich stehe jetzt mit weiteren achtzig Riesen beim Krankenhaus in der Kreide.«

»Ich schätze, daß es eher an die hunderttausend Dollar sein dürften, Mr. Monroe. Ich glaube nicht, daß Sie sich diese Kosten aufgebürdet hätten, wenn Sie gewußt hätten, daß die Versicherung sie nicht übernimmt. Wenn Sie sich früher mit mir in Verbindung gesetzt hätten, dann hätte ich Ihnen jetzt nicht diesen Schock bereiten müssen.«

Ich blickte Tina Sharp an. Sie hätte gut und gerne die Mutter eines Kindes sein können und war es vielleicht auch wirklich. Auf alle Fälle war sie die Tochter von jemandem.

»Nun«, sagte ich, »das ist nicht der einzige Schock, den ich in letzter Zeit verpaßt bekommen habe. Danke, daß Sie hergekommen sind und es mir gesagt haben.«

Sie streckte mir ihre Hand hin, und ich ergriff sie. Sie war kühl und trocken.

»Es tut mir wirklich leid, Mr. Monroe. Ich bin mir sicher, daß das Krankenhaus mit Ihnen einen Rückzahlungsmodus aushandeln wird, der beiden Parteien gerecht wird.«

»Vielen Dank, Mrs. Sharp. Sie waren mir eine große Hilfe in dieser schweren Zeit.«

»Ich wünschte, Equitable hätte mehr für Sie tun können«, sagte sie. »Es tut mir wirklich leid, daß wir Sie enttäuschen mußten.«

Sie drehte sich um und ging den Gang entlang zu den Aufzügen.

Zurück in Izzys Zimmer, sah ich lange das gerahmte Foto auf ihrem Nachttisch an, das sie immer mit ins Krankenhaus nimmt, weil sie es als eine Art Glücksbringer betrachtet. Jetzt stand es neben den Blumen, die ihr mein Vater gebracht hatte.

Das Bild ist eigentlich nur ein Schnappschuß, aber die Farben sind gut, und Izzy in einem trägerlosen Kleid, das den Blick auf ihren Hals und ihre Schultern freigibt, schaut ein wenig überrascht unter ihren schwarzen Locken und der Krempe eines ebenfalls schwarzen, großen Hutes direkt in die Kamera. Ihr Lächeln, das die Zähne nicht entblößt, ist spröde, zuversichtlich und zurückhaltend zugleich, und ihre Augen spiegeln eine so tiefe Zufriedenheit wider, wie sie nur aus dem Innersten eines glücklichen Herzens kommen kann. Für die meisten Leute ist dieses Bild das einer jungen Frau in der Blüte ihrer Jahre, aber für mich bedeutet es die Erinnerung an ein Leben, das wir nicht zu Ende leben konnten, und an eine Zukunft, die nun nicht mehr so stattfinden wird, wie wir sie uns erträumt haben. Es kommt mir vor wie die Erinnerung an längst vergangene Träume und löst damit in mir ebenso schöne wie schmerzhafte Gefühle aus. Als das Bild entstanden war, waren wir gerade frisch verheiratet, und der Freund, der es damals aufnahm, muß wohl den wahren Grund für Isabellas glückliches Lächeln geahnt haben, als er hinten auf den Abzug schrieb:

Mrs. Monroe!!

Jetzt, als ich neben Izzy in ihrem Krankenzimmer saß, wünschte ich mich sehnlichst in die Zeit zurück, in der dieses Foto aufgenommen worden war. Aber lange konnte ich nicht in den Träumen von einer glücklicheren Vergangenheit verweilen. Wer wußte schon, was wirklich aus uns geworden wäre? Irgendwann einmal hätten Isabella und ich vermutlich auch die ganz normalen Enttäuschungen und Kämpfe durchleben müssen, die jedem Paar einmal ins Haus stehen, auch wenn es seine Beziehung so zuversichtlich und hoffnungsfroh beginnt, wie Isabellas Blick auf diesem Bild vermuten läßt. Schließlich hatte ich mich für diese Frau entschieden und nicht für einen Traum, und alles,

was sie durchmachen mußte, würde ich versuchen, mit ihr zu teilen. Dieses Versprechen, das ich ihr am Anfang unserer Ehe gegeben hatte, wollte ich auch einhalten.
Während ich so auf Izzy und das Foto sah, stieg eine unheimliche Wut auf Martin Parish in mir hoch – auf ihn und auf das, was er in der Nacht des dritten Juli angefangen hatte und nun zu Ende bringen wollte – und zwar *auf Kosten von Isabella*. Niemals zuvor hatte sie mich so sehr gebraucht wie jetzt und in den kommenden Tagen. Wie konnte ich für sie dasein, wenn ich im Gefängnis von Orange County saß? Eine Kaution würde ich bei meinem heillos überzogenen Bankkonto und dem heruntergekommenen Haus, auf das ich keine hohe Hypothek aufnehmen konnte, niemals stellen können.
Ich dachte kurz daran, einen der vielen Anwälte anzurufen, die ich kenne. Aber wer wußte schon, wann das Räderwerk der Justiz, wenn es mich erst einmal erfaßt hatte, mich je wieder loslassen würde? Und bedeutete die Tatsache, daß ich mich überhaupt einem Gericht stellte, denn nicht, daß ich mich zumindest in gewisser Weise auf Martin Parishs tödliches Spiel einließ?
Nein. Ich rief an diesem Abend keinen Anwalt an. Statt dessen begann ich, mir eine Gegenoffensive zu überlegen, deren wichtigste Waffe genau diejenige war, von der Martin glaubte, daß er sie für sich allein besaß: Unverfrorenheit. Wenn ich überhaupt eine Chance gegen Martin Parish hatte, dann lag sie bestimmt nicht darin, daß ich auf die viel zu langsamen Mühlen unseres Gerichtssystems vertraute.
Gegen acht Uhr schickten mich die Krankenschwestern aus der Intensivstation. Als ich von Isabellas Bett aufstand, war ich nicht mehr ganz so verzweifelt. Jetzt wußte ich wenigstens, was ich zu tun hatte. Ich hatte mir einen ziemlich hinterhältigen Plan zurechtgelegt.
Grace und mein Vater waren gegangen, aber Joe und Corrine

saßen immer noch im Warteraum. Auf der Bank ihnen gegenüber saß jetzt Amber, die sich in der Gegenwart von Isabellas Eltern nicht gerade wohl zu fühlen schien. Obwohl die drei beieinandersaßen wie eine kleine Familie, wäre es nur einem vollkommen unsensiblen Dummkopf entgangen, wie steif und kerzengerade Corrine dasaß, wie verkrampft und zerknirscht Amber wirkte und wie verzweifelt sich Joe in seine Autozeitschrift vertiefte.

»Wo warst du?« fragte ich und blickte Amber böse und durchdringend in ihre grauen Augen, als könne ich damit Wahrheit von Lüge unterscheiden.

»Ich mußte mich dringend um meinen Job kümmern.«

»Grace und dein Dad sind nach Hause gefahren, Russ«, sagte Joe.

In der Pause, die nun folgte, wurde deutlich, wie sehr Amber störte.

»Ich wollte euch bloß sagen, daß ich mir Sorgen um Isabella mache«, sagte sie. »Jetzt werde ich wieder gehen.«

»Nein. Du kommst jetzt mit mir.«

Alle drei sahen mich erstaunt an.

Ich blickte hinüber zu Corrine und Joe. »Es muß sein.«

»Ich verstehe nicht, was das alles soll«, sagte Corrine.

»Was hast du vor, Russ?« fragte Joe.

»Ich bemühe mich darum, daß man mich nicht ins Gefängnis steckt.«

Ich nahm Amber am Arm und führte sie hinaus. Die Nachtluft war heiß und stickig und fühlte sich irgendwie schmutzig an. Am World Hotel gegenüber vom Krankenhaus waren zwei Buchstaben der roten Neonreklame ausgefallen, so daß nur noch die Buchstaben WORLD HOT zu uns herüberleuchteten.

»Sieht so aus, als hättest du was vor«, sagte Amber.

»Martin Parish war in der Nacht, in der Alice starb, in deinem Schlafzimmer. Er hat ihr den Schädel eingeschlagen, und das müssen wir beweisen.«

»Da hast du verdammt recht, daß wir das müssen. Und du hast ihn *gesehen.*«

»Ich habe gesehen, wie er aus dem Haus kam. Was ich jetzt brauche, sind echte, unumstößliche Beweise. Er versucht, Grace und mir den Mord in die Schuhe zu schieben. Aber er war in deinem Haus, und er muß *irgendwas* zurückgelassen haben. Was immer es ist, ich muß es haben.«

»Du klingst ziemlich verzweifelt.«

»Wie ich klinge, tut nichts zur Sache.«

Sie nahm mich am Arm und blieb stehen. »Russ? Es geht Isabella doch wirklich gut, oder?«

»Ja, sie ist vollkommen in Ordnung.« Ich dachte kurz an Izzys geschwollenes, blau angelaufenes Gesicht, das aussah, als habe man sie halb zu Tode geprügelt. Ihr Leid kam mir auf einmal allgegenwärtig vor, es schien sogar in der Luft um uns herum zu schweben.

»Mir mußt du nichts vormachen über ihren Zustand«, sagte Amber.

»Nein, es geht ihr wirklich gut.«

»Und wie geht es *dir*?«

»Steig ein.«

Ich öffnete die Tür für sie, und als ich sie wieder zuschlug, klemmte ich einen Zipfel ihres Kleides ein, der wie der Schwanz eines in einer Falle gefangenen Tieres aus dem Schlitz hervorlugte. Ich machte die Tür noch einmal auf, und Amber zog das Kleid hinein. Dabei sah sie mich mit einer seltsamen Mischung aus Angst und Mitleid an – beides Emotionen, die ich bei Frauen eigentlich nicht hervorrufen wollte. Ich begann, mich für mein Verhalten zu schämen. Mein Gesicht brannte, und einen Augenblick lang konnte ich alles nur wie durch einen dichten Schleier

sehen. Am liebsten wäre mir gewesen, wenn kein Mensch auf der ganzen Welt mich gekannt hätte.
Ich fuhr schnell.
Als wir auf dem Freeway waren, rief ich übers Autotelefon Chet Singer auf seiner Privatnummer an und sagte ihm, daß Parish zum Staatsanwalt gegangen war und ich ihn deshalb als offiziellen Ermittler an einem noch nicht offiziellen Tatort brauchte, um Parish den Mord an Alice Fultz nachweisen zu können. Chet lehnte ab.
Ich erzählte ihm, daß man ein unschuldiges Mädchen des Mordes bezichtigte, zusammen mit seinem – zumindest in diesem Zusammenhang – unschuldigen Vater. Ich sagte ihm, daß Parish seine Stellung schamlos für seine eigenen, düsteren Zwekke ausnütze. Chet lehnte ab.
Mitten im Verkehrsgewühl auf dem Interstate Nummer fünf argumentierte ich, daß ich gegen Parish und den ihm zur Verfügung stehenden Apparat keine Chance habe und daß nur ein integrer Mensch, der ebenfalls für die Behörden arbeite, Parishs krumme – aber ausgesprochen effektive – Machenschaften durchkreuzen könne.
»Das kann ich und das will ich nicht«, sagte Chester.
Schließlich nahm mir Amber den Telefonhörer aus der Hand und redete mit vielen guten Worten auf Chet ein. Möglicherweise lieferte sie wieder einmal eine ihrer grandiosen schauspielerischen Leistungen ab, aber ich hatte Amber noch niemals so ernsthaft an etwas interessiert gesehen. Ihr Wunsch, den Mörder von Alice hinter Gitter zu bringen, schien sich bei ihr mit dem dringenden Bedürfnis verknüpft zu haben, sich selbst und der Welt zu beweisen, daß Amber Mae Wilson noch in der Lage war, an andere Menschen als nur an sich selbst zu denken.
Auch zu ihr sagte Chester ganz offensichtlich nein, denn mit einem Ausdruck ungläubiger Enttäuschung reichte Amber mir den Hörer wieder zurück.

»Tut mir leid, Russell«, sagte Chet Singer. »Tut mir wirklich aufrichtig leid.«

Dann legte er auf.

Lange sprachen wir kein Wort. Ich hörte das Brummen des Motors, das Surren der Reifen auf dem Asphalt, das Säuseln des Fahrtwinds an der Windschutzscheibe. Kein Wort von Amber. Auf beiden Seiten des Freeways glitten die Vororte der Stadt vorbei, und ich bemerkte, daß in fast allen Häusern noch viele Lichter brannten – offensichtlich wollten die Leute mit dieser Festbeleuchtung das Nachtauge abschrecken. Ich fragte mich, wie viele Finger jetzt wohl an den Abzugsbügeln irgendwelcher Gewehre und Pistolen in Bereitschaft lagen, wie viele Schlösser verriegelt, noch einmal kontrolliert und wieder verriegelt wurden, wie viele Leute gerade schweißgebadet aus einem Alptraum hochschreckten, wie viele müde Augen jetzt auf Taschenbücher oder die beleuchtete Zimmerdecke gerichtet waren, und wie viele Kinder in den Betten ihrer Eltern schliefen, während ihre Mütter und/oder Väter sich fragten, was nur aus dem Land geworden war, das ihnen einst materiellen Wohlstand, Sicherheit und vor allem eine glückliche Zukunft verheißen hatte.

»Wo warst du?« fragte ich Amber.

»Das geht dich nichts an.«

»Hör endlich auf, mich an der Nase herumzuführen, Amber. Du hast Grace zwei brutale Schläger auf den Hals gehetzt, um sie wieder zurück in deine Gewalt zu bekommen, und das geht mich sehr wohl etwas an. Du versuchst, unsere Tochter mit deinem Geld zu erpressen. Du solltest einmal sehen, was diese Kerle ihr angetan haben. Kein Wunder, daß Grace so panische Angst vor dir hat.«

»Ich hatte ja keine Ahnung«, antwortete Amber vollkommen ruhig, »in welchem Maße Graces Phantasie mit ihr durchgeht.«

»Nun, jetzt weißt du es.«

»Könntest du mir bitte sagen, wer diese Schläger sind?«

»Ist das dein Ernst? Das solltest doch wohl eher du mir sagen, schließlich hast du die Burschen ja angeheuert.«

»Ich habe einem lizensierten Privatdetektiv den Auftrag gegeben, mich über den Aufenthaltsort und die ... Lebensgewohnheiten meiner Tochter zu informieren. Außerdem sollte er mir die japanische Figur wiederbeschaffen, die Grace mir gestohlen hat. Und ich habe ihm den Auftrag gegeben, ihr unmißverständlich klarzumachen, daß sie, wenn sie so weitermacht, von mir enterbt wird – *und zwar deshalb, weil sie mich nicht einmal als menschliches Wesen, geschweige denn als ihre Mutter anerkennen will!*«

Wieder schwiegen wir eine ganze Weile, dann sagte Amber in ruhigem Ton: »Darf ich dir mal eine Geschichte aus meiner Jugend erzählen?«

»Ich finde, es ist ein bißchen spät für Geschichten.«

Amber schlug mir mit der Faust an die Schulter, dann an die Hüfte und schließlich an den Unterkiefer. Ich behielt beide Hände am Lenkrad. Sie schlug mir aufs Ohr, dann wieder auf den Kiefer und trommelte schließlich mit beiden Fäusten unkontrolliert auf mich ein. Ich steuerte mit der Linken und gab ihr mit der rechten Hand eine schallende Ohrfeige. Amber hielt inne, boxte mir noch einmal gegen die Schulter und lehnte sich dann weinend an die Beifahrertür.

»Ich lasse mich nicht für Alices Tod verantwortlich machen«, sagte sie. »Dafür kann ich nichts.«

»In Ordnung.«

»Sieh doch bitte ein, Russell, daß Grace lügt, wenn sie den Mund aufmacht.«

»Aber die Brandwunden an ihren Fußsohlen sind bestimmt nicht gelogen.«

»Brandwunden?«

»Red weiter, Amber.«

Zwanzig Minuten lang schimpfte Amber über unsere Tochter:

Grace habe schon gelogen, als sie noch nicht einmal richtig sprechen konnte, sie habe niemals jemanden außer sich selbst gehorcht; sie sei eigensüchtig, gerissen und stecke voller kleiner Bosheiten; seit sie vier oder fünf war, habe sie in einer »Traumwelt« gelebt, in der sie mit unsichtbaren »Typen« spreche. Außerdem habe sie herzzerreißende Geschichten von Freunden erzählt, die es gar nicht gab, und auch die Anschuldigungen gegenüber Klassenkameraden und Nachbarskindern, die sie angeblich gepiesackt und geschlagen hätten, wären größtenteils frei erfunden gewesen und hätten nie einer näheren Nachprüfung standgehalten. Grace schien es, laut Amber, völlig egal zu sein, ob sie bei einer Lüge ertappt würde oder damit durchkam – beides machte ihr offenbar den gleichen Spaß.

»Sie verdreht die Wahrheit schneller als ich die Augen, Russ.«

»Von wem sie das wohl geerbt hat?«

»Mach nur so weiter und glaube ihr alles, was sie sagt. Eines ihrer Spielchen besteht darin, daß sie einen dazu bringt, für sie Partei zu ergreifen. Auch das kenne ich nun schon bis zum Erbrechen.«

»Und du möchtest dafür nicht verantwortlich gemacht werden.«

»Weißt du was, Russell? Du bist ein verbitterter, grausamer Mensch.«

»Man tut, was man kann.«

Ich fuhr mit hoher Geschwindigkeit den Freeway entlang, neben dem sich noch immer schier nicht enden wollende Vorstädte erstreckten, soweit das Auge reichte. Soweit das *Nachtauge* reichte, dachte ich. Was für ein Alptraum war das alles hier geworden!

»Ich versuche nicht, mich von aller Schuld reinzuwaschen, Russell, sondern dir zu sagen, daß es eine Erklärung für das gibt, was ich ... in einem anderen Leben getan habe.«

»Und was hast du denn in diesem *anderen Leben* getan?«

»Zuerst einmal habe ich nicht auf mein eigenes Gewissen gehört.«
»Und mit Alice wolltest du endlich anfangen, darauf zu hören.«
Amber schwieg lange. »Ja«, sagte sie schließlich. »Ja, das wollte ich. Weißt du, ich habe mich eigentlich immer wegen ihr geschämt. Einer der Gründe, warum ich mit sechzehn von zu Hause weggegangen bin, war der, daß ich nicht so werden wollte wie sie. Und jetzt, Russ, wenn ich dir das erzähle, fühle ich mich wieder ganz klein und dumm und fürchterlich selbstsüchtig.«
Ganz die Mutter ihrer Tochter, dachte ich, sagte es aber nicht.
»Was war denn so schlecht an Alice?«
»Nichts, was ich heute noch so empfinden würde, aber damals war ich noch ein junges Mädchen und ...«
»Und was?«
Amber atmete tief durch. »Ich weiß nicht, wie es dazu gekommen ist, aber schon seit ich ganz klein war hatte ich einen Horror vor meiner Familie. Sie kamen mir alle vor wie ... wie ... wie Hochstapler oder wie Wesen von einem anderen Stern. Fultz. Was für ein häßlicher, hinterwäldlerischer Name. Alice war zwei Jahre älter als ich. Daddy war ein Bauarbeiter, der den Mörtel nie aus den Falten seiner Hände bekam. Mom wusch zu Hause die Wäsche anderer Leute. Sie trug immer so ein Kleid aus Baumwoll-Polyester-Mischgewebe, an das ich mich noch gut erinnern kann – mit vertikalen grünen und rosa Streifen, einer kleinen rosa Krawatte am Kragen und kurzen Puffärmeln mit Gummizügen, die sich ihr in die Oberarme schnitten. Dieses Kleid war immer sauber, und in der Erinnerung kommt es mir so vor, als habe sie nie etwas anderes angehabt. Ich haßte dieses häßliche, unförmige Ding, in dem sie immer so alt und hoffnungslos und unattraktiv aussah. Alice wollte immer wie Mom sein. Sie half ihr beim Waschen und Bügeln, und sie trug dieselben Kleider wie sie. Und dann hatten beide diese unsäglichen Kunstlederschlappen an, die nur von einem Band gehalten

werden, das vorne über den Fuß läuft, und die beim Gehen immer gegen die Fußsohlen klatschen. Schlapp – schlapp – schlapp, so gingen Alice und Mom von der Waschmaschine zur Trockenleine und schlapp – schlapp – schlapp wieder zurück auf die Veranda. Mom hielt die Wäscheklammern immer zwischen den Zähnen – wie unförmige, hölzerne Zigaretten –, und Alice tat natürlich genau das gleiche, wenn sie schlapp – schlapp – schlapp hinüber zu den Bügelbrettern schlurfte. Ich weiß noch, wie ich eines Tages auf der Veranda im Schatten saß und ihnen zusah. Sie standen nebeneinander an der Wäscheleine und nahmen eine nach der anderen die Wäscheklammern aus dem Mund, um damit irgendwelche ausgeleierten Unterhosen aufzuhängen. Mom war damals schon ziemlich dick, und Alice immer noch sehr dünn, aber ich schwöre dir, daß ich schon damals sah, wie meine Schwester immer älter wurde, obwohl sie vielleicht zwölf gewesen sein dürfte. Ich las gerade in einer Zeitschrift – es war ein *Cosmopolitan*, glaube ich, und auf der aufgeschlagenen Seite in meinem Schoß war das Bild von einer Frau und ihrer Tochter, die nebeneinander her durch eine Straße in Paris liefen. Die Mutter hielt sich mit einer Hand den Hut auf ihrem Kopf fest, die Tochter schwang eine kleine, glänzende Handtasche, und die beiden lächelten den Männern in einem Café zu, die ihnen mit bewundernden Blicken nachsahen. In diesem Moment beschloß ich, daß ich eines Tages wie diese Mutter werden wollte. Das kommt dir jetzt vielleicht furchtbar vermessen vor, Russell, aber wenn ich als kleines Mädchen eine von diesen dicken Modezeitschriften auf dem Schoß liegen hatte und an dem glatten Papier roch und mir all die tollen Bilder und Anzeigen ansah, da wußte ich ganz genau, daß ich in diese Welt gehörte und nirgendwo anders hin. Für mich würde es kein schlapp – schlapp – schlapp geben, dessen war ich mir hundertprozentig sicher. Ich weiß noch, wie ich damals geweint habe, weil es so furchtbar weit nach Paris war. Und jetzt könnte ich wieder weinen, Russ, und zwar bei dem Gedanken daran, was ich für ein fürchterlicher Fratz gewesen bin. Und wenn ich an Alice denke. Wie konnte ihr jemand nur so etwas Gräßliches antun? Sie hat in ihrem ganzen Leben niemanden ein Leid getan, Russ, und ich habe sie hierherkommen lassen, um einen neuen Anfang mit ihr zu machen und ihr endlich die Schwester zu sein, die ich ihr bisher noch nie war. Ich konnte doch nicht ahnen, daß sie genau deshalb würde sterben müssen.«

»Was wolltest du denn mit ihr machen?«

»Ich wollte sie lieben! Ich wollte sie gut behandeln und sie fragen, ob sie, Mom oder Dad irgend etwas brauchten. Ich wollte einen neuen Anfang machen! Mein Gott, Russ, ist das denn wirklich so schwer zu verstehen?«

»Wie viele Freunde hast du ihr denn ausgespannt?«

»Du bist ein Scheißkerl, Russell.«

»Na ja, einer dürfte wohl genügt haben. War es so, Amber? Hast du Alice einen Freund ausgespannt, der ihr sehr viel bedeutet hat?«

Sie schlug mich wieder, und zwar ziemlich fest. »*Er* wollte was von mir, nicht ich von ihm. Und außerdem ist das egal.«

»Ist das der Grund, warum du deiner eigenen Tochter nicht über den Weg getraut hast, als sie älter wurde? Weil deine Schwester dir nicht vertraut hat?«

Amber starrte lange aus dem Fenster. »Da könnte was Wahres dran sein.«

»Wieviel?«

»Das geht dich nichts an. Und außerdem war ich später wirklich stolz auf Alice. Den Bildern nach, die sie mir schickte, wurde sie wirklich hübsch, obwohl sie nie Geld hatte und auch keinen guten Job fand. Und weißt du, was? In letzter Zeit wurde ich irgendwie stolz auf meine Familie. Stolz auf unsere Armut, auf die häßlichen Kleider und darauf, daß wir wir waren. Und ich sehnte mich danach, Alice in meine Arme zu nehmen und ihr zu sagen, was für eine Idiotin ich doch gewesen bin und wie stolz ich darauf war, eine Fultz aus Florida zu sein. Alice hat zuletzt als Cocktail-Kellnerin in irgendeiner Bowlingbahn irgendwo in der Nähe von Orlando gearbeitet, und ich war stolz darauf, eine Schwester zu haben, die so bescheiden war, daß sie in einer gottverdammten Bowlingbahn Cocktails servierte. Ich glaubte, daß ich noch eine Menge von ihr lernen könnte. Ich wollte, daß sie mir ... vergab.«

Amber hatte wieder zu weinen angefangen. »Und weißt du, wer diesen Wandel in mir ausgelöst hat? Grace war das. Ich dachte über unser beider Leben nach und die vielen teuren Schulen, auf die ich sie im Lauf der Jahre geschickt hatte. Ich dachte an all die Privatlehrer, die Luxusrestaurants, in denen wir in Europa gegessen haben, und an all die Aufmerksamkeit, mit der man uns überall willkommen geheißen hat. Reisen, Geld, Paparazzi, Titelfotos, daraus hatte unser tägliches Leben bestanden. Ich hatte mich zusammen mit Grace am Strand gebräunt, wir hatten uns gemeinsam Massagen und Fangopackungen verabreichen lassen, aber wir haben niemals nebeneinander mit Wäscheklammern im Mund vor einer Trockenleine gestanden und das getan, was nun einmal getan werden mußte. Einmal bat ich Grace doch tatsächlich, mich nicht mehr Mutter, sondern nur noch Amber zu nennen. Ich habe sie auf eine viel profundere Weise verloren als du, Russell. Eines Tages sah sie mich aus ihren braunen Augen an, die mich immer so an dich erinnern, und ich erkannte, was für eine Distanz sie zu mir aufgebaut hatte. Sie hatte dieselbe Angst vor mir, die ich vor meiner Mutter gehabt hatte. Ich hatte Grace verloren. Das einzige, was mir damals einfiel, war, mich noch enger an sie zu klammern. Aber das funktionierte nicht. Weißt du, daß sie mich seit Monaten nicht einmal angerufen hat, obwohl ich ihr pausenlos auf den Anrufbeantworter spreche, sie solle mich zurückrufen? Ich existiere einfach nicht mehr für sie. Das bricht mir das Herz.«

Jetzt war es an mir zu schweigen. Ambers Worte kamen mir an ihr so fremd, ihre Stimme aber irgendwie überzeugend vor. »Danke für diese neuen Informationen über die Familie Fultz«, sagte ich. »Bisher war ich immer der Meinung, dein Vater sei Bankier und deine Mutter eine Schönheitskönigin gewesen.«

»Das habe ich erfunden. Es ... sah irgendwie besser aus.«

»War das auch der Grund, warum du mich von meiner Tochter ferngehalten hast, als sie noch ein kleines Mädchen war?«

»Nein, Russell, das war es nicht.«

»Wenn du schon reinen Tisch machen willst, dann schließe mich bitte auch mit ein.«

Amber ließ einen bedeutungsschweren Seufzer hören, in dem auch ein wenig Theatralik mitschwang. »Ich wollte bloß nicht, daß meine Tochter wohlbehütet in diesem langweiligen, konservativen Orange County aufwächst. Umgeben von uninteressanten, konventionellen und materialistischen Menschen. Sie sollte Erfahrungen sammeln und etwas von der Welt zu sehen bekommen. Mein Gott, wie schlimm das alles heute klingt. Aber ich wollte aus ihr eine wirkliche Prinzessin machen.«

»Ohne daß dir dabei ein hundsgemeiner Hilfssheriff mit seinem läppischen Jahresgehalt von sechsundzwanzigtausend Dollar in die Quere kam.«

»Ja.«

»Aber Martin Parish, der ebenfalls ein Sheriff war, hast du geheiratet, und der hält heute noch so große Stücke auf dich, daß er dich gleich umbringen wollte.«

»Marty war nur ein Lückenbüßer. Er sollte mir helfen, dich zu vergessen.«

»Du meine Güte!«

»Ich weiß.«

Ich dachte einen Augenblick lang nach. »Vielen Dank, daß du

wenigstens so ehrlich bist. Ich hatte zwar schon etwas in der Richtung vermutet, aber dadurch, daß du es zugibst, merke ich erst, wie dumm das Ganze wirklich war.«
»Nur zu, Russell. Mach mich fertig, ich hab's verdient. Wer weiß, wann du jemals wieder die Gelegenheit dazu hast.«
»Wie kommt es, daß nie etwas gut genug für dich war?«
»Das erachte ich als einen meiner größten Fehler.«
»Aber du kannst dir nur so lange etwas einbilden, bis du mit der Nase auf die Realität gestoßen wirst.«
»Das weiß ich jetzt. Und ich kann dir sagen, daß ich mir ziemlich häufig eine blutige Nase geholt habe.«
»Du hast mir immer noch nicht meine erste Frage beantwortet. Wo warst du gestern und heute?«
Amber schüttelte den Kopf. »Mein Gott, Russell. Ich habe mich mit meinem Anwalt getroffen und mein Testament ändern lassen. Darf ich das etwa nicht?«
»Dazu braucht man nicht eineinhalb Tage.«
Amber zündete sich eine Zigarette an und blies den Rauch aus dem Fenster. »Und dann hatte ich noch eine ziemlich lange Besprechung mit Staatsanwalt Allen Boster, in Sacramento. Dort habe ich auch übernachtet.«
Mein Herz schlug etwas rascher, als ich daran dachte, daß dieser Staatsanwalt vielleicht Anklage gegen Martin Parish erheben könnte. »Und? Was hat er gesagt?«
»Er meinte, daß er möglicherweise eine Untersuchung gegen Martin einleiten wird.«
»Was hast du ihm erzählt?«
»So ziemlich alles. Er wird bald meine Aussage zu Protokoll nehmen. Danach wird er wohl auf dich zukommen.«
»Aber auch dann werden wir noch Beweise gegen Parish brauchen.«
»Dann laß sie uns jetzt beschaffen.«
Ich sah Amber an und wußte nicht ganz, ob mich diese neue

Entwicklung entlasten oder mir nur noch mehr Druck von Martins Seite einbringen würde.
Ich konnte eigentlich nur vermuten, daß Amber Martin Parish aus ihrem Testament gestrichen hatte. Aber vielleicht hatte sie mir ja auch meine fünfhunderttausend entzogen. Für beides hätte ich ihr keinen Vorwurf machen können. Und dann war sie auch noch gleich zum obersten Staatsanwalt gegangen. Das war ziemlich clever gewesen. Typisch Amber.

In Ambers Haus war die Luft abgestanden, heiß und stickig, aber das unbestimmte Gefühl von Gefahr, das mich dort überkam, war bei weitem schlimmer. Wie klar ich mich noch an die Nacht des dritten Juli erinnerte, an meine Vorstellungen von einem geheimen Doppelleben, meine Harmlosigkeit, meine Dummheit, mein Verlangen nach Amber! Und an den starken Geruch nach rohem Fleisch, den gräßlichen Anblick von Alice, die besprühten Wände und den überall gegenwärtigen Wahnsinn.
Wir gingen hinauf in Ambers Schlafzimmer, wo ich mich auf Hände und Knie niederließ und mit Taschenlampe und Kamm Zentimeter für Zentimeter den Teppichboden absuchte. Er war geradezu unnatürlich sauber. Ich schob sogar das Bett zur Seite, um besser daruntersehen zu können, aber auch dort fand ich keine Spur von Martin Parishs Anwesenheit. Als nächstes untersuchte ich die frisch aufgetragene Wandfarbe, unter der noch ganz schwach die hingeschmierten Worte WACHT AUF ODER STERBT IN UNWISENHEIT zu erkennen waren, und danach durchwühlte ich vergeblich die Mülltonnen vor dem Haus nach irgendeinem Hinweis auf den Maler – einer Farbdose, einem Pinsel, nach irgend etwas, womit er die Farbe umgerührt haben könnte, nach einem farbverschmierten Hemd oder Tuch. Nichts. Als ich Martin in jener Nacht aus dem Haus kommen gesehen hatte, hatte er vermutlich alles bereits in seinem Auto verstaut gehabt – natürlich, er hatte ja bloß noch seine Finger-

abdrücke am Türknopf beseitigen wollen! –, um es später irgendwo auf dem Nachhauseweg in irgendeinen abgelegenen Müllcontainer zu werfen.

War es vielleicht möglich, daß sich im Kofferraum von Parishs Auto noch ein Farbfleck befand, den man auf Übereinstimmung mit der Wandfarbe in Ambers Schlafzimmer überprüfen könnte? Aber ich erinnerte mich daran, daß ich nichts auf Übereinstimmung mit irgendwas überprüfen konnte, das konnte nur jemand wie Chet Singer, aber der wollte ja nicht. Ich dachte kurzzeitig daran, mir alle Müllcontainer auf Parishs möglichem Nachhauseweg anzusehen, aber die waren in der Zwischenzeit bestimmt alle geleert worden. Mir wurde zunehmend flau im Magen. Ich sehnte mich nach etwas zu trinken, und außerdem hatte ich Hunger. Mein Gesicht brannte. Amber stand neben mir und sagte kein Wort.

Das Klingeln der Türglocke, das auf einmal durch den hohen, langen Hausflur schrillte, jagte mir einen eiskalten Schauer den Rücken hinunter. Wir standen im Schlafzimmer. Ich sah auf die Uhr. Es war dreiviertel zehn. Amber warf mir einen ängstlichen, an Panik grenzenden Blick zu. Ich deutete auf ihre Handtasche, die sie über einen der Bettpfosten gehängt hatte. Sie holte daraus ihre kleine Pistole hervor und gab sie mir. Ich deutete nach unten, in Richtung Tür.

Als wir im Erdgeschoß hintereinander auf Zehenspitzen über den Marmorfußboden schlichen, schellte die Glocke abermals. Amber blickte durch den Spion an der Eingangstür und warf mir einen fragenden Blick zu. Ich trat an die Tür und sah selbst nach draußen. Von der starken Linse des Spions zu einer Karikatur verzerrt, stand scheinbar mehrere Meter entfernt die plumpe und verloren wirkende Gestalt von Chester Fairfax Singer, die einen alten, verbeulten Lederkoffer in der Hand hielt.

KAPITEL 23

»Wie viele Spuren haben Sie schon verwischt?« fragte Chet und kam herein. »Schön, Sie zu sehen, Chet«, sagte ich und stellte ihm Amber vor.

Chet betrachtete sie kurz. »Sie sind ein wenig größer als auf der Shampooflasche«, sagte er ohne eine Spur von Ironie. »Und bei weitem hübscher.«

Dann gingen wir an die Arbeit. Mit Latexhandschuhen an den Händen tupften wir die Ausgüsse mit sauberen Papiertaschentüchern nach eventuellen Blutspuren ab, fanden aber keine. Das war nicht weiter verwunderlich, denn bestimmt hatte Parish hier gründlich saubergemacht und das Wasser lange genug laufen lassen, bis alles in der Kanalisation verschwunden war. Und dann hatte er bestimmt auch noch die Abflußsiebe saubergewischt. Die Handtücher im Bad sahen frisch aus, aber Chet nahm sie ab, legte sie auf einen Tisch und untersuchte sie mit einer starken Lupe. Er fand nichts. Ich begann langsam, mir dumm vorzukommen.

»Was ist mit Fingerabdrücken?« fragte Amber.

»Er hat auf dem Weg nach draußen den Knauf des Gartentors abgewischt, also hat er vermutlich auch hier drinnen alle Abdrücke beseitigt.«

»Trotzdem werde ich nachher alles gründlich einstauben«, sagte Chet. »Sogar ein Captain von der Mordkommission kann einmal einen Fehler machen. Ich kannte Martin schon, als er noch ein kleiner Detective war, und da war er immer ein wenig ungeduldig und hat uns Spezialisten von der Spurensicherung nicht für voll genommen. Es würde mich also nicht wundern, wenn Mr. Parish uns etwas … Aufschlußreiches hinterlassen hätte.«

»Und was ist mit der Mordwaffe?« fragte Amber.

»Die hat er vermutlich zusammen mit der Leiche von hier fortgeschafft«, entgegnete Chester geduldig.

»Wie hat er sie denn unbemerkt in seinen Wagen bringen können?« fragte Amber.

»Das ist nicht schwer, Mrs. Wilson, so isoliert, wie Sie hier wohnen. Ihre nächsten Nachbarn sind mindestens zweihundert Meter entfernt, und nachts sieht man kaum zu Ihnen herüber. Wie groß ist Ihr Grundstück eigentlich genau?«

»Eineinhalb Hektar.«

»Haben Sie es schon abgesucht, Russell?«

»Nein.«

»Nun, dann müssen wir das nachholen.«

»Meinen Sie, daß man in der Auffahrt noch Reifenspuren finden könnte?« wollte Amber wissen.

»Du bist doch am fünften mit dem Wagen gekommen, nicht wahr?« fragte ich. »Und als dein Manager hier nach dir suchte, ist er auch mit dem Auto hergefahren.«

Chester schüttelte finster seinen großen Kopf. »Russell, erzählen Sie mir doch bitte noch einmal ganz genau, was in der Nacht geschehen ist, als sie Martin hier so … leichtbekleidet vorfanden.«

Ich erzählte ihm alles, an was ich mich von diesem bizarren Erlebnis noch erinnern konnte.

»Warum glauben Sie, daß er in Mrs. Wilsons Bett steigen wollte?«

»Weil er mir sagte, daß er das schon zuvor getan habe. Allerdings war das Bett noch gemacht, als ich kam.«

»Aber vielleicht war er ja schon fertig und hatte es gerade wieder frisch hergerichtet.«

»Das wäre natürlich auch möglich.«

Ich zeigte Chet Ambers Bett mit seinen üppigen rosa Kissen und der duftenden Wäsche aus Seide und Satin.
Als er die Kissen untersuchte, fand er in einem Saum zwei kurze, graubraune Haare, die mit an Sicherheit grenzender Wahrscheinlichkeit nicht von Amber oder Alice stammen konnten. Er steckte sie vorsichtig in kleine Plastiktüten, die er sorgfältig beschriftete. Ein wenig Hoffnung keimte in mir auf, als wir auf dem Leintuch kurz unterhalb des Kissens noch ein Haar fanden. Weiter unten entdeckte Chet dann noch ein kurzes Schamhaar, das praktisch von jedem Mann oder jeder Frau auf der Welt hätte stammen können. Chester tat es ebenfalls in einen Plastikbeutel, auf dem er den genauen Fundort vermerkte. Dann untersuchten wir die Bettwäsche gründlich auf Samenflecken – eine peinliche Prozedur –, fanden aber keine.
Amber sah uns mit gelindem Horror zu. »Aber *das* wird er doch wohl hoffentlich nicht gemacht haben, oder?«
»Das müßtest du doch eigentlich selbst am besten wissen«, antwortete ich. »Schließlich warst du mal mit ihm verheiratet.«
»Mein Gott, da bin ich mir wirklich nicht mehr sicher. Aber eines kann ich dir sagen: Der Kerl hat einen echten Sauberkeitsfimmel. Ich habe über ein Jahr mit Martin zusammengelebt und weiß, wovon ich rede. Wenn der auch nur beim Pinkeln war, hat er schon die ganze Toilette mit Desinfektionsmittel abgeschrubbt.«
Chet fuhr mit einem sauberen Papiertuch unter dem Rand der Toilette entlang – aus welchem Grund genau, wußte ich nicht –, fand aber nichts. Ich erinnerte mich daran, daß Martin am Nachmittag des vierten einen kleinen Schnitt am Adamsapfel gehabt hatte und untersuchte die Einmalrasierer aus Plastik, die in einer Schublade des Badezimmerschranks waren. Alle waren noch in Plastikfolie versiegelt. Wie dumm von mir, dachte ich. Wer machte schon mitten im Morden Pause, um sich zu rasieren?

»Hast du irgendwas zu trinken da?« fragte ich Amber.
»Ich habe Gin.«
»Würdest du mir bitte einen mit Wasser und ein paar Eiswürfeln machen?«
»Mir bitte auch«, sagte Chester, »aber er kann ruhig etwas stärker sein.«
Dann gingen wir gemeinsam durch das Haus. Der Teppich neben der Eingangstür war ebenso makellos sauber wie der hinter der Fliegengittertür, in der ein langer Schnitt als falscher Hinweis auf das Nachtauge klaffte. Wir untersuchten die Stereoanlage, in der Parish seine aus den anderen Bändern zusammengeschnittene Kassette hinterlassen hatte. Auf Fingerabdrücke war hier sicherlich nicht zu hoffen. Ich sah Marty direkt vor mir, wie er mit grimmig entschlossenem Gesicht in seinem Büro mit den Bändern hantierte, die er sich aus dem Beweismittelfundus geholt hatte. Amber brachte unsere Drinks und musterte mich zurückhaltend.
Im Arbeitszimmer machte ich Chet auf die Lampe und die Zeitschriften aufmerksam, die ich um- und auf den Boden geworfen hatte. In der Küche krochen wir unter dem Spülbecken herum, spähten in den Besenschrank, den Mülleimer und alle Schubladen.
Langsam bekam ich das Gefühl, daß wir hier auf verlorenem Posten kämpften. Marty schien uns immer einen Schritt voraus zu sein und hatte längst sämtliche, auf ihn hinweisenden Spuren durch solche ersetzt, die Grace und mich belasteten. Vermutlich hat er das ganze Haus mit dem Staubsauger durchgesaugt, was mir bei seinem Sauberkeitsfimmel durchaus wahrscheinlich erschien.
»Wo ist dein Staubsauger?« fragte ich Amber.
»Hinter dem Raumteiler.«
»Manchmal ist das Naheliegendste das Beste«, sagte Chet mit einem milden Lächeln.

Er zog den Staubsauger hinter dem Bügelbrett hervor, öffnete ihn und überprüfte den Staubbeutel.
»Leer«, sagte er.
»Dann hat er ihn wohl nicht benützt.«
»Könnten Sie mir bitte ein paar frische Papiertaschentücher geben?«
Chet nahm die Teppichbürste aus ihrem Gehäuse und hielt sie über die sorgfältig ausgebreiteten Papiertücher, während ich mit meinem Kugelschreiber vorsichtig durch die Borsten fuhr. Das, was aus der Bürste fiel, sah nach kleinen Partikeln von getrocknetem Blut aus.
»Ist es das, was ich vermute, daß es ist?«
»Ja«, sagte Chester. »Der Staubbeutel ist leer, weil er ihn ausgetauscht hat, nachdem er den Staubsauger benützt hat. Jetzt kommen wir der Sache schon näher.«
»Und den alten Beutel hat er dann wohl mitgenommen?«
»Vermutlich. Das hängt davon ab, wie überlegt er gehandelt hat. Vielleicht hat er sich aber auch gescheut, bloß wegen des Staubsacks noch einmal extra ins Haus zu gehen. Zeigen Sie mir doch bitte, wo die Mülltonnen sind.«
Ich hatte zwar die Mülltonnen vorhin schon einmal durchgesehen, dabei aber nur nach Malerutensilien gesucht. Diesmal nahmen wir alles sorgfältig heraus und betrachteten jeden Gegenstand mit einer intensiven Aufmerksamkeit, die einem unbeteiligten Beobachter sicherlich ziemlich komisch vorgekommen wäre. Unsere Aufgabe wurde dadurch erschwert, daß das meiste durch Ambers Müllverdichter gewandert und bis zur Unkenntlichkeit zusammengepreßt war. Doch damit nicht genug, zu allem Überfluß war der Abfall auch noch über eine Woche alt und der Geruch dementsprechend intensiv.
Der Staubbeutel war natürlich in keiner der Tonnen zu finden.
»Na ja«, sagte Chester. »War auch bloß ein Versuch.«
Wir sahen uns ziemlich bedrückt an.

»Halt! Wir haben den Filter des Staubsaugers vergessen«, fiel Chet auf einmal ein.
Wir gingen wieder ins Wohnzimmer und breiteten dort auf dem Boden ein sauberes, weißes Handtuch aus, das Chet in seinem Koffer mitgebracht hatte. Dann schraubte Chet den Staubsauger auseinander und entnahm ihm einen Filter, der verhindern soll, daß größere Partikel in den Motor des Geräts gelangen. Vorsichtig, als wäre er ein neugeborenes Baby, legte Chet den Filter auf das Handtuch. Er bestand aus einem zirka zwanzig mal zwanzig Zentimeter messenden, mit einer dichten Staubschicht überzogenen Stück Stoff, an dem diverse Gegenstände hingen: ein zerrissenes Gummiband, eine Büroklammer, eine Ein-Cent-Münze, ein Fadenknäuel, etwas grüne Zahnseide und eine zusammengerollte Briefmarke.
»Puh, ganz schön schmutzig, das Teil«, bemerkte Amber.
Chester holte ein Bündel Plastikbeutel aus seinem Koffer, und wir begannen mit unserer staubigen Arbeit. »Wir könnten zwei ganz normale saubere Eßlöffel gebrauchen, Mrs. Wilson«, sagte Chet.
Zuerst nahmen wir die Staubschicht auseinander und tüteten alles ein, was möglicherweise ein Hinweis auf Martin Parish war. Diverse Haare hätten von Martin stammen können, aber ansonsten fanden wir nichts, was auf ihn hinwies. Immer stärker drängte sich mir der Verdacht auf, daß ich ein ziemlicher Dummkopf war. Daß wir sogar das zerrissene Gummiband eintüteten, schien mir das noch zu bestätigen. Amber seufzte, und ich zog vor lauter Frustration mit dem Löffel S-förmige Figuren durch den Staub.
»Vielleicht finden wir ja anhand der Haare etwas heraus«, sagte ich, obwohl ich nur zu gut wußte, daß man einen Menschen anhand einer Haarprobe nicht mit hundertprozentiger Sicherheit identifizieren kann – zumindest nicht so, daß es vor Gericht standhalten könnte.

»Was ist das?« fragte Amber.
»Ich sagte gerade, daß wir vielleicht durch eines der Haare –«
»Nein, das meinte ich nicht. Was ist *das* hier?«
Ich folgte Ambers ausgestrecktem Zeigefinger mit meinen Blicken und dachte dabei – sogar zu dieser Stunde, nach diesem anstrengenden Tag, nach allem, was meine geliebte Isabella heute hatte durchmachen müssen –, was für herrliche Finger Amber doch hatte. Elegant, fest, stark und wundervoll repräsentierte dieser Finger mit seiner leicht gebräunten Haut, seiner schlanken Form und seinem langen, leicht gekrümmten und rotlackierten Nagel die ganze Schönheit der weiblichen Gestalt.
»Da«, sagte Amber.
»Was meinst du? Ich kann hier beim besten Willen nichts entdecken.«
»Dann gib mir mal kurz den Löffel, Russ.«
Amber tauchte den Löffel vorsichtig in die Staubschicht, drehte ihn und hob ihn dann wieder an. Eine dicke Staubflocke fiel zurück auf das Handtuch, und Amber gab mir den Löffel mit dem Stiel zuerst in die Hand. Ich nahm ihn und leerte seinen Inhalt auf ein sauberes Papiertaschentuch.
Zunächst konnte ich nicht erkennen, was da vor uns lag. Es war ein konkav gewölbter, etwa fingernagelgroßer Gegenstand, der an einem Ende eingerissen war, als wäre er hier von etwas größerem abgebrochen. Das andere Ende wies eine sanfte Rundung auf. Das Ding schimmerte zartrosa unter der dünnen Staubschicht.
»Drehen Sie es um, Russ«, sagte Chet.
Ich drehte den Gegenstand mit den Zinken einer Gabel auf die andere Seite. Es *war* ein Fingernagel – rosa, spitz zulaufend und an einem Ende merklich lädiert. Ich sah Amber an, die wiederum mich ansah.
Sie schüttelte den Kopf. »Ist nicht meine Farbe.«
»Und Alice?«

»Woher soll ich das wissen. Wenn man sich so viele Jahre nicht gesehen hat, weiß man doch nicht –«

»Nein, natürlich nicht«, mischte Chester sich ein und betrachtete zuerst mein, dann Ambers Gesicht mit seinen geduldigen, forschenden Blicken.

Ich erwiderte seinen Blick mit soviel Unschuld, wie ich nur aufbringen konnte, während ich versuchte, mir noch einmal die Nacht von Alices Begräbnis ins Gedächtnis zu rufen und mich an ihre starren, ausgestreckten Arme zu erinnern. Ich konnte zwar ihr eisig-glitschiges Gewicht auf meinem Rücken spüren, als ich sie den Berg hinauftrug, aber nicht um alles in der Welt fiel mir ein, wie ihre Fingernägel ausgesehen hatten.

Ich berührte den Nagel mit der Spitze meines Kugelschreibers. »Ob er wohl falsch ist?«

»Ja«, sagte Amber. »Er wurde abgerissen. Vielleicht bei einem Kampf. Wer weiß, vielleicht klebt sogar noch ein Stück echter Nagel dran. Hilft er uns denn weiter?«

»Sicherlich«, antwortete ich. »Könntest du uns bitte mal Alices Schminkzeug holen?«

Nach kurzer Zeit brachte Amber uns die Reisetasche ihrer Schwester. Sie suchte ein wenig darin herum, bis sie in einem glänzenden schwarzen Schminktäschchen zwei Fläschchen mit Nagellack gefunden hatte. Der eine Lack war rot, der andere schimmernd weiß.

»Amber, was hat das zu bedeuten … in Hinblick auf die Farben, die Alice getragen hat, meine ich.«

»Das beweist, daß dieser Nagel ihr nicht gehört.«

»Bestimmt nicht?«

»Natürlich kann man so etwas nie hundertprozentig sagen, Russ. Aber man malt sich doch die falschen Nägel nicht rosa an, um sie zwei Wochen später rot oder weiß zu überpinseln.«

»Meine Güte, das klingt ja fast wie etwas, was man auch vor Gericht zu hören bekommt«, bemerkte Chet.

»Vielleicht hat sie den rosa Nagellack daheim vergessen.«
»Mag sein.«
»Oder sie hat ihn woanders mitgenommen, wo er eher zur Hand war – in ihrer Handttasche vielleicht.«
»Da habe ich schon nachgeschaut«, sagte Amber. »Dort ist er auch nicht.«
Natürlich dachte ich auch an eine ganz andere Möglichkeit. Amber sah mir in die Augen, und obwohl ihr Blick fest war, schwangen dort dieselben Ahnungen mit, die auch mich plagten.
»Ist es vielleicht die Farbe von Grace?« fragte ich.
»Frauen haben nicht bloß *eine* Farbe, Russ. Kannst du dich noch an unser gemeinsames Badezimmer erinnern?«
Natürlich konnte ich das – es hatte ausgesehen wie die Kosmetikabteilung eines Kaufhauses und war voller Lippenstifte, Lidschatten und was weiß ich noch alles in allen auch nur erdenklichen Farbtönen gewesen, dazu Nagellackentferner und Make-up-Entferner, Tuben, Töpfchen, Haarbürsten, Handspiegel, Vergrößerungsspiegel und Wandspiegel. (Wegen letzterer war das Bad unser Lieblingsplatz gewesen, um im Stehen leidenschaftliche, voyeuristische Liebe zu machen.)
Ich sagte Amber, daß ich unser Badezimmer nicht vergessen hätte.
»Na ja«, entgegnete sie, »dann weißt du ja, was ich meine.«
»Tun Sie den Nagel in eine Tüte«, sagte Chester. »Vielleicht paßt er ja irgendwann einmal zu einem anderen Nagel, der sich in Mr. Parishs Besitz befindet. Möglicherweise befindet sich so einer ja auch schon unter den ›Beweismitteln‹, die er gesammelt hat.«
Ich legte den Nagel in ein Plastiktütchen und suchte weiter in den Staubflocken herum. Ein paar Minuten später waren wir fertig. Zum Schluß steckten wir noch den Filter und den Staub

in einen großen Beutel, den Chet beschriftete und zusammen mit den kleinen Beuteln in seinen Koffer legte.
»Du hast nicht das gefunden, wonach du gesucht hast, stimmt's?« fragte Amber.
»Vielleicht schon. Schließlich haben wir die Haare. Aber ich weiß trotzdem nicht so recht. Jetzt hängt viel von Mr. Singers Wohlwollen ab.«
»Aber Mr. Singer kann auch nur das analysieren, was er hat.«
»Hat Alice vielleicht eine Uhr oder eine Brille getragen?« fragte ich Amber. Ich hatte nämlich die winzige Schraube nicht vergessen, die ich erst vor ein paar Nächten im Schlafzimmer auf dem Teppich gefunden hatte. Sie war immer noch zusammen mit meinen eigenen Ersatzschrauben in meinem Kugelschreiber.
»Da bin ich vollkommen überfragt, Russell, schließlich habe ich sie zwölf Jahre lang nicht gesehen. Was tun wir nun als nächstes?«
»Wir fahren zu Graces Wohnung.«
Amber sah mich fragend an. »Was meinst du, daß du dort finden wirst?«
»Wenn Parish dort war und dasselbe getan hat wie hier, dann brauchen wir einen Beweis dafür. Hoffen wir, daß dort nicht schon eine offizielle Hausdurchsuchung stattgefunden hat.«

Graces Wohnung war nicht versiegelt, und auch sonst wies nichts darauf hin, daß hier eine polizeiliche Durchsuchung durchgeführt worden war. Amber öffnete die Wohnungstür mit einem Schlüssel, den ihr der Privatdetektiv beschafft hatte.
Ich war zum ersten Mal in der Wohnung meiner Tochter, und als ich so in der schmalen Diele stand und das Bündel mit ihrer Post in der Hand hielt, das ich aus dem Briefkastenschlitz genommen hatte, wurde mir wieder einmal schmerzlich bewußt, wie wenig ich an ihrem Leben bisher teilgehabt hatte. Die

Wohnung war gepflegt und gut geschnitten und kostete bestimmt ziemlich viel Miete. Auch die Möbel und anderen Einrichtungsgegenstände waren alles andere als billig und allesamt von Ambers Geld gekauft worden, wie sie mir bei einem kurzen Rundgang erzählte. Der Teppich war ein dicker, cremefarbener Berber; Sofa und die Sessel bestanden aus kräftigem Rattan mit Kissen aus weißem Baumwollstoff. An zwei Wänden des Wohnzimmers hingen Original-Ölgemälde von bekannten Künstlern aus Laguna. Eine dritte Wand bestand gänzlich aus Spiegeln, um dem Raum zusätzliche Tiefe zu verleihen, und die vierte war aus Glas. Hier konnte man durch eine Schiebetür auf einen langen, aber schmalen Balkon hinausgelangen, von dem aus sich ein hübscher Ausblick über den Jachthafen und die umliegenden Restaurants bot. Die Küche war im schicken »Euro-Style« gehalten, was bedeutete, daß alles in Form und Farbe (Schwarz) zueinander paßte, so daß man den Herd nicht mehr von Kühlschrank oder Geschirrspülmschine unterscheiden konnte. Im Schlafzimmer, in dem ein großes Himmelbett stand, herrschten Rosatöne vor. Alles wirkte sehr aufgeräumt, sauber und adrett.

»Ich schätze, die Ordnung hat sie eher von mir als von dir«, sagte ich.

»Nein, von einem Dienstmädchen, das ich bezahle.«

»Wieso erinnerst du mich eigentlich ständig daran, wer das alles hier finanziert?«

»Weil ich der Meinung bin, daß du das wissen solltest.«

»Wenn ich mich richtig erinnere, hast du mir alle meine Schecks zurückgeschickt, mit denen ich für Graces Unterhalt aufkommen wollte.«

Amber blickte sichtlich verstört zur Seite und sah dabei Chester an, der wie das personifizierte schlechte Gewissen neben uns stand.

»Sagen Sie nur, was Sie sagen müssen«, meinte er trocken. »Ich

glaube nicht, daß meine alten und immer haariger werdenden Ohren noch irgend etwas überraschen kann.«
»Ich habe immer allein für alles *gesorgt*, was Grace brauchte, Russ, und das tue ich immer noch. Mehr will ich damit nicht sagen. Und deshalb verletzt mich das, was Grace sich über mich zusammenphantasiert hat, auch so sehr. Ich erwarte ja keinen Orden für das, was ich für sie getan habe, aber es wäre ganz nett, wenn mein einziges Kind mir gegenüber ein wenig Dankbarkeit zeigen würde, anstatt überall herumzuerzählen, daß das Leben mit mir die reinste Hölle gewesen sei.«
»Amber«, sagte ich, »es geht nicht immer nur um dich.«
Ich betrachtete ihre verschleiert dreinblickenden Augen und ihr bebendes Kinn und war der festen Überzeugung, daß ich recht hatte. Es ging wirklich nicht immer um Amber, ebensowenig wie es immer um mich ging. Jetzt ging es einzig und allein um Grace und darum, daß wir sie aus Parishs sich immer enger zusammenziehendem Netz herausbrachten.
»Mrs. Wilson«, unterbrach Chester das betretene Schweigen, »vielleicht könnten Sie sich schon mal im Badezimmer nach dem Nagellack Ihrer Tochter umsehen, während Russell und ich uns daranmachen, eventuelle Spuren von Mr. Parishs Anwesenheit zu entdecken. Da Sie diese Wohnung besser kennen als wir, sollten Sie uns sagen, wenn Ihnen irgend etwas auffällt, das vorher nicht hier war oder Ihnen irgendwie fehl am Platz vorkommt. Denken Sie daran, daß es Mr. Parishs Ziel ist, alles so aussehen zu lassen, als sei Ihre Tochter in der Nacht des dritten Juli in ihrem Haus gewesen. Und unser Ziel ist es, zu beweisen, daß er hier war.«
Während Chester damit anfing, die Schränke in der Küche zu durchsuchen, fragte er sich vermutlich ebenso wie ich, ob Parish wirklich die Frechheit besessen hatte, belastendes Material – vielleicht die Mordwaffe oder ähnliches – hier zu verstecken.

Ich ging ins Schlafzimmer. Auf Graces Nachttisch lag eine ledergebundene Bibel, auf deren Einband in goldenen Lettern ihr Name eingeprägt war. Im dritten Buch Mose steckte eine Farbpostkarte von den Champs-Elysées, auf der stand: »Liebe Grace, herzlich willkommen in unserer schönen Stadt.« Die Unterschrift auf der Karte lautete »Florent«. Sie trug weder Briefmarke noch Stempel. Vielleicht war sie persönlich von Florent oder einem seiner Freunde im Hotel abgegeben worden. Unter der Bibel lag ein fast leeres Notizbuch. Grace hatte darin am zweiten, vierten, zehnten und einundzwanzigsten Mai etwas eingetragen, dann hatte sie damit aufgehört. Ich las diese Aufzeichnungen, erfuhr aber daraus nur, daß sie ihren Job langweilig fand und gerne wieder auf Reisen gegangen wäre.

In der Nachttischschublade lagen zwei Fotoalben, die ich herausnahm und durchblätterte: London, Paris, Cannes, Rom, Florenz, Rio, Mexiko City, Puerta Vallarta, Hongkong, Tokio. Auf den meisten Bildern waren Gesichter zu sehen, die später nie wieder auftauchten. Nur ein paar Fotos zeigten Grace selber. Es waren die typischen Reiseerinnerungen eines jungen Mädchens, dachte ich – Sehenswürdigkeiten, fremde Menschen, das Übliche eben. Seltsam war nur, daß nicht ein einziges Bild von Amber dabei war.

Ich schob die Schublade wieder zu und drückte auf den Abhörknopf des Anrufbeantworters, der oben auf dem Nachttisch stand. Ich notierte mir die Namen und Nummern der Anrufer und in Stichpunkten, was sie zu sagen hatten. Drei Anrufe waren von Brent Sides. Zwei von Graces Arbeitsstelle und einer von Reuben Saltz, der wissen wollte, wo Amber war. Von mir waren drei Anrufe, und bei acht weiteren hatten sich Leute gemeldet, die ich nicht kannte. Viermal hatte der Anrufer einfach aufgelegt.

Ich nahm das schnurlose Telefon zur Hand und drückte auf den Knopf zur Wahlwiederholung. Am anderen Ende war der Anruf-

beantworter von Brent Sides. Sides war der letzte, den Grace von hier aus angerufen hatte. Ich fragte mich, warum.
Ich blieb noch eine Weile im Schlafzimmer stehen und betrachtete die Stofftiere, die überall auf Graces Bett verstreut waren, auf ihren beiden Kommoden standen und die Fenstersimse und Bücherregale, ja sogar den Fußboden bevölkerten. Es mußten gut über hundert Stück sein. Mir fiel auf, daß mir eigentlich mehr daran gelegen war – wenn auch mit ziemlicher Verspätung –, meine Tochter kennenzulernen, als irgendeinen Beweis für Martin Parishs Anwesenheit in ihrem Haus zu finden. Also versuchte ich mich zu konzentrieren: *Was könnte Parish hier hinterlassen haben? Und was hat er möglicherweise aus dieser Wohnung in Ambers Haus geschafft, damit die Polizei es später als »Beweis« gegen Grace finden würde?*
Ich sah mich in Graces Schmuckschatulle um und fragte mich, ob Parish wohl so hintertrieben war, hier irgendwo eine winzige Schraube herauszudrehen, um sie später in Ambers Schlafzimmer fallen zu lassen. Aber weder an einem Schmuckstück noch an den diversen Uhren in der Schatulle fehlte, soweit ich das beurteilen konnte, eine Schraube. Auch sonst fand ich nichts Verdächtiges in Graces Schlafzimmer. Alles schien so ... normal.
Chester kam herein und ging gleich gewohnt systematisch vor, indem er im Kleiderschrank nachsah, ob Parish irgendwelche belastenden Kleidungsstücke dort hineinpraktiziert hatte. Danach öffnete er sämtliche Schubladen der Kommode und tat das gleiche in der angrenzenden Wäschekammer.
Ich setzte mich auf einen Stuhl am Fenster und zündete mir eine Zigarette an. Während der Rauch langsam durch das Fliegengitter nach draußen zog und mir das Nikotin in den Kopf stieg, stellte ich plötzlich fest, wie müde ich war. Aus dem Bad hörte ich, wie Amber dort noch immer Graces Schminksachen durchsah. Chester war auch dort und sprach mit ihr, durch mehrere

Wände gedämpft drangen ihre Stimmen an meine Ohren. Weiß Gott, was Amber Chet da alles erzählte. Dann hörte ich, wie die beiden die Wohnung verließen, und nahm an, daß sie hinunter zur Mülltonne gingen, um auch dort nach Spuren zu suchen. Was für eine angenehme Tätigkeit. Ich blickte nach draußen aufs dunkle Wasser des Hafens und spürte, wie sich in mir langsam eine eiskalte Wut aufbaute. Eine Wut auf Martin. Und doch, hatte er seine Tat vielleicht nur deshalb begangen, damit ich sie nicht begehen mußte? War er für dieses Verbrechen ebenso bestimmt wie Izzy für ihre Krankheit und Ing für seinen Wahnsinn? Aber war das überhaupt wichtig?
Ich war momentan nicht in der Stimmung, irgend etwas zu verstehen oder zu verzeihen. Nein, am liebsten hätte ich alle Parishes, Ings und Tumore zusammen mit allem anderen, was schlecht war in dieser Welt, an eine Wand gestellt und mit dem Stiel meiner Axt so lange auf sie eingedroschen, bis ich vor Erschöpfung nicht mehr konnte. Einen Ozean von Blut hätte ich aus ihnen herausgeprügelt, und auf dem wäre ich dann gewandelt wie Jesus auf dem See Genezareth – und zwar erhobenen Hauptes. Und dann würde meine Frau von ihrem Krankenlager aufstehen und neben mir gehen. Wir würden endlich unsere Familie gründen, meine Tochter würde wieder lächeln und gedeihen, und Isabella und ich würden noch einen Sohn haben. Mein Augenzeugenroman über das Nachtauge würde ein Bestseller werden, jede Menge Preise einheimsen und mit großem Erfolg verfilmt werden. Nach meinem Tod würde unser Stelzenhaus zum Russell-Monroe-Museum werden, und Izzy würde einhundertdrei Jahre alt werden und selber ein Buch schreiben, in dem sie sich zärtlich an mich erinnerte. Dann würde sie einen tatterigen alten Mann heiraten, der eine Fliege tragen und sie anhimmeln würde.
»Geht es dir nicht gut?«
Es war Ambers Stimme, die mich das gefragt hatte.

»Oh.« Ich öffnete meine Augen und blickte hinunter auf den Teppichboden, auf dem die Asche meiner Zigarette lag. »Ich bin okay. Ich muß wohl für einen Moment eingeschlafen sein.« Amber stand direkt unter der Einbaulampe an der Decke, die ihrem Haar einen ganz speziellen Schimmer verlieh. »Schau mal, was wir gefunden haben.«

KAPITEL 24

Amber stand an der Schlafzimmertür und sah mich mit einer seltsamen Mischung aus Mitleid, Schmerz und unterdrücktem Triumph an. Einen Augenblick lang konnte ich, müde wie ich war, nichts anderes tun, als ihren Körper zu betrachten: ihre Silhouette, die gerade Linie ihrer Schultern, den Schwung ihrer leicht gelockten Haare, die Art, wie sich ihr Kleid am Bauch und an der Brust ganz leicht spannte.

»Was ist es denn?« fragte ich.

»Es war draußen im Müllcontainer in einem Abfalleimerbeutel, wie Grace sie in ihrem Badezimmer verwendet. Er war oben zugebunden und steckte tief im Müll anderer Leute. Neben einer Menge Papiertaschentücher mit rosa Flecken fanden wir das hier.«

Jetzt kam auch Chet herein und reichte mir eine kleine Papiertüte, in der sich mehrere falsche Fingernägel befanden. Sie hatten alle dieselbe weißliche Farbe, und an ihren Rändern waren noch winzige Spuren von rosa Nagellack zu sehen. Es war nicht viel mehr als ein Hauch, so, als ob der Lack mit einem Lösungsmittel entfernt worden wäre. Ich zählte die Fingernägel in der Tüte, dann schüttelte ich sie durcheinander und zählte sie ein zweites und schließlich auch ein drittes Mal.

»Neun«, sagte ich.

»Neun«, wiederholte Chester. »Und außerdem gibt es noch ein paar andere Dinge, die Sie sich ansehen sollten.«

Die beiden führten mich ins Bad. Dort stand die Tür des kleinen Schränkchens unter dem Waschbecken offen. Amber kniete

sich davor nieder und deutete auf ein Päckchen von unbenutzten, weißen Fingernägeln aus Acryl.
Ich hatte das Gefühl, als habe man mir eine Zentnerlast auf die Schultern gelegt, und mein Herz kam mir auf einmal wie ein riesengroßes, hölzernes Gebilde vor. Meine Knie zitterten, und in meinen Ohren war ein deutlich vernehmbares Rauschen zu hören. »Und was ist mit dem Nagellack?« fragte ich und erkannte meine eigene Stimme kaum wieder.
»Da drüben in dem Körbchen sind jede Menge Fläschchen«, sagte Amber. »Such dir eines davon aus.«
Ich nahm den Korb und schob die Fläschchen mit den Händen hin und her. Sechs davon enthielten Lack in Pinktönen. Ich nahm die Plastiktüte mit dem Nagel aus dem Staubsauger aus meiner Tasche, legte sie auf die kobaltblauen Kacheln an Graces Badewanne und hielt die Lackfläschchen daneben. Ein Lack mit Namen »Rosenknospen« ähnelte dem auf dem Nagelrest. Ich bemalte den Nagel meines linken Zeigefingers damit und blies ihn trocken. Es gab keinen Unterschied zwischen dem Rosa auf dem falschen Nagel und dem an meinem Zeigefinger, zumindest keinen, den ich hätte erkennen können. Auch Amber, immerhin eine Expertin in solchen Angelegenheiten, konnte das nicht. Ihr Gesicht war so blaß geworden, daß es in dem harten Licht des Badezimmers fast wie das einer Leiche aussah. Auch Chet nickte mit düsterer Miene.
»Martin hat den falschen Nagel in Ambers Haus plaziert«, sagte ich, aber meine Stimme klang dabei nicht gerade überzeugend.
»Nein«, antwortete Chester. »Wenn er das getan hätte, dann hätte er die anderen neun Nägel behalten und sie nicht hier in den Müll geworfen.«
»Und warum nicht?«
»Weil es nicht logisch wäre, Russell. Er muß entweder den einen Nagel aus dem Staubsauger oder diese neun hier in seinem Besitz haben. Wenn er den Nagel bei Amber absichtlich in den

Staubsauger getan hat, dann hätte er die restlichen neun irgendwo an einem sicheren Ort aufbewahrt. Er hat ja nur dann etwas gegen Grace in der Hand, wenn er den abgerissenen Nagel mit ihr in Verbindung bringen kann.«

»Grace war in meinem Haus, daran besteht kein Zweifel«, sagte Amber.

»Aber es muß eine vernünftige Erklärung dafür geben. Das alles ist nicht so, wie es aussieht.« Meine eigene Stimme kam mir so vor, als käme sie von ganz weit her.

Eine ganze Stunde lang durchsuchten wir Graces Wohnung nach einem weiteren Beweis dafür, daß sie in der Nacht des dritten Juli im Haus ihrer Mutter gewesen war. Aber wenn es einen solchen Beweis jemals gegeben hatte, dann hatte sie ihn entweder ausgesprochen raffiniert versteckt oder längst woanders hingeschafft.

»Eine Adresse müssen wir noch abklappern«, sagte ich schließlich.

Wir ließen Amber an Brent Sides' Tür klopfen, während Chet und ich uns so an die Hauswand preßten, daß Sides uns durch den Spion nicht sehen konnte. Chets schäbiger, alter Koffer stand neben uns auf dem Boden.

Nachdem Amber gesagt hatte, wer sie war, und Sides gebeten hatte, sie hereinzulassen, öffnete er die Tür und staunte nicht schlecht, als auf einmal auch Chet und ich vor ihm standen. Sides hatte offensichtlich schon geschlafen, denn er hatte völlig zerraufte Haare und war lediglich mit einer Boxershort bekleidet. In der rechten Hand hielt er ein langes Küchenmesser.

»Sie, Mister Monroe?« sagte er erstaunt und legte das Messer auf den Küchentisch. »Es tut mir leid, ich hatte gerade geträumt, daß das Nachtauge bei mir einsteigen wollte.«

»Heute nacht sind es nur wir.«

»Mr. Sides, ich bin Chet Singer vom Büro des Sheriffs von Orange County. Wir müssen miteinander reden.«
Sides glotzte kurz auf Chesters Dienstmarke, dann auf Amber, deren Gesicht er erst jetzt erkannte – dabei hatte er es, wie jeder Mann in diesem Land, bestimmt schon hundertmal gesehen. Er blinzelte uns an.
»Wollen Sie sich nicht setzen?«
»Nein«, sagte ich. »Ich will, daß Sie mir jetzt sagen, warum Sie mich angelogen haben.«
»Wie meinen Sie das?«
»Sie haben mir eine Menge über sich und Grace erzählt, Brent, aber etwas daran war gelogen. Ich will wissen, was.«
»Nein, Mann. Alles, was ich gesagt habe, war die Wahrheit.«
Ich starrte ihm mit ernster Miene ins Gesicht. Ich wollte Sides nicht weh tun, aber wenn er mich dazu zwang, war ich zu allem bereit.
»Es ist ein Mord geschehen, Brent, und Grace ist in schlimmeren Schwierigkeiten, als Sie sich vorstellen können. Ich weiß, daß Sie Grace lieben und daß sie Sie darum gebeten hat, mich anzulügen. Aber ich liebe meine Tochter auch, und deshalb gebe ich Ihnen jetzt zehn Sekunden, um mir zu sagen, wann Sie mich angelogen haben. Wenn Sie das nicht tun, werde ich dafür sorgen, daß es Ihnen leid tut. Und dann sagen Sie es mir schließlich doch, verlassen Sie sich drauf.«
Sides sah Amber mit einem weichen, flehenden Blick an.
»Sie sollten es Mr. Monroe wirklich erzählen«, riet ihm Chet. »Außer, Sie ziehen ein offizielles Verhör in den Räumen des Sheriffbüros vor.«
»Bitte, Brent«, sagte Amber.
Sides sah noch einmal zu mir, dann ließ er sich in einen Regiestuhl vor dem Fernseher fallen. Er drehte uns den Rücken zu und begann so leise zu sprechen, daß wir Mühe hatten, ihn zu verstehen.

»Wir haben uns am dritten Juli nicht gesehen«, sagte er. »Ich habe gearbeitet und bin dann nach Hause gefahren. Ich weiß nicht, wo Grace war. Ich traute mich nicht, sie danach zu fragen.«

»Wieso nicht?« wollte ich wissen.

»Na ja … Sie wissen schon.«

»Nein, ich weiß nicht. Warum trauten Sie sich nicht, sie zu fragen, wo sie war?«

»Weil sie mich so … seltsam ansah.«

Mit einem Mal wurde mir etwas klar. Natürlich, deshalb hatten wir auch bei unserer Suche in Graces Wohnung nichts gefunden. Und es würde auch erklären, warum sie spät nachts, nach ihrer Tat, zu Brent gekommen war.

»Sie waren nicht mit ihr zusammen, aber sie haben sie später noch gesehen, stimmt's?«

Sides nickte.

»Wie hat sie ausgesehen, Brent?« fragte Amber ihn mit sanfter Stimme.

»Ziemlich … schlimm. Und sie roch so komisch.«

»Nach was roch sie denn?«

»Als hätte sie Angst, als hätte sie etwas wirklich Übles aus nächster Nähe miterlebt.«

Jetzt drehte Brent seinen Regiestuhl mit trostlosen, ruckhaften Bewegungen so herum, daß er uns ansehen konnte, blickte uns nacheinander ins Gesicht und dann auf den Boden. »Ich wollte ihr helfen, verstehen Sie, und jetzt habe ich mich dadurch in eine ziemlich blöde Lage gebracht. Sie müssen wissen, daß ich für Grace alles tun würde. Oder sagen wir, fast alles. Ich weiß nicht, wo sie war. Aber ich weiß, daß sie Angst hatte.«

Chester sah mich mit demselben eigenartigen Gesichtsausdruck an, den er immer aufsetzte, wenn er jemanden überführt hatte. Eine Motte flatterte mit raschen Flügelschlägen am Fliegengitter vor dem offenen Fenster herum.

Sides entschuldigte sich und verschwand im Bad.
Ich ging nach draußen in den kleinen Innenhof und zündete mir eine Zigarette an. Während ich dem Rauch zusah, wie er nach oben stieg und sich in der Luft auflöste, dachte ich an die Zeit vor ein paar Jahren, als Isabella und ich frisch verheiratet gewesen waren und wir oft darüber gesprochen hatten, ob wir nicht das Haus verkaufen und das County für immer verlassen sollten. Damals redeten wir viel über andere Orte: Nordkalifornien, Hawaii, Mexiko, Texas. Wir hatten uns schließlich doch entschlossen, hierzubleiben, weil uns unsere Familien wichtiger waren als alles andere. Wir wollten in der Nähe von Joe und Corrine, meinen Eltern, und, wenn auch aus unerfindlichen Gründen, auch in der Nähe von Grace bleiben. Außerdem hatten wir hier alles, was wir zum Leben brauchten: ein eigenes Haus, ein kleines Grundstück, frische Luft vom Meer und einen Job, der uns nicht jeden Tag dazu zwang, uns auf überfüllten Straßen in die Stadt zu quälen. Was wollten wir mehr? Wir konnten von unserem kleinen, auf Stelzen stehenden Paradies aus der Welt da draußen zusehen und glücklich und zufrieden miteinander leben. Wir freuten uns auf die Zukunft. Aber warum hatten wir dann überhaupt daran gedacht, von hier fortzugehen? Warum hatten wir an unserem Leben hier gezweifelt? Damals konnten wir es nicht zugeben, aber ich bin mir sicher, daß Isabella tief in ihrem Herzen ebenso wie ich den Verdacht hegte, daß dieses unser Leben nicht so weitergehen würde, daß ein düsteres Schicksal, so sehr es damals auch noch in einer unbestimmten Zukunft liegen mochte, seinen schrecklichen Schatten bereits über uns geworfen hatte.
Vielleicht war das der Augenblick gewesen, in dem die erste Zelle in Isabellas wunderschönem und liebevollem Gehirn sich bösartig verändert hatte. Wir werden es niemals wissen. Aber eines wußte ich genau, als ich mich an die rauh verputzte Wand von Brent Sides' Haus lehnte und hinaus in die Nacht starrte:

Wir hatten damals die falsche Entscheidung getroffen, und vielleicht wäre an einem anderen Ort auch alles anders geworden. Vielleicht hätte es dort keinen Krebs, kein Nachtauge, keinen Martin Parish und eine bis über beide Ohren in Schwierigkeiten steckende Grace gegeben.
Die Tür öffnete sich, und Chet kam heraus zu mir.
»Texas«, murmelte ich vor mich hin.
Chester Fairfax Singer, ein unglücklicher Geist, dessen jüngstes Eintreten für einen Unschuldigen möglicherweise nicht mehr zum Vorschein bringen würde als einen weiteren Beweis dafür, wie brutal, dumm und verzweifelt die Welt doch war, sah mich durch seine dicken Brillengläser an.
»San Antonio soll recht hübsch sein«, meinte er. »Darf ich Sie fragen, wo sich Ihre Tochter momentan aufhält?«
»In meinem Haus. Mein Vater ist bei ihr. Bitte, geben Sie mir einen Tag mit ihr, Chester.«
»In Ordnung«, sagte er. »Einen Tag kann ich Ihnen geben.«

Ohne ein Wort miteinander zu reden, fuhren Amber und ich zurück nach Laguna. Aber trotzdem war ich mir ihrer Gegenwart die ganze Zeit über bewußt und spürte, daß sie in ihrem Herzen genau denselben Schmerz empfand wie ich in dem meinen. Ich konnte mir sogar den Punkt zwischen uns beiden vorstellen, an dem sich diese Schmerzen trafen. Er brummte wie eine Hochspannungsleitung.
Erst als wir kurz vor der Abzweigung waren, die von der Laguna Canyon Road zu meinem Haus führte, begann Amber zu reden.
»Bieg nicht ab, Russ. Fahr weiter. Und tritt aufs Gas.«
»Warum?«
»Weil ich dich darum bitte.«
Ich fuhr wieder auf die linke Spur der vollkommen leeren Straße und beschleunigte. Der kräftige Achtzylinder-V-Motor katapultierte den Wagen nach vorne, so daß die Eukalyptusbäume an

den Seitenfenstern vorbeiflogen, als wären sie eng beieinanderstehende Zaunlatten. Im Rausch der Geschwindigkeit packte Amber meinen rechten Arm mit beiden Händen und legte ihren Kopf an meine Schulter. Auf einmal brach ein Schwall von Erinnerungen über mich herein an eine Zeit, in der wir bestimmt hundertmal so durch die Nacht gerast waren und die mir jetzt tausend Jahre weit in der Vergangenheit zu liegen schien. Ich hatte ganz vergessen, wie sehr Amber das schnelle Fahren liebte, das sie einerseits aufs höchste erregte und andererseits auf eine ganz seltsame Weise beruhigte. Früher hatten wir uns oft nur so zum Spaß ins Auto gesetzt und waren durch die Nacht gerast, und Amber war durch die Geschwindigkeit immer ganz beschwingt und locker geworden. Jetzt roch ich wieder den süßen, feuchten Geruch ihrer Haare und den leicht parfümierten ihres Atems, und auch wenn Sie es vielleicht mißbilligen, können Sie sicher verstehen, daß meine alte Sehnsucht nach Amber auf einmal mit der Gewalt einer anschwellenden Flut über mich hereinbrach.

Die Stadt flog, kaum hatten wir sie erreicht, auch schon an uns vorbei. Mit hundertzwanzig Stundenkilometern fuhren wir auf den Coast Highway, rasten über mehrere gelbe und schließlich auch über eine rote Ampel und erreichten wieder den offenen Highway, der vier Meilen bis nach Corona del Mar an der Küste führte. Links von uns glitzerte der Pazifik im fahlen Licht des Mondes, während rechts ein dunkler Wohnwagenpark an uns vorbeiflog. Die Büsche auf dem Mittelstreifen des Highways verschwammen zu einem optischen Brei, und die Berge in der Ferne schienen mit gleichmäßiger Präzision an uns vorbeizuwandern.

»Ich muß dir ein Geständnis machen«, flüsterte Amber.

»Und das wäre?«

»Kann ich dir vorher sagen, wie ich mich augenblicklich fühle? Ich fühle mich, als wäre ich tot. Ich glaube, daß Grace in meinem

Haus war und mich umbringen wollte, und irgendwie ist ihr das auch gelungen. Ich fühle mich mit Dreck beworfen, mißbraucht und vollkommen ausgelaugt. So, als hätte ich mein ganzes Leben für nichts und wieder nichts verspielt.«
»Das kann ich gut verstehen. Ich fühle mich genauso.«
»Was haben wir deiner Meinung nach falsch gemacht?«
»Alles. Aber ich glaube trotzdem, daß wir, den Umständen entsprechend, unser Bestes gegeben haben.«
»Liegt darin irgendein Trost?«
»Nicht, daß ich wüßte.«
»Und irgendwo anders?«
»Vielleicht in der Zukunft. Zumindest können wir uns das einreden.«
»Mein Gott, Russ. Die Zukunft hat schon begonnen.«
»Und unsere Probleme sind auch schon da.«
»Geht diese Karre denn nicht schneller?«
»Doch.«
Der elektronische Tachometer blieb bei hundertsechzig hängen, aber der Wagen beschleunigte immer noch. Wir rauschten an anderen Autos vorbei, die uns wütend hinterherhupten, und ich hatte das unsinnige Bedürfnis, sogar das Licht unserer eigenen Scheinwerfer zu überholen, das vor uns her über den Highway flog. Die reinste Hoffnung ist die auf etwas vollkommen Unmögliches.
»Weißt du was? Ich träume ziemlich oft von dir«, sagte Amber. »Du siehst zwar nicht immer aus wie du, aber ich weiß immer genau, daß du es bist. Weißt du, was ich tat, als ich deinen Wagen das erste Mal vor meinem Haus stehen sah? Ich fuhr in der Nacht darauf hinaus zu deinem Haus und parkte hinter dem Hügel, wo du mich nicht sehen konntest. Dann blieb ich stundenlang im Auto sitzen und fühlte mich wie ein Teenager. Hast du dich vor meinem Haus auch so gefühlt?«
»Ja.«

»Erstaunt dich das, was ich sage?«
»Du klingst nicht wie die Amber, die zu kennen ich glaube.« Ihr Kopf lehnte noch immer an meiner Schulter, und der Fahrtwind wehte mir ihre Haare ins Gesicht.
»Zwanzig Jahre sind eine lange Zeit, Russ, und auch ich habe mich verändert. Ich habe dir ja schon gesagt, daß ich Alice zu mir eingeladen habe, um meiner Familie endlich wieder mehr Liebe entgegenzubringen. Und ich werde nicht ruhen, bis der Mörder im Gefängnis sitzt und für seine Untat bezahlt – auch wenn es sich herausstellen sollte, daß es meine eigene Tochter war.«
»Das ist eine ziemlich brutale Art, dein Leben zu verändern. Vielleicht solltest du zuerst einmal eine Nummer kleiner anfangen.« Meine Stimme klang sarkastischer, als mir lieb war.
»Ich habe in letzter Zeit viel in der Bibel gelesen und eine Menge Geld für wohltätige Zwecke gespendet. Ich verurteile andere Menschen nicht, sondern versuche, ihre Schmerzen zu verstehen und vielleicht ein wenig zu lindern. Ich bin jetzt neununddreißig Jahre alt, Russ. Das ist alt genug, um zu erkennen, daß einem etwas fehlt.«
»Ich kann verstehen, was du damit meinst.«
»Ich habe mir alles aufgeschrieben, was mir an meinem Leben nicht paßt und was ich dagegen tun kann. Bis heute abend habe ich geglaubt, daß ich irgendwann einmal auch wieder einen Zugang zu meiner Tochter finden würde. Aber jetzt bin ich mir sicher, daß ich das zumindest aus eigenem Antrieb nicht mehr schaffen werde. Ich werde es weiterhin versuchen, das schon, aber ich mache mir keine großen Hoffnungen mehr.«
»Mit der Zeit wird dir das ganz bestimmt gelingen. Noch ist es nicht zu spät«, sagte ich und dachte dabei daran, daß Grace möglicherweise einen Großteil dieser Zeit im Gefängnis würde verbringen müssen.
»Ich habe sie nicht foltern lassen, Russ, und ich kann mir nicht

vorstellen, wer ihr das eingeredet hat. Gut, ich war eine furchtbare Mutter, und ich habe Grace bestimmt öfter sehr schlecht behandelt. Aber ich habe ihr nie mit Absicht weh getan, das mußt du mir glauben.«

Die erste Ampel von Corona del Mar flog heran und sprang gerade auf Rot, so daß ich kräftig auf die Bremsen treten mußte. Der Wagen brach hinten aus und schlingerte hinüber auf die rechte Spur, und ich bekam ihn erst nach einem kurzen Ausflug auf den Seitenstreifen wieder unter Kontrolle. Als wir im Leerlauf an der Ampel standen, fragte ich Amber:

»Bist du vielleicht deshalb hinaus zu meinem Haus gefahren und dort im Auto gesessen, weil du etwas von früher bedauert hast?«

»Nein. Ich habe nie etwas bedauert, was zwischen uns gewesen ist. Bis auf das, daß es schließlich auseinanderging. Das war das schlimmste Opfer, das ich meinem Ehrgeiz brachte.«

»Ich habe das auch bedauert.«

»Ich weiß. Aber ich glaube, daß auch du deinen Teil dazu beigetragen hast, daß unsere Beziehung den Bach hinunterging. Ich war zwar diejenige, die gegangen ist, Russ, aber du hast mich nicht aufgehalten. Ich fände es gut, wenn du das eingestehen würdest. Du hast dir jetzt lange genug den Luxus geleistet, mir allein den Schwarzen Peter zuzuschieben. Erinnerst du dich an das lange Gespräch, das wir auf dem Fußboden vor dem elektrischen Kaminfeuer geführt haben, als ich mein erstes Angebot für einen Job als Model bekommen hatte? Als wir über all die Reisen sprachen, die damit auf mich zukommen würden? Erinnerst du dich noch, was du mir auf meine Frage, was du mir raten würdest, geantwortet hast? ›Ich will, daß du gehst, Amber.‹ Laut und deutlich hast du das gesagt. Also habe ich die Drecksarbeit für uns beide getan und bin gegangen.«

»Ich weiß. Ich war mit schuld, daß wir auseinandergingen.«

Und ich habe es immer bedauert, fügte ich schweigend hinzu, und bedaure es sogar heute noch. Ich erinnerte mich an unser damaliges Gespräch noch in allen Einzelheiten, so, als wäre es ein Film, den ich schon hundertmal gesehen hatte. Ich bekenne mich gerne aller Fehler für schuldig, die man uns Männern immer vorwirft – ob es sich nun um übermäßigen Stolz, Sturheit, Kommunikationsverdrossenheit, Selbstsucht, Feigheit, Zurückgezogenheit oder leeres Machogehabe handelt. Habe ich Amber damals geliebt? Sicherlich. Aber Liebe kann nicht als Ausrede für alles herhalten. Zu meiner Verteidigung kann ich lediglich den Umstand ins Feld führen, daß ich während meiner Zeit mit Amber – ebenso wie erschreckend lange danach – nie eine andere Frau begehrt hatte als sie, oder sagen wir mal, nicht genug, um etwas daraus werden zu lassen. Und selbst als ich wieder begann, mit anderen Frauen ins Bett zu gehen, gehörte ich auf eine gewisse Weise immer noch ihr. Das sollte sich erst ändern, als ich zufällig auf Isabella Sandoval traf, wie sie im Schatten der *Palapa* zwischen den süß duftenden Valencia-Orangen der SunBlesst-Plantage saß. Mein Herz, das so lange Amber gehört hatte, lief mit fliegenden Fahnen über zu ihr.

»Warum hast du damals nicht um mich gekämpft, Russ?« fragte Amber in sanftem Flüsterton. »Warum hast du mich so einfach gehen lassen?«

Es hatte lange gedauert, bis ich mir diese Frage selbst beantworten konnte. Wenn Amber mich das kurz nach unserer Trennung gefragt hätte, hätte ich ihr geantwortet, daß sie nicht mehr wert gewesen sei. Und Amber hätte das geglaubt, denn damals hatte ich noch die Fähigkeit, sie zu verletzen – damals war sie noch nicht über mich hinausgewachsen. Aber diese Antwort wäre nicht die Wahrheit gewesen.

»Ich fand es nicht richtig«, sagte ich, »mir etwas zu nehmen, was du mir nicht freiwillig geben wolltest. Wenn du nicht aus freien Stücken bei mir bleiben wolltest, dann wollte ich dich nicht dazu zwingen.«

»Hattest du Angst, daß ich dich eines Tages vielleicht nicht mehr lieben würde?«
»Auf lange Sicht schon. Und ich hatte Angst, dir weh zu tun.«
»Inwiefern?«
»Indem ich dich zu sehr liebte.«
Als die Ampel endlich grün wurde, wendete ich den Wagen und fuhr zurück in Richtung Laguna. Bei weitem langsamer als auf der Hinfahrt, rollten wir auf den nächtlichen Ozean zu, der sich im Westen ausdehnte wie eine endlose, schwarze Ebene.
»Und wie denkst du jetzt darüber? Würdest du dir jetzt etwas nehmen, was man dir nicht anbietet, Russell?«
»In dieser Hinsicht habe ich meine Meinung nicht geändert. Manche Dinge macht man gerade dadurch kaputt, daß man zu heftig um sie kämpft.«
»Bei Isabella mußtest du wohl niemals kämpfen, nicht wahr? Sie hat dir alles, was du wolltest, freiwillig angeboten. Sie hat sich dir ganz einfach hingegeben.«
»Ja, das hat sie.«
»Und wie hast du dich entschieden, damit umzugehen? Hat sie das in deinen Augen nicht ein bißchen abgewertet?«
»Ich habe sie immer so geliebt und verehrt, wie mir das nur möglich war.«
»Dann hast du ja wirklich Glück gehabt, daß du sie gefunden hast, Russell.«
»Das war mir immer bewußt.«
»Das mit ihrer Krankheit tut mir wirklich leid. Wird sie denn jemals wieder ... gesund werden?«
»Nein.«
»Russ, glaubst du eigentlich an Wunder?«
»Nein.«
»Und woran hältst du dich mitten in der Nacht fest, wenn der Teufel nach deiner armen Seele greift?«
»An seiner Gurgel.«

»Hast du eigentlich auch ab und zu einmal so etwas wie ein zartes Gefühl in dir?«
»Zarte Gefühle kann ich mir nicht leisten.«
Meine Qualen wurden immer schlimmer. Konnte ich sie nicht beenden, oder wollte ich bloß nicht? Ich hörte auf einmal ein lautes Klingeln in meinen Ohren.
»Sehnst du dich danach, zu sterben?«
»Manchmal. Aber dann denke ich mir, daß es im Leben noch etwas anderes geben muß als das Verlangen, endlich unter die Erde zu kommen.«
»Ist es wirklich so schlimm?«
»Ich bin nicht der harte Bursche, für den du mich hältst, Amber. Das war ich noch nie. Es fällt mir nur manchmal schwer, zu allen Leuten freundlich zu sein. Ich weiß nicht, wie lange ich noch in der Lage sein werde, Isabella zu pflegen, und das macht mir angst. Manchmal träume ich schon von Tumoren, die in meinen Eiern und meiner Lunge wachsen.«
»Was willst du denn?«
»Einen Beruf, in dem ich ein Hemd tragen kann, auf dem mein Name steht. Ein ganz stinknormales Leben.«
»Ich meine das ernst, Russ. Kannst du denn nicht mal einen Augenblick diesen ganzen selbstmitleidigen Scheiß und deine Schriftstellerallüren sein lassen und mir sagen, was du wirklich willst?«
»Ich will, daß die Menschen, die ich liebe, nicht dahinsiechen und sterben müssen.«
»Siehst du, Russell, das nehme ich dir ab. Warum brauchst du bloß oft so lange, bis du einem endlich die Wahrheit sagst?«
Der Fahrtwind blies heftig durch die Fenster herein.
»Halt doch mal an«, sagte Amber.
Ich bremste, blinkte und lenkte den Wagen auf den knirschenden Kies des Seitenstreifens. Als wir zum Halten kamen, wehte der Staub nach vorne und wirbelte im Licht der Scheinwerfer

herum. Wir waren auf einem Steilufer etwa in der Mitte zwischen den beiden Städten und hatten einen weiten Blick hinaus aufs Meer. Unten am Strand liefen weiße Schaumbänder den Sand hinauf und glitten wieder zurück. Mein Herz schlug mir bis in meine Zähne.

Amber stieg aus, warf die Tür zu und ging ein paar Schritte hinaus in die Dunkelheit. Die warme Luft roch intensiv nach Salz und wildem Salbei. Amber wartete, bis ich bei ihr war, dann nahm sie mich bei der Hand und führte mich bis an den Rand der Klippe. Direkt vor uns herrschte rabenschwarze Finsternis, und erst weit unten sah ich den Strand, der im Mondlicht dalag wie ein blasses, mit spitzen, von der Ebbe entblößten Felsen übersätes Band. Direkt am Wasser glänzte der Sand wie lackiert. Das Klingeln in meinen Ohren war jetzt so laut, daß mir alles vor den Augen zu verschwimmen schien. Noch nie in meinem Leben – bis auf die teuflischen drei Tage mit Izzy im Guadalajara-Krankenhaus, als ihr Tumor diagnostiziert wurde – hatte ich mich so schwach und zerbrechlich gefühlt, als könne ich jeden Augenblick auseinanderfallen.

Es war fast wie ein Schock für mich, daß Amber mich hier, am Rand dieser Klippe hoch über dem Meer, an den Schultern packte, zu sich herumdrehte und ihre feuchten, leicht geöffneten Lippen auf die meinen preßte.

Ihr Kuß war weder fordernd noch gierig, sondern sanft wie ein Opfer, das mir aus reiner Seele angeboten wurde. Mit ihm gab Amber sich mir vollkommen hin und hauchte mir den Atem aus ihren Lungen tief hinein in die meinen, so wie sie es früher immer gemacht hatte, wenn sie mein Verlangen hatte wecken wollen.

Ich erinnere mich noch ganz genau und klar an alles, was danach geschah. An die leichte Meeresbrise, die mir in dieser heißen Nacht willkommen kühl vorkam und mir direkt ins Gesicht zu wehen schien, obwohl das gar nicht möglich war, weil Ambers

Gesicht die ganze Zeit hautnah an dem meinen war. Trotzdem schien es mir, als würde dieser Wind mir sämtliche Erinnerungen, Gedanken und Vorschriften aus dem Kopf blasen. Sie zerstoben wie Staub in dieser unwahrscheinlich frischen Brise und wurden ganz einfach fortgeweht.

Als zweites erinnere ich mich daran, wie ich Ambers rosafarbenes Baumwollkleid hochschob und die glatte, weiche Wärme ihrer Beine spürte, die sich ganz fest an meine zitternden Oberschenkel preßten. Ihr dunkelbraunes Haar flatterte im Wind und sah noch schwärzer aus als der Ozean unter uns. Meine Hände umfaßten ihre Hüften und drückten sie fest an meinen gierigen, bebenden Körper. Wir bewegten uns kaum – hier war ohnehin nicht der Ort für großartiges Herumgeturne –, und jede noch so kleine Bewegung, jeder Quadratmillimeter, auf dem wir uns berührten, war so voller wilder, fast schmerzhafter Lust, daß ich es nur mit äußerster Mühe ertragen konnte. Das leichte Zittern, das ganz aus der Tiefe von Ambers Körper zu kommen schien, war alles, was wir an Bewegung brauchten.

Und dann erinnere ich mich noch an das Ende, aber ich weiß nicht mehr, wie wir dorthin gelangten. Es braucht nicht allzuviel Phantasie, sich das auszumalen. Ich weiß nur noch, daß ich zwischen zwei duftenden Salbeibüschen lag und durch Ambers Haare hindurch hinauf in den Himmel starrte. Ich hielt Amber in den Armen und preßte ihren Körper noch immer ganz fest an den meinen. Unten, wo ihre Hüften zwischen meinen gespreizten Beinen lagen, waren wir noch immer inniglich miteinander verbunden. Ambers Herz klopfte an meinen Rippen, und wir atmeten beide schnell und heftig. Mein Rücken schmerzte, aber wenigstens für den Augenblick war ich glücklich und zufrieden und machte mir nicht den geringsten Vorwurf.

Dann aber schlüpfte mein schlechtes Gewissen, das vorhin der kühle Seewind mit sich fortgetragen hatte, zurück in meinen Kopf wie ein Kaninchen in seinen Bau. Dort hockte es ängstlich mit all den anderen Gedanken zusammen, die inzwischen ebenfalls wiedergekehrt waren, und mümmelte verschämt vor sich hin. Ich schloß meine Augen und wünschte mir ein riesiges Feigenblatt, das meine Blöße verdecken könnte. Trotzdem ließ ich Amber nicht los, denn wenn ich schon alle meine Prinzipien für diesen Augenblick aufgegeben hatte, dann wollte ich ihn wenigstens nicht so schnell zu Ende gehen lassen. Ich war wie ein Affe, der vor lauter Gier nach einem Köder, den er einfach nicht hatte loslassen können, in die Falle gegangen war. Und wenn man mich auf den elektrischen Stuhl gesetzt hätte, ich hätte diesen Schatz, der da in meinen Armen lag und in dem ich noch tief drinsteckte, daß ich fast die Spitze von Ambers Herz fühlen konnte, um nichts in der Welt hergegeben.

Aber schließlich mußte ich es doch, denn zusammen mit meinem Gewissen war auch die Vernunft zurückgekehrt, die jetzt begann, meine Seele mit ihren kalten Güssen zu traktieren, um sie so vor der Selbstaufopferung zu bewahren. Zum Glück zogen die emotionalen Sturmwolken, die sich in meinem Inneren bedrohlich zusammengeballt hatten, ohne Entladung an mir vorüber. Ich hatte einfach keine Kraft mehr, gegen mich selbst anzukämpfen. Ich hatte gleichzeitig gewonnen und verloren, und dabei ließ ich es bewenden. Schließlich ließ ich Amber Mae los und gab ihr einen langen Kuß. Dann schob ich mich sanft noch tiefer in sie hinein und ließ einen langen, von Herzen kommenden Seufzer hören.

»Sag jetzt nichts«, sagte sie.

Ich schwieg.

»Das war ein Geschenk.«

»Und was für eines. Vielen Dank.«

»Es war nicht von mir. Ich habe es bloß überbracht.«

»Und an wen hat sich dann mein Dankesschreiben zu richten?«

»An Isabella. Wir hatten kürzlich ein längeres Gespräch miteinander.«

KAPITEL 25

Schweigend und von schlechtem Gewissen geplagt, fuhr ich auf dem Pacific Coast Highway zurück in den Canyon. Nun hatte ich mein geheimes Doppelleben, auf das ich in jener schrecklichen Nacht des dritten Juli so scharf gewesen war. Aber um was für einen Preis. Ich hatte das Gefühl, sämtliche emotionellen Konten weit überzogen zu haben, und sah keine Möglichkeit, dieses jüngste, wilde Abenteuer auch nur annähernd zu finanzieren. Es verhielt sich fast so wie bei meiner tatsächlichen Finanzlage, dachte ich und versank noch tiefer in meiner düsteren Stimmung. Wie sollte ich bloß all die ausstehenden Rechnungen begleichen? Ich wurde schwermütig. Überraschenderweise – oder vielleicht auch nicht – verspürte ich ein heftiges Verlangen nach dem Bett, das ich mit Isabella teilte, nach ihrer Nähe, die sogar noch in ihrer Abwesenheit existierte, nach der Dunkelheit des Raumes, in dem wir uns geliebt hatten und uns, wenn das Schicksal es gnädig mit uns meinte, auch wieder lieben würden.

Noch ärger als meine Selbstvorwürfe quälte mich die Erkenntnis, daß Grace in der Mordnacht mit an Sicherheit grenzender Wahrscheinlichkeit doch in Ambers Schlafzimmer gewesen war. Martin Parish hatte also doch nicht gelogen. Aber dann kam mir ein ungeheuerlicher Gedanke: Hatten vielleicht Martin Parish und Grace den Mord gemeinsam geplant?

Was, wenn Martin Grace einerseits gut zugeredet hatte und sie andererseits von gedungenen Schlägern hatte einschüchtern lassen? Hatte er vielleicht seinen nicht unerheblichen Einfluß als früherer Stiefvater von Grace dazu benutzt, um die ohnehin schon recht große Kluft zwischen Mutter und Tochter noch weiter zu vertiefen? Zuzutrauen wäre es ihm allemal. Aber was wollte er damit bezwecken? Hatte er späte Rache dafür nehmen wollen, daß Amber ihm vor vielen Jahren den Laufpaß gegeben hatte? Das war ziemlich unwahrscheinlich. Wegen des Geldes, das ihm laut Ambers Testament zustand? Schon eher. Und dann ging mir ein weiteres Szenario durch den Kopf, das mir ein Frösteln durch den Körper jagte. Was wäre, wenn Martin und Grace insgeheim schon seit längerem miteinander ins Bett gegangen wären und geplant hätten, nach Ambers Tod ganz offen zusammenzuleben, und zwar von ihrem Geld? War das vielleicht die Erklärung dafür, daß Grace sooft fort war, für ihre geheimnisvollen Telefonate und ihre ausweichende Art, die sie mir gegenüber an den Tag legte? Möglicherweise, aber wenn dem wirklich so war, warum hatte Martin mir dann gesagt, daß Grace am dritten Juli am Tatort gewesen war? Hatte er den Verdacht von sich ablenken wollen, nachdem ich ihn unerwartet mit der Tatsache konfrontiert hatte, daß ich ihn ebenfalls dort gesehen hatte? Aber vielleicht gab es auch noch eine viel einfachere Erklärung für das alles: Vielleicht war Grace ebenso zufällig wie ich in Ambers Haus gekommen, und Parish hatte ihre Anwesenheit dort zu einem schlimmen, monströsen Spiel benützt und mich mit seiner Mitteilung auf eine falsche Fährte gelockt. Die wichtigste, alles entscheidende Frage war die: *Wenn* Martin und Grace miteinander den Mord geplant hatten und gemeinsam in Ambers Schlafzimmer die falsche Frau getötet hatten, warum sollte dann Parish Beweise gegen seine eigene Komplizin sammeln und sie der Staatsanwaltschaft übergeben? Das ergab doch keinen Sinn. Aber vielleicht hatte ich Karen bloß nicht richtig verstanden.

Obwohl es kurz vor zwei Uhr nachts war, nahm ich das Autotelefon zur Hand und tippte Karens Privatnummer ein. Ihre Stimme klang schlaftrunken. Ich war gerade unten an der Talsohle des Canyons, wo die Verbindung kurzzeitig gestört wurde, und als sie wenige Augenblicke später wieder klar war, fragte ich Karen, wen Martin bei Bezirksstaatsanwalt Peter Haight wegen Mordes an Alice Fultz angezeigt hatte: Russell Monroe allein oder Russell Monroe und Grace Wilson.

»Sie haben mir etwas versprochen«, sagte sie.

»Ja, ich weiß, und es tut mir auch sehr leid. Aber ich stecke bis über beide Ohren in Schwierigkeiten, Karen.«

»Sie wissen doch, wie einfach man diese Mobiltelefone abhören kann, oder?«

»Mir steht das Wasser bis zum Hals. Bitte, Karen, sagen Sie mir: Wird Haight mich allein anklagen oder Grace und mich?«

Am anderen Ende der Leitung war es lange still; ich hörte lediglich ein kurzes Rauschen, als ich wieder durch eine Senke fuhr, dann war die Verbindung wieder klar und still.

»Ihre Tochter wird bei der Anklage nicht erwähnt«, sagte Karen schließlich. »Nur Ihr Name. Parish und der Staatsanwalt bauen darauf, daß Grace dann mit ihnen zusammenarbeitet und auspackt.«

Was immer ich noch an Willen in meinem Körper hatte, war nach diesem Telefongespräch verschwunden. Ich fühlte mich vollkommen ausgelaugt und kraftlos.

Amber nahm meine Hand. »Was ist los? Plant Martin etwa, Grace gegen dich aussagen zu lassen?«

Ich nickte.

»Sie hat es getan. Sie war beim Mord an Alice dabei. Mein Gott, Russell, wenn du sie nur so sehen könntest, wie ich sie sehe.«

»In fünf Minuten werden wir beide sie uns ganz genau ansehen.«

Als wir das Gästezimmer betraten, schlief Grace tief und fest. Mein Vater saß mit der Flinte im Schoß neben ihr, trank Kaffee und las in einer Zeitschrift. In dem abgedunkelten Licht am Bett ähnelte Grace mehr einem Kind als einer Frau; ihr lockiges, dunkles Haar verbarg ihr Gesicht, und trotz der Hitze hatte sie sich die Decke bis zum Hals hochgezogen. Über ihr drehte sich langsam der Deckenventilator. Theodore sah uns fragend an, als ahnte er, was zwischen Amber und mir vorgefallen war. Auf einmal wurde mir bewußt, daß meine Kleidung noch voller Staub und meine Haare wild verstrubbelt waren.

»Sieht so aus, als hättet ihr drei was miteinander zu besprechen«, sagte er und erhob sich. »Ich werde mir mal draußen eine Weile die Beine vertreten.«

Als mein Vater gegangen war, schaltete ich das Licht an der Decke an. Grace zuckte zusammen, wimmerte ein wenig vor sich hin und blinzelte mich dann aus einem ihrer dunklen Augen an.

»Was ist denn los?« flüsterte sie schlaftrunken, ohne sich zu bewegen.

»Steh auf«, sagte ich. »Wir müssen mit dir reden.«

Ich nahm ihren Morgenmantel vom Fußende des Bettes und gab ihn ihr, dann drehte ich mich um und schloß die Augen. Hoffentlich ist sie unschuldig, dachte ich. Hoffentlich gibt es für das alles eine plausible Erklärung. Ich hörte, wie Grace in den Frotteemantel schlüpfte und sich verstört schneuzte. Als ich mich umdrehte, saß sie auf der Bettkante und starrte Amber böse an. Ihr Gesicht war bleich, und ihr Mund war – halb aus Erstaunen, halb aus Ärger – leicht geöffnet.

»Die hat mir grade noch gefehlt«, sagte sie.

»Schön, dich zu sehen, Grace.«

Grace starrte einen Augenblick lang ins Leere, und ich hatte den Eindruck, daß sie am liebsten fortgelaufen wäre. Als sie gleich darauf aus dem Bett sprang, glaubte ich, sie wolle es tun.

Statt dessen stürzte sie hinüber zu Amber und wollte auf sie losgehen. Ich fing sie ab, packte sie bei den Handgelenken, warf sie zurück aufs Bett und entwand ihr die kleine Pistole, die sie unter ihrem Kopfkissen gehabt hatte.

»Du gehässiges kleines Biest«, zischte Amber.
»Russell, kannst du ihr nicht sagen, daß sie fortgehen soll?« Grace sah mich mit flehenden Augen an.
»Nein. Und jetzt hör mir zu.«
Ich erzählte ihr von dem abgerissenen falschen Fingernagel in Ambers Staubsauger und den neun dazu passenden Nägeln in ihrer Mülltonne. Davon, daß Brent Sides ihr Alibi widerrufen hatte, sagte ich ihr zunächst nichts. Vielleicht würde ich das später noch gebrauchen können.
»Und jetzt erklär uns bitte, was es damit auf sich hat«, verlangte ich.
Grace warf erst ihrer Mutter, dann mir einen geringschätzigen Blick zu. »Mein Gott, seid ihr beide widerlich«, sagte sie. »Ich hätte mich lieber von Wölfen aufziehen lassen sollen als von euch.«
»Es geht hier nicht um deine Kindheit, sondern um die Nacht des dritten Juli«, sagte ich.
»Wenn du mich wirklich eines Mordes bezichtigen willst, bloß weil ein falscher Fingernagel, den du in *ihrem* Haus gefunden hast, zufällig zu denen paßt, die ich im Badezimmer hatte, dann tust du mir leid, Russ. Du bist anscheinend noch dümmer, als ich immer dachte.«
»Komisch«, entgegnete ich, »kein Mensch hat hier etwas von einem Mord gesagt. Ich habe dich lediglich gefragt, was du in der fraglichen Nacht in Ambers Haus zu suchen hattest.«
»Ich war in der fraglichen Nacht nicht in Ambers Haus. Ich war bei Brent.«
»Und warum hat er uns dann vor noch nicht einmal einer Stunde gesagt, daß du erst früh am nächsten Morgen zu ihm gekommen bist? Er sagte, du hättest Angst gehabt und ziemlich komisch gerochen. Er traute sich nicht mal, dich zu fragen, wo du gewesen bist. Aber ich habe da weniger Hemmungen und frage dich: Wo warst du?«

Grace wurde tiefrot im Gesicht, aber nicht, weil sie sich schämte. Es war die blanke Wut, die ihr auf der Haut und in den Augen brannte. »Ich hasse euch beide.«
»Das mag schon sein«, sagte ich. »Trotzdem will ich jetzt wissen, wo du warst. Und wenn du nicht in Ambers Haus warst, wie ist dann dein Fingernagel dorthin gekommen? Verdammt noch mal, Grace, jetzt hör endlich mit dem Katz-und-Maus-Spielen auf.«
Einen Augenblick lang schienen Flammen der Wut aus Graces Augen zu züngeln. Obwohl ich sie noch nie so gesehen hatte, überraschte mich das nicht allzusehr. Ich hatte selbst – ebenso wie Amber übrigens – manchmal Momente, wo die ungezügelte Wut aus mir herausbrach. Außerdem hatten wir Grace im wahren wie im übertragenen Sinn des Wortes an die Wand gedrängt.
Amber, die bisher geschwiegen hatte, wandte sich an mich und sagte ironisch: »Darf ich dich mit unserer Tochter bekannt machen, Russell?«
»*Du* bist doch noch viel schlimmer als ich«, fauchte Grace.
»Ich weiß, mein Liebling«, antwortete Amber. »Ich weiß. Aber ich versuche wenigstens, mich zu bessern. Also, was hast du in der Nacht zum dritten Juli in meinem Haus getan, Grace? Du kannst es uns ruhig erzählen, schließlich können wir beweisen, daß du dort gewesen bist. Laß mich raten – du wolltest dich wohl dafür entschuldigen, daß du sechs Monate lang nichts von dir hast hören lassen, stimmt's?«
»Um vor dir auf dem Bauch zu kriechen und dich um dein Geld anzubetteln, meinst du wohl, so wie es diese beiden Gorillas von mir wollten, die du mir auf den Hals gehetzt hast? Da, *Mutter*, sieh dir an, was sie mit mir gemacht haben. Gefällt es dir?« Grace hob einen Fuß und streckte die Sohle ihrer Mutter ins Gesicht. Ich hörte, wie Amber hörbar einatmete, als sie sich bewußt wurde, was sie sah.
»Es hat funktioniert«, sagte Grace. »Das ist der Grund, warum

ich in der Nacht des dritten Juli in deinem Haus war. Ich wollte mich dir unterwerfen. Ich hatte genug. Und ich hatte solche Angst vor dir, daß ich eine Pistole in meiner Handtasche hatte. Ich gebe zu, daß ich kurzzeitig sogar daran dachte, dich zu erschießen, und dieser Gedanke war mir nicht einmal unangenehm. Aber eigentlich wollte ich dir sagen, daß ich aufgegeben habe, daß ich fertig war, daß du gewonnen hättest. Ich wollte mir nicht noch mehr Körperteile verbrennen lassen. Und dann wollte ich dir noch sagen, daß ich auf dein Geld pfeife, wenn ich nur nachts wieder ruhig schlafen könnte, ohne ständig Angst davor haben zu müssen, daß mir irgend jemand vor meiner Haustür auflauerte.«

Grace sah erst mich, dann ihre Mutter mit festem Blick an. Das Feuer ihrer Wut war erloschen. »Und dann schaute ich in dein Schlafzimmer und bekam es mit der Angst zu tun. Ich dachte zuerst, du wärest die Tote. Ich rief bei Martin an, aber er war nicht zu Hause. Dann probierte ich es bei dir, Russell, aber *du* warst auch nicht da. Also nahm ich mir ein Zimmer in einem Hotel und versuchte zu schlafen. Ich wollte nicht die Polizei anrufen und mich von irgendeinem unsensiblen Streifenpolizisten zum Mord an meiner Mutter vernehmen lassen. Warum nicht? Weil das Grauen, das ich empfand, als ich dich so liegen sah, *Mutter*, nicht daher kam, daß man dich so grausig zugerichtet hatte, sondern daher, daß mir dein Tod so ... passend erschien. Als ich deine Leiche sah, fühlte ich mich sogar ein bißchen glücklich, und ich wußte: Wenn erst einmal die Details über unseren Streit herauskämen, wäre ich, Grace Wilson, die erste, die man des Mordes an dir verdächtigen würde. Also tauchte ich erst einmal unter und ging dann später hierher, zu Russell.«

Ich hörte das surrende Geräusch, das der Motor des Ventilators an der Decke machte, und das leise Zischen seiner Rotorblätter.

»Und was ist mit dem Nagel, Grace?«

Grace blickte jetzt hinunter auf ihre Knie, über die sie die Decke gezogen hatte. Auf einmal klang ihre Stimme viel schwächer als vorhin. »Ich will euch mal etwas sagen, was ich bisher noch keinem Menschen gesagt habe, Russell und Amber. Es tut mir zwar weh, es euch zu sagen, aber es ist eine Erklärung dafür, warum ich in dem Haus war und warum mein Nagel dort geblieben ist.«

Grace sah Amber mit einem so veränderten Gesichtsausdruck an, daß ich kaum glauben konnte, dieselbe Frau vor mir zu haben wie vorhin. In ihren wunderschönen Augen standen Tränen, und ihre Lippen, die gerade eben noch so sarkastische und verächtliche Worte gesagt hatten, fingen unkontrolliert zu zittern an.

»Ich ... ich habe dich immer ... irgendwie ... geliebt, Mutter. Und als ich dich so daliegen sah, fühlte ich mich zuerst wirklich erleichtert und verspürte eine schreckliche ... Genugtuung darüber, daß jetzt auch dir etwas Schlimmes widerfahren war. Aber dann fiel ich auf die Knie, weinte vor Schmerz und krallte mich mit den Fingern so tief in deinen Teppichboden, daß einer meiner Nägel abbrach. Ich bemerkte das erst, als ich dein Haus wieder verließ. Dann suchte ich nach dem Nagel, konnte ihn aber nicht finden. Zu Hause nahm ich die restlichen ab und warf sie in den Müll, damit die Polizei sie nicht bei mir finden würde. Ich war viel zu verschreckt und durcheinander, um mir klarzumachen, daß man sie in der Mülltonne natürlich ebensogut finden konnte wie an meinen eigenen Fingern. Ich glaube, ich habe sogar ein Päckchen unbenützter Nägel irgendwo im Bad herumliegen lassen. Ich schätze, ich würde eine lausige Verbrecherin abgeben.«

Amber trat einen Schritt auf Grace zu, blieb dann aber stehen. »Als Russell dir sagte, daß die Tote Alice war, warum hast du mich dann nicht angerufen, Grace? Warum hast du nicht gesagt, daß du wenigstens ... erleichtert warst, daß ich noch lebte?«

»Aber ich dachte doch, daß du mich des Mordes verdächtigen würdest, Mutter, so wie ihr es ja auch jetzt gerade tut. Ich wollte mich ein paar Tage hier bei Russell ausruhen – oder auch irgendwo anders, von mir aus –, und dann irgendwo ganz allein einen langen Urlaub machen. Du glaubst ja nicht, wie schrecklich das alles war … das sehen zu müssen, was ich sah, und zu fühlen, was ich fühlte. Ich liebe dich. Und ich hasse dich auch, aber nicht tief genug, um dich auf diese Art und Weise zu töten. Glaub, was du willst, aber ich könnte es wirklich nicht.«

Amber starrte Grace an, sagte aber nichts. In ihrem Schweigen lag ein viel grundlegenderer Vorwurf, als sie ihn ihr mit Worten hätte machen können.

Grace blickte wieder auf ihre Knie, zog sie mit einem tiefen Seufzer an und legte ihren Kopf darauf. »Und du, Russell?« fragte sie mich ruhig.

»Ich habe dir immer geglaubt, mein Mädchen. Aber sag mir, wieviel von alledem du Martin erzählt hast.«

»Alles«, antwortete sie und sah immer noch nicht auf.

Natürlich, dachte ich. Das erklärte auch, warum Parish mir zunächst erzählt hatte, er habe Grace am Tatort gesehen, und sich dann später dafür entschied, den Mord mir – und nicht ihr – anzuhängen.

»Weißt du, daß er mich wegen dem Mord an Alice angezeigt hat?«

Jetzt blickte Grace auf, und ihr Gesichtsausdruck war so hoffnungslos, wie ich es noch nie an ihr gesehen hatte. »Ich hatte keine Ahnung, daß er das vorhatte. Er hat mir nur ganz wenig gesagt. Ich hielt Martin immer für einen anständigen Menschen. So hat er sich mir gegenüber jedenfalls immer verhalten. Aber eines mußt du wissen, Russell, ich werde alles tun, was ich nur kann, um dir zu helfen.«

»Ich werde deine Hilfe auch brauchen. Parish hat Alice umgebracht, ist dir das klar?«

Grace schüttelte den Kopf. »Warum sollte er das tun?«
»Weil er Geld geerbt hätte, wenn Amber gestorben wäre. Und weil, ganz offen gesagt, Martin Parish deine Mutter noch mehr haßt, als du es jemals getan hast. Und mich haßt er anscheinend auch. Mit dem Mord an deiner Mutter hat er vermutlich geglaubt, uns beide mit einem Schlag erledigt zu haben. Er meinte, er könne das perfekte Verbrechen begehen.«
»Das alles kotzt mich so dermaßen an«, flüsterte Grace, der die Tränen über die Wangen liefen. »Amber, ich liebe dich, aber ich hasse dich gleichzeitig noch immer. Und dir, Russell, werde ich gegen Martin helfen, wo ich nur kann. Ich werde aussagen. Ich werde der Polizei alles sagen, was ich weiß.«
»Aber das hast du doch bereits.«
»Wie soll man ihm denn sonst beikommen?«
Mit Unverfrorenheit, dachte ich. Wir müssen Martin mit seinen eigenen Waffen schlagen. »Ich bin mir noch nicht sicher«, sagte ich.
Amber war bereits aus dem Zimmer gegangen.
Ich ging ihr hinterher auf die Plattform, vorbei an meinem Vater, der auf der Couch im Wohnzimmer eingeschlafen war. Amber versuchte, sich eine Zigarette anzuzünden, aber ihre Hände zitterten zu stark. Ich gab ihr Feuer.
»Sie braucht dich«, sagte ich.
»So? Dann hat sie es bisher aber meisterhaft zu verbergen gewußt.«
»Geh doch wieder hinein und sprich mit ihr.«
»Du verstehst nicht, was hier gespielt wird, Russell. Grace macht mit Martin gemeinsame Sache. Sie ist seine Komplizin, dessen bin ich mir ganz sicher. Schon als Kind hat sie nichts so sehr interessiert wie meine Männer. Und jetzt hat sie sich Martin geschnappt und arbeitet mit ihm zusammen. Wenn die beiden mich aus dem Weg geräumt hätten, hätten sie mehrere Millionen Dollar bekommen. Zusätzlich zu dem Vergnügen, mir ge-

meinsam in meinem Schlafzimmer den Schädel einzuschlagen! Ich glaube, ich muß kotzen, Russell.«

Sie lief hinaus ins Gebüsch und übergab sich.

Als sie ein paar Minuten später wieder zurückkam, sagte sie: »Ich glaube, ich fahre besser mit Theodore nach Hause. Und morgen früh werde ich noch einmal mit dem Staatsanwalt sprechen. Jetzt, wo ich weiß, was Grace bei der Sache für eine Rolle gespielt hat, ist mir vieles klarer. Ich werde Martin Parish und mein geliebtes Töchterlein nicht so einfach davonkommen lassen. Schon gar nicht, wenn es auf deine und meine Kosten geht.«

KAPITEL 26

In den paar Stunden, die von der Nacht noch übrigblieben, machte ich kaum ein Auge zu, aber als ich so vor mich hin döste, erreichte ich eine Klarheit der Gedanken, die man sonst nur kurz vor dem Einschlafen oder kurz nach dem Aufwachen hat. Hauptsächlich machte ich mir Gedanken über Izzy und rief auch jede Stunde auf der Intensivstation an und erkundigte mich nach ihrem Befinden. Wenn ich meine Besorgnis um Isabella einmal für ein paar Minuten hintanstellen konnte, widmete ich mich anderen drängenden Problemen. Ich fragte mich, ob Ambers Vorhaben, den Staatsanwalt noch einmal zu bearbeiten, besonders klug war. Ich hatte keine allzu große Lust, mich vor Gericht mit Martin Parish auseinanderzusetzen, denn dort hatte er viel zu große Vorteile mir gegenüber.

Statt dessen träumte ich – oder besser, ich stellte mir vor –, daß ich Parish in Ambers Haus traf. Die Szene spielte sich in etwa so ab: Martin kam, mit einem Baseballschläger bewaffnet, herein, um das zu beenden, was er am dritten Juli begonnen hatte. Ich aber wartete bereits auf ihn, und bei dem Versuch, Amber den Schädel einzuschlagen, verhaftete ich Parish, der bei einem anschließenden Verhör seinen teuflischen Plan gestand.

So reibungslos ging es leider nur im Traum, und mir war vollkommen klar, daß Grace und ich dringend Hilfe benötigten. Würde Amber sich bereit erklären, Martin noch einmal in ihr Haus zu locken? Vielleicht.

Aber wo konnten wir einen mächtigen Verbündeten finden, der kein Angehöriger der Strafverfolgungsbehörden war? Als das erste Licht des Morgens mich die Gegenstände in meinem

Schlafzimmer schemenhaft erkennen ließ, fiel mir auf einmal Erik Wald ein. Zuerst erschien mir die Idee lächerlich, da Erik ja auf mannigfaltige Weise mit dem Büro des Sheriffs verbunden war. Aber wenn ich die Sache aus einem anderen Blickwinkel betrachtete, dann konnte ich mir sehr wohl vorstellen, daß Erik mit mir zusammenarbeiten würde. Wenn Parish als sein größter Kritiker erst einmal ausgeschaltet war, stand Walds weiterem Aufstieg beim Sheriff nichts mehr im Wege, zumal er dann ja auch einen echt brillanten Coup gelandet hätte. Man mußte sich nur einmal vorstellen, was das für Schlagzeilen gäbe: Der clevere Professor Erik Wald und der Journalist Russell Monroe bringen gemeinsam den verbrecherischen Leiter der Mordkommission zur Strecke! Außerdem, dachte ich, war Eriks natürliche Beherztheit genau die richtige Waffe gegen Parishs Unverfrorenheit. Die Frage war nur, ob er mir und Grace glauben, und wenn ja, ob er uns dann auch wirklich helfen würde, Parish eine Falle zu stellen.

Um sechs Uhr früh schließlich rief ich Erik an und sagte ihm, daß wir in einer Stunde bei ihm sein würden. Er war zu verblüfft, um zu protestieren.

Dann rief ich noch einmal auf der Intensivstation an.

Isabellas Zustand war unverändert gut.

Wald wohnte in einem ranchartigen Haus in den Tustin-Hügeln, einer schicken Gegend zwischen süßduftenden Orangenhainen, in der es zum guten Ton gehörte, ein eigenes Reitpferd zu besitzen, und in der die Villen im spanischen Stil gut und gerne ihre fünf Millionen Dollar kosteten. Walds Haus stand ein gutes Stück von der Straße zurückgesetzt am Ende einer von Eukalyptusbäumen gesäumten Auffahrt. Das Tor zum Grundstück war geschlossen, und so mußte ich läuten und in eine Sprechanlage sagen, wer ich war. Der Lautsprecher blieb stumm, aber das Tor schwang auf, und wir fuhren hinein.

»Meinst du, er kann uns helfen?« fragte Grace.
»Ich glaube schon. Die Frage ist bloß, ob er uns helfen will.«
»Ich habe ihn eigentlich immer für ein ziemliches Großmaul gehalten. Auf seine ganz eigene Art, versteht sich.«
»Erik hat aber auch andere Seiten.«
Als wir den Wagen vor dem Haus abstellten, wartete Erik bereits vor der Tür. Er trug eine Cordhose und ein knappes T-Shirt, das seine gebräunten, muskulösen Arme gut zur Geltung brachte. Sein dichtes, goldblondes Haar war noch feucht von der Dusche. Er nickte mir zu, ließ mich eintreten und begrüßte Grace mit einer ziemlich förmlichen Umarmung.
»Schön, dich zu sehen«, sagte er.
»Ganz meinerseits, Erik«, antwortete sie. »Hast du vielleicht eine Tasse Kaffee für uns?«
In seiner eher kleinen Küche goß Erik drei Tassen Kaffee ein. Durch die offene Tür konnte ich das große, mit Sesseln und Sofas im mexikanischen Ranchstil möblierte Wohnzimmer sehen. Ein mächtiger, ziemlich alt aussehender Baumstamm diente als Couchtisch, und der aus Ziegeln gemauerte, offene Kamin sah so aus, als ob er häufig benutzt würde.
Wald führte uns durch eine gläserne Schiebetür und einen kleinen, mit Platanen bestandenen Garten, in dem ein Springbrunnen plätscherte, und große Paradiesvögel zwitscherten in seinem Arbeitszimmer, das in einem Nebentrakt des Hauses untergebracht war. Er drückte die nicht versperrte Tür auf und bat uns einzutreten.
In Eriks Arbeitszimmer war nichts mehr von der rustikalen Atmosphäre des Haupthauses zu spüren. Hier waren die Wände weiß gestrichen, und die nüchtern-funktionalen Möbel auf dem glänzenden Hartholzboden ließen keinen Zweifel daran aufkommen, daß in diesem Raum gearbeitet wurde. Auf grauen Metalltischen standen zwei Computer mit jeweils dazugehörendem Drucker, ein Faxgerät und ein Fotokopierer. Zwei Telefone, ein

großer Videomonitor, zwei Videokameras auf Stativen und eine zusammengerollte Projektionsleinwand komplettierten die Ausstattung des Raumes, dessen Wände mit Aktenschränken zugestellt waren. Bis auf eine, und an der hingen die Beweise von Walds Eitelkeit: Um ein großes Porträt von ihm selbst gruppierten sich Dutzende von Plaketten und Trophäen, die er in allen möglichen Wettbewerben vom Preisschießen bis zum Tennisturnier gewonnen hatte. Daneben waren in extra angefertigten Vitrinen sämtliche Zertifikate, Abzeichen, Medaillen und Anstecknadeln zu sehen, die man Wald in fünfzehn Jahren Universitäts- und Behördenarbeit verliehen hatte. Selbst Zeitungsartikel über seine Arbeit hatte er auf dünne Schaumstoffplatten geklebt und aufgehängt. In einem Regal neben den Vitrinen stand gleich ein ganzes Dutzend Exemplare von Walds vielgepriesener Doktorarbeit *Das Trachten nach dem Bösen: Die Identifizierung von Gewalttätern anhand psychischer Übertragungsmechanismen.* Die Universität hatte sie nach Walds und Winters sensationellem Erfolg im Fall des Vergewaltigers Cary Clough in Buchform herausgegeben.

»Eines schönen Tages werde ich einmal einen Bestseller schreiben«, sagte Wald mit einem jungenhaften Lächeln, als er meinen Blick hinüber zu seinen Büchern bemerkte. »Damit ich dir endlich auch auf dem Gebiet der Schriftstellerei ebenbürtig bin.«

»Russell schreibt besser als du«, sagte Grace mit ziemlich ernster Miene.

»Ein Grund mehr, noch härter an mir zu arbeiten«, antwortete Erik noch immer lächelnd. »Wenn ich mich recht erinnere, hast du, als ich mit Amber zusammen war, nicht gerade berauschende Noten in Englisch gehabt.«

»Und dir ist nichts Besseres dazu eingefallen, als mir zu sagen, ich solle *Moby Dick* noch einmal lesen.«

Wald zuckte mit den Achseln, stellte seine Kaffeetasse auf einen der Metalltische und setzte sich. Ich zog einen Stuhl heran und nahm ihm gegenüber Platz, während Grace sich auf die Tischkante des Nebentisches setzte und mit einem Bein herumwippte.

»Russell«, sagte Erik und setzte sich eine Lesebrille auf. »Ich habe mir die ganze letzte Stunde meinen schlauen Kopf zermartert und mich gefragt, wieso, um alles in der Welt, du zu so früher Stunde bei mir vorbeikommen wolltest. Jetzt bin ich gespannt wie ein Flitzbogen auf das, was du mir zu sagen hast. Schieß los!«

Und das tat ich dann auch. Ich erzählte ihm von den grausigen Vorfällen des dritten und vierten Juli, vom makabren Begräbnis der Alice Fultz, von Ambers plötzlichem Auftauchen im Krankenhaus, Martins geheimer Arbeit im Labor, dem zusammengeschnittenen Tonband und davon, daß mir jeden Moment aus dem Büro von Peter Haight eine Anklage wegen Mordes drohen konnte. Ich erklärte, so gut ich konnte, die Mißstimmung zwischen Amber und Grace und die Einzelheiten von Ambers Testament. Schließlich machte ich ihn auch noch mit der Tatsache vertraut, daß Grace tatsächlich am Tatort gewesen war.

Wald hörte mir sehr aufmerksam zu und notierte sich ab und zu etwas auf einen Block, der vor ihm lag. Während ich sprach, sah er abwechselnd Grace und mich an, und als ich Alices Begräbnis in den Bergen schilderte, stöhnte er sichtlich beeindruckt auf. Als ich auf die Rivalitäten und die gegenseitige Abneigung zwischen Mutter und Tochter zu sprechen kam, nickte er verständnisvoll – er kannte beide gut genug, um sich ohne viel Probleme ausmalen zu können, was zwischen ihnen los war. Ab und zu warf er mir auch einen Blick zu, der erkennen ließ, daß er diese unerfreulichen Streitereien nur zu gut kannte und bestimmt genauso satt hatte wie ich. Auch Grace bedachte er mit ähnlichen Blicken.

»Okay, jetzt hast du deine Überlegenheit wieder einmal bestätigt bekommen, Erik«, sagte Grace schließlich. »Bist du nun bereit, uns zu helfen?«

Wald schwieg erst einmal eine ganze Weile und sah aus dem Fenster hinaus auf den Springbrunnen. Dann nahm er seine Brille ab, überprüfte, ob die Gläser auch richtig geputzt waren, und setzte sie sich wieder auf.

»Parish widert mich an«, sagte er ruhig. »Und das nicht erst seit heute. Ich kann nicht sagen, daß mich das, was er getan hat, besonders überrascht. Ich war immer der Auffassung, daß irgend etwas in Martin gehörig aus dem Gleichgewicht ist. Das Problem ist nur, daß ihr ihm nichts beweisen könnt. Er hingegen hat jede Menge Beweise in der Hand, und alle davon belasten sie euch.«

»Das hast du unwahrscheinlich brillant bemerkt, Erik«, sagte Grace sarkastisch, und ich beeilte mich, ihren Worten die Schärfe zu nehmen.

»Genau deshalb sind wir hier«, sagte ich.

»Aber es stimmt, was ich sage, Grace«, entgegnete Erik. »Und das einzige, was euch aus dieser Geschichte wieder herausbringt, ist die Wahrheit. Um das zu erkennen, muß man nun wahrlich nicht brillant sein.« Wald drehte seinen Stuhl wieder in meine Richtung und fuhr fort: »Ich nehme an, daß du schon so etwas wie einen Plan hast, Russell.«

»Parish hat in Ambers Haus keine Spuren hinterlassen, und daß ich ihn dort gesehen habe, beweist im Grunde genommen gar nichts. Ich glaube, daß wir ihm den Mord an Alice erst dann nachweisen können, wenn wir ihn auf frischer Tat ertappt haben.«

»Und bei was, bitte?«

»Bei einem weiteren Mordversuch an Amber.«

Wald sah mich skeptisch an.

Ich erklärte ihm, daß eine gute – nein, eine perfekte – Gelegenheit Martin möglicherweise dazu verleiten könnte, das zu vollenden, was ihm am dritten Juli nicht gelungen war. Momentan sei Amber in der Obhut meines Vaters und seines treuen Remington-Gewehres zwar ziemlich sicher, aber vielleicht könnte man sie doch als Köder benützen und Parish eine Falle stellen.

»Warum sollte er es ein zweites Mal versuchen? Ich nehme doch an, daß Amber intelligent genug war, ihr Testament zu ändern. Oder hat sie das etwa nicht getan?«

»Natürlich hat sie es geändert. Aber es geht Parish gar nicht mehr ums Geld, Erik. Er hat einen fürchterlichen Haß auf Amber, und außerdem muß er sie zum Schweigen bringen. Er wird es noch einmal versuchen, wenn er sicher ist, daß er dabei ungeschoren davonkommt. Davon bin ich felsenfest überzeugt. Wir müssen ihm lediglich die Gelegenheit dazu verschaffen – und ihn dann rechtzeitig stoppen.«

»Und *ich* soll ihm diese Gelegenheit schmackhaft machen«, sagte Wald. »Denn es ist ja wohl anzunehmen, daß Parish allen von dir stammenden Informationen – besonders, was Ambers ... Verwundbarkeit angeht – nur mit äußerster Skepsis begegnen wird. Ich hingegen könnte ihn in aller Unschuld auf die richtigen Gedanken bringen.«

»Wie könnt ihr nur gleichzeitig so schlau und so dumm sein?« fragte Grace.

Wir blickten sie beide überrascht an.

»Amber wird euer Spiel niemals mitspielen, dazu ist sie viel zu feige.«

»Überlaß das mit Amber ruhig mir«, sagte ich.

Wald betrachtete mich kritisch. »Du willst also, daß ich Parish eine Falle stelle, ist das richtig?«

»Ja.«

Er blickte mich eine Weile nachdenklich an, während Grace unablässig mit einem Bein wippte. Durch das östliche Fenster schien die Morgensonne auf die Vitrine mit Walds Trophäen.

Erik nahm seine Brille wieder ab, und als er gedankenverloren die Bügel auseinanderbog, fiel einer davon vom Brillenrahmen ab.
»Da habe ich doch schon wieder eine von diesen blöden Schrauben verloren«, murmelte er und suchte erfolglos auf der Schreibtischoberfläche, seinem Schoß und dem Boden herum. »Ich hasse diese vermaledeiten kleinen Biester.«
Zuerst dachte ich nicht weiter über Eriks Mißgeschick nach, bis mir auf einmal schlagartig die Erkenntnis kam, daß ich genau wußte, wo die fehlende Schraube war. Falls es sich um die handeln sollte, die ich vor Tagen in Ambers Schlafzimmer gefunden hatte, dann trug ich sie in meinem Kugelschreiber mit mir herum. Ohne es zu wollen, machten sich meine Gedanken selbständig, und ich war mir sicher, daß ich ziemlich verdutzt aus der Wäsche schaute.
»Mir fallen sie auch ständig aus der Sonnenbrille«, sagte ich schließlich.
Wald sah auf seine Brille. »Ich trage dieses blöde Ding sonst nur, wenn ich allein bin – paßt irgendwie nicht zu meinem Image. Nun ja, wie dem auch sei ... kommen wir auf Parish zurück. Nach allem, was du mir von ihm erzählt hast, glaube ich eigentlich auch, daß du recht hast – er wird noch einmal einen Versuch machen, Amber umzubringen, *wenn er die Gelegenheit dazu bekommt.* Also müßten wir ihm die Möglichkeit bieten, für längere Zeit mit Amber allein zu sein, nicht wahr?«
»Ich schätze, das ließe sich am besten in Ambers Haus bewerkstelligen«, sagte ich. »Dort kennt er sich aus, und abgelegen ist es auch. Aber wir müssen es tun, bevor er mich Haight zum Fraß vorwirft.«
»Ich glaube immer noch nicht, daß meine Mutter euch helfen wird«, sagte Grace seufzend.
Wald sah sie an. Grace stützte sich mit den Händen hinten an

der Schreibtischplatte ab und wippte weiterhin provozierend mit den Beinen. »Du hast schon fast denselben Ton drauf wie Amber«, sagte er.
»Das müßte dir doch eigentlich gefallen.«
»Ihr seid beide sehr intelligente Frauen.«
Dann wandte sich Wald wieder mir zu.
»Also abgemacht, Russell«, sagte er und legte die Brille wieder in die Schreibtischschublade zurück, »legen wir eine Schlinge aus und hoffen wir, daß Martin Parish sich in ihr fängt.«
Er hielt mir seine Hand hin, und ich schüttelte sie. »Danke«, sagte ich geistesabwesend und lächelte, während in meinem Kopf die Gedanken sich fast überschlugen.
Wald stand auf. »Ich glaube sogar, daß das Ganze ziemlich glatt über die Bühne gehen wird. Dieser Trottel wird nach Amber schnappen wie die Forelle nach der Fliege. Ich freue mich schon auf sein Gesicht, wenn wir ihn wegen … nun … wofür sollen wir ihn eigentlich hopsnehmen? Wegen Einbruchs? Oder Mordversuchs? In einer Stunde, Russell, werden wir beide mit Parish zusammen beim Sheriff sitzen und darüber beraten, wie wir das Nachtauge schnappen können. Ich möchte wetten, daß Martin Parish alles tun wird, damit das Nachtauge wenigstens so lange noch frei herumläuft, bis er Amber ein für allemal beseitigt hat. Vielleicht hat er ja vor, noch einmal seine Vorgehensweise zu imitieren.«
»Damit könntest du durchaus recht haben«, sagte ich.
»Danke, Waldie«, sagte Grace und ließ sich von der Tischkante gleiten. Bevor sie Erik die Hand reichte, gab sie ihm einen höflichen Abschiedskuß auf die Wange. »Tut gut, einen Freund wie dich zu haben.«
»Auf meine Freundschaft kannst du immer rechnen, Grace.«
Er schenkte ihr ein strahlendes Lächeln, während man das Funkeln in seinen blauen Augen ebensogut als Faszination wie als Bosheit hätte deuten können.

Von Walds Telefon aus rief ich im Krankenhaus an. Isabella war wach und fühlte sich gut. Ich bat die Krankenschwester, ihr auszurichten, daß ich so bald wie möglich bei ihr vorbeischauen würde.

KAPITEL 27

Eine Stunde später saßen wir tatsächlich alle zusammen in Dan Winters' Büro und beratschlagten eine neue Strategie, um das Nachtauge endlich zu fassen. Ich wagte es nicht, Wald oder Parish direkt anzublicken, denn ich war mir sicher, daß mein Mißtrauen den beiden gegenüber mir wie eine Schlagzeile ins Gesicht geschrieben stand. Übrigens war es auch nicht viel einfacher, Winters ins Gesicht zu schauen, denn dessen durchdringende schwarze Augen schienen mich wie üblich total zu durchschauen. Wieso, so fragte ich mich, ließ er mich überhaupt noch bei diesem Treffen teilnehmen, wo er doch längst wissen mußte, daß der Staatsanwalt demnächst möglicherweise Anklage gegen mich erheben würde? Tat er das bloß, um mich im Auge zu behalten? Oder hatte Martin Parish sich am Ende an den Staatsanwalt gewandt, ohne seinen eigenen Chef davon zu unterrichten? Oder war das alles bloß Psychoterror von Parishs Seite? Hatte er gar nicht vor, mich wegen eines Verbrechens zu verhaften, das er selbst begangen hatte? Karen wich meinen Blicken aus, so gut sie konnte, offensichtlich war es ihr peinlich, daß sie Martins Pläne an mich verraten hatte. Einen Augenblick lang dachte ich, daß er Karen vielleicht für sein Spiel mißbraucht hatte. Vielleicht hatte sie ja auch freiwillig mitgespielt. Ich fing auf einmal an, in jedem einen Verräter zu sehen, und das war nicht gut, denn es hinderte mich daran, einen klaren Gedanken zu fassen.

Also konzentrierte ich mich auf meinen Notizblock, auf meinen Kugelschreiber und auf die Frage, die mich mindestens genauso beschäftigte wie John Carfax: Wie war es dem Nachtauge gelun-

gen, unsere Fangschaltung auszutricksen? Aus dem, was Mary Ing uns erzählt hatte, ging hervor, daß er über gewisse Kenntnisse auf dem Gebiet der Elektronik verfügte, und außerdem wußten wir, daß es im Handel Scrambler zu kaufen gab, die Sprache kodieren und wieder dekodieren und darüber hinaus testen konnten, ob an einer Leitung eine Fangschaltung angeschlossen war oder nicht. Mit etwas Herumexperimentieren und Nachdenken hätte das Nachtauge durchaus so ein Gerät für seine Zwecke modifizieren und damit von einer Leitung ohne dazugehörige Telefonnummer anrufen können. Die Frage war bloß, wie er sich Zugang zu den Telefonleitungen verschaffte.
Sozusagen als Kontrastprogramm zu meinen stummen Gedanken lieferten sich Parish und Wald ein ziemlich heftiges Wortgefecht darüber, wie man mit dem Nachtauge weiterhin verfahren sollte. Ihre Stimmen kamen mir vor wie ein Wasserfall, hinter dem ich stand und meinen eigenen Überlegungen nachhing. *Wie kam das Nachtauge an die Leitungen heran?*
Im Streit zwischen Parish und Wald ging es darum, ob man nun der Öffentlichkeit sagen sollte, daß das Nachtauge Billy Ing war oder nicht. Ing hatte zwar massive Vergeltungsmaßnahmen für den Fall angedroht, daß wir das täten, aber Parish vertrat die Auffassung, daß man das Nachtauge nur dann dingfest machen könne, wenn man es auf Trab hielt. Wald vertrat die entgegengesetzte Auffassung und meinte, man würde die Bevölkerung gefährden, wenn man Ing unnötig aufregte, außerdem könnten wir die zusätzliche Zeit, in der wir das Nachtauge, so gut es ging, bei Laune hielten, dringend brauchen. An einem Punkt der Diskussion stritten sich die beiden derart, daß Winters sie beide niederbrüllen mußte.
»Und was meinen Sie dazu, Russell?« fragte er anschließend.
»Geben Sie seine Identität bekannt«, sagte ich geistesabwesend. »Setzen Sie den Kerl unter Druck. Ich bin derselben Auffassung wie Martin. Wir müssen ihn ausräuchern.«

Wald sah Winters sichtlich schockiert an. »Dieser Schuß geht garantiert nach hinten los«, gab er zu bedenken.
»Das ist der erste halbwegs vernünftige Gedanke, den wir seit einer ganzen Woche von Monroe zu hören bekamen«, sagte Parish.
»Danke. Und hier kommt auch schon der nächste: Ing muß beruflich irgend etwas mit Telefonleitungen zu tun haben. Er weiß, wie er damit umgehen muß, das hat er schon als Junge bewiesen, als er das Telefon seiner Eltern auseinandernahm. Das würde auch erklären, wie er unsere Fangschaltungen bisher austricksen konnte.«
»Wir haben in dieser Hinsicht schon alle Möglichkeiten abgeklappert«, sagte Winters. »Nicht wahr, Martin?«
»Stimmt. Wir haben sämtliche Leitungstechniker aller Telefongesellschaften überprüft, ebenso wie das Wartungspersonal und die fürs Telefonnetz zuständigen Leute bei der Stadtverwaltung.«
»Und wie steht es mit der hiesigen Telefongesellschaft? Ich meine jetzt nicht die Techniker vor Ort, sondern auch das Verwaltungspersonal in Laguna.«
»Darum hat sich Wald gekümmert«, sagte Parish.
»Nein, *du sollst* das doch machen«, sagte Wald.
Martins Gesicht wurde auf einmal ganz grau. »Ich habe die Verwaltungsleute nicht überprüft – das war eindeutig die Aufgabe von Walds gottverdammter Bürgerwache. Er hat sich diese Kompetenz doch höchstpersönlich unter den Nagel gerissen.«
»*Quatsch*«, schimpfte Wald. »Du hast gesagt, daß deine Leute sich darum kümmern würden.«
»Das darf doch nicht wahr sein«, seufzte Winters. »Das ist doch unglaublich. Sie wollen doch nicht etwa sagen, daß noch *überhaupt niemand* mit dem Bild von Ing bei der Zentrale der Telefongesellschaft war?«

Das allgemeine Schweigen im Raum schien sich auf Martin Parish zu konzentrieren. »Ist wohl so«, sagte dieser schließlich.
»*Jetzt habe ich aber genug von dieser ganzen Scheiße*«, polterte Winters los. Er sprang auf und wischte dabei unabsichtlich einen Stapel Akten zu Boden. »Jetzt hören Sie mir mal genau zu! Schluß mit den Spielchen, Schluß mit den kindischen Streitereien, sonst setze ich Sie alle miteinander vor die Tür. Ich sage Ihnen jetzt genau, was Sie zu tun haben, und das wird dann auch getan, und zwar ohne Wenn und Aber. Erstens: Monroe, Sie sehen zu, daß der Artikel über Ings wahre Identität baldmöglichst erscheint. Und schreiben Sie noch einen zweiten über seine Kindheit. Sorgen Sie dafür, daß das *Journal* das Bild ohne den gottverdammten Bart veröffentlicht. Und Sie, Karen, geben noch eines von den Jugendfotos dazu, die Mrs. Ing von dem Scheißkerl gemacht hat. Parish, machen Sie sich augenblicklich auf den Weg zur Telefongesellschaft. Und Sie, Wald, sorgen dafür, daß Ihre blöde Bürgerwache entweder endlich ein brauchbares Ergebnis bringt oder hier aus unserem Gebäude verschwindet. Die Leute strapazieren sonst bloß meine Klimaanlage. Und jetzt tun Sie alle das, was ich Ihnen gesagt habe, und zwar schnellstens!«
Ich nahm meinen Notizblock und ging. Hinter mir hörte ich, wie Wald und Parish sich schon wieder gegenseitig beschimpften und bedrohten.
Im Presseraum schickte ich über Fax den Artikel, der das Nachtauge als William Frederick Ing enttarnte, an die Redaktion. Dann rief ich Carla Dance wegen der Fotos an, und sie war nur zu gern bereit, ein weiteres Bild des Nachtauges zu drucken. Am Schluß unseres Gesprächs dankte sie mir noch einmal dafür, daß ich die beste Serie geschrieben habe, die je in der Zeitung erschienen sei.
»Das freut mich, Carla«, sagte ich. »Könntest du dann vielleicht

dafür sorgen, daß ich mein Honorar möglichst bald bekomme? Ich bin nämlich total abgebrannt.«
»Ich rufe gleich die Buchhaltung an.«
Ich legte auf, ging hinaus zu meinem Wagen und fuhr zu Walds Haus in den Tustin Hills. Ich hatte dort noch etwas zu erledigen, bevor ich endlich zu meiner geliebten Isabella fahren konnte.

Derselben unerträglichen Hitze, die es dem Nachtauge so einfach gemacht hatte, sich in die Wohnungen seiner unschuldigen Opfer einzuschleichen, verdankte ich es, daß ich ohne viel Mühe in Walds Arbeitszimmer einsteigen konnte. Ich brauchte bloß das Fliegengitter eines der halb geöffneten Fenster wegzuhebeln, die Scheibe hinaufzuschieben, und schon konnte ich im Schutz der großen Eichen und Eukalyptusbäume, die Walds Grundstück nach Osten hin begrenzten, ins Innere des Nebengebäudes klettern.
Ich ging zum Schreibtisch, öffnete die Schublade und nahm Walds Brille heraus. Dann holte ich die kleine Schraube, die ich in Ambers Schlafzimmer gefunden hatte, aus meinem Kugelschreiber und steckte sie in das Loch am Bügelansatz von Walds Brille. Sie paßte wunderbar, und außerdem hatte sie dieselbe kupferartige Farbe wie das Brillengestell. Dann drehte ich die Brille, schüttelte sie ein bißchen und beobachtete, wie die Schraube auf den Schreibtisch fiel. Genauso, dachte ich, muß sie wohl in Ambers Haus auch herausgefallen sein. Ich spürte mein Herz bis hinein in meine Fingerspitzen schlagen, als ich das kleine Teil wieder aufhob und zurück in meinen Kugelschreiber tat.
Dann verließ ich das Arbeitszimmer und verschaffte mir mittels eines alten Dietrichs, den ich noch aus meinen Tagen als Hilfssheriff besaß, Zutritt zum Haupthaus.
Als ich so in dem abgedunkelten Wohnzimmer im Haciendastil stand, fragte ich mich, wonach ich eigentlich suchte und wo ich

damit anfangen sollte. Die Tatsache, daß Wald in Ambers Schlafzimmer gewesen war, hatte meine Gedanken in eine ganz neue Richtung gelenkt, und ich versuchte immer noch, eine plausible Erklärung für seine Anwesenheit dort zu finden. Hatte er etwa mit Parish gemeinsame Sache gemacht? Schließlich hatten beide Männer guten Grund, auf Amber wütend zu sein, und beide hätten finanziell von ihrem Tod profitiert. Hinzu kam noch, daß sie die polizeilichen Untersuchungen auf höchster Ebene sabotieren und so den Verdacht von sich ablenken konnten. Oder hatte Erik den Mord zusammen mit Grace geplant? Ich wußte noch immer nicht, wo ich die merkwürdige Spannung einordnen sollte, die ich heute vormittag zwischen den beiden gespürt hatte. Es war eine Mischung aus Anmacherei und Feindseligkeit gewesen, wie man sie häufig bei Paaren findet, die seit vielen Jahren miteinander verheiratet sind. Sicherlich verband Grace und Erik eine ähnliche Geschichte wie Grace und mich, aber bekam ich wirklich alles mit, was sonst noch zwischen den beiden lief? War da mehr, oder bildete ich mir einfach wieder einmal zuviel ein?

Ich begann meine Suche in Walds Schlafzimmer. Es war in demselben massiven, markant männlichen Stil eingerichtet wie das Wohnzimmer. Als erstes fiel mir auf, daß das Bettuch aus rotem Satin und die Bett- und Kissenbezüge aus schwarzer Seide waren. Das Bett war nicht gemacht. Der Geruch eines Eau de Toilette – moschusartig mit einem Hauch von Sandelholz – lag schwer und ein wenig widerlich in der Luft. Die absichtlich primitiv geschreinerten Kleiderschränke hatten mit Leder umwickelte Türknöpfe. Ich besah mir die Kleidungsstücke, die darin hingen. Es waren nicht viele, und die meisten davon steckten in dünnen Plastikfolien, wie sie chemische Reinigungen verwenden. Wald als gut verdienender Junggeselle konnte sich einen solchen Service natürlich ohne Probleme leisten. Ich notierte mir den Namen der Reinigung, der auf einem der

Kleiderbügel stand, und schaute die Einnäher von ein paar Jacketts an. Es waren erlesene Stücke von bekannten Modeschöpfern, und bei den Preisen, die sie gekostet haben mußten, wunderte ich mich nicht mehr, daß es relativ wenige waren. In der rechten Seitenwand steckten mehrere Holzpflöcke, an denen Krawatten, Gürtel und Hosenträger hingen. Außerdem fiel mir noch auf, daß Walds Unterhosen offenbar alle aus Seide waren. In dem zweiten Schrank an der gegenüberliegenden Wand befanden sich hauptsächlich Sport- und Wintersachen, aber ganz rechts hing ein Morgenmantel aus Seide, der, ebenso wie das Nachthemd mit knappem Höschen auf dem Haken daneben, ganz offensichtlich einer Frau gehörte. Die Sachen waren rot und hatten Größe sechsunddreißig. Daneben hing ein ziemlich billig aussehendes, schwarzes Kleid, das laut Etikett aus dem Geschäft stammte, in dem Grace gearbeitet hatte. Auf einmal begann mein Herz wie wild zu schlagen und wollte sich nicht wieder beruhigen. Rasch schloß ich die Tür des Schranks. Als nächstes betrachtete ich die persönlichen Dinge auf und in den beiden Nachttischen. Wald beschäftigte sich vor dem Einschlafen offensichtlich mit den unterschiedlichsten Themen: juristische und psychologische Zeitschriften, Bücher von Ian Fleming, Joe McGinniss und James Hillman. In einer Ecke der obersten Schublade lagen drei Videokassetten von National Geographics, außerdem Walds Tagebuch, in dem ich ein wenig herumblätterte. Neben der Nachttischlampe stand ein Röhrchen mit ziemlich starken, verschreibungspflichtigen Schlaftabletten. Ich konnte mir gut vorstellen, daß Erik mit seiner schier unerschöpflichen Energie Schwierigkeiten mit dem Einschlafen hatte. Auf dem Nachttisch lag außerdem eine Fernbedienung, aber ich konnte in dem ganzen Zimmer weder einen Fernseher noch einen Videorecorder entdecken.

Der andere Nachttisch gehörte ganz offensichtlich einer gänzlich anderen Persönlichkeit. Zwei Bücher lagen darauf, meine eigene *Reise flußaufwärts* und *American Psycho* von Ellis. Das Exemplar der *Reise* war nicht von mir signiert. An der Lampe lehnte ein kleiner, aber sehr plumper Pandabär aus Plüsch mit einer rosa Schleife um den Hals. In der oberen Schublade waren Ausgaben von *Elle, Interview* und *Vanity Fair*, und in dem Durcheinander, das in der unteren Schublade herrschte, fielen mir eine kleine Flasche mit Parfüm, mehrere Körperlotionen und Cremes und ein Päckchen Kondome auf, die nicht dieselbe Marke waren wie die, die ich im Handschuhfach von Graces Wagen gefunden hatte.

Ich schob die Schublade wieder zu, dachte nach und lehnte mich einen Augenblick an die massive Konsole am Fußende des Bettes.

Meinem Instinkt folgend – oder weil ich tief in meinem Inneren etwas zu begreifen begann –, verließ ich das Schlafzimmer und ging noch einmal hinüber in Eriks Arbeitszimmer.

Es ist so eine Art Berufskrankheit von mir, bei anderen Leuten im Bücherregal herumzustöbern. Wald hatte eine beeindrukkende Sammlung an forensischer und psychiatrischer Literatur zusammengetragen. Von Dillers ersten Arbeiten zur Analyse von Fingerabdrücken bis hin zu Resslers grundlegenden Werken zur Täteridentifikation waren viele Standardwerke in Erstausgaben vorhanden, dazu kam noch eine Menge von geklauten Vorlesungsskripten aus der FBI-Akademie. Einige dieser Vorlesungen hatte Wald selbst gehalten. Daneben stand ein Exemplar seiner Dissertation, das ich herauszog und an einer beliebigen Stelle aufschlug:

> Und so müssen wir uns ein psychotisches Gehirn wie ein sich ständig veränderndes Labyrinth im Inneren einer labilen Persönlichkeit vorstellen. Gerade diese Mischung aus wachen Zuständen und Geisteskrankheit macht es so gefährlich und unberechenbar. Vor allem

bei hochintelligenten Verbrechern können auch die ausgefeiltesten Techniken zum Herausarbeiten eines Täterprofils rasch falsche Ergebnisse zeitigen, zumal die zu charakterisierende Persönlichkeit im Verschleiern ihres Verhaltens bestens geübt ist und in voller Absicht dafür sorgt, daß falsche Annahmen getätigt, nicht zutreffende Verbindungen geknüpft und letzten Endes auch falsche Schlußfolgerungen gezogen werden.

Genau dasselbe hatte Erik in Hinblick auf William Frederick Ing immer wieder zu bedenken gegeben und hatte damit wohl auch recht gehabt.
Ich stellte das Buch zurück, blieb in der Mitte des Zimmers stehen und betrachtete die umfangreiche Videoausrüstung, die Computer und Drucker, die langen Regale voller Aktenordner und die unübersehbar zur Schau gestellten Zeugnisse von Walds Verdiensten. Seine Persönlichkeit war überall in diesem Zimmer zu spüren wie ein lange nachhallendes, nur allmählich leiser werdendes Echo. Aber es war eben nur ein Echo, nicht das Geräusch selber. Ich dachte daran, was Izzy mir einmal über das Komponieren von Musik gesagt hatte: Es ist das Echo, das man immer zuerst hört.
Mag sein, aber wie verfolgt man es gegen den Lauf der Zeit zurück, bis man schließlich bei dem Geräusch anlangt, das es verursacht hat?
Ich nahm das Videoband von einer von Eriks Vorlesungen – seine komplette Videosammlung schien auf den ersten Blick ausschließlich etwas mit ihm selbst zu tun zu haben –, steckte es in einen Recorder und drückte auf die »Play«-Taste. Das Band war im Februar letzten Jahres aufgenommen worden und zeigte Erik, der auf einem Podium stand und einen ziemlich trockenen Vortrag über die Grundlagen der DNS-Analyse hielt. Das Band war offensichtlich vom hinteren Teil des Hörsaals aus aufge-

nommen worden, und der Kameramann – zweifelsohne ein Student – war nur ab und zu einmal mit dem Zoom auf Wald zugefahren und hatte noch viel seltener einen Schwenk über das aufmerksam zuhörende Publikum gemacht.
Ich sah in ein anderes, etwa fünf Jahre altes Band hinein, das den rätselhaften Titel »Motivation, Gelegenheit und der Glaubenssprung« trug.
Es war in einem anderen Hörsaal aufgenommen, Erik war jünger und sein Vortrag bei weitem enthusiastischer. Selbst der Kameramann schien mehr Temperament gehabt zu haben – er zoomte an Wald heran und versuchte dabei, dessen Gesten und Betonungen vorauszuahnen, und machte häufig einen Schwenk über die zuhörenden Studenten, auch wenn er dabei fast ausschließlich Hinterköpfe und nur ab und zu ein Profil vor die Linse bekam. Außerdem streute er – aus symbolischen Gründen, vermutete ich – ab und zu eine Aufnahme der Wanduhr ein, auf der die immer weiter fortschreitende Zeit zu sehen war.
Plötzlich weckte ein im Halbprofil aufgenommener Kopf in der ersten Reihe meine Aufmerksamkeit, dessen Gesicht mir bekannt vorkam. Ich drückte den Rückspulknopf und dann, als das Gesicht wieder auftauchte, auf Standbild. Ja, das war ohne jeden Zweifel meine Tochter Grace, die voller Respekt von ihrem aufgeschlagenen Notizblock hinauf zu Wald blickte. Ich drückte wieder auf »Play«. Erik machte gerade eine flapsige Bemerkung darüber, daß religiöse Fanatiker gute Mörder abgäben, und Grace lächelte verzückt und warf ihr lockiges, dunkles Haar nach hinten. Damals mußte sie so um die dreizehn Jahre alt gewesen sein, und etwa zu dieser Zeit hatte Amber auch ihr romantisches Abenteuer mit Wald. Ich nahm das Band heraus und spielte noch diverse andere an, die in den Wochen nach dem ersten aufgenommen waren und offensichtlich den kompletten Kurs dokumentierten. Auf jedem dieser Bänder saß Grace –

frühreif, entspannt und wunderschön – immer auf demselben Platz in der ersten Reihe.
Wie die Einrichtung eines Zimmers, die sich im ersten Licht eines neuen Tages aus der Dunkelheit herauszuschälen beginnt, formte sich ganz allmählich ein Gedanke in meinem Gehirn.
Ich sperrte das Arbeitszimmer ab, legte den Schlüssel wieder an seinen Platz in der Küche und ging zurück ins Schlafzimmer. Hier spürte ich Walds Gegenwart am stärksten – seine widersprüchliche Mischung aus Disziplin und Hedonismus, aus Rauhbeinigkeit und Sinnlichkeit, Banalität und Phantasie. Je mehr ich zu der Überzeugung gelangte, daß Erik – *zusammen mit Grace* – in der Nacht zum dritten Juli in Ambers Schlafzimmer gewesen war, desto wichtiger war es für mich, das Innerste seines Charakters kennenzulernen und mit dem Verstand zu verstehen, was mein Instinkt mir schon längst zuraunte.
Und so sah ich mir alles im Schlafzimmer noch einmal genau an, ging dann ins Gästezimmer, ins Wohn- und Eßzimmer und in die beiden Bäder. Es ist unglaublich, zu was für Überlegungen einen die harmlosesten Dinge verleiten können.
Schließlich fand ich mich zu einem letzten Versuch, Walds Charakter auf die Spur zu kommen, im Schlafzimmer wieder. *Erik und Grace. Grace und Erik.* Ich versuchte, mir die beiden miteinander vorzustellen, und besah mir noch einmal den Nachttisch der Frau, die mit Erik das Bett teilte. Es war schon seltsam, was für Schwingungen von dem niedlichen Pandabär und den blutrünstigen Büchern daneben ausgingen. Bist du das, Grace? fragte ich mich immer wieder.
Als ich so neben dem Nachttisch stand und nachdenklich die große, hölzerne Konsole am Fußende des Bettes betrachtete, kam mir auf einmal eine Idee. Nach kurzer Suche fand ich neben Walds Bett einen Schalter. Als ich ihn umlegte, glitt aus der Konsole ein großer Fernsehschirm heraus. Was für eine Art von

Programm würde man sich wohl auf einem so großen Bildschirm aus so geringer Entfernung ansehen?
Ich muß gestehen, daß ich mich immer noch ein wenig dafür schäme, wie rasch ich die Antwort auf diese Frage herausfand. Vielleicht hatte mich der Schrein der Selbstbeweihräucherung darauf gebracht, den Erik sich mit den Vitrinen in seinem Arbeitszimmer geschaffen hatte, vielleicht aber auch mein Wissen über die Macht der Bilder. Was konnte es für einen Narziß wie Wald Schöneres geben, als seinen göttlichen Körper auf Video zu betrachten?
Schon als ich das *National Geographic*-Video über Eisbären aus Eriks Nachttischschublade nahm, war mir klar, daß ich auf dem Bildschirm bestimmt keinen Meister Petz von jenseits des Polarkreises zu sehen bekommen würde. Ich schob die Kassette in den in den Fernseher integrierten Videorecorder und drückte auf »Play«.
Obwohl das Video genau das enthielt, was ich erwartet hatte, erschrak ich schon bei den ersten Bildern, die über den großen Fernsehschirm flimmerten, zutiefst. Das Mädchen, das splitternackt auf demselben Bett saß, neben dem ich jetzt stand, war meine Tochter. Grace, die zur Zeit der Aufnahme so um die sechzehn Jahre alt gewesen sein mochte, lächelte süß, ein wenig verlegen und doch verführerisch in die Kamera. Einen Augenblick lang war das Bild verschwunden, und dann tollten anstatt meiner Tochter doch noch die auf der Kassette versprochenen Eisbären über den Schirm. Ich nahm das Band aus dem Recorder und steckte es zusammen mit der Hülle in die Außentasche meines Jacketts.
Bevor ich ging, rückte ich noch das Fliegengitter an seinen Platz zurück.
Ich war noch keine fünf Meilen auf meinem Weg ins Krankenhaus vorangekommen, da piepste auch schon mein Autotelefon. Es war Erik.

»Du hast da eben etwas sehr Dummes getan, Russ«, sagte er, und mir rutschte das Herz in die Hose. »Wenn wir diesen Wahnsinnigen auch noch zusätzlich reizen, erweisen wir den Menschen hier im County wahrlich keinen guten Dienst.«

Irgendwie schaffte ich es, Haltung zu bewahren. »Etwas anderes finde ich noch viel schlimmer«, entgegnete ich. »Wie konntet ihr nur *vergessen*, die Zentrale der Telefongesellschaft zu überprüfen? So was nenne ich ziemlich lausige Polizeiarbeit – besonders für einen Professor der Kriminologie.«

»Es war Parish, der Mist gebaut hat. Vielleicht war er mit den Gedanken woanders – zum Beispiel, weil er dir und Grace gerade einen Mord anhängen wollte.«

»Und dabei hat er bisher verdammt gute Arbeit geleistet. Wie sieht es denn in dieser Hinsicht aus, Erik?«

»Ich habe durch ein paar intelligente Manipulationen am Nachrichtenübermittlungssystem Parish die Information zugespielt, daß Amber heute abend allein in ihrem Haus sein wird. Parish glaubt, man habe ihm aus Versehen eine Botschaft weitergeleitet, die eigentlich für mich bestimmt war, und wenn er Ambers Stimme hört, hängt er auch schon am Haken, verlaß dich drauf.«

»Ab wieviel Uhr soll denn Amber angeblich allein sein?«

»Ab elf Uhr nachts. Wir sollten uns also so gegen zehn bei ihr treffen.«

»Und Amber hat gesagt, daß sie mitspielt?«

»Sie war geradezu *wild* darauf.«

KAPITEL 28

Um drei Uhr nachmittag half ich den Schwestern, Isabella von der Intensivstation in ein Zimmer auf der neurologischen Abteilung zu verlegen. Dabei schob ich mit einer Hand das Gestell mit der Infusionslösung neben Isabellas Bett her, trug in der anderen eine Vase mit Rosen und warf immer wieder einen Blick auf Isabellas geschwollenes Gesicht. Obwohl ihr Kopf nur aus aufgedunsenem Fleisch und Verbandmull zu bestehen schien, blickten mich ihre Augen mit einer ganz neuen, ruhigen Klarheit an.

»Na, wie geht es meinem Mann?« fragte sie.

»Er vegetiert so vor sich hin und ist mächtig stolz auf dich. Hast du Schmerzen?«

»Nicht im Kopf, aber dafür im Hals, wo der Schlauch war, und am Handgelenk, wo der Tropf befestigt ist.«

»Weißt du, was du gerade tust?«

Isabella schenkte mir ein durch die Schwellungen in ihrem Gesicht verzerrtes Lächeln. »Ich rede, ohne zu stottern. Dr. Nesson ist ganz stolz auf mich.«

»Dazu hat er auch allen Grund.«

»Ich habe schon mal vorgefühlt, ob ich bald nach Hause darf. Und weißt du was? Er meinte, daß er mich möglicherweise schon morgen oder übermorgen entlassen kann.«

»Das wäre ja ganz toll, Liebling.«

Das Zimmer war trist und schmucklos, und der Ausblick auf den Interstate Nummer 5, das Anaheim-Stadion und ein Kinocenter mit sechs verschiedenen Theatern war auch nicht gerade berauschend, aber wenigstens war es ein Einzelzimmer. Die Krankenschwestern richteten Izzys Bett her, maßen Puls und Fieber, stellten den Tropf richtig ein und gaben ihr eine Speisekarte, von der sie sich ihr Abendessen aussuchen konnte. Dann ließen sie uns allein.

»Isabella, ich bin so glücklich, dich zu sehen.«

»Und ich bin so froh, daß du hier bist. Wie war die Nacht?«

»Interessant.«

Ihre Augen unter dem turbanartigen Verband musterten mich fragend, und ich war mir sicher, daß sie sich fragte, wie mir ihr von Amber Mae Wilson dargebrachtes Geschenk gefallen hatte.

»Ich hoffe, sie war auf eine angenehme Weise interessant, Liebster.«

»Die Nächte, auf die ich mich wirklich freue, sind die, die ich mit dir verbringen werde.«

»Was habe ich nur für ein Glück!«

»Nein, hast du nicht. Aber ich.«

»Du siehst müde aus, Russ. Alle hier reden über das Nachtauge. Die Krankenschwestern haben alle Angst, nach Hause zu gehen, da m-m-machen sie lieber Überstunden.«

»Sie sind ihm schon ziemlich dicht auf den Fersen, Izzy. Ich schätze, sie werden ihn bald haben. Die Angst vor dem Kerl lähmt ja fast das ganze County.«

Ich versuchte, ihr zu erzählen, wie die vergangenen zwei Tage für mich verlaufen waren, aber was konnte ich ihr eigentlich ruhigen Gewissens sagen, ohne sie zu deprimieren oder noch mehr zu ängstigen? So vermied ich wichtige Einzelheiten über Grace, Martin und Wald und erzählte ihr statt dessen von der Jagd auf das Nachtauge und so viel von unserem Plan, ihn mittels meines Artikels in die Falle zu locken, wie ich glaubte, daß sie vertragen konnte. Den Artikel selbst las ich in der Nachmittagsausgabe des *Journal*, während die Schwestern Izzy im Badezimmer wuschen. Daneben war ein großes, vom Computer gefertigtes Bild des bartlosen Billy zu sehen.

Als Izzy wieder im Bett lag, bemerkte ich, wie ihre Konzentration nachließ und wie sich in ihren schönen Augen eine tiefe Erschöpfung zeigte.
Sie lächelte mich verträumt an, schloß die Augen und drückte mir die Hand. »Zeit für ein kleines Nickerchen.«
Als ich ihre Hand losließ und vorsichtig auf ihre Brust legte, entdeckte ich den blauen Fleck, den die Nadel der Infusion gemacht hatte, das Pflaster, das sie fixierte und den kleinen Bogen aus klarem Plastikschlauch, der sich mit Blut füllen würde, falls der Durchfluß des Tropfs nicht mehr funktionieren würde. Brutal, gemein und kalt kam mir diese Nadel vor, die da in Isabellas lebendigem Fleisch steckte.
Bald schnarchte Isabella laut und vernehmlich, und ihr Gesicht schien sich noch tiefer in den weißen Mullturban zurückgezogen zu haben. Ihre dicken Backen waren entspannt und rosa, und ihr Mund stand ein klein wenig offen und entblößte zwei Reihen schneeweißer Zähne.
Ich schloß die Augen und spürte das laute Schlagen meines Herzens tief in meiner Brust. Bleib bei mir, dachte ich, bitte, bleib bei mir, Isabella. Mein Kopf sank nach unten, hob sich aber gleich wieder. Ich stand auf, schloß die Zimmertür und klappte den Rand ihres Bettes auf der linken Seite herunter.
Dann kletterte ich zu Isabella hinein und preßte mich ganz fest an sie. Sie bewegte sich nicht. Ich griff hinter mich und klappte den Bettrand wieder hoch, so daß ich etwas zum Anlehnen hatte – Krankenhausbetten sind nun mal nur für eine Person konstruiert und damit sehr schmal. Ich legte meinen Kopf neben den von Isabella, so daß meine Nase ganz nah an ihrem Verband war. Und dann nahm ich ihre Hand in die meine und paßte auf, daß ich dabei die Infusionsnadel nicht berührte. Bald schlief ich ein.

Später führte ich von der Eingangshalle aus drei Telefongespräche. Das erste war mit Wald, der mir noch einmal bestätigte, daß Parish wohl irgendwann nach elf bei Amber auftauchen würde. Danach rief ich Amber an, die mir versicherte, daß sie bei unserer Falle als Köder mitspielen werde. Die wütende Entschlossenheit in ihrer Stimme war fast mit Händen zu greifen. Als drittes rief ich Parish an, es war das zweite Mal, daß ich das seit dem Begräbnis von Alice Fultz tat.

»Du hattest recht«, sagte er. »Das Nachtauge arbeitet unter dem Namen Stuart Bland bei der Telefongesellschaft. Aber dieser Mr. Bland ist nach der Mittagspause nicht wieder an seinen Arbeitsplatz zurückgekehrt. Der Mistkerl muß den Braten gerochen haben. Ich schwöre dir beim Grab meiner Mutter, daß Wald mir gegenüber behauptet hat, er habe die Zentrale überprüft.«

»Das glaube ich dir. Aber jetzt mußt du mir mal etwas glauben.«

»Ich glaube die Wahrheit, Monroe, sonst überhaupt nichts«, antwortete er. »Es wird Zeit, daß du endlich einmal damit herausrückst.«

»Keine Sorge, das werde ich tun.«

Ich legte auf und fuhr hinaus zur Missionsstation in San Juan Capistrano, wo Isabella und ich vor so wenigen Jahren geheiratet hatten. Ich sehnte mich nach dem alten Gebäude aus luftgetrockneten Ziegelsteinen, der fast magischen Ausstrahlung des Kruzifixes in der dunklen Kirche und dem geheimnisvollen Wunderhauch, der von den vielen dort brennenden Kerzen ausging. Ich brauchte die positive Kraft einer schönen Erinnerung.

Leider war die Missionsstation geschlossen – wegen dringend nötiger Renovierungsarbeiten, wie mir ein Schild an dem verschlossenen Tor verkündete. Weil ich schon einmal da war, ging ich um das Grundstück herum und hockte mich an seinem nördlichen Ende im Schatten eines Pfefferbaums an die Umfassungsmauer. Bis auf das gelegentliche Kreischen einer elektrischen Handsäge, hätten die Geräusche, die von jenseits der Mauer kamen, auch von den *Juaneños* unter Pater Serra stammen können, die einst die Kirche errichtet hatten. Während ich so dasaß, versuchte ich mir vorzustellen, was heute nacht wohl in Ambers Haus passieren würde. Würde Martin seiner Natur ebenso treu bleiben wie Wald der seinen? Auf einmal spürte ich, wie in mir sich ein glasklarer Wille formte, der auch vor der Anwendung von Gewalt nicht zurückschrecken würde.

Grace war nicht in meinem Haus, aber das hatte ich auch gar nicht anders erwartet. Sie hatte mir einen Zettel hingelegt, auf dem stand, daß sie heute abend einen Freund besuchen wolle und erst spät zurückkäme. Einen Freund, dachte ich und sah vor meinem geistigen Auge noch einmal ihr Bild auf dem großen Fernsehschirm in Erik Walds Schlafzimmer.

Um acht Uhr abends rief mich das Nachtauge an.

»Ihr habt einen schrecklichen Fehler gemacht«, sagte er. »Ich bin nicht William Frederick Ing.«

»Gut für dich.«

»Nein, das ist gar nicht gut, R-r-russell. Am allerwenigsten für dich und die Scheißbullen.«

Ich sagte nichts.

»Um ein Haar hätten die Trantüten mich heute sogar erwischt. War doch brillant, meine Idee mit der eigenen Telefonleitung, findest du nicht?«

»Doch, das muß ich zugeben. Sie war wirklich brillant. Und wo bist du jetzt?«

»He, he, he. Jedenfalls nicht mehr an meiner Arbeitsstelle. Aber weißt du was? Es stört mich nicht im geringsten, daß ich jetzt arbeitslos bin. Ich habe mir ein wenig Geld zur Seite gelegt, von dem ich ganz gut leben kann. Es war wirklich lustig, Parish und seinen Leuten dabei zuzusehen, wie sie in der Mittagspause ins

Gebäude der Telefongesellschaft stürmten. Ich saß gerade draußen auf einer Bank und aß in aller Seelenruhe mein Sandwich. Vielleicht schickt man mir mein letztes Gehalt ja mit der Post zu, he, he, he. Aber jetzt was anderes, Russell. Du hast mich angelogen, als du sagtest, ihr hättet keine Fangschaltung installiert. Und ich dachte immer, ich könnte dir vertrauen.«
»Ich wurde überstimmt.«
»Von Winters und Parish, nicht wahr? Das sind zwei echte Law-and-Order-Typen. Du und Wald, ihr habt wohl die etwas ... sensiblere Methode verteidigt und gemeint, man sollte mit mir im Gespräch bleiben, stimmt's?«
»Na ja, wir sprechen ja gerade miteinander, oder etwa nicht?«
»Richtig. Aber nicht mehr lange. Ich wollte dir bloß noch sagen, daß du die alleinige Verantwortung dafür trägst, daß ich jetzt wieder ein paar Leute kaltmachen werde. Ich lasse mich von dir nicht ungestraft einen übergewichtigen Epileptiker nennen, merk dir das! Und außerdem bin ich nicht dieser Ing, sondern das Nachtauge!«
Er legte abrupt auf, und ich rief sofort Carfax an. »Es war eine Nummer aus Los Angeles. Eine Telefonzelle am Flughafen. Winters hat sich schon mit der dortigen Polizei in Verbindung gesetzt.«
Wieso ist das Nachtauge am Flugplatz von Los Angeles? dachte ich. Hatten wir es etwa aus dem County vertrieben?
Kurz bevor ich losfuhr, um Amber abzuholen, ging ich noch einmal in mein Arbeitszimmer, um meine Fünfundvierziger Gold-Cup zu holen, die für mich die beste Handfeuerwaffe ist, die ich kenne. Die unterste Schreibtischschublade, in der ich sie aufbewahrte, war leer.
Zunächst war ich überrascht, aber dann fiel mir eine plausible Erklärung für das Fehlen der Pistole ein. Ich lächelte leise vor mich hin und nahm aus einer anderen Schublade die Smith und Wesson mit ihrem zehn Zentimeter langen Lauf. Nachdem ich

die schwere, unhandliche und ziemlich auffällige Pistole in dem Schulterhalfter verstaut hatte, das noch aus meiner Zeit beim Sheriff stammte, steckte ich mir noch ein volles Magazin in die Jackettasche, in der sich noch immer Walds Videokassette befand. Solchermaßen mit einer Pistole und einem Stück Wahrheit bewaffnet, schaltete ich das Licht auf der Veranda aus, schloß die Haustür ab und stieg in meinen Wagen.

Um neun Uhr holte ich Amber in ihrem Nobelhotel am Strand von Laguna ab. Sie trug ein weißes Baumwollkleid mit einem breiten, roten Gürtel und hockhackige Schuhe in derselben Farbe und sah genau wie das Opferlamm aus, das sie heute nacht für uns spielen sollte. In der marmorgetäfelten Eingangshalle nahm sie meinen Arm, und wir spazierten ins Freie wie ein glückliches Liebespaar auf dem Weg zu einem vergnüglichen Abend in der Stadt. Sämtliche Augen in der Lobby waren auf uns – oder besser auf Amber – gerichtet, und selbst unter diesen seltsamen Umständen spürte ich, wie sehr sie diese allseitige Aufmerksamkeit genoß und in sich aufsog.

»Nett siehst du aus«, sagte ich und untertrieb dabei absichtlich.

»Und du siehst aus wie ein übermüdeter Schriftsteller, der unter seinem Jackett eine viel zu große Kanone spazierenträgt.«

»Manche Dinge ändern sich eben nie.«

»Eines muß ich dir sagen, Russ, diese Geschichte heute abend macht mir angst.«

»Das sollte sie auch.«

»Ich habe eine Mordswut auf Erik.«

»Aber laß sie dir nicht gleich anmerken. Dafür ist später noch Zeit.«

Um halb zehn betraten wir Ambers Haus. Den Wagen hatten wir vorher einige Straßen entfernt geparkt.

Wald kam, wie vereinbart, Punkt zehn. Er hatte sich in einen ausgebeulten, cremefarbenen Leinenanzug geworfen, den er wohl für solche Gelegenheiten für angebracht hielt. Das Jackett war pefekt dafür geeignet, eine Waffe zu verbergen. Wenn mich nicht alles täuschte, dürfte es sich dabei um meine eigene Fünfundvierziger handeln, die Grace mir vor ein paar Stunden aus der Schreibtischschublade geklaut und Wald gebracht hatte. Erik schüttelte mir die Hand und küßte Amber auf beide Wangen.

»Ich fühle mich richtig gut«, sagte er. »Mein Adrenalinspiegel ist so hoch wie schon lange nicht mehr. Ach, ich liebe solche Sachen. Raus aus dem Hörsaal und hinein ins richtige Leben.«

»Meinst du, daß er auch wirklich kommt?« fragte Amber ein wenig ängstlich. Noch nie hatte sie eine Rolle so gut gespielt wie diese.

»Ich bin mir fast sicher.«

»Und wenn er doch nicht kommt?«

»Dann, meine wunderschöne Amber Mae, versuchen wir es an einem anderen Tag eben noch einmal.« Als er ihr ein breites Lächeln schenkte, konnte ich in seinen lausbubenhaften blauen Augen dasselbe verschlagene Begehren entdecken, mit dem er am Vormittag meine Tochter angeschaut hatte. Kein Wunder, schließlich war der Mistkerl auch mit Amber im Bett gewesen. Erst die Mutter, dann die Tochter. Ich mußte mich zurückhalten, um ihm nicht voll in die Fresse zu schlagen.

»Ich schätze, wir sollten uns langsam mal in Ambers Schlafzimmer verstecken«, sagte ich ruhig. »Ich bin mir sicher, daß Martin sie dort als erstes suchen wird.«

»Er dürfte wohl so gegen Mitternacht hier auftauchen«, sagte Erik. »Dann wird er glauben, daß Amber schläft, ebenso wie es Alice damals getan hat. Und das würde ihm sein Vorhaben enorm erleichtern.«

»Erik«, sagte ich und lächelte ihn an, »darauf wäre ich von selber nie gekommen.«

Wir stiegen die Treppe hinauf und machten es uns in Ambers

Schlafzimmer bequem. Ich dimmte das Licht, und Amber legte sich mit einem Buch aufs Bett. Erik belegte den Diwan neben dem Fenster mit Beschlag, so daß für mich nur noch ein unbequemer Stuhl übrigblieb. Ziemlich auffällig überprüfte ich, ob Parish, selbst wenn er auf der Hut war, mich von draußen durch die Glastür sehen konnte.

Erik nickte beifällig, dann sagte er: »Tja, Leute, wir haben noch mindestens eine Stunde Zeit. Was wollen wir tun? Sollen wir uns intime Gefühle beichten, Schwänke aus unserer Jugend erzählen oder versuchen, mit unseren inneren Konflikten besser zu Rande zu kommen?«

Amber sagte nichts.

»Vielleicht solltest du gleich damit anfangen, Erik«, meinte ich. »Erzähl uns doch mal, was du am dritten und vierten Juli hier in Ambers Schlafzimmer gemacht hast.«

Erik kicherte nervös, und seine Augen wanderten in einer Art Reflex, den er offensichtlich nicht kontrollieren konnte, von mir zu Amber und wieder zurück. »Ja, warum eigentlich nicht? Also das war so: Ich kam rein, zog mich nackt aus und holte mir einen runter. Wieso soll Marty Parish der einzige sein, der in Ambers Bett seinem Arbeitslosen die Hand gibt, ha, ha, ha.«

Ich lachte tonlos. »Und dabei ist dir wohl die kleine Schraube aus deiner Brille gefallen, stimmt's? Wer behält schon die Brille auf, wenn er sich einen runterholt?«

»Da komme ich nicht mehr ganz mit, Russ. Aber das passiert mir bei euch echten Ordnungshütern ja des öfteren, ha, ha.«

»Ich meine das kleine Schräubchen, das dir aus der Brille gefallen ist, als du am Tag nach dem Mord hier alles saubergemacht hast. Aber du hast es erst heute vormittag gemerkt, als dir an deinem Schreibtisch der Bügel abfiel. Erinnerst du dich noch daran? Ich fand die Schraube am vierten Juli hier auf dem Teppichboden. Und heute, nach der Sitzung beim Sheriff, habe ich mich noch mal in deinem Arbeitszimmer umgesehen und

deine Brille überprüft. Und weißt du was? Die Schraube hat perfekt gepaßt.«
Eriks Lächeln war jetzt deutlich unsicherer. »Solche Schrauben passen doch praktisch überall. Hast du sie schon mal an Parishs Brille probiert?«
»Martin hat ausgezeichnete Augen«, entgegnete ich. »Der braucht keine Brille. Und du setzt deine ja auch nur auf, wenn es *niemand sieht*. Und als du am vierten Juli hier in diesem Schlafzimmer die Leiche weggeschafft und die Worte überstrichen hast, die du noch nicht einmal vierundzwanzig Stunden zuvor hier an die Wand gesprüht hast, konnte dich niemand sehen.«
Nach einem kurzen Seitenblick zu Amber lachte Erik hell auf und sagte: »Irgendwie habe ich das Gefühl, als würdet ihr beide euch einen kleinen Scherz auf Kosten eures guten, alten Professor Wald erlauben, stimmt's oder hab' ich recht?«
»Mir ist in den vergangenen zwei Jahren das Scherzen gründlich vergangen, Erik.«
»Dann sei doch bitte so freundlich und erkläre mir, wovon du jetzt die ganze Zeit geredet hast.«
Wortlos nahm ich die Videokassette aus meiner Jackettasche und zeigte sie ihm. Walds Gesicht verzog sich, und sogar in dem schwachen Licht konnte ich erkennen, wie er blaß wurde. Ich zog meine Pistole aus dem Halfter und legte sie auf die Armlehne meines Stuhls, so daß die Mündung in Walds Richtung zeigte.
Amber rang nach Luft.
Wald blickte hastig zwischen uns beiden hin und her. Einen Augenblick lang schien es mir so, als könne sein bis zum Zerreißen angespannter Körper jeden Augenblick explodieren, aber dann lehnte er sich wieder zurück in die Kissen des Diwans und schlug die Beine übereinander. Er brachte sogar ein Lächeln zustande. »Na, dann schieß mal los, Russ. Ich bin ganz Ohr.«

»Noch nicht«, sagte ich. »Zuerst möchte ich, daß du keine Bewegung machst, bis Amber bei dir war und die Pistole aus deiner Jackentasche geholt hat.« Mit diesen Worten hob ich die Magnum und zielte damit direkt auf Walds Brust. »Wenn du sie auch nur anrührst, blase ich dir das Herz aus dem Leib. Übrigens gehe ich jede Wette ein, daß jetzt gleich meine gute, alte Fünfundvierziger Gold-Cup zum Vorschein kommen wird. Okay, Amber, laß uns mal sehen, ob ich recht habe.«
Walds halb im Schatten liegendes Gesicht wirkte auf einmal wie weißer Marmor, und auf seiner Stirn glänzten kleine Schweißperlen. Selbst jetzt, als er scheinbar entspannt dasaß, spürte ich, daß Wald jederzeit zu einer raschen und unvorhergesehenen Bewegung fähig war.
Amber trat von hinten an ihn heran.
»Und jetzt breite die Arme aus, Erik«, befahl ich.
Wald tat, was ich ihm gesagt hatte.
Ambers Hand glitt unter die linke Seite von Eriks Leinenjackett, und sie holte mit ihren schönen, langen Fingern meine silbrig glänzende Automatikpistole heraus. Erik bewegte sich nicht. Amber legte die Pistole aufs Bett und sah mich an.
»Was hältst du davon, wenn wir uns jetzt gemeinsam dein tolles Eisbären-Video ansehen?« fragte ich.
»Nur zu«, erwiderte Wald.
»Du bist ein *Dreckskerl*, Erik«, zischte Amber wütend. »Ich wünschte, Russell könnte dich auf der Stelle erschießen. Das Zuchthaus ist noch viel zu gut für dich.«
»Ich werde nicht ins Zuchthaus kommen, darauf kannst du Gift nehmen, Amber.«
»Da sei dir mal nicht so sicher, Erik«, sagte ich. »Warum erzählst du uns denn nicht, wie du Amber zusammen mit Grace umbringen wolltest und aus Versehen ihre Schwester erwischt hast? Wie du die Leiche in meine Gefriertruhe gelegt und Marty auf meine Spur gesetzt hast? Oder willst du uns lieber erzählen, wie

du mit Grace ins Bett gestiegen bist, als sie noch ein junges Mädchen war? Daß du sie von brutalen Schlägern hast quälen lassen, damit sie einen noch größeren Haß auf ihre Mutter bekam? Und wenn du uns das alles erzählt hast, dann brechen wir diese kleine Party hier ab und gehen alle wieder unserer Wege. Du kommst bestimmt noch rechtzeitig nach Hause, um dir ein paar deiner Naturfilme reinzuziehen. In einem nämlich hast du dich nicht verrechnet: Nur um dich zur Strecke zu bringen, werde ich meine Tochter nicht ins Gefängnis bringen.«
Ein wenig von Walds aufgestauter Energie schien sich verflüchtigt zu haben. »Mein Gott«, sagte er schließlich, »und ich dachte, wir wären hier, um der Wahrheit etwas näherzukommen. Zum Beispiel dem Umstand, daß es mir bisher gelungen ist, Grace vor Parishs Nachstellungen zu verschonen. Und dich übrigens auch, Freund Russell.«
Ich legte die Pistole wieder auf die Armlehne und faltete die Hände in meinem Schoß. »Dann erzähl doch mal, wie du das bewerkstelligt hast. Genau das würde ich gerne von dir hören.«
»Mit dem größten Vergnügen, obwohl ich damit ein Versprechen breche, das ich Grace gegeben habe. Sie hat Angst davor, deinen Respekt zu verlieren, Russ. Ich wußte, daß Grace panische Angst vor Amber hatte und möglicherweise versuchen würde, sich an ihr zu rächen. Schließlich hat sie mir die Narben an ihren Füßen gezeigt, ich weiß also, zu was diese liebende Mutter da drüben fähig ist. Grace verließ am dritten Juli spät abends mein Haus. Sie war ziemlich angetrunken und hatte ihre kleine Zweiunddreißiger bei sich, also fuhr ich ihr hinterher. Als ich hier ins Schlafzimmer kam, sah ich eine tote Frau am Boden liegen. Grace stand daneben und kotzte sich die Seele aus dem Leib. Ich nahm sie mit zu mir, damit sie sich erst einmal beruhigte. Ich bin mir ganz sicher, daß Parish die Frau umgebracht hat. Er wollte, daß es wie ein Mord des Nachtauges aussah, aber als er merkte, daß er Alice anstatt Amber erwischt hatte, fand er

es klüger, noch einmal herzukommen, alles zu beseitigen und darauf zu hoffen, daß niemand ihren Tod der Polizei melden würde. Und wenn, dann wäre er ja ohnehin *ihm* gemeldet worden.«

Bei Eriks Worten mußte ich innerlich grinsen und war mir nicht ganz sicher, wie dabei mein Gesicht aussah. Amber jedenfalls blickte Wald weiterhin haßerfüllt an.

»Nette Geschichte«, sagte ich. »Nur leider stimmt sie nicht mit dem überein, was Grace mir erzählt hat. Sie hat kaum etwas ausgelassen, das kannst du mir glauben, und Martin Parish wird sie genau das gleiche erzählen.«

Ich wußte, daß ich mich mit diesen Worten auf enorm unsicheres Terrain begab. Wenn die Verbindung zwischen den beiden wirklich so eng war, wie ich befürchtete, würde er sich von meiner Lüge nicht ins Bockshorn jagen lassen. Aber, wer weiß, vielleicht würde er doch noch schwach werden und sich in Widersprüche verwickeln.

Wald zuckte die Schultern. »Was immer Grace dir gesagt haben mag, es kommt aus dem Mund einer kleinen Verrückten. Ich habe mein möglichstes getan, um sie zu schützen, habe ihr geholfen, wo ich nur konnte. Ja, es stimmt, ich habe mit ihr geschlafen, und es hat ihr gefallen, das kann ich euch sagen. Ich gebe gerne zu, daß ich scharf auf sie war und daß ich sie gevögelt habe, als du, Amber, von mir erwartet hast, daß ich dir deine königlichen Füße küsse. Junge, Junge, tat das gut. Ich habe aus Grace eine der zärtlichsten und sinnlichsten Frauen auf der ganzen Welt gemacht, aber jetzt gebe ich auf. Wenn sie mir diese Geschichte anhängen will, dann kann ich ihr nur raten, sich einen guten Anwalt zu suchen.«

Er stand auf, und ich griff zur Waffe. »Willst du damit etwa sagen, daß wir uns vor Gericht wiedersehen werden, Erik?«

»Also das ist wohl der letzte Ort, wo ich hinwill. Du weißt doch, daß ein Skandal meiner Karriere alles andere als zuträglich

wäre, selbst wenn der Staatsanwalt schließlich zugeben muß, daß er nicht das geringste gegen mich in der Hand hat. Aber an deiner Stelle würde ich aufpassen, daß Parish und Haight nicht *dir* ans Leder gehen, Russell. Bevor man mich vor Gericht bringt, bist du schon längst verurteilt, verlaß dich drauf. Wenn dieser Bastard Parish sich erst einmal in etwas verbissen hat, ist er schwerer abzuschütteln als ein Bullterrier, und momentan hat er sich nun mal in dich verbissen. Der Kerl ist zwar ein Volltrottel, aber er weiß genau, was er will. Du hast den Schwarzen Peter in der Hand, seit du Alice Fultz ein paar Meter hinter deinem Haus beerdigt hast, Russell. Damit hat Martin dich an den Eiern, und die läßt er so schnell nicht mehr los.«
Er lächelte und sah hinüber zu Amber. »Und du? Du bist wahrscheinlich die bestaussehendste Nutte der Welt. Schau dich doch bloß einmal an!«
Amber trat einen Schritt vor und gab Wald eine schallende Ohrfeige.
Wald ließ sich den Schlag gefallen und hörte dabei nicht zu lächeln auf. »Wißt ihr was? Ihr könnt mir nicht das Wasser reichen. Typen wie ihr können mir nichts anhaben. Was seid ihr denn schon? Eine geldgeile Nutte und ein dümmlicher Exbulle, der sich einbildet, er wäre ein Schriftsteller. Es ist wirklich ein Wunder, daß ihr etwas so ... Schönes wie Grace hervorgebracht habt.«
Ambers Stimme zitterte, als sie ihm antwortete, und zum ersten Mal in meinem Leben bemerkte ich, daß sie nicht im geringsten schauspielerte. »Damit wirst du nicht durchkommen, Erik. Weder mit dem, was du meiner Schwester angetan hast, noch mit dem, was du mit Grace gemacht hast.«
»Ich bin bereits damit durchgekommen, du dummes Weib. Mir tut nur eines leid, und zwar, daß es nicht dein Gehirn war, das ich hier auf diesem Teppichboden verschmiert habe.«
In diesem Augenblick öffnete sich eine Tür von Ambers geräu-

migem Kleiderschrank, und Martin Parish kam heraus. In einer Hand hielt er ein Tonbandgerät, dessen rotes Aufnahmelicht immer noch blinkte, und in der anderen eine Vierundvierziger Magnum.

»Wau, wau, der Bullterrier ist da«, sagte er.

Wald sah erst Martin, dann Amber und schließlich mich an. »Wir alle wissen, daß dieses Band vor Gericht nicht verwendet werden kann. Das ist übrigens das letzte, was ich ohne meinen Anwalt sage. Halt, das vorletzte. Das letzte ist: Leckt mich am Arsch, ihr primitiven Langweiler. Ich bin nun einmal besser als ihr, das habe ich schon oft genug bewiesen. Während du im Gefängnis hockst, Monroe, werde ich deine Tochter heiraten. Und du, Parish, brauchst nicht zu glauben, daß du mir an den Karren fahren kannst. Ich werde dich zu Hundefutter verarbeiten, darauf kannst du dich verlassen. Es wäre besser, du würdest dabeibleiben, Russell zu überführen. Dabei könnte ich dir sogar helfen.«

Parish schüttelte den Kopf. »Alles klar, Erik. Wenn ich deine Hilfe brauche, werde ich mich bei dir melden. Aber bis es so weit ist, strecke erst mal deine Hände aus, damit ich dir Handschellen anlegen kann. Ich verhafte dich wegen Mordes an Alice Fultz und wegen Unzucht an Minderjährigen, begangen an Grace Wilson. Du kannst deinen Anwalt vom Büro des Sheriffs aus anrufen.«

»Und vergiß nicht, daß er meine Pistole hatte. Das ist Besitz von gestohlenem Gut. Wenn alles so gelaufen wäre, wie Erik es sich vorgestellt hat, dann wäre hier morgen früh ein Mord entdeckt worden, nach dem sich der Mörder selbst gerichtet hat.«

Nachdem Parish Wald die Hände hinter dem Rücken in Handschellen gelegt hatte, drehte er ihn um, damit er ihm wieder ins Gesicht sah und gab ihm einen brutalen Magenschwinger. Ich konnte hören, wie die Luft schlagartig aus Walds Lungen entwich. Erik schwankte, hielt sich aber auf den Beinen.

Erst nachdem ihm Parish noch einen Schlag verpaßt hatte, sackte er nach Luft japsend zusammen wie ein gesprengtes Hochhaus.

»Was für ein wundervoller Anblick«, sagte Amber. »Obwohl ich ja *eigentlich* überhaupt nichts gesehen habe.«

Parish rief in der Einsatzzentrale an, damit diese die Streifenwagen verständigte, die in ein paar hundert Metern Entfernung bereitstanden. Außerdem gab er grünes Licht zur Verhaftung von Grace Wilson, die, wie wir richtig vorausgesehen hatten, in Walds Haus auf dessen glorreiche Rückkehr wartete. Außerdem erzählte uns Parish, daß man das Nachtauge trotz sofort eingeleiteter Großfahndung auf dem Flughafen von Los Angeles nicht hatte festnehmen können.

Fünf Minuten später wurde Erik von vier kräftigen Hilfssheriffs abgeführt. Wir drei – Amber, Parish und ich – blieben in Ambers Schlafzimmer zurück, wo dieser ganze Wahnsinn begonnen hatte. Ich kann zwar nicht sagen, was die anderen sich in diesem Augenblick dachten, aber ich hatte das Gefühl, gerade noch mal mit heiler Haut davongekommen zu sein. Richtig wohl fühlte ich mich aber nicht, denn schließlich hatte sich der schreckliche Verdacht, daß meine Tochter einen Mord begangen haben könnte, in den letzten Stunden immer mehr erhärtet. Auch zwischen Martin und mir war noch lange nicht alles in Ordnung. Nicht nur, daß wir beide noch immer einer Frau nachhingen, die für uns beide offenbar mehr als nur ein Stück unserer Vergangenheit war, zwischen uns stand auch noch die üble Tatsache, daß Martin und ich felsenfest von der Schuld des jeweils anderen überzeugt gewesen waren. Natürlich hatte Wald uns ganz subtil in diese Richtung gedrängt, dennoch schämte ich mich dafür, daß ich einen ehrlichen Mann verraten hatte, der obendrein einmal mein Freund gewesen war. Der verwirrte und peinlich berührte Ausdruck auf Martins Gesicht sagte mir, daß er etwas Ähnliches fühlen mußte.

Wenn ich an Grace dachte, empfand ich eine Mischung aus Ekel, Schuld und Bedauern.

Als ich später in dieser Nacht allein, erschöpft und trotzdem schlaflos in meinem Bett lag, wanderten meine Gedanken zu Isabella, die jetzt in ihrem tristen Krankenzimmer am Tropf hing. Im Geiste machte ich mir eine Liste von Dingen, die ich vor ihrer Ankunft noch im Haus erledigen wollte. Jetzt war ich froh, daß wir damals den Aufzug für den Rollstuhl hatten installieren lassen – so laut und nervtötend er manchmal auch war –, denn Isabella würde ihn in den kommenden Tagen mehr benötigen als je zuvor. Ich hatte vor, für jedes Zimmer einen Strauß frischer Blumen zu besorgen und sämtliche Fenster von innen und außen zu putzen, damit das Sonnenlicht, das Isabella so sehr liebte, ungehindert ins Haus strömen konnte.

Als das Telefon klingelte, war es drei Uhr früh. Ich wußte genau, wer der Anrufer war.

»Du hast es geschafft«, sagte ich.

»Drei Minuten nach unserem Telefongespräch saß ich schon im Flugzeug. Es tut mir echt leid, daß ich die ganze Action, die ihr meinetwegen veranstaltet habt, nicht mitbekommen habe. Aber vielleicht finden die Bullen von Los Angeles ja noch einen Neger, den sie mißhandeln können, so daß der Abend für sie nicht ganz verloren ist.«

»Wo bist du?«

»He, he, he. Das wird dir deine Fangschaltung schon noch früh genug sagen. Weit weg, jedenfalls. Mit Orange County bin ich momentan fertig. Sag deinen L-l-lesern das. Und dann sag ihnen, daß ich wiederkommen werde, wann immer es mir gefällt. Das war nicht klug von euch, den Leuten zu sagen, ich sei William Ing, bloß weil diese traurige Mary Ing sich einbildet, m-m-meine Stimme erkennen zu können. Ihr hättet die Zeitungen lieber

über meine Mission informieren sollen, dann hätten die Leute mich unterstützt.«
»Das möchte ich bezweifeln.«
»Du unterschätzt die Intelligenz und die Kraft des weißen Mannes und der weißen Frau.«
Die Leitung war still bis auf Hintergrundgeräusche, die auf eine große Halle mit vielen Menschen hinwiesen. Ich fragte mich, ob das Nachtauge mich wohl von einem Flughafen aus anrief.
»Wir wissen, wer du wirklich bist«, sagte ich.
»Ihr wißt nicht einmal, wer ich früher einmal war«, antwortete er. »Ihr seid wie Straßenkehrer. Ihr seht nur den Müll, der direkt vor euren Füßen liegt.«
»Was willst du?«
»Wie geht es Isabella?«
»Wir reden hier nicht über Isabella. Parish hat Wald und Grace für den Mord an Alice Fultz verhaftet.«
Nach einem Augenblick der Stille lachte das Nachtauge wieder zischend wie eine Schlange. »Ich werde Orange County wirklich vermissen. Erzähl unseren Freunden und Lesern in deinem letzten Artikel über mich, daß das Nachtauge wiederkommen wird, wenn es wirklich dringend gebraucht wird. Dann gehen seine Säuberungen weiter.«
»Ich habe dir auch etwas mitzuteilen. Ich werde gar nichts mehr über dich schreiben. Wenn du unbedingt reden willst, dann ruf jemanden anderen an. Für dich interessiert sich hier niemand mehr, Ing. Ich wünsche dir noch ein schönes Leben und einen baldigen Tod.«
Dann legte ich auf und rief Carfax an.
»New York City«, sagte er, und in seiner Stimme schwang Verärgerung mit. »Vom John-F.-Kennedy-Airport.«

KAPITEL 29

Zwei Tage später, am Montag, dem zwölften Juli, holte ich Isabella nach Hause. Ich nahm einen Gesundheitsservice des Krankenhauses in Anspruch und buchte für günstiges Geld eine Krankenschwester, die eine Woche lang bei uns im Haus wohnen und sich um Izzy kümmern sollte. Ihr Name war Dee. Sie war eine große, fast ein wenig grobschlächtige Frau mit einem glatten, runden Kindergesicht und riesigen, aber sanften Händen. Es war schwer zu schätzen, wie alt sie war, und fragen wollte ich sie nicht. Ihre glatten, honigblonden Haare hatte sie immer zu einem Pferdeschwanz nach hinten gebunden. Ihr Gewicht schätzte ich auf mindestens neunzig Kilo.

Isabella schlief fast die ganze Zeit. Unsere Unterhaltungen waren kurz, und manchmal war sie auf eine unerklärliche Art und Weise furchtbar traurig. Einmal, als sie wach war, saßen wir auf der Plattform und schauten hinaus auf den Canyon. Isabella war glücklich, die Canyonfrau wiederzusehen, und lachte sogar, als der Schwarze Tod sich auf einem nahen Hochspannungsmast niederließ und seinen häßlichen, rosafarbenen Kopf in unsere Richtung drehte.

Izzy hatte einen gesegneten Appetit und aß die von Dee mit viel Liebe hervorragend zubereiteten Mahlzeiten. Dee bestand darauf, ihre Mahlzeiten im Gästezimmer einzunehmen, und ließ Izzy und mir damit die Zeit füreinander, die wir so lange nicht gehabt hatten.

Erst wenn es an der Zeit war, daß Izzy ihr Nickerchen hielt oder ihre Medikamente nahm, machte Dee sich wieder in ihrer ruhigen, aber bestimmten Art bemerkbar und schickte mich mit einem schüchternen Lächeln fort. Es war offensichtlich, daß ihr Isabella mehr bedeutete als eine Gelegenheit, soundso viele Dollar in soundso vielen Stunden zu verdienen. Isabella war ein Stück von ihr, wenn auch nur für eine Woche, und während dieser Zeit wollte Dee ihr ihre gesamte Aufmerksamkeit und Zuneigung schenken.

Die ersten Tage nach der Verhaftung von Wald und Grace hielt Martin Parish mich über den Stand der Verhöre auf dem laufenden. Auch nachdem sie die beiden einen vollen Tag einzeln und nach allen Regeln der Kunst verhört hatten, hatten Martins Detectives aus Grace und Wald nicht mehr herausbekommen, als ein wenig ausführlichere Versionen von dem, was Wald mir in der Nacht in Ambers Schlafzimmer erzählt hatte: Daß Erik Grace in der Mordnacht zu Ambers Haus gefolgt sei und dort zusammen mit ihr Alices Leiche gefunden habe. Beide beteuerten ihre Unschuld und waren höchst ungehalten über die Behandlung, die man ihnen angedeihen ließ.
Nachdem vierundzwanzig Stunden seit ihrer Verhaftung verstrichen waren, blieben Martin nur noch weitere vierundzwanzig, um den Staatsanwalt dazu zu bringen, Anklage zu erheben, ansonsten mußte er Grace und Erik laufenlassen. Ich war erstaunt, daß Parish letztere Möglichkeit überhaupt in Erwägung zog. Als er auch nach stundenlangen Verhören noch auf keine greifbaren Ergebnisse gekommen war, hatte seine Stimme seltsam unsicher geklungen, und am späten Abend bezweifelte er ganz offen, daß Grace oder Wald sich gegenseitig widersprechen würden, von einem Geständnis ganz zu schweigen. Ich bat ihn zum x-ten Mal, mich mit Grace sprechen zu lassen.
»Nein. Wir müssen uns etwas anderes einfallen lassen als simple Verhöre«, sagte er. »Die haben ihre Aussagen einfach zu gut einstudiert. Bisher hat alles bis ins kleinste Detail übereingestimmt. Unsere einzige Chance ist, daß wir Wald glauben ma-

chen, Grace habe zu singen angefangen. Aber selbst diese Möglichkeit haben die beiden vorausgesehen. Ich habe mir zwei Haussuchungsbefehle nach der Mordwaffe ausstellen lassen, aber ich weiß jetzt schon, daß wir sie weder bei ihr noch bei ihm finden werden. Und dann habe ich noch den Richter dazu überreden können, die Pornofilme und Faserproben aus beiden Wohnungen konfiszieren zu lassen, damit Chet sie mit den Fasern in seinem Labor vergleichen kann.«

»Aber die Fasern könnten genausogut von unserer Kleidung stammen, Martin.«

»Stimmt. Meine letzte Trumpfkarte sind noch eventuell die Beweise, die ich mal gegen dich gesammelt habe. Es wird bloß schwierig sein, sie vor Gericht zugelassen zu bekommen. Winters ist ... äh ... ziemlich wütend über meine diesbezüglichen ... Aktivitäten. Ich werde dich weiter auf dem laufenden halten.«

»Und wann läßt du mich endlich mit Grace sprechen?«

»Nicht, solange die Verhöre andauern. Ich halte es ohnehin für keine allzu gute Idee.«

»Aber vielleicht redet sie ja mit mir.«

»Zum ersten Mal in ihrem Leben? Mir macht sie eher den Eindruck, als würde sie dir am liebsten ins Gesicht spucken.«

»Wir haben nicht mehr viel Zeit, Martin.«

Er dachte einen Augenblick lang nach. »Na schön. Morgen nachmittag, wenn wir bis dahin immer noch keine Fortschritte gemacht haben.«

»Was habt ihr bei den Fluggesellschaften über das Nachtauge herausgefunden?«

»Er ist unter dem Namen Mike Eis mit der Continental geflogen. Großer Bursche, glattrasiert, mit Narben im Gesicht. Hat sein Ticket bar bezahlt.«

»Und?«

»Auf dem John-F.-Kennedy-Airport hat sich seine Spur verloren.«

Auch am Mittag des folgenden Tages war Parish bei Grace und Wald nicht einen Millimeter vorangekommen. Peter Haight arbeitete fieberhaft daran, gegen Wald wenigstens eine Anklage wegen Unzucht mit einer Minderjährigen zusammenzubasteln und gegen Grace eine wegen Einbruchs in das Haus ihrer Mutter, aber das war nur ein müder Abklatsch dessen, was sie wirklich getan hatten, und wir wußten alle, daß wir die beiden um Mitternacht entweder laufenlassen oder mit einer wackligen Anklage vor den Richter treten mußten. Inzwischen arbeitete Chet Singer wie ein Wilder an Martins illegal gesammelten Beweisen.

Kurz nach drei Uhr nachmittags ließ Parish mich ins Verhörzimmer. Grace war nicht in Handschellen und trug auch keine Anstaltskleidung. Parish wartete mit zwei vierschrötigen Hilfssheriffs vor der verschlossenen Tür und beobachtete uns durch ein Fenster, das von drinnen wie ein normaler Spiegel aussah. Grace sah erschöpft aus und signalisierte mir lediglich durch einen müden Blick, daß sie mich erkannt hatte.

»Russell.«

»Hallo, Grace.«

»Bist du hier, um mich nach meinem Wunsch für die Henkersmahlzeit zu fragen?«

»So schlimm bist du ja nun auch wieder nicht dran.«

Grace sagte nichts und blieb, die Hände im Schoß und die Beine unter dem Tisch übereinandergeschlagen, bewegungslos sitzen. Dann schaute sie in den Spiegel, begrüßte die Beobachter auf der anderen Seite mit einem knappen Winken und legte tief seufzend die Hände vor sich auf den Tisch.

»Ich bin müde.«

»Haben sie dich hart rangenommen?«

Grace nickte. »Und zwar zu den unmöglichsten Zeiten. Sie können abwechselnd schlafen und mich verhören, aber ich muß jederzeit aufstehen und in die Kuhaugen meines Exstiefvaters glotzen. Ist nicht bös gemeint, Marty«, rief sie in Richtung des Spiegels. »Deine Augen haben auch was Schönes. Ich persönlich habe Kühe immer gemocht. Ich muß irgendwo noch Serviettenhalter in Form von Kühen haben.«

»Wie lange warst du mit Wald zusammen?«

»Als er mit Mom was hatte, war ich dreizehn. Damals hat es angefangen. Weißt du, das habe ich alles schon *denen* erzählt. Ich war vielleicht noch minderjährig, aber ich habe es aus freien Stücken getan. Ich wurde eben schneller erwachsen als andere. Was ist so schlimm dran?« Sie gähnte.

»Hast du es anfangs getan, um dich an Amber zu rächen?«

Grace nickte.

»Wessen Idee war es, sie aus dem Weg zu schaffen?«

»Wir *hatten* nie so eine Idee, Russell. Das habe ich denen in den letzen eineinhalb Tagen bestimmt schon tausendmal erklärt.«

Nun war es an mir, zu seufzen, teils aus Frustration, teils deshalb, weil ich es haßte, meiner eigenen Tochter weh zu tun.

»Gibt es irgend etwas, was ich für dich tun kann?«

»Hol mich hier raus.«

»Martin ist der Meinung, daß du Alice getötet hast. Sie lassen dich so lange nicht hier raus, bis du ihnen sagst, was wirklich vorgefallen ist.«

»Wenn das der Fall ist, was *könntest* du denn überhaupt für mich tun, Russell?«

»Darüber habe ich auch schon nachgedacht.«

»Und?«

»Darf ich dir ein paar meiner Gedanken mitteilen?«

»Nur zu.«

»Ich habe den Eindruck, daß der Haß, den du auf deine Mutter hattest, recht ... gut begründet war. Bei all den Mißverständnissen, der Eifersucht, dem Konkurrenzdenken zwischen euch beiden hattet ihr bestimmt ziemlich schlimme Zeiten miteinander. Das hat auch Amber zugegeben.«

»Wie großzügig von ihr.«
»Ich glaube, daß Erik deinen Haß benützt hat, um dich zu manipulieren. Wußtest du, daß die kleine japanische Figur, wegen der es zwischen Amber und dir soviel Streit gab, bei einer Durchsuchung in seinem Haus gefunden wurde? Außerdem waren da Gesprächsnotizen, aus denen hervorgeht, daß Erik mit den beiden Männern telefoniert hat, die dir die Fußsohlen verbrannt haben. Es war nicht Amber, die sie angeheuert hat, sondern Wald. Nachdem er jahrelang unterschwellig deine Ängste geschürt hat, brauchte er jetzt nur wenige Monate, um dich so in Panik zu versetzen, daß du sogar vor einem Mord nicht mehr zurückgeschreckt hast. Er hat dich benützt, Kleine.«
Grace sah mich mit so leerem Blick an, daß mir mit einem Schlag bewußt wurde, wie verzweifelt und übermüdet sie war. »Ich habe ihn geliebt.«
»Das kann ich gut verstehen. In mancherlei Hinsicht ist Erik ja auch liebenswert.«
»Du bist also doch nicht so dumm, wie ich glaubte.«
»Man muß kein Genie sein, um zu sehen, warum ein Mädchen sich in einen bestimmten Mann verliebt. Erik ist gutaussehend, intelligent, und auch noch Mamas abgelegter Liebhaber.«
»Ja«, sagte Grace leise. »So ist sie nun einmal, die Liebe.«
»Ja.«
Sie atmete tief ein und blickte mir mit ihren wunderschönen Augen in die meinen. Nur eines wollte ich noch mehr, als sie in meine Arme zu schließen, und das war, daß sie mir endlich die Wahrheit sagte.
»Weißt du, als wir das erste Mal darüber sprachen, war es nur ... so eine Art Scherz. Es machte irgendwie Spaß, sich ein perfektes Verbrechen auszudenken. Aber als dann Mom mir diese Kerle hinterherschickte und mir zu drohen begann, kam mir das Ganze auf einmal gar nicht mehr so weit hergeholt vor. Irgendwie wurde es übermächtig. Wenn man etwas zu lange bespricht

oder zu lange plant, dann muß man diesen Plan irgendwann einmal durchführen. Er ... verwirklicht sich von selbst.«
Wie gut ich die verrückte Logik hinter dieser Aussage verstehen konnte! War ich es, der diesen Drang, aus Phantasie Wirklichkeit und aus Gedanken Taten werden zu lassen, an Grace weitervererbt hatte? Hatte Grace vielleicht, ebenso wie ich, keine genügend hohe Hemmschwelle, die dafür gesorgt hätte, daß nicht jeder Impuls gleich in die Tat umgesetzt wird?
»Ich weiß. Darf ich dir einmal eine wahre Geschichte erzählen?«
»Na klar, Russ.«
»Etwa drei Wochen, nachdem der Tumor bei Izzy diagnostiziert worden war, ging ich eines Abends im Suff mit meinem Revolver hinauf in die Berge. Ich wußte nicht genau, warum ich das tat, aber ich setzte mich hin und sah hinunter auf unser Haus und die Lichter der Stadt. Ich betete zu Gott, er möge diesem Alptraum ein Ende bereiten und Isabella in seine heilenden Arme schließen. Im Tausch dafür bot ich ihm meine Seele an. Dann nahm ich alle Patronen bis auf eine aus der Trommel, drehte sie und hielt mir den Revolver an die Schläfe. Wenn Gott mich am Leben ließ, dachte ich damals, dann würde er uns auch helfen. Wenn nicht, dann sollte er mein Leben nehmen und Isabella dafür das ihre schenken. Eine dumme Idee, nicht wahr? Aber je mehr ich darüber nachdachte, desto plausibler kam sie mir vor, und desto realer wurde der Revolver in meiner Hand. Jetzt, wo ich schon so weit gegangen war, *mußte* ich die Sache auch zu Ende bringen. Im letzten Augenblick nahm ich dann doch den Revolver von der Schläfe, richtete den Lauf auf den Boden und drückte ab. Der Rückstoß riß mir die Hand nach oben, und der Knall des Schusses hallte von den Bergwänden wider. Da hatte ich meine Antwort. Sie lautete: Geh heim, werde wieder nüchtern, kümmere dich um deine Frau und laß in Zukunft so idiotische Spielchen mit deinem Herrgott sein. Ein tieferes Glaubenserlebnis hatte ich bisher noch nie. Seitdem habe ich kein

einziges Mal gebetet bis neulich, als wir zusammen mit Izzy nachts im Meer schwammen.«

Grace zeigte keinerlei Gefühlsregung, aber irgendwie kam es mir so vor, als wäre ihre Erschöpfung noch tiefer geworden. Dann huschte ein bitteres Lächeln über ihre Lippen. »Das, was dir und Isabella zugestoßen ist, tut mir wirklich leid. Ich wünschte, ich könnte irgend etwas für euch tun.«

»Da gibt es tatsächlich etwas.«

Grace wartete.

»Sag Martin, was wirklich geschehen ist. Erik wird alles tun, um dir die alleinige Schuld an dem Mord zuzuschieben, das mußt du mir glauben.«

Grace atmete tief durch.

Ich konnte mir vorstellen, wie die anderen draußen vor dem Spiegel jetzt ganz still und gespannt auf eine Antwort warteten. Grace blickte in den Spiegel, dann wieder auf mich. Ihre Augen waren feucht.

»Würdest du mir noch einen Gefallen tun?« fragte ich.

»Warum nicht?«

»Nenn mich Papa oder Vati oder irgendwas, bloß nicht mehr Russell.«

Grace lächelte schwach. »Wie wär's, wenn du mich in den Arm nehmen würdest, Paps?«

An diesem Dienstagabend nahm ich meine Post aus dem Briefkasten und fuhr direkt in die Stadt, um ein paar Lebensmittel einzukaufen. Auf dem Parkplatz des Supermarkts blieb ich eine Weile im Auto sitzen und schaute kurz die Briefe, Rechnungen und Kataloge durch – Isabella, die ja in ihrem Rollstuhl nur schlecht einen Einkaufsbummel machen konnte, liebte diese Kataloge. Zu meinem Entsetzen fand ich darunter auch eine Postkarte aus New York City mit dem Poststempel vom zehnten Juli. Die Karte zeigte das *Flatiron Building*, New Yorks ersten

»Wolkenkratzer«, in dem auch mein Verlag sein Büro hat. Auf der Rückseite stand fast unleserlich hingekrakelt:

Lieber Russell,
New York ist eine schöne Stadt mit so vielen ... Möglichkeiten! Sitzt in diesem Gebäude nicht dein Verleger? Ich putze mir täglich die Zähne und denke über kleinere rassische Reinigungsaktionen nach, aber es bräuchte wohl eine ganze Armee von Kreuzrittern wie mir, um diesen Rassensumpf hier trockenzulegen. Ich vermisse mein geliebtes Orange County.
Bussi. Ich.

Als ich die Postkarte vorsichtig ins Handschuhfach legte, juckte es mich in der Hitze am ganzen Kopf. Eigentlich war ich mir ziemlich sicher, daß das Nachtauge alle Fingerabdrücke sorgfältig abgewischt hatte, aber man konnte es ja trotzdem probieren. Die Laborleute von der Abteilung für Handschriftenanalyse würden sich bestimmt über eine Schriftprobe des Nachtauges freuen.
Als ich ein paar Minuten später meinen Einkaufswagen durch die vertrauten Gänge unseres Supermarktes schob, machte sich in mir ganz langsam und vorsichtig ein Gefühl der Zufriedenheit breit. Ich dachte an Isabella und nahm nur Sachen aus den Regalen, die sie besonders gerne aß. Es gibt kaum etwas auf der Welt, was eine gequälte Seele mehr beruhigt als die Liebe zu einem anderen Menschen. Und so nahm ich jeden Beutel mit Gemüse, jede Konservendose und jedes Glas mit dem Wissen in die Hand, daß ich, wenn ich schon nicht die Krankheit in ihrem Kopf besiegen, zumindest etwas für Isabellas leibliches Wohl tun konnte. Und es gab noch mehr erfreuliche Dinge: Die Schecks vom *Journal* trudelten nacheinander bei mir ein; Nell, meine Agentin, hatte ein erstes, wenn auch bescheidenes Angebot für ein Buch über das Nachtauge bekommen (ich hatte es

angenommen, obwohl ich ebensogut wie der Verleger wußte, daß das Ende der Geschichte noch in den Sternen stand); und außerdem hatte meine Tochter erste Anzeichen dafür erkennen lassen, daß sie vielleicht doch noch die Wahrheit sagen würde. Nachdem ich meine Einkäufe ins Auto gelegt hatte, ging ich hinunter an den Strand, um mir den Sonnenuntergang anzusehen. Es lag eine seltsame Stimmung in der Luft, als würde die trockene, alles ausdörrende Hitze der vergangenen Wochen demnächst ein Ende haben. Weit draußen auf dem Meer hingen dunkle, regenschwangere Wolken am Horizont, die die untergehende Sonne in rote Flammen zu tauchen schien. Als die Sonne hinter dieser Wolkenbank verschwunden war, glühte sie dort weiter wie eine in Papiertücher gewickelte Orange und schickte enggebündelte, rötliche Lichtstrahlen hinunter aufs Meer. Ein paar Minuten später kam sie unterhalb der Wolken wieder zum Vorschein, und als sie langsam im Wasser versank, sahen die von unten beleuchteten Wolken wie eine riesige, aus schwarzen und orangefarbenen Flicken zusammengenähte Patchworkdecke aus, die jemand über einem rotflammenden Meer zum Trocknen aufgehängt hatte. Ich nahm einen tiefen Schluck aus meinem Flachmann.

Ganz klar sah ich, was für Aufgaben jetzt vor mir lagen. Ich würde Isabella pflegen und mit ihr durch die Höhen und Tiefen unseres gemeinsamen Lebens gehen. Ich hoffte nur, daß unsere Freuden dabei die Qualen aufwiegen würden, und betete darum, daß unsere Liebe diese Zeit der Prüfungen überdauern würde. Wenn es schon Isabellas Schicksal war, vor ihrer Zeit zu sterben, dann sollten wir wenigstens noch etwas voneinander haben, miteinander lachen und uns lieben können. Das Bedürfnis danach, aus meiner Situation auszubrechen, das ich noch vor ein paar Wochen so heftig verspürt hatte, war jetzt bei weitem nicht mehr so stark. Der Whisky zog mich zwar noch immer in eine andere Welt, aber es war eben nur ein Ziehen, kein unwiderstehlicher Sog mehr. Als ich so auf einer Bank an der Strandpromenade saß, fühlte ich mich viel eher in der Lage, im Hier und Jetzt zu leben. Amber hatte mir neben ihrer herrlichen, erlösenden Hingabe noch etwas anderes geschenkt: Sie hatte die Fesseln meines Ichs gesprengt und mir erlaubt, meiner verzehrenden Leidenschaft für sie wenigstens einmal nachzugeben. Und dabei hatte ich gelernt, daß ein Objekt der Begierde nur so lange eine so quälende, unwiderstehliche Anziehungskraft auf einen ausüben kann, bis man dieser Anziehungskraft wenigstens einmal nachgegeben hat. Wollte ich das Erlebnis mit Amber wiederholen? Und ob ich das wollte! Man kann sich nun einmal dem Verlangen seiner eigenen Instinkte nicht entziehen. Aber eines glaubte ich nicht mehr: Daß das geheime Doppelleben mit ihr eine Kompensation für das Leben sein konnte, das ich von jetzt an führen würde. Während ich so über das immer dunkler werdende Wasser schaute, wurde mir in zunehmendem Maße klar, wie sehr sich mein Dasein in den zwei Jahren von Izzys Erkrankung geändert hatte, wie aus einem Leben voller Träume und Pläne ein einziger Überlebenskampf geworden war. Plötzlich wurde mir klar, daß das wirklich Wichtige am Leben nicht das ist, was man verliert, sondern das, worum man zu kämpfen bereit ist.

Und noch etwas kam mir auf dieser Bank am Meer glasklar zu Bewußtsein: Ich würde Isabella niemals wirklich verlieren. Manche Menschen strahlten nie, gleichgültig, wieviel sie vom Leben bekamen, und andere wiederum strahlten immer, gleichgültig, wieviel ihnen auch weggenommen wurde. Isabella war ein solch strahlender Mensch. Und für mich würde sie immer strahlen, meine über alles geliebte Frau.

Als ich die Laguna Canyon Road entlangfuhr, piepste mein Autotelefon.
»Hallo, Russell.«
Ich spürte, wie sich mir die Kopfhaut zusammenzog und meine Hände am Lenkrad zu schwitzen begannen.
»Ich habe dir doch gesagt, daß du mich nie wieder anrufen sollst.«
»Sei doch nicht so unhöflich zu mir. Ich wollte dich doch nur um etwas bitten. Könntest du in deinem Artikel über meine Abreise vielleicht erwähnen, daß sich bei meiner Rückkehr auch Schwule und Lesben vor mir in acht nehmen sollten? Ich möchte sie da nicht im unklaren lassen, aber ich war mir jetzt nicht mehr sicher, ob ich das schon mal erwähnt habe.«
»Du kannst nicht zurückkommen. Alle Leute hier kennen jetzt dein Gesicht und deinen Namen. Und es ist nur eine Frage der Zeit, bis die New Yorker Polizei dich schnappt. Dann schicken sie dich zurück nach Kalifornien, wo dich ein langwieriger Prozeß erwartet, ein paar Revisionen, eine lange Zeit im Gefängnis und schließlich die Gaskammer. Winters hat mir einen Sitz in der ersten Reihe angeboten. Und ich werde dasein, verlaß dich drauf!«
»*He, he, he.* Ihr Pflaumen! Ich wünschte, ich könnte dir irgendwie beibringen, wie wichtig dieser letzte Artikel auch für dich persönlich ist. Bloß weil ich das County verlassen habe, heißt das noch lange nicht, daß mir dort gar nichts mehr am Herzen liegt. Ich möchte, daß man bei euch die richtigen Erinnerungen an mich hat. Denk dran, daß du ganz präzise das schreibst, was ich dir gesagt habe, Russell. Wo bleibt denn dein Berufsethos?«
Dann legte er auf. Ich rief sofort beim Büro des Sheriffs an und ließ mir Carfax geben.
»Es war eine Nummer in Brooklyn«, sagte er hörbar erregt. »Jetzt haben wir endlich seine Adresse. Der Kerl ist erledigt.«

Mit Einkaufstüten in beiden Händen hatte ich meine liebe Mühe damit, die Haustür aufzusperren. Ich schlug sie mit dem Fuß zu, drehte mich um und sah, daß Dee auf der Treppe lag. Sie hatte eine Schußwunde im Rücken, aus der ein dünnes Rinnsal von Blut die Stufen hinunterlief.

Vor mir bewegte sich etwas im Dunkel des Hausflurs, dann wurde das Licht angeknipst. Drei Meter von mir entfernt stand das Nachtauge, mit einem falschen Bart und einer Perücke. Über die Schultern hatte Ing sich eine schäbige grüne Decke gelegt, und in der Hand hielt er eine kleine Pistole mit einem langen Schalldämpfer. Er richtete die Waffe direkt auf die Einkaufstüten, die ich noch immer vor meinem Unterleib in Händen hielt.

»Hi, Russ.«

Mit klopfendem Herzen blickte ich an der toten Dee vorbei die Treppe hinauf in Richtung des Schlafzimmers, in dem ich meine Frau zuletzt lebend gesehen hatte. Die Tüten fielen mir vor Schreck zu Boden. Instinktiv wollte ich sofort nach oben stürzen, hielt aber mitten in der Bewegung inne.

»Sie sch-sch-schläft«, sagte das Nachtauge. »Ich habe in ihr Schlafzimmer geschaut. Mach dir keine Sorgen. *He, he, he.* Und jetzt komm ganz langsam auf mich zu und nimm dabei die Hände hoch.«

Ich tat, was er sagte. Als ich an der Treppe vorbeiging, blieb ich kurz stehen und horchte angestrengt auf ein leises Geräusch oder irgendein anderes Lebenszeichen von Isabella. Durch Magen und Rückgrat stieg eine heiße Wut in mir hoch und erzeugte in meinen Ohren ein brüllendes Geräusch, das mich fast taub werden ließ. Verzweifelt schnappte ich nach Luft.

»Ja, so ist es gut«, sagte das Nachtauge. »Und jetzt … setz dich an den Tisch.«

Ich sah, daß das Nachtauge meine alte Schreibmaschine und einen Stoß Papier auf den Eßtisch gestellt hatte. Als ich darauf

zuging, bemühte ich mich noch immer verzweifelt, durch das Dröhnen in meinen Ohren irgendein Geräusch von oben zu vernehmen.
»Setz dich.«
»Zuerst muß ich Izzy sehen.«
»Ich habe dir doch gesagt, daß sie schläft. Tief und fest.«
»Darf ich mich selbst davon überzeugen?«
»Nein, du darfst nicht, du dreckiges kleines Lügenschwein! Du widerlicher Betrüger. Du Feigling. *Setz dich endlich!*«
Ich zog den schweren Stuhl zurück und setzte mich vor die Schreibmaschine.
»Ich habe den Flieger um sieben Uhr früh genommen.«
»Und wie hast du es geschafft, daß der Anruf vorhin von einer Adresse in Brooklyn kam?«
»Nun, in meiner bescheidenen Hütte in Brooklyn habe ich ein Telefon mit Anrufweiterleitung. Und so sagt euch eure Fangschaltung, daß der Anruf von dort kam, während ich ihn in Wirklichkeit von deinem Arbeitszimmer aus geführt habe.«
»Ziemlich clever.«
»Seit dem Ende des kalten Krieges stehen diese ganzen elektronischen Spielzeuge jedermann zur Verfügung, auch wenn das erst den wenigsten Menschen klar ist, denn die meisten sind schlicht und einfach Idioten. Ich habe eigentlich nicht mehr eingesetzt als ganz simples elektronisches Basiswissen, aber natürlich haben mir meine zwei Jahre in der Zentrale der Telefongesellschaft auch nicht gerade geschadet.«
Als ich so dasaß, konnte ich das Nachtauge zum ersten Mal wirklich ausgiebig betrachten. Er war so groß, wie wir vermutet hatten – so etwa einsfünfundachtzig, einssiebenundachtzig – und hatte einen breiten, wenn auch ziemlich weichlichen Körperbau. Selbst aus einiger Entfernung war unschwer zu erkennen, daß der Bart und die zerzausten, rotbraunen Haare falsch waren. Nur wenig an dem Mann, sah man von der grotesk

zusammengestopselten Verkleidung einmal ab, rief in mir jetzt dieselbe Angst hervor, die nicht nur ich an den Tatorten seiner Verbrechen empfunden hatte. Seine tiefdunkelbraunen Augen, die im Licht der Deckenlampe glänzten, blickten langsam, bedächtig und ruhig drein. Die Haut des Nachtauges war blaß, und seine Finger, von denen sich einer um den Abzug der Pistole krümmte, waren plump und fleischig und hatten mittellange Nägel. Dickliche, wenn auch lange Beine und große, breite Füße ließen Ing schwerfällig und gewichtig erscheinen, ein Eindruck, der dadurch noch verstärkt wurde, daß er irgendwie verdreht dastand. Er sah aus, als würde er über den großen Onkel gehen. Als er bemerkte, wie ich ihn ansah, warf er mir wütende Blicke zu.

»Es ist nicht höflich, jemanden so anzustarren.«

Ich dachte an die Jugendbilder, die uns Mary Ing gezeigt hatte, und war mir absolut sicher, daß ich hier den verkleideten William Frederick Ing vor mir hatte. Oder, besser, den zurückverkleideten, der mit seiner Maskerade in etwa sein früheres Aussehen wiederherstellen wollte.

Ich fragte mich, wie er unter dem falschen Bart und der Perücke jetzt wirklich aussehen mochte. Wald und ich hatten recht gehabt; das Nachtauge hatte die ganze Zeit einen »anderen« dargestellt, hatte eine Rolle in einem von ihm selbst erfundenen Ritual gespielt. Wie wir es schon vermutet hatten, hatte Ing unerkannt seiner Arbeit nachgehen und sich unter Menschen bewegen können, weil er in Wirklichkeit eben nicht so aussah wie das wilde Tier, zu dem er wurde, wenn er nachts seine Morde beging. Jetzt wußte ich, warum es ihn nicht im mindesten gestört hatte, daß wir sein Bild in der Zeitung veröffentlicht hatten – schließlich hätte ihn anhand dieses Fotos nie jemand wiedererkannt. Außer seiner eigenen Mutter natürlich.

»Du mußt noch ei-ei-einen Artikel schreiben«, sagte Ing. »Ich sage dir gleich, was. Jetzt spann erst einmal eine Seite ein.«

Ich tat das und betätigte den Wagen der Schreibmaschine. Wieder horchte ich angestrengt auf irgendein Lebenszeichen aus dem ersten Stock. Nichts. Kein Atmen, kein Rascheln der Bettwäsche. Nichts.
»Okay«, sagte Ing. »Die ersten zwei Sätze lauten wie folgt: ›Das Nachtauge ist nicht, wie in früheren Artikeln be-be-behauptet, William Ing. Als ich es vergangene Nacht traf, hat es mir das persönlich bestätigt.‹«
Ich tippte die Sätze auf das Papier.
»Hast du kapiert, was ich meine?« fragte Ing.
»Ja, aber ich würde es ein wenig anders schreiben.«
»Und wie?«
»Also ich würde schreiben: ›William Frederick Ing, das berüchtigte Nachtauge, stattete mir gestern nacht einen Besuch in meinem Haus ab. Zuerst tötete er die Krankenschwester meiner Frau, dann meine Frau, und wenn Sie diese Zeilen hier in Händen halten, wird er auch mich getötet haben.‹«
»Nein. Du darfst nichts vorwegnehmen. Manches daran stimmt, anderes wieder nicht. Erstens brauchst du dir keine Sorgen um Isabella machen, *he, he, he.* Und zweitens habe ich nur einen Namen, und der ist ›Das Nachtauge‹, kapiert? Ing gab es einmal, aber er hat schon lange aufgehört zu existieren. Als Reporter muß man doch genau sein, oder?«
»Das stimmt.«
»Also. Nächster Satz: ›Das Nachtauge ist ein großer, starker Mann, der sich allein mit einem Blick aus seinen dunklen Augen Respekt zu verschaffen weiß.‹«
»Er ist ein großer und starker Mann«, sagte ich, »der als Kind immer gehänselt wurde und keine Freunde hatte. Auch mit seinem Verhältnis zu seinen Eltern stand es nicht zum besten. Schon bald begann er, insgeheim sein eigenes Leben zu leben.«
»Nein! Wenn du auch nur ein Wort von dem hinschreibst, bringe ich dich um und schreibe den Artikel selbst zu Ende. Ich kann

auch t-t-tippen!« Er fuchtelte mit seiner Pistole herum, deren dunkle Mündung mir wie eine miniaturisierte Ausgabe der pechschwarzen Ewigkeit vorkam, in die er mich jeden Augenblick schicken konnte.

»Ich habe es ja bloß gesagt«, verteidigte ich mich. »Ich habe nichts davon geschrieben. Und ich sage dir noch mehr. Du bist als Kind einmal am vierten Juli fast von den eigenen Hunden totgebissen worden. Und vorher hast du deine Eltern im Schlafzimmer beim Sex überrascht und dafür ein paar Ohrfeigen kassiert. Deine Jugend war ein einziges Trauerspiel. Du warst nicht immer das Nachtauge. Warum soll ich das nicht in meinem Artikel schreiben?«

»Weil es vollkommen irrelevant ist.«

»Wieso? Kannst du mir das vielleicht erklären?«

»Das Nachtauge wurde *auserwählt* und dann geboren. Es hat sich nicht aus irgendeinem traurigen Menschen entwickelt. Dein nächster Absatz lautet folgendermaßen: ›Nach eigenen Aussagen des Nachtauges verspürte es schon sein ganzes Leben lang den Wunsch, zu töten. Zuerst tötete es nur Tiere. Aber dann mußte es als junger Mann mit ansehen, wie Fremde von überall her ins Orange County kamen und aus reiner Gewinnsucht alles hier zerstörten. Und da erkannte das Nachtauge seine Berufung.‹«

Ich tippte den Absatz herunter und sah ihm wartend in seine dunklen, leuchtenden Augen.

Dann fuhr er fort: »Und als das Nachtauge schlank und stark wurde, da trat es in den Dienst eines höheren Guten.«

»Und dieses Gute war, daß es Menschen tötete, die eine andere Hautfarbe hatten?«

»Das Gute war, daß es Parasiten und Blutsauger tötete, daß es für saubere Strände und saubere Luft sorgte. Es schuf eine Welt im Gleichgewicht, in der alle Menschen wußten, wo ihr angestammter Platz ist.«

»Also das würde ich ändern.«
»Und wie?«
»Ich würde schreiben: Das Nachtauge suchte nach Gott, und als es ihn nicht fand, fing es an, sich selbst für Gott zu halten.«
»Das stimmt nicht, ich bin lediglich sein Diener. Das mußt du schreiben. Das Nachtauge hält sich lediglich für einen Diener.«
»Von wem oder was?«
»Einen Diener ... der Geschichte, des Fortschritts und einer besseren Zukunft. Der Diener eines Traumes, der all das wieder ins Lot bringt, was hier schiefgelaufen ist.«
Ich schrieb das nieder.
Danach blieb Ing lange vor mir stehen und fand offensichtlich nicht die richtigen Worte.
»Darf ich dir mal ins Gesicht sehen?« fragte ich.
»Schau.«
»Ich meine dein wirkliches Gesicht, ohne all die Maskerade.«
»Du siehst mein Gesicht so, wie ich will, daß es gesehen wird.«
»Du hast doch vor, mich umzubringen, stimmt's?«
»Aber natürlich, was sonst?«
»Dann kannst du mir doch auch dein Gesicht zeigen. Ich möchte das Nachtauge so sehen, wie es bisher noch kein anderer gesehen hat. Tu mir den Gefallen ... exklusiv, sozusagen.«
Ing schien sich das kurz durch den Kopf gehen zu lassen, blickte von mir zu seiner Pistole und wieder zurück zu mir. »Als ich deine Frau da oben sah, wußte ich, daß sie mehr leiden würde, wenn ich sie am Leben ließ. Wie hast du bloß so eine dreckige Mexikanerin heiraten können?«
»Ich habe sie geliebt. Und ich liebe sie immer noch.«
»Würdest du wirklich deinen Samen mit ihren minderwertigen Eizellen mischen?«
»Dieser Zug ist leider für uns abgefahren.«
»Und das ist gut so. Gut für diese unsere Heimat. Und jetzt die

nächsten Sätze: ›Das Nachtauge erzählte mir, daß dieses County gereinigt werden muß, und zwar gründlich. Nach einem kurzen Erholungsurlaub an der Ostküste ist das Nachtauge gestern hierher zurückgekehrt, um seine verdienstvolle Arbeit fortzusetzen. Falls das überhaupt möglich ist, wirkt das Nachtauge in natura noch viel imposanter als durch seine großzügigen und selbstlosen Taten.‹«

Großzügige und selbstlose Taten, dachte ich. So wie die an den Fernandez', Ellisons, den Wynns, den Steins und all ihren Tieren. Und an Dee, möglicherweise sogar an Izzy und – in Kürze – auch an mir selbst.

Auf einmal kam mir ein Gedanke. »Du haßt Paare, nicht wahr? Leute, die verheiratet sind.«

»Ich verachte euch.«

»Warum?«

»Wegen eurer Abhängigkeit, wegen der Art, wie ihr aneinanderklebt, wie ihr euch von allen anderen ... abschottet und nur euren materiellen Vorteil im Auge habt.«

»Du verabscheust unser Glück. Könnte das vielleicht daher kommen, daß du selbst nie glücklich warst? Bist du uns etwa neidisch?«

»Wir Männer sind dazu erwählt, allein zu sein. Die Ehe ist nur eine notwendige Aberration zur Erhaltung der Rasse. Nicht umsonst gilt für katholische Priester das Zölibat.«

»Warst du jemals mit einer Frau zusammen?«

Ings Blick wurde härter, und ich bemerkte, wie seine Hand sich fester um die Pistole schloß. »Weiter«, zischte er. »›Das Nachtauge stellt es sämtlichen Minderheiten frei, das County zu verlassen, aber es muß bald geschehen. Es wird niemandem etwas tun, dessen Haus zum Verkauf steht, und wer seine Sachen packt und verschwinden will, wird von dem Nachtauge nicht daran gehindert werden. Aber alle, die bleiben, müssen damit rechnen, von ihm getötet zu werden.‹«

Ich tippte auch diesen Absatz auf das Blatt. Das schreckliche Dröhnen in meinen Ohren war noch immer so stark, daß ich Schwierigkeiten hatte, die richtigen Tasten auf der Schreibmaschine zu finden.

Ing stand jetzt hinter mir. In einem Wandspiegel konnte ich sehen, wie er mir über die Schulter blickte und jedes Wort las, das ich schrieb. Als er sich dabei vorbeugte, entdeckte ich das Eisenrohr, das unter der Decke über seiner linken Schulter hing, genau wie Chet Singer es vermutet hatte. Das matte Metall war voller Haare, Hautfetzen und eingetrocknetem Blut. Ing hatte es wohl nach seinen Morden nicht einmal abgewischt. Der Geruch, den diese schwärzlich verkrustete Waffe verströmte, war kaum zu ertragen.

»Schreib weiter, Russell. ›Das Nachtauge mußte schließlich auch mich töten, und zwar deshalb, weil ich ihm gegenüber nicht loyal genug war. Loyalität ist die menschliche Eigenschaft, die das Nachtauge am allermeisten schätzt. Ich war fälschlicherweise zu der Überzeugung gelangt, daß das Nachtauge William Ing sei, was aber, wie ich jetzt weiß, niemals zutraf. Obwohl mich das Nachtauge bat, William Ing in keinem meiner Artikel zu erwähnen, habe ich es dennoch getan. Wegen dieser Illoyalität muß ich jetzt denselben Weg gehen wie die anderen vor mir, deren Beseitigung die Luft hier wieder ein wenig atembarer gemacht hat.‹«

Ich schrieb nichts. »Wirst du dieses Blatt hier unterschreiben?« fragte ich.

»Nein, aber ich werde auf eine andere Art meine Unterschrift hier in diesem Haus hier hinterlassen, verlaß dich drauf.«

Natürlich war es vollkommen egal, was er tun würde, nachdem er mich getötet hatte. Aber ich spielte auf Zeit, suchte nach einem Einfall – so verzweifelt er auch sein mochte –, der ihn noch eine Weile daran hindern würde, mich kaltblütig von hinten zu erschießen.

»Aber eine Unterschrift würde sich doch gut machen. Sie würde dem Ganzen doch erst die nötige Dramatik verleihen.«
»Wie wär's, wenn ich mit deinem Blut unterschreiben würde?«
»Hervorragend«, sagte ich. »Und ich finde, du solltest noch ein wenig mehr darüber sagen, wie die Menschen sich vor dir in Sicherheit bringen können.«
»Sie brauchen nur von hier zu verschwinden.«
»Kannst du ihnen denn nicht eine Art Gnadenfrist setzen, in der sie ihren Wegzug vorbereiten können?«
Im Spiegel konnte ich erkennen, wie das Nachtauge sich meinen Vorschlag überlegte. Es hob sogar die Hand mit der Pistole, um sich damit nachdenklich an der Schläfe zu kratzen, und trat einen Schritt näher auf meinen Stuhl zu.
»Gib ihnen einen Monat«, schlug ich vor.
»Nein! Das ist zu lang!«
»Dann zwei Wochen.«
»Halt 's Maul. Ich muß na-na-nachdenken.«
Auf einmal wurden Ings schweigende Überlegungen von einem lauten, mechanischen Kreischen und dem Wimmern eines Elektromotors unterbrochen. Der Aufzug!
Als ich sah, wie Ing aufgeschreckt nach oben blickte, nahm ich all meine Kraft zusammen, riß die Schreibmaschine hoch und warf sie aus der Drehung heraus Ing mit voller Wucht an die Brust. Sekundenbruchteile später hatte ich mich schon auf ihn gestürzt und drängte ihn rückwärts hinaus in die Küche, wo er mit dem Rücken gegen den Kühlschrank knallte.
Ich hörte, wie seine Pistole auf den Fußboden fiel, und griff mit beiden Händen nach seiner Kehle. Leider traf das, was ich aus langjähriger Erfahrung als Streifenpolizist wußte, auch bei ihm zu: Geistesgestörte verfügen, besonders wenn sie wütend sind, oft über schier unglaubliche Körperkräfte. So gelang es Ing ziemlich mühelos, meine Hände von seinem Hals zu lösen und langsam meine Arme nach unten zu drücken. Einen Augenblick

lang starrte ich ihm in seine weitaufgerissenen, dunklen Augen. Dann rammte ich ihm, so fest ich konnte, mein Knie in die Eier. Vor Schmerz schrie Ing laut auf, und als er einen Augenblick lang in sich zusammensackte, entwand ich einen Arm seinem Griff und schlug ihm mit voller Wucht ins Gesicht. Meine Faust traf ihn genau da, wo ich gehofft hatte, nämlich direkt an der linken Schläfe. Ein Zittern ging durch Ings Körper, und er sackte noch weiter zusammen. Nun konnte ich auch meine linke Hand losreißen und einen Haken gegen sein Kinn schlagen, in den ich all meine Kraft hineinlegte. Aber dann geschah das Unerwartete. Wie in Zeitlupe sah ich, wie Ings rechte Hand nach oben kam und meinen Schlag mitten in der Luft abfing. Eine neue Welle der Wut schien ihm frische Kraft zu verleihen. Mit der linken Hand packte er mich jetzt um den Hals und zog meinen Kopf so mühelos wie ein Mähdrescher einen Getreidehalm ganz eng an seinen stinkenden Körper. Mit einem erstickten Schnauben drückte ich uns beide so heftig gegen den Eßtisch, daß er umkippte und wir zu Boden fielen. Ing hatte mir nun seine beiden kräftigen Hände um den Hals gelegt und drückte mir die Luft ab. Ich packte ihn bei den Haaren, riß ihm dabei aber bloß die Perücke vom Kopf. Dann tastete ich mit den Daumen so lange in seinem Gesicht herum, bis ich seine Augen gefunden hatte, und drückte sie mit aller Kraft, die ich noch aufbringen konnte, nach innen. Knapp über mir konnte ich Ing keuchen und schnaufen hören wie ein abgestochenes Schwein, und dahinter hörte ich noch ein anderes Geräusch. Es war das Ächzen, mit dem Isabellas Rollstuhllift auf seiner Plattform im Erdgeschoß aufsetzte. Ich preßte die Augen noch tiefer in Ings Augenhöhlen, so daß er vor Schmerz gellend aufschrie und meinen Hals losließ, um nach oben zu greifen. Nun packte ich ihn wieder an der Kehle und krallte mich so verzweifelt daran fest, als wäre sie ein Ast, an dem ich über einem gähnenden Abgrund zappelte. Meine Lungen füllten sich wieder mit Luft, und das Blut strömte mir wieder ins Gehirn zurück. Ich drückte und drückte und legte mich mit meinem ganzen Gewicht auf Ing, der jetzt zappelte und nach der Pistole griff, die nur wenige Zentimeter von seiner Hand entfernt auf dem Boden lag. Laut schreiend mobilisierte ich meine letzten Kräfte, um Ing die Gurgel abzudrücken, bevor er die Pistole gegen mich zum Einsatz bringen konnte, aber ich schaffte es nicht. Seine Hand schloß sich um den Griff, und sein Finger legte sich an den Abzug. In diesem Augenblick, als ich gerade Ings Hals loslassen und seine Hand packen wollte, sah ich am äußersten rechten Rand meines Gesichtsfelds, daß sich eine Gestalt über uns beugte. Und dann kam auf einmal Isabellas Stock mit seinen vier Füßchen von oben herabgesaust und drückte die Hand mit der Waffe zurück auf den Fußboden. Ich konnte nur einen Augenblick zu ihr aufschauen, aber den Anblick werde ich mein Leben lang nicht vergessen: Isabella stand da in ihrem blauen Schlafanzug, mit eingebundenem Kopf und geschwollenem Gesicht auf ihren schwachen Beinen und versuchte gleichzeitig, soviel Gewicht wie möglich auf den Stock zu legen und dabei noch das Gleichgewicht zu halten. Sie schwankte wie eine Pappel in einem Orkan, aber sie fiel nicht um. Ihr Mut gab mir neue Kraft und Überzeugung. Ich mußte diesem Monstrum unter mir mit meinen bloßen Händen die Lebensenergie abdrücken. Für Isabella. Für mich. Für alle Menschen. Zähnefletschend starrte ich ihm in seine wilden Augen und ließ einen unmenschlichen Schrei los, der von überall widerzuhallen schien und damit meine Kraft noch weiter verstärkte. William Frederick Ings Augen quollen immer weiter aus ihren Höhlen und bohrten sich dabei mit einem von ohnmächtigem Haß erfüllten Blick in die meinen. Ich brüllte noch einmal wie ein Tier, und dann spürte ich, wie Ings Halswirbel unter meinen Fingern knackten und seine Augen einen glasigen Ausdruck annahmen. Ings Kopf wurde schlaff, aber ich packte ihn und schlug ihn wieder, wieder und immer wieder, so fest ich konnte, auf den Boden. Izzys Stock stand immer noch über Ings Hand. Erst als ich mit meinen Kräften am Ende war, ließ ich Ings Kopf los, rappelte mich auf und kniete mich vor Isabella hin, die noch immer ihre ganze Konzentration aufbot, um auf ihren schwachen Beinen nicht das Gleichgewicht zu verlieren. Ihre Augen waren geschlossen und ihr eingebundener Kopf nach oben gestreckt. Sie schwankte, stabilisierte sich wieder und schwankte abermals. Und dann fiel sie um. Ich fing sie, noch immer auf meinen Knien, während des Fallens auf. Ganz behutsam legte ich sie auf den Boden. Dann nahm ich Ings Pistole und preßte ihren Lauf mitten auf seine Stirn für den Fall, daß sich noch etwas Leben in ihm regen sollte. Und mit dieser Pistole in meiner ausgestreckten rechten Hand und Isabellas Kopf in der Beuge meines linken Ellenbogens blieb ich lange wie ein Gekreuzigter auf unserem Berberteppich liegen und war zu nichts anderem fähig, als dem Pfeifen meiner Lungen und Isabellas weitaus tieferem und gleichmäßigerem Atem zu lauschen.

Ganz langsam glichen sich die Rhythmen unseres Atems einander an. Das Licht der Deckenlampe schien herab auf uns. Ich drehte mich um und sah meine Frau mit vom Schweiß brennenden Augen an. Irgendwo hinter ihr stand ihr leerer Rollstuhl. Isabella hatte die Augen geöffnet und blinzelte mich an. Ich konnte sehen, wie ihr Herz unter dem Stoff ihres Schlafanzuges schlug. Ihre Beine zitterten noch immer von der Anstrengung von vorhin.

»Ist es vorbei?« flüsterte sie.

»Ja, es ist vorbei. Es ist vorbei. Es ist vorbei.«

Martin Parish kam als erster. Ich hieß ihn wortlos willkommen, deutete auf Dees noch immer auf der Treppe liegende Leiche und führte ihn ins Wohnzimmer, wo Isabella wieder in ihrem Rollstuhl saß und das Nachtauge zwischen Küche und Eßzimmer auf dem Boden lag.

»Hallo, Isabella«, sagte Martin leise.
»Hi, Marty.«
»Bist du okay?«
»Ich glaube schon.«
Martin blieb eine ganze Weile – ohne etwas zu sagen – vor dem toten Nachtauge stehen. Dann beugte er sich hinab, nahm ihm den falschen Bart ab und legte ihn neben dem Kopf des Nachtauges auf den Boden. Den Anblick, der sich uns nun bot, werde ich nie vergessen: Wir sahen in ein ziemlich durchschnittliches, sogar recht gutaussehendes Gesicht, das von den Narben der Hundebisse nicht allzusehr entstellt war. Ing hatte eine gerade, intelligent wirkende Nase, eine hohe Stirn, über der das braune Haar, das in alle Richtungen abstand, sich schon merklich gelichtet hatte. Die jetzt wieder tief in ihren Höhlen liegenden, sehr dunklen Augen waren immer noch geöffnet und spiegelten, mehr als alles andere, einen quälenden Schmerz wider.
Martin schüttelte den Kopf und sah uns an.
Ich hatte meine Hände auf Isabellas noch immer bebende Schultern gelegt und starrte noch immer auf den toten Mann hinab, der auf dem Boden meiner Küche lag.
Martin ging auf uns zu und deutete auf die Couch. »Darf ich mich setzen?«
»Nur zu«, sagte ich.
Seufzend ließ er sich in die Polster sinken. »Elf Menschen mußten sterben, weil dieser Mistkerl mit seinem Leben nicht zurechtkommen konnte.«
»Er war wie ein Krebsgeschwür«, sagte Isabella.
»Das wir zu spät bekämpft haben«, ergänzte Martin.
»I-i-immer noch besser als überhaupt nicht«, sagte Izzy.
Nach einer längeren Stille, in der das Heulen von Sirenen immer näher kam, räusperte sich Martin und sah mich an. »Grace hat etwa eine Stunde nachdem du weg warst ausgepackt. Sie und

Wald haben Alice ermordet und am Tag darauf die Spuren beseitigt. Aber wir müssen jetzt nicht darüber reden, wenn es dir nicht recht ist.«

Isabella rang leise nach Luft.

»Wer von beiden hat sie tatsächlich umgebracht?«

»Wald war derjenige, der zugeschlagen hat. Sie wollten Ambers Geld erben und dann heiraten. Auf Walds Geheiß hat Grace die Leiche in deiner Kühltruhe versteckt. Sie haben sie in Müllsäcke gesteckt, damit der Kofferraum von Graces Porsche nicht schmutzig wurde. Den Baseballschläger haben sie am Aliso Pier ins Meer geworfen. Wenn es wieder hell wird, schicke ich ein paar Taucher hinunter und lasse ihn suchen.«

»Tu das.«

»Dan überlegt sich, ob er mich wegen der Geschichte mit dem Begräbnis rausschmeißen soll. Es hängt wohl davon ab, ob du Anzeige erstattest oder nicht, Russell. Ich kann dich nicht darum bitten, es nicht zu tun, aber laß mich dir eines sagen: Ich war wirklich felsenfest davon überzeugt, daß du es getan hast. Schließlich wußte ich ja, daß ich nicht der Täter war.«

Ich wußte nicht, was ich ihm darauf antworten sollte.

»Wald hat mir ab und zu nebenbei etwas zugespielt«, fuhr Martin fort. »Kleine Informationen über deine finanzielle Lage, Fragen über deine frühere Beziehung zu Amber. Und ich hielt mich noch für besonders schlau, als ich daraus meine eigenen Schlüsse zog. Wenn ich wirklich schlau gewesen wäre, dann hätte ich *ihn* verdächtigen müssen, nicht dich.«

»Nun, ich habe ja auch dich für den Täter gehalten. Wald hat uns beide ganz schön an der Nase herumgeführt.«

Martin sah noch einmal hinüber zu Ing. »Mein Gott. Vielleicht solltet ihr beide demnächst mal Urlaub machen. Es würde euch bestimmt guttun, mal für eine Weile von hier wegzukommen.«

»Da hast du recht.«

»Und wenn ihr wieder zurück seid, machen wir im Herbst zusammen einen kleinen Jagdausflug. Was hältst du davon, Russell?«

»Ich werde drüber nachdenken, Marty.«

KAPITEL 30

Jetzt ist es Winter, und wir können langsam anfangen, diesen Alptraum zu vergessen. Der Wind bläst, der Regen fällt, das Alte welkt, und etwas Neues wartet darauf, geboren zu werden.

Mary Ing identifizierte das Nachtauge als ihren Sohn William. Auf die Nachricht von seinem Tod schien das ganze County mit einem kollektiven Seufzer der Erleichterung zu reagieren. In drei Städten wurden Mahnwachen zum Gedenken an die Opfer abgehalten, und Zeitungen und Fernsehen widmeten sich sämtlichen Aspekten des Falles so lange, bis man es schon fast nicht mehr hören oder lesen konnte. Am wichtigsten aber war, daß der Geist, der undefinierbar die Atmosphäre eines Ortes bestimmt, in Orange County endlich wieder einen spürbar freien Eindruck machte.

Trotzdem betrachteten sich seit den Morden des Nachtauges die Menschen im County mit anderen Augen als bisher. Je mehr die Psychologen und Soziologen Ings Charakter analysierten, desto weniger konnten sie in seiner Vergangenheit etwas finden, was wirklich für seine Handlungen verantwortlich gemacht hätte werden können. Es gab natürlich das übliche Gerede von einer nicht ausgewogenen Biochemie und einer soziopathischen Persönlichkeitsstörung, aber der William Frederick Ing, der sich langsam aus den verschiedensten Interviews mit seiner Mutter und anderen Personen, die ihn gekannt hatten, herauskristallisierte, war nicht viel mehr als ein ganz normaler Junge aus dem Orange County. Als Sproß einer ganz normalen Mittelklassefamilie war er auf ganz normale Schulen gegangen, war mit der ganz normalen, christlichen Religion vertraut gemacht worden und hatte einen ganz normalen, gut bezahlten Job bei der Telefongesellschaft bekommen. Und doch hatte dieser Mann tief in sich eine Wut verspürt, die er nicht unter Kontrolle bringen konnte oder wollte.

Obwohl die Ursachen seines abgrundtiefen Hasses auf alle Minderheiten weitgehend im Dunkeln blieben, gab es doch einen aufschlußreichen Vorfall aus seiner Zeit an der High-School: Der schüchterne Billy Ing hatte damals zärtliche Gefühle für eine Mitschülerin mexikanischer Abstammung empfunden, die aber nichts von ihm wissen wollte. Das Mädchen hatte all die Jahre über sogar Billys Liebesgedichte von damals aufgehoben, die nun im *Journal* abgedruckt wurden. Sie waren einfach, ergreifend und liebevoll.

Zu allem Überfluß fiel die Erkenntnis, daß Billy Ing ein ganz normaler Sohn des Countys war, mit einer kleineren Rezession zusammen, in deren Verlauf die Immobilienpreise beständig sanken und sich das allgemeine Gefühl breitmachte, daß der Traum vom Orange County nun endgültig ausgeträumt war. Zum ersten Mal, seit ich denken kann – und ich habe mein ganzes bisheriges Leben hier verbracht –, war nichts mehr von dem Optimismus zu spüren, der hier seit Jahrzehnten vorgeherrscht hatte. Statt dessen begannen die Leute auf einmal, an sich selbst zu zweifeln und alles zu hinterfragen. Das hatten hier bisher nur wenige getan. Die Leute im County kamen mir vor wie eine äußerlich kerngesund wirkende Frau, der ihr Arzt vor kurzem eröffnet hat, daß sie unheilbar an Krebs erkrankt ist. Tief im Inneren unserer Seelen waren wir alle hier im Orange County bestürzt und schockiert. Und obwohl wir jetzt unsere Waffen wegpacken und wieder bei offenen Fenstern schlafen konnten, schlich das Nachtauge bisweilen immer noch durch unsere Träume, und manchmal überfiel uns die schreckliche Erkenntnis, daß sich jederzeit etwas ähnlich Grauenvolles aus

unserer Mitte heraus entwickeln und der ganze Alptraum wieder von neuem beginnen konnte.
Alice Fultz' Leiche wurde exhumiert, obduziert und von Amber nach Florida überführt, wo sie auf einem Friedhof in Orlando endlich ein ordentliches Grab bekam.
Grace sitzt im Gefängnis und ist ängstlich in sich gekehrt. Nur wenn Isabella oder ich sie besuchen, taut sie ein wenig auf. Wir tun das so oft, wie Izzy die Kraft dazu hat. Das ist drei- bis viermal in der Woche der Fall. Grace kommt mir vor, als sei sie soeben von neuem auf die Welt gekommen – sie ist neugierig auf alles, was draußen vor den Gefängnismauern passiert, und scheint nichts für selbstverständlich zu halten.
Die Vorverhandlung im Spätherbst ergab genügend Verdachtsmomente gegenüber Grace und Wald, um sie des gemeinsam begangenen Mordes anzuklagen. Während dieser Verhandlung wurden die Geschehnisse des dritten und vierten Juli – und der darauffolgenden Tage – anhand von Graces Aussage wieder aufgerollt.
Sie und Wald waren zwar gemeinsam in Ambers Haus eingedrungen, aber Wald war mit seinem eigenen Wagen hingefahren, den er in einer Seitenstraße abgestellt hatte. Das erklärte, warum Marty Parish zwar Grace, aber nicht Erik aus dem Haus kommen sah. Wald trug den Baseballschläger in einer Tennistasche ins Haus – Männer, die gerade vom Tennis kommen, sind in Ambers Wohngegend nichts Besonderes. Nachdem sie die vermeintliche Amber schlafend in ihrem Bett vorgefunden hatten, wartete Grace unten im Wohnzimmer, während Wald Alice den Schädel einschlug. Als sie gerade dabei waren, das Schlafzimmer als einen Tatort des Nachtauges herzurichten, klingelte das Telefon, und Amber hinterließ eine Nachricht für Alice. Nun, wo die beiden wußten, daß Amber in Santa Barbara war und sie in Wirklichkeit ihre Schwester umgebracht hatten, kam Wald auf den Gedanken, alles wieder zu

vertuschen und sich den Trick mit dem Nachtauge für den tatsächlichen Mord an Amber aufzuheben. Und so kehrten sie am Nachmittag des nächsten Tages in Ambers Haus zurück und taten ihr Bestes, um sämtliche Spuren ihrer Tat zu beseitigen. Graces Aufgabe war es, die Leiche in meiner Gefriertruhe zu deponieren, womit sie in der Nacht des vierten Juli, als ich sie in meiner Auffahrt wartend antraf, gerade fertig geworden war.

Grace arbeitete mit der Staatsanwaltschaft zusammen, die, wie Haight mir erzählte, ihre Aussage dazu benützen wollte, um Wald des Mordes zu überführen. Für Grace würde dabei ein etwas milderes Urteil herausspringen, weil Haight dafür die Anklage wegen gemeinsam geplanten Mordes gegen meine Tochter fallenließ. Falls er das nicht tat, würde Grace, ebenso wie Erik, in die Gaskammer kommen. Für den Staatsanwalt war es natürlich viel leichter, Wald mit Hilfe von Graces Aussage des Mordes zu überführen, als den beiden das gemeinsame Verbrechen zu beweisen. Wenn Grace mit einem Urteil wegen Totschlags davonkommt, muß sie mit einer Strafe von etwa fünfzehn Jahren rechnen. Allerdings sieht es so aus, als wolle Walds Anwalt darauf hinaus, daß sein Mandant von einer rachsüchtigen Tochter verführt und, blind vor Liebe, von ihr am vierten Juli ins Haus ihrer Mutter gelockt worden sei, wo Grace soeben Amber umgebracht hatte.

Irgendwie hat Grace sich im Gefängnis verändert, sie kommt mir jetzt viel zarter und offener vor und scheint langsam gelernt zu haben, der Wahrheit mit allen Konsequenzen ins Auge zu blicken.

Ich brauchte fast einen Monat, bevor ich mich traute, ihr die Frage zu stellen, die mich quälte, seit ich von ihrer Liaison mit Wald erfahren hatte: Hatte Grace gewußt, daß Wald geplant hatte, mich und ihre Mutter mit der Fünfundvierziger zu erschießen, die sie auf seine Anweisung hin aus meiner Schreibtischschublade gestohlen hatte? Zum ersten Mal seit ihrer Verhaftung brach Grace wirklich zusammen, und ihre heißen Tränen bewiesen mir, daß Wald ihr weisgemacht hatte, nur Amber allein werde bei der vermeintlichen Falle für Martin Parish zugegen sein.

Erst neulich hat Grace mir gesagt, daß sie bald soweit sein wird, daß sie ihre Mutter sehen kann.

Amber hat Isabella und mich zweimal in unserem Haus besucht. Ich brauche wohl nicht extra zu betonen, daß ein Besuch von Amber Mae mit allen seinen subtilen Spannungen nicht gerade dazu angetan ist, ein angenehmes, vertrauensseliges Klima zwischen einem Ehemann und seiner Frau zu schaffen. Amber weiß das, und ihr zweiter Besuch – der auf unsere ausdrückliche Einladung hin erfolgte – war möglicherweise auch ihr letzter. Heute in einer Woche wird sie bereits auf dem Weg nach New York sein. Als ich sie nach ihrem zweiten Besuch zu ihrem Wagen brachte, herrschte ein etwas ungutes Schweigen zwischen uns.

»Ich möchte, daß du mein Freund bleibst, Russ«, sagte Amber schließlich. »Wir werden alle nicht jünger, weißt du.«

»Ich weiß, und ich werde dein Freund bleiben, so wie ich jetzt dein Freund bin.«

»Bin ich in deinen Augen eigentlich auch so schlimm wie für manche andere Leute?«

»Nein. Du hast etwas aus dir gemacht, und dafür liebe ich dich.«

»Etwas aus mir gemacht. Das klingt wie so ein außer Kontrolle geratener chemischer Versuch, wie irgendwas, das vor sich hinblubbert und eigentlich keinen richtigen Sinn ergibt.«

»Du hattest es nicht leicht.«

»Inwiefern?«

»Du warst allein.«

Amber dachte darüber nach. »Soll ich dir mal was sagen? Ich war darüber eigentlich nie unglücklich.«

»Ich weiß.«
»Glaubst du eigentlich, daß es unter anderen Umständen möglicherweise mit uns geklappt hätte?«
»Ja.«
»Das ist nett von dir. Danke.«
»Bedeutet es dir etwas?«
»Wenn wir glauben, daß es uns etwas bedeutet, dann tut es das auch. Paß in Mexiko auf dich auf, Russ.«
»Danke, Amber.«
»Wenn ihr Geld braucht, dann laßt es mich wissen. Das Angebot steht.«
»Vielen Dank, aber wir werden es auch so schaffen. Das habe ich nicht gemeint.«
Sie lächelte und wurde sogar ein wenig rot. Ich gab ihr einen Kuß auf die Wange und hielt die Wagentür für sie auf. Sie fährt einen roten Maserati. Der Motor heulte auf und war zwischen den Wänden des Canyons noch lange zu hören. Erst als Amber Mae Wilson – ganz allein in ihrer eigenen Welt wie immer – ihren schnellen Wagen um die Kurve bei der Canyonfrau steuerte und in Richtung Stadt aus meinem Blickfeld verschwand, war mir klar, daß ich sie lange nicht mehr sehen würde.

Isabella hieß mich mit einem wissenden Blick auf unserer Terrasse willkommen. Sie hatte schon immer eine Unterhaltung ohne Worte fortführen können, und ich fragte mich, ob diese Begabung uns in der Zukunft vielleicht noch eine Hilfe sein würde.
Sie saß im Rollstuhl und hatte ihre Mütze auf dem Kopf. Ich schob sie an die Bank und setzte mich neben sie. Der Herbst war im Anmarsch. Ein warmer Wind wehte aus der Wüste herein, und die Schatten sahen jetzt viel länger aus als im Sommer.

Wir blickten auf den Canyon, und ich nahm Isabellas Hand in die meine. Sie drückte sie.

»Das ist es nun, Russ.«

»Ja.«

»Es ist nicht das, was wir wollten, aber es ist alles, was wir haben.«

»Ich bin damit zufrieden, Izzy.«

»Ganz gleich, was noch geschehen mag, erinnere dich immer daran, wie sehr ich dich geliebt habe. Bitte, vergiß das niemals.«

In einem Monat werden Izzy und ich nach Mexiko fahren. Unser Ziel ist Los Mochis, ein unspektakuläres kleines Dorf, wo Isabellas Verwandte leben, von denen sie die meisten noch nie gesehen hat. Sie sehnt sich danach, die Menschen kennenzulernen, von denen sie abstammt. Sie haben extra für uns ein Haus frisch renoviert und möbliert. Angeblich soll man von dort aus einen schönen Blick auf ein kleines Tal haben. Joe und Corrine werden bereits eine Woche vor uns hinfahren.

Ein paar von unseren Freunden vermuten – auch wenn sie es nie aussprechen würden –, daß wir nach Mexiko fahren, weil Isabella dort sterben will. Von außen betrachtet, erscheint dieser Gedanke gar nicht einmal so unplausibel. Vor drei Tagen brachte mir die Post sogar die Beileidskarte eines etwas entfernteren Bekannten, der mir wegen meines schweren Verlustes Trost zusprechen wollte. Zuerst dachte ich, daß Izzy diese Karte vielleicht lustig finden würde, aber dann zeigte ich sie ihr doch nicht. Ich warf sie statt dessen weg und schickte dem Bekannten ein Foto von Izzy, auf dem sie eine Zeitung mit deutlich sichtbarem Datum in Händen hält. Isabella fand es zwar ein wenig merkwürdig, daß ich dieses Bild machte, aber ich weigerte mich, ihr den Grund dafür zu sagen. Mittlerweile hat sie das Interesse an der Sache verloren. Wir haben beide keine Angst vor Geheimnissen. Das, was wir wissen, macht uns schon angst genug.

Unser gemeinsames Geheimnis, wenn wir überhaupt eines haben, ist dieses: Wenn wir in einem Monat von hier fortgehen, dann nicht, um zu sterben, sondern um zu leben.